Das Buch

Plötzlich Drache 4 – Kollision der Welten ist das vierte Buch der voraussichtlich neunteiligen Serie *Plötzlich Drache*. Es setzt die Handlung von *Plötzlich Drache 3 – Unerwartete Wendung* indirekt fort und kann als zweiten Einstieg in die Buchserie verwendet werden. Weitere Informationen sind unter nicolas-bretscher.ch abrufbar.

Nicolas Bretscher

Plötzlich Drache [4]

Kollision der Welten

Roman

Bibliografische Information der Deutschen Nationalbibliothek: Die Deutsche Nationalbibliothek verzeichnet diese Publikation in der Deutschen Nationalbibliografie; detaillierte bibliografische Daten sind im Internet über dnb.dnb.de abrufbar.

3. Auflage

© 2025 Nicolas Bretscher
Illustrationen: Durch Fooocus generiert
Verlag: BoD · Books on Demand GmbH, Überseering 33, 22297 Hamburg, bod@bod.de
Druck: Libri Plureos GmbH, Friedensallee 273, 22763 Hamburg
Webseite: nicolas-bretscher.ch

ISBN: 978-3-8192-6409-2

1

Drachenschlucht

Warme Sonnenstrahlen begleitet vom leisen Rieseln einiger Sandkörner weckten mich aus einem langen und erholsamen Schlaf. Entspannt sog ich die trockene, staubige Luft ein und stiess sie in einem tiefen Seufzer wieder aus, bevor ich meine Augen öffnete. Nachdenklich blickte ich im Raum umher, der vor Ewigkeiten in die Felswand gehauen worden war. Er war ungefähr sechs Meter lang und vier Meter breit. Die einzige Öffnung bildete der knapp einen Meter breite Ausgang, in den ich bereits seit Jahren eine Holztür hatte einbauen wollen. Aufgrund der fehlenden Tür war der Fussboden wie jeden Morgen mit einer dünnen Staubschicht bedeckt.

Es dauerte eine Weile, bis ich mich dazu überwinden konnte, mein morgendliches Ritual durchzuführen. Darauf bedacht, meine immerwährenden Rückenschmerzen nicht zu verschlimmern, streckte ich mich vorsichtig, bis sich meine Beinmuskulatur nicht mehr steif anfühlte. Anschliessend richtete ich mich auf, zog meinen linken Flügel in drei ruckartigen Bewegungen an, um meine chronischen Gelenkschmerzen zu vermeiden, und stand auf. Glücklicherweise litt ich abgesehen von meinem Rücken, meinem linken Flügel und meinem Kopf unter keinerlei Altersbeschwerden.

Wie lange ich diese Schmerzen bereits hatte und was die eigentliche Ursache war, wusste ich nicht, da dies weiter zurücklag als meine ältesten Aufzeichnungen, die ich vor schätzungsweise dreitausend Jahren in Granit gemeisselt hatte. Zudem vergass man alles, was über dreihundert Jahre in der Vergangenheit lag. Die telepathische Forschung mit meiner Tochter Stella hatte ergeben, dass dies an der maximalen Kapazität des Gehirns lag. Sobald der Speicherplatz voll war, wurden die ältesten Erinnerungen mit den neusten überschrieben.

Seufzend darüber, wie viel wir Drachen vermutlich bereits vergessen hatten, wirbelte ich den Staub mit meinem gesunden, rechten Flügel auf und leitete ihn mithilfe einer präzisen Bewegung meines Schwanzes gezielt durch die Türöffnung nach draussen, wie Florian es mir beigebracht hatte. Er war für die Säuberung der Drachenschlucht zuständig, da sie täglich von einer dicken

Staubschicht bedeckt wurde. Ohne seine unermüdliche Unterstützung im Kampf gegen den Schmutz wären wir allesamt tagtäglich damit beschäftigt, unsere Wege, Strassen, Plätze, Tiergehege und Plantagen zu säubern.

Wie es der Zufall so wollte, erspähte ich Florian in diesem Augenblick auf der durch die pralle Sonne erhitzten Strasse. In wunderschönen, fliessenden Bewegungen zog er eine riesige Wand aus Sand und Staub mit sich, die er zu einem Haufen aufschichtete, um diesen anschliessend abtransportieren zu können. Seine hellbeige Schuppenfarbe liess ihn mit dem gleichfarbigen Staub verschmelzen, wodurch es selbst für meine scharfen Augen schwer war, seine Umrisse auszumachen. Meinen Aufzeichnungen nach hatte er diese Farbe bereits seit seiner Geburt vor über eintausend Jahren, jedoch ging das hartnäckige Gerücht um, dass sich seine Schuppen aufgrund seiner beruflichen Tätigkeit verfärbt hätten.

Henrik, der immerzu griesgrämige, dunkelgraue Drache, sonnte sich entspannt auf dem grossen Platz, der soeben durch Florian gesäubert wurde. Verachtend starrte er seinen beigen Kollegen an und entblösste geringfügig die Zähne, als dieser den Versuch startete, den Staub im Umkreis von zehn Metern um Henrik herum wegzuwischen. Florian ignorierte sein Verhalten verschmitzt schmunzelnd und setzte seine Arbeit fort.

«Verpiss dich, Flo!», dachte Henrik bedrohlich knurrend.

«Wie du meinst. Somit ist es nicht mein Problem, dass du im Dreck liegst.», entgegnete Florian in seinem unerschütterlichen Humor, schlug einmal gekonnt mit seinen Flügeln und wirbelte eine mehrere Kubikmeter grosse Staubwolke perfekt in Richtung des grossen Haufens.

Anschliessend schwang er sich dem Himmel empor und steuerte sein Zuhause an, in dem er stets die Lederhäute aufbewahrte, mit denen er den Staub und Sand abtransportieren konnte.

Was für eine Nachbarschaft ich doch habe, dachte ich amüsiert über die immerwährenden Konflikte, die sich seit Jahrhunderten oder gar Jahrtausenden wiederholten.

Noch immer leicht schläfrig tapste ich auf mein Granitwaschbecken zu und öffnete den Drehverschluss am Wasserhahn, der ebenfalls aus purem Granit bestand. Da dies eines der wenigen Materialien war, die nicht durch Drachenklauen zerkratzt werden konnten, hatte mir dieses Waschbecken bereits seit über zweihundert Jahren treue Dienste geleistet.

Durstig öffnete ich mein ausgetrocknetes Maul und trank, so viel ich auf die Schnelle konnte. Wieder einmal bedankte ich mich innerlich bei unserem vollautomatischen Wasseraufbereitungssystem, wofür mein Sohn Mario, mein Bruder Tom und ich zuständig waren.

Bevor ich mit meinem Tag beginnen konnte, setzte ich mich vor ein in den Stein gemeisseltes Regal und blickte nachdenklich auf einen kleinen, goldenen Ring, auf dessen Innenseite «Vanessa» eingraviert war. Die Präzision, mit der dieser Gegenstand gefertigt worden war, übertraf alles, was wir heutzutage herstellen konnten. Selbst die nur zwei Millimeter hohe Schrift war in absoluter Perfektion geschrieben worden. Jede einzelne dieser geschwungenen Linien war ein Kunstwerk für sich. Lange verweilte ich mit meinem Blick auf diesem Objekt, bevor ich warme Luft aus meinen Nüstern ausstiess, um es von der hauchdünnen Staubschicht zu befreien, die sich während der Nacht darauf gebildet hatte.

Dieser Ring war eines der antiken Relikte aus einer längst vergangenen Zeit. Immer wenn ich ihn betrachtete, sehnte ich mich danach, wenigstens eine Erinnerung oder zumindest ein Gefühl hervorrufen zu können, jedoch war da nichts als Leere. Selbst in meinen Aufzeichnungen liess sich nichts über Vanessa finden. Ich vermutete, dass sie meine Frau gewesen war, jedoch wusste ich dies nicht mit Sicherheit.

Der kürzlich aufgewirbelte Staub kitzelte mich in meiner Nase. Ich wandte meinen Kopf vom Ring ab und musste kurz darauf niesen, bevor mein Blick wieder auf dem Artefakt verweilte. Vor meinem inneren Auge hatte ich mittlerweile ein Bild von meiner verlorengegangenen Frau konstruiert. Sie hatte himmelblaue Schuppen, eine anmutige Statur, zierliche Flügel, eine schmale Schnauze und kurze Hörner. Ihre Augen waren tiefblau und schlugen bei jeder ihrer Bewegungen Wellen wie die meiner Tochter. Ihr Duft war ein Gemisch aus denen meiner zwei Kinder, die ich über alles liebte. Ob dieses Abbild meiner Frau der Wahrheit entsprach, wusste ich nicht, jedoch fühlte es sich richtig an. Wie beinahe jeden Tag sehnte ich mir ihre Nähe herbei, obwohl ich nicht einmal wusste, ob sie existierte. Einzig die verschwindend kleine Hoffnung, sie eines Tages zu finden, hielt dieses gedankliche Konstrukt aufrecht.

Seufzend wandte ich mich von meinem Goldring ab, trat auf meinen ebenfalls antiken Speer zu und umschloss ihn mit der Schwanzspitze, wie ich es immer tat, um ihn zu transportieren. Seit meinen frühesten Aufzeichnungen hatte ich diese Waffe bereits mit mir herumgetragen und als Allzweckwerkzeug eingesetzt. Mit seiner unzerstörbaren Spitze liessen sich selbst Diamanten gravieren und er nutzte sich niemals ab. Einzig eine winzige Kerbe in der Mitte des Stabes wies darauf hin, dass er einmal zerbrochen gewesen war. Wie dies hatte geschehen können und auf welche Weise der Speer repariert worden war, wusste niemand. Diese Ungewissheit war mir jedoch gleichgültig. Der Speer war seit Äonen ein essenzieller Bestandteil von mir. Insbesondere da ich ihn wie eine extrem scharfe Verlängerung meines Schwanzes trug. Ohne ihn war ich lediglich zwei Meter vierzig lang, was weit unter dem Durchschnitt lag. Seltsamerweise waren all meine nahen Verwandten unterdurchschnittlich gross. Die meisten Drachen, die heutzutage geboren wurden, erreichten innerhalb von zwanzig Jahren eine Grösse von ungefähr dreieinhalb Metern und ein Gewicht von 230 Kilogramm. Anschliessend war man erwachsen und behielt seine Statur bei, es sei denn, man vernachlässigte körperliche Aktivitäten. In gewissen Familien waren selbst fünf Meter keine Seltenheit. Igor, der Grösste von uns allen, war von Kopf bis Schwanzspitze siebeneinhalb Meter lang und wog schätzungsweise über zweieinhalb Tonnen. Sein Gewicht hatte er seiner Muskulatur zu verdanken, weswegen er ein hervorragender Bauarbeiter hätte sein können, wäre da nicht seine selbstsüchtige, rücksichtslose und aggressive Persönlichkeit. Da er vor 214 Jahren drei Bauern getötet hatte, die sich darüber beschwert hatten, dass er seit geraumer Zeit stets ihre Herdentiere gefressen hatte ohne eine Gegenleistung zu erbringen, war er zu eintausend Jahren Exil verurteilt worden. Seit jeher hatte ich ihn nicht mehr gesehen, worüber ich ehrlich gesagt ausserordentlich froh war.

Gedankenverloren wie immer nahm ich den Henkel des zwanzig Liter grossen, staubtrockenen Wassereimers aus mit Leder abgedichtetem, uraltem Holz zwischen die Zähne, trat hinaus auf die sonnendurchflutete Strasse, breitete die Flügel aus und beschleunigte im Trab, bis ich schliesslich bei ungefähr vierzig Kilometern pro Stunde abheben konnte. Hierbei weder die Schmerzen meines Flügelgelenks noch die meines Rückens auszulösen, war eine Kunst für sich. Ich konnte nicht einmal einen korrekten Flügelschlag ausführen, ohne augenblicklich unter unvorstellbaren Schmerzen abzustürzen. In kurzen, wellenartigen Bewegungen liess ich meine Flügelhaut flattern, wobei ich kontinuierlich beschleunigte. Währenddessen blickte ich in der Drachenschlucht umher, die laut meinen Aufzeichnungen einmal Marianengraben geheissen hatte.
   Die riesige, insgesamt dreissig Kilometer breite und schätzungsweise über eintausend Kilometer lange Schlucht war unseres Wissens nach noch der einzige Ort der Erde, der Wasser beherbergte. Der stark salzhaltige See im untersten Teil

der Drachenschlucht mit einer Tiefe von knapp einhundert Metern war alles, was uns vor dem Verdursten bewahrte. Sobald die Sonne kurz vor Mittag ihr Licht darauf warf, verdampfte ein Teil dieses Wassers und kondensierte an der immerzu kalten Steinwand auf der südöstlichen Seite der Schlucht. Komplizierte Luftströmungen angetrieben von vulkanischen Aktivitäten liess kontinuierlich kalte Luft aus dem Erdreich zu Tage treten. Die hierfür benötigten Höhlensysteme waren zumindest stückweise künstlich erweitert worden. Wer diese Erweiterungen konstruiert hatte, sodass wir täglich frisches Kondenswasser trinken konnten, was sich unterhalb der kalten Wand in einem Becken sammelte, wussten wir nicht. Nichtsdestotrotz bewirtschafteten wir diese kilometerlangen Tunnel. Eine andere Wahl blieb uns schliesslich nicht. Alle paar Jahre geschah es, dass die Erde bebte, wodurch die Funktionsweise dieses Höhlensystems beeinträchtigt werden konnte. Meine Aufgabe war es, sicherzustellen, dass die Luft ungehindert fliessen konnte.

Bevor ich jedoch mit meiner heutigen Inspektion des Tunnelsystems beginnen konnte, musste ich noch einen Eimer voll Wasser hoch zu den Feldern tragen, die sich aus Platzgründen dreihundert Höhenmeter über dem Auffangbecken des Kondenswassers befanden. Gemächlich kreiste ich langsam an Höhe gewinnend umher, da ich keine korrekten Flügelschläge ausführen konnte. Es dauerte stets einige Minuten, das Auffangbecken zu erreichen. Ich nutzte diese Zeit jeweils, um meine Nachbarn zu begrüssen.

Guten Morgen Florian, guten Morgen Henrik.

«Schönen guten Morgen Nils», antwortete Florian, der lächelnd in meine Richtung blickte, während ich über ihn hinwegflog.

Henrik hatte mich ebenfalls am Himmel erspäht, gab jedoch ein griesgrämiges Brummen von sich und wandte seinen Blick von mir ab. Ohne auf sein Verhalten zu achten, begrüsste ich weitere meiner Nachbarn, deren Häuser beziehungsweise Höhlen sich in unmittelbarer Nähe zu meinem Wohnkomplex befanden. Ein Blick zum quadratischen, säuberlich verglasten Fenster über meinem Schlafzimmer verriet mir, dass mein Sohn Mario bereits aufgestanden war.

Gemütlich drehte ich grössere Kreise, da die Drachenschlucht schnell an Breite gewann, sobald man aufstieg. Ich liess das direkte Sonnenlicht am stets wolkenlosen Himmel auf mein Gesicht scheinen und schloss genüsslich seufzend die Augen. Obwohl ich wenige Minuten zuvor getrunken hatte, fühlte sich mein Hals bereits wieder trocken an, was der extrem geringen Luftfeuchtigkeit geschuldet war. Die Fähigkeit, das immerwährende Durstgefühl zu unterdrücken, musste jeder Drache bereits seit seiner Geburt lernen.

Kurze Zeit später erreichte ich das Auffangbecken. Dank des beinahe perfekt kristallklaren Wassers konnte man den Abfluss sehen, der sich in zwanzig Metern Tiefe des fünfzig Meter langen und breiten Beckens befand und alle Wohnhäuser mit Leitungswasser versorgte. Dass wir täglich geringe Mengen an Staub und Sand mit unserem Wasser tranken, war uns gleichgültig, denn es war allemal besser als aus dem lauwarmen, versalzenen und schmutzigen See zu trinken, in dem selbst die Fische kaum noch überleben konnten. Inzwischen waren alle Arten bis auf den Kabeljau ausgestorben. Sämtliche Lachse hatten wir während der letzten Dürreperiode verloren, welche vor 138 Jahren geendet hatte. Damals hatte es während neun Jahren keinen einzigen Tropfen geregnet, weswegen der Wasserpegel stark gesunken war und die Verschmutzung wie auch die Temperatur des Sees gleichermassen zugenommen hatten.

Sachte liess ich mich treiben, bis sich sowohl meine Höhe als auch meine Geschwindigkeit genügend reduziert hatten, um mit den Beinen aufzusetzen zu können. Mit hoch erhobenem Kopf bremste ich rechts neben dem Auffangbecken ab, sodass der Eimer nicht den Granitboden streifte. Sobald ich zum Stillstand gekommen war, bewunderte ich die wunderschönen Reflexionen des Sonnenlichts auf der Wasseroberfläche, die die kalte Wand mit ihren unzähligen Tropfen des Kondenswassers glitzern liess, die allesamt leise plätschernd im Auffangbecken landeten. Die kühle Luft, die von der noch nicht durch direktes Sonnenlicht beschienenen Wand ausging und über das gesamte Auffangbecken kroch, liess mich frösteln. Innerlich gab ich mir einen Ruck und löste mich von der Schönheit dieses Anblicks. Vorsichtig stieg ich die glatte, stets glitschige Treppe hinab, bis ich das Wasser erreichte und den Eimer zu zwei Dritteln füllte. Anschliessend kletterte ich wieder hoch auf den Rand des Beckens.

Erneut beschleunigte ich mit grösster Vorsicht, während ich die Flügel ausbreitete, da ich nebst den Schmerzen auch noch darauf achten musste, das Wasser nicht zu verschütten. Dank meiner bereits hunderttausendfach geübten Bewegungsabläufe meisterte ich diese Herausforderung perfekt. Nicht einmal mein Speer, um den ich meinen Schwanz geschlängelt hatte, streifte den Boden.

Sobald ich mich am Rand der Klippe abgestossen hatte und den kalten Rückenwind verliess, setzte ich meine weiten Kreise mithilfe der warmen, über der Drachenschlucht aufsteigenden Luft fort. Mit geschlossenen Augen ignorierte ich das Ungleichgewicht, was aufgrund des Wassereimers entstanden war, und konzentrierte mich auf die sanften Luftströmungen, die meine Flügelmembran streichelten.

Knapp zehn Minuten später erreichte ich unsere grossen Weizen- und Maisfelder. Ich landete neben dem Einlass der Bewässerungskanäle, platzierte den Eimer auf der dafür vorgesehenen Steinschale und packte die rechte Seitenwand meines Gefässes mit dem Maul, um den Inhalt kontrolliert durch eine Schräglage meines Kopfes ausgiessen zu können. Hierbei verlagerte ich etwas zu viel Gewicht auf mein linkes Vorderbein, wodurch es vorübergehend zwickte. Da dies mittlerweile regelmässig geschah, ignorierte ich dieses unangenehme Gefühl. Bei meinen anderen Beinen litt ich unter keinerlei vergleichbaren Beschwerden, weswegen ich dieses Symptom meinem Alter zuschrieb.

Nachdem ich sämtliches Wasser in den Anfang des Bewässerungssystems geleert hatte, verteilte es sich in den bereits nassen Kanälen und tränkte beinahe alle Pflanzen gleichermassen mit wenigen Tropfen. Da alle gesunden Drachen täglich mindestens einen Eimer voll Wasser in das System einspeisen mussten und einige es sich sogar zur Lebensaufgabe gemacht hatten, die Felder zu bewässern, konnte der Anbau von Pflanzen selbst in solch einer trockenen Einöde funktionieren. Nicht einmal der kontinuierlich herbeigewehte Staub konnte sich dank der regelmässigen Bewässerung festsetzen.

Gerade als ich losfliegen wollte, um den Eimer zurück nach Hause zu bringen und Stella zu besuchen, setzten Cuno, unser Schmied und Editha, eine Steinhauerin zur Landung an. In ihren Mäulern transportierten sie ebenfalls volle Wassereimer.

Cunos vier Meter langer Körper war vollständig von silbern glänzenden Schuppen bedeckt, die mich im prallen Sonnenlicht blendeten. Mit zusammengekniffenen Augen blickte ich ihm entgegen, während er neben mir landete. Anstatt mich zu begrüssen, diskutierte er mit der gelben Editha, die stets etwas zu nörgeln hatte.

«Wehe, du drehst mir wieder eine deiner billigen Spitzhacken an. Ich habe genug von deinen Betrügereien! Du hast mir drei Monate Garantie auf mein neustes Werkzeug gegeben und bereits nach zwei Wochen ist es stumpf.», meckerte sie telepathisch.

«Ich kann doch nichts dafür, wenn du andauernd Granit mit Eisenwerkzeugen bearbeitest. Dass ich dir deine Spitzhacke nicht kostenlos

ersetze, liegt einzig und allein an der durch falschen Gebrauch verfallenen Garantie.», antwortete Cuno sichtlich genervt.

«Das ist doch wohl die Höhe! Drei Monate Garantie bedeutet, dass du mir kaputtes Werkzeug ersetzen musst, bevor diese Frist abgelaufen ist.»

«Aber nur, wenn du dich an die im Kaufvertrag erwähnten Vorschriften hältst.»

«Du immer mit deinen Kaufverträgen. Weshalb machst du das überhaupt bei mir? Stella konnte gestern auch eine Schere kaufen, ohne einen Vertrag abzuschliessen.»

«Weil sie im Gegensatz zu dir ihre Werkzeuge normal verwendet.»

«Ach, tatsächlich?», entgegnete Editha schnaubend, stellte ihren Eimer ab und entblösste wütend die Zähne.

Cuno, der einen halben Meter länger war als sie, reckte seinen Kopf hoch und blieb selbstbewusst stehen, während er seinem Gegenüber in die Augen starrte.

«Du erwartest immer die beste Qualität und den besten Service, ohne eine besondere Gegenleistung zu erbringen. Keinen Vertrag mit dir abzuschliessen, würde unsere bereits viel zu langen Debatten noch deutlich in die Länge ziehen.»

Ich konnte nicht anders, als die Steinhauerin abschätzig anzustarren. Ihr Verhalten ging mir bereits seit Jahrhunderten auf die Nerven. Ausserdem verabscheute ich ihre meines Erachtens viel zu kurze Schnauze und ihre stumpfen Hörner, die sie beinahe dümmlich erscheinen liessen. Bedauerlicherweise hatte sie meine Gedanken empfangen und wandte ihre Aufmerksamkeit nun mir zu.

«Mit dir habe ich auch noch ein Hühnchen zu rupfen, Nils. Mein Abfluss ist wieder einmal verstopft.», meckerte sie.

Das kommt davon, wenn du dein Waschbecken nie abstaubst.

«Nein, das stimmt nicht. Es liegt daran, dass du direkt unter der Wasserversorgung lebst und viel saubereres Wasser aus deiner Leitung kommt, weswegen bei dir nie etwas verstopft. Ausserdem beanspruchst du seit Jahrtausenden über vierhundert Quadratmeter Wohnfläche und ich muss mich mit meinem lächerlichen Vierzimmerhaus abgeben, da auf allen Seiten andere Drachen leben und ich keine weiteren Zimmer hinzufügen kann, ohne zu ihnen durchzubrechen.»

Diese vierhundert Quadratmeter Wohnfläche, von denen du sprichst, schliessen meine Lagerräume mit den antiken Relikten, Stellas Forschungslabor und unsere Salzkristallhöhle ein. *Das kann man wohl kaum als Wohnfläche bezeichnen.*

«Trotzdem könntest du diese Bereiche mit uns teilen.»

Das ist alles seit jeher in Familienbesitz.

Während wir diskutierten, goss Cuno sein Wasser in das Bewässerungssystem und beobachtete uns gespannt.

«Hör mir auf mit deinem Familienbesitz. Die Wohnsituation hat sich in den letzten Jahrtausenden verändert, seitdem du hier eingezogen bist.»

Trotzdem werde ich dir garantiert nichts von meiner Wohnfläche überlassen.

Mit zornig funkelnden Augen starrte Editha mich an. Ihr kurzer Blick auf Cuno verriet, dass sie lediglich dank seiner Anwesenheit nicht die Beherrschung verlor. In diesem Moment konnte ich nicht anders, als in ihr dümmliches Gesicht zu blicken.

«Ich finde deine krummen Hörner und die eigenartigen Zacken auf den Flügelspitzen übrigens auch nicht gerade ansprechend. Trotzdem beschwere ich mich nicht gedanklich darüber.»

Man merkt's.

Wütend schnaubend warf sie ihren vollen Eimer in den Einlass des Bewässerungssystems, sodass die Hälfte des kostbaren Wassers verschüttet wurde. Noch bevor er vollständig leer war, nahm sie den Eimer wieder mit und flog in energischen Flügelschlägen in Richtung Tal, wobei sie einiges an Staub aufwirbelte. Ich blinzelte mir mehrere Staubkörner aus den Augen und rieb anschliessend mit den Vorderbeinen daran, um die Fremdkörper vollständig zu entfernen. Cuno blickte Editha kopfschüttelnd hinterher. Sobald sie hinter einer Kuppe verschwand und somit ausserhalb der telepathischen Reichweite war, wandte er sich mir zu.

«Es ist unglaublich, wie sie es schafft, jedem einzelnen von uns auf die Nerven zu gehen.»

Ja. Man könnte meinen, sie wäre frisch geschlüpft, so wie sie sich andauernd aufführt, erwiderte ich schmunzelnd.

Einige Sekunden sah ich Cuno in seine silbernen Augen mit den aufgrund des Sonnenlichts schmalen, schlitzförmigen Pupillen, bis mich eine Reflexion seiner Schuppen blendete.

«Wärst du an einer frischen Eisenspitzhacke interessiert? Wenn Editha ihr stumpfes Werkzeug zurückgibt und ich es erneut schärfe, habe ich eine zu viel.»

Leider nein. Mein Allzweckwerkzeug leistet mir immer noch gute Dienste, dachte ich mit dem Blick nach hinten auf meinen Speer gewandt.

«Du hast echt Glück, dieses Ding zu besitzen. Ich wünschte, ich hätte ein unzerstörbares Werkzeug. Demnach werde ich jemand anderes fragen müssen. Ich wünsche dir noch einen schönen Tag, Nils.»

Danke, gleichfalls.

Obwohl wir gemeinsam mit unseren leeren Eimern starteten, verschwand Cuno innerhalb kürzester Zeit aus meinem Sichtfeld, da er seine Flügel im Gegensatz zu mir uneingeschränkt verwenden konnte. Ich flog einen kleinen Umweg nach Hause, um in der Luft über einem Felsvorsprung, der uns als Kompost diente, meine Blase entleeren zu können, wobei ich meinen Atem anhielt. Wir warfen all unsere Bioabfälle auf diesen mittlerweile fünfzehn Meter hohen Haufen. Alle paar Jahre wechselten wir den Standort, sodass mit der Zeit Erde entstehen konnte. Die äusserste Schicht, welche jeweils schnell austrocknete, half bei der Konservierung der Flüssigkeit.

Kurze Zeit später stellte ich den Eimer in meinem Schlafzimmer ab, sodass ich ihn morgen erneut auf dieselbe Weise verwenden konnte. Nun kletterte ich die steile Treppe hinauf und ging einem schmalen Weg entlang, der zu einem Höhleneingang führte, da ich die unverkennbare Duftspur meiner Tochter Stella hier wahrnehmen konnte. Obwohl lediglich indirektes Sonnenlicht das Innere der Höhle erreichte, glitzerten die gigantischen, teilweise fünf Meter grossen Salzkristalle hell. Stellas Gedanken erreichten mich aus dem Nebenraum zu meiner Linken, der vor tausenden von Jahren in den Stein gehauen worden war. Augenblicklich bildete sich ein Lächeln auf meinem Gesicht und ich trat durch den schmalen Gang in das Forschungslabor hinein, in dem Stella die meiste Zeit des Tages verbrachte.

An den Wänden lehnten säuberlich zu vollständigen Skeletten zusammengesetzte Knochen von ausgestorbenen Lebensformen, unzählige Überbleibsel einer hochentwickelten Zivilisation lagen quer auf dem Granitboden verstreut, alles war in düsteres Licht gehüllt und die Luft war stickig, roch meines Erachtens jedoch nicht unangenehm, da ich den Duft meiner Tochter beinahe ebenso sehr liebte wie sie selbst. Je länger man diesen Raum betrachtete, desto mehr wurde einen bewusst, dass sich alles trotz der chaotischen Erscheinung in perfekter Ordnung befand. Die Artefakte waren allesamt nach Alter und Funktion sortiert, die Skelette nach Position in der Nahrungskette aufgereiht und Stellas in Stein gemeisselte Aufzeichnungen stets neben den jeweiligen Objekten platziert.

Meine Tochter kratzte aufgeregt mit ihren Klauen auf einer Schieferplatte herum, bis ihre Schnauzspitze zuckte, sie zu schnuppern begann und mich schliesslich bemerkte. Sofort blickte sie mich mit ihren wunderschönen, tiefblauen Augen an, die im düsteren Licht der Höhle glitzernden Diamanten ähnelten.

Hast du etwas Neues herausgefunden? Fragte ich sie interessiert.

«*Ja, ich zeige es dir gleich.*»

Um eine telepathische Synchronisierung einzuleiten, konzentrierte ich mich auf all ihre Empfindungen zugleich. Die Fähigkeit, sich auf diese Weise mit dem Bewusstsein eines anderen Drachen zu verbinden, war nicht weit verbreitet und funktionierte ausserdem nur, wenn sich beide Partien sehr ähnlich waren. Je mehr sich Charakter und Denkweise unterschieden, desto schwerer war es, die fünf Sinne des anderen zu empfangen und die Verbindung einzuleiten. Nur die Wenigsten hatten die Begabung, sogenannte inkompatible Verbindungen einzugehen, wobei sie sich voll und ganz der Denkweise des Gegenübers hingeben mussten, ohne sie zuvor wahrnehmen zu können, was ausserordentlich viel Disziplin benötigte.

Da Stella ihre Aufzeichnungen niedergeschrieben hatte, trat sie nun auf mich zu. Währenddessen schleifte sie ihren linken Flügel und ihr linkes Hinterbein schlaff hinterher. Ihren Empfindungen nach waren diese Gliedmassen vollkommen taub und liessen sich kein bisschen bewegen. Ausserdem sendete ihre Wirbelsäule durchgehend ein unangenehmes Kribbeln aus, was mich während jeder telepathischen Synchronisierung mit ihr verstörte. Was diese Lähmung verursacht hatte und weshalb sie sich nicht besserte, wusste keiner von uns beiden. Da die meisten alten Drachen über derartige Beschwerden klagten, vermuteten wir das Alter als Ursache.

Sobald Stella sich vor mich gesetzt und liebevoll meine Schnauze mit ihrer angestupst hatte, erschien ihr Bewusstsein neben meinem. Dank unserer Ähnlichkeiten dauerte es nur wenige Sekunden, um uns telepathisch miteinander zu verbinden, sodass wir uneingeschränkt Wissen austauschen konnten.

Heute hatte Stella herausgefunden, dass eine kleine, mysteriöse Box aus Metall und Glas in Wahrheit ein hochkomplexes Konstrukt aus mikroskopisch kleinen Bauteilen war, was vermutlich zur Kommunikation oder Unterhaltung genutzt worden war. Sie übermittelte mir Einzelheiten der Bauweise, die sie unter einer Lupe analysiert hatte. Dank ihrer hervorragenden Augen war sie in der Lage, Dinge zu erkennen, die nahezu kein anderer von uns sehen konnte.

Was auch immer diese Vorez gewesen sind, sie schienen gewusst zu haben, was sie taten, dachte ich.

Vorez war die Kurzform von «Vorbesetzer». Wir bezeichneten die höchstwahrscheinlich auf zwei Beinen gehenden Wesen, die vor uns die Erde bevölkert hatten und deren Hinterlassenschaften noch immer auffindbar waren, auf diese Weise. Überall auf dem Planeten hatten wir deren Knochen gefunden, meist inmitten von längst zusammengebrochenen Ruinen.

Als Stella bemerkte, dass ich gedanklich abgeschweift war, stellte sie sich die Vorez in ihrem natürlichen Lebensraum vor, wodurch ich es aufgrund unserer telepathischen Verbindung klar vor meinem inneren Auge erkennen konnte, als wären es meine eigenen Gedanken. Vorez waren eigenartige, schlanke Wesen, die mit ihren knapp einen Meter und achtzig Zentimetern Höhe grösser wirkten als einige Drachen, obwohl ihre Körpermasse ungefähr derselben entsprechen musste wie der von Stella und mir. Ihre Schädel waren beinahe rund und sie verfügten über keine Schnauze. Stattdessen war ihr Gesicht flach. Wie genau die Beschaffenheit ihrer Haut war, wussten wir nicht. Stella stellte sie sich bleich, ledrig und mit nur wenigen Haaren vor wie die eines Schweins. Schuppen hatten wir bisher noch keine von ihnen finden können.

Auf einmal verspürte ich Stellas Bedürfnis, zu fliegen. Ich rief meine Erinnerungen an den heutigen Flug auf, wobei sie sich augenblicklich darauf stürzte und all meine Gefühle in vollen Zügen genoss. Aufgrund ihres gelähmten Flügels nicht mehr eigenständig fliegen zu können, war sehr schlimm für sie. Sie wünschte sich nichts sehnlicher, als irgendwann wieder gesund sein zu können.

Lange schwelgte sie in meinen Gedanken, bis ich sie sanft daran erinnerte, dass wir beide noch einiges zu erledigen hatten. Traurig liess sie von meinem Flug ab und bat mich wortlos darum, baldmöglichst wieder nach antiken Relikten zu suchen, sodass sie ihre Forschungen fortsetzen konnte. Wir trennten unsere Bewusstseine voneinander, was wie jedes Mal ein bedrückendes Gefühl der Leere in uns beiden auslöste. Liebevoll drückte ich die Seite meines Kopfes an ihren und schloss die Augen.

Ich liebe dich, mein Schatz, sprach ich gedanklich zu ihr.

«Ich dich auch, Papa.»

Viel Glück bei deinen Forschungen.

Nun begab ich mich wieder auf den Weg nach draussen, wobei mir eine dünne, gelbe Platte mit einem einfach gezeichneten Vorez-Schädel oberhalb von zwei Knochen auffiel. Ich hatte Stella dieses Relikt vor drei Monaten gebracht und mittlerweile befand sich eine in Stein gemeisselte Erklärung daneben.

«Dünne Metallplatte, gefärbt. Vermutlich als Warnschild der Vorez eingesetzt.», stand auf der dazugehörigen Schieferplatte.

Ein leises Kratzen hinter mir verriet, dass Stella abermals damit begonnen hatte, ihre Entdeckungen zu verewigen. Ich warf ihr einen besorgten Blick zu.

Du solltest wieder einmal nach draussen gehen, dachte ich.

«*Ja, Papa.*»

Ich meine das ernst. Du bist viel zu häufig allein in deinem Labor. Ein wenig frische Luft könnte dir guttun. Wie geht es eigentlich deinem Ei?

«*Keine Ahnung.*»

Wann hast du das letzte Mal danach gesehen?

«*Vor drei Wochen. Es schlüpft aber auch erst in einem Monat.*»

Trotzdem benötigt es die Nähe seiner Mutter. Du weisst doch, dass sich die fehlende telepathische Anwesenheit der Eltern negativ auf die Entwicklung auswirkt. Wo ist Manuel momentan?

«*Weiss ich nicht. ... winzige Leitungen aus Gold ...*», setzte Stella ihre Aufzeichnungen gedanklich fort, bevor sie die Worte in den Schiefer ritzte.

Seufzend wandte ich mich von ihr ab, wohl wissend, dass sich gerade eine weitere Aufgabe an meine heutigen Tätigkeiten gereiht hatte.

Mein Magen knurrte bereits, als ich den Eingang des komplexen Luftumwälzungssystems betrat, welches die Steinwand oberhalb des Frischwasserbeckens kühlte. Da es bereits Mittag war und ich noch immer nicht meine Inspektion durchgeführt hatte, war ich ein wenig unter Zeitdruck, weswegen ich erst am Abend wieder fressen konnte. Mahlzeiten um einen halben Tag zu verschieben, war glücklicherweise nicht der Rede wert, da wir Drachen notfalls wochenlang ohne Nahrung auskommen und auf Vorrat fressen konnten.

Über fünfzig Grad heisse Luft, die aufgrund der Hitzeabstrahlung des nackten, durch die Sonne beschienenen Steins aufgewärmt worden war, wehte an mir vorbei in das Innere des Höhlensystems. Ich folgte dem Luftstrom, bis es derart düster wurde, dass ich kleine Flammen in meinem Rachen entzündete, die von sich aus brannten. Hierfür musste man lediglich die Luft in den Lungen erhitzen, Feuer ausstossen und sogleich wieder einatmen, bis es den sogenannten Feuerschleim, das brennbare Sekret im Inneren des Rachens, entzündete.

Anschliessend durfte man lediglich flach atmen, sodass die Hitze nicht entweichen konnte.

Das düstere, orangerote Licht aus meinem Maul genügte bereits, die umliegenden Wände der Höhle erkennen zu können. In schnellen Schritten eilte ich durch den kilometerlangen Gang, der zwischen einem und zehn Metern breit war. Der Rückenwind half mir bei meinen Bewegungen. Mit der Zeit wurde die Luft kälter, bis ich weitere Hitze in meinen Lungen erzeugen musste, um nicht zu frieren. Am kältesten Punkt, kurz bevor die Höhle senkrecht nach unten abfiel, verharrte ich in meiner Position. Dies war die Stelle, an der sich die immerzu kalte Wand befand. Ich hielt meinen Kopf gegen den Felsen, schloss die Augen und lauschte. Ein leises Plätschern an der gegenüberliegenden Seite der Wand bestätigte meine Position. Bis zu diesem Zeitpunkt hatte ich keine Risse in den Wänden oder Geröll entdeckt, was ein gutes Zeichen war.

Mit weit ausgebreiteten Flügeln sprang ich in das tiefe, nahezu senkrechte Loch hinab. Ich konnte meine waagerechte Position während des gesamten Sinkfluges halten, da ich über eine ausgezeichnete Balance verfügte. Nicht mit den Flügeln schlagen zu können, hatte einige meiner eher exotischen Flugfähigkeiten stark verbessert.

Mehrere Kilometer tiefer ging es urplötzlich wieder geradeaus weiter. Da ich diese Strecke bereits unzählige Male geflogen war, konnte ich frühzeitig mithilfe einiger Spiralen abbremsen. Hierfür winkelte ich die Flügel asymmetrisch an und nutzte eine Schrägstellung meines Schwanzes, um mich in Drehung zu versetzen. Meine Rotation in Kombination mit dieser eigenartigen Flügelstellung schraubte die Luft nach unten ähnlich zu einem Propeller.

Was man nicht alles tut, wenn man keinen Flügelschlag ausführen kann, dachte ich währenddessen schmunzelnd.

Knapp über dem Boden flog ich in hoher Geschwindigkeit geradeaus weiter und ging nahtlos in einen Steigflug über, da die Höhle einen Knick nach oben machte. Währenddessen flackerte mein Feuer bedrohlich auf, weswegen ich mehr Hitze aus meinen Lungen einsetzte, um es am Leben zu erhalten.

Da der Luftstrom nun ebenfalls aufwärts führte, fiel mir der Aufstieg leicht. Die aufgrund von vulkanischen Aktivitäten erhitzten Granitwände dieses Höhlenabschnitts strahlten dermassen viel Wärme aus, dass sich die eben noch kalte Luft schlagartig erhitzte, ausdehnte und aufstieg. Dieser Bereich des Luftumwälzungssystems war sozusagen der Motor. An einer besonders heissen Stelle, bei der die Steinwand geringfügig glühte, setzte ich zur Landung an. Ich liess mein Feuer erlöschen und bewunderte das schwache, dunkelrote Glimmen, was nun die Höhle erfüllte. Die angenehme Hitze, die von den Steinwänden ausging, verleitete mich dazu, mich zu entspannen. Seufzend legte ich mich flach auf den Felsen, breitete die Flügel aus und schloss genussvoll die Augen. Obwohl mein Flügelgelenk aufgrund der hohen Belastung von vor wenigen Minuten ein schmerzhaftes Stechen aussendete, fühlte ich mich vollständig wohl auf dem schätzungsweise fünfhundert Grad heissen Stein. Die Hitze schien selbst meine Schmerzen zu lindern.

Irgendwann reckte ich plötzlich meinen Kopf hoch. Die ruckartige Bewegung löste Kopfschmerzen aus, die ich jedoch ignorierte.

Ich muss noch nach Stellas Ei sehen und anschliessend Edithas Abfluss entstopfen, erinnerte ich mich in diesem Augenblick.

Da ich mir erneut meiner Pflichten bewusst geworden war, entzündete ich das Feuer in meinem Rachen abermals und flog in Richtung Oberfläche weiter, bis die Höhle schliesslich vier Kilometer von der kalten Steinwand entfernt endete. Die flimmernd heisse Luft, die aus dieser breiten Felsspalte austrat, eignete sich hervorragend für das Ausbrüten von Dracheneiern.

Das dreizehn Zentimeter grosse, giftgrüne Ei spiegelte zweifelsfrei die Schuppenfarbe von Stellas Freund Manuel wider. Dennoch hatte ich aufgrund der bereits wahrnehmbaren, telepathischen Signale das Gefühl, mein zukünftiges Enkelkind hatte den Charakter meiner Tochter geerbt. Bedauerlicherweise liess sich das Geschlecht vor dem Schlüpfen unmöglich bestimmen, es sei denn, man durchleuchtete das Ei mit gebündeltem Sonnenlicht, was jedoch äusserst schädlich war. Demnach verzichteten die meisten auf das frühzeitige Bestimmen des Geschlechts.

Sachte liess ich kleine Flammen aus meinem Maul lodern, um die Schale des Eis zusätzlich zur bereits heissen Luft zu erhitzen. Nach einer Weile empfing ich ein angenehmes Gefühl der Wärme, was zweifelsohne ein Gedanke des ungeborenen Drachenkindes sein musste. Während ich das Feuerspeien fortsetzte, musste ich an die zahlreichen Fehlgeburten denken, die Stella während der letzten Jahrhunderte gehabt hatte. Meinen Aufzeichnungen nach war genetische Vielfalt bereits seit Jahrtausenden ein Problem, was sich fortlaufend zuzuspitzen schien. Zudem schien Manuel nicht sonderlich fruchtbar zu sein, denn von den drei Eiern, aus denen Stellas Gelege zumeist bestand, hatten zwei keinen Fötus beinhaltet, was statistisch gesehen bereits überdurchschnittlich war.

Gerade als sich die Folgen von genetischen Fehlern vor meinem inneren Auge abspielten und ich abermals an die verkrüppelten Babys denken musste, die oftmals in den ersten Tagen oder gar Stunden nach dem Schlüpfen starben oder in gewissen Fällen nicht einmal schlüpften, vernahm ich ein leises Kratzgeräusch zu meiner Rechten. Augenblicklich stellte ich mein Feuerspeien ein und starrte auf das hellgraue, knapp dreissig Zentimeter grosse Ei neben dem meiner Tochter, was diese Geräusche von sich gab. Geringfügig wackelte es, verharrte still in seiner Position, um gleich darauf wieder zu zucken. Bei einer besonders starken Bewegung des Drachenbabys kippte es plötzlich zur Seite und rollte gefährlich nahe an die tiefe Felsspalte heran, aus der ich vor einigen Minuten gekommen war. Instinktiv sprang ich auf und stoppte die Bewegung des Eis mithilfe meines rechten Vorderbeins.

Typisch Gustav. Ständig prahlt er, welch ein toller Vater er ist, und gleichzeitig vernachlässigt er seine Kinder, dachte ich geringfügig kopfschüttelnd.

Bei genauerer Betrachtung fiel mir ein kleiner Riss in der Eierschale auf, der soeben entstanden sein musste. Interessiert schnupperte ich daran, bis er sich mit einem leisen Knacksen vergrösserte. Ausserdem erreichte mich telepathisch das Bedürfnis, die Schnauze ruckartig nach oben zu stossen. Mithilfe der scharfen Spitze, die neugeborene Drachen an der entsprechenden Stelle besassen, konnten sie die Eierschale aufbrechen, sobald sie bereit zum Schlüpfen waren. Meistens schlüpften Drachen in Anwesenheit ihrer Eltern. In diesem Fall waren weder Gustav noch seine Frau Mia anwesend, weswegen ich vermutete, dass meine telepathischen Signale ihr Kind dazu verleitet hatten, diesen Zeitpunkt auszuwählen. Demnach war es meine Pflicht, ihnen das Ei unverzüglich zu bringen.

Kein Wunder, dass du bei mir schlüpfst, wenn deine Eltern nie anwesend sind und dich nicht einmal sicher positionieren, dachte ich seufzend, als ich das Ei zwischen die Zähne nahm, mit allen Vieren beschleunigte, mich am Felsvorsprung abstiess und die heisse Luft aus der Felsspalte nutzte, um aufzusteigen.

Dass von meinem linken Vorderbein währenddessen ein unangenehmes Zwicken ausgegangen war, ignorierte ich. In engen Kreisen gewann ich an Höhe, bis ich die Brutstätte schliesslich verlassen konnte. Währenddessen war mir das Ei beinahe aus dem Maul gerutscht, obwohl ich es quer transportierte, da es ungefähr dieselbe Grösse besass wie mein Kopf. Um sicherzustellen, dass ich es nicht doch noch fallenliess, nahm ich es zwischen die Klauen meiner

20

Vorderbeine, da ich diese nun nicht mehr zur Beschleunigung benötigte. Trotz meines schmerzenden Gelenks liess ich meine Flügelhaut kraftvoll Wellen schlagen, um schnellstmöglich an Höhe zu gewinnen.

Gustav, Mia, euer Kind schlüpft gerade! Rief ich gedanklich über die Drachenschlucht hinweg, so laut ich konnte.

Aufgrund meiner derzeitigen Position, von der ich dutzende unserer Häuser und Farmen überblicken konnte, war es meinen telepathischen Signalen möglich, kilometerweit vorzudringen. Über solch grosse Distanzen zu kommunizieren, benötigte viel Energie und Übung, die ich glücklicherweise besass. Trotz meiner Bemühungen erreichten mich ausschliesslich die Gedanken anderer Drachen, die meinen Ruf lediglich mitgehört hatten.

Aussagen wie *«Typisch Gustav.»*, *«Verantwortungsloses Pack.»* und *«Die werden sich wohl nie ändern.»* schnappte ich auf.

Da mein Sohn Mario ein guter Freund von Gustav war und oft mit ihm zusammenarbeitete, schnupperte ich an der heissen, trockenen Luft und folgte seiner Duftspur, um ihn nach Gustavs Aufenthaltsort fragen zu können. Bald darauf führte mich sein Körpergeruch zu Edithas Haus, was ich in diesem Durcheinander jedoch erst bemerkte, als mich die immerzu nörgelnde Drachenfrau telepathisch ansprach.

«Da bist du ja endlich. Ich dachte schon, du würdest meinen Abfluss nie entstopfen.»

Es tut mir leid, Editha. Momentan bin ich noch zu beschäftigt, Gustav und Mia zu finden. Ihr Kind schlüpft in diesem Augenblick.

«Das kann dir doch eigentlich egal sein. Schliesslich ist es nicht dein Ei.»

Nicht alle von uns sind gleichermassen egoistisch.

«Das sagt derjenige, der keinen Quadratzentimeter seines riesigen Anwesens teilen möchte.»

Sei bitte einen Augenblick still, ich muss Mario finden. Vielleicht weiss er, wo sich Gustav momentan aufhält.

«Ich glaube, dein Sohn kriecht in meiner Frischwasserleitung umher. Seit Stunden stinkt mein Wasser nach ihm. Sag deinem Balg gefälligst, er soll andere Gewässer verunreinigen.»

Das nennt man Wartung des Frischwassersystems. Einerseits ist diese Arbeit essenziell wichtig und andererseits hat er sie bereits seit Wochen angekündigt. Wie geplant reinigt er heute deine Wasserleitungen, morgen die von Gertrud, übermorgen die von Ursula und so weiter.

«Das darf doch nun wirklich nicht wahr sein! Dann werde ich wochenlang kein Wasser mehr ohne Marios Sabber trinken können.», beschwerte sich Gertrud, die dreieinhalb Meter grosse Drachenfrau mit den pinken Schuppen, deren Haus rechts neben dem von Editha stand.

Ursula, ihre violette Freundin, die unter anderem Marios Tochter war, stand dicht an ihrer Seite und blickte mich angewidert an. Obwohl sie meine Enkeltochter war und dieselbe Körpergrösse besass wie ich, hätte ihr Charakter nicht unterschiedlicher zu meinem sein können. Bedauerlicherweise verstand sie sich gut mit Editha und Gertrud, die sich vor Ewigkeiten gegen Mario und mich verschworen hatten. Demnach betrachteten wir sie bereits seit Jahrhunderten nicht mehr als Teil unserer Familie.

In diesem Augenblick hatte ich meine langsamen Kreisbewegungen beendet, die ich stets für meinen Sinkflug nutzte, und setzte vor den drei Drachenweibern auf, wobei ich das Ei abermals mit dem Maul tragen musste, um meine Beine uneingeschränkt verwenden zu können.

«Seht euch mal diesen Krüppel an. Nicht einmal mit den Flügeln schlagen kann er.», meckerte Editha.

Dafür schere ich mich nicht bloss um mich selbst wie ihr drei, entgegnete ich mit gerümpfter Nase.

Behutsam legte ich das Ei auf den erstaunlich staubfreien Felsboden der Strasse und begutachtete die Risse, die während meines Fluges entstanden waren.

«Zumindest ist es nicht so schlimm wie bei seiner Tochter. Die kann sich ja kaum noch bewegen.», warf Ursula ein.

Sofort warf ich ihr einen zornigen Blick zu, der Editha nicht entgangen war.

«Wann führt Stella endlich mal eine sinnvolle Arbeit aus, Nils? Sie sitzt den ganzen Tag in eurer riesigen Höhle herum und macht gar nichts, ausser uns das Fressen und Trinken zu stehlen.», provozierte Editha mich, während sie jede Sekunde auskostete, mich mit ihren gelben Schlitzaugen herablassend anzustarren.

Ihre Forschungen sind alles andere als nutzlos. Wir lernen viel über die Vergangenheit der Erde und vielleicht erfahren wir irgendwann, wie es möglich war, dass die Vorez den gesamten Planeten bevölkern konnten, verteidigte ich meine Tochter.

«Das bezweifle ich. Was haben ihre 'Forschungen' in den letzten Jahrtausenden erreicht? Nichts! Sie vergeudet nur Zeit, die sie wichtigeren Dingen widmen könnte.»

Neben ihren Forschungen hat sie auch noch andere Aufgaben, dachte ich schnaubend vor Wut.

«Welche denn? Weitere Bastarde zur Welt bringen, die wenige Stunden nach dem Schlüpfen sterben?»

Ich knurrte Editha zornig zähnefletschend entgegen, wobei ich meinen Speer unruhig mit meiner Schwanzspitze umherbewegte. Gleich darauf schloss ich die Augen, atmete einmal tief durch und konzentrierte mich auf das derzeit schlüpfende Drachenbaby vor mir, um meine Wut verblassen zu lassen.

«Wie viele Männer hatte sie in den letzten zwei Jahrtausenden? Zwölf?», fuhr Editha fort.

Es waren neun, wobei sie seit über fünfhundert Jahren mit Manuel zusammen ist, entgegnete ich, ohne meinen Blick von der eben aufbrechenden Eierschale zu lösen, hinter der sich bereits die Schnauze des hellgrauen Drachenbabys erkennen liess.

Eine durchsichtige, dickflüssige Masse trat aus dem kleinen Loch hervor und rann dem Ei entlang abwärts. Das Drachenbaby zuckte erneut mit dem Kopf nach oben, wodurch weitere Teile der Eierschale zu Boden fielen.

«Das hat gar nichts zu bedeuten. Manuel sucht sich doch niemals eine langfristige Partnerin aus. Der hat wahrscheinlich schon mit jeder einzelnen Frau dieses Planeten rumgemacht. 'Jede Nacht eine andere', oder wie war sein Leitspruch nochmal? Ich könnte mir keinen anderen vorstellen, der mit solch einem Krüppel wie Stella etwas anfangen würde. Wahrscheinlich hat er seinen kleinen Schwanz zuvor bereits in jede erdenkliche Felsspalte geschoben, bevor er es mit deiner Tochter versucht hat.»

An deiner Stelle würde ich jetzt ganz still sein, du verzogenes Miststück, dachte ich voller Zorn, wobei sich mein gesamter Körper verspannte.

Dennoch gelang es mir, ununterbrochen das Drachenbaby anzusehen, was in diesem Augenblick seinen Kopf erstmals aus dem Ei streckte. Unter der zähen Flüssigkeit, die seinen gesamten Körper überzog, liess sich seine verwachsene Schnauze ohne Unterkiefer erkennen. Allem Anschein nach würde dieses Kind keine Stunde überleben, so massive Gendefekte wie es aufwies. Nicht einmal sein rechtes Auge konnte es aufgrund der wilden Geschwüre in seinem Gesicht öffnen. Mein Mitleid diesem armen Geschöpf gegenüber liess mich meine Wut vorübergehend vergessen.

«Oh, jetzt hast du voll ins Schwarze Getroffen, Editha.», kommentierte Ursula, die unsere Konversation amüsiert mitverfolgt hatte.

«Dieses Kind erinnert mich stark an die von Stella. Das habt ihr davon, wenn ihr andauernd weitere eurer Inzucht-Bastarde erzeugt.»

Sagt diejenige, deren Stammbaum kreisförmig verläuft, konterte ich.

Gertrud sog erstaunt über die neuste Gesprächswendung die Luft ein.

«Ich kann doch nichts dafür, dass sich meine Mutter in ihren Ururgrossvater verliebt hat.», dachte Editha empört schnaubend.

Trotzdem darfst du niemandem einen Vorwurf machen, der sich in einen entfernten Verwandten verliebt. Wir sind nun mal nicht viele.

Sie dachte einen Augenblick angestrengt nach.

«Wenigstens ändern wir normalen Drachen nicht ständig den Partner. Stattdessen heiraten wir und leben für alle Ewigkeiten mit unserem Liebhaber zusammen.»

Bis dass der Tod euch scheidet.

Editha verlor unvermittelt die Beherrschung und sprang zähnefletschend in meine Richtung, da ich eine Anspielung auf ihren vor dreissig Jahren verstorbenen Ehemann gemacht hatte, weswegen sie sich von nun an laut ihren Regeln niemals wieder verlieben durfte, selbst wenn sie noch tausende Jahre lebte. Obwohl dies grosse Schmerzen in meinem linken Flügelgelenk verursachte, legte ich meine Flügel schützend um das eben aus dem Ei kletternde Drachenbaby, was ich als weiblich identifizierte. Ich spielte mit dem Gedanken, meine jahrhundertelange Übung mit dem Speer einzusetzen, um mich zu verteidigen, entschied mich jedoch dagegen, da ich niemanden ernsthaft verletzen wollte. Nur eine halbe Sekunde später hatte Editha mich erreicht. Da ich abgesehen vom Beschützen des Drachenbabys nicht auf ihren Angriff reagiert hatte, kam sie schlitternd zum Stehen, drehte sich einmal im Kreis und schlug mir mit ihrem Schwanz gegen den Kopf. Der harte Schlag weckte meine chronischen Kopf- und Rückenschmerzen, wodurch ich krampfhaft zuckend seitlich zu Boden stürzte und meinen Speer fallenliess. Während ich versuchte, trotz der stechenden Schmerzen, die mir von der Stirn bis zum Schwanzansatz reichten, weiterhin zu atmen, tanzten farbige Punkte über mein Sichtfeld.

Im Augenwinkel erkannte ich, dass Gertrud schadenfreudig grinsend meinen Speer aufhob und in hohem Bogen in Richtung des Salzsees warf. Das laut widerhallende Scheppern gefolgt von einem Platschen verriet, dass sie ihr Ziel nicht verfehlt hatte. Vor Schmerz keuchend und zitternd versuchte ich, aufzustehen, sackte jedoch gleich wieder zusammen.

«Seht euch bloss dieses Elend an. Ein verkrüppelter, alter Mann wälzt sich im Dreck neben einem mindestens genauso verkrüppelten Baby.», dachte Editha,

als wäre sie stolz auf ihr Verhalten, was sie vermutlich tatsächlich war, sofern ich ihre Gedanken korrekt interpretiert hatte.

«Was machen wir jetzt mit den beiden?», fragte Ursula.

Bevor Editha ihr antworten konnte, zerbrach urplötzlich ein Fenster ihres Hauses und ihr heiss geliebter Holzschrank fing Feuer, ohne dass eine Ursache erkennbar war.

«Oh nein!», rief sie aus und eilte stürmisch ins Innere.

Ihre beiden Freundinnen folgten ihr, wobei sie mir vorwurfsvolle Blicke zuwarfen, als wäre der eben entstandene Brand meine Schuld. Ich wollte mich gerade nach dem frisch geschlüpften Drachenmädchen umsehen, als ein Schatten über mich hinwegflog, gefolgt von einem kühlen Windstoss. Ohne meine Schmerzen zu verschlimmern, war es mir nicht möglich, aufzusehen. So plötzlich wie der Schatten gekommen war, landete Geist, Mias Bruder vor mir. Diesen Namen verdankte er seinem vollständig weissen, farblosen Schuppenpanzer, seinen tiefrot glühenden Augen und seiner Fähigkeit, sich beinahe lautlos fortzubewegen. Ausserdem verströmte er keinen Körpergeruch, was ihn nahezu unaufspürbar machte und er konnte unsichtbares Feuer speien.

«Dieses Mal ist Editha mit ihrer Clique eindeutig zu weit gegangen.», dachte er, während er seine neugeborene Nichte sachte mit der Schnauze anstupste und begutachtete.

Warst du das mit dem Feuer durch ihr Fenster?

«Ja.», antwortete er verschmitzt schmunzelnd.

Das kratzende Geräusch von Klauen auf Granitboden schreckte Geist auf. Er blickte nervös umher, bis sein Blick auf Edithas Haustür fiel.

«Sie kommt gleich wieder. Ich muss jetzt von hier verschwinden. Danke, dass du meiner Nichte helfen wolltest. Das wäre nicht deine Aufgabe gewesen.», sprach er gedanklich, während er seinen Kopf zur Seite reckte, sodass Edithas tragende Wand im Wohnzimmer seine Telepathie blockierte.

Warte, kannst du mir ...?

Bevor ich meine Frage vollenden konnte, war er bereits mit dem Drachenbaby zwischen seinen Klauen hinter einer Hauswand verschwunden. Wie immer hatte er keinerlei Spuren hinterlassen und bewegte sich lautlos.

«Warst du das, Nils?», herrschte mich Editha knurrend an, während sie energisch ihre Tür aufstiess.

Ich? Nein, entgegnete ich, wobei ich an Stella dachte, um Geist nicht zu verraten.

«Jetzt hast du nicht bloss meinen Abfluss, sondern auch noch meinen Schrank auf dem Gewissen.»

Bedrohlich trat sie mit ihren Freundinnen im Schlepptau auf mich zu. Ich kroch mit schmerzverzerrtem Gesicht bis an die kühle, im Schatten gelegene Hauswand hinter mir zurück, jedoch wusste ich, dass dies die momentane Situation nicht bessern konnte.

«Lasst ihn in Ruhe!», fuhr Mario dazwischen.

Keiner von uns hatte ihn bisher wahrgenommen. Wir blickten allesamt fragend umher, bis sich mein Sohn schliesslich triefend nass aus einem schmalen Loch zwischen den Häusern hervorzwängte. Allem Anschein nach hatte er seine Wartungsarbeiten an Edithas Frischwasserleitung soeben beendet.

Mit seinen zweieinhalb Metern Länge war er den drei Frauen zwar körperlich unterlegen, jedoch imponierte ihnen sein selbstbewusstes Auftreten. Ohne sie auch nur eine Sekunde aus den Augen zu lassen, trat Mario zu mir, umklammerte meinen Brustkorb mit allen Vieren und schwang seine gut durchtrainierten Flügel, sodass die Wassertropfen von seinem Körper in alle Richtungen stoben. Ich verkrampfte meinen Rücken, da nun wieder ein stechender Schmerz durch meine Wirbelsäule schoss.

«Das nenne ich mal Invalidentransport.», kommentierte Gertrud mit herablassendem Blick.

Mario liess sich nicht provozieren und flog mich zurück nach Hause. Behutsam setzte er mich neben dem Eingang meines Schlafzimmers ab.

«Geht es dir gut, Papa?»

So einigermassen, dachte ich, während ich mich ächzend aufrichtete und versuchte, meine Schmerzen zu unterdrücken.

Dies gelang mir nicht vollständig, da ich aufgrund meiner Rückenschmerzen heftig zuckte. Mitfühlend stupste Mario meinen Kopf mit seiner noch leicht feuchten Schnauze an. Im hellen Licht der Nachmittagssonne glitzerte sein frisch gewaschener Schuppenpanzer in wunderschönen, hellblauen Farbtönen.

«Wo ist eigentlich dein Speer?», unterbrach er meine Gedankengänge.

Gertrud hat ihn in den See geworfen.

Mario schnaubte verächtlich.

«Warte hier, ich werde ... oh, das Problem hat sich anscheinend von selbst gelöst. Gustav wurde fertig mit der Reinigung unserer Abwasserkanäle.»

Ich blinzelte der Sonne entgegen und erkannte den fünf Meter grossen, dunkelbraunen Drachen am Himmel, der meinen Speer zwischen den Klauen trug und schnurstracks in unsere Richtung flog.

Die Abwasserkanäle zu säubern wäre doch eigentlich deine Aufgabe, antwortete ich leicht verwirrt.

«Dafür helfe ich ihm mit seinen Hühnern.»

Nebst Marios Worten erreichten mich noch Bilder aus den Abwasserkanälen. Als er an den derben Gestank und das Abschaben von Schmutz mithilfe seiner Klauen dachte, erschauderte er deutlich sichtbar.

Zugegebenermassen ist das eine wirklich schmutzige Arbeit, entgegnete ich verständnisvoll.

Gustav landete in diesem Moment vor uns und schob mir meinen Speer mithilfe einer Klaue entgegen. Sowohl er als auch meine unzerstörbare Waffe waren nass und bildeten in diesem Augenblick weisse Salzkristalle. Ein beissender Gestank erfüllte plötzlich meine Nase, weswegen ich die Luft anhalten musste. Dennoch nickte ich ihm dankbar zu, wobei ich darauf achtete, nicht meine Kopfschmerzen zu verschlimmern.

«Schmutzig ist es tatsächlich. Aber mir macht dieser Gestank nichts aus.», warf Gustav selbstzufrieden schmunzelnd ein.

Heute ist übrigens deine Tochter geschlüpft, entgegnete ich, da mir wieder eingefallen war, weshalb ich bei Editha gewesen war.

Gustavs Augen weiteten sich.

«Was? Du machst doch Witze, oder?»

Nein, Geist hat sie mitgenommen.

Ohne sich zu verabschieden, schwang sich Gustav dem Himmel empor. Nur wenige Augenblicke später war er bereits hinter einer Felswand verschwunden.

«Gibt es noch etwas, wobei ich dir helfen kann?», fragte Mario nun.

Ja, eine Sache wäre da noch. Edithas Abfluss ist verstopft und ich bin emotional gerade nicht in der Lage, zu ihr zu gehen, um das Problem zu beheben. Könntest du das für mich erledigen?

«Selbstverständlich. Ausserdem werde ich ihr ein winziges Loch von ihrem Wohnzimmer zum darunterliegenden Abwasserkanal bohren, sodass alles immer schön stinkt. Bis sie das bemerkt, vergehen bestimmt Jahrzehnte.»

Mario und ich grinsten gleichermassen schadenfreudig.

Danke, Mario. Ich hab dich lieb.

Sanft stupste er meine Schnauze mit seiner an, um sich zu verabschieden, und begab sich auf den Weg zu Editha, die seinen bevorstehenden Streich mehr als verdient hatte. Leise kichernd zog ich mich in mein Schlafzimmer zurück und legte mich flach auf den Boden, um meine Rückenschmerzen loszuwerden. Während ich mich entspannte, beobachtete ich das stinkende Seewasser, was langsam auf meinem Speer trocknete und eine weisse Kruste hinterliess. Als ich daran schnupperte, zuckte ich aufgrund des derben Gestanks gleich wieder zurück.

Na toll. Der wird mindestens noch eine Woche nach Seewasser stinken, dachte ich seufzend.

Stundenlang ruhte ich mich mit knurrendem Magen aus. Da meine Schmerzen allmählich verblassten, schweiften meine Gedanken zu anderen Problemen ab. Nebst der stark eingeschränkten genetischen Vielfalt aufgrund unserer kleinen Gesamtpopulation von unter zweihundert Drachen beschäftigte mich die Tatsache, dass der Wasserpegel während der letzten Jahrtausende durchgehend gesunken war. Sollte sich dieser Trend fortsetzen, würden wir in spätestens zehntausend Jahren allesamt verdursten. Dies hatte ich jedoch noch niemandem erzählt, da ich die daraus resultierende Massenpanik vermeiden wollte.

Gerade als ich dachte, dieser Tag könnte nicht noch schlimmer werden, witterte ich plötzlich Brigittes Geruch. Sie war das mit Abstand nervigste Wesen dieses Planeten und ich konnte ihre aufdringliche, übertrieben nette Art nicht ausstehen. Ausserdem war sie dazu in der Lage, inkompatible telepathische Verbindungen einzugehen, weswegen mein Bewusstsein wie eine aufgedeckte Schrifttafel für sie war.

Ich starrte bereits mit finsterem Blick in Richtung Strasse, als Brigitte breit grinsend mit einem gerupften und flammengegarten Hühnchen zwischen den Zähnen mein Schlafzimmer betrat, ohne auch nur zu versuchen, ihr Kommen anzukündigen. Im Halbdunkeln glich ihr magentafarbener Schuppenpanzer dem Meinen stark. Selbst in ihrer Grösse ähnelte sie mir. Von Kopf bis Schwanzspitze war sie lediglich zehn Zentimeter länger als ich.

Nicht schon wieder, Brigitte. Ich habe jetzt echt keine Nerven für dich, dachte ich, da sie ohnehin bereits wusste, was ich von ihr hielt.

«Dein Magen fühlt sich leer an. Deswegen dachte ich, ich bringe dir etwas zu futtern. Ich weiss schliesslich, wie sehr du auf meine gebratenen Hühnchen stehst.»

Dass ich dieses Gericht mochte, war bedauerlicherweise die unbestreitbare Wahrheit. Der leckere Geruch von perfekt gegartem Fleisch drang mir in die Nase, weswegen sich meine Speichelproduktion unwillkürlich erhöhte. Brigittes Gedanken konnte ich entnehmen, dass sie dies bereits aus meinem Bewusstsein gelesen hatte, da sie jederzeit all meine fünf Sinne anzapfen konnte. Immer noch grinsend platzierte sie das Hühnchen direkt vor mir auf dem Boden. Der himmlische Duft, der davon ausging, zwang mich dazu, es von oben bis unten abzuschnuppern. Das Fleisch roch würzig wie es kein anderer Drache zubereiten konnte. Noch immer fragte ich mich, was ihr geheimes Rezept war.

Wie machst du das? Fragte ich, wobei ich genau wusste, dass sie den Kontext verstand.

«Das ist Betriebsgeheimnis.», entgegnete sie noch breiter grinsend.

Ich versuchte, sie dabei zu erwischen, an die Zubereitung dieses Hühnchens zu denken, jedoch empfing ich von ihrem Bewusstsein stets meine eigenen Gedanken. Wie ein Endlosecho wiederholte sich alles, woran ich dachte, bis ich ihr Bewusstsein ignorierte. Mittlerweile musste ich schlucken, um nicht den Fussboden vollzusabbern, was mich aufgrund Brigittes Anwesenheit in Verlegenheit brachte. Sie starrte mich ununterbrochen mit ihrem durchdringenden Blick an und schien mich wie einen klaren Kristall zu durchleuchten. Mir war bewusst, dass ihr mein gesamtes Bewusstsein zur Verfügung stand, ohne dass ich mich dagegen wehren konnte. Wahrscheinlich kannte sie bereits meine dunkelsten Geheimnisse. Schicksalsergeben biss ich in das gebratene Hühnchen hinein, da ich ohnehin früher oder später meinem Hunger unterlegen gewesen wäre. Wie immer war das Fleisch zart und saftig. Der lecker würzige Geschmack breitete sich in meinem Maul aus und ich wünschte mir, dieser Moment würde niemals enden. Selbstzufrieden beobachtete Brigitte mich, während ich die von ihr zubereitete Mahlzeit verschlang.

Ich hasse dich, dachte ich griesgrämig.

«Ich weiss.», antwortete sie immer noch grinsend.

Nur wenige Minuten später war ich fertig.

War das wieder eines von Gustavs Hühnern? Fragte ich, während ich noch den übriggebliebenen Fleischsaft vom Fussboden leckte.

«Ja. Ich habe es extra für dich getötet, gerupft und gebraten, da ich aus deinem Bewusstsein gelesen habe, wie Editha dich heute behandelt hat.»

Das hätte ich mir bereits denken können. Weisst du eigentlich, was Privatsphäre ist?

«Sicher weiss ich das. Ebenso gut weiss ich, wie ich dir Freude bereiten kann.»

Würdest du dich tatsächlich um mein Wohlergehen scheren, hättest du Edithas Haus dem Erdboden gleichgemacht.

«Das hätte deinen Konflikt mit ihr nur unnötig verschlimmert. Die ist doch bloss sauer, weil sie sich selbst dazu verdammt hat, niemals wieder die Freuden

des Lebens geniessen zu dürfen. Am besten wäre es, du würdest gar nicht erst auf ihre Provokationen reagieren.»

Ich war nicht derjenige, der die Beherrschung verloren hat.

«Diese Auseinandersetzung hättest du trotzdem ganz leicht verhindern können.»

Nun blickte ich Brigitte in ihre magentafarbenen Augen. Im düsteren Licht meines Schlafzimmers waren ihre Pupillen nun kreisförmig, was einen beinahe niedlichen Eindruck erweckte. Ausserdem hatte sie aufgehört, zu grinsen.

Wie denn? Ich hatte meine Wut stets unter Kontrolle.

«Du hast dich provozieren lassen und etwas angesprochen, was sie ausserordentlich wütend gemacht hat. Hättest du sie einfach ignoriert, wäre diese dumme Kuh auf ihren Bemerkungen über deine Tochter sitzengeblieben.»

Das, was sie gesagt hat, war unverzeihlich.

«Beleidigungen sagen meist mehr über die Person aus, die sie ausspricht, als denjenigen, der beleidigt wird.»

Ungläubig starrte ich Brigitte an. Ich wollte es zwar nicht eingestehen, jedoch war ihre Aussage vollkommen korrekt. Bevor ich etwas erwidern konnte, schnupperte sie kritisch in meinem Zimmer umher, bis ihre Nase sie schliesslich zu meinem Speer führte.

«Der stinkt ja abscheulich. Ausserdem ist er von einer Salzschicht bedeckt.»

Da ich wusste, dass Brigitte die Ursache dieser Verschmutzung aus meinem Verstand lesen würde, erklärte ich ihr nichts. Ich wollte sie gerade zum Gehen auffordern, als sie unvermittelt meinen Speer ableckte.

Lass das, dachte ich geringfügig zähnefletschend.

«Dieses Ding muss dringend geputzt werden.», entgegnete sie, ohne die Säuberung meines Speers zu unterbrechen.

Aufgebracht fauchte ich sie an, wodurch sie endlich innehielt.

«Wenn du einen schmutzigen Speer bevorzugst, bitte schön.», dachte sie und trat einen Schritt zurück.

Ich glaube, ich bin alt genug, ihn eigenständig zu putzen.

«Wie du meinst. Hast du Lust auf einen Nachtisch?»

Nein, entgegnete ich schnaubend, hob meinen Speer mit der Schwanzspitze auf und verliess das Schlafzimmer, um mich schnellstmöglich von Brigitte zu entfernen, nachdem ich den linken Flügel in meine gewohnte Schonhaltung gebracht hatte.

Da mein Magen nun voll war und ich Ruhe benötigte, wollte ich mich zu Alexios, einem weisen, goldenen Drachen von sechs Metern Länge zurückziehen, der abgelegen am Rand der Drachenschlucht lebte, sechseinhalb Kilometer über dem Salzsee.

«Gehst du etwa schon wieder zu diesem Psycho?», fragte Brigitte vorwurfsvoll.

Alexios ist kein Psycho. Er mag eigenartig sein, jedoch ist er der einzige Drache, dessen Anwesenheit mich vom Alltagsstress beruhigen kann.

Brigitte blickte mir seufzend nach, als wäre sie enttäuscht. Ich liess sie wortlos zurück, breitete die Flügel aus und startete mit hoher Geschwindigkeit wie immer. Langsam gewann ich an Höhe, indem ich immer grösser werdende Kreise flog. Mit der Zeit schrumpften der See, die Häuser, die Tiergehege, die Plantagen und die kalte Wand, bis sie sich aus meiner Perspektive mit einer Pranke umfassen liessen. Erneut war ich von der Schönheit der Drachenschlucht überwältigt, die sich hunderte Kilometer in jede Richtung erstreckte.

Als die Sonne nicht mehr weit vom Horizont entfernt war, erblickte ich endlich den Rand der Schlucht. Dahinter erstreckte sich eine unermesslich grosse, gelbbraune Sandwüste. Meines Wissens nach überzog sie den gesamten Planeten. Heisse Winde wehten mir entgegen, die mit zunehmender Höhe an Intensität gewannen.

Wie haben die Vorez bloss in dieser Ödnis überlebt? Fragte ich mich, während ich meinen Blick über die scheinbar unendlich grosse Landschaft schweifen liess.

Ungefähr eine halbe Stunde später, als mein linkes Flügelgelenk durchgehend stechende Schmerzen aussendete und mein Hals vollständig ausgetrocknet war, erblickte ich das Zuhause von Alexios. Von oben her glich seine eigens erbaute Plantage am Rand der Drachenschlucht einem perfekten Kreis. Die eine Hälfte war von grünen Pflanzen bedeckt, während die andere Hälfte aus kristallklarem Wasser bestand. Die Trennung der beiden Hälften war S-förmig, wobei sowohl im Wasser als auch in der Pflanzenfläche jeweils ein kleinerer Kreis des gegenteiligen Materials eingelassen war. Ich wusste weder, was diese Form bedeutete, noch weshalb Alexios sie gebaut hatte. Genaugenommen wusste ich auch nicht, woher er das frische Wasser bezog, denn er befand sich meines Wissens niemals ausserhalb seiner Wohnfläche. Ich hatte ihn noch nicht einmal fressen gesehen.

Wie immer sass er auf der kleinen, kreisförmigen Insel inmitten der grossen Wasserfläche und starrte mit erhabenem Blick in die Wüste. Selbst als ich zur Landung ansetzte und ihn telepathisch begrüsste, rührte er sich nicht. Aufgrund seiner goldenen Schuppen, die das Sonnenlicht perfekt reflektierten und seiner immerzu gleichbleibenden Haltung glich er eher einer Statue als einem Lebewesen.

Leicht verlegen landete ich neben ihm auf der kleinen Insel, die kaum Platz für uns beide bot. Durstig warf ich einen Blick auf das perfekt reine, kristallklare Wasser. Anschliessend blickte ich verunsichert zu Alexios, der noch immer den Horizont anstarrte und mir keinerlei Beachtung schenkte.

Ist es in Ordnung, wenn ich von deinem Wasser trinke? Fragte ich ihn.

Keinerlei Antwort erreichte mich. Nicht den kleinsten Gedanken konnte ich von ihm empfangen. Sein Verstand glich absoluter Leere, wie ich es noch bei keinem anderen Drachen erlebt hatte, der nicht bereits tot war. Vorsichtig trat ich einen Schritt auf das Wasser zu, während ich mehrere Male zu Alexios blickte, ob er etwas gegen mein Vorhaben einzuwenden hatte. Da er mehr als doppelt so gross war wie ich, wollte ich ihm keinesfalls auf die Nerven gehen. Fortlaufend starrte er auf den Horizont, ohne mich zu beachten. Während der letzten Minute hatte er kein einzelnes Mal geblinzelt.

Ich überwand meine innere Blockade, beugte mich zum Wasser hinunter und trank einen Schluck. Gleich darauf blickte ich Alexios in sein rechtes Auge, was mich immer noch nicht fokussierte. Langsam stillte ich meinen Durst, bis ich fertig getrunken hatte. Da ich ebenfalls meinen Speer reinigen wollte, fragte ich ihn erneut um Erlaubnis, mein Vorhaben durchzuführen. Wie bereits zuvor antwortete er nicht. Zögerlich hielt ich die Spitze des Speers ins Wasser, wobei sich das Salz und der Schmutz deutlich sichtbar darin verteilten und sein perfekt sauberes Gewässer verunreinigten. Verlegen zog ich den Speer wieder zurück und blickte mehrere Male verunsichert zu Alexios. Er schien keineswegs durch die Verschmutzung seines Gewässers gestört worden zu sein. Als ich mit dem Gedanken spielte, den Speer vollständig zu reinigen, entschied ich mich schliesslich dagegen, da ich diesen perfekten Ort nicht beschmutzen wollte.

Ich kann ihn auch mit meinem Wasser waschen, dachte ich.

Seufzend legte ich mich neben Alexios ins hohe Gras und starrte gemeinsam mit ihm in die Wüste. Allmählich neigte sich der Tag dem Ende zu, denn die Sonne schien nun in einem flachen Winkel auf Alexios' goldene Schuppen, deren Lichtreflexe mich vermehrt blendeten. Nichtsdestotrotz fühlte ich mich in seiner Anwesenheit wohl. Er strömte eine Ruhe aus, die mich je länger je mehr ansteckte. Als die Sonne schliesslich den Horizont streifte und die Umgebung in rötliches Licht tauchte, was meinen bereits tiefroten Schuppenpanzer vergleichsweise hell schimmern liess, fühlte ich erstmals die Erschöpfung des

Tages. Gähnend rollte ich mich in einer möglichst bequemen Position zusammen und schloss die Augen. Eigentlich wollte ich einschlafen, jedoch unterbrachen mich die Gedanken an meine heutige Auseinandersetzung mit Editha.

Denkst du, sie hat recht damit, dass Stellas Forschungen nutzlos sind? Schliesslich haben wir kein konkretes Forschungsziel und unsere Erkenntnisse während der letzten Jahrtausende waren dürftig. Lohnt es sich, noch mehr Zeit in etwas zu investieren, was eventuell zu nichts führt? Fragte ich Alexios.

Wie erwartet erreichte mich keine Antwort. Ich liess meine Augen geschlossen und konzentrierte mich auf das angenehme Gefühl des lauwarmen Abendwindes, der an meinem gesamten Körper vorbeiströmte.

Stella hat mich darum gebeten, erneut nach antiken Relikten zu suchen. Ich glaube, ich sollte mir stattdessen handfeste Lösungen für den permanenten Wasserverlust überlegen. Wahllose Gegenstände vergessener Zivilisationen werden uns wohl kaum weiterhelfen.

«Die Vergangenheit ist der Schlüssel zur Zukunft.», nahm ich Alexios' Stimme in meinem Kopf wahr.

Verwundert öffnete ich die Augen. Der goldene Drache blickte mir nun geradewegs ins Gesicht. Seine mächtige, erhabene Ausstrahlung beunruhigte mich geringfügig, denn in seinem Blick war etwas Forderndes zu sehen, als erwartete er eine ganz bestimmte Antwort von mir.

Meinst du, wir müssen die Vergangenheit verstehen, um Lösungen für die Zukunft finden zu können?

Alexios' Blick blieb unverändert. Für die nächsten Sekunden dachte ich angestrengt nach.

Wie wäre es damit, dass ich mich gleich morgen auf eine Expedition begebe mit dem Ziel, zu verstehen, weshalb die Vorez ausgestorben sind? Vermutlich hängt dies mit dem sinkenden Wasserpegel zusammen und falls ich dahinterkommen sollte, was geschehen ist, kann ich eine Lösung für unser Problem finden.

Alexios wandte seinen Blick von mir ab und starrte abermals den Horizont an, der nun abgesehen von den Sternen beinahe vollständig schwarz war. Lediglich ein schwaches, purpurnes Glimmen war im Westen zu erkennen. Im fahlen Licht des Sichelmondes erweckten Alexios' Lefzen den Anschein, als würde er geringfügig schmunzeln. Dies konnte jedoch auch Einbildung sein, da sie sich höchstens um einen Millimeter bewegt hatten. Nichtsdestotrotz war ich der Überzeugung, die korrekte Lösung gefunden zu haben.

Danke für deine weisen Worte, Alexios, dachte ich zufrieden, stand unter Flügelschmerzen ächzend auf und begab mich auf den Weg nach Hause.

2

Expedition

Als mich die warmen Sonnenstrahlen des nächsten Morgens weckten, startete ich wesentlich zügiger in den Tag als gestern. Nach nur wenigen Minuten hatte ich bereits getrunken, meine Muskeln und Gelenke aufgelockert und meinen Speer gereinigt. Anschliessend verschlang ich kiloweise Fleisch und Getreide, bis mein Magen prall gefüllt war und ein beinahe unangenehmes Stechen aussendete. Ich band mir eine mobile Wasseraufbereitungsanlage um, die aus einem Obsidiansockel mit abnehmbarer Glaskuppel bestand. Sobald sich verschmutztes Wasser im inneren, runden Abschnitt befand, verdampfte es aufgrund der Sonnenstrahlung, kondensierte an der Glaskuppel und floss in perfekt sauberem Zustand in den äusseren Ring, aus dem man schlussendlich trinken konnte. Obwohl dieses Gerät lediglich dreissig Zentimeter gross war, wog es aufgrund meiner Materialwahl über zehn Kilogramm. Ausserdem war es äusserst zerbrechlich und dementsprechend mühsam zu transportieren. Nichtsdestotrotz war es während einer Wüstenexpedition unverzichtbar, da sich der Urin dadurch sterilisieren und erneut trinken liess.

«Dermassen vollgefressen siehst du richtig fett aus.», dachte mein Bruder Tom grinsend, als ich mich von ihm verabschiedete.

Ich weiss, entgegnete ich schmunzelnd, da mein Magen meinen Bauch deutlich sichtbar ausgedehnt hatte.

«Wie lange planst du, fort zu sein?»

Das kann ich dir leider nicht sagen. Ich werde aber versuchen, in spätestens zwei Wochen zurückzukehren.

Ich wandte mich gerade zum Gehen, als mir etwas einfiel, was ich Tom noch vor meiner Reise fragen wollte.

Hat Gustavs Tochter eigentlich überlebt?

«Nein, sie ist noch vor Sonnenuntergang an ihren Geschwüren erstickt. Gustav und Mia planen, mit einigen Verwandten eine Grabstätte in der Wüste zu errichten.»

Das tut mir echt leid für sie, dachte ich niedergeschlagen mit hängendem Kopf.

«Hoffentlich wird Stellas Kind überleben.»
Ja, das hoffe ich auch. Insbesondere da Luna vorletztes Jahrhundert in einer antiken Ruine verschüttet wurde.

Luna war Stellas letztes Kind gewesen, welches nicht gleich nach dem Schlüpfen gestorben war. Meinen Aufzeichnungen nach hatte sie mehrere Jahrtausende gelebt, bis sie auf einer Wüstenexpedition ums Leben gekommen war. Nun hatte Stella keine Kinder mehr. Nachdenklich beschleunigte ich mit allen Vieren, wobei ich Acht geben musste, das mobile Wasseraufbereitungssystem nicht zu beschädigen. Obwohl ich es mir mit Lederriemen umgebunden hatte, streifte es mehrere Male den harten Granitboden.

Der Aufstieg gestaltete sich mühsamer als sonst. Bereits auf halber Höhe schmerzte mein linkes Flügelgelenk stark, obwohl ich mich stets um schonende Bewegungen bemüht hatte. Als ich eine Stunde später endlich den Rand der Drachenschlucht erreichte und bei Alexios landete, war ich vollkommen erschöpft und durstig. Gierig trank ich, soviel ich konnte, und liess das schmerzhafte Pochen meines Flügelgelenks allmählich verblassen.

Erst zwei Stunden später startete ich erneut. Ich änderte meine Richtung und flog nun nach Nordwesten. Obwohl ich die Drachenschlucht hierfür einmal vollständig überqueren und währenddessen mehr als einen Kilometer an Höhe gewinnen musste, war dies meiner Erfahrung nach die beste Route, da sich in nur wenigen tausend Kilometern viele verschüttete, antike Ruinen befanden. Ich setzte meinen mühseligen und schmerzhaften Flug fort, bis mich starke Winde dazu zwangen, Deckung zu suchen. Unzählige Sandkörner stoben mir ins Gesicht, als ich zur Landung ansetzte. Ein heftiger Windstoss brachte mich kurzzeitig aus der Balance und löste starke Gelenkschmerzen aus. In verkrampfter Haltung setzte ich auf dem heissen, staubtrockenen Sand auf, wobei meine Beine sofort einige Zentimeter tief darin versanken. Um zu verhindern, dass mein Wasseraufbereitungsgerät sandgestrahlt wurde, band ich es mir auf den Rücken und drückte schützend meine angelegten Flügel dagegen. Nun kämpfte ich mich die letzten Meter durch den starken Gegenwind auf einen Felsvorsprung zu, dessen Windschatten mich schliesslich erleichtert aufatmen liess.

Entspannt liess ich meine überanstrengten Flügel hängen, während ich mich an den warmen Fels kuschelte. Meinen Speer hielt ich fortlaufend mit dem Schwanz umschlossen, da er in Sekundenschnelle von Sand zugeschüttet werden konnte.

Als der Wind mehrere Stunden später endlich nachliess, pinkelte ich in mein Wasseraufbereitungsgerät und befestigte die Glaskuppel darauf. Anschliessend platzierte ich es auf dem Felsvorsprung, sodass die warme Abendsonne das Wasser verdampfen konnte, was jedoch erfahrungsgemäss mehrere Stunden dauerte. In der Zwischenzeit legte ich mich unterhalb des Felsvorsprungs schlafen. Aufgrund meiner Erschöpfung fielen mir bald die Augen zu.

Als ich wieder erwachte, war es bereits dunkel. Der Wind hatte vollständig nachgelassen, wodurch nun absolute Stille herrschte. Das fahle Mondlicht liess den noch leicht warmen Sand gespenstisch aufleuchten. Mein tiefroter Körper hob sich wie ein Schatten von der helleren Umgebung ab.

Da mein Flügel nun kaum mehr schmerzte, vergrub ich meine Schnauze wohlig brummend im Sand. Anschliessend wälzte ich mich darin und liess die winzigen, staubtrockenen Steinchen zwischen jede meiner Schuppen dringen, sodass sie selbst die kleinsten Schmutzrückstände beseitigten. Kurz darauf tauchte ich im Sand unter, wühlte mich hindurch, so gut ich konnte, und reckte meinen Kopf schlussendlich wieder hoch. Schnaubend blies ich die Sandkörner aus meinen Nasenlöchern, wobei ich mir ein Schmunzeln nicht unterdrücken konnte. Ich blieb in meiner derzeitigen Position liegen und genoss die einsame Stille der Wüste.

Irgendwann, als sich mein Durstgefühl meldete, kletterte ich auf den Felsvorsprung, wobei meine Klauen dutzende Male im Sand abrutschten, was das Vorankommen mühselig gestaltete. Anschliessend entfernte ich die Glaskuppel von meiner Wasseraufbereitungsstation, trank das saubere Wasser des äusseren Rings und leckte selbst die kleinsten Tropfen auf dem Glas auf, um nichts zu verschwenden. Zu guter Letzt kratzte ich die staubtrockenen, braungelben Verunreinigungen des inneren Abschnitts mit meiner Speerspitze heraus, bis alles wieder perfekt sauber war.

Da nun tausende Sterne hell am perfekt wolkenlosen Himmel erstrahlten, konnte ich mich daran orientieren und meine Reise in Richtung Nordwesten fortsetzen. Ich flog die ganze Nacht hindurch, da es selbst hoch in der Luft nahezu windstill war. Einzig die Kälte bereitete mir Schwierigkeiten, denn ich musste durchgehend Luft in meinem Inneren erwärmen, um nicht zu frieren. Erst als der Morgen graute, setzte ich neben einigen grossen Felsbrocken zur Landung an. Wieder pinkelte ich in meinen Behälter aus Obsidian und Glas, schlief nahezu den gesamten Tag und flog weiter, sobald die Nacht anbrach. Dies setzte ich noch zwei Tage fort, bis ich schliesslich eine riesige Anhöhe erreichte. Der Aufstieg war anstrengend, da sich die Hochebene schätzungsweise fünf Kilometer weiter oben befand als der Rest der Wüste, jedoch waren die antiken Ruinen ausschliesslich in dieser Höhe zu finden.

Während der nächsten Tage flog ich beinahe ziellos über die Hochebene, stets nach Spuren vergangener Zivilisationen Ausschau haltend. An stürmischen Tagen und Nächten zog ich mich jeweils an windgeschützte Orte zurück. Mit jedem Tag wurde die mir zur Verfügung stehende Wassermenge geringer. Ausserdem leerte sich mein Magen fortlaufend. Am achten Tag meiner Expedition verspürte ich zum ersten Mal wieder Hunger. Ausserdem fühlte sich mein Hals nahezu durchgehend rau und wund an. Demnach begab ich mich wieder auf den Rückweg, der schätzungsweise vier Tage beanspruchen würde.

Gedankenverloren flog ich durch die Nacht, bis ich plötzlich eine etwas zu gerade Linie zwischen den Sanddünen entdeckte. Da sie sich direkt auf meiner Flugbahn befand, entschied ich, diese Stelle genauer zu untersuchen. Während ich zum Landeanflug ansetzte, liess sich eine aus solidem Stein bestehende Wand deutlich erkennen. Obwohl die Oberfläche rau war und einige Teile bereits abgebröckelt waren, erweckte sie einen perfekt geraden Eindruck.

Interessiert landete ich, stellte mein Wasseraufbereitungsgerät dicht neben der Wand ab und wanderte suchend in naher Umgebung umher, während ich meinen schmerzenden, linken Flügel stets in Schonhaltung hielt. Die Mauer war insgesamt vierzig Meter lang und schätzungsweise einen Meter dick. An gewissen bereits aufgebrochenen Stellen liessen sich Metallstangen erkennen, die sich inmitten des Steins befanden. Diese metallverstärkten Wände waren häufig in antiken Strukturen vorzufinden.

Diese Ruine erweckt den Anschein, als wäre sie erst vor Kurzem durch den Wind freigelegt worden. Ansonsten hätte der Sand bereits jegliche Baumaterialien zerstört, dachte ich.

Eine spitze Einbuchtung in einer Sanddüne neben der Mauer erweckte meine Aufmerksamkeit. Ich erkannte die nahezu perfekt fünfundvierzig Grad steile Kegelform direkt als Indiz für ein darunterliegendes Loch. Enthusiastisch begann ich, mit den Klauen zu graben und mich durch den Sand zu wühlen, bis ich schliesslich mehrere Meter herabrutschte, wo die Sanddüne an einer schätzungsweise fünf Meter tiefen Einbuchtung der Mauer endete.

Aufgrund des aufgewirbelten Staubs musste ich husten. Ausserdem war mein Maul bereits vollständig ausgetrocknet, wobei ich mir wünschte, mehr zu Trinken zu haben. Hiervon liess ich mich jedoch nicht ablenken und blickte umher. Sofort erkannte ich eine perfekt gerade, senkrechte Spalte in der Mauer als verschlossene Tür wieder. Mein Herz machte einen Sprung und ich trat näher, um an der schmalen Ritze zu schnuppern. Nebst dem Geruch von Sand und Stein konnte ich auch leicht stickige, modrige Luft riechen. Die Duftnote bewies mir, dass keine Drachen oder uns bekannte, noch nicht ausgestorbene Tiere innerhalb dieser Ruine geatmet hatten.

Das müssen die Vorez gewesen sein, dachte ich ehrfürchtig staunend.

Ich nahm meinen Speer zwischen die Klauen und rammte ihn schwungvoll in den Türspalt hinein. Mithilfe der Hebelwirkung gelang es mir schliesslich, die Öffnung um einige Zentimeter zu vergrössern, wobei die dicken, sich zur Seite bewegenden Teile der Tür ein knirschendes Geräusch von sich gaben. Die Tür schien grösstenteils aus Stein zu bestehen und war beinahe dreissig Zentimeter dick. Dennoch liess sie sich bewegen, was mich angesichts des hohen Gewichts verwunderte. Nun drückte ich die Stange des Speers tiefer in den Spalt hinein und hebelte die Tür Stück für Stück weiter auf, bis ich mich schliesslich hindurchzwängen konnte. Obwohl mein linker Flügel aufgrund der unangenehmen Bewegungen stechende Schmerzen aussendete, minderte dies meinen Enthusiasmus nicht.

In völliger Konzentration sog ich die Luft ein und stellte mir den Körper der Vorez aufgrund ihres Geruchs bildlich vor. Ich hatte die Vermutung, dass ihre Haut zumindest teilweise von Fell bedeckt waren, da ich Haare riechen konnte. Ausserdem witterte ich Schweiss. Da wir Drachen nicht schwitzen konnten, war dies ein eher ungewöhnlicher Geruch, den wir ausschliesslich von einigen Tieren kannten.

Nach nur wenigen Schritten durch den perfekt rechteckig verlaufenden Gang mit den glatten Steinwänden konnte ich beinahe nichts mehr erkennen aufgrund der absoluten Dunkelheit, die hier herrschte. Ich entzündete ein kleines Feuer in meinem Rachen und entdeckte augenblicklich tausende Staubkörner, die durch die Luft stoben. Der Fussboden war mit einer schätzungsweise vier Millimeter dicken Staubschicht bedeckt. Uralte Fussspuren unbekannter Wesen waren darin zu erkennen. An der Decke hingen weisse, scheinbar aus Glas bestehende, zylinderförmige Objekte. Sie hatten eine Länge von jeweils über einem halben Meter und eine Dicke von zweieinhalb Zentimetern. Neugierig stiess ich mit der Speerspitze gegen eines dieser Objekte, die sich mehr als zwei Meter über dem Fussboden befanden. Ein kurzes, jedoch klangvolles Geräusch bestätigte meine Vermutung, dass es sich hierbei um Glas handeln musste.

Nun steckte ich die Speerspitze zwischen die Decke und einer dieser seltsamen Glaszylinder. Anschliessend zog ich die Stange zu mir herab, bis sich das seltsame Objekt klackend aus der glänzenden Metallhalterung löste. Ungehindert fiel es zu Boden und zerbrach in einem unerwartet lauten Knall, der mich erschrocken zusammenzucken liess. Die plötzliche Kopfbewegung löste ein heftiges Stechen aus, weswegen ich instinktiv mein Maul schloss und somit das Feuerspeien einstellte. Mit zusammengebissenen Zähnen wartete ich, bis der Schmerz abgeklungen war. Anschliessend entzündete ich das Feuer erneut. Es flackerte einige Male bedrohlich auf und erlosch kurze Zeit später. Hustend und würgend entfernte ich die harten, ausgetrockneten Feuerschleimstückchen aus meinem Rachen, die soeben das Feuerspeien verhindert hatten. Genervt darüber, dass ich aufgrund des Wassermangels nicht einmal mehr korrekt Feuer erzeugen konnte, spuckte ich die säuerlich schmeckenden Teilchen aus und versuchte es erneut. Dieses Mal gelang es mir, durchgehend Flammen auflodern zu lassen, die den langen Korridor, in dem ich mich befand, mit ihrem dunkelroten Schein erleuchteten.

Die Glasscherben vor meinen Füssen deuteten darauf hin, dass der Glaszylinder innen hohl gewesen war. Sachte schnupperte ich und wühlte mit meiner Schnauze darin herum, bis mir der feine Geruch eines unbekannten Gases auffiel.

Weshalb füllen die Vorez weisse Glaszylinder mit Gas und hängen sie an die Decke? Fragte ich mich.

Selbst die Metallhalterungen, die unter genauerer Betrachtung an jeder Seite jeweils zwei Kupferleitungen beinhalteten, verwirrten mich eher, als dass sie mich über die Vorez aufklärten. Ich entschied, diese Entdeckung gedanklich abzuspeichern, um sie anschliessend Stella zu überlassen. Sie war meines Erachtens wesentlich besser darin, den Nutzen scheinbar zusammenhangloser Relikte einer vergangenen Zivilisation zu erraten.

Bald erkannte ich, dass die Ruine, die ich heute gefunden hatte, das am besten erhaltene, antike Bauwerk war, was ich jemals zu Gesicht bekommen hatte. Der Korridor führte mich an mehreren Metalltüren vorbei, die sich jeweils mithilfe einer kurzen Türklinke öffnen liessen. Die Klinken befanden sich allesamt auf Kopfhöhe und mussten stets nach unten gezogen werden, um die Türen zu entriegeln. Als ich einen Nebenraum betrat, strömte mir plötzlich der Geruch von Nahrung entgegen. Neugierig schnuppernd trat ich auf ein Regal zu, welches noch teilweise mit in dünne, durchsichtige Schichten verpackten Nahrungsmitteln wie auch zylinderförmigen, farbigen Metallboxen gefüllt war. Als ich einen dieser Metallzylinder mithilfe meines Speers bearbeitete, stellte ich fest, dass sie hohl waren und sich ebenfalls Nahrung darin befand. Meine Nase verriet mir, dass es sich um in Wasser eingelegte Maiskörner handelte.

Obwohl dieser Metallbehälter vor mindestens fünftausend Jahren befüllt worden sein musste, roch die Nahrung noch einigermassen appetitlich. Insbesondere aufgrund des Wassers leckte ich den Inhalt heraus und frass schlussendlich alles bis auf das letzte Maiskorn. Weitere Metallzylinder enthielten mir unbekannte, grüne Kugeln, die einen essbaren Eindruck erweckten, weswegen ich sie ebenfalls verschlang. Als ich mich schliesslich einem der anderen Nahrungsmittel widmen wollte, die sich in einer dünnen, wahrscheinlich ungeniessbaren Schicht befanden, witterte ich plötzlich leichten Verwesungsgeruch. Ich schnitt eine dieser Schichten auf und identifizierte den derb stinkenden, grauen Inhalt als vergammeltes Fleisch.

Angewidert legte ich es zurück und erforschte nun andere Bereiche dieses erstaunlich intakten Konstrukts. Währenddessen prägte ich mir jegliche Schriftzeichen und Farben der Wände und Gegenstände ein, die ich vorfand. Anstelle von Buchstaben hatten die Vorez hier komplexe Hieroglyphen verwendet, deren Bedeutung selbst Stella ein Rätsel sein mussten.

Über eine halbe Stunde nahm ich zahlreiche Gegenstände unter die Lupe. Ich verspürte das Bedürfnis, sie allesamt mit nach Hause zu nehmen, jedoch war es mir nicht möglich, mehr als ein paar davon gleichzeitig zu tragen. Demnach prägte ich mir jede Eigenschaft dieser Objekte genauestens ein, insbesondere den Geruch, um all diese Informationen später Stella mitteilen zu können.

Mit der Zeit verstärkte sich der Geruch der Vorez und obwohl sich die Menge an Feuerschleim in meinem Rachen dem Ende zuneigte, folgte ich dem Duft. Bald darauf erblickte ich einen riesigen Raum, dessen Decke mindestens dreissig Meter hoch war. Die Seitenwände liessen sich aufgrund des düsteren Lichts nicht deutlich erkennen, jedoch schätzte ich deren Entfernung auf über einhundert Meter ein.

Auf einem Rost aus perfekt geschmiedetem Metall führte ein schmaler Weg in den Raum hinein. Eine Treppe aus demselben Material erleichterte den Abstieg in den insgesamt zehn Meter tieferen Bereich. Mehrere Male blieben meine Klauen in den grossen Löchern dieses Metallrosts hängen und die ungewohnten Bewegungen lösten ein leichtes Zwicken in meinem linken Vorderbein aus. Hiervon liess ich mich jedoch nicht beirren und setzte meine Expedition staunend fort. Als ich schliesslich den soliden Steinboden erreichte, erblickte ich einen sehr grossen, flachen und zugleich kantigen Gegenstand, der auf drei schmalen Stützen inmitten des Raumes stand. In der Nähe dieses Objekts lag etwas, was ich bei genauerer Betrachtung als totes Lebewesen identifizierte. Der Verwesungsgestank hatte sich mittlerweile vollständig in der gesamten Halle verteilt, weswegen ich das tote Wesen nicht eher wahrgenommen hatte.

Vorsichtig trat ich näher, wobei die Spitze meines Speers aufgrund meiner zunehmenden Nervosität kurzzeitig den Boden Streifte. Ruckartig richtete ich meine Schwanzspitze auf, um das kratzende Geräusch meiner Waffe, welches sekundenlang im riesigen Raum widerhallte, nicht erneut zu erzeugen. Ohne meinen Blick von der in farbige Stofffasern eingewickelten Leiche zu nehmen, schnupperte ich das Wesen ab. Dem Geruch und der Form nach musste es ein Vorez sein. Der runde Schädelknochen ohne Schnauze war deutlich zu erkennen. Vollständig ausgetrocknete, ledrige Haut mit einigen Haaren bedeckte den Knochen. Sie erweckte einen dünneren Eindruck, als Stella und ich bei den Vorez erwartet hatten.

Voller Interesse griff ich mit den Zähnen nach den perfekt geflochtenen Fasern, die nahezu den gesamten Körper dieses Wesens bedeckten. Hierbei musste ich höllisch aufpassen, sie nicht mit den Flammen in meinem Rachen in Brand zu stecken. Als sich die Textilien nicht lösten, nahm ich meinen Speer zur Hilfe, um sie aufzuschneiden. Wie in Trance bestaunte ich die Physiologie dieser uralten Leiche. Ausserdem untersuchte ich den Stoff, so gut ich konnte. Während ich mich fragte, weshalb es sich selbst in dieses Geflecht gewickelt hatte, stiess ich mit der Schnauze von unterhalb gegen die Seite dieses Wesens, um es drehen zu können. Nun lag es auf dem Bauch und ich konnte den Rücken mit der noch vollständig intakten Wirbelsäule bestaunen. Zudem entdeckte ich ein minimal nach Schwefel riechendes, metallisches Objekt, was neben der rechten Vorderpranke der Leiche gelegen hatte. Wie bei all meinen anderen Funden nahm ich es genauestens unter die Lupe und prägte mir jedes Detail ein. Einige Teile dieses Gegenstands liessen sich geringfügig bewegen, jedoch erschloss sich mir deren Nutzen selbst nach ausgiebiger Untersuchung nicht.

Ich war mitten in meiner Analyse der Gliedmassen des längst verstorbenen Vorez, als mein Feuer plötzlich bedrohlich flackerte. Ausserdem fühlte sich mein Hals ausgebrannt und trocken an. Obwohl mir bewusst war, dass ich lediglich noch für wenige Minuten über Licht verfügen würde, konnte ich mich nicht von meinen zahlreichen Funden und der Vorez-Leiche abwenden.

Wie erwartet erlosch mein Feuer kurz darauf. Absolute Dunkelheit umfing mich und egal, wie sehr ich meine Augen anstrengte, ich konnte rein gar nichts erkennen. Trotz dieser Umstände geriet ich nicht in Panik, denn ich wusste, dass ich in spätestens zwei Stunden erneut Feuer erzeugen konnte.

Langsam tapste ich in der Dunkelheit umher und liess mich von meinem Gehör und meiner Nase leiten. Aufgrund der Echos meiner Geräusche erstellte sich vollautomatisch eine dreidimensionale Karte der Umgebung in meinem Kopf. Nach einigen Schritten gelangte ich zu einem beinahe würfelförmigen Kasten, der aufgrund der Schallresonanz grösstenteils aus Metall bestehen musste. Sachte tastete ich diesen einen Meter grossen Gegenstand mit meiner Schnauzspitze ab, bis ich auf ein scheinbar loses, herausstechendes Stück stiess. Es roch leicht nach den Vorderpranken der Vorez-Leiche, woraus ich schloss, dass er oder sie nach diesem Gegenstand gegriffen haben musste.

Neugierig packte ich es mit den Zähnen und bewegte meinen Kopf in unterschiedliche Richtungen. Dieses Ding liess sich flexibel bewegen, schien jedoch an der Rückseite mit etwas Weichem befestigt zu sein. Als ich daran zog, liess es sich mit moderatem Widerstand vom würfelförmigen Objekt wegbewegen. Währenddessen regte sich etwas im Inneren dieses Gegenstands, denn ein deutlich wahrnehmbares Klopfen ertönte. Nun liess ich das bewegliche Teil los, wodurch es augenblicklich zurückschnellte und laut knallend in der ursprünglichen Position zum Stillstand kam. Das scharfe Geräusch widerhallte sekundenlang zwischen den Wänden, bis mich abermals absolute Stille umfing. Erneut griff ich nach dem höchst interessanten Objekt, um dieses Mal stärker zu ziehen. Ich wollte den losen Gegenstand vollständig entfernen. Während ich mich rückwärts gegen den Widerstand stemmte und meinen Kopf zurückzog, ertönte das Klopfen abermals. Hiervon liess ich mich jedoch nicht beirren und zog den losen Gegenstand noch weiter zurück, bis sich der Widerstand plötzlich drastisch erhöhte und er mir aus dem Maul rutschte. Wieder knallte er in die ursprüngliche Position zurück.

Das muss irgendein Mechanismus sein, aber wie es aussieht, kann man das lose Teil nicht vollständig entfernen, mutmasste ich.

Interessiert versuchte ich erneut, daran zu ziehen, dieses Mal mit wesentlich mehr Kraft. Das Klopfen innerhalb des Würfels schwoll zu einem lauten Rattern an, welches den harten Fussboden erzittern liess. Überrascht liess ich es los und beobachtete, wie sich die Geräusche fortsetzten und in ein regelmässiges, tiefes Brummen übergingen.

Plötzlich flackerten weisse Lichter an der Decke auf, gefolgt von leisen Geräuschen, als würde jemand leicht mit einem harten Gegenstand an jeden dieser Glaszylinder klopfen. Erschrocken zuckte ich vom unerwarteten Licht geblendet zusammen und trat einige Schritte zurück. Als sich meine Augen an die neue Beleuchtung gewöhnt hatten, stellte ich fest, dass nahezu alle Glaszylinder an der Decke weisses Licht ausstrahlten, welches heller war als die meisten Feuer, jedoch konnte es sich keinesfalls mit der Sonne messen.

Das Gas in diesen Glaszylindern scheint durch irgendetwas erleuchtet zu werden.

Bevor ich mir weiterhin Gedanken über die futuristische Beleuchtung dieses Raumes machen konnte, stach mir ein beissender Gestank in die Nase, der vom würfelförmigen Objekt ausging, welches tatsächlich grösstenteils aus silbern schimmerndem Metall bestand. Flimmernd heisse, übelriechende Luft trat aus einem Rohr aus, woraus ich schloss, dass es sich hierbei um eine Verbrennungsmaschine handelte.

Dieses Ding produziert elektrischen Strom, der wiederum das Gas in den Glaszylindern zum Leuchten bringt, mutmasste ich.

Nun verstand ich ebenfalls, weshalb die Zylinder an Kupferleitungen angeschlossen waren.

Meine Begeisterung wuchs ins Unermessliche, da ich den riesigen Raum nun wesentlich besser untersuchen konnte als zuvor. Das diffuse, weisse Licht eignete sich hervorragend, jedes noch so kleine Detail erkennen zu können. Meine Aufmerksamkeit fiel wieder auf das grosse, flache Objekt inmitten dieses Raums. Einige Lichter waren unterhalb einer Glaskuppel erschienen. Ausserdem erkannte ich mehrere seltsame Gerätschaften darin.

Ich trat näher und kletterte vorsichtig auf das Objekt, was beinahe vollständig aus blankem, perfekt glattem Metall bestand. Mir fiel auf, dass dieser mindestens zehn Meter lange Gegenstand mit seiner scharfen Spitze sehr aerodynamisch sein musste. Auf der Rückseite war ein zylinderförmiges Metallrohr befestigt, dessen Innenseite schwarz und matt war. Meine Nase verriet mir, dass es sich hierbei um Russ handelte.

Neben dem Metallrohr endete die flache Form des Objekts in drei flossenähnlichen Platten, die mich an die Seitenflossen und den Kamm eines Fischs erinnerten.

Kann dieses Ding schwimmen? Nein, das würde keinen Sinn ergeben. Hier gibt es kein Wasser und im Metallrohr befindet sich Russ. Falls dieser

Gegenstand Feuer speien kann, muss er sich währenddessen gezwungenermassen in der Luft befinden. Demnach wurde dieses Ding bestimmt zum Fliegen verwendet.

Um meine Theorie mit der Flugfähigkeit zu überprüfen, nahm ich das Objekt noch genauer unter die Lupe. Bald darauf fand ich eine kleine, höchstwahrscheinlich absichtlich eingelassene Kerbe neben der Glaskuppel. Ich griff mit den Klauen danach, wie es die Vorez meiner Meinung nach getan hätten, und plötzlich bewegte sich die Glaskuppel vollautomatisch hoch und schliesslich zurück. Somit hatte ich nun vollumfänglichen Zugriff auf das Innenleben dieses mutmasslichen Flugobjekts.

Mit grösster Sorgfalt, ohne etwas mit meinen Klauen oder meinem Speer zu beschädigen, kletterte ich in den engen Innenraum hinein. Mittig befand sich ein gepolstertes Etwas, worauf ich einigermassen bequem sitzen konnte. Lediglich meinen Schwanz und meine Flügel konnte ich nicht gut positionieren. Aufgrund der engen Platzverhältnisse hatte ich die Schwingen vollständig eingeklappt, was einen pochenden Schmerz in meinem linken Flügelgelenk auslöste, den ich jedoch ignorierte. Aus meiner jetzigen Position hatte ich einen guten Überblick auf alle Bedienelemente und die offensichtliche Front des Flugobjekts. In sitzender Position griff ich mit den Vorderklauen nach einem herausstechenden, schwarzen Gegenstand, der wie geschaffen dafür war, ihn zu umklammern. Er liess sich drehen, zu mir ziehen und von mir wegstossen. Anschliessend widmete ich mich den vielen Hebeln und Schaltern, die sich im Innenraum befanden. Auf der rechten Seite des schwarzen, gut greifbaren Objekts gab es einen grossen, metallischen Hebel, der sich vor und zurück bewegen liess. Als ich einige der kleinen Schalter umlegte, die sich unmittelbar dahinter befanden, schloss sich die Glaskuppel plötzlich über mir. Kurz war ich schockiert, beruhigte mich jedoch gleich wieder, als ich bemerkte, dass sie sich ebenso leicht öffnen liess, wie ich sie verschlossen hatte.

Wenn man damit fliegen kann, wie bekommt man dieses Ding aus dem geschlossenen Raum heraus? Fragte ich mich.

Da ich vermutete, dass es noch einen grossen Ausgang geben musste, der für dieses mutmassliche Flugobjekt geschaffen worden war, kletterte ich hinaus und sah mich um. Wenige Meter neben der Flugmaschine befand sich ein Hebel, der an einer Stange befestigt war. Er erweckte den Anschein, als könnte er leicht von Vorez bedient werden. Ich trat darauf zu und zog den Hebel nach unten, wodurch plötzlich ein lautes Knirschen von der Decke ausging. Gemächlich schoben sich zwei halbkreisförmige Metallflächen zur Seite, wobei augenblicklich kubikmeterweise Sand auf mich herabstürzte. Ich schloss die Augen und versuchte, dem kontinuierlich zunehmenden Sandstrom zu entfliehen, jedoch war ich zu langsam. Das erdrückende Gewicht der unzähligen Sandkörner presste mich zu Boden, bis ich beinahe vollständig bewegungsunfähig war. Mein Rücken sendete einen stechenden Schmerz aus und ich geriet in Panik. Wild um mich tretend versuchte ich, mich aus dem Sand zu wühlen, der noch immer auf den riesigen Haufen zu rieseln schien, unter dem ich begraben war.

Wenige Sekunden später, die sich wie Stunden angefühlt hatten, nahm das Gewicht auf meinem Körper allmählich ab. Unter starken Schmerzen wand ich mich in S-förmigen Bewegungen durch den Sand, bis meine Schnauze irgendwann wieder ins Freie stiess. Prustend befreite ich meine Nasenlöcher vom Sand und atmete einige Male erleichtert durch. Anschliessend wühlte ich mich vollständig aus dem Sandberg hinaus und rieb mir den Schmutz aus den Augen. Erst jetzt bemerkte ich, dass ich meinen Speer unbewusst mit meiner Schwanzspitze festgehalten hatte, worüber ich ausgesprochen froh war.

Ich schüttelte mir den Sand vom Leib, obwohl dies meine chronischen Schmerzen abermals verschlimmerte, und blickte schwer atmend umher. Über mir hatte sich ein kreisrundes Loch aufgetan, welches den dunklen Nachthimmel entblösste. Das Flugobjekt war nun vollständig unter einem Berg aus Sand begraben, der aufgrund der noch langsam herabrieselnden Sandkörner wuchs. Der stromerzeugende Würfel war glücklicherweise nicht erwischt worden, denn er befand sich im Gegensatz zum Flugobjekt nicht unmittelbar unter der Öffnung.

So muss sich Luna in ihren letzten Augenblicken gefühlt haben, dachte ich immer noch schockiert aufgrund dieser gefährlichen Situation.

Knapp eine Stunde später, als der Himmel bereits dunkelrot aufleuchtete, hatte ich mich schliesslich vollständig beruhigt. Da meine Schmerzen ebenfalls nachliessen, widmete ich mich dem Ausgraben des Flugobjekts. Ich hatte entschieden, dieses Ding mit nach Hause zu nehmen, falls dies möglich war, da es mich wesentlich mehr faszinierte als alles andere in diesem antiken Gebilde. Mithilfe von Florians Methode zur einfachen Beseitigung von Sand dauerte es lediglich eine Viertelstunde, bis sich bereits die erste Kante des Flugobjekts erkennen liess. Trotz der hohen Geschwindigkeit, mit der ich den Sand entferne, dauerte es über eine Stunde, bis es vollständig davon befreit war. Den Innenraum hatte es bedauerlicherweise gefüllt, weswegen ich zusätzlich noch zwei Stunden Sand schaufeln musste.

Erschöpft setzte ich mich auf die weiche Sitzgelegenheit innerhalb des Flugobjekts, als ich endlich die letzten Sandreste entfernt hatte. Obwohl es wahrscheinlich nicht notwendig gewesen wäre, jedes Sandkorn aus dem Innenraum zu werfen, wollte ich dieses Ding meiner Tochter lediglich in perfektem Zustand vorführen, sofern dies bei jahrtausendealter Technologie überhaupt möglich war. Ich wusste noch nicht einmal, wie es sich bedienen liess und ob es überhaupt funktionstüchtig war. Nichtsdestotrotz legte ich alle möglichen Hebel und Schalter um, bis das Flugobjekt ein lautes Fauchen gefolgt von einem regelmässigen Rauschen von sich gab. Um zu sehen, was geschehen war, stieg ich aus. Sofort bemerkte ich die Hitze, die von der Hinterseite ausging. Die Metallröhre des Flugobjekts glühte von innen her orangefarben.

Das muss der Antrieb sein, mutmasste ich.

Begeistert sprang ich wieder auf den gepolsterten Gegenstand, wobei mein linkes Flügelgelenk schmerzte, und legte mehrere weitere Hebel um. Als ich den Metallhebel auf der rechten Seite nach vorn schob, schwoll das durchgehende Rauschen zu einem Fauchen an, während das Flugobjekt gemeinsam mit mir nach vorn gedrückt wurde. Ich zog den Hebel zurück, wodurch der vorherige Zustand wiederhergestellt wurde und die Vorwärtsbewegung stoppte allmählich.

Auf diese Weise kann man anscheinend beschleunigen. Jetzt muss ich nur noch herausfinden, wie man senkrecht starten kann. Oder muss ich dieses Ding nach oben ausrichten und anschliessend beschleunigen? Nein, das kann ich mir nicht vorstellen. Es muss eine Möglichkeit geben, senkrecht zu starten. Alles andere wäre viel zu umständlich. Die Vorez waren schliesslich nicht dumm.

Mit diesen Gedanken setzte ich meine Versuche fort, bis sich das Flugobjekt plötzlich ruckartig aufwärts bewegte. Innerlich jubelnd beliess ich die momentane Einstellung, wie sie war, bis ich mich mitsamt des Flugobjekts durch die kreisförmige Öffnung nach draussen bewegte, die hierfür locker gross genug war. Mittlerweile war die Sonne aufgegangen und es musste bereits später Morgen sein.

Neugierig reckte ich meinen Kopf hinaus ins Freie und blickte umher. Die Öffnung, aus der ich eben herausgeflogen war, liess sich klar und deutlich von oben erkennen. Demnach würde ich dieses antike Bauwerk zumindest in den nächsten Wochen problemlos wiederfinden können. Ausserdem erblickte ich die Mauer, die ich anfangs gesehen hatte, wodurch ich mich sofort wieder orientieren konnte.

Nun würde ich sagen, vorwärts, dachte ich grinsend und drückte den Hebel nach vorn, der augenblicklich die Beschleunigung einleitete.

Nach nur wenigen Sekunden bewegte ich mich mit schätzungsweise fünfzig Stundenkilometern, wodurch die verschliessbare Glaskuppel ein lautes Heulen von sich gab. Ich erinnerte mich an den Schalter, mit dem ich die Kuppel verschlossen hatte, und betätigte diesen. Sobald sich das Glas über mich geschoben hatte, verstummten die Windgeräusche beinahe vollständig. Einzig das laute Rauschen von unterhalb des Flugobjekts war noch zu hören. Demnach deaktivierte ich den Hebel, mit dem ich aufgestiegen war. Sofort sackte ich einige Meter herab, weswegen ich meine Änderung erschrocken rückgängig machte.

Der Auftrieb war anscheinend noch nicht genug.

Aus diesem Grund beschleunigte ich stärker geradeaus und versuchte es bei wesentlich höherer Geschwindigkeit erneut. Dieses Mal behielt ich meine Höhe bei, jedoch neigte sich das Flugobjekt langsam nach vorn. Erst einige Sekunden später wurde mir bewusst, dass ich auf diese Weise bald mit der Sandwüste kollidieren würde. Während ich fühlte, wie sich mein Herzschlag beschleunigte, legte ich weitere Hebel um, bis ich versehentlich gegen das leicht greifbare, schwarze Objekt vor mir stiess. Ich drückte es unbeabsichtigt nach vorn, wodurch sich die Spitze des Flugobjekts noch stärker in Richtung der Sanddünen neigte. Instinktiv machte ich meine Bewegung rückgängig, indem ich es zu mir zog. Zur exakt selben Zeit wurde ich aufgrund der Fliehkräfte nach unten gedrückt, während sich die Flugbahn in Richtung Himmel änderte. Erleichtert liess ich das Ding vor mir los, bis sich das Flugobjekt wieder langsam nach unten richtete. Ausserdem nahm ich durchgehend laute Windgeräusche wahr, die ich jedoch ignorierte.

Ich beschleunigte fortlaufend, wodurch sich der Drall, der mich stets herabneigte, verstärkte. Ebenso sehr erhöhte sich die Lautstärke der Windgeräusche, wobei sich auch ein lautes Rattern dazugesellte. Es fühlte sich an, als würde etwas die Aerodynamik stören. Nach kurzer Überlegung stellte ich fest, dass der zusätzliche Luftwiderstand der Unterseite an den drei Stützen liegen musste, da diese im Gegensatz zu allen anderen Teilen der Verschalung dieses Flugobjekts nicht aerodynamisch waren.

Die müssen sich doch irgendwie entfernen lassen, oder? Fragte ich mich nachdenklich.

Wieder legte ich weitere Hebel um, bis die Windgeräusche und der Abwärtsdrall gleichermassen verschwanden. Nun flog das Flugobjekt ohne jegliche Eingriffe meinerseits perfekt geradeaus. Voller Freude testete ich das Bedienelement vor mir aus, wobei ich feststellte, dass ich das Flugobjekt mithilfe einer Drehung des Griffs in die jeweilige Richtung neigen konnte. Kombiniert mit der Aufwärts- und Abwärtsneigung liess es sich vollständig über dieses eine Element steuern. Innerlich bedankte ich mich bei den Vorez, ihre Steuerung derart intuitiv gestaltet zu haben.

Erst als mir die zahlreichen Lichter und Schriftzeichen neben den Bedienelementen auffielen, die sich fortlaufend veränderten, nahm ich meinen Lob zurück. Selbst nach eingehender Betrachtung erschloss sich mir der Zweck dieser Anzeigen nicht.

Da mir die Steuerung dieses Flugobjekts nun einigermassen vertraut war, flog ich zu meinem Ausgangspunkt zurück, richtete mich nach der freigelegten Wand aus, sodass die Front zur Drachenschlucht zeigen musste, und beschleunigte stärker. Das Fauchen der Metallröhre hinter mir schwoll zu einem ohrenbetäubenden Dröhnen an, während ich mich mit unfassbarer Geschwindigkeit nach vorn bewegte. Die Sanddünen rasten derart schnell an mir vorbei, dass ich in eine Art Rausch verfiel, in dem mir alles gleichgültig zu sein schien. Einzig und allein meine Geschwindigkeit interessierte mich.

Breit grinsend setzte ich meine Reise fort, bis die Flügel des Flugobjekts ein beunruhigendes Klappern von sich gaben. Ein grosses Metallteil bewegte sich scheinbar unkontrolliert im Wind. Da ich trotz dieser Tatsache uneingeschränkt weiterfliegen konnte, setzte ich meinen Flug fort.

Nach einer Zeit, die sich viel zu kurz angefühlt hatte, erblickte ich die Drachenschlucht. Aus meiner hohen Perspektive glich sie einem kleinen Riss im Erdreich. Mit einem Blick auf den Horizont liess sich bereits die Krümmung der Erde erkennen und der Himmel über mir schien einen dunkleren Blauton angenommen zu haben, als ich ihn jemals um diese Tageszeit gesehen hatte.

Ist es möglich, damit zu anderen Planeten oder gar anderen Sternen zu fliegen? Fragte ich mich.

Da ich nicht mein Leben aufs Spiel setzen wollte, dies in einem jahrtausendealten Flugobjekt auszuprobieren, setzte ich zum Sinkflug an. Ein berauschendes Gefühl der Schwerelosigkeit erfüllte mich, während ich zunehmend an Geschwindigkeit gewann. Als ich mich noch schätzungsweise fünf Kilometer über der Drachenschlucht befand, zog ich den Griff vor mir in meine Richtung, um in einen waagerechten Flug zu wechseln. Meine Geschwindigkeit war nun derart hoch, dass ich die Luftströmungen als wildes Rütteln wahrnahm. Insbesondere der rechte Flügel der Flugmaschine ratterte laut um Wind.

Ich müsste jetzt mindestens eintausend Kilometer pro Stunde schnell sein, dachte ich berauscht von den momentanen Ereignissen.

Ohne abzubremsen, flog ich in die Schlucht hinein, bis ich mich aufgrund der Seitenwände eingeengt fühlte, obwohl noch mindestens ein Kilometer Luft zwischen mir und dem Fels lag. Langsam zog ich den rechten Hebel zurück, um allmählich abzubremsen. Als ich schliesslich den Salzsee und unsere Häuser erblickte, drosselte ich die Geschwindigkeit weiter. Aufgrund des Gegenwinds wurde ich stark nach vorn gedrückt, während das laute Rauschen allmählich an Intensität verlor. Selbst das Rattern des rechten Flügels verstummte.

Seht mal, was ich in einem antiken Gebäude gefunden habe, schrie ich telepathisch durch die Drachenschlucht, während ich mit noch immer dreihundert Stundenkilometern über die Wohnkomplexe raste.

«Nils, bist du das?», fragte Tom verwirrt, den ich aus meiner Perspektive gar nicht erkennen konnte.

Ja, ich bin es. Die Vorez haben unfassbare Technologien entwickelt. Vielleicht sind sie sogar von der Erde geflohen, um zu überleben.

Da keine Antwort kam und ich mich bereits mehrere Kilometer von den Häusern entfernt hatte, wendete ich in einem engen Bogen. Dank der Breite der Drachenschlucht war dies auf meiner momentanen Höhe gut machbar.

Hier bin ich wieder! Schrie ich, sobald ich mich den Drachen abermals näherte.

Dieses Mal war ich bereits wesentlich langsamer unterwegs und konnte Cuno, Brigitte und Tom entdecken, die auf einem grossen Platz unterhalb des Kondenswasserbeckens standen.

«Und ich dachte bereits, ich hätte dich von hier vertrieben.», dachte Brigitte humorvoll.

Ihr breites Grinsen liess sich selbst aus einem halben Kilometer Höhe deutlich erkennen.

Ganz so schnell wirst du mich nicht los. Da musst du dich schon mehr anstrengen, dachte ich ebenfalls grinsend.

«Was ist das für ein Ding?», fragte Cuno, der ununterbrochen staunend in meine Richtung blickte.

Ehrlich gesagt habe ich keine Ahnung. Wir müssen es noch genauer untersuchen.

Abermals musste ich wenden, da ich mich wieder von den anderen entfernte. Meine nun stark gedrosselte Geschwindigkeit führte dazu, dass ich lediglich noch mit nach oben gerichteter Front geradeaus fliegen konnte.

Jetzt muss ich nur noch herausfinden, wie ich landen kann, dachte ich leicht nervös.

Da ich inzwischen vergessen hatte, welcher Schalter für den Aufwärtsschub zuständig war, legte ich wahllos alle um, deren Funktion mir nicht bewusst war. Plötzlich verstummte das Rauschen des Antriebs vollständig und ich verlor abrupt an Geschwindigkeit.

Oh nein! Das war der falsche Schalter.

Ich legte ihn erneut um, wodurch das fauchende Geräusch abermals erklang. Als ich meinen Blick von den vielen Schaltern abwandte, erkannte ich, dass ich beinahe in der Luft stehengeblieben war und die Strömung in diesem Moment abriss. Unkontrolliert richtete sich das Flugobjekt seitwärts und fiel geradewegs auf unser Kondenswasserbecken zu. Um eine Kollision mit diesem lebensnotwendigen Bauwerk zu vermeiden, zog ich das Steuerelement vor mir in meine Richtung, so stark ich konnte. Träge richtete sich das Flugobjekt gerade, jedoch reichte die Geschwindigkeit nicht aus, den Kurs zu ändern. Schräg nach unten sackend fiel ich aus dem Himmel, bis die linke Seite des Flugobjekts mit dem Rand des Frischwasserbeckens kollidierte. Der Aufprall verbog meine Wirbelsäule schmerzhaft. Zudem drehte sich das Flugobjekt kopfüber, brach gleich darauf durch eines unserer Gebäude hindurch und überschlug sich mehrere Male, bis es auf einen grossen Felsvorsprung krachte. Laut schabend schlitterte es kopfüber einige Meter über den rauen Stein, bis es schliesslich zum Stillstand kam.

Nahezu jede Stelle meines Körpers schmerzte, insbesondere mein Rücken. Als ich mich zu bewegen versuchte, bemerkte ich, dass mehrere Scherben der kürzlich zerbrochenen Glaskuppel in meinem rechten Flügel steckten. Ausserdem konnte ich mich nicht aus meiner derzeitigen Position befreien, da das Flugobjekt noch immer kopfüber lag und der einzige Ausgang aufgrund des massiven Felsvorsprungs versperrt war. Das leise Rauschen hinter mir erinnerte mich daran, dass der Antrieb noch aktiviert war. Da ich nicht wusste, wie er funktionierte, schaltete ich ihn mithilfe einer Klaue meines linken Hinterbeins aus. Ich wollte keinesfalls riskieren, ihn in beschädigtem Zustand laufen zu lassen und gegebenenfalls die darin gespeicherte Energie unkontrolliert freizusetzen.

Bewegungsunfähig lag ich in gekrümmter Haltung im Innenraum des Flugobjekts, was nun bestimmt nicht mehr flugtüchtig war, und rief telepathisch nach Hilfe.

«Das hast du dir jetzt aber selbst eingebrockt», dachte Editha verächtlich schnaubend.

Allem Anschein nach stand sie direkt neben mir, jedoch versuchte sie nicht einmal, mir zu helfen.

«Nils, geht's dir gut?», fragte mich Tom, dessen aufgeregte Flügelschläge ich nun ebenfalls wahrnehmen konnte.

Den Geräuschen nach landete er dicht neben mir und schnupperte in meine Richtung. Aus dem Augenwinkel konnte ich erkennen, dass er seinen Kopf unter den rechten Flügel des Flugobjekts gesteckt hatte.

Ich glaube, mein Rücken bringt mich um, wenn ich mich auch nur einen Millimeter bewege, entgegnete ich.

«Helft mir, dieses Ding umzudrehen.», dachte Tom gleich darauf.

Ich wusste nicht, an wen diese Gedanken gerichtet waren, jedoch konnte ich Cuno, Florian, Henrik, Editha und Brigitte riechen. Plötzlich nahm der stechende Schmerz meines Schwanzes ab, während die rechte Seite des Flugobjekts knarrend einige Zentimeter angehoben wurde. Höchstwahrscheinlich war ich unterhalb einer Kante eingeklemmt gewesen, ohne dies bemerkt zu haben. Toms Gedanken konnte ich entnehmen, dass er seine kürzlich entstandenen Nackenschmerzen unterdrückte. Dennoch versuchte er mit aller Kraft, mich aus meiner misslichen Lage zu befreien.

Das Flugobjekt wurde mehrere Male ruckartig angehoben, um gleich darauf wieder in die ursprüngliche Position zurückzurutschen. Gleichzeitig nahm ich laute Kratzgeräusche wahr, die vermutlich durch die Hörner der Drachen auf dem glatten Metall entstanden.

«Wir können es nicht aufrichten, Nils. Kannst du darunter hervorkriechen?», fragte mich Tom angestrengt keuchend.

Ich versuchte, in Richtung der schmalen Öffnung zu robben, die dank der Hilfe einiger Drachen entstanden war, jedoch schoss augenblicklich ein brennend heisser Schmerz von meiner Wirbelsäule bis in alle Gliedmassen. Nun verkrampfte ich mich vollständig, was meine Qualen noch verschlimmerte. Die Ränder meines Sichtfelds verdunkelten sich und ich verlor kurze Zeit später das Bewusstsein.

«Jetzt hilf uns endlich, du dummes Ding, oder ich verrate allen ein ganz bestimmtes Geheimnis von dir.», nahm ich Brigittes Gedanken wahr, als ich wieder zur Besinnung kam.

Editha trat zornig schnaubend näher und schien die anderen tatsächlich zu unterstützen, denn das Flugobjekt wurde erneut seitlich angehoben, wodurch sich die Lücke zu meiner Rechten stark vergrösserte. Endlich konnte ich Tom, Cuno, Florian, Editha, Brigitte und selbst Henrik sehen, die sich mit aller Kraft von unten her gegen den rechten Flügel des Flugobjekts stemmten. Einige von ihnen zitterten bereits vor lauter Anstrengung. Als sich die Lücke noch ein weiteres Stück vergrössert hatte, robbte Brigitte plötzlich zu mir, packte mich an einem meiner Hörner und zog mich kraftvoll unter dem Flugobjekt hervor. Abermals verstärkten sich meine Schmerzen um ein Vielfaches, wodurch ich erneut das Bewusstsein verlor.

Irgendwann erwachte ich wieder neben dem stark lädierten Flugobjekt. Meine Helfer hatten mich in ausgestreckter Haltung auf den Bauch gelegt und die Glassplitter aus meinem rechten Flügel gezogen. Die pulsierenden Schmerzen, die von meiner Wirbelsäule ausgingen, hatten bedauerlicherweise kaum abgenommen. In kurzen Stössen atmete ich, wobei ich mich ununterbrochen daran erinnern musste, nicht meinen Rücken zu verkrampfen, was aufgrund meiner derzeitigen Qualen beinahe unmöglich war.

Wessen Haus habe ich bei meiner Landung zerstört? Und ist die Frischwasserversorgung noch intakt? Fragte ich, um mich ein wenig abzulenken.

«*Das war mein Haus, aber es ist nicht so schlimm.*», antwortete Florian, der mich besorgt aus einigen Metern Entfernung anstarrte.

«*Der Wasserversorgung geht es gut. Die massiven Felswände haben nicht einen Kratzer abbekommen, was man von deinem hightech-Flugobjekt nicht behaupten kann.*», beantwortete Tom meine zweite Frage.

«*Irgendetwas in seinem Rücken hat einige Nervenbahnen der Wirbelsäule beschädigt. Er darf sich in der nächsten Zeit nicht viel bewegen, ansonsten verschlimmert es sich noch.*», merkte Brigitte an, die wieder einmal meine fünf Sinne angezapft hatte.

Was soll schon gross geschehen, wenn ich mich bewege? Ich habe diese Rückenschmerzen bereits seit Jahrtausenden, entgegnete ich genervt von Brigittes Gedankenleserei.

«*Sie hat recht, Nils. Wenn du dich zu viel bewegst, könnte dies zu einer Lähmung führen.*»

Murrend richtete ich meinen Blick auf das Flugobjekt, dessen einst glattes, makelloses Metall an zahlreichen Stellen aufgerissen war. Dutzende Einzelteile lagen auf dem breiten Felsvorsprung verstreut und eine übelriechende Flüssigkeit tropfte zu Boden. Ausserdem gab dieses antike Gerät leise Knackgeräusche von sich.

«Na toll, dann hätten wir noch einen gelähmten Krüppel mehr.», kommentierte Editha augenrollend.

«Schweig, Editha. Dich hat niemand nach deiner Meinung gefragt.», gab Tom genervt zähnefletschend zurück.

Brennende Schmerzen an meinen Flügel zogen kurz darauf meine Aufmerksamkeit auf sich. Brigitte leckte meine Schnittwunden sauber, die aufgrund der Glasscherben entstanden waren.

Meine Wunden zu säubern, ist Toms Aufgabe, nicht deine, fuhr ich sie wütend fauchend an.

Wortlos zog sie sich einen Schritt zurück und blickte mir mitfühlend in die Augen.

«Sie wollte mich doch bloss unterstützen.», verteidigte Tom sie, während er das Reinigen meiner Wunden fortsetzte.

Trotzdem möchte ich nicht, dass sie das macht. Du warst immer derjenige, der sich um meine Verletzungen gekümmert hat, und das bereits seit Äonen.

«Was ist eigentlich dein Problem mit ihr?»

Sie hängt an mir dran wie klebriges Harz und mischt sich in Angelegenheiten ein, die sie überhaupt nichts angehen.

Tom hielt nachdenklich seufzend inne.

«Vorhin, als du mit halber Schallgeschwindigkeit geflogen bist, hat dir meine Anwesenheit auch nichts ausgemacht.», warf Brigitte ein.

Da war ich auch noch nicht wirklich in deiner Nähe. Jetzt verschwinde endlich und lass mich ein für alle Mal in Ruhe.

Sie blickte mich nachdenklich an und schien genauestens zu wissen, was in mir vorging. Mit leicht hängendem Kopf verliess sie den Felsvorsprung und flog nach Hause. Dass sie einen niedergeschlagenen Eindruck erweckte, war mir gleichgültig.

Tom strich mir Sand auf meine Schnittwunden, erhitzte ihn mithilfe seines giftgrünen Feuers und drückte ihn fest, bis er vollständig ausgehärtet war. Auf diese Weise verschloss er jede meiner blutenden Wunden mit Glas. Als er diese Arbeit beendet hatte, brachte er mir ausreichend Verpflegung und wich mir während der nächsten vierundzwanzig Stunden nicht von der Seite.

Cuno und Florian zerlegten das Flugobjekt in einige Einzelteile, die sie anschliessend abtransportierten. Auf Nachfrage erfuhr ich, dass sie sie zu Stella gebracht hatten. Erstaunlicherweise schien es Florian nicht zu stören, aufgrund meiner Unachtsamkeit sein Haus verloren zu haben. Anstelle von Wut nahm ich Mitgefühl in seinen Gedanken wahr. Er war über alle Massen froh, dass ich diesen Absturz überlebt hatte, obwohl wir nicht einmal sonderlich gute Freunde waren.

Wo sind eigentlich meine Kinder?, fragte ich Tom am nächsten Morgen, da mich weder Stella noch Mario auf dem Felsvorsprung besucht hatten, der zu meinem vorübergehenden Zuhause geworden war.

«*Mario ist an der Beerdigung von Gustavs Tochter und Stella konnte aufgrund ihrer Schmerzen nicht zu dir kommen. Sie hat sich aber ausgiebig nach deiner Gesundheit erkundigt.*»

Als Tom schliesslich seinen Pflichten nachgehen musste und mich allein zurückliess, schloss ich seufzend die Augen und versuchte, mich trotz der pulsierenden Schmerzen in meinem Rücken zu entspannen.

3

Vorfall

«Hilfe! Es ... wir wurden ... Mia ...», nahm ich Geists Gedanken wahr, die mich ruckartig aus dem Schlaf rissen.

Der viereinhalb Meter grosse, weisse Drache schlug aufgeregt mit den Flügeln und raste in höchstmöglicher Geschwindigkeit über mich hinweg. Zum ersten Mal seit ich mich erinnern konnte, schien er keinen Wert auf seine Tarnung zu legen.

Was ist los? Fragte ich schläfrig.

Geist wandte seinen Kopf ruckartig mir zu, als hätte ich ihn erschreckt, liess sich scheinbar unkontrolliert fallen, indem er in seiner Bewegung erstarrte, und flog anschliessend in meine Richtung. Seine fahrigen Bewegungen liessen auf hohe Nervosität schliessen.

«Es waren Ausserirdische, sie ... Gustav und Mario wurden ... und Mia ...»

Beim Namen meines Sohnes war ich augenblicklich hellwach.

Ist Mario etwas zugestossen? Fragte ich, wobei ich mich trotz starker Rückenschmerzen aufrecht hinsetzte.

«Ich wollte helfen, aber ... dann ist ...»

Ein wildes Durcheinander von Gedanken erreichte mich von Geist, der in seiner Panik unsanft mit dem Felsvorsprung kollidierte und stark zitternd und keuchend in verrenkter Haltung liegenblieb. Er hatte Schaum vor dem Maul und war vollkommen erschöpft. Zwischendurch erschienen Bilder von weissen, glänzenden Flugobjekten vor meinem inneren Auge, die mich allesamt an das Ding erinnerten, welches ich am Vortag geborgen hatte. Zudem flackerten kurzzeitig hellblaue Blitze auf und mehrere, auf zwei Beinen gehende Wesen waren zu erkennen. Weitere Details konnte ich jedoch nicht aus Geists Gedanken herauslesen, da er vollkommen ausser sich war.

«Jetzt beruhige dich erstmal, Geist. Atme einmal tief ein und wieder aus.», sprach Brigitte sanft auf ihn ein, während sie hilfsbereit in unsere Richtung flog.

Geist befolgte ihren Ratschlag und beruhigte sich auf diese Weise geringfügig. Immer noch zitternd setzte er sich auf. Ihm war anzusehen, dass er sich bei seiner Landung leicht am rechten Vorderbein verletzt hatte, jedoch schien ihm diese Tatsache gleichgültig zu sein. Brigitte erreichte uns in dem Augenblick, als sich Geist endlich fassen konnte.

«Ich weiss nicht, wie ich das erklären kann. Es ging alles so schnell.», dachte er.

«Dann erkläre es uns in Bildern.», schlug Brigitte vor.

Was ist mit meinem Sohn? Fragte ich beinahe zeitgleich.

Brigitte deutete mir mit einem strengen Blick an, ich solle ihn in Ruhe erklären lassen.

Nun erreichten uns Bilder aus Geists Bewusstsein, wie er gemeinsam mit Gustav, Mario, Mia, seinen insgesamt vier Nichten und Neffen und einigen weiteren Verwandten Gustavs verstorbene Tochter beerdigten. Sie waren gerade dabei, das Grab zuzuschütten, als ein bedrohliches Dröhnen zu hören war. Geist blickte auf und beobachtete zehn weisse Flugobjekte, die wenige Kilometer neben ihnen auf einer ebenen Fläche der Wüste zur Landung ansetzten. Sie hatten allesamt dünne, weisse Wolken aus Rauch oder Dampf hinterlassen, die bis in die höheren Atmosphärenschichten reichten.

Nun sprangen Geists Gedanken direkt zu Blitzen, die von zweibeinigen Wesen verschossen wurden und einem abstürzenden Flugobjekt.

«Eines nach dem anderen, Geist.», wies ihn Brigitte an.

Er ordnete seine Gedanken neu und sprang zu einem Zeitpunkt, bei dem Mario mit eingezogenem Kopf in geduckter Haltung auf mehrere dieser zweibeinigen Wesen zuging. Seinen an den Körper gepressten Flügeln und den steifen Schritten war zu entnehmen, dass er sich fürchtete. Nichtsdestotrotz wollte er sich diesen Wesen nähern. Ihre Körper waren vollständig in weisse Schutzschichten gehüllt. Ausserdem verfügten alle über jeweils ein metallisch glänzendes Exoskelett, welches sie scheinbar bei ihren Bewegungen unterstützte. Ihre Grösse betrug lediglich einen Meter in ausgestreckter Haltung, weswegen Mario insgesamt zweieinhalb mal so gross war. Als mir die runden Schädel ohne Schnauze unter den Glaskuppeln auffielen, die sie über den Köpfen trugen, geriet ich ins Stutzen.

Das sind die Vorez! Dachte ich plötzlich.

Geists Gedanken schweiften zu Gustav ab, der sich krampfhaft zuckend auf dem Boden wand. Nur einen Sekundenbruchteil später spie Geist sein unsichtbares Feuer auf die Vorez mit Exoskeletten.

«Lenk ihn nicht ab, Nils.», wies mich Brigitte zurecht.

Geist fand seine Konzentration wieder und zeigte uns telepathisch, wie sich Mario sorgfältig den Vorez näherte, die höchstwahrscheinlich aus dem Weltraum gekommen waren. Gustav folgte ihm mit einigen Metern Abstand, während sich die anderen bedeckt hielten. Gerade als Mario lediglich noch fünf Meter von den Vorez entfernt war, richtete einer von ihnen einen langen, schwarzen Gegenstand in seine Richtung. Mein Sohn blieb wie angewurzelt stehen und starrte dieses Ding zwischen den Klauen des Ausserirdischen an. Verunsichert trat er einen halben Schritt rückwärts. Einer der Vorez stiess einen seltsamen Laut aus, woraufhin alle ihre schwarzen Gegenstände auf Mario und Gustav richteten. Mario zog sich fauchend zwei Meter zurück.

Genau in diesem Moment schossen hellblaue Blitze aus den schwarzen Dingern hervor, bei denen es sich um Waffen handeln musste. Einige dieser Blitze trafen Mario und Gustav. Mein Sohn sackte sofort verkrampft zusammen und schien das Bewusstsein verloren zu haben, denn Geist konnte seine Gedanken nicht mehr wahrnehmen. Gustav, der weniger stark getroffen worden war, sprang zähnefletschend auf die Vorez zu, die nun ein zweites Mal schossen und ihn mit einigen Blitzen trafen. Während er zuckend zu Boden ging und versuchte, sich wieder aufzurichten, sprangen Geist, seine Schwester Mia und zwei von Mias Kindern aus ihrer Deckung und griffen die Vorez an. Im Gegensatz zu den anderen schlug Geist einige Male mit seinen Flügeln, um über die Vorez hinwegzufliegen. Aus den meisten Flugobjekten kamen weitere Ausserirdische gestürmt und er wollte vermeiden, dass seine Familie umzingelt wurde.

Geist stiess sein unsichtbares Feuer aus, während er an mehreren Vorez vorbeiflog. Allesamt hatten ihre Waffen auf ihn gerichtet, konnten ihn jedoch nicht treffen, bevor ihre Schutzschichten Feuer fingen. Seltsamerweise brannten sie in kleinen, grünen Flammen und stanken währenddessen abscheulich.

Geist schlug erneut mit seinen Flügeln, um an Höhe zu gewinnen. Von Oben herab beobachtete er das Geschehen. Seine Schwester war inzwischen ebenfalls getroffen worden. Zudem wurden Mario und Gustav mit Seilen gefesselt und von mehreren Vorez in Richtung der Flugobjekte gezogen. Geist setzte zum Sturzflug an und erhitzte die Luft in seinen Lungen, brach seinen erneuten Angriff jedoch ab, da er plötzlich unter starkem Beschuss stand. Eine kleine Verästlung eines Blitzes traf ihn am linken Flügel, was einen unangenehmen Schmerzimpuls auslöste, der innerhalb eines Sekundenbruchteils wieder verschwunden war. Währenddessen hatten seine Flügelmuskeln schwach gezuckt.

Schwer atmend vor Furcht und Adrenalin schwang sich Geist erneut dem Himmel empor. Mario und Gustav wurden in diesem Augenblick in zwei der

Flugobjekte verladen. Ausserdem stiessen die anderen Drachen ebenfalls dazu und stürzten sich auf die Vorez, die Mia momentan fesselten. Schockiert beobachtete Geist, wie die Ausserirdischen seine Familie innert weniger Sekunden überwältigten. Zahlreiche Blitze flackerten auf und das knisternde Geräusch von Elektrizität vermischte sich mit dem Jaulen einiger Drachen. Bald darauf war der Boden übersät von krampfhaft zuckenden oder bewusstlosen Körpern. Lediglich zwei der Vorez waren während dieses Manövers gestorben.

Geist wollte eingreifen, wich jedoch stets frühzeitig zurück, da er mit hundertprozentiger Sicherheit getroffen worden wäre. Selbst als Mia in eines der Flugobjekte verladen wurde, wagte er sich nicht vor. In panischer Angst und vollkommen ratlos flog er über das Schlachtfeld hinweg. Mehrere Flugobjekte starteten bereits. Geists Beobachtungen nach hatten alle von ihnen einen Drachen an Bord.

Tief durchatmend überwand er schliesslich seine Furcht, da er nicht zulassen konnte, dass seine Schwester entführt wurde. Er flog schnurstracks auf das Ding zu, in dessen Inneren Mia gefangen war, glich seine Geschwindigkeit dem Flugobjekt an und krallte sich am scharfkantigen, vorderen Ende fest. Da es stark beschleunigte, wurde dessen Spitze mit zunehmender Kraft gegen Geists Bauch gedrückt. Ihm war bewusst, dass er entweder jetzt handeln oder aufgeben musste, um nicht aufgespiesst zu werden. Voller Willenskraft spie er unsichtbares Feuer gegen die Glaskuppel vor ihm, hinter der sich mehrere Vorez befanden, die ihn allesamt anstarrten. Das Glas brach aufgrund der rasch ansteigenden Temperatur auseinander und die Insassen des Flugobjekts fingen Feuer. Unbeirrt setzte Geist das Feuerspeien fort, bis seine Lungen vollständig leer waren. Inzwischen befand er sich mehrere Kilometer über der Wüste.

Sein Feuer hatte seines Wissens nach alle Vorez innerhalb der Flugmaschine getötet, die nun stetig langsamer wurde. Da sich Geist aufgrund des abnehmenden Flugwindes wieder leichter bewegen konnte, kletterte er durch das glühende Loch in der Glaskuppel hinein, stieg über einige verkohlte Vorez-Leichen hinweg und gelangte schliesslich zu einer Metallwand. Dahinter witterte er den Geruch seiner Schwester, weswegen er das Metall erhitzte, mit den Klauen dagegen drückte und die glücklicherweise dünne Schicht schliesslich gewaltsam aufriss.

Hinter der Absperrung lag Mia mit schwarzen Seilen gefesselt in einem Käfig aus purem Metall. Sie zuckte noch minimal aufgrund des Elektroschocks, den man ihr verabreicht hatte. Ihren Gedanken nach erlangte sie in dieser Sekunde ihr Bewusstsein zurück.

Schreie lenkten Geists Aufmerksamkeit auf mehrere Vorez, die sich neben Mia versammelt und ihre Waffen auf Geist gerichtet hatten. Blitzschnell zog er sich hinter den noch unbeschädigten Teil der Absperrung zurück. Seine Reaktion kam keine Sekunde zu früh, denn die elektrischen Ladungen der Vorez wurden soeben verschossen und verfehlten Geist um wenige Zentimeter. Er konnte die knisternde Energie noch an seiner Schwanzspitze fühlen, die anschliessend einen geringfügig tauben Eindruck erweckte.

Nun füllte er den gesamten Raum mit seinem unsichtbaren Feuer, wodurch die Luft stark zu flimmern begann. Schrille Schreie wiesen ihn darauf hin, dass er sein Ziel getroffen hatte. Nachdem die Vorez verstummt waren, blickte er vorsichtig um die Ecke und schnupperte. Ausser verbranntem Fleisch und stinkenden Schutzschichten konnte er keinerlei Gerüche der Vorez wahrnehmen. Zudem bewegte sich nichts mehr ausser seiner Schwester im Käfig.

Ein Gefühl der Schwerelosigkeit liess Geist herumfahren. Durch die zerbrochene Glaskuppel hindurch erkannte er, wie das Flugobjekt ungebremst in die Tiefe fiel. Die Wüste kam in rasender Geschwindigkeit näher. Zudem brannten einige Knöpfe und Hebel, die zuvor noch von Vorez bedient worden waren. Allem Anschein nach hatte das Flugobjekt kritische Schäden aufgrund Geists Feuer erlitten.

«Du musst fliehen, sonst stürzen wir gemeinsam ab.», nahm er die Gedanken seiner Schwester wahr.

«Ich werde dich nicht dem Tod überlassen, Mia.», entgegnete er bestimmt, zwängte seinen Kopf durch die schmale Öffnung der Absperrung hindurch und versuchte, zu Mia zu gelangen.

Bedauerlicherweise war Geists Brustkorb zu gross, als dass er den Raum hätte betreten können, in dem sie gefangen war. Mit aller Kraft drückte er sich mithilfe seiner Vorderbeine dem Käfig seiner Schwester entgegen, konnte ihn jedoch nicht erreichen. Nun zog er sich zurück, biss in den aufgebrochenen Rand der Absperrung hinein und versuchte, ein grosses Stück Metall herauszureissen. Leider war er nicht stark genug, wodurch er die Absperrung lediglich verformte. Erneut versuchte er, den Käfig seiner Schwester zu erreichen. Dieses Mal konnte er die vordersten Gitterstäbe tatsächlich mit den Zähnen erwischen, da er das Loch in der Absperrung um wenige Zentimeter vergrössert hatte. Geist riss daran, so stark er konnte, wobei das Metall ein lautes Knarren von sich gab, während es sich verbog.

«Hör auf damit, Geist! Du wirst es niemals schaffen, diesen Käfig aufzubrechen, bevor wir abstürzen.», dachte Mia und übermittelte ihm ein Bild der Sanddünen, auf die sie mit mehreren hundert Stundenkilometern zurasten.

«Aber ich kann dich nicht sterben lassen!», entgegnete Geist, erhitzte die Luft in seinen Lungen und spie Feuer auf den Käfig, um ihn anschliessend leichter aufbrechen zu können.

«Genauso wenig kann ich zulassen, wie du dich meinetwegen in den Tod stürzt.»

Traurig und frustriert biss Geist abermals in die Gitterstäbe. Es gelang ihm, einen davon herauszureissen, jedoch versperrten noch dutzende weitere den Weg zu seiner Schwester.

«Jetzt hör mir doch bitte ein einzelnes Mal in deinem Leben zu, kleiner Bruder! Rette dich selbst, ich werde schon irgendwie zurecht kommen.», flehte Mia ihn an.

«Wirklich?»

«Ja, ich habe bereits unzählige Abstürze überlebt, das weisst du. Ich verspreche dir, dieses Mal wird es nicht anders sein, Geist. Geh endlich, bitte!»

Die Worte seiner Schwester zeigten nun Wirkung, denn Geist zog seinen Kopf mit Tränen in den Augen zurück.

«Wehe, du überlebst das nicht.», dachte er, als er flügelschlagend und mit schabenden Klauen in Richtung der Glaskuppel manövrierte.

Aufgrund der Schwerelosigkeit innerhalb des Flugobjekts war das Vorankommen deutlich erschwert. Dennoch gelang es ihm, die Glaskuppel zu erreichen. Sobald er sich an der scharfen, aufgesplitterten Kante nach draussen zog, wurde er von einem heftigen Gegenwind erfasst, der ihn augenblicklich aus dem Flugobjekt riss. Zeitgleich ritzte das Glas seinen linken Flügel ein. Unkontrolliert torkelnd fiel er neben dem schätzungsweise dreissig Meter langen Ding in Richtung Wüste, bis er sich mithilfe geübter Flügelbewegungen stabilisierte und abbremste. Das Flugobjekt raste weiterhin ungebremst zu Boden und kollidierte wenige Sekunden später mit einer Sanddüne. In einer gewaltigen Explosion zerfetzte es die Metallhülle und blendend helles Feuer trat aus, welches sich rasch verdunkelte und einer riesigen Rauchwolke wich. Die Druckwelle brachte Geist kurzzeitig aus seiner Balance und liess seine empfindlichen Ohren pfeifen.

«Mia!», schrie er verzweifelt den glühend heissen, rauchenden Trümmerstücken entgegen, unter denen sich seine Schwester befinden musste.

Im Sturzflug landete er, griff nach dem erstbesten Verschalungsstück und schleuderte es kraftvoll einige Meter hinfort. Gleich darauf wühlte er sich mit Klauen, Flügeln und Zähnen durch die Überbleibsel des Flugobjekts, bis er endlich die graue Farbe seiner Schwester erkannte. Ächzend zog er ein fünf Meter langes, solides Metallstück von ihrem Körper, wodurch Mias Kopf, Hals und einer ihrer Flügel zum Vorschein traten. Noch immer waren mehrere dieser schwarzen Seile um sie gewickelt. Geist versuchte, eines davon durchzubeissen, jedoch erfolglos. Es war, als bewirkten seine scharfen Zähne rein gar nichts gegen dieses widerstandsfähige Material.

Mia, die zuvor noch bewusstlos gewesen war, schlug plötzlich die Augen auf und hustete. Geist erkannte sofort, dass Blut aus ihrer Schnauze tropfte.

«*Mia, was ist los?*», fragte Geist beinahe gelähmt vor Angst um seine Schwester.

«*Ich weiss es nicht.*», entgegnete sie vor Schmerz zitternd.

Erneut hustete sie, was noch mehr Blut zum Vorschein brachte. Geist schnupperte an ihr und roch frische Verletzungen. Vor Aufregung hyperventilierend stiess er ein weiteres Trümmerstück von ihr, wodurch ihr Brustkorb freigelegt wurde. Eine zwanzig Zentimeter dicke Metallverstrebung des Flugobjekts ragte ihr zwischen den Rippen hervor. Sie musste vollständig von diesem Metallstück durchbohrt worden sein, denn als Geist es herausziehen wollte, bewegte es sich keinen Millimeter. Mit jedem Herzschlag spritzte Blut aus der betroffenen Stelle.

«*Du hast gesagt, du würdest das überstehen.*», dachte Geist, dem in diesem Augenblick übel und schwindelig wurde.

«*Es tut mir leid. Ich habe mich geirrt.*», entgegnete Mia hustend und röchelnd.

Sie schien erst jetzt bemerkt zu haben, dass sie soeben aufgespiesst worden war.

«*Wir müssen dich schnellstmöglich zur Drachenschlucht bringen.*»

«*Meine Zeit ist abgelaufen, Geist. Es gibt nichts, was du noch für mich tun kannst.*»

Tränen rannen Geist aus den Augen und er drückte seinen Kopf liebevoll gegen Mias Seite.

«*Bitte stirb jetzt nicht, Mia. Das kannst du mir nicht antun. Ich brauche dich!*», dachte er wimmernd vor Trauer und Sorge.

Mia strich ihm sanft mit ihren Klauen über den Kopf.

«Du wirst das auch ohne mich schaffen, das weiss ich. Du bist nämlich stärker, als du denkst. Ich warte dann im Jenseits auf dich.»

«Aber ich bin ein Feigling. Anstatt zu kämpfen, bin ich geflohen und als ich gekämpft habe, bist du wegen mir abgestürzt.»

Mia spuckte eine Menge Blut aus, richtete ihren Blick auf Geist und umklammerte seinen Hinterkopf liebevoll mit ihren Klauen.

«Das ist nicht wahr! Ich bin lieber tot als von Ausserirdischen entführt zu werden. Die hätten bestimmt noch viel Schlimmeres mit mir angestellt. Du hast mich heute gerettet.»

«Also habe ich das Richtige getan?»

Mia nickte schwach, wobei sie ein ersticktes Röcheln von sich gab. Ihre Klauen um Geists Hinterkopf verspannten sich und sie wimmerte vor Schmerz.

Aus dem Augenwinkel erkannte Geist, wie zwei der Flugobjekte mit fauchenden Triebwerken in seine Richtung flogen. Mia hatte sie ebenfalls gesehen, richtete ihren Blick jedoch wieder auf ihren Bruder.

«Lass dich nicht von denen erwischen, mein kleines Gespenst.», waren ihre letzten Gedanken.

Anschliessend lockerte sich ihr Griff, ihre Klauen rutschten schlaff von Geists Hinterkopf und sie gab einen leisen, gurgelnden Laut von sich, der allmählich verstummte. Entsetzt beobachtete Geist, wie sich Mias schlitzförmige Pupillen weiteten, bis sie perfekt runden Kreisen glichen, die grösser waren, als er sie jemals bei ihr gesehen hatte. Lediglich ein dünnes Rinnsal von Blut floss noch aus ihrem Brustkorb.

«Mia! Nein!», schrie er gedanklich, umklammerte Mias Kopf mit den Klauen und drückte ihn gegen seinen Bauch.

Jaulend hielt er den Kopf seiner Schwester umklammert, bis die Flugobjekte ihn beinahe erreicht hatten. Zitternd vor Trauer und schock liess er sie schliesslich los, stiess sich voller seelischem Schmerz von den Trümmerstücken ab und flog in Richtung Drachenschlucht davon. Glücklicherweise folgten ihm die Flugmaschinen nicht.

Wimmernd und mit Tränen in den Augen beendete Geist die gedankliche Übertragung. Er rollte sich eng auf dem Felsvorsprung zusammen und bedeckte seinen Kopf mit seinem linken Flügel, dessen blutiger Kratzer mir erst jetzt auffiel. Inzwischen hatten sich einige andere zu uns begeben, die ebenfalls telepathisch an Geists Erlebnissen teilgenommen hatten. Die Trauer, die von diesen Gedanken ausgegangen war, hatten mich zum Weinen gebracht. Selbst mein eigentliches Anliegen hatte ich vergessen.

«*Das ist alles deine Schuld, Nils. Du hast den Vorez dieses Fluggerät gestohlen und nun sind sie gekommen, um es sich zurückzuholen.*», riss mich Editha aus meinen Gedankengängen.

«*Red doch keinen Stuss, Editha. Nils hat es aus einer antiken Struktur geborgen und selbst wenn er bei der Aktivierung des Lichts etwas ausgelöst haben sollte, was die Vorez empfangen können, wären sie niemals in nur einem einzigen Tag hier gewesen. Ausserdem haben sie Drachen entführt und nicht das Fluggerät mitgenommen.*», entgegnete Brigitte.

Ich blickte ihr dankbar entgegen, was sie selbstzufrieden schmunzelnd erwiderte. Erst als mir bewusst wurde, dass sie diese Informationen ohne meine Erlaubnis meinem Bewusstsein entwendet hatte und ich ihre Hilfe grundsätzlich nicht schätzte, verfinsterte sich mein Gesichtsausdruck wieder.

Plötzlich fiel mir wieder ein, was ich eigentlich vorgehabt hatte. Blitzschnell breitete ich die Flügel aus, stiess mich vom Boden ab und flog in die Richtung davon, aus der Geist gekommen war. Dass ich beinahe aufgrund meiner Rücken- und Flügelgelenkschmerzen abstürzte, war mir gleichgültig. Die Angst um meinen Sohn war in diesem Moment stärker als jedweden Schmerz, den ich mir überhaupt vorstellen konnte.

«*Nils kann also doch mit den Flügeln schlagen.*», bemerkte Ursula.

«*Was du nicht sagst.*», konterte Brigitte, wobei ich im Augenwinkel beobachtete, wie sie mir folgte.

Ich brauche keine Hilfe von dir, dachte ich stur, ohne meinen Blick von der Kante der Drachenschlucht abzuwenden, hinter der sich der Vorez-Angriff ereignet hatte.

«*Wohl eher möchtest du keine Hilfe. Es ist aber sehr wahrscheinlich, dass du sie brauchen wirst, insbesondere da du deinen Speer liegengelassen hast.*», entgegnete sie.

Nun warf ich einen Blick nach hinten und stellte ernüchternd fest, dass Brigitte recht hatte. Selbstzufrieden grinsend trug sie meinen geliebten Speer zwischen den Klauen, schloss in Windeseile zu mir auf und überreichte ihn mir. Griesgrämig brummend nahm ich ihn mithilfe meiner Schwanzspitze entgegen und wandte meinen Blick demonstrativ abweisend nach vorn.

Noch bevor ich den Rand der Drachenschlucht erreicht hatte, brach ich unter meinen Rückenschmerzen zusammen, obwohl ich mich mit all meiner Kraft dagegen gewehrt hatte. Als meine Flügel schlaff im Gegenwind flatterten und ich stetig an Höhe verlor, wurde ich plötzlich von unten her aufgefangen und gestützt. Brigitte blickte grinsend zu mir hoch.

Ich brauche keine Hilfe von dir, dachte ich trotzig.

«*Das sieht man.*», entgegnete sie amüsiert über mein Verhalten.

Da mich die Kraft verlassen hatte, meine Schmerzen zu unterdrücken, blieb ich schicksalsergeben auf Brigittes Rücken liegen, wobei ich meine Flügel zusammenfaltete und mich mit allen Vieren an ihr festhielt.

Wenn du darauf bestehst, mich zu tragen, beeile dich wenigstens ein bisschen, wies ich sie an.

«*Mit Vergnügen.*»

Erstaunt stellte ich fest, dass ihr diese körperliche Anstrengung gefiel, denn sie beschleunigte grinsend ihre Flügelschläge und brachte mich innerhalb von wenigen Minuten aus der Drachenschlucht hinaus. Aus der Ferne liessen sich die verbleibenden Flugobjekte der Vorez erkennen, die soeben starteten und in Richtung Himmel emporstiegen.

«*Eigentlich sind es Raumschiffe, wenn sie aus dem Weltall gekommen sind.*», korrigierte Brigitte meine Gedankengänge.

Ich ignorierte ihre Anmerkung und suchte mit meinen scharfen Augen die Umgebung nach Mario ab. Soweit ich erkennen konnte, war er nicht unter den wenigen Drachen, die in der Wüste zurückgelassen worden waren. Brigitte flog nun noch schneller, bis mir der Gegenwind laut in den Ohren pfiff. Dennoch reichte unsere Geschwindigkeit nicht aus, die Raumschiffe einzuholen. Laut dröhnend gewannen sie an Distanz, betraten die oberen Atmosphärenschichten und verblassten allmählich im Dunkelblau des Himmels.

Endlich erreichten wir den Ort des Geschehens. Brigitte setzte erschöpft keuchend zur Landung an und liess mich absteigen. Ächzend kletterte ich von ihrem Rücken, schnupperte ausgiebig umher und stellte ernüchternd fest, dass Mario nicht mehr auf der Erde sein konnte. Verzweifelt liess ich mich auf die harte, geringfügig mit Sand bedeckte Ebene fallen und blickte den winzigen Punkten ausserhalb der Erdatmosphäre nach, die schwach zu leuchten begannen und sich von unserem Heimatplaneten entfernten. Energielos liess ich meinen Kopf zu Boden sacken, obwohl dies abermals Schmerzen auslöste. Tränen bildeten sich in meinen Augen, als mir vollends bewusst wurde, dass mein Sohn soeben von Ausserirdischen entführt worden war.

Obwohl einige verletzte und auch tote Drachen in unmittelbarer Nähe lagen, verspürte ich nicht das Bedürfnis, mich um sie zu kümmern, geschweige denn sie überhaupt zu beachten. Selbst die Vorez-Leichen, die abgestürzten Raumschiffe und ihre Alientechnologie interessierten mich keineswegs.

Leise jaulend lag ich niedergeschlagen im Dreck und trauerte meinem Sohn nach. Ein warmer Wind wehte mir Sandkörner in die Augen, was mir jedoch gleichgültig war. Irgendwann schweiften meine Gedanken zu den Vorez ab. Die vor mir liegenden Leichen waren lediglich halb so gross wie jene, die ich vor anderthalb Tagen im antiken Bauwerk gefunden hatte.

Wahrscheinlich haben sie diesen Planeten verlassen und sich mittlerweile an ihre neue Umgebung angepasst, mutmasste ich.

Nun fragte ich mich, ob die Erde überhaupt ihr Heimatplanet gewesen war oder ob sie diese Welt lediglich als Zwischenstopp missbraucht und alle natürlichen Ressourcen ausgeschöpft hatten.

Vermutlich sah die Erde vor einigen tausend Jahren vollkommen anders aus.

Plötzlich wuchs ein Hoffnungsschimmer in mir heran. Die Ähnlichkeiten zwischen den Vorez-Raumschiffen und dem Flugobjekt, was ich entdeckt hatte, brachten mich auf die Idee, die Ausserirdischen zu verfolgen. Hierfür benötigte ich lediglich ein funktionstüchtiges Raumschiff und die Position des Heimatplaneten der Vorez.

«Jetzt werd nicht gleich überheblich. Du wirst es niemals schaffen, Mario zu befreien, selbst wenn es uns gelingen sollte, das antike Flugobjekt zu reparieren. Die Vorez sind uns höchstwahrscheinlich zahlenmässig überlegen, sie verfügen über wesentlich bessere Technologie und wir wissen nicht einmal, ob Mario überhaupt noch lebt. Ausserdem werden wir sie niemals in den Weiten des Weltraums aufspüren können.», dachte Brigitte, während sie Gustavs jüngsten Sohn Lukas verarztete, der aufgrund von herabstürzenden Trümmerstücken seinen linken Flügel verloren hatte.

Trotzdem muss ich es versuchen. Stella wird anhand ihrer Flugroute abschätzen können, wohin sie fliegen, entgegnete ich.

«Hörst du mir überhaupt zu? Du hast keine Chance gegen die. Mario zu befreien, wäre dein sicherer Tod.»

Was soll ich denn deiner Meinung nach tun, Brigitte? Dachte ich zornig schnaubend, da ich mir meine Hoffnung nicht nehmen lassen wollte.

«Loslassen. Dein Sohn ist bereits tot, du weisst es nur noch nicht.»

Du hast keine Ahnung, wovon du überhaupt sprichst, junge Frau.

Brigitte schwieg seufzend und setzte die Versiegelung von Lukas' Wunde mit geschmolzenem Sand fort. Dass ich sie als junge Frau bezeichnet hatte, lag daran, dass sie erst 149 Jahre alt war und noch keine Kinder hatte.

«Werde ich jemals wieder fliegen können?», fragte Lukas wimmernd und zitternd vor Schmerz.

Mit seinen lediglich 17 Jahren war er momentan der zweitjüngste Drache und hatte dementsprechend noch wenig Lebenserfahrung. Seine Urinstinkte konnte er erst seit fünf Jahren vollständig kontrollieren und er hatte seine finale Grösse noch nicht erreicht.

«Ganz bestimmt. Der Flügel wird in zwei Monaten vollständig nachgewachsen sein. Nur während den ersten Wochen wird es leider noch ein wenig schmerzen.», beruhigte ihn Brigitte.

«Hast du schonmal einen Flügel verloren?»

«Nein, aber Nils vor 68 Jahren.»

Lukas blickte verunsichert in meine Richtung.

«Welcher Flügel war es?»

«Der rechte.»

«Weshalb kann er immer noch nicht normal fliegen, obwohl es so lange her ist?»

«Das liegt an seinem linken Flügelgelenk. Aufgrund seines Alters leidet er unter chronischen Schmerzen.»

«Wird mir das auch irgendwann passieren?»

«Höchstwahrscheinlich schon, aber erst in einigen hundert oder gar tausend Jahren. Die wahre Ursache dieser Altersbeschwerden kennen wir jedoch nicht, weswegen wir sie nicht behandeln können.»

Leer schluckend legte Lukas seinen Kopf zurück auf den staubtrockenen Untergrund und liess Brigitte ihre Arbeit verrichten.

Während der nächsten Stunden wurden alle Verletzten verarztet und die Toten begraben. Insgesamt sechs Drachen waren entführt worden, darunter Mario und Gustav. Ohne mich auch nur einen Zentimeter zu rühren, blieb ich weinend liegen. Irgendwann, als die Sonne bereits hinter dem Horizont verschwand, setzte sich Tom neben mich.

«Kommst du jetzt wieder nach Hause?», fragte er mich besorgt.

Eine Weile starrte ich ihm gedankenverloren in die Augen, bis ich ihm schliesslich antwortete.

Ja, du hast recht. Es ist bereits spät. Kannst du mich tragen?

Wortlos legte sich Tom vor mich, sodass ich auf seinen Rücken klettern konnte. Stöhnend vor Schmerz nahm ich die korrekte Haltung ein. Als ich meinen linken Flügel einklappen wollte, gab ich aufgrund des heftigen Stechens mitten in der Bewegung auf. Tom half mir, indem er meinen Flügel mit seinem in die korrekte Position rückte. Währenddessen biss ich die Zähne zusammen, um nicht laut loszujaulen.

Da mein Bruder bemerkt hatte, dass sich meine Schmerzen seit dem heutigen Flug verschlimmert hatten, brachte er mich mit grösster Sorgfalt nach Hause. Anschliessend übernachtete er bei mir, um mich bei der Verarbeitung der heutigen Ereignisse zu unterstützen. Dies linderte meine psychischen Schmerzen zumindest ein klein wenig. Dankbar kuschelte ich mich an seine Seite, so gut es mit meinem lädierten Rücken möglich war, und versuchte, zu schlafen.

Müde stand ich am nächsten Morgen auf und tapste mit pulsierenden Schmerzen in der Wirbelsäule zum Waschbecken, um meinen Durst zu stillen. Trotz meiner steifen Bewegungen verschlimmerte sich das stechende Gefühl. Nachdem ich etwas zu viel Wasser getrunken hatte, legte ich mich direkt vor dem Waschbecken flach auf den Boden und versuchte, wenigstens ein bisschen Schlaf nachzuholen, denn ich hatte die gesamte Nacht kein Auge zugetan.

Meinem Bruder war es nicht besser ergangen. Er hatte ebenfalls nicht schlafen können und lag nun tief seufzend mitten im Raum, während sich Geists Gedanken und die Versorgung der Verletzten nach dem Alienangriff dauerhaft in seinem Bewusstsein wiederholten.

Kurz vor dem Mittag wehte plötzlich Stellas Duft in mein Schlafzimmer hinein. Neugierig reckte ich den Kopf hoch und erblickte meine Tochter, die stark hinkend den Raum betrat. Ihr Bewusstsein strömte dieselbe Trauer aus, die ich seit Marios Entführung verspürte. Mit Tränen in ihren wunderschön tiefblauen Augen legte sie sich neben mich und stiess mich telepathisch an. Wir verbanden unsere Bewusstseine miteinander, was uns kurzzeitig von der Realität ablenkte. Stella zeigte mir, wie sie gemeinsam mit Cuno einige Teile des antiken Flugobjekts repariert hatte. Ausserdem wussten sie nun, dass der Antrieb mithilfe der Verbrennung eines chemischen Treibstoffs Schub erzeugte und über einen Sauerstofftank verfügte. Demnach würde er auch im Weltraum funktionieren.

Glaubst du, wir können die Vorez damit verfolgen? Fragte ich sie, da ich die Hoffnung immer noch nicht aufgegeben hatte, meinen Sohn zu retten.

«Vielleicht. Aber wir müssten uns gut vorbereiten und ausserdem wissen wir nicht, was uns auf dem Planeten der Vorez erwartet.»

Gemeinsam mit Stella analysierte ich meine Erinnerungen zu den ausserirdischen Raumschiffen. Da sie sehr langsam beschleunigt hatten, nachdem sie aus der Erdatmosphäre ausgetreten waren, vermuteten wir, dass sie nicht für interstellare Reisen taugten. Demnach musste sich das Zuhause der Vorez in unserem Sonnensystem befinden.

«Dem Kurs nach zu schliessen, müssten sie auf den Mars zusteuern. Es könnte aber auch sein, dass sie ihn lediglich für ein Slingshot-Manöver verwenden, um anschliessend einen Jupiter- oder Saturnmond anzusteuern.»

Da selbst der Mars derart weit entfernt war, dass sich lediglich die ungefähre Farbe von der Erde aus erkennen liess, war es unmöglich, einen Planeten ausschliessen zu können, der auf der Flugbahn der Vorez lag.

«Glaubst du wirklich, dass wir eine Chance haben, Mario zu finden, Papa?», fragte Stella.

Weisst du das nicht bereits? Du bist schliesslich in meinem Verstand.

Stella spielte gedanklich zahlreiche Szenarien durch, was geschehen würde, sollten wir tatsächlich in wenigen Jahren oder gar Monaten den Weltraum betreten, um die Vorez zu verfolgen. Je länger sie unsere Chancen validierte, desto mehr schien sie das Vertrauen in meine Hoffnung zu verlieren.

«Ich glaube nicht, dass das möglich sein wird.», dachte sie schliesslich.

Nichtsdestotrotz blieb die Hoffnung in mir bestehen. Da ich einer anderen Meinung war als Stella, löste sich unsere telepathische Verbindung leicht, bis wir entschieden, uns vollständig voneinander zu trennen.

Mario ist dort irgendwo. Ich kann nicht zulassen, dass diese Aliens ihn uns wegnehmen.

Stella setzte sich auf und stupste meinen Kopf sachte mit ihrer Schnauze an.

«Das, was du hier vorhast, ist unmöglich. Mario wurde uns bereits weggenommen und es lässt sich nicht ungeschehen machen.»

Erneut sträubte ich mich dagegen, diese Tatsache zu akzeptieren. Stella verstand, dass sie mich momentan nicht umstimmen konnte, weswegen sie leise den Raum verliess. Einzig ihr linkes Hinterbein schabte deutlich wahrnehmbar dem rauen Steinboden entlang.

«Ich glaube, ich sollte meinen Arbeiten nachgehen.», dachte Tom und verliess mein Schlafzimmer ebenfalls.

Er schien die Tatsache bereits akzeptiert zu haben, dass Mario unwiderruflich verschwunden war.

«Spüre ich da etwa Unstimmigkeiten zwischen Stella und dir?», fragte Brigitte einige Zeit später.

Nicht jetzt, ich kann deine Anwesenheit gerade wirklich nicht gebrauchen, entgegnete ich niedergeschlagen.

Unbeirrt landete sie vor dem Eingang meines Schlafzimmers und trat mit besorgtem Gesichtsausdruck ein.

«Ich habe aus deinen Erinnerungen entnommen, dass du noch einen ganzen Haufen antiker Vorez-Technologie gefunden hast, die sich noch in der Wüste befindet. Wäre es nicht sinnvoll, diese Dinge zu bergen, bevor das grosse Loch, durch das man eintreten kann, vollständig zugeschüttet wird?»

Nachdenklich blickte ich ihr in die Augen. Nach kurzer Überlegung wurde mir bewusst, dass sie recht hatte. Ausserdem hatte ich meine mobile Wasseraufbereitungsanlage dort vergessen. Ich wollte Brigitte gerade darum bitten, mich dabei zu unterstützen, antike Relikte aus der Ruine zu bergen, als mir einfiel, dass ich ihre aufdringliche Hilfsbereitschaft über alle Massen verabscheute. Bedauerlicherweise schien sie meine Gedankengänge genauestens mitverfolgt zu haben, denn sie starrte mich erwartungsvoll an. Obwohl sie momentan nicht in Worten dachte, schrie mir ihr Blick «sag es» entgegen. Seufzend überwand ich meine innere Blockade, da ich hoffte, mithilfe der antiken Vorez-Technologie Mario retten zu können.

Kannst du mir helfen, nützliche Gegenstände aus der antiken Struktur zu bergen? Fragte ich sie schicksalsergeben seufzend.

«Wie war das? Ich habe dich eben nicht recht verstanden. Kannst du deine Frage bitte wiederholen?»

Ihr selbstzufriedenes Schmunzeln liess mich meine Frage bereits bereuen.

Ich weiss, dass du mich verstanden hast, entgegnete ich telepathisch.

«Lass mich diese Frage nur noch einmal hören, dann bist du mich für eine Weile los.»

Kannst du mir die antiken Relikte aus der Wüste besorgen?

Brigitte legte den Kopf schräg, als wollte sie noch etwas von mir hören. Da ich genau wusste, woran sie dachte, rollte ich genervt mit den Augen.

Bitte, dachte ich.

Ein breites Grinsen bildete sich auf ihrem Gesicht.

«Oh, habe ich das richtig verstanden? Nils bittet mich um Hilfe? Das ist mir während der letzten 149 Jahre noch nie untergekommen. Obwohl du mir niemals bei irgendetwas geholfen oder dich für einen Gefallen bedankt hast, erfülle ich dir diesen Wunsch natürlich. In spätestens zwei Wochen bin ich mit allem zurück, was dich interessiert. Deine Interessen kenne ich nämlich bereits

auswendig, wie auch deine Wünsche, Bedürfnisse und Geheimnisse. Auf wiedersehen!»

Beinahe enthusiastisch verliess Brigitte mein Schlafzimmer und schwang sich kraftvoll dem Himmel empor.

Was habe ich bloss angerichtet? Jetzt wird sie mir diese Unterhaltung für die nächsten dreihundert Jahre permanent unter die Nase reiben.

Sechs Tage später schmerzte mein Rücken kaum noch und mein linker Flügel liess sich wieder einigermassen gut bewegen. Ausserdem waren die Glasversiegelungen der Schnittwunden meines rechten Flügels abgefallen. Die darunterliegende Haut war inzwischen vollständig verheilt. Um mich ein wenig von meinen Sorgen zu erholen, besuchte ich Alexios erneut. Während vierundzwanzig Stunden lag ich neben ihm im Gras. Erstaunlicherweise legte er sich nie hin, nahm keine Nahrung zu sich und starrte ununterbrochen den Horizont an. Wie immer empfing ich rein gar nichts aus seinem Bewusstsein.

Als die Sonne aufging, blickte ich erneut zu der Stelle des Himmels, an der die Vorez verschwunden waren. Lange verharrte mein Blick auf dem fortlaufend heller werdenden Firmament, bis ich winzige Objekte erspähte, die sich wesentlich schneller fortbewegten, als reguläre Himmelskörper es getan hätten. Sofort beschleunigte sich mein Herzschlag und ich wollte Alexios darauf ansprechen, als mir auffiel, dass er bereits exakt denselben Punkt des Himmels anstarrte.

Bevor ich ihn etwas fragen konnte, erschien ein Bild von zehn Vorez-Raumschiffen in meinem Bewusstsein, deren weisse Hüllen hellorange das Licht der aufgehenden Sonne reflektierten. Das blaue Feuer ihrer Triebwerke hinterliess langgezogene, weisse Wolken, während sie sich mit hoher Geschwindigkeit der Erdoberfläche näherten.

Das kannst du alles von hier aus erkennen? Fragte ich Alexios verblüfft.

Er blickte mir vielsagend in die Augen. Aufgeregt stand ich auf, breitete die Flügel aus und wollte bereits in Richtung der Drachenschlucht starten, als ich im letzten Moment zögerte. Verunsichert blickte ich zwischen Alexios, den Vorez-Raumschiffen und der Schlucht umher.

Kannst du uns im Kampf gegen die Ausserirdischen unterstützen?

Er starrte mir fortwährend stumm entgegen.

Das ist das erste Mal, dass ich dich um einen derart spezifischen Gefallen bitte. Mein Sohn wurde vor sieben Tagen durch diese Ausserirdischen entführt. Bitte hilf mir, sie zu bekämpfen und Mario zu befreien.

Wieder erreichte mich keine Antwort. Vor lauter Nervosität begann mein linkes Vorderbein zu zittern.

Ich werde mal den anderen Bescheid geben, dachte ich schliesslich und flog davon.

4

Rettungsmission

Lange bevor ich im Tal der Drachenschlucht landete, hallten meine warnenden Gedanken bereits umher.

Die Vorez sind wieder da! Wir müssen sie angreifen.

«Das denkst du doch bloss, weil du deinen geliebten Sohn retten willst.», entgegnete Editha mürrisch.

Ich ignorierte ihre Worte und setzte meine Ansprache fort.

Wenn wir gezielt angreifen, wird es uns bestimmt gelingen, sie zu überwältigen. Jedes Raumschiff, welches wir von denen ergattern können, erhöht unsere Chancen, die entführten Drachen zu retten. Wer unterstützt mich dabei im Kampf?

«Niemand.», antwortete Gertrud.

«Da ich dich nicht davon abhalten kann, dich auf sie zu stürzen, bin ich dabei.», nahm ich Toms Gedanken wahr.

«Ich ebenfalls.», fügte Cuno hinzu.

«Und ich auch.», ergänzte Geist, dessen Hass auf die Vorez deutlich spürbar war.

«Das ist doch reiner Selbstmord.», warf Florian ein.

«Lass sie doch. Dann sind wir die endlich los.», dachte Editha.

Etwas Dunkelgraues huschte zwischen einigen Häusern hervor. Bei meinem zweiten Blick erkannte ich Henrik, der mir griesgrämig wie immer entgegengeflogen kam.

Du etwa auch? Fragte ich ihn verblüfft.

«Ja, ich hasse diese Vorez nämlich sehr.»

Gibt es überhaupt etwas, was du nicht hasst?

Zur Antwort knurrte er einmal kurz, beliess es jedoch dabei. Als ich schliesslich auch Tom und Cuno unter mir entdeckte, flog ich bereits in Richtung der Vorez-Raumschiffe davon.

«Bist du dir sicher, dass du ohne weitere Unterstützung angreifen möchtest? Brigitte ist noch mit einigen Freunden in der Wüste, um dir antike Artefakte zu besorgen.», gab Tom zu bedenken.

Haben wir denn eine andere Wahl? Entgegnete ich.

Leicht verunsichert blickte ich zu Cuno, der ebenfalls unschlüssig zu sein schien.

«Ich glaube, wir sollten angreifen.», nahm ich Geists zornige Gedanken wahr.

Kurz darauf huschte er aus dem Schatten eines Felsvorsprungs hervor. Als ich ihm in die Augen sah, wich er meinem Blick aus. In seinen Gedanken spielte sich erneut der Kampf gegen die Vorez ab, bei dem seine Schwester ums Leben gekommen war. Ich vermutete, dass er sich davor fürchtete, die Ausserirdischen anzugreifen und es nicht wagte, jetzt einen Rückzieher zu machen, nachdem er bereits zugesagt hatte.

Ich war heilfroh, meinen Rücken während der letzten Tage geschont zu haben, als ich schliesslich die Vorez-Raumschiffe erblickte, die auf derselben Ebene gelandet waren wie die letzten. Selbst nach den heutigen Flügen verspürte ich kaum Schmerzen. Da mir entfallen war, ob ich meinen Speer mitgebracht hatte, warf ich einen Blick nach hinten und stellte erleichtert fest, dass ich meine geliebte Waffe mit meiner Schwanzspitze umschlungen hielt. Aufgrund der Tatsache, dass ich ihn normalerweise immer bei mir trug, hatte ich ihn nicht einmal wahrgenommen. In sicherer Entfernung landeten wir und versteckten uns hinter einer Sanddüne. Vorsichtig reckte Geist seinen Kopf über die Kante und teilte seine Sicht auf die Aliens mit uns. Währenddessen zitterte er stark aufgrund seiner Nervosität. Dennoch hatte er keine Einwände gegen einen Angriff.

Cuno und Tom bereiteten die dutzenden Vorez, die bereits ausgestiegen waren, grosse Sorgen. Die Ausserirdischen stellten allerlei Gerätschaften auf, deren Zweck wir bloss erahnen konnten und schienen sich auf einen Kampf vorzubereiten.

«Ich glaube nicht, dass es eine gute Idee ist, sie jetzt anzugreifen. Wir sind zu wenige.», dachte Cuno schliesslich.

Tom nickte zustimmend, da er soeben dasselbe hatte ansprechen wollen. Geist hielt sich zurück, während Henrik ein unzufriedenes Brummen von sich gab.

«Entweder jetzt oder nie. Wir sollten diese Zwerge angreifen, solange sie hier sind.», schlug Henrik vor.

Unruhig tapste er im weichen Sand umher, wobei er geringfügig mit seinem rechten Vorderbein hinkte. Erstmals wurde mir bewusst, dass er ebenfalls unter Altersbeschwerden litt, wenn auch weniger stark wie Stella und ich.

Tom blickte erwartungsvoll in meine Richtung. Obwohl er gegen einen sofortigen Angriff war, würde er mich begleiten, dem war ich mir sicher. Nichtsdestotrotz versuchte er, mir das Risiko dieser Aktion näherzubringen. Seufzend entschied ich, meinen Hass auf die Vorez und die Trauer um meinen Sohn kurzzeitig zu unterdrücken, sodass ich unvoreingenommen die Lage abschätzen konnte. Wir waren fünf Drachen gegen ungefähr einhundert Vorez, die allesamt über hochmoderne Ausrüstung verfügten. Selbst ein Treffer von ihren Blitzen konnte zur Gefangennahme führen. Plötzlich wurde mir bewusst, dass es tatsächlich ein Fehler war, auf diese Weise gegen sie zu kämpfen, da unsere Erfolgschancen verschwindend klein waren.

Cuno und Tom haben recht. Wir brauchen Verstärkung, um angreifen zu können. Jetzt würden wir bloss in unseren eigenen Untergang fliegen, dachte ich schweren Herzens.

«Ihr seid doch allesamt Feiglinge! Wir müssen uns jetzt sofort bei diesen kleinen Dämonen rächen, die uns vor einer Woche angegriffen haben.», entgegnete Henrik zornig knurrend und kletterte auf die Sanddüne, um sich selbst einen besseren Überblick zu verschaffen.

«Sie jetzt anzugreifen, wäre Selbstmord.», dachte Tom.

Wütend schnaubend wandte sich Henrik von meinem Bruder ab und machte Anstalten, die Vorez allein anzugreifen.

«Ich habe eine Idee.», fuhr Geist urplötzlich dazwischen.

Wir alle blickten ihn gespannt an.

«Wir könnten Igor fragen, ob er uns unterstützt. Der ist doch mindestens achtmal so gross wie die Vorez und ausserdem ein riesiger Muskelberg. Ich wette, er würde mit denen fertig werden.», setzte er fort.

Igor? Den haben wir doch vor langer Zeit verbannt. Ausserdem ist er ein rücksichtsloser Mörder. Und ein Dieb. Wie kommst du auf die Idee, er würde uns helfen? Fragte ich verwundert.

«Genau deswegen glaube ich das. Er liebt das Kämpfen wie nichts anderes. Früher habe ich ihn oft heimlich aus der Luft beobachtet und er ist erstaunlich gut darin.»

«Ist der etwa ein Vorbild für dich?», dachte Cuno verblüfft, dem Geists Begeisterung Igors Kampffähigkeiten gegenüber nicht entgangen war.

Verlegen wandte Geist seinen Blick von uns ab.

Weisst du, wo er sich momentan aufhält? Versuchte ich, das Gespräch in eine Richtung zu lenken, die dem weissen Drachen angenehmer war.

Daraufhin übermittelte mir Geist telepathisch eine Flugroute von unserer Position aus. Laut seinen Angaben befand sich Igor lediglich zehn Kilometer entfernt von uns auf einem abgelegenen Hügel jenseits der Drachenschlucht.

Wie wäre es, wenn wir uns aufteilen und kampffähige Drachen um Unterstützung bitten, bis wir genügend viele sind, die Vorez anzugreifen? Anschliessend treffen wir uns wieder hier und planen unsere nächsten Schritte, schlug ich vor.

«*Das halte ich für eine sehr gute Idee, Nils. Wer von uns kümmert sich um Igor?*», entgegnete Tom.

Niemand meldete sich freiwillig. Wir tauschten lediglich unschlüssige Blicke aus. Selbst Henrik, der die Vorez über alle Massen verabscheute, wollte Igor nicht unter die Augen treten. Stattdessen blickte er mich fordernd mit seinem immerzu griesgrämigen Gesichtsausdruck an.

«*Das hier war deine Idee, Nils. Du solltest Igor um Hilfe bitten.*», dachte er.

Ich? Ähm ... ich weiss nicht, ob das eine gute Idee ist. Schliesslich bin ich der Kleinste von uns, entgegnete ich verunsichert.

«*Vor zehn Minuten wolltest du dich noch zu fünft einer Armee von Vorez stellen und nun fürchtest du dich davor, einen Unseresgleichen anzusprechen?*», fragte Cuno mit geringfügig schräg gelegtem Kopf, wobei mich die Lichtreflexe seiner silbern glänzenden Stirn blendeten.

«*Ich glaube, er ist gar nicht so böse, wie alle immer denken. Er tötet nur, wenn man ihm gehörig auf die Nerven geht. Und einen Kampf gegen Ausserirdische wird er sich bestimmt nicht entgehen lassen.*», bestärkte mich Geist.

In Ordnung, dachte ich seufzend.

«*Gut. Dann teilen wir uns jetzt auf.*», brachte Tom unseren Plan ins Rollen.

«*Ich bleibe hier und alarmiere euch, falls die Vorez etwas Unvorhergesehenes anstellen.*», sprach Henrik zu uns, ohne seinen zornigen Blick von den Ausserirdischen abzuwenden, die in dieser Sekunde kleine Behälter mit Sand füllten und allem Anschein nach untersuchten.

«*Komm aber nicht auf die Idee, sie allein anzugreifen, während wir fort sind.*», dachte Tom.

«*Für wie bescheuert hältst du mich eigentlich?*», entgegnete Henrik zornig knurrend.

«*Es war wieder einmal klar, dass er das als persönlichen Angriff auffasst.*», kommentierte Cuno augenrollend.

«*Pass bloss auf, was du denkst, du übergrosses Stück Möchtegern-Silber.*»

Da Cuno über einen halben Meter grösser war als Henrik, liess er sich nicht von seiner Drohung beeindrucken und stiess sich selbstbewusst vom Boden ab, um in Richtung Drachenschlucht zu fliegen. Seinen Gedanken nach wollte er Verwandte und Freunde um Unterstützung bitten.

Mit schlechtem Gefühl im Bauch beschleunigte ich auf allen Vieren, sodass der Sand hinter mir hochwirbelte, breitete die Flügel aus und startete nun ebenfalls.

«*Keine Sorge, Nils. Ich war bei Igors Urteil dabei und ganz so verrückt ist er gar nicht. Er wird dir bestimmt kein Leid zufügen. Du solltest aber darauf achten, ihn nicht zu beleidigen und ihm keine Nahrung vorzuenthalten.*», besänftigte Tom meine Sorgen.

Verunsichert, jedoch auch dankbar blickte ich ihm nach, als er sich rasant von mir entfernte, um einige Bauern für unseren Angriff zu rekrutieren. Niedergeschlagen stellte ich fest, wie stark meine chronischen Flügelgelenkschmerzen bereits meine Fluggeschwindigkeit beeinträchtigten. In diesem Augenblick wünschte ich mir, ich könnte meine Altersbeschwerden lediglich für einen Tag loswerden, sei es nur, um das berauschende Gefühl eines schnellen Fluges noch einmal selbst erleben zu können.

Kurze Zeit später erreichte ich die Anhöhe, auf der Igor laut Geists Angaben wohnte. Aus der Ferne war nichts ausser unberührter Wüste zu erkennen gewesen, was mich noch zusätzlich verunsicherte. Mit erhöhtem Puls landete ich auf der Spitze des sandbedeckten Hügels. Während ich umherblickte, umklammerte ich meinen Speer nervös mit dem Schwanz.

Ein leichter Windstoss wehte mir den Duft eines Drachen entgegen, den ich bereits seit über zweihundert Jahren nicht wahrgenommen hatte. Ich war mir ziemlich sicher, dass die vor mir liegende Duftspur Igor gehören musste.

Erst jetzt entdeckte ich mehrere Höhleneingänge, die hinter grossen Steinen versteckt waren. Zudem witterte ich den Geruch von Algen und Schwefel, weswegen ich vermutete, dass sich eine vulkanische Wasserquelle hier befinden musste.

Hallo? Rief ich telepathisch in eine der Höhleneingänge hinein.

Es erreichte mich keine Antwort. Ich nahm an, dass meine Signale nicht durch den soliden Stein gedrungen waren.

Oder er möchte mir nicht antworten, dachte ich leer schluckend.

Ich rief Geists und Toms beruhigende Worte in meinem Bewusstsein hervor und betrat schliesslich die Höhle. Sobald sich meine Augen an die düsteren Lichtverhältnisse gewöhnten, erblickte ich drei Drachenschädel, die nebeneinander aufgereiht an einer Wand standen. Als ich nähertrat und sachte daran schnupperte, konnte ich nicht feststellen, ob es sich hierbei um die Schädel der drei getöteten Bauern handelte, denn sie hatten den Duft ihrer Umgebung inzwischen vollständig angenommen.

Plötzlich nahm ich ein knirschendes Geräusch zu meiner Rechten wahr. Als ich mich danach umsah, erblickte ich den riesigen, braunen Drachen, der diese Höhle bewohnte und sich nun in einem grossen Satz auf mich stürzte. Instinktiv drehte ich mich einmal im Kreis, um den Speer schwungvoll mithilfe meines Schwanzes in Richtung der Drachenpranke zu stossen, mit der Igor nach mir griff. Bedauerlicherweise prallte die Spitze an seinen dicken Schuppen ab und er umklammerte anschliessend meinen Speer mit seinen vierzig Zentimeter langen Klauen.

Mit spielerischer Leichtigkeit entriss er mir die Waffe, die er anschliessend laut scheppernd zu Boden fallen liess, während er mich mit seinem linken Vorderbein seitlich auf dem felsigen Untergrund fixierte. Glücklicherweise erzeugte der Winkel, in dem er sein Körpergewicht auf mich abstützte, beinahe keine Schmerzen in meinem Rücken. Lediglich eine seiner stumpfen Klauen stach mir unangenehm in den rechten Flügel. Ich versuchte, mich aus seinem Griff zu winden, jedoch erfolglos. Seiner gewaltigen Körpermasse konnte ich nichts entgegensetzen.

«Wie kannst du es wagen, mich während meinem Mittagsschlaf zu stören, kleiner roter Zwerg?», nahm ich seine Gedanken wahr, während er zornig seine zehn Zentimeter langen Zähne entblösste.

Aus meiner seitlichen Lage konnte ich ihn lediglich mit meinem rechten Auge sehen. Aufgrund der eingeschränkten Sicht und meiner körperlichen Unterlegenheit fürchtete ich mich sehr vor diesem Drachen, der im Vergleich zu mir mehr als die dreifache Grösse besass. Igors schnurgeraden Hörner, seine verhältnismässig kleinen, gelben Augen und seine zahlreichen scharfen Zacken auf dem Schädel liessen ihn noch aggressiver wirken als er es vermutlich bereits war.

Es tut mir leid. Ich wollte dich nicht stören, dachte ich verängstigt keuchend.

Igor verlagerte mehr Gewicht auf meinen Brustkorb, wodurch es mir zunehmend schwerfiel, zu atmen. Mit zornig funkelnden Augen starrte er mich an.

«Auf mich erweckst du einen völlig anderen Eindruck. Du hast versucht, mich mit dem Speer zu verletzen.»

Das wollte ich nicht, ehrlich. Es war ein Instinkt, den ich mir bereits vor Jahrhunderten antrainiert habe. Ich übe nämlich häufig mit dem Speer, wenn mir langweilig ist.

Igor stellte sein Zähnefletschen ein und legte den Kopf schräg.

«Kampftraining? Das klingt interessant. Wenn du einige Meter grösser wärst, hätte ich gerne ein paar von deinen Tanzstückchen gesehen. Aber da du mich geweckt hast, werde ich dir jetzt deinen Kopf abbeissen, wie ich es bei diesen drei Bauern gemacht habe, deren Schädel du beschnuppert hast.»

Du bluffst doch bloss, oder? Fragte ich verunsichert.

«Ich bluffe nie.»

Igor umklammerte meinen Hals mit seiner rechten Vorderpranke, sodass es mir beinahe die Luft abschnürte und öffnete sein riesiges Maul. Ich blickte geradewegs in seinen Schlund, als er sich zu mir herabbeugte. Aufgrund seiner Grösse hätte er meinen gesamten Kopf problemlos an einem Stück verschlingen können.

«Keine Sorge, ich bin kein Kannibale. Deinen Schädel werde ich unberührt neben die anderen stellen und deinen Körper vergraben.», dachte Igor, der meine Gedanken empfangen hatte.

Bitte lass mich gehen. Ich wollte dir bloss mitteilen, dass wir von Ausserirdischen angegriffen werden, entgegnete ich, wobei ich versuchte, meinen Kopf zurückzuziehen.

Bedauerlicherweise liess mir Igor keinerlei Bewegungsfreiheit und zog mich mithilfe seiner kräftigen Klauen an sich heran, bis ich sein Maul von innen her betrachten konnte. Aufgrund seines übelriechenden Mundgeruchs hielt ich den Atem an.

«Weshalb glaubst du, dass mich das interessiert?»

Weil wir vorhaben, sie anzugreifen. Man hat mir erzählt, du würdest gerne kämpfen.

Igor hielt einen Augenblick inne. Ein Speichelfaden tropfte mir von einem seiner Zähne auf die Seite meines Kopfes. Ich verspürte das Bedürfnis, ihn abzuwischen, jedoch umklammerte Igor sowohl meinen Brustkorb als auch meine Vorderbeine, wodurch ich meinen Kopf nicht erreichen konnte.

«*Wer hat das behauptet?*», fragte er.

Da ich Interesse in seiner Frage zu spüren vermutete, ging ich weiterhin auf dieses Thema ein.

Geist war es, während wir heute den Angriff auf die Ausserirdischen geplant haben.

«*Dann hat er dich entweder angelogen oder er weiss nicht, wovon er spricht.*», entgegnete Igor und positionierte mein Genick zwischen seinen hinteren, rechten Zähnen, um die grösstmögliche Kraft während des Zubeissens aufwenden zu können.

Ich fühlte seine Zunge an der Unterseite meines Kopfes, was mich angesichts der momentanen Lage jedoch nicht störte. Erneut versuchte ich mit aller Kraft, mich aus seinem Griff zu winden, was mir bedauerlicherweise keineswegs weiterhalf. Meine Anstrengungen führten sogar dazu, dass Igor mich noch grober festhielt und meinen Hals bereits zwischen seinen Zähnen einklemmte.

Tu das nicht, ich flehe dich an! Es tut mir leid, dass ich dich geweckt habe. Das kommt nie wieder vor, versprochen! Flehte ich.

«*Erzähle mir etwas, was mich interessiert. Dann lasse ich dich vielleicht am Leben.*», dachte er, während ich bereits fühlen konnte, wie sich der Druck sowohl gegen meinen Nacken als auch meine Kehle erhöhte.

Die Ausserirdischen sind nur ungefähr einen Meter gross und haben Waffen, mit denen sie Blitze verschiessen können. Wahrscheinlich handelt es sich bei ihnen um Vorez, die einst diesen Planeten besiedelt haben. Letzte Woche entführten sie einige von uns, unter anderem meinen Sohn Mario.

«*Dein Sohn ist mir egal.*»

Mein Genick gab nun ein schmerzhaftes Knirschen von sich. Zudem rauschte das Blut in meinen Ohren, mir wurde die Luft abgeschnürt und die Ränder meines Sichtfelds flackerten bedrohlich auf. Mit letzter Kraft versuchte ich, mich zu befreien, indem ich mit Beinen und Flügeln um mich schlug. Igors Kopf konnte ich aufgrund seines Griffs nicht erreichen und ansonsten war es mir nicht möglich, ihm Schaden zuzufügen, geschweige denn mich zu befreien.

Verschone mein Leben, ich werde dir für immer zu Diensten stehen, startete ich einen weiteren Versuch, Igor umzustimmen.

«*Endlich denkst du mal etwas Interessantes. Erzähl weiter.*», entgegnete er.

Sein Biss lockerte sich bereits geringfügig, wodurch endlich mehr Blut in mein Gehirn gelange. Da ich nun wieder atmen konnte, selbst wenn ich mich hierfür sehr anstrengen musste, schnappte ich krächzend nach Luft.

Von nun an werde ich alles tun, was du sagst, setzte ich fort.

«*Wirklich alles?*», fragte Igor.

Ja, egal was es ist.

Endlich öffnete er sein Maul und liess mich rücklings zu Boden fallen. Hustend und japsend blieb ich liegen, was mein Gegenüber anscheinend amüsierte. Er setzte sich breit grinsend vor mich und beobachtete jede meiner Bewegungen. Es schien ihm Freude zu bereiten, mich leiden zu sehen.

Entsetzt starrte ich ihn an, in Erwartung von erniedrigenden Aufgaben, die er mir von nun an stellen durfte.

«*Du glaubst doch nicht allen Ernstes, dass ich auf einen mickrigen Diener wie dich angewiesen wäre, oder?*», fragte er mich.

Nein, ganz bestimmt nicht, entgegnete ich eingeschüchtert und verwirrt zugleich.

Igor legte seinen Kopf schräg und stellte sein Grinsen ein. Währenddessen rieb ich meinen Kopf am Felsboden und meinen Vorderbeinen ab, um seinen Speichel loszuwerden. Die übelriechende, dickflüssige Substanz blieb jedoch hartnäckig kleben und nahm zusätzlich noch einige Sandkörner auf. Ich gab den Versuch auf, mich ohne Wasser zu reinigen, und blickte zu Igor. Wir starrten uns gegenseitig in die Augen, bis ich ihn schliesslich fragte, was er nun mit mir vorhatte. Selbstzufrieden schmunzelnd trat er einen Schritt auf mich zu und hielt seine Schnauze wenige Zentimeter vor meinen Kopf. Mit zitternden Gliedern kroch ich zurück, bis ich gegen die Höhlenwand hinter mir stiess. Igor folgte mir währenddessen, ohne den Abstand zwischen uns zunehmen zu lassen. Schlussendlich presste ich mich verängstigt gegen den Felsen, während er mir seine heisse, stinkende Atemluft ins Gesicht blies. Sein Vergnügen daran, mich zu quälen, war deutlich zu erkennen.

«*Du wirst mir jetzt sagen, wo sich die Ausserirdischen befinden. Ich kann es nämlich kaum erwarten, gegen sie zu kämpfen.*», antwortete er.

Ich dachte, das wolltest du nicht.

«*Das war gelogen, um dir Angst einzujagen, du kleines, leichtgläubiges Wesen.*», entgegnete er lachend, wobei seine Laute eher einem heiseren Glucksen glichen.

Immer noch voller Adrenalin teilte ich Igor die Flugroute telepathisch mit. Sobald ich meine Übertragung beendet hatte, starrte er mich wieder breit grinsend an.

«*Komm mit! Wir haben keine Zeit zu verlieren.*», dachte er.

Bevor ich reagieren konnte, packte er meinen Kopf mit den Klauen und riss mich gewaltsam mit, als er in wenigen Sätzen aus seiner Höhle sprang, die

Flügel ausbreitete und in Richtung Himmel emporstieg. Währenddessen schoss ein stechender Schmerz durch meinen Kopf, der aufgrund der abrupten Richtungsänderungen entstanden sein musste. Ausserdem schmerzte meine Wirbelsäule aufs Neue, was in Anbetracht meiner derzeitigen Lage jedoch zweitrangig war.

Was soll das? Lass mich los! Dachte ich und versuchte, Igors Griff mit allen Vieren zu lösen.

Als dies nichts bewirkte, schlug ich meine Klauen zwischen die Schuppen seines Beins, so stark ich konnte. Augenblicklich verstärkte sich der Druck von Igors Klauen um meinen Schädel, während er meinen Kopf ruckartig schüttelte, sodass ich beinahe aufgrund meiner chronischen Schmerzen das Bewusstsein verlor.

«*Mach das noch einmal und ich breche dir das Genick.*», herrschte er mich bedrohlich knurrend an, wie es ausschliesslich ein Drache seiner Grösse konnte.

Sofort stellte ich die Gegenwehr ein und liess alle Gliedmassen schlaff hängen. Meine Flügel flatterten nutzlos im Gegenwind, während Igor mit mir in Richtung der Vorez-Raumschiffe flog. Langsam lockerte sich sein Griff und ich fühlte das Blut in meine Lefzen zurückfliessen, die aufgrund der groben Behandlung gequetscht worden waren.

Mein Speer befindet sich noch in deiner Höhle, dachte ich in der Hoffnung, er würde mir meine geliebte Waffe bringen oder mich zumindest freilassen, damit ich sie holen konnte.

«*Den habe ich doch schon längst dabei, du blindes Huhn.*», entgegnete er und stiess mir verschmitzt schmunzelnd mit dem stumpfen Ende des Speers gegen meine Stirn, was einen langanhaltenden, klangvollen Laut erzeugte.

«*Eigentlich sollte ich dich als Musikinstrument verwenden.*», nahm ich seine Gedanken wahr, als er den Blick erneut nach vorn richtete.

Genervt über die Behandlung, die er mir zuteilwerden liess, starrte ich ihm von unten her auf den Kopf.

Was sollte dieses Schauspiel vorhin? Fragte ich entrüstet schnaubend und fügte seinen vorgetäuschten Mordversuch telepathisch hinzu.

«*Mir war langweilig. Seit Jahrzehnten hat mich keiner mehr besucht.*», entgegnete Igor, ohne mich eines Blickes zu würdigen.

Woran das wohl liegen könnte?

Meine vor Sarkasmus triefenden Gedanken schienen ihn keineswegs zu ärgern, worüber ich nachträglich dankbar war. Da mir nun keine andere Wahl blieb, liess ich mich von Igor bis zu den gelandeten Vorez-Raumschiffen tragen.

Aufgrund seiner Methode, mich an meinem Kopf festzuhalten, schmerzte mein Nacken bereits sehr, als wir kurze Zeit später den Ort des Geschehens erreichten. Lediglich Geist, Henrik und Manuel, dessen Anwesenheit mich überraschte, waren zu diesem Zeitpunkt anwesend und kampfbereit. Geduldig warteten sie hinter der Sanddüne auf die anderen, wo sie vor den Blicken der Ausserirdischen verborgen waren. Aus der Ferne glich Manuel mit seinen giftgrünen Schuppen meinem Bruder Tom. Lediglich seine lange, schmale Körperform und ein geringer farblicher Unterschied liessen erkennen, dass es sich stattdessen um den Freund meiner Tochter handelte.

Im Gegensatz zu den anderen befand ich mich mit Igor in keiner verdeckten Position. Wir flogen schnurstracks und vollkommen ohne Deckung auf unsere Feinde zu, was mir zunehmend Unbehagen bereitete.

Wir sollten uns bedeckt halten, bevor wir angreifen, schlug ich vor.

«*Bedeckt halten? Ich? Auf gar keinen Fall. Wir greifen an, und zwar sofort.*»

«*Nils?*», fragte Geist verwirrt, der uns soeben am Himmel entdeckt hatte.

Ja, ich bin es. Igor möchte jetzt sofort angreifen und ich bin momentan nicht dazu in der Lage, ihn umzustimmen.

«*Der Weisse wird mich auch nicht umstimmen können.*», entgegnete Igor selbstbewusst.

Wie war das nochmal mit 'er ist gar nicht so böse, wie alle immer denken'? Sprach ich vorwurfsvoll zu Geist, der uns mitfühlend beobachtete.

«*Ich wusste nicht, dass er dich am Kopf festhalten und schnurstracks zu unseren Feinden tragen würde.*»

Wenn das bloss alles gewesen wäre ...

Igor schmunzelte aufgrund meiner Aussage.

«*Was machen wir jetzt? Die anderen sind noch nicht hier und wenn ihr beide allein gegen die Vorez kämpft, könntet ihr sterben oder entführt werden.*», gab Geist zu bedenken.

«*Ich nicht, nur der rote Zwerg.*», erwiderte Igor, schwer davon überzeugt, die Vorez mit Leichtigkeit besiegen zu können.

Ich schlage vor, wir greifen gemeinsam an, dachte ich.

«*Da bin ich ausnahmsweise mal seiner Meinung.*», nahm ich Igors Gedanken wahr.

«*Wie sieht der Plan aus?*», fragte Geist.

«*Fressen oder gefressen werden.*», antwortete Igor grinsend.

Das ist kein guter Plan. Lass mich stattdessen unsere Vorgehensweise erklären.

Igor stoppte seinen Flug, hielt mich wie ein Spielzeug vor seine Schnauze und starrte mir in die Augen.

«Du? Na gut, lass mal hören.»

Igor, du greifst frontal an und lenkst sie ab, während Manuel und Henrik von der Seite dazustossen. Geist unterstützt den Angriff aus der Luft. Du greifst jedoch nur an, wenn dich die Vorez nicht treffen können. Nutze dein unsichtbares Feuer und deine Fähigkeit, dich bedeckt zu halten und ziehe dich zurück, sobald es brenzlig wird. Die oberste Priorität liegt darin, diesen Kampf zu gewinnen, nicht ehrenvoll zu kämpfen. Derweil werde ich versuchen, euch zu befreien, solltet ihr gefesselt werden. Mein Speer wird ihre Seile bestimmt durchtrennen können.

Igor musterte mich nun offensichtlich beeindruckt.

«Tut, was er sagt.», dachte er schliesslich.

Igor setzte zum Sturzflug an und näherte sich unseren Feinden mit grosser Geschwindigkeit.

Jetzt wäre ein guter Zeitpunkt, mich loszulassen, dachte ich, da er mich fortwährend mit den Klauen umklammerte.

«Solange noch keiner von uns gefesselt ist, wirst du mich begleiten. Ich möchte sehen, was du mit deinem Speer drauf hast.»

Na toll.

Die ersten Vorez erspähten uns beide am Himmel und zeigten mit ihren Vorderbeinen in unsere Richtung. Es verwunderte mich, dass sie uns nicht bereits vor zwei Minuten entdeckt hatten. In erstaunlich langsamer Geschwindigkeit formierten sie sich und richteten ihre Waffen auf uns.

Wenn du noch länger geradeaus fliegst, sind wir geliefert, dachte ich verunsichert.

«Hab mal ein bisschen Vertrauen in mich.»

Das machst du mir nicht gerade leicht.

«Ich habe dich vorhin nicht getötet und ich werde dich auch jetzt nicht dem Tod überlassen.»

... waren die Worte eines Mörders.

«Lass deinen Sarkasmus mal stecken, ich muss mich konzentrieren.»

Nur wenige hundert Meter vor den Vorez drehte Igor plötzlich ab und schlug kräftig mit den Flügeln, wobei die Luftströmungen meinen gesamten Körper umherrissen. Wild Haken schlagend näherte sich Igor seinen Gegnern, die wiederum zu feuern begonnen hatten. Zahlreiche hellblaue Blitze traten aus den

Läufen ihrer Waffen aus und verfehlten uns allesamt. Igors Klauen um meinen Kopf herum erhitzten sich. Wenige Augenblicke später stiess er einen gewaltigen, fünfzig Meter langen Feuerstrahl aus, der mindestens ein Dutzend Vorez einhüllte und somit ihre Verteidigungslinie durchbrach.

«Jetzt kommst du zum Zug, roter Zwerg.», dachte er und schleuderte mich schwungvoll zwei Vorez entgegen, die dem Inferno knapp entgangen waren.

Meine chronischen Flügelgelenkschmerzen liessen nicht zu, frühzeitig abzubremsen, weswegen ich mit den Ausserirdischen kollidierte. Wir stürzten gemeinsam zu Boden, wobei ich sowohl gegen ihre harten Helme als auch den ausgetrockneten Untergrund prallte. Starke, pulsierende Schmerzen breiteten sich in meiner Wirbelsäule aus. Ich überschlug mich und schlitterte mehrere Meter über den rauen Boden hinweg, bis ich endlich in verkrampfter Haltung mit aufgeschürfter Flügelhaut zum Stillstand kam. Einige Sekunden blieb ich stossweise atmend liegen. Als ich mich endlich rühren konnte, richtete ich mich ächzend und keuchend auf. Die Vorez zielten bereits mit ihren Waffen auf mich, da sie meine temporäre Bewegungsunfähigkeit genutzt hatten, um aufzustehen. Ich erwartete bereits, von ihren Blitzen getroffen zu werden, als sie im letzten Augenblick beide von meinem Speer durchbohrt wurden, der vermutlich von Igor verschossen worden war. Die scharfe, mittlerweile blutverschmierte Spitze rammte meine Schnauze und blieb wenige Zentimeter vor meinem linken Auge stehen. Das brennende Gefühl, was sich von der betroffenen Stelle ausbreitete gefolgt von einigen Blutstropfen, die an meinen Lefzen entlang zu Boden rannen, wies auf eine tiefe Schnittwunde hin. Während die beiden Vorez schlaff zur Seite kippten, leckte ich mir das Blut von meinem Maul und starrte leicht benommen auf meine unzerstörbare Waffe, die beide Brustkörbe der Ausserirdischen durchbohrt hatte und darin steckengeblieben war. Langsam schienen meine Sinne zurückzukehren, während meine Schmerzen allmählich verblassten. Ich entdeckte Igor am Himmel, der das Geschehen interessiert beobachtete.

Hast du vollkommen den Verstand verloren? Schrie ich ihn telepathisch an, während ich wütend die Zähne fletschte.

«Du solltest mir dankbar sein. Ich habe dir gerade dein Leben gerettet.»
Du hättest mich beinahe ebenfalls aufgespiesst.
«Weshalb lungerst du auch in meiner Schusslinie herum?»

Ich unterdrückte den Drang, ihm zornig zu antworten. Stattdessen verschaffte ich mir einen Überblick des momentanen Kampfgeschehens. Manuel und Henrik griffen wie vereinbart von der Seite an. Hierbei setzten sie grösstenteils Feuer ein und wichen stets zurück, sobald die Vorez ihre Waffen auf sie richteten. Aufgrund ihrer Langsamkeit war dies leichter, als ich vorerst angenommen hatte. Igor landete breit grinsend zwischen einigen noch rauchenden Vorez-Leichen, wobei er seitlich von einem Blitz getroffen wurde. Sein Flügel zuckte geringfügig, jedoch schien ihm dieser Stromschlag nicht geschadet zu haben. Blitzschnell schnappte er in die Richtung des Ausserirdischen, der ihn soeben angegriffen hatte und biss hörbar knirschend zu. Sowohl das metallene Exoskelett als auch sämtliche Rippen seines Gegners, der nicht einmal doppelt so lang war wie sein Kopf, waren zermalmt worden. Nun schleuderte Igor die Leiche in Richtung weiterer Vorez, die orientierungslos umherblickten. Anschliessend röstete er allesamt mithilfe eines mächtigen Feuerstrahls.

Um mich ebenfalls am Kampf beteiligen zu können, nahm ich das hintere Ende des Speers, welches noch nicht mit Blut überzogen war, zwischen die Zähne und zog es mit aller Kraft zurück. Bedauerlicherweise schleifte ich die Vorez-Leichen auf diese Weise mit. Nun stützte ich mich mit meinen Vorderbeinen darauf ab und riss meinen Kopf nach hinten, bis es mir gelang, den Speer auf diese Weise zur Hälfte herauszuziehen, was ein widerlich schmatzendes Geräusch erzeugte. Anschliessend war ich dazu gezwungen, nachzugreifen, weswegen ich die beschmutzte Mitte des Speers mit den Klauen des linken Vorderbeins packte. Ich wollte vermeiden, dass das erstaunlicherweise gewöhnlich riechende Blut der Vorez in mein Maul gelangte. Ich ekelte mich nicht davor, jedoch fürchtete ich, wie mein Körper auf diese unbekannte Substanz reagieren würde.

Als es mir endlich gelang, meine Waffe vollständig herauszuziehen, war ich bereits von einigen Feinden umzingelt. In geübt rückenschonenden Bewegungen übergab ich den Speer meinen Hinterbeinen und umfasste ihn anschliessend mit dem Schwanz, den ich in einer schwungvollen Bewegung umherwirbelte. Rauschend bewegte ich meine Waffe auf meine Gegner zu. Der Vorez, der mir am nächsten stand, wurde an seiner Hüfte getroffen. Funkensprühend brach sein Exoskelett auseinander, während er zu Boden stürzte. In derselben Sekunde spie ich Feuer in Richtung dreier Gegner, die ich bald aufgrund meiner eigenen Flammen aus den Augen verlor. Da ich annahm, sie getötet zu haben, sprang ich auf vier weitere Vorez zu, die bereits auf mich zielten. Mir blieb keine Zeit, sie mit Feuer zu töten, weswegen ich zweien das Exoskelett mit geübten Speerstössen zerstörte, wobei ich meine Waffe von einem Bein zum anderen übergab. Zeitgleich stiess ich die anderen mithilfe eines peitschenartigen Schwanzhiebes zu Boden. Sobald sie kampfunfähig waren, verbrannte ich sie bei lebendigem Leibe und widmete mich den nächsten. Ihre verzweifelten Schreie, der kaum auszuhaltende Gestank ihrer versengten Schutzhüllen und ihre jeweils weit aufgerissenen Augen während ich sie angriff, nahm ich kaum noch wahr. Nicht einmal meine mittlerweile heftigen Rückenschmerzen oder meine blutende Schnauze bereiteten mir Sorgen. Einzig und allein der Gedanke, sich an den Vorez zu rächen und meinen Sohn zu befreien, beeinflusste mein Handeln.

Plötzlich stiess ich während des Kampfgeschehens auf Manuel, der soeben einem seiner Gegner das Exoskelett zerbiss und seinen Oberkörper mithilfe seiner Klauen aufschlitzte. Unsere Blicke trafen sich und ich wollte ihn fragen, wo er während der letzten Wochen gewesen war, jedoch wurde er in dieser Sekunde von einem Blitz getroffen, da er nicht auf seine Umgebung geachtet hatte. Kleine Verästlungen des Blitzes traten aus seinem rechten Flügel aus und sprangen zu mir über, wodurch sich mein Körper ruckartig verkrampfte. Zudem ging erneut ein pulsierendes Stechen von meinem Rücken aus, dem die heutigen Strapazen alles andere als gut getan hatten. Gemeinsam mit Manuel sackte ich unkontrolliert zuckend zu Boden. Unsere Muskeln versagten uns den Dienst.

Gerade als sich einige Vorez mit ihren schwarzen Seilen näherten, wurde alles von Igors voluminösem Feuer durchflutet. Ich schloss die Augen, um nicht geblendet zu werden und stellte verwundert fest, dass sie sich noch bewusst bewegen liessen. Igor landete direkt neben mir, hob mich mit beinahe angewidertem Blick auf, als wäre ich Abfall, und starrte mir in die Augen. Blut tropfte aus seiner Schnauze, wodurch er noch gefährlicher wirkte als zuvor.

«Ruhst du dich etwa gerade aus?», fragte er verächtlich brummend.

Nein, die Vorez haben mich mit ihren Blitzen getroffen und nun kann ich mich nicht mehr bewegen.

Nachdenklich blickte Igor auf meine noch heftig zuckenden Gliedmassen.

«Glückspilz.», dachte er, liess mich rücksichtslos fallen und trat auf einen angekokelten Vorez zu.

Gewaltsam riss er ihm das Exoskelett vom Körper, entfernte seine noch rauchende, übelriechende Schutzhülle und die darunterliegenden Textilien, die bestimmt keines natürlichen Ursprungs waren, und biss hinein, um ihn anschliessend ohne zu kauen herunterzuschlucken, während er seinen Kopf dem Himmel entgegenstreckte. Als Igor meinen verwirrten Blick bemerkte, leckte er sich das Blut von den Lefzen und sah mich vorwurfsvoll an, als wäre ich derjenige, der sich eigenartig verhielt.

Frisst du die etwa? Fragte ich ihn.

«Nach was sieht es denn sonst für dich aus? Die schmecken erstaunlich lecker und haben die perfekte Grösse, sie an einem Stück zu verschlingen. Ausserdem bin ich hungrig.»

Verblüfft über seine Gleichgültigkeit allfälligen Folgen gegenüber beobachtete ich, wie er fünf weitere Vorez aus ihren Hüllen schälte und genussvoll verschlang.

«Der hat echt nicht mehr alle Latten am Zaun.», nahm ich Manuels Gedanken wahr, dessen Krämpfe sich allmählich beruhigten.

Bereits kurze Zeit später stand er auf und half Henrik, sich gegen zahlreiche Vorez zu verteidigen. Bedauerlicherweise waren seine Bewegungen noch stark beeinträchtigt, weswegen er nur wenige Sekunden später erneut getroffen wurde, bevor er die Chance dazu gehabt hatte, zu seinem Mitstreiter aufzuschliessen.

In seinem ungezähmten Zorn stürzte sich Henrick knurrend auf einen Vorez, den er regelrecht zerfetzte, bevor er auf einen weiteren zuflog. Dieser Ausserirdische war schneller als der Drache, weswegen er ihn geradewegs mit einem blauen Blitz am Kopf traf. Henrick stürzte zu Boden und landete direkt vor den Füssen seines Gegners. Trotz seiner Zuckungen versuchte er, danach zu schnappen, jedoch schoss der Ausserirdische neun weitere Male auf ihn ein, bis er mit Schaum vor dem Maul die Augen verdrehte und sich nicht mehr rührte. Der Vorez starrte ihn noch einige Zeit an, bis er mehrere kurze, abgehackte Laute von sich gab. Anschliessend eilten sechs weitere Vorez herbei, die Henrik mit ihren Seilen fesselten.

Das wäre jetzt eine Aufgabe für mich, dachte ich.

Angestrengt versuchte ich, aufzustehen, jedoch verweigerten mir meine schmerzenden Muskeln den Dienst. Frustriert schnaubend über meine Unfähigkeit, meinem Kollegen zu helfen, verweilte ich auf dem staubigen Untergrund. Plötzlich fingen die Vorez in Henriks Nähe Feuer. Ein Schatten huschte über sie hinweg, während sie schreiend zu Boden sackten und reglos liegenblieben. Kurz darauf entdeckte ich Geist am Himmel. Sein Talent, sich ungesehen zu nähern und aus grosser Entfernung gezielt Feuer zu speien, war erstaunlich. Blitzschnell verschwand er hinter einer Sanddüne, bevor weitere Vorez auf seinen Angriff reagieren konnten.

Endlich schienen sich unsere Feinde ihrer bevorstehenden Niederlage bewusst zu werden. Ein Dutzend Vorez zogen sich in eines ihrer Raumschiffe zurück, welches sofort startete. Die Triebwerke wirbelten Sand auf, der mir geradewegs in die Augen wehte. Als ich mehrere Male angestrengt blinzelte, entdeckte ich ein silbernes Glitzern über mir. Cuno stiess soeben gemeinsam mit

Tom und schätzungsweise zehn weiteren Drachen zu uns. Der silberne Schmied steuerte geradewegs auf das abhebende Raumschiff zu und stiess sein weisses, blendend helles Feuer aus. Die rechte Tragfläche, die durch Cunos Feuer getroffen worden war, verbog sich beinahe augenblicklich. Flüssiges Metall tropfte zu Boden, während das Raumschiff mitten in der Luft auseinanderbrach und ungefähr in meine Richtung stürzte. Während ich blinzelte, bemerkte ich, dass die Helligkeit des Feuers grün leuchtende Flecken in meinem Sichtfeld hinterlassen hatte, als hätte ich direkt in die Sonne geblickt. Ehe ich die erstaunliche Helligkeit und Hitze von Cunos Flammenangriff weiterhin bewundern konnte, fiel das zerstörte Raumschiff geradewegs auf mich zu. Bedauerlicherweise gelang es mir immer noch nicht, aufzustehen, weswegen ich dem Einschlagort nicht eigenständig entfliehen konnte.

Hilfe! Schrie ich gedanklich den Drachen in meiner nahen Umgebung zu.

Nur eine Sekunde später wurde ich von Tom gepackt, der mich mit allen Vieren umklammerte und aus der Gefahrenzone flog. Er musste das Geschehen bereits vorhin beobachtet haben. Knapp hinter uns schlug das Raumschiff krachend auf der flachen, sandigen Ebene auf und brach in dutzende Teile auseinander. Einige davon fingen Feuer. Die Flammen breiteten sich rasant aus, bis sämtliche Überbleibsel des Raumschiffs lichterloh brannten und sich eine dicke Rauchsäule darüber bildete.

Sachte setzte mich Tom am Rand des Schlachtfelds ab und untersuchte mich schnuppernd nach Verletzungen. Er leckte mir das noch nicht verkrustete Blut von der Schnauze und schien abzuwägen, ob er meine Schnittwunde mit Glas verschliessen sollte oder nicht. Anschliessend drückte er seinen Kopf liebevoll gegen meinen. Ich schloss seufzend die Augen. Trotz meiner aufgrund der Rettungsaktion verstärkten Rückenschmerzen war ich ihm dankbar.

«Geht es dir gut? Weshalb habt ihr bereits ohne uns angegriffen?», fragte er mich besorgt.

Ich bin nicht schwer verletzt, nur kurzzeitig paralysiert. Sie haben mich mit einem ihrer Blitze erwischt. Den Rest sollten wir später besprechen. Die Vorez versuchen in diesem Augenblick, zu fliehen, entgegnete ich.

Tom nickte, flog zurück zum abgestürzten Raumschiff, wühlte hastig in den Einzelteilen herum und zog meinen Speer dazwischen hervor. Nachdem er ihn mir gebracht hatte, wandte er sich Henrik zu, der noch immer gefesselt auf dem Boden lag. Als er sich den Vorez näherte, die sich um den dunkelgrauen Drachen versammelt hatten, zogen sie sich allesamt zurück in ihr Raumschiff. Tom löste die Knoten von Henriks Fesseln, wickelte ihn aus den Seilen heraus und legte ihn behutsam in einer bequemen Position hin, um sich anschliessend den fliehenden Vorez zu widmen.

Während sich bereits die Ladeluke des Raumschiffs schloss, zwängte er sich im letzten Moment hinein. Durch den schmalen Spalt konnte ich einige Blitze erkennen, die meine Sorgen um Tom schlagartig erhöhten. Mein Maul war ausgetrocknet, nahezu alles an meinem Körper schien aus pulsierenden Schmerzen zu bestehen und ich war beinahe vollständig erschöpft. Dennoch rappelte ich mich stöhnend auf, um meinem Bruder zur Hilfe zu eilen. Ich umschloss meinen Speer mit meiner Schwanzspitze und humpelte mit steifem Rücken in Richtung des Raumschiffs, was soeben die Triebwerke startete. Der Luftstrom, der davon ausging, stiess mich geringfügig zurück, wodurch es mir nicht möglich war, zu ihm zu gelangen, bevor es den Bodenkontakt verlor. Ich versuchte gerade, meine Flügel auszubreiten, um es zu verfolgen, als sie aufgrund der umherwirbelnden Luftmassen schmerzhaft einknickten. Um meine Schmerzen zu lindern, kauerte ich mich flach auf den Boden und zog die Flügel an, so gut es ging. Währenddessen spielte ich mit dem Gedanken, jemanden darum zu bitten, das Raumschiff aufzuhalten.

«Das halte ich für keine gute Idee.», nahm ich Geists Gedanken wahr.

Erneut erreichten mich Bilder von seiner sterbenden Schwester.

Du hast recht. Ihm könnte etwas zustossen, wenn das Raumschiff abstürzt. Ich werde ihn stattdessen verfolgen, dachte ich.

Mit neuer Willenskraft stand ich auf, trat auf eines der Raumschiffe zu, was ebenfalls in Kürze starten würde, und spie Feuer in Richtung der Vorez, die sich bereits darin befanden. Hastig zogen sie sich aus dem Frachtraum zurück in Richtung Front. In mehreren Sätzen sprang ich ins Innere des Raumschiffs. Aufgrund des glatten Untergrunds rutschte ich aus, als ich den leeren Käfig umrundete, hinter dem sich die Tür zum eigentlichen Innenraum dieses Fluggeräts befand. Blitzschnell rappelte ich mich wieder auf, wobei ich gekonnt die Schmerzen meiner Wirbelsäule ignorierte. Die Vorez waren gerade dabei, die Tür zu schliessen, die nahezu lautlos aus der linken Seite des Türrahmens glitt, als ich meinen Speer in den Spalt hielt, der kurz darauf eingeklemmt wurde. Um die Steuerelemente des Raumschiffs nicht zu zerstören, spie ich lediglich kleine Flammen in Richtung meiner Gegner hinter dem Türspalt, während sie sich blitzschnell zurückzogen. Ich griff mit meinen Klauen nach der schmalen Öffnung, in der mein Speer momentan festhing, und stellte ernüchternd fest, dass sich weder die Tür noch meine Waffe auch nur einen Millimeter bewegen liessen. Nun trat ich einen Schritt zurück, nahm das hintere Ende meines Speers zwischen die Zähne und klammerte mich mit allen Vieren an den Gitterstäben des Käfigs fest, da meine Klauen keinerlei Halt auf dem glatten Untergrund fanden. Als ich mich kraftvoll gegen den Stab meiner Waffe stemmte, um mithilfe der Hebelwirkung die Tür aufbrechen zu können, bewirkte dies noch immer nichts. Mehrere Male stiess ich ruckartig dagegen, bis urplötzlich ein lautes Knacken ertönte und die Tür aufschwang.

Zur selben Zeit beschleunigte das Raumschiff abrupt, wodurch ich unsanft gegen den Käfig gepresst wurde, bevor ich den Innenraum betreten konnte. Zudem änderte es die Flugrichtung, bis es sich beinahe senkrecht dem Himmel näherte. In unsicherer Position stemmte ich mich der Kombination aus Gravitation und Zentrifugalkraft entgegen, bis ich vollständig auf den Gitterstäben stand. Schmerzhaft flügelschlagend versuchte ich, aufwärts durch die aufgebrochene Tür zu springen, jedoch erfolglos. Einer der Vorez blickte durch die Öffnung zu mir, weswegen ich mit einem kurzen Feuerstrahl antwortete. Zu seinem Leidwesen kam sein Rückzug zu spät und mein Feuer sengte ihm die Schutzhülle an. Nichtsdestotrotz gelang es ihm, sich hinter der Absperrung zwischen dem Frachtraum und der Steuerzentrale zu verstecken.

Urplötzlich lösten sich die Verankerungen des Käfigs in einem lauten Klacken, wodurch dieser ungehindert aus der noch offenen Ladeluke des Raumschiffs fiel. Ich konnte meinen Speer im allerletzten Moment noch in den Fussboden rammen, der nun beinahe vertikal ausgerichtet war. Während ich an meinem unzerstörbaren Stab baumelte, blickte ich in die Tiefe. Die Wüste befand sich bereits einige Kilometer unter mir, weswegen plötzlich ein flaues Gefühl in meinem Magen aufstieg. Zudem erzeugte die grosse Öffnung aufgrund des Flugwinds ein laut hörbares Dröhnen. Ich gab mir einen Ruck, erhitzte die Luft in meinen Lungen und spie Feuer gegen den scheinbar aus Metall bestehenden Fussboden, um anschliessend meine Klauen in das glühende Material rammen zu können. Währenddessen blickte ich hoch zu den Vorez, die offensichtlich Schwierigkeiten hatten, die Tür zum Frachtraum zu schliessen. Einer von ihnen richtete seine Waffe auf mich.

Oh nein, bloss das nicht, dachte ich in einem plötzlichen Aufschwung von Angst.

Ein Blitz schoss mir entgegen, der glücklicherweise ausschliesslich die Innenseite des Raumschiffs und meinen Speer traf. Fünf weitere Male drückte der Vorez ab, wobei mich jeder seiner unfokussierten Blitze verfehlte. Ich war noch damit beschäftigt, das Metall zu erhitzen, als ich bemerkte, dass mein Speer mit jedem Stromschlag heisser wurde. Das Material, in dem er steckte, begann zu glühen, während es sich geringfügig verformte. Ich konnte fühlen, wie sich meine Waffe aus dem Fussboden löste, weswegen ich meine Klauen panisch in das erst dunkelrot glühende Metall schlug. Lediglich die vordersten Millimeter meiner Krallenspitzen blieben stecken. Bevor ich mich vergewissert hatte, ob sie mich tragen konnten, brach der Speer aus dem breiten, glühenden Loch heraus, welches er hinterlassen hatte. Zeitgleich rutschten meine Klauen aus dem Metall, weswegen ich mich instinktiv an dem Loch im Fussboden festhielt. Mein Speer fiel an mir vorbei und ich konnte ihn gerade noch mit meiner Schwanzspitze auffangen, ehe er aus dem Raumschiff gefallen wäre.

Inzwischen befanden wir uns derart weit über der Erdoberfläche, dass die Luft spürbar dünner wurde. Da die Vorez noch immer mit der beschädigten Tür kämpften, waren sie nun dazu gezwungen, die Ladeluke zu verschliessen. Als sich die Rückwand vollautomatisch hinter mir schloss, war ich erleichtert, nicht mehr über einem kilometertiefen Abgrund zu hängen.

Die Vorez begannen in ihrer Verzweiflung, Gegenstände nach mir zu werfen. Als ein grosser, schwerer Kasten auf mich zugeflogen kam, liess ich mich auf die Rückwand des Raumschiffs fallen und hechtete beiseite, kurz bevor der Einrichtungsgegenstand scheppernd hinter mir aufschlug. Nun feuerten sie erneut mit ihren Blitzen auf mich, während sie auf der Trennwand im Zentrum des Raumschiffs lagen, was nur aufgrund der vertikalen Ausrichtung möglich war. Ich hielt meinen Speer schützend vor mich. Dies wäre wahrscheinlich nicht einmal notwendig gewesen, da die Hülle des Raumschiffs die Stromschläge beinahe allesamt auffing. Lediglich zwei kleine Verästlungen eines Blitzes trafen meine Waffe, die sich wiederum stärker erhitzte, jedoch nicht glühte. Mittlerweile schätzte ich deren Temperatur auf über zweitausend Grad Celsius.

Nun warf einer der Vorez ein schwarzes Seil in meine Richtung. Aus meiner Perspektive sah es aus, als wollte er mir helfen, den vorderen Abschnitt des Raumschiffs zu erreichen, da ich nicht korrekt mit meinen Flügeln schlagen konnte. Wahrscheinlicher wäre jedoch ein verzweifelter Versuch, mich zu fesseln. Ich nutzte diese Gelegenheit, nach dem Seil zu schnappen und es ruckartig abwärts zu ziehen, wodurch der Vorez, der er mir zugeworfen hatte, durch die Türöffnung in den Frachtraum gerissen wurde. Noch während er fiel, nahm ich meinen Speer zwischen die Klauen, sprang ihm entgegen und schlug ihm mit einem seitlichen Hieb gegen den Oberkörper. Als die heisse Speerspitze ihn berührte, wurde er schlagartig mit solch einer Wucht zurückgeschleudert, dass es ihn in unzählige Teile zerfetzte, die allesamt gegen die Innenseite des Raumschiffs spritzten. Schockiert und überrascht zugleich landete ich. Mein

Speer war nun an meinen Klauen festgefroren. Eine hauchdünne Eisschicht überzog das makellos glänzende Material.

Hat sich eben die gesamte Hitze des Speers in kinetische Energie umgewandelt? Fragte ich mich.

Verwirrt blickte ich zu den Vorez hoch, die mich ebenso verwirrt anstarrten. Erst nach einigen Sekunden setzte sich unser Kampf fort, indem sie weitere Gegenstände nach mir warfen, während ich den Speer mit meinem Feuer erhitzte, um ihn von meinen Klauen zu lösen. Anschliessend stiess ich mich vom Boden ab, griff nach dem Loch im Fussboden, um mich aufwärts zu ziehen, und versuchte geringfügig flügelschlagend, meine Gegner zu erreichen, jedoch fehlten noch mindestens sechs Meter. Als ich ächzend vor Schmerz landete, da mich allmählich die Kraft verliess, ihn zu unterdrücken, wurde es urplötzlich still. Einzig das leise Vibrieren loser Gegenstände war zu hören.

Wir müssen uns bereits ausserhalb der Atmosphäre befinden, mutmasste ich.

Durch die aufgebrochene Tür hindurch erkannte ich einen Vorez, der auf einem weich gepolsterten Gegenstand sass, wie ich ihn innerhalb des antiken Flugobjekts gefunden hatte. Mit seinen geschickten Klauen tippte er auf einer beleuchteten Fläche herum. Bei genauerer Betrachtung stellte ich fest, dass diese Fläche ein Mosaik aus bunten Rechtecken war, die in ihrer Gesamtheit ein Bild darstellten. Sobald der Vorez seine Aktionen beendet hatte, leuchtete der Schriftzug «Autopilot aktiv» auf. Verblüfft hielt ich einen Moment inne.

Die Vorez verwenden dieselbe Schriftsprache wie wir?

Erst als das Raumschiff seine Beschleunigung einstellte und mich die Schwerelosigkeit umfing, löste ich mich aus meiner Starre. Da ich nun frei schweben und mithilfe meiner Flügel steuern konnte, griff ich die Vorez erneut an. Sobald mein Angriff bemerkt wurde, drehten sich meine Gegner nach mir um und verschossen weitere Blitze, die ich allesamt mithilfe meines Speers abwehrte. Meine Waffe erhitzte sich bei jedem Stromschlag, was mir jedoch aufgrund meiner Hitzeresistenz nicht schadete, sofern die Temperatur unter viertausend Grad Celsius lag. Ab diesem Punkt wurde es selbst für Drachen schmerzhaft.

Im Gegensatz zu mir waren die Vorez nun beinahe bewegungsunfähig. Wild mit den Gliedmassen rudernd schwebten sie im Raumschiff umher, bis ich zu ihnen aufgeschlossen hatte. Kraftvoll stiess ich meine Speerspitze gegen den Ersten, der daraufhin explosionsartig weggeschleudert wurde. Wie bereits bei meinem vorherigen Treffer zerfetzte es meinen Gegner in unzählige Stücke aus Fleisch, Knochen, Eingeweiden, Textilien und Metall. Ausserdem spritzte sein

Blut im gesamten Raumschiff umher und mein Speer fror an meinen Klauen fest. Einige Stückchen des Vorez schwebten gemächlich rotierend an meinem Kopf vorbei, als ich gerade weitere Stromstösse mithilfe meines Speers abwehrte, welche die dünne Eisschicht augenblicklich verdampfen liessen.

Jetzt habe ich es beinahe geschafft, dachte ich schwer atmend aufgrund der Aufregung und meiner körperlichen Anstrengung.

Wieder und wieder wurden Blitze auf mich auf mich abgefeuert, die ich allesamt abwehrte und mithilfe meiner Waffe in kinetische Energie umwandelte. Jeder Treffer war aufgrund der Gewalt, die mein Speer entfesseln konnte, tödlich. Kurze Zeit später waren es lediglich noch vier Vorez gegen mich. Einer ihrer Blitze schlug in den Steuerelementen des Raumschiffs ein, weswegen jegliche Lichter darauf erloschen. Lediglich die Deckenbeleuchtung funktionierte noch. Einen Hieb später waren es noch drei Gegner, anschliessend zwei und zu guter Letzt noch einer. Er war unbewaffnet, weswegen mein Speer keinerlei Energie aufnehmen konnte. Als ich ihn mit der gefrorenen Spitze am Brustkorb traf, drang diese aufgrund der Schwerelosigkeit kaum tiefer als ein paar Zentimeter ein, während ich uns voneinander wegstiess. Der Vorez gab einen verzweifelten Schrei von sich und starrte mir mit seinen braunen Augen und den runden Pupillen ins Gesicht. Allem Anschein nach hatte er Angst, was in seiner Lage auch gerechtfertigt war. Keuchend zog er sich den Speer aus der Brust, wobei vereinzelte Blutstropfen aus der kürzlich entstandenen Wunde strömten. Er drückte sie mit seiner rechten Vorderpranke ab, strampelte wild mit den Beinen umher, sodass er sich aufgrund der Luftströmungen von mir entfernen konnte, und zog sich in eine Ecke zurück, ohne mich aus den Augen zu lassen. Die Tatsache, dass er den Tod ebenso fürchtete wie ich es in seiner Situation getan hätte, liess mich zögern. Ich wollte ihm nicht das Leben nehmen. Nun blickte ich zwischen den schwebenden Fetzen aus Eingeweiden umher und stellte mir vor, wie schlimm dieser Anblick für den Vorez sein musste. Aus dem schmalen Loch seiner Schutzhülle drang der Geruch von Stresshormonen hervor, was meine Vermutung seiner Gefühle bestätigte.

Unschlüssig sah ich mich um. Ich wollte ihn nicht töten. Gleichzeitig konnte ich ihn nicht am Leben lassen, da er mir trotz seiner misslichen Lage gefährlich werden konnte. Ich wusste aus Erfahrung, dass man selbst einen geschwächten Gegner niemals unterschätzen sollte. Verzweiflung führte meist zu extremen Aktionen, die wiederum unerwartete Konsequenzen nach sich ziehen konnten.

Wenn er die Luft aus dem Raumschiff ablässt, bin ich tot, schoss mir plötzlich durch den Kopf.

Bestärkt durch diesen Gedanken schwang ich mich mithilfe meiner schmerzenden Flügel nach vorn, nahm den Speer zwischen die Klauen und rammte ihn mithilfe meiner kinetischen Energie in die Brust des verletzten Vorez. Er gab ein gurgelndes Geräusch von sich, hustete Blut, welches bald darauf die Innenseite seiner Glaskuppel bedeckte, und verkrampfte sich stark zuckend. Obwohl mich das Töten vorhin nicht verstört hatte, war ich nun entsetzt von diesem Anblick. Um sein Leiden schnellstmöglich zu beenden, zog ich den Speer erneut hinaus, nahm Anlauf und rammte ihn exakt an derselben Stelle abermals in seine Brust. Der Vorez keuchte einmal laut auf und rührte sich anschliessend nicht mehr.

Nun herrschte Grabesstille. Tief seufzend liess ich von der Leiche des Ausserirdischen ab, ohne meinen Speer herauszuziehen. Der Gestank des Todes drang nun verstärkt in meine Nase und liess mich wünschen, sauberere Luft einatmen zu können. In diesem Augenblick fühlte ich mich wie ein Monster. Ich hatte soeben ein Dutzend Ausserirdische getötet, die lediglich ihr Leben hatten verteidigen wollen. Nachdenklich schloss ich die Augen und lauschte der absoluten Stille, die mich nun umgab. Zudem wurde ich mir plötzlich den pulsierenden Schmerzen meines Rückens bewusst. Nun war ich heilfroh, mich in Schwerelosigkeit zu befinden, da dies meine physischen Leiden linderte. Das Rauschen des Blutes innerhalb meiner Ohren nahm allmählich ab, bis es kaum mehr war als ein leiser, konstanter Piepton. Als ich mich darauf konzentrierte, schien er kontinuierlich lauter zu werden. Irgendwann fühlte es sich an, als würde mein Kopf gleich explodieren. Ich hielt die Stille nicht mehr aus und atmete absichtlich laut, wodurch der Piepton beinahe augenblicklich verstummte.

Plötzlich wurde mir wieder bewusst, was meine Aufgaben waren. Ich öffnete die Augen, orientierte mich und flog nach vorn zu den Steuerelementen des Raumschiffs. Nun bemerkte ich, dass selbst die grosse, gebogene Glasscheibe, durch die man während des Fliegens die Umgebung erkennen konnte, blutverschmiert war. Dahinter erblickte ich die Erde, die aus meiner Perspektive nun nichts mehr als ein riesiger, gelbbrauner Ball umgeben von einem hellblauen Leuchten war. Gedankenverloren richtete ich meinen Blick auf die Steuerelemente. Sie ähnelten denen des antiken Raumschiffs, jedoch waren sie nicht identisch. Ich zog an einem Hebel, ohne zu wissen, was dieser bewirkte. Als nichts geschah, tat ich es mit dem nächsten gleich. Wieder rührte sich nichts. Unruhig legte ich alle möglichen Schalter um, ohne dass auch nur ein Licht aufleuchtete oder das Raumschiff auf irgendeine Art reagierte. Nervös zitternd versuchte ich es mit allen erdenklichen Kombinationen, die jedoch ebenfalls zu nichts führten.

Ich muss etwas falsch machen, dachte ich.

Lange legte ich jeden Hebel und Schalter unzählige Male um. Ich bewegte die Steuereinheit vor der gepolsterten Sitzgelegenheit in alle erdenklichen Richtungen und riss daran, bis sie ein Knacksen von sich gab, was bestimmt kein gutes Zeichen war. Nun suchte ich jeden Quadratzentimeter vor mir nach versteckten Knöpfen oder Schaltern ab, jedoch erfolglos.

Erst als das Raumschiff plötzlich eigenständig zu rotieren begann, hielt ich inne. Gemächlich richtete es sich von der Erde weg, blieb kurz stehen und beschleunigte daraufhin ruckartig. Aus meiner Perspektive flog es vorwärts, ohne mich mitzunehmen. Haltlos stürzte ich auf die Trennwand hinter mir zu. Als ich mir dessen bewusst wurde, war es bereits zu spät, meinen Sturz aufzufangen. Hart prallte ich mit der Wirbelsäule gegen die solide Metallwand, was augenblicklich extreme Schmerzen verursachte. Verkrampft zuckend versuchte ich, mein Leiden auszuhalten, jedoch verlor ich kurze Zeit später das Bewusstsein.

5

Raumschiff

Ein sowohl brennender als auch stechender Schmerz durchzog beinahe meinen gesamten Körper, als ich erwachte. Ich schlug die Augen auf und erblickte abermals das Gemetzel, was ich zuvor angerichtet hatte. Es dauerte eine Weile, bis mir bewusst wurde, dass ich mich nun von der Erde wegbewegen musste. Ein beklemmendes Gefühl breitete sich in mir aus, was insbesondere auf meiner misslichen Lage beruhte. Ächzend setzte ich mich mithilfe schwacher Flügelschläge in Bewegung, wodurch ich gemächlich in Richtung Front des Raumschiffs schwebte. Währenddessen kollidierte ich mit mehreren Stückchen der getöteten Vorez. Als ich die Steuerelemente erreichte, fiel mein Blick auf den pechschwarzen Weltraum vor mir. In einem steilen Winkel fiel Sonnenlicht in das Raumschiff herein und erleuchtete den Innenraum wesentlich heller, als die künstliche Deckenbeleuchtung es bereits tat.

Nachdenklich streckte ich eine Klaue nach dem nächstgelegenen Hebel aus, als plötzlich ein stechender Schmerz durch meine Wirbelsäule zuckte. Verspannt biss ich die Zähne zusammen und wartete, bis er allmählich verblasste.

Kann es sein, dass die Steuerung des Raumschiffs defekt ist? Fragte ich mich währenddessen.

Da jegliche meiner Versuche, es zu steuern, fehlgeschlagen waren, konnte dies tatsächlich der Wahrheit entsprechen. Sobald ich diesen Gedanken zu Ende gedacht hatte, stieg Panik in mir auf.

Wenn ich mich von der Erde wegbewege und das Raumschiff nicht steuern kann, wie gelange ich wieder zurück nach Hause? Und wo ist Tom?

Unruhig blickte ich durch die blutbeschmierte Glasscheibe nach draußen, jedoch erspähte ich absolut gar nichts bis auf die Sonne. Übelkeit stieg in mir hoch und es fühlte sich an, als würde ich gleich ersticken. Ängstlich legte ich einige Hebel um, bis eine bestimmte Bewegung abermals zu starken Schmerzen führte. Dieses Mal war ich aufgrund meiner seelischen Verfassung nicht dazu in der Lage, ihn zu unterdrücken, weswegen ich verzweifelt aufjaulte. Noch bevor das pulsierende Stechen abgenommen hatte, schlug ich mit meinem Schwanz gegen einige Steuerelemente, was keinerlei Wirkung zeigte. Das einzige Resultat war ein abgebrochener Schalter, der nun nutzlos durch die Kabine des Raumschiffs flog. Aus purer Verzweiflung schlug ich um mich, bis mich meine Schmerzen dazu zwangen, aufzuhören. Heulend und mit Tränen in den Augen gab ich auf, das Raumschiff zu steuern. Stattdessen liess ich mich schlaff durch den Innenraum treiben. Bereits jetzt vermisste ich Stella, Tom und die anderen. Selbst Brigitte, Editha und Igor sehnte ich mir herbei, da ich befürchtete, bis ans Ende meiner Tage ziellos durch den Weltraum zu treiben.

Ziellos? Auf den Steuerelementen war «Autopilot aktiv» zu lesen. Vor einigen Minuten hat das Raumschiff selbständig beschleunigt. Was, wenn bloss die Steuerung defekt ist, es aber ansonsten vollkommen normal funktioniert? Fragte ich mich.

Der Gedanke, ich würde eine durch die Vorez konfigurierte Destination ansteuern, bescherte mir Hoffnung.

Falls es sich um ihren Heimatplaneten handelt, kann ich vielleicht Mario retten. Und Tom, falls er ebenfalls gefangengenommen wurde.

Gleich darauf überfluteten mich meine Bedenken. Allein eine gesamte Zivilisation anzugreifen und einen ihrer Gefangenen zu befreien, war schlichtweg unmöglich. Da ich jedoch keine andere Wahl hatte, als mich meinem momentanen Schicksal zu ergeben und höchstwahrscheinlich schnurstracks auf meine Feinde zuzufliegen, entschied ich seufzend, wenigstens meine Reise angenehm zu gestalten.

Zuallererst begutachtete ich die beiden Abschnitte des Raumschiffs. Der Frachtraum war nun aufgrund des fehlenden Käfigs beinahe vollständig leer. Einzig einige Seile, Waffen, für Vorez massgeschneiderte Schutzhüllen und Exoskelette waren aufzufinden. All diese Utensilien waren säuberlich in mehreren Schränken verstaut, die sich leicht mithilfe eines Griffs öffnen liessen. Auf den meisten Ausrüstungsgegenständen war das Wort «Dariseg» zu lesen. Was dieses Wort bedeutete und weshalb derart viele Gegenstände damit beschriftet waren, wusste ich nicht.

Neugierig, was sonst noch alles hier zu entdecken war, flog ich zurück in den Hauptabschnitt des Raumschiffs. Zu meiner Linken entdeckte ich erstmals zwölf kleine Türen, die in zwei Reihen übereinander angebracht waren. Ich öffnete die erste und war überrascht, weiche Textilien vorzufinden, die intensiv nach einem der Vorez rochen. Schwarze Riemen liessen darauf schliessen, dass er sich hier festgebunden haben konnte, um zu schlafen. Hinter den weiteren Türen befanden sich identische, quaderförmige Schlafräume, die nach jeweils einem anderen Ausserirdischen rochen.

Auf der gegenüberliegenden Seite fand ich einige Gerätschaften vor. Aus einer davon roch ich frisches Wasser, weswegen ich den daran befestigten Hebel zog, wodurch mir augenblicklich die erwartete Flüssigkeit entgegenspritzte. Ich brachte den Hebel in seine ursprüngliche Position zurück, schnappte nach den erfrischenden, noch geringfügig wabernden Kugeln aus Wasser, die vor mir durch das Raumschiff schwebten, und stillte somit meinen Durst.

Per Knopfdruck liess sich eine Tür vollautomatisch öffnen, hinter der sich ein enger, ebenfalls quaderförmiger Raum mit einigen Löchern aus Metall befand. Als ich daran schnupperte, witterte ich abermals Wasser.

Hier haben sie sich wahrscheinlich gewaschen, vermutete ich.

Da eine dünne Kruste aus festgeklebtem Sand und eingetrocknetem Blut meinen Kopf bedeckte und auch beinahe alles andere an meinen Körper schmutzig war, versuchte ich, mich in den kleinen Raum zu zwängen. Aufgrund meines Rückens war es mir jedoch nicht möglich, mich derart stark zu krümmen. Enttäuscht gab ich auf und kratzte mir den Schmutz stattdessen mithilfe meiner Klauen von den Schuppen. Als mir auffiel, dass die zahlreichen Fleischfetzen und Blutstropfen, die noch immer durch die Kabine schwebten, meine Säuberungsaktion in Kürze ungeschehen machen würden, sah ich mich nach einer Möglichkeit um, das Raumschiff von innen her zu putzen.

Bald darauf fand ich mehrere, aus feinen, wohlriechenden Fasern hergestellte Tücher in einem Schrank. Ich faltete eines davon auseinander, griff mit den Klauen nach allen vier Ecken zeitgleich und spannte es vor mir auf. Anschliessend flog ich in gemächlicher Geschwindigkeit durch das Raumschiff und sammelte jegliche Fetzen und Bruchstücke mithilfe des Tuchs ein. Sobald es voll war, entleerte ich es in einen bereits überriechenden Behälter, der mit einer scheinbar luftdichten Klappe und einem Knopf versehen war. Ich schloss die Abfälle darin ein, betätigte aus reiner Neugier den Knopf und war überrascht, einen dumpfen Knall begleitet von einem geringen Erbeben des Raumschiffs wahrzunehmen. Anschliessend zischte es und wenige Sekunden später erschien ein grünes Licht. Ich öffnete die Klappe erneut und war erstaunt, dass der Behälter nun leer war. Die Ränder strömten Kälte aus, woraus ich schloss, dass mein Abfall in den Weltraum geschossen worden war.

Ich wiederholte diese Methode der Müllentsorgung für alle weiteren umherfliegenden Teile, bis lediglich noch die intakte Vorez-Leiche übriggeblieben war. Nun zog ich mitfühlend seufzend den Speer aus seinem

Körper und begann, seine Leiche in kleine Stücke zu zerhacken, die ich wiederum in den Weltraum schiessen konnte. Zu guter Letzt wischte ich noch das Blut von den Wänden, was bereits grösstenteils eingetrocknet war, weswegen ich mit Wasser nachhelfen musste. Nachdem ich auch noch die beschmutzten Tücher entsorgt hatte, fühlte ich mich bereits wesentlich wohler als zuvor.

Während ich mich von meinen körperlichen Strapazen und Schmerzen erholte, erklang plötzlich ein leises Rauschen, was augenblicklich meine Aufmerksamkeit auf sich zog. Nervös blickte ich umher, wobei abermals ein unangenehmes Stechen durch meinen Hinterkopf zuckte. Ein leichter Luftstrom floss an meinem Körper vorbei. Verwundert flog ich in die Richtung, aus der dieser mysteriöse Wind wehte und stiess auf mehrere schmale Schlitze an einer Wand, die perfekt sauber riechende Luft ausströmten. Auf der gegenüberliegenden Seite des Raumschiffs existierten identische Schlitze, die die Luft wiederum einsogen.

Das erklärt, wie die Vorez hier atmen konnten, dachte ich.

Froh darüber, dass ihre Luft für mich atembar war, schloss ich meine Augen und versuchte, mich zu entspannen. Mein zunehmender Harndrang hielt mich jedoch wach. Seufzend suchte ich das Raumschiff nach einer guten Möglichkeit ab, mein Geschäft zu verrichten, bis mir der kleine Raum neben dem auffiel, den die Vorez für ihre Körperhygiene verwendet haben mussten. Innerhalb dieses Raums befand sich etwas, was beinahe einem der gepolsterten Gegenstände glich, auf dem der Vorez gesessen hatte, als «Autopilot aktiviert» angezeigt worden war. Der grösste Unterschied war das harte, weisse Material, aus dem es bestand, das grosse Loch, welches mittig in die Sitzfläche eingelassen war und ein seitlich angebrachter Schalter. Als ich diesen betätigte, ertönte ein fauchendes Geräusch, während Luft in das Loch hineingesogen wurde. Ich legte den Schalter erneut um, wodurch es verstummte. Nun schnupperte ich daran und stellte fest, dass es nach Exkrementen roch.

Amüsiert über die Tatsache, dass ich nun wie ein Ausserirdischer pinkeln würde, schob ich mich rückwärts in den engen Raum hinein, drückte meine Hüfte gegen die Sitzfläche mit dem runden Loch und betätigte den Schalter. Während die Luft eingesogen wurde, verrichtete ich mein Geschäft, wodurch nicht ein Tropfen die Öffnung verfehlte. Sobald ich mich versichert hatte, dass jegliche Flüssigkeit eingesogen worden war, deaktivierte ich den Saugmechanismus und verliess den Raum.

Die Vorez konnten hier schlafen, trinken, sich waschen und ihre Geschäfte verrichten. Irgendwo muss es bestimmt noch etwas zu Fressen geben, wodurch sämtliche Grundbedürfnisse abgedeckt wären.

Um meine Vermutung zu überprüfen, schnupperte ich an den Schränken und unbekannten Geräten, bis ich den leckeren Duft von Hühnchen roch. Instinktiv folgte ich der Duftspur zu einer Schublade, die sich mit erstaunlicher Leichtigkeit öffnen liess. Die perfekt geschmiedeten Metallschienen, auf denen die Schublade nahezu lautlos hervorgezogen werden konnte, beeindruckten mich stark. Genaugenommen traf dies auf sämtliche Teile dieses Raumschiffs zu. Alles schien in einer absoluten Perfektion hergestellt worden zu sein. Ich konnte mir nicht einmal vorstellen, wie die Produktion solcher Komponenten möglich war.

Sobald ich auf dem Alienplaneten gelandet bin, muss ich mir unbedingt das Herstellungsverfahren solcher Raumschiffe ansehen, dachte ich staunend.

Mehrere Male zog ich die Schublade vor und zurück, während ich die Schienen mit nur wenigen Zentimetern Abstand fasziniert beobachtete. Einige Sekunden später erinnerte mich das instinktive Zucken meiner Schnauzspitze schliesslich wieder an mein eigentliches Vorhaben, Nahrung zu suchen. Ich folgte meiner Nase, bis ich auf dutzende Päckchen aus silbern glänzendem Material stiess. Jedes dieser Päckchen war rechteckig, flach und mit kleinen, schwarzen Buchstaben beschriftet.

«Hühnchen-Fertiggericht», stand auf dem, was ich mir zuerst gegriffen hatte.

Auf der Rückseite war eine Zubereitungsmethode beschrieben.

«Hühnchen-Fertiggericht verpackt in Dariseg KE 450 einlegen, Hebel ziehen, 30 Sekunden warten und Hebel wieder in ursprüngliche Position stossen. Anschliessend die Verpackung entfernen und sofort verzehren.»

Wie soll das denn bitte funktionieren? Und was ist ein 'Dariseg KE 450'? Fragte ich mich.

Ein Blick auf das Gerät über der geöffneten Schublade beantwortete meine zweite Frage bereits, da dieselbe Bezeichnung in weisser Schrift darauf zu lesen war. Es handelte sich um eine schwarze Maschine mit einem langen, schmalen Fach und einem Hebel an der rechten Seite. Da mir nichts anderes übrigblieb, als es auszuprobieren, schob ich die Packung in die Öffnung hinein und zog den Hebel in meine Richtung. Das Fach schloss sich automatisch, während ein tiefes Brummen ertönte. Gespannt liess ich meinen Blick nicht von dieser interessanten Apparatur schweifen. Ich wartete, bis das Brummen verstummte, und stiess den Hebel erneut hoch. Das Fach öffnete sich, wodurch das nun prall gefüllte, dampfende Paket zum Vorschein kam. Staunend nahm ich es entgegen, betrachtete es von allen Seiten und ignorierte währenddessen die zahlreichen anderen Päckchen, die mittlerweile quer durch das Raumschiff flogen, da ich die Schublade offengelassen hatte. Das einst flache Päckchen hatte nun die Form eines Quaders angenommen und war in jeder Dimension mindestens vier Zentimeter gross. Ausserdem wies das silberne Material, was sich als hauchdünne Schicht herausstellte, mehrere kreisrunde Löcher auf. Immer noch höchst interessiert schnupperte ich daran. Es roch zweifelsfrei nach Hühnchen und einigen mir unbekannten Gewürzen.

Der Geruch regte meinen Appetit an, obwohl ich noch nicht hungrig war, weswegen ich die dünne Schicht mit den Zähnen aufriss und den Inhalt begutachtete. Es handelte sich hierbei um eine breiartige, braune Masse, die weder vom Aussehen noch von der Konsistenz Ähnlichkeiten mit Hühnchen aufwies. Nichtsdestotrotz roch es danach, weswegen ich mit meinem bereits von Speichel gefülltem Maul danach schnappte und es in einem Bissen verschlang. Der Geschmack war hervorragend, obwohl es sich hierbei lediglich um eine Brühe handelte. Ich verspürte das Bedürfnis, mehr davon zu verspeisen, weswegen ich eine weitere Packung mit der Aufschrift «Gemüse-Fertiggericht» zubereitete und anschliessend frass. Wie bereits bei meinem ersten Fertiggericht handelte es sich um eine konsistenzlose Masse, die lediglich nach der jeweiligen Mahlzeit schmeckte. Nichtsdestotrotz mochte ich diese ebenso sehr. Voller Lust machte ich mich über mindestens dreissig weitere Päckchen her, bis mein Magen prall gefüllt war. Satt und zufrieden schwebte ich zwischen den leeren, noch stark nach Nahrung duftenden Verpackungen durch das Raumschiff.

An dieses Fressen könnte ich mich gewöhnen, dachte ich.

Irgendwann später erwachte ich aus einem erholsamen Schlaf. Weder mein Rücken noch mein linker Flügel schmerzten noch. Einzig mein Magen sendete ein unangenehmes Völlegefühl aus. Seufzend liess ich mich noch eine Weile von der Schwerelosigkeit treiben, bis ich entschied, die leeren Verpackungen aufzusammeln und zu entsorgen. Um nicht unnötig viel Luft in den Weltraum abzulassen, betätigte ich den Knopf des Entsorgungssystems nicht. Anschliessend verstaute ich alle vollen Fertiggerichte wieder in der Schublade, wobei ich mich fragte, ob die Vorez noch mehr Nahrung innerhalb des Raumschiffs gelagert hatten. Nach wenigen Minuten fand ich in hauchdünne, durchsichtige Schichten eingepackte Bündel von Fertiggerichten. Jedes dieser mehr als kopfgrossen Pakete beinhaltete laut Aufschrift 250 Mahlzeiten.

Ich werde bestimmt zwanzig von denen pro Tag fressen, dachte ich schmunzelnd.

Gleich darauf verging mir meine Freude bereits, als mir bewusst wurde, dass ich unter Umständen mehrere Wochen oder gar Monate in diesem Raumschiff verbringen musste. Abermals verspürte ich einen Stich in meinem Herzen. Ich vermisste Tom und Stella sehr. Ausserdem trauerte ich um Mario. Da ich weder wusste, wo er sich befand, noch ob er nicht bereits tot war, stiegen mir Tränen in die Augen. Wimmernd vor Trauer wartete ich, bis meine Sorgen allmählich verblassten und durch Hoffnung ersetzt wurden. Ich hatte die Rettung meines Sohnes noch immer nicht aufgegeben.

Egal, wie lange es dauert, ich werde zu ihm fliegen und ihn aus seiner Gefangenschaft befreien, nahm ich mir vor.

Gleich darauf erschienen meine Bedenken aufs Neue.

Was, wenn das Raumschiff doch ziellos durch den Weltraum fliegt und ich den Planeten der Vorez niemals erreichen werde. Haben sie Mario bereits getötet? Und was werden sie mit mir machen, sobald sie mich finden?

Schnaubend verdrängte ich diese Gedanken und widmete mich der Säuberung meines Speers, um mich geringfügig abzulenken. Absichtlich langsam nahm ich ein sauberes Tuch aus einem Schrank, tränkte es mit Wasser und wischte meine Waffe ab, bis sie absolut perfekt sauber war. Nachdenklich strich ich mit einer Klaue über den Stab, bis ich an der winzigen Kerbe in der Mitte hängenblieb, bei der es sich vermutlich um eine einstige Bruchstelle handelte. Meine Gedanken drehten sich im Kreis, bis ich schliesslich wieder an meine Kinder und meinen Bruder dachte.

Erneut suchte ich mir eine Beschäftigung, wobei ich mich dazu entschied, die separaten Schlafkabinen der Vorez genauer unter die Lupe zu nehmen. In einem dieser Räume fand ich mehrere hauchdünne Gegenstände, auf denen Ausserirdische abgebildet waren. Eines dieser Wesen erkannte ich als den Vorez, den ich zuletzt getötet hatte. Er umklammerte zwei weitere Ausserirdische mit seinen Vorderbeinen, von denen einer wesentlich kleiner war als die anderen. Ausserdem war sein Kopf proportional grösser und die Haut wirkte straffer und makelloser.

Ist das etwa ein Vorez-Kind? Fragte ich mich.

Als ich in die Augen dieses mutmasslichen Kindes blickte, fühlte sich mein Innerstes plötzlich kalt und leer an wie der Weltraum, der mich umgab. Dass ich wahrscheinlich jemandem einen seiner Eltern genommen hatte, traf mich härter als jeder Schlag während eines Kampfes. Ich fragte mich, ob die anderen Vorez ebenfalls eine Familie gehabt hatten, was meinen Gemütszustand noch verschlechterte. Schockiert über meine eigenen Taten liess ich das Bild los, wodurch es langsam vor meinem Kopf rotierte und nach einiger Zeit mit der Decke des Schlafzimmers in Berührung kam.

Leer schluckend verliess ich den für mich engen Raum und blickte umher, in der Hoffnung, irgendeine Ablenkung zu finden, jedoch erfolglos. Ich hatte bereits jeden Quadratzentimeter dieses Raumschiffs erkundet und jeden Schalter umgelegt, der nicht nach der Steuerung der Ladeluke ausgesehen hatte. Mein Unbehagen entwickelte sich in ein flaues Gefühl, was anschliessend zu Übelkeit anschwoll. Mit zunehmender Übelkeit wuchs meine Nervosität. Ausserdem beschleunigte sich mein Atem scheinbar grundlos. Meine Schuldgefühle, Ausserirdischen ihre Väter, Mütter und eventuell auch Kinder genommen zu haben, vermischten sich mit der Trauer um Mario, den Sorgen um Tom und dem Schmerz, Stella wahrscheinlich niemals wiedersehen zu können, da ich mich in diesem Augenblick meinem sicheren Untergang näherte, egal ob es sich hierbei um ein ewiges Umherschwirren im Weltraum oder der Landung auf einem Alienplaneten handelte. Diese Gefühle entwickelten sich zu einem beinahe allumfassenden Schmerz, der sekündlich an Intensität gewann. Mein übervoller Magen erschwerte meine momentane Situation noch zusätzlich.

Als das bedrückende Gefühl unerträglich wurde, schloss ich die Augen und brüllte, so laut ich konnte. Obwohl meine Ohren hierbei schmerzten, schien dies mein Wohlbefinden geringfügig zu bessern. Ich jaulte, schrie und krächzte, bis ich vollständig heiser war. Währenddessen hatte meine Übelkeit keineswegs abgenommen, weswegen ich einige Male erbrach, bis sich mein Magen leicht und unbeschwert anfühlte. Den sauren Geschmack im Maul und das zunehmende Brennen im Hals ignorierte ich. Stattdessen weinte ich eine gefühlte Ewigkeit lang, bis ich vor lauter Erschöpfung schliesslich einschlief.

Mit Halsschmerzen erwachte ich irgendwann wieder. Aufgrund des immerzu gleichbleibenden Einfallwinkels des Sonnenlichts hatte ich bereits hoffnungslos das Zeitgefühl verloren. Innerlich leer schwebte ich durch das Raumschiff. Ich verspürte nichts als Schuldgefühle und Trauer. Ein unermesslich starker Sog negativer Emotionen schien mich mitzureissen, bis ich vollkommen niedergeschlagen in der Schwerelosigkeit hing. In diesem Augenblick war ich nichts weiter als eine leere Hülle.

Ob Stunden, Tage oder Wochen vergingen, wusste ich nicht. Irgendwann verspürte ich Durst, fand jedoch nicht die Kraft, ihn zu stillen.

Ich bin ohnehin bereits tot. Was spielt das für eine Rolle, ob ich in diesem Raumschiff verdurste oder von Aliens getötet werde? Dachte ich.

In dieser Sekunde erschien plötzlich eine Erinnerung in meinem Bewusstsein. Ich sah, wie ich gemeinsam mit Mario über die Wüste hinwegflog, wie wir uns gegenseitig angrinsten und auf humorvolle Weise ärgerten. Plötzlich sehnte ich mir wieder seine Nähe herbei.

Mein eigenes Leben mag ich aufgegeben haben, aber nicht das meines Sohnes. Ich werde ihn auf gar keinen Fall dem Tod überlassen, selbst wenn lediglich eine verschwindend kleine Chance besteht, ihn noch retten zu können!

Mit neuer Bestimmtheit blickte ich im Raumschiff umher und entdeckte die säuerlich stinkenden, schleimigen Brocken, die ich gestern erbrochen hatte. Sie schwebten allesamt ziellos durch den Innenraum. Zielstrebig sammelte ich sie auf, entsorgte sie, indem ich sie in den Weltraum schoss, und widmete mich anschliessend meinen körperlichen Bedürfnissen. Gierig trank ich aus der metallenen Wasserleitung, frass einige Fertigmahlzeiten und verrichtete meine Geschäfte. Währenddessen blickte ich ununterbrochen todernst drein, da ich nicht weiterleben wollte, es jedoch musste. Nun starrte ich voller Willenskraft in die Dunkelheit des Weltraums und wartete.

Ich werde Mario retten, egal wie lange es dauert. Selbst wenn ich Jahre in dieser Blechbüchse verbringen muss, werde ich es tun. Und nichts in diesem Universum wird mich davon abhalten, dachte ich bestimmt.

Eine gefühlte Ewigkeit später, nachdem ich unzählige Male geschlafen, gefressen und den Weltraum angestarrt hatte, wurde ich allmählich nervös. Ich überprüfte die Menge an Nahrung, die ich bisher zu mir genommen hatte, und stellte erstaunt fest, dass es lediglich zweihundert dieser kleinen Päckchen gewesen sein konnten, was für eine Reisedauer von höchstens zwei Wochen sprach.

Das kann unmöglich wahr sein. Ich schwebe doch bereits seit Jahrzehnten durch den Weltraum.

Unruhig drehte ich den Speer zwischen meinen Klauen, sodass er in eine perfekte Rotation versetzt wurde. Anschliessend liess ich ihn los, betrachtete das Schauspiel eine Weile und hielt ihn daraufhin wieder fest, um ihn in die entgegengesetzte Richtung rotieren zu lassen. Dies setzte ich hunderte oder gar tausende Male fort, bis ich vor lauter Langeweile beinahe zu platzen drohte.

Nun stellte ich mir vor, wie sehr meine Muskeln geschwächt sein mussten, da ich sie bereits seit Wochen nicht mehr trainiert hatte und keiner Gravitation ausgesetzt war. Zielstrebig hielt ich mich an einer Stange fest, die an der Decke des Raumschiffs befestigt war. Nun stiess ich mich kraftvoll davon ab und zog mich sogleich wieder zurück. Diese Bewegung wiederholte ich hunderte Male, bis meine Muskeln erste Ermüdungserscheinungen aufwiesen. Ich wechselte zu anderen Übungen und setzte mein Training fort, bis mein Hals vollkommen ausgetrocknet war und ich keuchend vor Erschöpfung dazu gezwungen war, aufzuhören.

Scheinbar ewig setzte sich mein Rhythmus aus Schlaf, Fressen und Training fort, jedoch war noch immer nichts ausser absoluter Schwärze ausserhalb des Raumschiffs zu erkennen. Lediglich der Einfallwinkel des Sonnenlichts hatte sich geringfügig verändert. Da mir über alle Massen langweilig war, berechnete ich den Winkel dieser Veränderung und daraufhin auch die zurückgelegte Strecke mithilfe des Abstandes zwischen Erde und Sonne, den ich dank Stella auswendig wusste.

Ungefähr 60 Millionen Kilometer habe ich bereits zurückgelegt, sofern ich mich parallel zur Sonne von der Erde wegbewege. Sollte das Raumschiff auf den Mars zusteuern, liegen im besten Fall noch knapp 20 Millionen Kilometer vor mir und im schlechtesten Fall über 300 Millionen. Diese Berechnungen stimmen jedoch nur, wenn das Raumschiff perfekt gerade fliegt und nicht rotiert. Die Gravitation der Sonne habe ich ebenfalls nicht mit einberechnet.

Meine temporäre Beschäftigung lenkte meine Gedanken unwillkürlich zu Stella, was mir einen Stich ins Herz versetzte. Ich sehnte mir meine Tochter nun ebenso sehr herbei wie meinen Sohn. Ausserdem wünschte ich, ich hätte mich noch von ihr verabschieden können.

Irgendwann schien meine Trauer entgegen meiner Erwartungen dennoch zu verblassen. In vollkommener Langeweile kaute ich auf meinem Speer herum. Tausende Male positionierte ich ihn perfekt zwischen meinen rechten Eckzähnen, biss geringfügig zu und schätzte ab, ob er nach vorn oder zurück rutschen würde, während sich mein Maul langsam schloss. Jedes Mal, wenn er zurückrutschte, erzeugte er ein leises Klopfgeräusch, was mein Gehirn gerade genügend stimulierte, sodass ich nicht aufgrund meiner Langeweile den Verstand verlor.

Später begann ich, Kreise zu fliegen. Ich stiess mich von der Wand ab, winkelte meine Flügel und meinen Schwanz an und flog zu meinem Ausgangspunkt zurück. Hierbei versuchte ich, mit kleinstmöglichem Aufwand eine vollständige Umdrehung zu bewältigen. Selbst meine Klauen legte ich in einem möglichst aerodynamischen Winkel an. Als ich meine gefühlt tausendste Runde drehte, erspähte ich plötzlich neues, bläuliches Licht, was die Kabine des Raumschiffs von der entgegengesetzten Seite beleuchtete als die Sonne. Verwundert flog ich nach vorn und blickte aus dem Fenster. Überrascht stellte ich fest, dass das Licht von einem grösstenteils blaugrünen Planeten mit blauer Atmosphäre stammte. Die eine Hälfte war beinahe vollständig grün, wohingegen die andere Hälfte blau war. Ausserdem schwebten zahlreiche weisse Wolken über der Oberfläche, die beinahe die Hälfte des Planeten verdeckten. Bei genauerer Betrachtung fiel mir auf, dass die grosse, blaue Fläche das Sonnenlicht reflektierte.

Ist das etwa Wasser? Wie ist es möglich, dass eine komplette Hälfte dieses Planeten einzig daraus besteht? Fragte ich mich verblüfft.

Staunend betrachtete ich diesen wunderschönen Planeten. Ob es sich tatsächlich um den Mars handelte oder nicht, war mir unbekannt, schliesslich hatte ich ihn noch nie aus der Nähe gesehen. Unwillkürlich regte sich Freude in mir, dass meine ewige Langeweile endlich ein Ende finden würde, selbst wenn dies bedeutete, auf einem unbekannten Planeten zu landen, dessen Lebewesen mich wahrscheinlich töten würden.

Mario, ich komme! Dachte ich begeistert.

Ununterbrochen starrte ich den immerzu grösser werdenden Planeten vor mir an, bis er mehr als die Hälfte meines Sichtfelds einnahm. Meinen Schätzungen nach steuerte ich geradewegs auf den Rand der gigantischen, grünen Landmasse zu, die ungefähr fünfzig Prozent der Oberfläche dieses Himmelskörpers ausmachte. Erst als ich mir meiner hohen Geschwindigkeit bewusst wurde, bemerkte ich, dass etwas nicht stimmte.

Das Raumschiff hat automatisch sein Ziel angesteuert, aber es weiss nicht, wie man landet, stellte ich schockiert fest.

Abermals riss ich an den zahlreichen Hebeln und Schaltern, jedoch rührte sich nichts. Angespannt blickte ich nach vorn, während das Raumschiff leicht zu vibrieren begann. Die Vibrationen schwollen zu einem lauten Dröhnen an, begleitet von orangerot glühender Luft vor der Glasscheibe. Der enorme Gegenwind presste mich gewaltsam nach vorn, was meinem Rücken und meinem linken Flügelgelenk Schmerzen bereitete. Zudem rissen einige Windböen das Raumschiff umher, als wäre es ein Spielzeug. Plötzlich gab es ein lautes Knacken von sich, die Geräusche veränderten sich stark und es begann, unkontrolliert zu rotieren. Durch das glühende Plasma hindurch erkannte ich Trümmerstücke, die neben dem Raumschiff umherflogen und in der Atmosphäre verglühten. Einzig die grössten Teile blieben bestehen. Nun vernahm ich einen ohrenbetäubenden Knall, während es den Innenraum des Raumschiffs auseinanderriss. Bevor ich wusste, wie mir geschah, wehte mir bereits ein heisser Wind entgegen, der sich eher nach einer Sandstrahlung als Luft anfühlte. Zudem erfüllte orangerotes Leuchten mein Sichtfeld und mein rechter Flügelansatz schmerzte mit zunehmender Intensität. Mit zusammengepressten Augen hielt ich den Atem an, bis mir etwas Ledriges ins Gesicht schlug. Als ich meinen Kopf schüttelte, um es loszuwerden, erkannte ich, dass es sich hierbei um meinen rechten Flügel handelte. Ein Seitenblick genügte, um den stark blutenden Flügelstumpf zu erkennen, aus dem lediglich noch ein langer, spitzer Knochensplitter ragte.

Obwohl mich mein nun abgerissener Flügel schockierte, war dies nicht meine grösste Sorge. Zahlreiche glühende Trümmerstücke, die allesamt einen Schweif aus weissen Wolken hinterliessen, rotierten gefährlich nahe neben mir in der Luft. Um nicht getroffen zu werden, wollte ich meinen stark schmerzenden, linken Flügel ausbreiten, der mir jedoch den Dienst versagte. Ein Blick nach links verriet mir, dass er mittig gebrochen war und schlaff im Gegenwind flatterte.

Glücklicherweise reichte mein Luftwiderstand aus, um geringfügig abzubremsen. Die Luft, die mir entgegenwehte, fühlte sich nun kühler und weniger hart an als zuvor. Dennoch bewegte ich mich rasend schnell auf eine grosse, grüne Fläche zu, die sich neben einer grauen, toten Einöde befand. Erst auf den zweiten Blick erkannte ich, dass diese Einöde künstlich erbaut worden sein musste, da sie aus unzähligen Quadern und geraden Linien bestand. Rauch stieg davon auf und der Lärm von tausenden unbekannten Wesen oder Objekten drang an meine Ohren. Zudem roch ich allerlei Dinge, die ich nicht zuordnen konnte.

Der Boden näherte sich weiterhin und es war mir aufgrund meiner Verletzungen nicht möglich, abzubremsen. Die ersten glühenden Trümmerstücke schlugen unter mir auf der grünen Fläche ein, die grösstenteils aus Gräsern und Erde zu bestehen schien. Es blieb mir nicht einmal Zeit, die zahlreichen Pflanzen zu bestaunen, die auf diesem Planeten heimisch waren.

Wir sehen uns auf der anderen Seite, mein Sohn, dachte ich schicksalsergeben.

Gerade als ich befürchtete, ich müsste sterben, fiel mir auf, dass meine Geschwindigkeit geringer war als vorerst angenommen. Nur einen Augenblick später kollidierte ich schmerzhaft mit dem weichen, matschigen Untergrund und blieb mit pochender Wirbelsäule liegen. Die dumpfen Einschläge der anderen Trümmerstücke um mich herum nahm ich kaum noch wahr. Kurze Zeit später verlor ich das Bewusstsein.

6

Vorez

Mit stechenden und brennenden Schmerzen, die beinahe meinen gesamten Körper durchzogen, erwachte ich auf einem harten Untergrund. Erleichtert und verwirrt zugleich öffnete ich die Augen. Ich befand mich in einem Raum aus perfekt glattem Stein, eingeschlossen in einen Käfig mit zwei Zentimeter dicken Gitterstäben. An der Decke hingen schmale, leuchtende Gegenstände, die mich aufgrund ihres weissen, diffusen Lichts an die Glasröhren der antiken Vorez-Struktur erinnerten. An der Wand zu meiner Linken war eine rechteckige Vertiefung eingelassen. Neben dieser Vertiefung befand sich ein kleiner, weisser Kasten, dessen Nutzen ich bloss erahnen konnte.

Meinem Befinden nach hatte ich mir einige Rippen, zwei Beine und den linken Flügel gebrochen. Zudem wusste ich, dass mein rechter Flügel gänzlich fehlte, was durch mein fehlendes Gefühl an dieser Stelle bestätigt wurde. Meine Wirbelsäule sendete wie bereits unzählige Male zuvor einen pulsierenden Schmerz aus, während ein heftiges Stechen meinen Kopf durchzog. Mir war schwindelig, weswegen ich vermutete, an einer Gehirnerschütterung zu leiden, was aufgrund meines Sturzes aus dem Weltraum ausserordentlich milde war.

Ich müsste eigentlich tot sein, dachte ich verwundert über meine verhältnismässig geringen Verletzungen.

Mein Hals fühlte sich ausgetrocknet an und brannte, als stünde er in Flammen. Unwillkürlich schluckte ich, was ich sogleich bereute, da das Brennen nun in ein schmerzhaftes Stechen überging. Es fühlte sich an, als befände sich ein harter Gegenstand in meinem Rachen, weswegen sich augenblicklich mein Würgereflex meldete. Dies verschlimmerte lediglich meine Schmerzen und ich schmeckte bald darauf Blut.

Was haben die mit meinem Hals angestellt? Fragte ich mich, als ich reflexartig hustete, was bedauerlicherweise sämtliche Schmerzen meines Rückens verstärkte.

Verkrampft wand ich mich auf dem Fussboden und wünschte mir, ich könnte das Bewusstsein verlieren. Zu meinem Glück tanzten bald darauf bunte Punkte über mein Sichtfeld, mir wurde schwarz vor Augen und die Schmerzen verblassten.

Irgendwann wachte ich abermals auf, musste würgen, husten und mich anschliessend krampfhaft zuckend auf dem Boden winden. Leider verlor ich dieses Mal nicht das Bewusstsein, weswegen ich mich selbst dazu zwingen musste, die Schmerzen meines Körpers zu akzeptieren und sie ungehindert durch mich hindurchfliessen zu lassen, während ich mich bestmöglich entspannte. Nach einigen Minuten gelang es mir schliesslich, mich zu beruhigen. Das Gefühl eines grossen, harten und zugleich schmerzhaften Fremdkörpers im Hals blieb jedoch bestehen.

Da ich zusätzlich noch starken Durst verspürte, sah ich mich genauer in meinem Gefängnis um und erblickte ein kleines, rechteckiges Becken, welches vollständig mit kristallklarem Wasser gefüllt war. Aufgrund des fehlenden Windes war die Oberfläche perfekt glatt. Vorsichtig robbte ich ein Stück in Richtung des Wassers, wobei abermals starke Schmerzen durch meinen gesamten Körper zuckten. Die Angst vor einem weiteren krampfartigen Zusammenbruch liess mich Ruhe bewahren und es gelang mir, mich Zentimeter für Zentimeter dem Becken zu nähern.

Als ich es schliesslich ächzend vor Schmerzen erreicht hatte, schnappte ich gierig nach dem Wasser. Während ich schluckte, verstärkte sich das sowohl brennende als auch stechende Gefühl in meinem Rachen abermals. Zudem bewegte sich die Flüssigkeit nicht wie gewohnt in Richtung Magen, weswegen ich mich verschluckte. Hustend und würgend zugleich spuckte ich das Wasser wieder aus. Ich verspannte mein Zwerchfell, um einen Krampfanfall zu vermeiden. Erst nachdem mein Hals sich beruhigt hatte, atmete ich erleichtert auf.

Dünne, diffuse Fäden von Blut durchzogen das Wasser vor mir und verteilten sich allmählich darin. Nachdenklich starrte ich auf die nun geringfügig rötliche Flüssigkeit und schnappte erneut danach, wobei mir auffiel, dass sich die Wellen wesentlich langsamer bewegten als auf der Erde. Dieses Mal schluckte ich um einiges vorsichtiger und im Gegensatz zu vorhin lediglich eine winzige Menge an Wasser. Wieder liess mich dieses unangenehme Fremdkörpergefühl würgen, jedoch atmete ich keinerlei Flüssigkeit ein. Langsam trank ich auf diese Weise, bis ich meinen Durst einige Zeit später gestillt hatte. Mittlerweile hatte das Wasser einen pinken Farbton angenommen. Sorgfältig robbte ich ein Stück zurück und legte mich flach auf den Boden. Ob meine Position bequem war oder nicht, war mir gleichgültig, da ohnehin beinahe jede Stelle meines Körpers schmerzte. Noch immer fassungslos, in welch aussichtsloser Lage ich mich nun befand, schloss ich die Augen und versuchte, zu schlafen.

Ein schmerzhaftes Stechen, was sich anfühlte, als würde mir jemand mit einer heissen Nadel in das rechte Flügelgelenk stechen, weckte mich. Instinktiv blickte ich nach rechts, stellte jedoch fest, dass mein Flügel gänzlich fehlte. Der übriggebliebene Stumpf war in weisse Textilien eingewickelt, die mittlerweile blutgetränkt waren, wodurch die ursprüngliche Farbe lediglich noch stellenweise erkennbar war. Die Schmerzen meines rechten, nicht existenten Flügels verstärkten sich und schwollen zu einem heftigen Ziehen an. Schlussendlich glich dieses Gefühl einer eben entstehenden Schnittwunde. Langsam ritzte die imaginäre, extrem heisse Klinge meinen Flügel ein, den ich eigentlich gar nicht mehr fühlen sollte.

Das müssen Phantomschmerzen sein, stellte ich fest, als ich mich an meinen Unfall von vor 68 Jahren erinnerte.

Schicksalsergeben seufzend legte ich erneut meinen noch immer schmerzenden Kopf auf den kalten Steinboden und versuchte, die Schmerzen zu ignorieren. Ausserdem musste ich mich davon abhalten, zu schlucken, um nicht wieder meinen Würgereflex auszulösen.

Als ich mit schmerzverzerrtem Gesicht und geschlossenen Augen wartete, vernahm ich plötzlich ein leises Rauschen, gefolgt von dumpfen Schritten. Sofort reckte ich meinen Kopf hoch und starrte dem Vorez entgegen, der soeben durch die rechteckige Öffnung innerhalb der linken Wand eingetreten war. Hinter ihm schob sich die in diesem Augenblick von mir identifizierte Tür automatisch zu. Meine aufgrund der ruckartigen Bewegung verstärkten Kopfschmerzen ignorierte ich und fauchte stattdessen zähnefletschend den Vorez an. Dass sich hierbei ein unangenehm ziehendes Gefühl in meinem Hals ausbreitete, war mir gleichgültig.

Der Ausserirdische starrte mich ununterbrochen aus sicherem Abstand durch die Gitterstäbe hindurch an. Seine braunen Augen mit den runden Pupillen fixierten mich, als hätte er grossen Respekt vor mir, was ich zu meinem Vorteil nutzen konnte. Ausserdem strömte mir nun sein Körpergeruch entgegen, wobei seine Stresshormone kaum offensichtlicher hätten herausstechen können. Trotz seiner Furcht stand er in weissen Textilien eingehüllt vor mir und beobachtete mich unentwegt. Zeitgleich musterte ich sein stellenweise mit braunen Haaren bedecktes Gesicht.

Wenn ich doch bloss bereits kämpfen könnte, dachte ich.

Ich spielte mit dem Gedanken, ihn lebendig zu verbrennen, entschied mich jedoch dagegen, da dies meine Situation nicht verbessert hätte. Gegebenenfalls würden sie mich nach solch einer Aktion töten, was ich zu vermeiden versuchte, um meinen Sohn befreien zu können.

Bevor ich mir weitere Methoden ausdenken konnte, ihn zu töten, trat er plötzlich wieder auf die Tür zu. Er nahm einen flachen, rechteckigen Gegenstand aus einer Falte seiner Textilien, hielt ihn gegen die Box neben der Türöffnung und die Tür glitt leise rauschend beiseite. Erstaunt stellte ich fest, dass es sich bei diesem kleinen Ding zwischen seinen Klauen um einen Schlüssel handeln musste. Das Gesicht des Vorez war darauf abgebildet und rechts daneben war «Robert Lehmann» und «Dariseg» zu lesen. Nachdem er den Raum verlassen und die Tür den Ausgang wieder vollständig verschlossen hatte, zischte es plötzlich neben mir. Verwundert blickte ich auf die kleine, kreisförmige Öffnung neben meinem Gefängnis, welche dieses Geräusch von sich gab. Bevor ich mich fragen konnte, ob es zur Belüftung verwendet wurde oder doch einem anderen Zweck diente, fühlte ich mich plötzlich schläfrig. Verwirrt sah ich mich um, wobei meine Bewegungen erstaunlicherweise nicht mehr schmerzten. Stattdessen fühlte sich alles weich und warm an. Ohne dass ich etwas dagegen unternehmen konnte, sackte mein Kopf zu Boden und mir fielen die Augen zu.

Später erwachte ich in einer anderen Position, jedoch noch im selben Käfig. Ich war mir sicher, mich nicht auf diese Weise hingelegt zu haben, da ich teilweise auf meinem gebrochenen Flügel lag und mein rechtes Vorderbein unnatürlich verdreht war. Als ich es bewegte, stellte ich genervt schnaubend fest, dass es eingeschlafen war. Ich liess das stechende Gefühl, als wieder Blut durch mein Bein strömte, über mich ergehen und fragte mich, was soeben geschehen war.

Sie müssen mich irgendwie betäubt haben. Vielleicht war es eine Art Gas, was durch das kleine Loch in der Wand zu mir geströmt ist, mutmasste ich.

Mein Hals fühlte sich trockener an als zuvor und ich hatte das Gefühl, dass sie irgendetwas mit mir angestellt hatten, denn in meinem Maul schmeckte ich etwas eindeutig Künstliches, was mir vollständig unbekannt war. Nachdenklich robbte ich auf das Wasserbecken zu, welches zu meiner Überraschung erneut mit kristallklarem Wasser gefüllt war. Allem Anschein nach hatten sie es gesäubert. Vorsichtig stillte ich meinen Durst, kroch unter einigen Schmerzen zurück und legte mich abermals schlafen.

Sobald meine Wunden verheilt sind, werde ich von hier ausbrechen, Mario befreien und wieder zur Erde zurückkehren, dachte ich hoffnungsvoll, während ich ins Reich der Träume überging.

Als ich erwachte, waren meine Schmerzen beinahe verschwunden. Seufzend stand ich auf und näherte mich erstmals den Gitterstäben, um ihre Stabilität zu prüfen. Ich öffnete mein Maul und stiess eine konstante, möglichst heisse Flamme aus, um einer der Stäbe zu erhitzen. Nur wenige Sekunden später glühte er bereits. Zufrieden biss ich hinein, verbog das Metall unter geringer Anstrengung und riss ruckartig ein Stück des Gitterstabs heraus. Erstaunt über die Leichtigkeit, mit der sich der Käfig aufbrechen liess, widmete ich mich den nächsten Stäben, die ich anschliessend nach vorn verbog. Da nun ein grosses Loch entstanden war, zwängte ich mich hindurch und trat auf die Türöffnung zu meiner Linken zu.

Seltsamerweise war sie offen, was mich eher verwirrte als zufriedenstellte. Vorsichtig schlich ich durch die schmale Öffnung, ohne unnötige Geräusche zu erzeugen, die die Ausserirdischen hätten alarmieren können. Nun befand ich mich in einer riesigen Halle, deren Decke ebenfalls mit leuchtenden Elementen ausgestattet war. Im Zentrum lagen einige noch rauchende Trümmerstücke eines abgestürzten Raumschiffs. Der Geruch meines Sohnes stach aus dem beissenden Gestank versengter Materialien heraus.

Mario? Fragte ich telepathisch.

«Papa, bist du das?», nahm ich seine Gedanken wahr.

Ja, mein Schatz. Ich bin hier, um dich zu retten.

Die Freude, meinen Sohn endlich wiedersehen zu können, liess mich leichtfüssig auf das Raumschiff zusteuern, bis mich ein flaues Gefühl beschlich. Diese Situation kam mir in gewisser Weise vertraut vor.

«Ich glaube, du kommst zu spät.», dachte er.

Was meinst du damit?

Nervös wühlte ich mit den Klauen in den Trümmerstücken umher, bis ich schliesslich den hellblauen Kopf meines Sohnes erblickte. Sein Körper war unter einer Metallverstrebung eingeklemmt, die ich angestrengt ächzend von ihm zog. Gerade als ich ihn anständig begrüssen wollte, fiel mein Blick auf ein langes, spitzes Trümmerstück, welches mittig aus seinem Brustkorb ragte und ihn höchstwahrscheinlich vollständig durchbohrt hatte.

Mario, was ist passiert? Fragte ich ihn panisch, während ich mit zitternden Gliedern seine Wunde beschnupperte, aus der ein breiter, unaufhörlich fliessender Strom von Blut hervortrat.

«Ich weiss es nicht.», antwortete er und streckte mir kraftlos sein rechtes Vorderbein entgegen, um meinen Kopf ein letztes Mal berühren zu können.

Nein, das darf jetzt nicht geschehen. Du musst leben, Mario! Hörst du?

Mario gab einen erstickten Laut von sich, seine Klauen rutschten von meinem Nacken und sein Kopf sackte schlaff in eine unnatürliche Position.

Nein! Schrie ich gedanklich, richtete meinen Kopf der hell beleuchteten Decke entgegen und brüllte mir den Schmerz aus dem Leib.

Ein leises Rauschen ertönte, was mich unsanft aus meinem Albtraum riss. Mit pochendem Herzen sprang ich auf und blickte dem Vorez entgegen, der soeben vor meinen Käfig getreten war. Schwer atmend stand ich mit zitternden Beinen in angespannter Haltung vor ihm. Es dauerte eine Weile, bis ich begriff, dass meine vorherige Begegnung mit Mario lediglich ein Traum gewesen war. Allmählich beruhigten sich sowohl mein Puls als auch meine Atmung. Verwundert über meine beinahe verschwundenen Schmerzen blickte ich kurzzeitig umher, bis ich auf ein wohlriechendes Stück Fleisch aufmerksam wurde. Der Vorez hielt es zwischen den Klauen und warf es mir schwungvoll durch die Gitterstäbe entgegen. In einem langsamen, weiten Bogen landete es vor meinen Füssen, rollte noch ein Stück auf mich zu und blieb wenige Zentimeter neben meinen Klauen liegen. Verwirrt über diesen Zeitlupenwurf hatte ich es ununterbrochen angestarrt.

Das habe ich völlig vergessen. Der Mars verfügt nur über etwas mehr als einen Drittel der Schwerkraft der Erde. Aus diesem Grund konnte ich so leicht aufspringen, ohne Schmerzen zu empfinden und alles fällt viel langsamer. Das erklärt auch, weshalb mich der Sturz aus dem Weltraum nicht umgebracht hat. Sollte der Luftdruck hier identisch sein zu dem der Erde, liegt meine maximale Fallgeschwindigkeit in ausgestreckter Haltung bei unter siebzig Kilometern pro Stunde. Kombiniert mit dem weichen Untergrund, auf dem ich gelandet bin, ist es tatsächlich möglich, solch einen Sturz zu überleben, stellte ich erstaunt fest.

Der Vorez musterte mich nun, als würde er etwas von mir erwarten. Da ich mich in seiner Gegenwart unwohl fühlte, fletschte ich die Zähne und knurrte ihn leise, jedoch auch bedrohlich an, um ihn zu vertreiben. Als er keine Anstalten machte, mich in Ruhe fressen zu lassen, sprang ich wütend knurrend auf ihn zu, wobei ich meinen Sprung aufgrund der niedrigen Gravitation verkalkulierte. Mit erstaunlich langsamer Geschwindigkeit flog ich mit der Schnauze gegen die Gitterstäbe, was nichtsdestotrotz steckende Schmerzen in meinem Kopf, meiner Wirbelsäule und meinem Brustkorb verursachte. Ausserdem schmerze mein linker Flügel, da die Fliehkräfte ihn geringfügig bewegt hatten. Instinktiv liess ich ihn wieder die Schonhaltung einnehmen.

Obwohl mein Sprung missglückt war, wich der Vorez scheinbar verängstigt zurück, wobei er eine Fahne von Stresshormonen hinterliess. In eiligen und dennoch extrem langsamen Bewegungen schritt er auf die Tür zu, öffnete sie mithilfe seines flachen, rechteckigen Gegenstands und verliess den Raum.

Ich blickte noch eine Weile auf die Türöffnung und trat anschliessend zufrieden schmunzelnd auf das Stück Fleisch zu, was inmitten meines Käfigs lag. Mit bereits erhöhter Speichelproduktion schnupperte ich es ab, wendete es mithilfe meiner Schnauzspitze und betrachtete es von allen Seiten. Da mir nichts Ungewöhnliches aufgefallen war, biss ich in das offensichtlich von einem Huhn stammende Stück Nahrung und wollte es bereits gierig verschlingen, als ich mir der Verletzung meines Halses bewusst wurde. Sorgfältig zerkaute ich das Fleisch in kleine Fetzen und schluckte diese mit grösster Vorsicht nacheinander herunter. Bei jeder Bewegung meines Halses verspürte ich ein schmerzhaftes Ziehen, begleitet von einem Fremdkörpergefühl, was ich jedoch je länger je besser ignorieren konnte. Ohne auch nur ein einziges Mal würgen zu müssen, gelang es mir, das Fleisch zu verspeisen. Einzig das Schlucken gestaltete sich noch mühselig, da die Fleischfetzen jeweils an der schmerzhaften Stelle steckenblieben, weswegen ich zwischendurch mit Wasser nachhelfen musste. Nachdem ich mich vergewissert hatte, dass jedes Stück meiner Mahlzeit die Speiseröhre vollständig passiert hatte, legte ich mich nachdenklich in möglichst bequemer Position hin. Obwohl meine Brüche noch nicht vollständig verheilt waren, schmerzten sie aufgrund der geringen Gravitation kaum noch.

Während ich innerlich einen Plan schmiedete, wie ich aus diesem Gefängnis ausbrechen und meinen Sohn befreien konnte, fiel mein Blick auf die Gitterstäbe des Gefängnisses. Ich fragte mich, ob sie sich ebenso leicht aufbrechen liessen wie in meinem Traum, weswegen ich auf sie zutrat und bereits Feuer speien wollte, als mir auffiel, dass dies keine gute Idee war. Sollte ich jetzt den Käfig beschädigen, würden die Vorez auf mein Verhalten reagieren und mich besser sichern. Ich musste warten, bis jegliche Wunden abgesehen von meinem rechten Flügel, der immer noch zwischendurch Phantomschmerzen verursachte, verheilt waren. Unschlüssig blickte ich zurück in die Mitte des Käfigs und wieder zu den Gitterstäben. Hierbei erweckte ein quaderförmiger Kasten, der an zwei Stäben befestigt war, meine Aufmerksamkeit. Er hatte einige Ähnlichkeiten zu dem, der seitlich zur Türöffnung an der Wand hing, weswegen ich vermutete, dass sich mein Käfig mithilfe dieses Geräts entriegeln liess. Neugierig schnupperte ich daran, biss hinein und versuchte, ihn in verschiedenste Richtungen zu bewegen, jedoch hielt er meinen Tests stand. Nicht einmal einen Millimeter gab dieses massive, grösstenteils aus Metall gefertigte Schloss nach. Da ich vermutete, dass dies das widerstandsfähigste Stück des Käfigs war, widmete ich mich abermals den Gitterstäben.

Ich muss den Käfig ja auch nicht vollständig aufbrechen, um zu überprüfen, ob er mir standhalten kann, sagte ich zu mir selbst, trat vor einen dieser Metallstäbe, öffnete mein Maul und erhitzte die Luft in meinen Lungen.

Als ich ausatmete, strömte zu meiner Verwunderung lediglich flimmernd heisse Luft dem Metall entgegen. Ich erzeugte mehr Hitze und versuchte es erneut, jedoch mit demselben Ergebnis.

Irgendetwas stimmt hier ganz und gar nicht, dachte ich mit einem flauen Gefühl im Bauch.

Nun öffnete ich mein Maul vollständig, was ein leichtes Ziehen in meinem Hals verursachte, und fasste mir mit dem rechten Vorderbein in den Rachen, bis die Oberseiten meiner Klauen gegen etwas Hartes stiessen. Schockiert tastete ich es ab und stellte fest, dass es sich um eine glatte Platte handelte, die von äusserst empfindlichem, unförmig vernarbtem Gewebe umgeben war. Ich versuchte, den vermutlich aus Metall bestehenden Fremdkörper herauszuziehen, jedoch erfolglos, denn er war bereits vollständig eingewachsen, wodurch sich die Ränder nicht erreichen liessen.

Die Vorez haben mir die gesamte Schleimhaut aus dem Rachen geschnitten und durch eine Metallplatte ersetzt, stellte ich schockiert fest.

Mit zunehmender Nervosität versuchte ich, trotz den unförmigen Wülsten von vernarbter Haut die Ränder der Platte zu erreichen. Als ich mir hierbei versehentlich mit einer Klaue ins Fleisch stach, lösten die Schmerzen einen Würgereflex aus, weswegen ich meine Versuche aufgeben musste. Ratlos und schockiert zugleich blickte ich umher. Die Tatsache, dass sie mir die Fähigkeit des Feuerspeiens genommen hatten, belastete mich sehr. Einerseits war es mir nun nicht mehr möglich, die Gitterstäbe zu schmelzen, und andererseits konnte ich mir ein Leben ohne Feuer kaum vorstellen.

Ganz so leicht gebe ich mich nicht geschlagen, dachte ich zielstrebig und griff mir erneut in den Rachen.

Gewaltsam stiess ich die mittlere Klaue in das frisch vernarbte Gewebe und ignorierte die starken Schmerzen, die nun davon ausgingen. Kraftvoll bohrte ich die Klauenspitze in meinen Rachen, bis ich tatsächlich gegen die vordere Kante der Metallplatte stiess. Ich verhakte meine Klaue daran und zog mein Bein ruckartig zurück, in der Hoffnung, die Platte herausreissen zu können. Begleitet von einem knirschenden Geräusch schoss ein stechender Schmerz durch meinen Rachen. Vermutlich war die Metallplatte bis tief in meinen Nacken verankert, denn sie hatte sich nicht einen Millimeter bewegt. Hustend, keuchend und schlussendlich auch würgend brach ich unter meinen Schmerzen zusammen und blieb in gekrümmter Haltung seitlich liegen. Der Geschmack meines Blutes erfüllte bald darauf mein Maul, weswegen ich sachte zu meiner Wasserquelle robbte, einige Schlucke trank, was brennende Schmerzen in meinem verletzten Rachen auslöste, und mich schicksalsergeben auf dem kalten Fussboden zusammenrollte.

Ich konnte meinen Hals an der betroffenen Stelle lediglich schwach krümmen, ohne ein schmerzhaftes Ziehen auszulösen. Demnach war es mir nicht möglich, meine gewohnte Schlafposition einzunehmen. Traurig und jeglicher Hoffnung beraubt, schloss ich die Augen und wimmerte leise vor mich hin, bis mich schliesslich der Schlaf übermannte.

Irgendwann, vermutlich am nächsten Tag, sofern mich mein gestörtes Zeitgefühl nicht in die Irre führte, betraten mehrere Vorez den Raum. Da ich sie ohnehin nicht erreichen konnte, starrte ich sie lediglich zornig an. Sie kommunizierten mithilfe ihrer kurzen, abgehackten Laute untereinander, richteten ein eigenartiges, mit einer runden, gewölbten Glasscheibe ausgestattetes Gerät auf mich und betätigten einen auf der Oberseite befestigten Knopf mit ihren stumpfen, weichen Klauen, die beinahe vollständig aus dünner, ledriger Haut bestanden. Da sie mir weder Schmerzen zufügten noch Angst einjagten, waren mir diese Umstände gleichgültig und ich liess den Augenblick widerstandslos verstreichen.

Später brachten sie mir abermals Fleisch. Wieder bestand ich knurrend darauf, allein zu sein, während ich es verspeiste. Anschliessend war ich erstmals dazu in der Lage, die Säuberung und Füllung meines Wasserbeckens mitanzusehen. Durch ein kleines, schmales Loch an der tiefsten Stelle floss das Wasser ab. Anschliessend trat frisches Wasser aus einem schmalen Spalt knapp unterhalb des Beckenrands aus, bis es vollständig gefüllt war. Erstaunt über die

Technologie der Vorez schnappte ich nach dem frischen, kalten Wasser und trank, soviel ich konnte.

Selbst meine Geschäfte liessen sie mich verrichten, wo ich wollte. Sobald mein Käfig schmutzig war und stark nach Exkrementen stank, zischte das Loch in der Wand jenseits der Gitterstäbe und ich schlief wenige Sekunden später ein. Als ich anschliessend erwachte, war alles wieder blitzblank.

Während der nächsten Zeit besserten sich meine Verletzungen zunehmend, bis einzig die Phantomschmerzen meines rechten Flügels übrigblieben. Mit den Zähnen entfernte ich die weissen, bereits lockeren Textilien, die den Flügelstumpf bedeckten, da ich lediglich noch altes Blut riechen konnte. Als mein Blick auf die mittlerweile etwas gewachsene, unförmige Ausbuchtung oberhalb des rechten Vorderbeins blickte, war ich erleichtert. Es waren weder Knochen noch Muskelgewebe zu erkennen, die nicht bereits von frischer Haut verdeckt waren.

In ein bis zwei Monaten wird mein neuer Flügel vollständig ausgewachsen sein, stellte ich zufrieden fest.

Da ich mich nun stark genug fühlte, einen Ausbruch zu wagen, schmiedete ich einen Plan, der die flachen, rechteckigen Schlüssel der Vorez und einen dummen Ausserirdischen beinhaltete.

7

Ausbruch

Wie ungefähr jeden Tag brachte mir einer der Vorez ein schätzungsweise zehn Zentimeter grosses Stück Hühnerfleisch. Weshalb sie mir nichts anderes zu fressen gaben, wusste ich nicht, jedoch war mir jede Art der Nahrung recht, solange ich nicht unter Mangelernährung litt. Dieses Mal knurrte ich mein Gegenüber nicht an, nachdem er mir das Futter durch die Gitterstäbe geworfen hatte. Stattdessen schnupperte ich symbolisch am Fleisch, liess davon ab und legte mich an den Rand meines Käfigs heran, wobei ich höllisch aufpassen musste, meinen linken Flügel nicht zu bewegen. Nun blickte ich dem Vorez in die Augen und wandte kurz darauf meinen Kopf beinahe jämmerlich wimmernd von ihm ab. Ohne ihn anzusehen, lag ich mit dem Rücken gegen die Gitterstäbe gelehnt auf dem harten, kalten Boden.

Wie erwartet ging der Vorez auf mein Verhalten ein, denn ich konnte ihn nicht den Raum verlassen hören. Stattdessen stand er stumm hinter mir und schien mich durchgehend zu beobachten. Ich gab einen möglichst verzweifelt klingenden Seufzer von mir, reckte meinen Kopf erneut leicht in Richtung des Ausserirdischen und blickte ihn mit grossen Augen von unten her an. Als er direkten Augenkontakt herstellte, wartete ich eine Sekunde und starrte anschliessend gespielt gedankenverloren die Wand zu seiner Linken an, während ich leise brummte, als würde ich ihm etwas mitteilen wollen.

Erwartungsgemäss hatte ich das Interesse des Ausserirdischen geweckt, denn er trat einen Schritt auf mich zu, beugte sich vor und streckte mir sein rechtes Vorderbein entgegen. Langsam hob ich meinen Kopf an und schnupperte in seine Richtung. Da er sich noch ausserhalb meiner Reichweite befand, musste ich mich gedulden. Um noch ungefährlicher zu wirken, vergrub ich meine Schnauze zwischen den beiden Vorderbeinen und seufzte erneut. Kurz darauf setzte sich der Vorez neben mir auf den Steinboden. Er gab einige Laute von sich, als würde er mit seinesgleichen kommunizieren, was mich verwirrte, da wir allein waren.

Spricht er etwa mit mir? Ich würde zu gern verstehen, was er einem Drachen zu sagen hat, dachte ich, ohne auf seine Kommunikationsversuche zu reagieren.

Er musterte mich eine Weile interessiert, während ich entspannt zwei Meter neben ihm lag. Anschliessend rutschte er geringfügig näher, wahrscheinlich um ein genaueres Bild von mir zu bekommen.

Noch einen halben Meter, sprach ich gedanklich zu ihm.

Als ich entspannt schmatzend die Augen schloss, nahm ich wahr, wie er abermals näherrückte. Nun war ich mir sicher, dass er sich innerhalb meiner Reichweite befinden musste. Blitzschnell öffnete ich die Augen, griff mit meinem Schwanz durch die Gitterstäbe hindurch nach dem vorderen Gelenk seines nach mir ausgestreckten Beins und zog ihn mit aller Kraft in meine Richtung. Mit erstaunlicher Leichtigkeit schmetterte ich ihn gegen meinen Käfig, wobei sein Kopf einen langanhaltenden, metallischen Klang erzeugte, als er mit den Gitterstäben kollidierte. Bewusstlos sackte er zu Boden. Ich nutzte diese Gelegenheit, ihm mit den Klauen die verletzliche Kehle aufzuschlitzen, woraufhin mir sein warmes Blut ins Gesicht spritzte. Geringfügig schnaubend schloss ich die Augen und wandte meinen Kopf von ihm ab. Aufgrund meiner Anspannung hatte ich mein linkes Vorderbein, auf dem ich einen Grossteil meines Gewichts verlagerte, unwillkürlich auf eine Weise bewegt, die ein unangenehmes Zwicken verursachte. Ohne mich hiervon ablenken zu lassen, griff ich nach dem rechteckigen Schlüssel des Vorez, der in der immerzu gleichen Falte seiner Textilien steckte, brachte ihn zur quaderförmigen Box meines Käfigs und hielt ihn von ausserhalb dagegen, wie es ein Ausserirdischer meiner Meinung nach getan hätte.

Ein metallisches Klacken ertönte und ein Dutzend Gitterstäbe schwangen in Form einer Tür nach innen auf. Von Glücksgefühlen berauscht stürmte ich mit dem Schlüssel im Maul aus meinem Käfig hinaus. Aufgrund der niedrigen Gravitation schätzte ich meinen Schwung falsch ab, wodurch ich unkontrolliert nach vorn schlitterte und schmerzhaft mit der Steinwand kollidierte. Das eben entstandene Stechen meiner Schnauzspitze ignorierend, hastete ich nach links zur nächsten Box, die an der Wand neben der Türöffnung befestigt war. Sobald ich den Schlüssel an das Gerät hielt, dessen Funktionsweise mich inzwischen brennend interessierte, glitt die Tür leise rauschend beiseite und gab einen Korridor mit einigen weiteren Türen frei. Wie bereits in meiner Gefängniszelle wurde dieser Abschnitt mithilfe von Leuchtelementen an der Decke erhellt.

In wenigen, riesigen Sprüngen, die mich ausserordentlich langsam erscheinen liessen, eilte ich der Duftspur des Vorez entlang, den ich zuvor getötet hatte, da ich vermutete, auf diese Weise einen Ausweg zu finden. Vor einer weiteren Tür angekommen, stellte ich erstaunt fest, dass diese sich vollautomatisch öffnete, sobald ich mich in unmittelbarer Nähe befand. Staunend trat ich hindurch und beobachtete, wie sie sich leise hinter mir schloss.

Nun stand ich in einem grösseren Raum, der auf der gegenüberliegenden Seite mit perfekt verglasten Fenstern ausgestattet war. Während ich mich meinen potenziellen Ausgängen näherte, vernahm ich plötzlich Schritte und Vorez-Geschrei von links. Eine Tür öffnete sich und mindestens ein halbes Dutzend von ihnen stürmten mir entgegen. Allesamt waren mit langen Stäben bewaffnet, deren Ende zwei kurze, stumpfe Spitzen aufwiesen. Ich vermutete, dass es sich hierbei um Waffen handelte, weswegen ich die Luft in meinen Lungen erhitzte und sie allesamt verbrennen wollte, was mir jedoch misslang, da lediglich heisse Luft aus meinem Maul geschossen kam.

Frustriert schnaubend sprang ich mit gefletschten Zähnen auf meine Gegner zu, die sich für meine Verhältnisse in Zeitlupe bewegten, und entriss einem davon seinen Stab, während ich zwei weitere mit meinem Körpergewicht beiseite rammte. Während meiner Kollision mit ihnen streifte ich kurzzeitig das Ende eines Stabes mit meinem frisch verheilten, linken Flügel, was krampfhafte Schmerzen darin auslöste, die vermutlich von Stromschlägen stammten. Mit dem neuen Wissen über die Funktionsweise ihrer Waffen mied ich deren Spitzen fortan mit erhöhter Vorsicht.

Die Wucht, mit der ich die beiden Vorez im Sprung getroffen hatte, schleuderte sie hart gegen die Seitenwand dieses Raumes, wodurch sie das Bewusstsein verloren. Ich hob den Stab des nun Unbewaffneten auf und schlug ihm damit gegen den Schädel, während ich die Waffe mit meinem rechten Vorderbein führte. Sein Genick gab das vertraute Knacken von Knochen von sich, weswegen ich mir sicher war, ihn getötet zu haben. Zeitgleich drückte ich zweien ihre Stäbe mit einem Schwanzhieb nach oben, sodass sie mich nicht treffen konnten, drehte mich blitzschnell um die eigene Achse und schlitzte ihnen die Oberkörper mit den Klauen auf, bevor sie überhaupt reagieren konnten. Noch immer erstaunte mich die langsame Geschwindigkeit, mit denen sie sich bewegten. Es war beinahe zu leicht, gegen sie zu kämpfen.

Das haben sie nun davon, wenn sie immer auf knapp über einem Drittel der Erdanziehungskraft leben und glauben, sie könnten uns besiegen, dachte ich zornig.

Mein Mitleid mit diesen Ausserirdischen, die meinen Sohn und mich gefangengenommen und zum Teil verstümmelt hatten, hielt sich in Grenzen. Dennoch wollte ich nicht unnötig viele von ihnen töten, weswegen ich die drei verbleibenden Vorez mit einigen schnellen Hieben meiner gestohlenen Waffe lediglich zu Boden schlug. Nun sprang ich über sie hinweg auf die Fensterscheiben zu, umklammerte den Stab mit meiner Schwanzspitze und schoss ihn in einer peitschenartigen Bewegung auf das dünne Glas zu. Erwartungsgemäss zersplitterte die Scheibe und gab eine einigermassen grosse Öffnung preis. Ich bremste meinen Schwung mit allen Vieren am Fensterrahmen ab, in dem noch einige grosse Scherben steckten. Um nicht während des Hindurchkletterns geschnitten zu werden, entfernte ich die grössten davon mit den Zähnen. Eigentlich hätte ich meinen Stab verwenden wollen, jedoch lag dieser bereits ausserhalb der Einrichtung und ich konnte keine Sekunde vergeuden, eine weitere Waffe aufzuheben.

In dem Augenblick, als ich mich durch die Fensteröffnung nach draussen zwängte, nahm ich hinter mir bereits neue Schritte wahr. Voller Adrenalin hechtete ich hinaus auf den rauen, jedoch perfekt flachen Stein. Das Gebäude, aus dem ich soeben geflohen war, war vollständig von einem meterhohen Metallzaun umgeben, an dessen Oberseite spitze Stacheln befestigt waren. Ich breitete meinen linken Flügel aus, bis ich mir meiner momentanen Flugunfähigkeit bewusst wurde und meinen Startversuch abbrach.

Bin ich überhaupt noch ein Drache, wenn ich weder fliegen noch Feuer speien kann? Fragte ich mich.

Sowohl von links als auch von rechts stürmten weitere Vorez in ihrer langsamen Geschwindigkeit näher. Im Gegensatz zu vorhin trugen sie nun Waffen, die Blitze verschiessen konnten. Selbstbewusst rannte ich auf den Zaun zu und stiess mich kurz davor mit aller Kraft vom Boden ab, was mich über fünf Meter hoch in die Luft katapultierte. Ich flog über das dichte, mit Spitzen besetzte Metallgewebe hinweg und landete gekonnt ausserhalb des Areals.

Springen bei geringer Schwerkraft macht sogar noch mehr Spass, als ich es mir vorgestellt habe, stellte ich schmunzelnd fest.

Da ich keine Zeit verlieren wollte, sprintete ich der Strasse aus flachem Stein entlang, die von mindestens fünfzig Meter hohen, quaderförmigen Gebäuden aus Stein und Glas gesäumt waren. Hunderte Vorez verkehrten hier, wobei einige in schnellen Vehikeln auf vier Rädern fuhren. Sobald die Ausserirdischen mich erblickten, flüchteten alle panisch schreiend zur Seite. Obwohl ich sie verabscheute, bemitleidete ich sie, weswegen ich keinen von ihnen angriff. Schliesslich stellten sie keine Bedrohung für mich dar, denn es schien sich um gewöhnliche Bewohner zu handeln.

Ohne mir die Bauwerke der Ausserirdischen genauer anzusehen, sprang ich in weiten Sätzen über panisch schreiende Vorez, ihre Vehikel und viele unbekannte Gerätschaften hinweg, während ich fortlaufend schnupperte, in der Hoffnung, meinen Sohn riechen zu können. Lange setzte sich meine Jagd durch die scheinbar endlosen Häuserschluchten fort, bis sich mir plötzlich eine grosse Einheit von bewaffneten Vorez in den Weg stellte. Mit schabenden Krallen wendete ich, sprang auf einen steinernen Vorsprung, der aus einem Haus neben der Strasse ragte, und kletterte an jeglichen Ausbuchtungen hinauf, die ich zu fassen bekam. Aufgrund der geringen Schwerkraft gestaltete sich das Klettern erstaunlich leicht. Nicht einmal mein Rücken schien sich über die Anstrengung zu beschweren.

Oben auf dem Hausdach angekommen, setzte ich meine Suche nach Mario fort, wobei mir erstmals auffiel, wie gigantisch diese Ansammlung von Häusern war. Dies war keinesfalls mehr ein Dorf, sondern eine riesige Stadt, die sich zu allen Seiten bis an den Horizont erstreckte.

Plötzlich nahm ich ein lautes Dröhnen wahr. Einige unbekannte Flugobjekte näherten sich von rechts. Panisch versuchte ich, mich über den Hausdächern von ihnen wegzubewegen, jedoch waren sie wesentlich schneller als ich, insbesondere da ich nicht fliegen konnte. Als sie direkt über mir im wolkenverhangenen Himmel zu sehen waren, schossen Blitze aus einem dieser jeweils knapp zehn Meter grossen Dinger hervor. Sämtliche Stromschläge trafen fein verästelte Konstruktionen aus Metall, die jeweils an der höchsten Stelle der Gebäude befestigt waren, und fügten mir demnach keinen Schaden zu. Nichtsdestotrotz erzeugten sie ein ohrenbetäubendes Knallen, welches meine Ohren schmerzhaft sirren liess.

Hektisch flüchtete ich an den Rand eines Gebäudes und kletterte an einer engen Treppe aus Metallrost hinunter, wobei sich meine Klauen mehrere Male in den Löchern verkanteten und aufgrund meines Schwungs schmerzhaft verdrehten, bis ich jeweils zum Stillstand kam. Unten angelangt, verkroch ich mich unter einen Baum, der neben einem Zuhause der Vorez wuchs. Während ich mich zitternd vor Adrenalin gegen den dreissig Zentimeter dicken Stamm drückte, nahm ich noch den Widerhall einiger Donner wahr, die aufgrund der Blitze entstanden waren, welche man auf mich abgefeuert hatte. Anschliessend war es beinahe verdächtig still. Ängstlich reckte ich meinen Kopf unter dem Baum hervor, konnte die Flugobjekte jedoch nicht mehr erkennen. Stattdessen nahm ich ein unbekanntes Geräusch hinter mir war, weswegen ich mich danach umdrehte. Ein Ausserirdischer mit langen, hellen Haaren starrte mich durch eine Glasscheibe hindurch an, die sich hinter dem Baum befand.

Das ist es. Da kann ich mich verstecken, dachte ich.

Ich sprang schnurstracks auf das grosse, bis zum Fussboden reichende Fenster zu, schlug es mithilfe meiner Klauen ein und betrat den Innenraum des Gebäudes. Der Vorez gab einen schrillen Schrei von sich und robbte verängstigt zurück. Sein Blick zuckte zwischendurch nach rechts, weswegen ich ebenfalls in diese Richtung sah. Auf einer gepolsterten Oberfläche lag ein winziger Vorez, der beinahe keine Haare auf dem Kopf besass. Seine Gliedmassen waren mickrig im Vergleich zu seinem Schädel, weswegen er nicht den Anschein erweckte, als könne er sich eigenständig fortbewegen. Dieses höchstens fünfundzwanzig Zentimeter grosse Wesen starrte mich mit seinen hellblauen Augen an, die mich in gewisser Weise an die von Stella erinnerten. Es gab einen leisen, heiseren Schrei von sich, während es mit allen Vieren strampelte und Tränen über sein Gesicht rannen. Ich hatte in meinem Leben noch nie solch etwas Wehrloses gesehen. Wie gebannt starrte ich es an, während ich langsam nähertrat. Wenige Zentimeter davon entfernt, schnupperte ich neugierig. Es war derart winzig, dass mein Kopf bereits grösser war wie sein gesamter Körper unterhalb des Halses.

Plötzlich nahm ich eine Bewegung zu meiner Linken wahr. Der Vorez mit den langen Haaren stürmte auf mich zu und schlug mit einem langen, hölzernen Gegenstand nach mir. Blitzschnell schmetterte ich ihm die Waffe mit einem Prankenhieb aus den Klauen und fauchte ihn zähnefletschend an.

Ich will dich nicht verletzen. Lass mich bloss dieses winzige Kind sehen, dachte ich währenddessen.

Weinend und schreiend zog sich der erwachsene Vorez zurück, verliess jedoch nicht den Raum. Das Vorez-Kind weinte ebenfalls lauthals neben mir. Mitfühlend schnupperte ich an seinem flachen Gesicht und stupste seine winzige Nase mit der Schnauzspitze an. Fortlaufend schrie dieses Kind und schien sich nicht beruhigen zu wollen, ebenso wie der erwachsene Vorez. Der starke Geruch von Stresshormonen, die beide dieser Wesen ausströmten, liess mich endlich klar sehen.

Ihr habt bloss Angst vor mir. Und der erwachsene Vorez ist wahrscheinlich ein Elternteil des Kleinen. Er hat mich angegriffen, um sein Kind zu beschützen, dachte ich, während ich verlegen umherblickte.

Ich hatte nicht beabsichtigt, ein wahrscheinlich neugeborenes Kind mitsamt eines Elternteils zu verängstigen. Entschuldigend trat ich mit eingezogenem Kopf beiseite und liess den erwachsenen Vorez zu seinem Nachkommen. Wie erwartet vergewisserte er sich nach seinem Wohlergehen, wobei er mich nicht länger als eine Sekunde aus den Augen liess.

Über mir nahm ich plötzlich ein Rumpeln wahr. Sowohl ich als auch der erwachsene Vorez blickten zur weissen, perfekt flachen Decke. Nun sahen wir uns gegenseitig in die Augen. Aufgrund seiner Reaktion schlussfolgerte ich, dass dieses Geräusch nicht normal war. So leise ich konnte, schlich ich auf eine schmale Treppe zu, die in das höhergelegene Stockwerk zu führen schien. Die Schreie des Vorez-Kindes erleichterten mein lautloses Vorankommen, da sie beinahe sämtliche Geräusche überdeckten.

Als ich um die Ecke bog, nach der die Treppe weitere Stufen hinaufführte, erblickte ich einen bewaffneten Vorez, der mir entgegenstand. Ihn hatte ich aufgrund der vielen anderen Gerüche nicht wahrgenommen. So schnell ich konnte, sprang ich auf ihn zu und packte den vorderen Teil seiner Waffe mit den Zähnen. Zeitgleich aktivierte er einen kleinen Hebel mit dem Zeigefinger, wodurch augenblicklich ein Blitz direkt in mein Maul verschossen wurde. Krampfhaft verbiss ich mich in die Schusswaffe, während ich zu Boden stürzte. Ein pochender Schmerz ging nun von meiner Wirbelsäule aus. Um meinem Gegner keine Gelegenheit zu geben, erneut zuzuschlagen, schlug ich mit den Klauen nach ihm, wobei ich seinen Bauch aufschlitzte, aus dem einige Eingeweide austraten, bei denen es sich wahrscheinlich um seinen Verdauungstrakt handelte.

Stark zuckend und unter grossen Schmerzen liess ich die Schusswaffe los und versuchte, mich aufzurichten, als bereits ein weiterer Vorez hinter einer Wand hervortrat und auf mich schoss. Sein Blitz erleuchtete den düsteren Innenraum in hellblauem Licht. Mit einem lauten Knall schlug er sowohl in meinen Kopf als auch meinen rechten Flügel ein, wodurch ich mich vollständig verkrampfte. Die Ränder meines Sichtfelds verdunkelten sich und mir gelang es kaum noch, zu atmen. Ich fühlte, wie mindestens fünf weitere Vorez dazustiessen und begannen, mich in ihre schwarzen Seile zu wickeln.

Noch einmal werden sie mich nicht entwischen lassen. Das ist meine einzige Chance, Mario zu befreien. Ich darf jetzt nicht gefangengenommen werden, wies ich mich selbst an, weiterzukämpfen.

Meine stark zuckenden Glieder erlaubten mir, einem der Angreifer, der direkt vor mir stand, die Kehle aufzuschneiden. Mit all meiner Willenskraft stemmte ich mich gegen die bereits um mich gelegten Fesseln und schleuderte währenddessen mehrere Gegner zeitgleich die Treppe hinunter. Wieder traf mich ein Stromschlag, dieses mal jedoch von einem ihrer Stäbe. Mir wurde kurzzeitig schwarz vor Augen und als ich wieder erwachte, war mein gesamter Körper in Seile verwickelt. Selbst meine Schnauze hatten sie zugebunden. Ungefähr ein

Dutzend Vorez trugen mich auf eines ihrer Fahrzeuge zu, dessen Türen bereits sperrangelweit geöffnet waren.

Obwohl ich noch stark unter den Nachwirkungen der Stromschläge litt, wehre ich mich nach Kräften. Nachdem ich mich mit meinem gesamten Körper gewunden hatte, bis sie mich schliesslich loslassen und stattdessen die Enden ihrer Seile umklammern mussten, riss ich meinen Kopf umher und schleuderte den Vorez, der das entsprechende Seil gehalten hatte, über mich hinweg. In Zeitlupe flog er durch ein Fenster hindurch in dasselbe Haus, in dem ich zuvor gewesen war. Nun wälzte ich mich auf dem Boden und rieb meine Schnauze gegen den rauen Stein, um die Seile abzustreifen. Sobald ich mein Maul erneut öffnen konnte, biss ich in eines der Seile hinein, die fortlaufend von Ausserirdischen festgehalten wurden, und zog es mir entgegen, wodurch ein Vorez in meine Richtung gerissen wurde. Während er auf mich zuflog, wandte ich meinen Kopf von ihm ab, weswegen er von einem meiner Hörner aufgespiesst wurde.

Die Vorez kommunizierten nun lautstark und schienen etwas vereinbart zu haben, denn alle liessen ihre Seilenden zeitgleich los. Gerade als ich meinen linken Flügel gegen die Fesseln stemmte und fühlen konnte, wie sich die glücklicherweise nicht verknoteten Seile von meinem Körper lösten, schossen alle Vorez gleichzeitig mit ihren Blitzen auf mich ein. Die meisten davon wurden von den schwarzen Seilen abgefangen und schossen funkensprühend aus den Enden hinaus. Dennoch trafen mich mehrere Stromschläge an den exponierten Stellen meines Körpers, wodurch ich endgültig das Bewusstsein verlor.

Als ich wieder erwachte, schmerzte sowohl mein Rücken als auch mein Kopf sehr. Ausserdem sendete mein linker Flügel ein unangenehmes Stechen aus. Ich öffnete die Augen und stellte fest, dass er sich nicht in meiner Schonhaltung befand, weswegen ich dies sofort berichtigte. Nun blickte ich umher und war enttäuscht, mich wieder in meinem Käfig zu befinden. Kein Vorez war im selben Raum wie ich und derjenige, den ich getötet hatte, war beseitigt worden. Einzig sein Geruch ging noch vom Fussboden am Rand meines Käfigs aus.

Verzweifelt stand ich unter grossen Schmerzen auf, humpelte mit steifem Rücken auf die Gitterstäbe zu, während mein Gleichgewichtssinn verrückt spielte, und biss in die Absperrung hinein. Mit all meiner Willenskraft zog ich daran und versuchte, den Käfig aufzubrechen, jedoch erfolglos. Die zwei Zentimeter dicken Metallstäbe verformten sich kaum mehr als einen Millimeter.

Das darf jetzt nicht wahr sein! Von nun an werden sie bestimmt nicht mehr den Fehler begehen, sich mir zu nähern. Wie soll ich jemals erneut ausbrechen und meinen Sohn befreien können? Fragte ich mich vor Trauer und Verzweiflung wimmernd.

Nun biss ich wesentlich stärker zu und riss meinen Kopf mit aller Kraft zurück, was ein lautes Knacksen auslöste, begleitet von stechenden Schmerzen in meinem Oberkiefer, die nebst den Höllenqualen meiner Wirbelsäule beinahe untergingen. Niedergeschlagen stellte ich fest, dass der Metallstab noch immer nicht nachgelassen hatte. Ich spuckte meinen eben ausgebissenen Eckzahn aus und starrte ihn einen Moment ratlos an. Kurz darauf wandte ich mich mit Tränen in den Augen von ihm ab, schluckte mein Blut herunter, was soeben aus der Zahnlücke getreten war, und rollte mich ächzend vor Schmerz mittig im Käfig zusammen.

Nach einer Weile versiegte der Blutfluss in meinem Maul und ich wusste, dass ich mir meinen vorderen, rechten Eckzahn innerhalb der nächsten Stunde wieder einsetzen musste, um die Bildung eines neuen Zahns zu verhindern, was ungefähr zehn Tage anstelle von einem benötigte, um mein Gebiss wiederherzustellen. Seufzend stand ich auf, griff mit den Klauen nach dem glitschigen, blutverschmierten Zahn und steckte ihn in die entsprechende Lücke, bis ein scharfes Stechen signalisierte, dass er die ursprüngliche Position eingenommen hatte. Nun rollte ich mich abermals zusammen und versuchte, mir einen neuen Fluchtplan zu überlegen.

Während der nächsten Tage verhielt ich mich grösstenteils passiv und beobachtete unentwegt. Da die Vorez dieselbe Schriftsprache verwendeten wie wir, vermutete ich, dass ihre Laute dazugehören mussten. Sobald sie mich besuchten, lauschte ich angestrengt, konnte jedoch nichts ausser abgehackter, scheinbar zusammenhangloser Geräusche wahrnehmen. Aus lauter Verzweiflung versuchte ich meine erste Ausbruchsmethode erneut, indem ich jämmerlich winselnd neben den Gitterstäben lag und darauf hoffte, ein Vorez wäre dumm genug, sich mir zu nähern. Leider war dies nicht mehr der Fall.

Mit der Zeit wuchs mein rechter Flügel Zentimeter für Zentimeter nach, bis er sich bereits bewegen liess. Obwohl er erst die Grösse von dem eines Schlüpflings erreicht hatte, war ich überglücklich, da meine Phantomschmerzen vollständig verschwunden waren.

Wachse ruhig weiter, mein Kleiner, dachte ich schmunzelnd, während ich die frische, pinke Haut betrachtete, die noch keineswegs die Widerstandsfähigkeit und Farbe meines ausgewachsenen Flügels besass.

Die Zeit verstrich und ich verlor mehr denn je das Gefühl, wie lange ich bereits in Gefangenschaft lebte. Irgendwann hatte selbst mein rechter Flügel die vollständige Grösse und tiefrote Farbe erreicht, worüber ich einerseits froh und andererseits unglücklich war, da dies meine einzige Methode zur Zeitmessung gewesen war. Zudem bereitete mir das Verspeisen von Nahrung kaum noch Probleme. Weder mein Würgereflex noch stechende Schmerzen wurden von der Metallplatte in meinem Rachen ausgelöst und mein Eckzahn war bereits seit Langem wieder mit dem Kiefer verbunden.

Als hätten die Vorez auf meinen rechten Flügel gewartet, besuchten mich von nun an wesentlich mehr von ihnen. Es waren derart viele, dass ich mir nicht einmal ihre Gerüche einprägen konnte. Einzig diejenigen, die mich häufig beobachteten oder fütterten, konnte ich unterscheiden.

Die sehen alle gleich aus. Zum Glück trifft dies nicht auch auf ihren Duft zu, ansonsten hätte ich wirklich ein Problem, dachte ich.

Einer der Besucher stach mir besonders ins Auge, da er mich wesentlich eindringlicher beobachtete als die anderen. Ich starrte ihm ins Gesicht, was ihm keineswegs Angst bereitete, da sich weder seine Atemfrequenz noch seine Produktionsrate der Stresshormone erhöhte. Aus reiner Neugier fletschte ich die Zähne und knurrte ihn bedrohlich an, um zu überprüfen, ob ich ihn dennoch verängstigen konnte. Erstaunlicherweise wich er keinen Schritt zurück, verschränkte die Vorderbeine vor dem Brustkorb und zog seine Lefzen geringfügig in die Länge, was mich an ein Schmunzeln erinnerte. Er sprach zu einem der Vorez neben ihm, ohne mich aus den Augen zu lassen, woraufhin dieser mit leichtem Zittern antwortete. Unwillkürlich wusste ich, dass der mutmasslich schmunzelnde Ausserirdische etwas wie «den nehme ich», gesagt haben musste, woraufhin der andere seine Bedenken geäussert hatte.

Warte mal, werde ich hier etwa gekauft? Fragte ich mich verblüfft, wobei ich vergass, zu knurren.

Der Vorez mit den verschränkten Vorderbeinen blickte sein Gegenüber nun von oben herab an, sagte etwas und wandte sich einem anderen Ausserirdischen zu. Nun diskutierte er mit diesem, während er mehrere Male mit einem Vorderbein in meine Richtung deutete. Während ihrer Diskussion sah mich der Vorez, der vermutlich etwas eingewendet hatte, mit leicht zu Boden gerichtetem Kopf an. Er erweckte auf einmal einen ruhigen, nachdenklichen Eindruck. Ich hatte beinahe das Gefühl, dass er mich bemitleidete.

Noch bevor ich meine Theorie mit dem Mitleid überprüfen konnte, packten der selbstbewusste Vorez und sein Gesprächspartner gegenseitig ihre rechten Vorderpranken, bewegten sie abwechslungsweise auf- und abwärts und liessen sich gleich darauf wieder los. Wieder blickte mich der eine Vorez scheinbar schmunzelnd an, dessen Geruch ich mir bereits eingeprägt hatte, und verliess mit erhobenem Kopf den Raum. Erst jetzt erkannte ich, dass er etwas grösser war als die meisten anderen und über einen scheinbar kräftigen Körperbau verfügte. Dem Geruch nach war er unbestreitbar männlich, sofern die Vorez ähnliche Geschlechter aufwiesen wie Drachen.

Kurz nachdem er den Raum verlassen hatte, folgten ihm die anderen. Ich blickte ihnen beinahe sehnsüchtig nach, da ich unbedingt mehr über sie wissen wollte, insbesondere nach dieser einzigartigen Situation, da ich hoffte, diese Erfahrungen für einen Fluchtversuch verwenden zu können. Der Vorez, der die Einwände erbracht hatte, ging als letzter. Hörbar seufzend starrte er mir in die Augen, wandte seinen Blick schliesslich doch noch von mir ab und liess mich allein.

8

Habitatwechsel

Nur kurze Zeit später zischte das kleine Loch in der Wand, welches mich stets betäubte.

Mein Käfig ist doch noch überhaupt nicht schmutzig, dachte ich besorgt über die ausserplanmässige Situation.

Bedauerlicherweise konnte ich nebst dem Luft anhalten nicht gegen diese Prozedur ankämpfen. Einmal hatte ich versucht, nicht zu atmen, so lange ich konnte, jedoch hatte keiner der Vorez den Raum betreten, während ich bei Bewusstsein geblieben war. Demnach gab ich mich meinem Schicksal hin und atmete tief durch, bis mir schwarz vor Augen wurde.

«Ich glaube, er kommt jetzt endlich zu sich.», nahm ich wahr, als sich der Schleier in meinem Verstand lichtete.

Meine Umgebung fühlte sich anders an, denn der Boden war weich, alles roch nach Gras, Erde und weiteren Pflanzen und ich fühlte einen harten, kalten Ring um meinen Hals. Verwirrt und benommen zugleich öffnete ich die Augen und blickte umher. Wie erwartet befand ich mich nicht mehr in meinem Käfig. Stattdessen lag ich in erstaunlicherweise bequemer Haltung auf einer kleinen, vollständig durch eine dunkelgraue Steinwand eingeschlossenen Wiese. Unbekannte Pflanzen sprossen zwischen den Gräsern hervor, die allesamt verschiedenste Farbtöne aufwiesen. Sie alle hatten bunte Blätter, die kreisförmig um ein meist gelbes Zentrum wuchsen, welches oberhalb eines grünen Stiels gen Himmel ragte. Interessiert schnupperte ich an einem dieser Gewächse, was sich direkt neben meiner Schnauze befand, wobei mich der angenehm süssliche Duft überraschte.

Unweit von mir entfernt, befand sich ein ausgewachsener Baum, um dessen Stamm eine Kette aus Metall gelegt war. Sie führte bis zu meinem Hals, was mich für einen Augenblick schockierte. Ruckartig tastete ich mit den Klauen nach dem harten Gegenstand, der unmittelbar hinter meinem Kopf befestigt war. Er schien aus solidem Metall zu bestehen, weswegen er sich keinen Millimeter lockern, dafür jedoch drehen liess. An einer Seite dieses Gegenstands hing das Ende der Kette, die einmal vollständig um den Baumstamm gewickelt und an sich selbst befestigt war. Die einzelnen Glieder waren beinahe so dick wie die Gitterstäbe meiner Gefängniszelle zuvor.

Von meiner neuen Umgebung überfordert, stand ich auf und entfernte mich einige Schritte vom Baum. Die Kette liess mir ausreichend Spielraum, mich in einem Radius von zehn Metern zu bewegen, bis ich die kreisrunde Mauer, die diesen Bereich umgab, erreichte. Aufgrund der geringen Gravitation dieses Planeten war die Kette sehr leicht und beeinträchtigte meine Bewegungen demnach kaum.

Wieder nahm ich die Stimmen mehrerer Vorez wahr, die sich geringfügig über mir befanden. Verwirrt blickte ich hoch und entdeckte mehrere Exemplare, unter anderem denjenigen, der mich höchstwahrscheinlich gekauft hatte, auf der Kante der schätzungsweise sechs Meter hohen Ringmauer. Da die Kette bereits beinahe gespannt war, vermutete ich, nicht zu ihnen vordringen zu können. Um meine Theorie zu prüfen, stiess ich mich kraftvoll vom Boden ab, wendete mitten im Sprung, sodass der Schwanz in Richtung der Mauerkante zeigte, und erwischte die Ausserirdischen beinahe, bevor die Kette mich unsanft am Kopf zurückriss.

Nachdem ich unter erneuten Kopf- und Rückenschmerzen gelandet war, biss ich frustriert in die Kette, was jedoch nichts bewirkte, da diese zu massiv war, als dass die Stärke meiner Kiefermuskeln und die Stabilität meiner Zähne ausgereicht hätten, sie zu durchbrechen. Als ich die Kette zornig schnaubend losliess, war ich froh darüber, dass mein Eckzahn bereits seit Wochen wieder vollständig eingewachsen war. Ich ignorierte die Vorez, die mich durchgehend beobachteten, und trat nun auf den Baum zu. Das letzte Glied der Kette, die vollständig um den Baumstamm gewickelt war, war mit einem der vorherigen Glieder verbunden und schien nicht weniger stabil zu sein als die anderen. Nichtsdestotrotz biss ich hinein, was ebenfalls keine Wirkung zeigte. Anschliessend versuchte ich, den Baumstamm mit Zähnen und Klauen zu bearbeiten, jedoch ohne zufriedenstellenden Erfolg. Das Holz war ausserordentlich hart und liess sich kaum einritzen.

Wenn es sein muss, kratze ich für die nächsten Jahre an diesem Baum, bis er gefällt ist. Oder ich ziehe die Kette hoch, entferne alle Äste und löse mich auf diese Weise, dachte ich.

Gleich darauf wurde mir bewusst, dass die Vorez dies bestimmt verhindern würden. Derart viel Zeit konnte ich keineswegs für eine Flucht aufwenden. Mit zunehmender Frustration griff ich nach dem Metallring um meinen Hals und versuchte, ihn abzustreifen oder auf irgendeine Art zu lösen. Er liess sich weder über meine Hörner bewegen noch lockern. Da er dermassen eng sass, vermutete ich, er würde nicht einmal über meinen Kopf passen, sollte ich keine Hörner oder Zacken besitzen. Als ich vor lauter Trauer und Verzweiflung kraftvoll mit den Klauen daran zog, zwickte es mich plötzlich wieder an meinem linken Vorderbein, weswegen ich meine zum Scheitern verurteilten Versuche, den Halsring loszuwerden, aufgab.

Ich will doch bloss von hier weg und Mario retten, sprach ich gedanklich zu mir selbst.

Mir stiegen Tränen in die Augen, ich legte mich leise wimmernd ins Gras und blickte niedergeschlagen zu den drei Vorez hinauf, die mich anstarrten, als wäre ich ein Ausstellungsstück ihrer Sammlung, was vermutlich nicht einmal fernab der Realität lag.

Lange kommunizierten die Vorez miteinander, wobei mir auffiel, dass derjenige, der mich gekauft hatte, unzufrieden mit etwas war, was sein Kollege ihm sagte. Ihre abgehackten Laute wurden zunehmend aggressiv und laut, bis mein Käufer schliesslich sein Gegenüber packte und von der Mauer in mein Habitat stiess. Der Vorez schlug hart auf der Weise auf, gab einen Schmerzensschrei von sich und blickte anschliessend verängstigt zwischen meinem Käufer und mir umher. Verdutzt blieb ich liegen, da ich nicht begreifen konnte, weshalb sie ihresgleichen auf diese Weise behandelten.

Mein Käufer blickte mich fordernd mit verschränkten Vorderbeinen an, während der neben ihm ebenso verdutzt zu sein schien wie ich. Nun rief der Verdutzte demjenigen, der geschubst worden war, etwas entgegen und machte Anstalten, sich zurückzuziehen, wurde jedoch von meinem Käufer aufgehalten, der ihn wiederum mit strengen Lauten zurechtwies.

Er wollte dem anderen helfen, dachte ich instinktiv.

Der Vorez innerhalb meines Bereichs stellte sich stöhnend auf die zittrigen Hinterbeine und presste seinen Rücken gegen die Mauer, ohne seinen Blick von mir abzuwenden. Obwohl ich die Ausserirdischen hasste, für das, was sie mir und anderen Drachen angetan hatten, wollte ich ihn nicht angreifen. Andererseits konnte dieser Vorez etwas bei sich tragen, was mir zur Flucht verhelfen konnte.

Mein Käufer rief mir etwas zu, was mit einem scharfen Zischlaut endete. Sofort wusste ich, dass er «na los» gesagt haben musste. Da ich ihn nicht unnötig verärgern wollte und nicht wusste, ob dies seine Methode war, mich zu füttern, überwand ich mich schliesslich, den Ausserirdischen vor mir anzugreifen. Langsam pirschte ich mich an ihn heran, bis er plötzlich ruckartig zur Seite wich, was mich zu einem Sprung verleitete. Mitten aus der Luft biss ich ihm in die Kehle und riss ihm den Kehlkopf mitsamt Teilen der Luftröhre heraus. Der Ausserirdische gab ein letztes Gurgeln von sich, als er gemeinsam mit mir zu Boden stürzte, während viel Blut innert kürzester Zeit aus seiner aufgerissenen Kehle strömte. Anschliessend verstummte er und seine stets kreisrunden Pupillen weiteten sich.

Nachdenklich spuckte ich den zähen Knorpel und die Haut aus, die seltsamerweise vertraut und fremd zugleich schmeckte. Über mir nahm ich die Kommentare meines Käufers wahr, dessen Stimmlage sich stark verändert hatte. Vermutlich freute er sich darüber, dass ich einen seiner Kollegen getötet hatte, was mir ein Rätsel war. Bevor ich mit der Untersuchung der Leiche beginnen konnte, musste ich mich vergewissern, unbeobachtet zu sein. Leider starrten mich die beiden Vorez unentwegt an. Ich fletschte die Zähne, während mir noch Blut aus dem Maul triefte, und gab ein möglichst bedrohliches Knurren von mir. Während mein Käufer standhaft blieb und noch keinerlei Stresshormone ausstiess, zuckte sein Kamerad bereits einen Schritt zurück. In der Hoffnung, beide vollständig vertreiben zu können, sprang ich ruckartig der Mauer entlang hinauf, was meiner Wirbelsäule einen stechenden Schmerz entlockte, und schnappte wütend knurrend in Richtung der Vorez, während mich die Kette bereits wieder zurückzog. Als ich mit zornigem Blick erneut auf der Wiese landete und meinem Käufer in die Augen starrte, entblösste er die Zähne auf eine Weise, die einem Grinsen glich. Mit verschränkten Vorderbeinen starrte er mich erhobenen Hauptes an, was einen herablassenden Eindruck erweckte. Der andere hatte sich mittlerweile hinter meinen Käufer zurückgezogen. Es war deutlich zu erkennen, dass seine Gliedmassen zitterten und er strömte einen starken Geruch von Angst aus.

«Deswegen habe ich ihn ausgewählt. Er ist eine nicht allzu grosse, aggressive Bestie.», sagte mein Käufer zu seinem Kollegen.

Sie verliessen den Rand der Mauer und verschwanden aus meinem Sichtfeld. Erst als ich den Schliessvorgang einer automatischen Tür oberhalb der Mauer hörte, wurde mir bewusst, dass ich den Vorez soeben verstanden hatte.

Ich bin wirklich schon viel zu lange bei denen, wenn ich beginne, Ausserirdische zu verstehen, dachte ich.

Nachdenklich und begeistert zugleich wägte ich nun meine neuen Optionen ab, die mir diese Entdeckung beschert hatte. Irgendwann erinnerte mich der Geschmack von Blut in meinem Maul an mein eigentliches Vorhaben, den Leichnam zu untersuchen.

Bedauerlicherweise stellte sich der getötete Vorez als nutzlos heraus. Er war lediglich in Textilien eingehüllt, trug zähe, harte, widerlich stinkende Dinger an den Hinterfüssen, deren Zweck mir schleierhaft war, und besass keinerlei Gegenstände, die mir eine Flucht ermöglichen konnten. Einzig seine Knochen würden sich unter Umständen als nützlich erweisen, da ich sie anspitzen und werfen konnte, um die Vorez oberhalb der Mauer zu töten.

Demnach zog ich ihm die dünne, weiche Haut vom Körper, nährte mich an seinem Muskelgewebe, was bedauerlicherweise weder gut schmeckte noch viel war, und biss seine Sehnen auseinander, um sie von den Knochen zu trennen. Nun blickte ich verstohlen umher, um mich zu vergewissern, nicht beobachtet zu werden, und begann, in der Erde zu graben. Nachdem ich ein gut zwanzig Zentimeter tiefes Loch freigelegt hatte, warf ich die zwei grössten Beinknochen des Vorez hinein und schüttete es zu. Anschliessend trat ich auf der noch lockeren Erde umher, bis sie einigermassen hart geworden war. Einzig das nun fehlende Gras an der betroffenen Stelle wies noch darauf hin, dass ich etwas vergraben hatte.

Wenn ich mehr Knochen verbuddle, finden die das bestimmt raus, dachte ich.

Scheinheilig, als wäre nichts geschehen, legte ich mich neben den Baum und blickte an die Decke, die zu meinem Erstaunen vollständig aus Glas zu bestehen schien. Dahinter war der leicht bewölkte Himmel zu erkennen. Die Sonne schien in einem schrägen Winkel auf die Wolken, weswegen es entweder Morgen oder Abend sein musste, ausser ich befand mich an einer Polregion.

Als die Sonne ungefähr eine Stunde später unterging und der Himmel einen rosaroten Farbton annahm, kehrte mein Käufer zurück. Er blickte zuerst mich und anschliessend die von mir zerfetzte Leiche an, die nun einen derben Gestank ausströmte. Ohne ein Wort zu sprechen, grinste er erneut und verliess mich kurz darauf wieder.

Während es allmählich dunkel wurde, fragte ich mich, weshalb es mir überhaupt möglich war, ihre Sprache zu verstehen. Ich konnte unmöglich all ihre Worte gelernt haben. Es war, als würden sie dieselbe Sprache verwenden wie wir Drachen, mit dem Unterschied, dass sie sie aussprachen statt dachten. Anschliessend wechselten meine Gedanken zu Mario. Ich fragte mich, wo er sich momentan befand und was die Vorez mit ihm angestellt hatten. Da mir nichts anderes übrigblieb, als abzuwarten, sah ich hinauf in den dunklen Sternenhimmel. Bald erkannte ich die Sterne wieder und wusste, dass ich mich ungefähr auf dem Äquator des Mars befinden musste. Seltsamerweise schienen sie erheblich dunkler geworden zu sein, denn ich konnte nicht viele von ihnen erkennen. Ausserdem fehlte jegliches Mondlicht. Seufzend schloss ich die Augen und versuchte, zu schlafen, was mir einige Zeit später tatsächlich gelang.

Am nächsten Tag lag die zerstückelte Leiche noch immer in meinem Habitat. Verwundert über die Kälte, die während der Nacht zu mir vorgedrungen war, streckte ich mich vorsichtig und erhitzte derweil die Luft in meinen Lungen, um nicht zu frieren.

Wenigstens haben sie mir diese Fähigkeit nicht genommen, dachte ich müde gähnend aufgrund der gestrigen Aufregung.

Ziellos wanderte ich auf der Wiese umher, bis ich ein kleines, mit frischem Wasser gefülltes Becken entdeckte. Ich stillte meinen Durst, setzte mich vor den Baum und starrte anschliessend geduldig auf die Oberseite der Mauer, wo mein Käufer die letzten beiden Male aufgetaucht war. Kurz bevor mir langweilig wurde, erschien der von mir erwartete Vorez mit einer mobilen Sitzgelegenheit. Er stellte das scheinbar aus Holz bestehende Möbelstück vor die Mauerkante, setzte sich und beobachtete mich für einige Zeit ununterbrochen. An die eigenartige Weise, wie die Vorez stets auf ihren Hüften sassen, mit den Hinterbeinen nach vorn gestreckt und dem Rücken gegen die Rückseite ihrer Sitzgelegenheit gelehnt, würde ich mich wahrscheinlich niemals gewöhnen. Ich spielte mit dem Gedanken, einen meiner Knochen aus dem Erdreich zu buddeln und dem Vorez durch seinen Brustkorb zu schleudern, entschied mich jedoch dagegen, da diese Aktion meine Flucht keineswegs näherbringen würde.

Stattdessen beobachtete ich den Vorez, solange er mich beobachtete. Im Gegensatz zu gestern schien er nun ruhig und gelassen zu sein. Lange sahen wir uns gegenseitig in die Augen, bis ich Schritte eines anderen Vorez hörte. Mein Käufer drehte sich in sitzender Position um und sprach etwas zu seinem Kollegen. Ich vergass, mich auf die Worte zu konzentrieren, da ich mittlerweile in einen tranceartigen Zustand verfallen war, um meine Wartezeit zu überbrücken, weswegen ich den Beginn der Konversation nicht verstand.

«... wirklich wichtig sein, wenn du mich während meiner Ruhezeit störst.», sagte der Käufer.

«Das ist es, Herr Kozlow. Ferdinand Schmidt möchte Sie sprechen.», antwortete der andere.

Herr Kozlow blickte noch einmal zu mir und anschliessend zu dem anderen Vorez. Genervt seufzend nutzte er seine Vorderbeine, um sich aus seiner Sitzposition zu hieven und folgte seinem Kollegen, ohne die mobile Sitzgelegenheit zu entfernen. Beide verschwanden aus meinem Sichtfeld.

Staunend liess ich die Worte sacken, die ich soeben verstanden hatte. Hätte ich ihre Konversation nicht gerade eben miterlebt, würde ich es wahrscheinlich selbst nicht glauben. Nun richtete ich mich auf, streckte meine Beine nach der langen Pause und wanderte nachdenklich auf der Wiese umher, während ich mir Gedanken über die wenigen Informationen machte, die sie mir unbewusst mitgeteilt hatten.

'Ferdinand Schmidt möchte Sie sprechen.' Meinte er Ferdinand und Schmidt oder ist das ein und derselbe Vorez mit zwei Namen? Oder ist es bloss ein Name, der aus zwei Teilen besteht? Und wer ist 'Sie'? Ausserdem, weshalb nennt er sich 'Herr Kozlow'? Würde Kozlow allein nicht genügen? Und was ist die wichtige Sache, über die Ferdinand Schmidt sprechen möchte? Fragte ich mich.

Da diese Fragen in nächster Zeit noch unbeantwortet bleiben würden, legte ich mich erneut ins Gras und schnupperte an einer der wohlriechenden Pflanzen. Während des Ausatmens zitterte sie aufgrund der Luftströmungen. Dies weckte meinen Spieltrieb, weswegen ich sie sachte mit der Schnauze anstupste, um sie zu bewegen. Mehrere Male wiederholte ich das Anstupsen der Pflanze, bis ich erneut das Öffnen der automatischen Tür gefolgt von Schritten vernahm. Dieses Mal mussten es drei Vorez sein, sofern mich ihr Geruch nicht täuschte.

Kozlow, sein Kollege und ein mir unbekannter Ausserirdischer traten auf die Oberseite der Mauer. Allesamt blickten zu mir herab, weswegen ich mein Spiel mit dem wohlriechenden Gewächs kurzzeitig einstellte.

«Sollten Sie ihr Drachengehege nicht mit einem Geländer absichern?», fragte der Unbekannte, während er Kozlow in die Augen sah.

«Nein, weshalb sollte ich mir die Sicht auf dieses Wesen absichtlich versperren lassen?», erwiderte Kozlow.

«Um zu verhindern, dass jemand versehentlich stürzt.»

«Glauben Sie, dieses Risiko besteht? Niemand wäre dermassen bescheuert, an der Kante zu stolpern.»

Die Körperhaltung von Kozlows Kollegen verspannte sich und er schluckte leer.

«Und was ist mit Herr Bauer?», fragte der Unbekannte.

«Ach, der?», entgegnete Kozlow mit einem abschätzigen Blick auf die zerstückelte Leiche unterhalb der Mauer. «Er ist wohl dieser Niemand.»

Der Unbekannte entdeckte die Überreste des Vorez nun scheinbar erstmals, denn seine Augen weiteten sich, während ich das nervöse Zittern seiner rechten Vorderpranke wahrnahm. Zudem sendete sein Körper Stresshormone aus, die sich mit denen von Kozlows Kollegen überlagerten. Mein Käufer stellte sich bedrohlich hinter den Unbekannten, der dies aufgrund der Leiche erst spät bemerkte und demnach erschrocken zusammenzuckte.

Na los, stoss ihn zu mir herunter, dachte ich gespannt, was als Nächstes geschehen würde.

«Glauben Sie wirklich, dass dies ein Unfall war, Herr Kozlow?», fragte der Unbekannte mit leicht zittriger Stimme.

«Was glauben Sie?», entgegnete sein Gegenüber.

Kozlow reckte bedrohlich den Kopf hoch, um noch grösser zu wirken, obwohl er die anderen beiden Vorez bereits um zwanzig Zentimeter überragte. Der Unbekannte zog seinen Kopf geringfügig ein und sein Zittern verstärkte sich.

«Ich … ähm … denke, dass er versehentlich gestürzt ist.», sagte der Verängstigte schliesslich.

Ich konnte mir ein Kichern in Form eines stossartigen Ausatmens nicht verkneifen, während ich die Ausserirdischen schmunzelnd beobachtete. Allesamt sahen kurzzeitig in meine Richtung. Der Unbekannte wirkte für einen Augenblick verwirrt, jedoch überwog seine Angst vor Kozlow bereits wenige Sekunden später.

«Was werden Sie dem Regierungsrat über mich berichten, Herr Schmidt?»

Herr Schmidt? Ich dachte, er heisst Ferdinand Schmidt. Oder sind es tatsächlich zwei Personen? Fragte ich mich.

«Dass Sie ein ehrenwerter Mann sind, natürlich. Ihnen würde es nicht in den Sinn kommen, jemanden zu ermorden, selbst wenn dieser Jemand Sie bei der Polizei angezeigt hat.», antwortete Schmidt.

Kozlow verzog die Lefzen du einem schmunzeln, während seine Augen Bosheit ausstrahlten.

«Gute Entscheidung.», sagte er schliesslich und tätschelte seinem Gegenüber mit der rechten Vorderpranke auf die Schulter.

Schmidt blickte verunsichert umher und sprach anschliessend ein völlig neues Thema an.

«Wie viel haben Sie für ihren Drachen bezahlt?»

«Möchten Sie sich auch ein Exemplar kaufen?», erwiderte Kozlow grinsend.

Schmidt blickte seufzend zu Boden.

«Eigentlich schon. Ich finde diese Wesen faszinierend. Gestern wollte ich mir Ihr Exemplar ansehen, bevor Sie ihn gekauft haben, aber da ist mir eine spontane Ratssitzung dazwischengekommen.»

«Das verstehe ich. Aber ich bin mir sicher, dass dieser Drache nicht zu Ihnen passt. Er ist viel zu männlich für einen wie Sie.», entgegnete Kozlow, während er mit seinen Vorderbeinen auf Schmidts schmale Gestalt deutete.

Obwohl ich Schmidts Gesicht aus meiner Perspektive nicht sehen konnte, da er mir den Rücken zugewandt hatte, wusste ich, dass er aufgrund Kozlows Aussage verärgert war.

«Das können Sie nicht wissen.», antwortete er mit erhobener Stimme.

«Sie wollen doch bloss einen Drachen, damit Sie bei den anderen Ratsmitgliedern gut ankommen. Das wird Ihnen nichts nützen, glauben Sie mir. Sollten Sie Ihre Politik auf die bisherige, kurzsichtige Weise weiterführen, wird die Welt Sie irgendwann verschlingen.»

«Mein Interesse an diesen Tieren beruht auf persönlichen Gründen. Ich möchte kein Statussymbol, sondern ein Haustier wie Sie es haben.»

«Wenn Sie ein Haustier wollen, fragen Sie Frau Bühler und nicht mich. Sie hat ihrem Drachen alle Hörner, Klauen, Zähne, Zacken und sogar Flügel entfernen lassen, bis er keine scharfen Kanten mehr hatte. Nach zehn Wochen Erziehung wurde er zutraulich und sanft wie eine meiner Ehefrauen.»

Schockiert über diese Aussage starrte ich Kozlow mit leicht geöffnetem Maul an.

Wen haben sie auf diese Weise Entstellt? Bitte lass es nicht Mario sein, dachte ich.

«Welche Farbe hat ihr Drache?», fragte Schmidt.

«Hellblau.»

Sobald Kozlow dieses Wort ausgesprochen hatte, verwandelte sich mein Schock in blanken Hass.

Was habt ihr bloss getan? Falls es mir gelingen sollte, von hier zu entkommen und die Platte aus meinem Rachen zu entfernen, werde ich jeden einzelnen von euch bei lebendigem Leibe verbrennen, bis eure Rasse ausgestorben ist! Dachte ich zornig knurrend.

Schmidt drehte sich in meine Richtung und blickte mir höchstwahrscheinlich verwundert in die Augen, obwohl ich Angst erwartet hatte. Nun wurde mir bewusst, dass ich Mario vermutlich niemals würde befreien geschweige denn wiedersehen können. Selbst meine Rache den Vorez gegenüber lag ausserhalb meiner Möglichkeiten. Traurig senkte ich meinen Kopf herab, bis die Schnauzspitze die weiche Erde berührte. In dieser Position blieb ich liegen, schloss die Augen und weinte stumm. Mir war es gleichgültig, ob ich währenddessen beobachtet wurde, da dies keinen Unterschied machte.

«Ich mag kein Hellblau. Rot wäre mir viel lieber.», setzte Schmidt das Gespräch fort.

«Mein Drache ist unverkäuflich.»

«Auch nicht, wenn ich Ihnen direkten Einfluss im Regierungsrat anbiete?»

«Man kann Einfluss nicht weitergeben, sondern nur selbst erarbeiten. Wie mir scheint, haben Sie keine Ahnung, wie das funktioniert, Herr Schmidt. Es ist mir ein Rätsel, wie Sie es geschafft haben, sich in den Regierungsrat zu mogeln.»

«Ich habe mich da nicht reingemogelt.», verteidigte sich Schmidt.

Aufgrund meiner Trauer verfolgte ich ihr Gespräch von nun an nicht mehr mit. Stattdessen stellte ich mir meinen Sohn ohne Flügel, Klauen, Hörner, Zähne und Zacken vor, was mir innerlich starke Schmerzen bereitete.

Das sind abscheuliche Monster, die uns entführen, einsperren und verstümmeln. Ich bereue es nicht mehr, einige von ihnen getötet zu haben, dachte ich, wobei mir Tränen der vertikal ausgerichteten Schnauze nach vorn flossen.

Mein Atem ging stossweise und die Erde verstopfte meine Nasenlöcher, was mir jedoch gleichgültig war. Leise wimmernd lag ich auf der Wiese, die vermutlich von nun an mein neues Zuhause war, und liess meiner Trauer freien Lauf.

9

Kommunikation

Meine Trauer setzte sich noch lange fort, während die Vorez diskutierten. Erst als sich ihr Gespräch dem Ende näherte, öffnete ich meine Augen erneut und sah zu ihnen, wobei ich meine Schnauzspitze noch immer auf die nun von meinen Tränen durchnässte Erde stützte.

«Darf ich mir den Drachen wenigstens noch eine Weile ansehen?», fragte Schmidt, ohne seinen Blick von mir abzuwenden.

«Wie Sie wünschen. Aber wehe, Sie kommen auf die Idee, ihn mir wegzunehmen.», drohte Kozlow.

«Nein, natürlich nicht.»

Kozlow starrte Schmidt eine Weile bedrohlich in die Augen. Anschliessend wandte er sich von ihm ab, während er sagte, er hätte noch einige Dinge zu regeln. Sobald er Schmidt seinen Rücken zuwandte, atmete der noch immer leicht verängstigte Vorez erleichtert auf. Er wartete einen Moment, bis er mit mir allein war, und wandte sich gleich darauf mir zu. Ich richtete meinen Blick nach unten und stiess seufzend Luft in die Erde unterhalb meiner Schnauze.

«Du bist traurig, nicht wahr?», fragte Schmidt plötzlich.

Verwirrt, ob diese Frage an mich gerichtet war, hob ich meinen Kopf an und sah dem Vorez in die Augen. Als ich bemerkte, dass Erde an meiner Schnauzspitze klebte, säuberte ich die betroffene Stelle mithilfe meiner Zunge, ohne meine Aufmerksamkeit von meinem Gegenüber abzuwenden.

«Verstehst du, was ich sage?»

Diese Frage war eindeutig an mich gerichtet, wurde mir in dieser Sekunde bewusst.

Leicht zögerlich nickte ich, da ich nicht wusste, wie ich sonst mit ihm kommunizieren konnte. Gleich darauf fiel Schmidt die Kinnlade herunter, woraus ich schloss, dass er erstaunt war.

«Geschieht das jetzt wirklich?», fragte er ungläubig.

Wieder nickte ich, dieses Mal deutlicher, wobei ein stechender Schmerz durch meinen Hinterkopf zuckte.

Das ist keine optimale Methode der Kommunikation, stellte ich fest.

Nichtsdestotrotz hatte der Vorez mein Interesse geweckt, ebenso wie ich seines geweckt hatte. Unruhig bewegte ich meinen Schwanz hin und her, wobei mir das vertraute Gefühl meines Speers fehlte.

«Wie ist das möglich?»

Da ich nicht wusste, wie ich ihm antworten sollte, stiess ich lediglich schnaubend Luft aus.

«Das war vermutlich eine blöde Frage.», bemerkte Schmidt.

Er dachte einige Sekunden nach, bevor er das Gespräch fortsetzte.

«Fühlst du dich hier wohl?»

Ich schüttelte geringfügig den Kopf, sodass meine chronischen Kopfschmerzen nicht erneut auftraten.

«Möchtest du freigelassen werden?»

Ja, und anschliessend Mario befreien, dachte ich nickend.

«Das verstehe ich. Leider möchte Maxim Kozlow dich nicht verkaufen.», entgegnete Schmidt, wobei er betreten zu Boden blickte.

Er schien tatsächlich Mitleid mit mir zu empfinden, was einen neuen Hoffnungsschimmer in mir weckte.

Wollte er mich vorhin kaufen, weil er bereits Mitleid mit mir hatte, oder sind seine 'persönlichen Gründe' anderer Natur? Eigentlich kann es mir auch egal sein, weshalb er das wollte. Jetzt scheint er auf meiner Seite zu sein. Es muss doch irgendetwas geben, was er für mich tun kann, dachte ich leise winselnd, wobei ich verständlich machen wollte, dass ich Hilfe benötigte.

«War der Tod dieses Mannes wirklich ein Unfall?», fragte er mich, während er mit seiner rechten Vorderpranke auf die Leiche innerhalb meines Wohnbereichs deutete.

Enttäuscht seufzend schüttelte ich den Kopf. Schmidt hatte anscheinend nicht verstanden, was mein Anliegen war.

«Leider werde ich das nicht beweisen können. Und gegen Herr Kozlow aussagen werde ich ganz bestimmt nicht. Er ist schliesslich der Kopf eines grossen Verbrechersyndikats. Wusstest du das?»

Wieder schüttelte ich den Kopf. Mein Blick war kontinuierlich auf eine kleine, gelbe Pflanze mit weissen Blättern und grünem Stiel gerichtet.

«Ach, was interessieren dich meine Sorgen. Du bist hier eingesperrt und möchtest eigentlich nur freigelassen werden.», sprach Schmidt und wandte sich kurzzeitig um, als hätte er etwas hinter sich gesehen.

Anschliessend setzte er sich unbeirrt auf die mobile Sitzgelegenheit und sah mir wieder in die Augen. Seufzend beobachtete er mich, wobei er nachdenklich wirkte. Erst als einige Minuten später die sich öffnende Tür die Ankunft weiterer Vorez ankündigte, wurde er aus seiner Starre geweckt.

«Sie sind sehr interessiert, was?», bluffte Kozlow, dessen Stimme ich bereits vor seinem Geruch erkannt hatte.

Im Gegensatz zu vorhin trat er nun ohne Begleitung an den Rand der Mauer. Gemeinsam mit Schmidt starrte er mich an.

«Ja, in der Tat.», entgegnete Schmidt, ohne ihn anzusehen.

«Sie sollten wirklich darüber nachdenken, sich Frau Bühlers Drachen zu kaufen. Er würde hervorragend zu Ihnen passen.»

Nun warf Schmidt ihm einen gereizten Blick zu, stand auf und positionierte sich hinter ihm.

Jetzt wird es interessant, dachte ich, ohne die beiden aus den Augen zu lassen.

Kozlow drehte sich langsam um und blickte sein Gegenüber herablassend an.

«Das mit Herr Bauer war kein Unfall.», sagte Schmidt, der sich nun nicht mehr einschüchtern liess, da er in der strategisch vorteilhaften Position stand.

Dennoch roch ich seine Stresshormone und hörte seine raschen Atemzüge. Zudem zitterten seine Klauen geringfügig. Ohne Vorwarnung streckte Schmidt seine Vorderbeine nach Kozlow aus und schubste ihn in Richtung der Mauerkante. Aufgrund Kozlows Körpermasse geriet dieser nicht aus dem Gleichgewicht und trat lediglich einen kleinen Schritt rückwärts. Nur zu gern hätte ich in diesem Augenblick sein Gesicht gesehen. Einen Sekundenbruchteil lang geschah gar nichts, bis Kozlow schliesslich zu sprechen begann.

«Sie feiges Stück Scheisse!», rief er zornig, packte Schmidt an den Schultern und warf ihn über die Mauerkante.

Zeitgleich hielt sich Schmidt an den Vorderbeinen seines Gegners fest und zog ihn mit sich, wodurch dieser endlich das Gleichgewicht verlor. Gemeinsam fielen sie die sechs Meter tiefe Mauer herunter. Während Kozlow sich gekonnt abrollte und sofort wieder auf den Hinterbeinen stand, kollidierte Schmidt seitlich mit der Erde, wobei das charakteristische Knacken von Knochen zu hören war. Gleichzeitig stiess er einen schmerzerfüllten Schrei aus.

Das könnte ich mir den ganzen Tag ansehen, dachte ich schadenfreudig und setzte mich interessiert hin, um das Geschehen besser beobachten zu können.

Wütend stapfte Kozlow auf Schmidt zu, der sich vor Schmerzen gekrümmt auf dem Boden wand, packte ihn am Brustkorb und warf ihn mir entgegen. Als der Vorez einen halben Meter vor mir zum Stillstand kam, blickte er mir mit schmerzverzerrtem Gesicht in die Augen.

«Bitte nicht.», brachte er beinahe flüsternd hervor.

«Fress ihn, mein Grosser.», befahl Kozlow grinsend.

Allem Anschein nach war er siegessicher.

Von dir lasse ich mir gar nichts befehlen. Du hast mich gekauft, bei dir eingesperrt und als Waffe missbraucht, sofern ich mich da nicht irre, konterte ich gedanklich.

Knurrend starrte ich Kozlow in die Augen, wobei ihm augenblicklich das Grinsen aus dem Gesicht wich. In einem Satz sprang ich über Schmidt hinweg und stürzte mich auf meinen Käufer. Wie bereits bei dem anderen Vorez riss ich das Maul auf und visierte die Kehle an. Einen Sekundenbruchteil bevor ich Kozlow erreichte, hielt er schützend das rechte Vorderbein vor sich, weswegen ich mich stattdessen darin verbiss. Meine Wut den Ausserirdischen gegenüber liess mich derart stark zubeissen, dass ich fühlen konnte, wie die Knochen zwischen meinen Zähnen zerbrachen und das Muskelgewebe schmatzend durchtrennt wurde. Nun war es Kozlow, der einen Schmerzensschrei ausstiess. Aufgrund meines Angriffs stürzte er rücklings zu Boden, wobei es mir gelang, seine Kehle mit meinen Klauen zu erreichen. Gewaltsam rammte ich ihm eine Krallenspitze in den Hals, winkelte sie geringfügig an und riss sie zurück. Blut spritzte aus der eben entstandenen Wunde und sprenkelte die dunkelgraue Ringmauer.

Während ich mich noch stärker in Kozlows rechtes Vorderbein verbiss, sodass lediglich noch zähe Hautfetzen es an Ort und Stelle hielten, hustete mein Gegner gurgelnd Blut, bis er wenige Sekunden später seinen letzten Atemzug tat. Vor meinem inneren Auge erblickte ich abermals meinen durch Vorez entstellten Sohn. Voller Zorn blickte ich Kozlow in die Augen und sah zu, wie das Leben aus seinem Körper wich. Dies schien meine Wut jedoch nicht zu mindern, weswegen ich mich mit beiden Vorderbeinen auf der rechten Schulter des Vorez abstützte und meinen Kopf zurückzog, während sich die Haut in meinem Maul scheinbar endlos dehnte, bis sie irgendwann doch nachgab. Nun spuckte ich das abgetrennte Bein aus und blickte mit vor Blut triefender Schnauze auf den frischen Leichnam.

Ich schloss die Augen, atmete einige Male tief durch und erlangte somit wieder mehr Beherrschung über meine Emotionen. Nun trat ich auf Schmidt zu, der sich inzwischen in sitzender Lage mit dem Rücken gegen den Baum gelehnt hatte. Er wimmerte ängstlich, als ich mich ihm näherte, obwohl ich nicht vorhatte, ihn zu verletzen. Schliesslich hatte er gesagt, er würde mich gerne von hier befreien und ich schenkte seinen Worten Glauben, da er einen aufrichtigen

Eindruck erweckt hatte. Ich setzte mich einen Meter vor Schmidt ins Gras und wartete, bis er seinen Blick endlich wieder auf mich richtete, nachdem er verängstigt den Boden angestarrt hatte. In seinen Augen schimmerten Tränen.

Du hast gesagt, du würdest mir helfen, also hilf mir gefälligst, dachte ich, griff mit dem Maul nach der Mitte der Kette, die mich an einem Ausbruch hinderte, und warf sie Schmidt vor die Füsse.

Mein Gegenüber starrte mich einen Augenblick lang verdutzt an.

«Du möchtest, dass ich dich von deinen Fesseln befreie?», fragte er mit zittriger Stimme, während er sein vermutlich gebrochenes, linkes Vorderbein hielt.

Ich nickte zustimmend.

«Gut. Dann werde ich mal nach einem Schlüssel für dein Halsband sehen. Vielleicht hatte Herr Kozlow einen dabei.», entgegnete er und stand anschliessend zögerlich auf.

Während er sich aufrichtete, zuckte er aufgrund seiner Schmerzen zusammen, gab jedoch keinen Laut von sich. Auf unsicheren Hinterbeinen stapfte er an mir vorbei, ohne mich aus den Augen zu lassen, und näherte sich Kozlows Leiche. Neugierig folgte ich ihm mit knapp zwei Metern Abstand. Sobald Schmidt den blutverschmierten und entstellten Körper erreicht hatte, hielt er sich die Pranke seines unverletzten Beins vor das Gesicht und wandte seinen Blick kurzzeitig zur Seite ab. Anschliessend näherte er sich mit schwer zu deutendem Gesichtsausdruck, griff nach einigen blutgetränkten Textilien und wühlte darin herum, bis er einen silbern glänzenden Gegenstand mithilfe seiner erstaunlich geschickten Klauen zu fassen bekam. Ich identifizierte dieses Etwas gleich darauf als kleinen Schlüssel mit zahlreichen, schmalen Einkerbungen im Metall. Wie alle Gegenstände der Vorez war auch dieser in unglaublicher Präzision geschmiedet worden. Nun hielt mir Schmidt den Schlüssel zögerlich entgegen, während er abwechslungsweise die Leiche und mich anstarrte.

«Darf ich?», fragte er noch immer vor Angst zitternd.

Ich nickte.

Schmidt schluckte leer, trat trotz seines offensichtlichen Misstrauens näher und führte den Schlüssel in die Seite meines Halsrings ein, den ich ihm bereits entgegengestreckt hatte. Mit einem Klacken löste er sich und fiel dumpf zu Boden. Schmidt stand nun wie angewurzelt neben mir, den Schlüssel immer noch in Richtung meines Nackens gestreckt.

Danke, dachte ich, stiess mich kraftvoll vom Boden ab, wobei mich mein linkes Vorderbein zwickte, und landete beinahe perfekt auf der Kante der Ringmauer.

Erwartungsvoll blickte ich zu Schmidt hinunter, der mich verdutzt anstarrte. Ich wollte ihm auf diese Weise mitteilen, mir zu folgen.

«Kannst du mich aus diesem Gehege befreien? Ich kann weder hoch springen noch fliegen.», erklärte der Ausserirdische.

Oh, das habe ich nicht bedacht. Es tut mir leid, aber ich kann dich unmöglich tragen, da ich nicht mit den Flügeln schlagen kann und dementsprechend alle vier Beine zum Geschwindigkeitsaufbau benötige, sprach ich gedanklich zu ihm, obwohl er mich wahrscheinlich nicht verstehen konnte.

Da ich um jeden Preis von hier fliehen wollte und dementsprechend keine Zeit verlieren durfte, sprang ich in wenigen Sätzen auf die automatische Tür zu, die sich zu meinem Glück öffnete, sobald ich mich ihr näherte. Freudig und aufgeregt zugleich verliess ich das Drachengehege und atmete die frische Aussenluft ein, die mir plötzlich entgegenwehte. Zumindest hatte ich vermutet, dass die Luft ausserhalb eines geschlossenen Raums frisch sein würde, was jedoch ein Irrtum gewesen war. Hustend entleerte ich meine Lungen aufgrund des derben, mir unbekannten Gestanks. Ich befand mich nun wieder in einer Häuserschlucht umgeben von Gebäuden, die dunkelgrauen Qualm ausstiessen. Überzeugt davon, den Ursprung des Gestanks gefunden zu haben, breitete ich die Flügel aus, beschleunigte im Trab und stiess mich vom harten Steinboden ab. Anschliessend bewegte ich meine Flügelmembran wellenförmig, um meine Geschwindigkeit zu erhöhen, ohne mein chronisch schmerzendes Flügelgelenk zu belasten.

Während ich aufgrund der geringen Schwerkraft schnell an Höhe gewann, hielt ich den Atem an, bis ich mich weit oberhalb der riesigen Schornsteine befand, die die Luft verpesteten. Nun atmete ich erleichtert durch und versuchte, die Sonnenstrahlen zu geniessen. Zu meinem Erstaunen waren sie weder warm noch besonders hell. Ob dies an der trüben Atmosphäre oder der grösseren Entfernung zur Sonne lag, wusste ich nicht. Ausgiebig schnuppernd flog ich über die riesige Stadt hinweg, die zu allen Himmelsrichtungen bis an den Horizont reichte, um meinen Sohn ausfindig zu machen.

Plötzlich erklang ein lautes, konstantes Geräusch, dessen Tonlage sich mit der Zeit geringfügig änderte. Die tausenden Vorez auf den Strassen unter mir reagierten panisch auf diesen Laut und zogen sich so schnell es für sie möglich war in ihre Gebäude zurück.

Ist das wegen mir? Fragte ich mich währenddessen.

Mit flauem Gefühl im Bauch setzte ich meine Suche nach Mario fort, bis sich mein Verdacht schliesslich bestätigte. Zwei kleine, mit sich um ihre eigene Achse drehenden Flügeln ausgestattete Maschinen flogen in rasender Geschwindigkeit auf mich zu, wobei sie ein lautes Sirren von sich gaben. Ich zog in Erwägung, sie mit Feuer abzuschiessen, erinnerte mich jedoch daran, diese Fähigkeit verloren zu haben. Ich schwang meine Flügel nun stärker, in der Hoffnung, den Flugobjekten zu entkommen, die sich mit schätzungsweise der dreifachen Geschwindigkeit bewegten. Zu allem Übel zuckte nun wieder ein stechender Schmerz durch meinen linken Flügel, weswegen die Flucht unmöglich war.

Mit neuem Adrenalin im Blut wandte ich mich den Flugobjekten zu und bereitete mich auf einen Kampf vor. Entgegen meiner Erwartung flogen sie nicht direkt auf mich zu, sondern näherten sich von zwei Seiten. Verunsichert blickte ich zwischen ihnen umher, wobei mir abermals meine Kopfschmerzen Probleme bereiteten. Als sie jeweils noch wenige Meter von mir entfernt waren, schoss plötzlich ein Blitz von einem dieser Dinger durch mich hindurch zu dem anderen. Sofort zuckte ein krampfartiger Schmerz durch meinen gesamten Körper und mir wurde schwarz vor Augen.

Mir war schwindelig und mein Kopf schien aufgrund der Schmerzen zu zerspringen, als ich wieder zur Besinnung kam. Benommen öffnete ich die Augen und stellte fest, dass ich vollständig gefesselt war. All meine Gliedmassen und meine Schnauze waren mit schwarzen Seilen zugebunden worden, die im Untergrund verankert waren. Ich befand mich in einem kleinen Raum, dessen Fussboden, Decke und Wände aus purem Metall zu bestehen schienen. Von ausserhalb waren deutlich die Stimmen einiger Vorez zu hören. Ausserdem roch ich einige davon. Aufgrund meiner starken Kopfschmerzen und der neu auftretenden Übelkeit schloss ich die Augen und seufzte niedergeschlagen, anstatt einen Fluchtversuch zu starten.

Ein lautes Klacken liess mich erschrocken zusammenzucken. Ich hatte abermals das Bewusstsein verloren, ohne es bemerkt zu haben. Nun öffnete sich eine scheinbar manuelle Tür vor mir und zwei Vorez blickten zu mir herein. Sie standen jeweils dreissig Zentimeter tiefer unten auf einer Strasse aus flachem, jedoch rauem Gestein, woraus ich schloss, mich in einem ihrer Fahrzeuge zu befinden. Aufgrund meines starken Schwindelgefühls war es mir nicht möglich, die Vorez mit den Augen zu fokussieren. Glücklicherweise verwehrte mir meine Nase nicht den Dienst. Einen der Ausserirdischen identifizierte ich aufgrund des Geruchs als Schmidt.

«Ist das Ihr Drache?», fragte der unbekannte Vorez mit feiner, hoher Stimme.

«Ja. Ich danke Ihnen vielmals, ihn gefangen zu haben. Ihr neues Verteidigungssystem gegen Drachen ist echt erstaunlich.», entgegnete Schmidt.

«Passen Sie das nächste Mal besser auf Ihr Haustier auf, Herr Schmidt. Er hätte heute hunderte Menschen töten können. Sie haben ein unglaubliches Glück, dass er niemanden angegriffen hat. Ausserdem ist jeder Elektroschock ein Risiko. Es könnte sein, dass sein Herz stehenbleibt oder er den Absturz nicht überlebt.»

'Menschen'? Was ist das denn? Nennen die sich etwa so? Fragte ich mich.

«Es tut mir leid, Frau Gasser. Das kommt nicht wieder vor.»

Endlich gelang es mir, meinen Schwindel zu unterdrücken. Ich blickte Schmidt traurig seufzend in die Augen und er erwiderte den Blick nachdenklich, ohne etwas zu sagen. Erst jetzt fiel mir auf, dass sein linkes Vorderbein in einem steifen, weissen Verband steckte und mithilfe einer Schlaufe aus Stoff an seine Schulter gebunden war, um es zu entlasten. Bevor ich ihn mir genauer ansehen konnte, meldete sich meine Übelkeit mit zunehmender Intensität. Ich schloss die Augen und atmete mehrere Male tief durch, jedoch wurde das Gefühl, jede Sekunde erbrechen zu müssen, fortlaufend stärker. Mit zugebundener Schnauze wollte ich dies aus offensichtlichen Gründen vermeiden. Indem ich mehrere Male leer schluckte und mich vollständig auf Schmidts Stimme konzentrierte, gelang es mir schliesslich, meinen Mageninhalt bei mir zu behalten.

Zum Glück habe ich eine Weile lang nichts mehr gefressen, dachte ich, um wenigstens etwas Positives an dieser Situation zu sehen.

Die Tür wurde mit einem weiteren Klacken geschlossen, wobei das gesamte Fahrzeug, in dem ich mich befand, geringfügig schwankte. Kurz darauf setzte es sich leise sirrend in Bewegung. Dies verstärkte nun sowohl meine Kopfschmerzen als auch meine Übelkeit. Obwohl ich inzwischen hätte Hunger verspüren müssen, da mich meine gestrige Mahlzeit kaum gesättigt hatte, fühlte sich mein Magen an, als würde er beinahe platzen.

Kurze Zeit später hielt das Fahrzeug so plötzlich an, wie es sich in Bewegung gesetzt hatte. Glücklicherweise hatte ich bisher nicht erbrechen müssen. Meine pulsierenden Kopfschmerzen schienen sich zu verstärken, als die Tür wieder in einem lauten Klacken geöffnet wurde. Dieses Mal war Schmidt in Begleitung zweier anderer Ausserirdischer. Einen davon erkannte ich aufgrund des Geruchs als denjenigen wieder, der mich vor meiner Umsiedlung zu Kozlows Drachengehege mitfühlend angestarrt hatte.

«Na, wie geht's dir?», fragte mich Schmidt schmunzelnd, jedoch auch besorgt, sofern ich seinen Gesichtsausdruck nicht missinterpretiert hatte.

Ich gab ein verärgertes Brummen von mir, da ich mir nicht mehr sicher war, ob er mir tatsächlich helfen wollte oder nicht.

«Du hättest gemeinsam mit mir nach draussen gehen sollen. Dann hätten sie dich nicht gefangen.», setzte er fort.

Halt die Schnauze! Du hast keine Ahnung, wie ich mich momentan fühle. Schliesslich wurde dein Sohn nicht eingesperrt, misshandelt und verstümmelt. Mach ruhig so weiter und ich werde dich wie diesen Herr Bauer oder wie auch immer der hiess auffressen, sobald ich von hier befreit werde, dachte ich schnaubend.

«Ich bin mir nicht sicher, ob er dich versteht, Ferdinand.», gab der mir bereits bekannte Ausserirdische zu bedenken.

'Ferdinand', 'Herr Schmidt' und 'Ferdinand Schmidt'. Dieser Typ scheint viele Namen zu haben.

«Oh doch, das tut er.»

«Bist du dir sicher? Auf mich erweckt er eher den Eindruck, als würde er uns zerfleischen, sobald wir ihn freilassen.»

Da liegst du nicht einmal falsch, mischte ich mich gedanklich in ihr Gespräch ein.

Zeitgleich fragte ich mich, ob es mir möglich war, zu ihnen zu sprechen. Dies hatte ich bisher noch nicht versucht, jedoch war es einen Versuch wert, da ich sie allenfalls nach Mario fragen konnte. Einzig meine zugebundene Schnauze, die sich mittlerweile aufgrund der engen Fesseln taub anfühlte, hinderte mich an meinem Vorhaben.

«Ja, ich bin mir sicher. Er will bloss von hier verschwinden.»

«Nur weil er dich nicht getötet hat, heisst das nicht, dass es bei uns ähnlich sein wird.», warf der mir unbekannte Vorez ein.

«Was sollen wir denn deiner Meinung nach machen? Ihn nicht befreien? Wenn er zu lange in diesen Fesseln steckt, könnte er verdursten.»

Dem Gesichtsausdruck der beiden skeptischen Vorez nach wollten sie verhindern, dass mir etwas zustiess. Zeitgleich fürchteten sie sich vor mir, was ich in diesem Augenblick mochte, denn es verlieh mir ein Gefühl der Überlegenheit.

«Wirst du uns in Ruhe lassen, wenn wir dich befreien?», fragte Schmidt mich, ohne den anderen ihre Sorgen zu nehmen.

Nach kurzem Zögern nickte ich schliesslich geringfügig, da mir keine andere Wahl blieb, als zu kooperieren. Ich hatte zwar noch nicht versucht, mich aus meinen Fesseln zu winden, jedoch musste ich mit solch körperlicher Anstrengung warten, bis meine Kopfschmerzen verschwunden waren. Allem Anschein nach hatte ich mir während des Sturzes eine moderate Gehirnerschütterung zugezogen. Auf der Erde hätte dies auch mein Tod sein können aufgrund der beinahe dreifachen Gravitation.

Bevor meine Gedanken weiterhin abschweifen konnten, kletterte Schmidt mühselig zu mir in den Innenraum des Fahrzeugs, ohne sein linkes Vorderbein einsetzen zu können. Seine Kollegen beobachteten ihn gespannt, halfen jedoch nicht. Allesamt strömten den Geruch von Stresshormonen aus. Schmidt setzte sich wenige Zentimeter vor mich und blickte mir in die Augen.

«Du wirst mich nicht beissen, wenn ich dir die Schnauze losbinde, oder?», fragte er verunsichert.

Das werden wir noch sehen, dachte ich schwach nickend, wobei ich froh darüber war, dass die Vorez meine Gedanken nicht wahrnehmen konnten, sofern ich mich nicht täuschte.

Zögerlich griff er mit den Klauen seines rechten Vorderbeins nach dem schwarzen Seil und löste den Knoten. Seine Bewegungen waren zittrig und er liess mich keinen Sekundenbruchteil aus den Augen, woraus ich schloss, dass er sich sehr vor mir fürchtete. Eigentlich hätte ich auch Angst vor ihm haben müssen, da ich gefesselt war und er einer ausserirdischen Spezies angehörte, jedoch hatte ich inzwischen das Gefühl, dass mich die Vorez nicht physisch quälen oder gar töten wollten. Langsam lockerte Schmidt das Seil um meine Schnauze, bis er es schliesslich vollständig lösen konnte. Sobald er es entfernt hatte, kehrte mein Gefühl unangenehm kribbelnd in die Lefzen zurück. Ich verspürte das Bedürfnis, sie mit den Vorderbeinen zu massieren, jedoch waren diese noch gefesselt. Gerade als Schmidt weitere Seile entfernen wollte, hielt ich ihn fauchend davon ab.

Das kann ich auch selbst machen. Ich bin schliesslich kein frisch geschlüpftes Baby mehr, dachte ich genervt, während Schmidt erschrocken einen Schritt zurückwich.

Ich griff mit den Zähnen nach den Knoten und zog an den Schlaufen, bis sie sich schliesslich lösten. Eigenständig befreite ich mein rechtes Vorderbein, was mir mehr Bewegungsfreiheit verschaffte, bis ich mich um weitere Fesseln kümmern konnte. Anschliessend drückte ich die Vorderbeine seitlich gegen meine Lefzen, um den Blutfluss zu fördern und somit das unangenehme Stechen loszuwerden. Derweil fiel mir auf, dass mein Unterkiefer schmerzte. Während meines Sturzes schien ich ihn gestossen zu haben.

Sobald sich meine Schnauze wieder einigermassen normal anfühlte, ignorierte ich sowohl die Kopfschmerzen als auch meine Übelkeit und wandte mich den Fesseln meiner Flügel und der Hinterbeine zu. Als ich mich ausreichend zu krümmen versuchte, um die Knoten zu erreichen, schoss ein scharfer Schmerz durch meine Wirbelsäule. Mit verkrampft geschlossenen Augen verharrte ich in meiner Position und wartete, bis die Schmerzen allmählich verblassten. Mit erhöhter Vorsicht versuchte ich abermals, die Knoten der Seile zu erreichen, jedoch führte dies zum identischen Resultat. Stossweise atmend richtete ich mich gerade und entspannte mich allmählich. Schmidt und die anderen beobachteten mich durchgehend.

Ich brauche doch deine Hilfe, sprach ich gedanklich zu meinem Helfer, wobei ich ein verzweifeltes Winseln von mir gab.

Zuerst sah mein Gegenüber mich lediglich verwirrt an, begriff meine Situation dann glücklicherweise trotzdem. Mit einem Meter Abstand umrundete er mich und setzte sich hinten rechts neben mir auf den harten Untergrund. Ohne weiterhin zu zögern, widmete er sich den Fesseln meines rechten Hinterbeins und anschliessend denen meiner Flügel. Zwischendurch berührte er geringfügig meine Flügelmembran, woraufhin er stets kurzzeitig innehielt und sich vergewisserte, dass ich nicht aggressiv auf ihn reagierte.

«Du weisst schon, dass er den Letzten getötet hat, der ihm helfen wollte, oder?», fragte ihn einer der Vorez, die zuvor wie gebannt und ohne ein Wort zugesehen hatten.

«Ich weiss.», entgegnete Schmidt leise, als würde ich bei normaler Sprechweise aufgeschreckt werden.

Um an meine linke Seite zu gelangen, rutschte Schmidt näher, bis seine Hinterbeine, auf denen er kniete, meinen rechten Flügel berührten. Unter extremer Vorsicht beugte er sich über mich und knotete die Seile auf. Sobald mein linker Flügel aufgrund der sich lockernden Fesseln geringfügig herabrutschte, zuckte ein stechender Schmerz durch das entsprechende Flügelgelenk.

Wahrscheinlich habe ich mir nicht bloss meinen Kopf gestossen, mutmasste ich.

In drei ruckartigen Bewegungen zog ich den Flügel in meine Schonhaltung zurück und wartete ab, bis Schmidt die letzten Fesseln gelöst hatte. Mit pulsierenden Kopf- und Rückenschmerzen stand ich auf und tapste schwankend auf die beiden Vorez zu, die noch ausserhalb des Fahrzeugs warteten. Unsicher traten sie einige Schritte beiseite und richteten ihre stabförmigen Waffen auf mich, deren Enden Stromschläge verursachen konnten. Ohne sie zu beachten, trat ich durch die Tür des Fahrzeugs. Ich blickte nicht einmal zu Schmidt zurück, obwohl er sich momentan in einem toten Winkel hinter mir befand, da ich weiteren Schwindel vermeiden wollte. Die gesamte Umgebung schien zu schwanken, als ich aus dem Fahrzeug sprang und in einer grossen, beinahe leeren Halle umherblickte, die von künstlichem, diffusem Licht beleuchtet wurde. Ohne dass ich mich dagegen wehren konnte, verlor ich das Gleichgewicht und kippte unbeholfen zur Seite. Meine Augen versuchten vergeblich, einen Punkt zu fokussieren. Angestrengt wollte ich aufstehen, sackte jedoch gleich wieder zusammen.

«Hast du Schmerzen?», fragte Schmidt, der plötzlich neben mir stand.

Seine Stimme klang tatsächlich besorgt. Ich versuchte, ihm zu antworten, jedoch fühlte sich jeder Herzschlag wie ein Hammerschlag gegen meinen Schädel an, weswegen ich jegliche Kopfbewegungen vermied. Unter starken Schmerzen schloss ich die Augen und kämpfte abermals gegen starke Übelkeit an. Derweil verkrampfte sich meine Haltung, obwohl ich dies zu verhindern versucht hatte. Seitdem ich mich an die Metallplatte in meinem Rachen gewöhnt hatte, machte sich erstmals wieder der Würgereflex bemerkbar. Unkontrolliert zuckend versuchte ich, mich wieder zu entspannen, jedoch vergeblich.

«Was ist los mit ihm?», fragte derjenige, der mich vor meinem Verkauf mitfühlend angestarrt hatte.

«Ich weiss es nicht.», antwortete Schmidt.

«Wir müssen ihm irgendwie helfen.»

Ihr könnt nichts tun, damit es mir besser geht, es sei denn, ihr habt irgendwelche magischen Geräte, die mich sofort heilen können, antwortete ich ihnen gedanklich.

Aus dem Augenwinkel erkannte ich, wie Schmidt einen Schritt nähertrat und Anstalten machte, mit der rechten Vorderpranke nach mir zu greifen, hielt sich jedoch zurück. Unschlüssig blickte er zwischen seinen Kollegen und mir umher, während ich meiner Übelkeit nun endgültig unterlegen war. Würgend und hustend erbrach ich Magensäure und Galle, bis mein Hals brannte. Der sowohl saure als auch bittere Geschmack hatte sich inzwischen in meinem gesamten Maul ausgebreitet.

«Loris, kannst du ihm bitte schnell eine Schale Wasser bringen?», fragte Schmidt den mitfühlenden Vorez.

Ja, bitte, dachte ich zitternd.

«Sollten wir nicht zuerst das Erbrochene aufwischen?», fragte der Unbekannte, während sich Loris bereits in eiligen Schritten einer Tür näherte.

«Wir müssen uns zuvor noch um ihn kümmern, Felix.», entgegnete Schmidt.

Nun hatte ich tatsächlich das Gefühl, dass sie mir helfen wollten. Ich schloss die Augen, da ich mir trotz den Waffen zwischen ihren Klauen nicht vorstellen konnte, dass sie mich angreifen würden, und versuchte, meine Atmung zu beruhigen. Nach weiteren Würgern gelang es mir schliesslich, mich geringfügig zu entspannen. Keuchend blieb ich liegen, bis ich hörte, wie Loris einen harten Gegenstand neben mich stellte. Als ich mich danach umsah, identifizierte ich ihn als eine mit Wasser gefüllte Schale. Sorgfältig, um nicht erneut meinen Schwindel zu provozieren, robbte ich darauf zu. In zittrigen Bewegungen schnappte ich nach dem kühlen, perfekt reinen Wasser, bis der widerwärtige Geschmack endlich aus meinem Maul gespült wurde. Anschliessend stillte ich meinen Durst. Kurz darauf fühlte sich selbst mein Hals wieder besser an. Einzig ein unangenehmes Kratzen blieb bestehen.

«Was sollen wir jetzt machen, Ferdinand?», fragte Felix, der mich noch immer skeptisch beobachtete.

«Das weiss ich ehrlich gesagt nicht. Wir müssen zuerst dafür sorgen, dass es ihm besser geht. Anschliessend können wir ihm Fragen stellen.», antwortete Schmidt.

Wie es aussieht, nennen ihn seine Freunde Ferdinand. Sollte ich bei Schmidt bleiben oder lieber auf Ferdinand wechseln? Fragte ich mich.

«Du hast echt nicht mehr alle Tassen im Schrank, wenn du einem aggressiven, wilden Tier Fragen stellen möchtest. Der versteht uns sowieso nicht.»

Pass auf, was du sagst, sonst bewahrheitet sich deine Aussage bezüglich der Aggressivität noch, dachte ich bedrohlich knurrend mit dem Blick auf Felix gerichtet.

«Du solltest ihn nicht provozieren.», riet Ferdinand seinem Kollegen.

Ja, hör auf ihn.

Felix schluckte leer, ohne mich aus den Augen zu lassen. Er hielt seine stabförmige Waffe fest umklammert. Um die Situation zu retten, wandte sich Ferdinand nun mir zu.

«Geht es dir wieder besser?», fragte er.

Ich nickte schwach.

«Hast du Hunger?»

Einige Sekunde lang dachte ich nach, bevor ich mit einem Nicken antwortete, da mein Magen trotz meiner Übelkeit leer sein musste.

«Magst du Fleisch?»

Wieder nickte ich.

«Gut. Dann werde ich welches für dich holen.»

«Und wir sollen allein bei ihm bleiben?», fragte Felix verunsichert.

«Er wird euch schon nichts tun.», verteidigte Ferdinand mich.

«Was macht dich da so sicher?»

Ferdinands Blick verweilte auf mir, während er nach einer Antwort suchte.

«Er hat mein Leben gerettet.»

«Trotzdem ist er gefährlich.»

«Das ist kein Grund, ihm nicht zu vertrauen. Glaubst du nicht, dass er uns nicht schon längst angegriffen hätte, wenn er dies tatsächlich wollte?»

Guter Punkt.

Nun war Felix derjenige, der mich nachdenklich anstarrte.

«Da ist tatsächlich etwas dran.»

«Gut, dass du das auch mal begreifst. Loris, pass auf, dass Felix keine Dummheiten anstellt, während ich das Fleisch hole.»

«He!», rief Felix aus.

Aufgrund ihrer Konversation konnte ich mir ein Schmunzeln nicht unterdrücken. Da mich niemand länger als fünf Sekunden aus den Augen liess, war dies kurz darauf allen aufgefallen.

«Er amüsiert sich über dich, Felix.», bemerkte Ferdinand.

«Das glaubst doch bloss du. Er hat nur seine Lefzen leicht in die Länge gezogen.»

«Und leicht nach oben. Das ist eindeutig ein Schmunzeln. Wenn du genau hinsiehst, verstärkt es sich in diesem Augenblick. Jetzt sieht man bereits die Spitzen seiner Eckzähne.»

«Wie hoch ist die Wahrscheinlichkeit, dass er einfach die Zähne fletscht und uns in einer Sekunde alle tötet?»

Mein Schmunzeln schwoll zu einem breiten Grinsen an, während ich amüsiert die Luft ausstiess.

«Bei einhundert Prozent schätze ich. Jetzt sieht er wirklich bedrohlich aus.», warf Loris schmunzelnd ein.

«Das ist kein Scherz.», beschwerte sich Felix.

«Für uns schon.», entgegnete Ferdinand lachend, während er sich rückwärts von uns entfernte, um zur nächstgelegenen Tür zu gelangen.

Da sowohl meine Übelkeit als auch mein Schwindel abgenommen hatten, legte ich meinen Kopf entspannt seufzend auf den harten, kalten Steinboden, während mein Grinsen langsam von meinem Gesicht wich. Einzig die pochenden Kopfschmerzen bereiteten mir noch Schwierigkeiten. Um mich ein wenig abzulenken, beobachtete ich Felix und Loris, die mich fortlaufend mit den Waffen zwischen ihren Klauen anstarrten. Loris schien eine Idee zu haben, denn seine Lefzen bildeten plötzlich wieder ein Schmunzeln.

«Wer ist der grössere Angsthase von uns?», fragte er mich.

Ich weiss zwar nicht, was ein Hase ist, aber Felix hat definitiv mehr Angst, dachte ich, wobei ich mit dem Kopf auf Felix deutete und zur Bestätigung leicht schnaubte.

«Er meint dich!», rief Loris lachend.

«Das ist nicht fair!», entgegnete Felix.

Leise kichernd stimmte ich in das Gelächter ein, bis Ferdinand schliesslich zu uns zurückkehrte. Sofort wehte mir der leckere Geruch von frischem Hühnerfleisch entgegen.

Haben sie nur Hühner auf dem Mars? Fragte ich mich.

Noch bevor er mich erreicht hatte, stand ich mühselig ächzend auf, ignorierte meine Schmerzen und trat auf ihn zu. Er blieb verunsichert stehen und streckte mir das Fleisch entgegen. Gierig biss ich hinein und verschlang es in wenigen Bissen. Es war derart zart und perfekt, dass es nicht einmal bei der Metallplatte in meinem Hals steckenblieb. Anschliessend schnupperte ich an Ferdinands rechter Vorderpranke, die noch mit Fleischsaft bedeckt war. Genüsslich leckte ich seine weichen, erstaunlich appetitlich schmeckenden Klauen sauber, bis mir sein starrer Blick und seine verkrampfte Körperhaltung auffielen. Zudem witterte ich frisch ausgeschiedene Stresshormone. Ich bemerkte, dass ich ihm Angst bereitet hatte, weswegen ich mich leicht verlegen zurückzog und in ausgestreckter Haltung auf den Boden legte. Ferdinand blieb wie angewurzelt stehen und hielt seine rechte Vorderpranke von seinem Körper weg, als würde er etwas Gefährliches halten. Seinen leicht verzogenen Gesichtsausdruck konnte ich nicht identifizieren.

«Ich geh dann mal meine Hand waschen.», sagte er schliesslich und trat abermals auf die Tür zu, aus der er gekommen war.

Felix und Loris verzogen ihre Gesichter auf eine ähnliche Weise wie Ferdinand, jedoch weniger stark.

Was ist denn bloss los mit denen? Fragte ich mich verwirrt.

Eine Weile später hatten sie mein Erbrochenes aufgewischt, die betroffene Stelle mit einer stinkenden Flüssigkeit besprüht, die mir beinahe den Atem nahm und meine Nase auf unangenehme Weise reizte, und nannten die Stelle sauber, obwohl ich die Magensäure und Galle noch problemlos riechen konnte. Anschliessend hatten sie mich in Ruhe gelassen, bis meine Kopfschmerzen beinahe vollständig verschwunden waren. Erst als ich mich aufrecht hinsetzte, die Beine streckte und mich auf die Suche nach Mario begeben wollte, wurden sie erneut auf mich aufmerksam.

«Ich glaube, wir können ihm jetzt wieder Fragen stellen.», sagte Ferdinand.

Für eine Fragerunde habe ich jetzt keine Zeit. Ich muss meinen Sohn finden und diesen Planeten verlassen, dachte ich.

Ich bewegte mich auf die Tür zu, die Ferdinand stets benutzt hatte, bis dieser sich mir in den Weg stellte. Verwirrt blieb ich stehen und blickte ihm in die Augen.

«Du kannst jetzt nicht gehen. Sie würden dich wieder fangen und ich bin mir nicht sicher, ob ich dich erneut befreien könnte. Dieses Mal musste ich bereits lügen, ich hätte dich bei Herr Kozlow gekauft und du wärst kurz vor der Übergabe entwischt. Das wird heute bestimmt kein zweites Mal gelingen, besonders wenn sie herausfinden, dass ich schuld an Kozlows Tod bin.», entgegnete er.

Dieses Mal lasse ich mich keinesfalls gefangennehmen. Jetzt geh mir aus dem Weg! Dachte ich knurrend.

Während ich bedrohlich auf Schmidt zutrat, richteten Felix und Loris ihre Waffen auf mich. Fortlaufend knurrend blickte ich zwischen den anwesenden Vorez umher. Selbst Schmidt löste seine Waffe aus einem Riemen, der an seiner Hüfte befestigt war.

Zwingt mich nicht, gegen euch zu kämpfen.

Mein Knurren verstärkte sich, ich duckte mich geringfügig und winkelte die Hinterbeine an, sodass ich jederzeit zu einem Angriffssprung bereit war.

«Wir wollen dir nichts tun. Bitte beruhige dich wieder.», sprach Ferdinand mit nervös zittriger Stimme auf mich ein.

Dann haltet eure beschissenen Waffen zurück, konterte ich gedanklich, ohne meine Angriffsposition aufzugeben oder mein Knurren einzustellen.

Loris trat einen Schritt von rechts auf mich zu, während es ihm Felix zu meiner Linken gleichtat. Dies war der Impuls, den es benötigt hatte, um meinen Angriff auszulösen. So schnell es mein schmerzender Körper zuliess, sprang ich auf Loris zu, biss seitlich in seine stabförmige Waffe hinein, da er sie aufgrund meiner hohen Geschwindigkeit nicht korrekt hatte ausrichten können, und schmetterte Felix währenddessen mit meiner Schwanzspitze das Elektroschockgerät aus den Klauen. Schwungvoll riss ich meinen Kopf nach links und warf den Stab zwischen meinen Zähnen Schmidt entgegen, der am Kopf getroffen wurde und überrascht rücklings zu Boden stürzte. Nun sprang ich auf ihn zu, entriss ihm seine Waffe ebenfalls und drückte seinen verletzlichen Hals mit den Klauen meines rechten Vorderbeins zu Boden.

Bevor ich meinen Angriff fortsetzen konnte, tanzten bunte Punkte über mein Sichtfeld und sowohl mein Kopf als auch mein Rücken sendeten starke Schmerzen aus, weswegen ich verkrampft in meiner Position verharrte. Zudem schien die Umgebung heftig zu schwanken und es fiel mir schwer, nicht zur Seite zu kippen. Ich atmete einmal tief durch und zwang mich, diese Gegebenheiten zu ignorieren. Nun starrte ich dem verängstigt strampelnden Schmidt zornig in die Augen und drückte seine Hinterbeine mit meinen zu Boden, sodass er mich nicht treten konnte. Aufgrund meiner wesentlich höheren Körpermasse war er nun vollkommen bewegungsunfähig. Ich bewegte meinen Kopf auf sein Gesicht zu und brüllte ihn wütend mit wenigen Zentimetern Abstand an, um ihm begreiflich zu machen, dass ich ihn bei einem weiteren Versuch, mich aufzuhalten, töten würde. Felix und Loris traten auf ihre Waffen zu, bis ich sie zornig anknurrte, ohne Schmidt loszulassen.

Euer Ferdinand ist tot, wenn ihr versucht, mich anzugreifen. Und ihr anschliessend ebenfalls, dachte ich, wobei ich abwechselnd Felix und Loris anstarrte.

«Tut das nicht. Er wird uns sonst alle töten.», krächzte Schmidt, der aufgrund meines Würgegriffs kaum atmen konnte.

Ein weiterer Nachteil eurer Kommunikation, wie mir scheint. Ihr müsst gezwungenermassen atmen, um miteinander zu sprechen.

Schmidts Kollegen verharrten wenige Meter von ihren Waffen entfernt und starrten mich ratlos an. Ich stellte mein Knurren und Zähnefletschen ein und wartete einige Sekunden, bis ich Schmidt schliesslich losliess. Während er sich hustend hinsetzte und mit dem rechten Vorderbein nach seiner Kehle griff, tapste ich mit steifem Rücken in Richtung der Tür, die sich neben drei geparkten Fahrzeugen befand.

«Geht es dir gut, Ferdinand?», fragte Loris, der besorgt auf seinen Kollegen zustürmte und mir zwischendurch verängstigte Blicke zuwarf.

«Mhm.», krächzte Schmidt.

Wenige Sekunden später erreichte ich die Tür, griff mit dem Maul nach dem Hebel und zog ihn herab. Sobald sich die Tür entriegelte und nach aussen aufschwang, rief mir Schmidt mit heiserer Stimme hinterher.

«Bitte geh nicht! Du kannst unmöglich ohne meine Hilfe fliehen. Ich weiss, es gibt keinen Grund, weshalb du mir das glauben sollst, aber es ist die Wahrheit. Lass uns darüber sprechen, was du möchtest, und ich werde dir diesen Wunsch nach bestem Gewissen erfüllen. Du kannst leben, wo auch immer du willst und tun, was du am meisten magst.»

Weshalb gibst du vor, es würde dich interessieren, wie ich mich fühle? Fragte ich gedanklich, wobei ich leise schnaubend in Schmidts Richtung blickte.

«Du möchtest von hier verschwinden, oder etwa nicht?», setzte er fort.

Ich nickte leicht.

«Gibt es einen bestimmten Ort, den du suchst?»

Wieder nickte ich.

«Kannst du mir erklären, wo das ist oder was du dir vorstellst?»

Nachdenklich drehte ich mich nach Schmidt um und trat aus der Türöffnung hervor einige Schritte auf ihn zu. Die Tür fiel hinter mir vollautomatisch ins Schloss, was mich aufgrund des plötzlichen Knalls erschrocken zusammenzucken liess. Nur eine Sekunde später richtete ich meine Aufmerksamkeit wieder auf Schmidt und seine Kollegen, die allesamt auf dem flachen, rauen Steinboden dieser Halle sassen und zu mir blickten. Ihre Waffen hatten sie liegen lassen. Sobald ich mich bis auf wenige Meter genähert hatte, standen die Vorez erschrocken auf und wichen mehrere Schritte zurück. Seufzend setzte ich mich, da es zum Grossteil meine Schuld war, dass sie mich fürchteten.

Ich muss versuchen, zu ihnen zu sprechen, ansonsten kann ich ihnen niemals erklären, was ich möchte, stellte ich fest.

Gedanklich formte ich einen Satz und überlegte, wie ich ihn aussprechen konnte. Anschliessend begann ich mit dem ersten Wort. Langsam öffnete ich mein Maul und sprach einen Laut aus, der ein wenig nach «of» klang. Ich wiederholte ihn mehrere Male, bis ich «ih» und schliesslich auch «ich» aussprechen konnte. Die Vorez starrten mich wie gebannt an, als hätten sie soeben das grösste Wunder ihres Lebens mitangesehen.

«Das ist unfassbar. Der Drache hat gerade 'ich' gesagt.», flüsterte Felix.

«Sei still. Ich will hören, was er uns mitteilen möchte.», wies Schmidt ihn zurecht.

Jedes einzelne Wort meines Satzes gestaltete sich mühselig. Ich wiederholte sämtliche Laute mehrere Male, bis sie endlich einigermassen verständlich waren. Nichtsdestotrotz war ich noch unzufrieden mit meiner Aussprache. Ausserdem fühlte es sich sehr seltsam an, das Maul zum Sprechen zu verwenden.

Drachen sind wirklich nicht dazu geschaffen worden, auf diese Weise zu kommunizieren.

Bei meinem gefühlt hundertsten Versuch setzte ich die einzelnen Laute zu einem vollständigen Satz zusammen.

«Ich möchte meinen Sohn finden.», sprach ich undeutlich in tiefer, beinahe bedrohlicher Stimme.

Schmidt, Felix und Loris waren vor lauter Staunen erstarrt. Erst nach einer langen Pause der vollkommenen Stille schienen sie ihre Sprache wiedergefunden zu haben.

«Das ist absolut unglaublich! Unsere Erkenntnisse diesen Wesen gegenüber ist grundlegend falsch. Wir müssen das unbedingt öffentlich machen.», rief Loris in völliger Begeisterung, während er nervös von einem Fuss auf den anderen trat.

«Genau. Drachen sind viel intelligenter als wir gedacht haben.», warf Felix ein.

Loris kramte in hastigen Bewegungen ein flaches, rechteckiges Gerät aus einer Falte seiner Textilien hervor und hielt es vor sich. Ich erkannte dieses Ding in gewisser Weise wieder, da es stark einem antiken Relikt glich, welches Stella erforscht hatte. Ihrer Meinung nach war es zur Kommunikation verwendet worden, jedoch war ich mir dessen nicht sicher, weswegen ich ein leises Knurren von mir gab, um ihm zu signalisieren, dieses Gerät nicht gegen mich einzusetzen.

«Das ist bloss mein Handy. Ich möchte ein Video von dir aufnehmen.», erklärte er leicht zurückhaltend.

Da er gerade mehrere Begriffe verwendet hatte, die ich nicht kannte, legte ich den Kopf leicht schräg.

«Lass das, Loris. Er möchte nicht gefilmt werden. Das Knurren war unmissverständlich.», sagte Schmidt zu seinem Kollegen.

Ich weiss nicht einmal, was gefilmt werden bedeutet, dachte ich.

Loris steckte das Gerät zurück, während Schmidt seine Aufmerksamkeit wieder mir zuwandte, wobei dieser einen wesentlich gefassteren Eindruck erweckte als die anderen.

«Deinen Sohn? Ist er hier auf dem Mars?», fragte er.

Ich nickte. Gerade als ich ihm beschreiben wollte, wie er roch, stellte ich fest, dass dies nicht in Worte zu fassen war und lediglich mithilfe von Telepathie erklärt werden konnte.

«Wie sieht er aus?», hakte Schmidt nach.

«Haw ... Hela ... Hellbou ... Hellblau.», stotterte ich undeutlich.

Da er der einzig hellblaue Drache war, der sich meines Wissens nach auf dem Mars befand, war diese Beschreibung ausreichend.

«Etwa der, von dem Herr Kozlow erzählt hat?»

Ein Bild von Mario ohne seine Flügel, Hörner, Klauen, Zacken und Zähne erschien in meinem Verstand, wobei mir Tränen in die Augen stiegen. Aufgrund meiner abermals auftretenden Trauer ging mein Atem stossweise und es gelang mir nicht, den Blickkontakt mit Schmidt aufrechtzuerhalten. Dennoch nickte ich in schwachen Bewegungen.

«Ist das nicht der von dieser Frau ... wie hiess sie noch gleich?»

«Bühler.», ergänzte ich, wobei ich überrascht war, dass mir dieses Wort auf Anhieb gelang.

«Genau, Frau Bühler. Ich werde gleich mal fragen, ob sie dazu bereit wäre, ihren Drachen zu verkauf ... ähm, ich meine deinen Sohn freizulassen.», antwortete Schmidt, griff nach seinem eigenen flachen, rechteckigen Gerät, welches er in einer ähnlichen Stofffalte verstaut hatte wie Loris, und tippte mit seinen weichen Klauenspitzen darauf herum.

In seinen Augen spiegelte sich künstliches Licht, welches von diesem Gegenstand auszugehen schien. In der Reflexion waren Worte zu erkennen, die in schwarzer Schrift auf weissem Hintergrund geschrieben waren. Die einzelnen Zeichen waren allesamt perfekt. Interessiert näherte ich mich mehrere Schritte, bis Schmidt seinen Blick davon abwandte und mir verunsichert in die Augen starrte.

«Wassis das?», fragte ich nuschelnd.

«Meinst du mein Handy?», entgegnete Schmidt, der meine undeutliche Frage verstanden hatte, obwohl ich noch vorgehabt hatte, mich zu wiederholen.

Vorsichtig streckte er mir das Gerät mit der leuchtenden Seite voran entgegen. Die Schriftzeichen, die ich gesehen hatte, wurden allesamt mithilfe von winzigen, leuchtenden Rechtecken hinter einer dünnen, perfekt glatten Glasscheibe dargestellt. Zuoberst war «Frau Bühler Telefonnummer» in einem farblich abgetrennten Rechteck zu lesen. Darunter befanden sich mehrere kurze Sätze wie «Barbara Bühler Kontaktdaten», «Pharmaunternehmen Bühler Arznei» und «Barbara Bühler kauft dressierten Drachen» zu lesen. Ich trat bis auf wenige Zentimeter an dieses Gerät heran und schnupperte ausgiebig. Es roch beinahe ausschliesslich nach Schmidts Haut und Schweiss, weswegen ich vermutete, dass es keinen besonderen Eigengeruch ausströmte und demnach keine biologischen Bestandteile enthielt. Um es mir genauer anzusehen, öffnete ich geringfügig mein Maul und wollte danach greifen, als Schmidt es hastig zurückzog.

«Da solltest du besser nicht reinbeissen. Es ist empfindlich.», rechtfertigte er sich.

Ich bin doch nicht unvorsichtig, dachte ich leicht schnaubend und blickte ihm entrüstet in die Augen.

Geduldig setzte ich mich und wartete, bis er nach einigen Minuten endlich von seinem Gerät aufblickte, welches er als Handy bezeichnete.

«Ich habe mich mit Frau Bühler in Verbindung gesetzt und warte noch auf eine Antwort. Wenn wir Glück haben, können wir sie und deinen Sohn in wenigen Tagen besuchen.», sagte er schliesslich.

In wenigen Tagen? Geht das nicht schneller? Fragte ich gedanklich, wobei ein leises, bedrohliches Grollen meiner Kehle entwich.

«Es tut mir leid, aber es gibt keine schnellere Möglichkeit, dieses Problem anzugehen. Ich kenne diese Frau nicht und bis sie mir antwortet, kann einige Zeit vergehen. Sie ist mit ihrem Pharmaunternehmen schwer beschäftigt.»

Wieder legte ich mir eine Frage zurecht, die ich schliesslich in mehreren Versuchen aussprach. Bald gelang es mir, alle Laute korrekt zu formen.

«Wie könnt ihr miteinander kommunizieren, wenn sie nicht einmal hier ist?»

«Mit diesem Gerät können wir von überall Nachrichten schreiben oder in Echtzeit sprechen.», antwortete er.

Stella hatte recht, stellte ich verblüfft fest.

«Wiedo könne wier niht jets sofot zu ihr geen?», fragte ich, wobei ich die schwammige Aussprache meines ersten Versuchs nicht korrigierte.

«Das ist nicht möglich. Wir können schliesslich nicht einfach in ihr Anwesen eindringen. Das wäre Hausfriedensbruch.»

Da ich vermutete, dass dies nichts Gutes war und dementsprechend Konsequenzen nach sich ziehen konnte, senkte ich seufzend meinen Blick. Ich gab den Versuch auf, mich nach einer schnelleren Lösung zu erkundigen, und fragte Schmidt stattdessen nach seinem Namen.

«Wiesol ih dig ... dich nenen?»

«Meinst du, wie ich heisse?», fragte er sichtlich verwundert.

Ich nickte.

«Mein Name ist Ferdinand Schmidt, aber du darfst mich Ferdinand nennen.»

«Zuei Namen?»

«Ja, wir Menschen haben immer zwei Namen. Der erste ist der Vorname, den wir unter Freunden und Bekannten verwenden und der zweite wiederum der Nachname. Wenn man zu einer fremden Person spricht oder sich geschäftlich mit jemandem unterhält, verwendet man den Titel gefolgt vom Nachnamen. Zum Beispiel sprechen mich die anderen Regierungsratsmitglieder mit 'Herr Schmidt' an.»

Menschen also, nicht Vorez. Es wäre auch äusserst unwahrscheinlich gewesen, wenn sie zufälligerweise dieselbe Bezeichnung für sich haben wie wir sie nennen. Das mit den Namen ist ein wenig kompliziert, aber ich glaube, ich kann mich daran gewöhnen. Von nun an werde ich ihn als Ferdinand ansprechen, dachte ich.

«Weisst du, was ein Regierungsrat ist?», setzte Ferdinand das Gespräch fort.

Ich schüttelte sachte den Kopf.

«Wir Menschen haben eine komplexe Regierungsstruktur, um Ordnung auf dem gesamten Planeten zu gewährleisten. Damit nicht alle Macht bei wenigen Individuen ist, gibt es die sogenannte Gewaltenteilung. Die setzt sich aus der Exekutive, Legislative und Judikative zusammen. Die Exekutive Gewalt ist dafür zuständig, die Gesetze umzusetzen und besteht aus sieben Ratsmitgliedern wie zum Beispiel ich. Ausserdem entscheiden wir, was in Krisensituationen geschieht und wir sind dazu verpflichtet, uns um die Bedürfnisse aller Menschen zu kümmern. Einige von uns nehmen diesen Teil weniger ernst als andere.», antwortete er, wobei sein letzter Satz aufgrund seiner Stimmlage darauf hindeutete, dass er gewisse Ratsmitglieder keineswegs schätzte.

Ich verstehe mich auch nicht mit allen Drachen. Das ist wohl vollkommen normal, dachte ich.

«Die Legislative Gewalt besteht aus einem Parlament, was dafür zuständig ist, die Gesetze zu verfassen. Ausserdem kann das Volk Unterschriften sammeln, um Gesetzesänderungen von sich aus einzubringen. Meistens werden hierfür Kampagnen gestartet, die von einigen Politikern geführt werden. Zu guter Letzt wäre da noch die Judikative Gewalt, die die Gesetze durchsetzen. Sie besteht aus mehreren Gerichten, die wie der Name bereits sagt, über Straftäter richten, die gegen die Gesetze verstossen.»

Gespannt lauschte ich jedem seiner Worte, wobei mich die Komplexität dieser Regierungsstruktur bereits zu überfordern drohte. Ausserdem verstand ich einige der Begriffe nicht, die er genannt hatte.

«Eigentlich müsste ich jetzt an einer Ratssitzung sein, wurde aber für die nächsten zwei Wochen wegen meinem ... nennen wir es mal Unfall freigestellt.», setzte Ferdinand fort, während er mit seiner rechten Vorderpranke auf sein linkes Vorderbein deutete.

Ohne Unterbruch sprach er weiter.

«Falls es dich interessiert, ich bin für Umwelt, Verkehr, Energie und Kommunikation zuständig, kurz UVEK. Meine Aufgabe ist es, dafür zu sorgen, dass die meinem Departement entsprechenden Gesetze korrekt umgesetzt werden. Mit Umwelt bin ich unter anderem auch für den Tierschutz zuständig, was bestimmt auch für dich relevant ist.»

«Was sind Gesetze?», fragte ich, wobei mir die korrekte Aussprache erst auf meinen dritten Versuch gelang.

«Gesetze sind Richtlinien, an die sich alle Menschen halten müssen. Wer dagegen verstösst, wird bestraft.»

Zählen die auch für Drachen oder sind wir ausgeschlossen? Fragte ich mich.

Da mich eine andere Frage brennender interessierte, stellte ich vorerst diese.

«Wieso hast du nichts gegen die Verstümmelung und Misshandlung von Drachen gemacht, wenn du für den Tierschutz zuständig bist?»

Dies korrekt und an einem Stück auszusprechen, hatte eine peinlich lange Zeit benötigt, was Ferdinand jedoch nicht zu stören schien.

«Weil all die Gesetze nur auf die Tiere von diesem Planeten bezogen sind. Für Aliens gibt es da noch nichts und es ist mir nicht erlaubt, etwas durchzusetzen, was in keinem Gesetz vorhanden ist.»

«Dann mach ein neues Gesetz.», fuhr ich ihn fauchend an.

«Dafür ist die Legislative zuständig.»

Genervt knurrend wandte ich mich von ihm ab. Ich wollte ihm nicht glauben, dass er tatsächlich nichts gegen Marios Verstümmelungen hatte unternehmen können. Es war ihm schliesslich auch gelungen, mich von Kozlow zu befreien.

«Wie können wir sie dazu zwingen, ein neues Gesetz zu erlassen?», fragte ich mit sechs Versuchen.

«Gar nicht. Ausser wir starten eine politische Kampagne und sammeln zehn Millionen Unterschriften, um das Tierschutzgesetz für Drachen einzubringen.

Dafür müssten wir auch zehn Millionen Menschen von unserer Sache überzeugen.»

«Zehn Millionen? Wie viele Menschen gibt es denn?»

«Schätzungsweise zwei Milliarden.»

Vor lauter Staunen klappte mein Maul unkontrolliert auf. Ich liess Ferdinands Worte mehrere Male durch mein Bewusstsein fliessen, um sicherzugehen, dass ich mich nicht verhört hatte. Sobald ich begriff, wie gigantisch diese Zahl war, breitete sich ein neues Gefühl der Hoffnungslosigkeit in mir aus. Wir Drachen waren ihnen derart zahlenmässig unterlegen, dass sie uns problemlos allesamt vernichten konnten, mit oder ohne Waffen. Dass die Menschen es geschafft hatten, trotz ihrer enormen Anzahl in solch einer Ordnung zu leben, beeindruckte mich. Während ich noch zu begreifen versuchte, wie viel zwei Milliarden tatsächlich war, stellte mir Ferdinand eine Frage.

«Hast du einen Namen? Falls nicht, wie sollen wir dich nennen?»

«Ich heisse Nils.», entgegnete ich ohne Fehler, worauf ich geringfügig stolz war.

«Nils? Aber das ist ein menschlicher Name.»

«Bei uns existiert er auch.»

«Eigenartig. Haben alle Drachen Namen?»

Ich nickte.

«Könnt ihr auf eine ähnlich komplexe Weise miteinander kommunizieren, wie wir es jetzt machen?»

Abermals nickte ich.

«Kannst du mir erklären, wie ihr das anstellt? Ich habe noch nie zwei Drachen sprechen gehört.»

«Das geht dich überhaupt nichts an.», antwortete ich schnaubend, da ich ihm die Telepathie verschweigen wollte.

Eine den Menschen unbekannte Kommunikationsart zu besitzen, konnte sich bestimmt noch als grossen Vorteil erweisen. Ferdinand schien zu bemerken, dass ich nicht weiter auf dieses Thema eingehen wollte, weswegen er etwas anderes ansprach.

«Wie war dein Leben auf der Erde, bevor wir Menschen euch besucht haben?»

«Friedlich. Eure Taten auf der Erde würde ich aber nicht als Besuch bezeichnen, eher als Angriff.»

«Wie meinst du das? Wir haben niemanden von euch angegriffen.»

«Grundlos mit Blitzen auf meinen Sohn zu schiessen und ihn anschliessend zu entführen *ist* meiner Meinung nach ein Angriff.»

Mittlerweile gelang es mir immer häufiger, die Sätze auf Anhieb korrekt auszusprechen. Seltsamerweise fühlten sich die Worte bekannt an, als hätte ich vor einer sehr langen Zeit bereits auf diese Weise kommuniziert, obwohl ich mir sicher war, dass dies nicht der Wahrheit entsprach.

«Von was redest du da? Wir haben euch gerettet. Ihr wart in der Wüste am Verdursten und wir gaben euch ein neues Zuhause.»

«Ach ja?», fauchte ich wütend.

Ferdinand blickte mir sowohl erschrocken als auch verwirrt in die Augen, weswegen ich meine Erklärung fortsetzte.

«Wir lebten alle friedlich in der Drachenschlucht, bis ihr eines Tages aufgekreuzt seid und sechs von uns entführt habt, unter anderem meinen Sohn. Einige von uns haben sich zusammengetan, um sich euch bei eurem zweiten Angriff zu stellen, was wir auch taten. Mir gelang es, in ein Raumschiff einzubrechen, mit dem Plan, die Steuerung zu übernehmen, um meinen Sohn zu retten. Leider haben die Menschen versucht, mich aufzuhalten, weswegen ich alle mit meinem Speer töten musste. Während des Kampfes ging die Steuerung kaputt und es war mir nicht mehr möglich, zur Erde zurückzukehren. Das Raumschiff flog vollautomatisch auf den Mars zu und ist in der Atmosphäre auseinandergebrochen. Ich bin abgestürzt, habe das Bewusstsein verloren und bin anschliessend in Gefangenschaft aufgewacht.», sagte ich, wobei ich meine undeutliche, teils falsche Aussprache ignorierte.

«Die Dariseg hat aber eine völlig andere Geschichte erzählt. Es wurde nie von irgendwelchen Kämpfen berichtet. Stattdessen haben sie an einer Pressekonferenz bekanntgegeben, dass einige Raumschiffe tragischerweise in der Erdatmosphäre verglüht sind.»

«Das ist eine Lüge! Keines davon wurde während der Landung zerstört.», zischte ich.

Ferdinand trat unsicher einen Schritt zurück.

«Glaubst du das wirklich?»

«Ich glaube es nicht bloss, ich weiss es.»

Während ich sprach, entblösste ich bedrohlich die Zähne, da mir diese Verleumdungen zunehmend meine Geduld nahmen.

«Du hast vorhin einen Speer erwähnt. Hattet ihr Waffen?», mischte sich Loris ein, der aufgrund meiner Wut ebenfalls einige Schritte zurückgetreten war.

«Ja, aber nicht viele von uns, da wir meistens mit Feuer, Zähnen und Klauen kämpfen.», entgegnete ich.

«Mit Feuer? Wie meinst du das? Verwendet ihr einen künstlich hergestellten Brennstoff?», fragte Ferdinand verwirrt.

«Nein natürlich nicht. Wir haben zwar Häuser, Felder, eine Wasseraufbereitungsanlage und Werkzeuge, aber künstliche Brennstoffe herzustellen, wäre viel zu umständlich. Ausserdem ist es überflüssig, da wir auch einfach Feuer speien können.»

«Das meinst du doch nicht im Ernst, oder? Drachen, die Feuer speien können, gibt es bloss in Geschichten.»

Die Selbstverständlichkeit, mit der Ferdinand dies sagte, liess mich stutzen. Fragend legte ich den Kopf schräg und blickte ihm in die Augen.

«Ihr wisst das gar nicht?»

«Was wissen wir nicht?»

«Dass Drachen von Natur aus Feuer speien können.»

«Ich kann mir nicht vorstellen, dass das stimmt. Bislang wurde nie berichtet, dass irgendein Drache über diese Fähigkeit verfügt.»

«Das liegt wohl daran, dass ihr uns das Feuer genommen habt.»

Nun war Ferdinand derjenige, der mich mit schräg gelegtem Kopf anstarrte.

«Wie jetzt?»

«Ihr habt mir die Schleimhaut im Rachen herausgeschnitten und durch eine Metallplatte ersetzt, damit sie nicht nachwachsen kann. Wenn tatsächlich noch kein Drache auf dem Mars Feuer erzeugt hat, habt ihr das wahrscheinlich bei jedem von uns getan.»

Es ist doch bekloppt, dass ich einem von ihnen erklären muss, was sie mit uns angestellt haben, dachte ich.

«Aber ... das ist unmöglich. Das wäre ja ein Skandal.»

«Dann ist es das.»

«Ich wusste doch, dass da etwas nicht mit rechten Dingen zugeht. Eine Freundin von mir kennt einen Piloten, der mit seinem Team auf der Erde gelandet ist. Sie hat mir erzählt, wie er ihr eine Textnachricht gesendet hat, nachdem er gelandet war. Am nächsten Tag hiess es plötzlich, sein Raumschiff wäre beim Atmosphäreneintritt verglüht und die Nachricht war nicht mehr auffindbar.», warf Felix ein.

«Seid ihr jetzt auch dafür, dass wir damit an die Öffentlichkeit gehen?», kam Loris auf seinen ursprünglichen Vorschlag zurück.

«Ganz bestimmt. Aber wir müssen vorsichtig sein.», entgegnete Ferdinand.

«Weshalb vorsichtig?», fragte ich verwirrt.

«Dariseg, die Firma, die diese Raumfahrtmission durchgeführt hat, ist eine der mächtigsten des Planeten. Sie haben die besten Anwälte und unermesslich viel Geld.»

«Na und?»

«Geld ist Macht. Das ist das Problem. Die werden immer auf die eine oder andere Weise ungeschoren davonkommen, es sei denn, wir haben handfeste Beweise für unsere Beschuldigungen.»

«Schön, dass ihr euch für diese Sache einsetzt, aber wie hängt das mit der Befreiung meines Sohnes zusammen?», fragte ich, da ich befürchtete, sie würden mich als Beweis für ihre eigenen Zwecke missbrauchen wollen.

«Gar nicht, da er nicht mehr Eigentum von Dariseg ist, nachdem Frau Bühler ihn gekauft hat.»

Aufgrund seiner Aussage stiess ich ein entrüstetes Schnauben aus.

«Es tut mir leid für dich, Nils.», erwiderte Ferdinand sanft, was mir augenblicklich ein Gefühl von Verständnis vermittelte.

Da mein Kopf abermals schmerzhaft zu pochen begann und sich das Stechen in meiner Wirbelsäule in stehender Position nicht besserte, fragte ich die Menschen nach einer bequemen Stelle, bei der ich mich ausruhen konnte.

«Wir haben einige Schlafräume mit Betten.», erklärte Ferdinand.

«Das klingt gut. Sind die auch mit weichen Textilien ausgestattet wie die im Raumschiff, mit dem ich hier her geflogen bin?»

«Ich glaube schon. Sie sind mit einer Matratze, einer Decke und einem Kopfkissen ausgestattet, falls du das meinst.»

Mit einer einladenden Geste seines rechten Vorderbeins wies mich Ferdinand an, ihm zu folgen. In gemächlicher Geschwindigkeit verliessen wir die grosse Halle mit den Fahrzeugen und gelangten in einen Korridor, der an einer Treppe endete. Wir stiegen hinauf und betraten ein Zimmer links neben dem oberen Ende der Stufen. Hinter der manuellen Tür befand sich ein quaderförmiger Raum mit weissen Wänden und perfekt glattem Holzboden, der zu meinem Erstaunen sogar glänzte. In einer Ecke neben einem grossen Glasfenster stand ein auf der Oberseite gepolstertes Möbelstück, was einen ausserordentlich bequemen Anschein erweckte. Die weiche, von flauschigen Textilien bedeckte Fläche war ungefähr anderthalb mal zwei Meter gross.

«Pass bitte auf, dass du den Parkettboden nicht zu sehr mit deinen Klauen zerkratzt.»

«Ich werde es versuchen.», antwortete ich und tapste vorsichtig auf das gepolsterte Möbelstück zu.

Sobald ich es erreicht hatte, kletterte ich hinauf, wühlte mit meiner Schnauze im erstaunlich wohlriechenden Stoff herum und grub mich unter der beinahe quadratischen, flauschigen Schicht ein, die den gesamten Gegenstand bedeckte.

«Wie ich sehe, gefällt dir das Bett. Es ist eigentlich für zwei Personen gedacht, aber ein Einzelbett wäre nicht gross genug für dich.»

Genüsslich grub ich mich zwischen den weichen Textilien hindurch, bis mein Kopf schliesslich wieder ins Freie trat. Entspannt seufzend blickte ich Ferdinand in die Augen, der mich schmunzelnd beobachtete.

«Falls du pinkeln musst, kannst du die Toilette im Badezimmer verwenden.», erklärte er nun, wobei er auf einen kleinen, vollständig weiss glänzenden Raum wies.

Selbst die Einrichtungsgegenstände waren weiss und glänzend. Ich konnte das Material, als dem sie gefertigt waren, nicht aus der Ferne bestimmen.

«Und was ist, wenn ich ein grosses Geschäft verrichten muss?», fragte ich schmunzelnd.

«Das bitte auch in die Toilette. Weisst du, wie sie funktioniert?»

«Nein.»

Ferdinand betrat das Badezimmer, öffnete eine Klappe der sogenannten Toilette und brachte mir die Funktionsweise näher, während ich bequem eingenistet auf dem Bett lag und jede seiner Bewegungen mitverfolgte.

«Dann lasse ich dich mal allein. Falls du mich brauchst, bin ich vom Treppenhaus her gesehen am anderen Ende des Gangs im zweitletzten Zimmer rechts. Bitte verlasse nicht ohne mich das Gebäude, sonst könnten wir in ernsthafte Schwierigkeiten geraten.»

Ich nickte zur Bestätigung, wobei mich bereits das Bedürfnis überkam, auf diesem weichen Bett einzuschlafen. Selbst meine Rückenschmerzen schienen allmählich zu verblassen. Ferdinand verliess den Raum und trat zu Felix und Loris hinaus, die im Korridor gewartet hatten. Sobald sie die Tür schlossen, schweiften meine Gedanken zu Mario, seinen Verstümmelungen und den neuen Informationen ab, die ich von den Menschen erhalten hatte.

10

Gebunden

Leise prasselten Regentropfen gegen die Fensterwand, als ich inmitten der weichen Textilien erwachte. Tief seufzend öffnete ich die Augen, streckte mich ausgiebig und stellte erleichtert fest, dass sowohl meine Kopfschmerzen als auch die Beschwerden meines Rückens verschwunden waren. Selbst mein linker Flügel, der sich während des gesamten Schlafs nicht in meiner Schonhaltung befunden hatte, sendete kein schmerzhaftes Stechen aus. Dies hatte ich vermutlich einzig der geringen Gravitation dieses Planeten kombiniert mit dem weich gepolsterten Bett zu verdanken.

Gedankenverloren setzte ich mich hin und starrte aus dem Fenster. Die unzähligen Tropfen flossen gemächlich an der perfekt glatten Glasscheibe herab und erinnerten mich an das Kondenswasser der Wasseraufbereitungsanlage auf der Erde. Plötzlich verspürte ich einen Stich in meinem Herzen. Ich vermisste Stella, Tom und die anderen genauso sehr wie Mario. Ausserdem wünschte ich mir mein früheres Leben zurück.

Lange schwelgte ich den Tränen nahe in meinem Heimweh, bis mir bewusst wurde, dass ich seit Jahrzehnten nicht mehr derart viel Wasser gesehen hatte. Ruckartig stand ich auf, was ein Stechen innerhalb meines linken Flügelgelenks auslöste, und trat an das Fenster heran. Sehnsüchtig drückte ich meine Schnauzspitze gegen das Glas, wobei sich während des Ausatmens Kondenswasser darauf bildete. Die Kälte des Regens liess sich deutlich durch die Scheibe hindurch wahrnehmen. Ich verspürte das Bedürfnis, hinauszugehen, um den Regen auf meinem Körper zu spüren, weswegen ich mit dem Maul nach dem Fenstergriff schnappte, ihn in verschiedene Richtungen zog, bis mir auffiel, dass er lediglich gedreht werden konnte, und öffnete anschliessend das Fenster.

Ein feuchter, kalter Wind wehte mir entgegen, der mich augenblicklich erschaudern liess. Instinktiv erhitzte ich die Luft in meinen Lungen, um nicht zu frieren, während ich den Kopf nach draussen streckte. Genüsslich liess ich die kalten Tropfen auf meine Schnauze prasseln. Mit geschlossenen Augen sog ich die nach matschiger Erde und feuchtem Stein riechende Luft ein, bis mir plötzlich die Stimmen mehrerer Menschen auffielen. Als ich sie anblickte, blieben sie abrupt stehen und starrten in meine Richtung. Bald darauf witterte ich ihre Stresshormone. Ich zog mich langsam wieder in das Zimmer zurück, um sie nicht zu verängstigen, während ich die nasse Strasse betrachtete.

Nichts und niemand schien vom Regen beeinträchtigt zu sein. Die Fahrzeuge verkehrten gemächlich auf den dafür vorgesehenen, mit weissen Strichen und Steinvorsprüngen begrenzten Spuren, die Passanten trugen scheinbar wasserabweisende Schutzhüllen und der Regen sammelte sich in dafür vorgesehenen Rinnen, bis er schliesslich in einigen schmalen Öffnungen verschwand. Allem Anschein nach verfügten die Menschen über ein komplexes Abflusssystem, was aufgrund dieser Regenmenge durchaus nachvollziehbar war. Als ich in Erinnerung rief, wie sehr die Drachenschlucht während des letzten grossen Regenfalls vor gut vierzig Jahren überflutet worden war, konnte ich mir ein Schmunzeln nicht unterdrücken.

Bei solchen Witterungsverhältnissen wären wir hoffnungslos überfordert, dachte ich.

Um die erstarrten Passanten, die mich entdeckt hatten, zu befreien, schloss ich das Fenster und betrat das Badezimmer. Aufgrund Ferdinands Erklärung wusste ich, wie ich die Toilette zu benutzen hatte. Da sie jedoch für Menschen entwickelt worden war, die nebst ihrem vollkommen anderen Körperbau auch noch eine Grösse von knapp über einem Meter aufwiesen, gestaltete sich die Entledigung meiner Geschäfte schwerer, als ich vorerst angenommen hatte. Dennoch gelang es mir, indem ich von der Seite her rückwärts mit den Hinterbeinen auf die Toilettenschüssel kroch und meine Hüfte dagegen presste, so gut es ging. Sobald ich fertig war, betätigte ich den Knopf, der oberhalb des aufgeklappten Deckels in die Wand eingelassen war, was sofort einen wilden Strom von frischem Wasser auslöste, der meine Ausscheidungen durch ein vergleichsweise schmales Rohr hinfortspülte.

Bevor ich das Badezimmer verliess, stillte ich meinen Durst noch mithilfe eines Rohrs, aus dem frisches Wasser strömte, sobald man den darüber befestigten Hebel hinaufdrückte. Die Steuerung dieser Wasserleitung funktionierte identisch zu der im Raumschiff, mit dem Unterschied, dass sich das Wasser in einer gewöhnungsbedürftig langsamen Geschwindigkeit dem darunterliegenden Abfluss näherte, anstatt frei durch den Raum zu schweben. Mit noch tropfend nasser Schnauze stoppte ich den Wasserstrom und bewunderte die absolute Perfektion, mit der alles in diesem Gebäude oder dieser gesamten Stadt konstruiert worden war. Erst als mich erneut ein bedrückendes Gefühl der Sorge um meinen Sohn heimsuchte, verliess ich den Raum.

Ausgiebig schnuppernd folgte ich Ferdinands Duftspur dem langen Korridor entlang. Seltsamerweise befand sich hier kein anderer Mensch und alles war mucksmäuschenstill. Einzig die stark gedämpften Geräusche von der Strasse drangen an meine empfindlichen Ohren. Alte Gerüche unbekannter Menschen klebten an einigen Türgriffen, weswegen ich vermutete, dass dieses Gebäude vor wenigen Tagen noch vollständig bewohnt gewesen war.

Was ist mit ihnen passiert? Fragte ich mich.

Bevor ich mir weiterhin Gedanken über die mir schleierhaften Gegebenheiten machen konnte, führte mich meine Nase vollautomatisch zu Ferdinand, der mit dem Rücken zu mir gewandt auf einer mobilen Sitzgelegenheit sass und mit seinen Klauen auf einem flachen, höchstwahrscheinlich aufklappbaren Gegenstand herumdrückte, der mit einigen Knöpfen und einer rechteckigen, leuchtenden Fläche ausgestattet war. Geduldig wartete ich ab, in der Hoffnung, er würde seine seltsame Arbeit unterbrechen. Leider schien er derart vertieft zu sein, dass er sich selbst nach einer Minute noch nicht in meine Richtung drehte. Ich befürchtete sogar, er hatte mich nicht einmal bemerkt.

Nun stiess ich leise ein wenig Luft aus, um mich bemerkbar zu machen, was jedoch immer noch nichts bewirkte. Ferdinand tippte fortlaufend mit erstaunlich hoher Geschwindigkeit und Präzision auf die vielen Knöpfe ein, wobei er selbst sein verletztes, linkes Vorderbein verwendete.

Er muss mich doch inzwischen gewittert oder zumindest gehört haben, oder? Ich glaube, er ignoriert mich einfach, weil er seine Arbeit nicht unterbrechen möchte, mutmasste ich.

Langsam trat ich näher, wobei ich abermals darauf achtete, den glatten Holzboden nicht mit meinen scharfen Klauen zu zerkratzen, was den Nebeneffekt hatte, dass ich mich nahezu lautlos fortbewegte. Nicht einmal als ich wenige Zentimeter hinter Ferdinand stehenblieb, schenkte er mir seine Aufmerksamkeit. Im Gegensatz zu unserem letzten Treffen, was aufgrund meines erholsamen Schlafs einen Tag zurückliegen musste, roch er keineswegs nach Angst.

Hör auf, mich zu ignorieren! Sprach ich gedanklich zu ihm und stupste seinen Rücken sachte mit der Schnauze an.

Mit schätzungsweise zwei Zehntelsekunden Verzögerung zuckte Ferdinand urplötzlich zusammen, was mich wiederum erschrocken zurückweichen liess. Mein Gegenüber starrte mir vorübergehend entsetzt in die Augen, bis er tief Luft holte und mit offensichtlicher Erleichterung ausatmete, wobei mir frische

Stresshormone entgegenströmten. Aufgrund seiner Reaktion vermutete ich, ihn erschreckt zu haben.

«Schleich dich doch nicht so an!», rief Ferdinand empört aus, als wäre es meine Schuld, dass er mein deutlich wahrnehmbares Kommen weder gehört noch gerochen hatte.

Schnaubend wandte ich mich von ihm ab und richtete meinen Blick auf das offensichtlich hochentwickelte Gerät, mit dem er bis vor wenigen Sekunden gearbeitet hatte. Es war ein ausführlicher Text über die Vorteile von erneuerbaren Energiequellen auf der leuchtenden Fläche zu lesen. Es lockte mich, Ferdinand danach zu fragen, jedoch zwang mich die Liebe gegenüber meinem Sohn, stattdessen über seine Befreiung zu sprechen.

«Hat Frau Bühler geantwortet?», fragte ich mit beinahe perfekter Aussprache, die mich selbst überraschte.

«Sie hat einem Besuch zugestimmt. Morgen lädt sie uns bei sich ein.», entgegnete Ferdinand noch immer verunsichert aufgrund seines Schocks.

«Ein Besuch? Du meinst wohl, dass wir meinen Sohn dann befreien, oder?»

«Bedauerlicherweise ist sie noch nicht dazu bereit, ihn zu verkaufen.»

Ferdinand schluckte leer, als ich ihn durchdringend anstarrte. Ohne auf eine verbale Reaktion von mir zu warten, setzte er seine Erklärung mit geringfügig zittriger Stimme fort.

«Es wird sich aber noch ergeben, da bin ich mir sicher. Sie hat nicht definitiv abgelehnt.»

Nachdenklich sah ich mich im Raum um. Aufgrund seines grossen Respekts mir gegenüber war ich davon überzeugt, dass er die Wahrheit sprach.

Ich werde Mario morgen mitnehmen, egal ob sie ihn hergeben möchte oder nicht, nahm ich mir selbstzufrieden vor.

«Was ist eigentlich mit den anderen Menschen, die vor ein paar Tagen in diesem Gebäude waren? Ausser uns scheint niemand mehr hier zu sein.», sprach ich ein neues Thema an, während ich mich fragte, woher ich plötzlich derart gut sprechen gelernt hatte.

«Das hier ist mein Hotel, wo Leute vorübergehend für Geld wohnen können. Bevor ich dich hierher geholt habe, liess ich es räumen, damit dich niemand sieht. Woher weisst du, dass vor uns bereits andere Menschen hier gewesen sind?», erwiderte Ferdinand.

«Ist das nicht selbstverständlich?», fragte ich verblüfft.

«Nein, eigentlich nicht. Es sei denn, du hast dir das Überwachungsmaterial angesehen.»

Ich legte fragend meinen Kopf schräg.

«Man riecht ihre Duftspuren noch klar und deutlich.», sagte ich.

«Also ich nicht. Allen anderen Menschen dieses Planeten geht es vermutlich genauso.»

«Wirklich?»

«Ja. Wir sind schliesslich keine Spürhunde. Wie es aussieht, hast du einen sehr guten Geruchssinn.»

«Ich bin davon ausgegangen, dass es bei euch nicht anders ist. Hast du mich deswegen nicht wahrgenommen, bevor ich dich angestupst habe?»

«Ganz bestimmt. Ich habe dich weder gerochen noch gehört oder gesehen.»

«Eigenartig. Riechst du mich jetzt?»

«Nein.»

«Im Ernst? Ich sitze direkt vor dir.»

«Ich rieche dich wirklich nicht.»

«Bist du dir sicher, dass Menschen überhaupt mit einem Geruchssinn ausgestattet sind?»

«Ja, das sind wir. Seit wann kannst du eigentlich so gut sprechen? Und woher kennst du all diese Wörter? Ich bin mir sicher, dass ich dir das Wort 'Geruchssinn' niemals erklärt habe.»

«Ich weiss es nicht. Diese Nacht habe ich vom Sprechen geträumt und als ich heute damit begonnen habe, fiel es mir plötzlich sehr leicht. Ausserdem verwendet ihr dieselbe Schriftsprache wie wir und demnach auch das selbe Vokabular, wenn ihr sprecht.»

«Bitte was?»

Ferdinand starrte mich an, als hätte ich den Verstand verloren.

Ich verbringe definitiv zu viel Zeit mit Menschen, wenn ich ihre Mimik bereits auf diese Weise interpretieren kann, dachte ich währenddessen.

Aufgrund Ferdinands Frage wiederholte ich mich.

«Wir verwenden dieselbe Schriftsprache. In all meinen Aufzeichnungen habe ich bereits mit diesen Buchstaben geschrieben. Und meine Tochter ebenfalls.», erklärte ich, während ich mit der Schnauze auf den Text innerhalb der leuchtenden Fläche deutete.

«Bist du dir sicher, dass du da nichts verwechselst?»

«Garantiert. Schliesslich hat mir niemand von euch das Lesen und Schreiben beigebracht und ich verstehe jedes Wort von dem, was da steht. Es könnte sein, dass wir bereits seit Jahrtausenden dieselbe Sprache verwenden, ohne es zu wissen. Vielleicht kann ich deswegen mit euch Menschen sprechen.»

«Das kann ich mir unmöglich vorstellen. So weit unsere Geschichte zurückreicht, haben wir den Mars niemals zuvor verlassen und es wurde kein einzelnes Drachenskelett hier gefunden.»

«Eigenartig. Wir haben tausende von euren Skeletten auf der Erde.»

«Jetzt veräppelst du mich aber.»

«Nein, das ist die Wahrheit. In antiken Ruinen finden wir heute noch Vorez-Skelette. Der einzige Unterschied besteht darin, dass sie beinahe doppelt so gross sind wie du und all die Menschen auf diesem Planeten.»

«Was ist ein Vorez?»

«So nennen wir euch. Dieser Name bedeutet Vorbesetzer, da ihr die dominante Spezies der Erde gewesen seid, bevor wir es wurden. Ausserdem haben die antiken Strukturen grosse Ähnlichkeiten mit euren heutigen Bauwerken.»

«Diese Theorie klingt absolut unglaubwürdig.»

«Du musst mir nicht glauben, schliesslich könnte ich mich auch irren, da die Skelette wie bereits erwähnt wesentlich grösser sind als ihr.»

Sowohl Ferdinand als auch ich starrten gedankenverloren durch den Raum. Mein Blick blieb schlussendlich auf dem Wort «Geld» hängen, was innerhalb des leuchtenden Rechtecks zu lesen war. Da Ferdinand diesen Ausdruck bereits mehrfach verwendet hatte, fragte ich ihn danach.

«Was ist 'Geld'?»

«Geld ist etwas, um jemanden für eine bestimmte Ware oder Dienstleistung zu bezahlen. Es handelt sich demnach um ein allgemeines Tauschmittel.»

«Also verstehe ich das korrekt, dass man einfach zu jemandem gehen kann und etwas sagt wie 'Ich habe Geld und wenn du tust, was ich von dir verlange, bekommst du es'?»

«Mehr oder weniger ja.»

«Dementsprechend muss man etwas zum Verkauf anbieten, um Geld zu erhalten?»

«Korrekt. Das einzige Problem besteht darin, dass es sehr unfair verteilt wird. Manche Menschen arbeiten ihr gesamtes Leben lang hart und verdienen nur gerade genug Geld, um zu überleben, während andere mit viel leichterer Arbeit wesentlich mehr erhalten. Ausserdem arbeitet Geld ab einer gewissen Menge für sich selbst. Reiche Personen können andere bezahlen, für sie zu arbeiten und ihr Geld zu vervielfachen. Je reicher man ist, desto leichter geht das.»

«Das klingt nach einem bescheuerten System.»

«Leider ist es das Einzige, was funktioniert. Wenn ihr Drachen kein Geld habt, wie macht ihr das mit der Arbeitsaufteilung? Zumindest nehme ich an, dass ihr sowas macht, denn du hast mal erwähnt, ihr hättet Plantagen und eine Wasseraufbereitungsanlage.»

«Jeder von uns hat eine bestimmte Aufgabe und führt diese stets pflichtbewusst aus, denn wer nicht mitspielt, wird aus unserer Gemeinschaft ausgeschlossen. Hierbei geht es nicht darum, mit möglichst wenig Aufwand viel zu erhalten, sondern gemeinsam zu überleben. Die Wüste kann nämlich unerbittlich sein. Nur wer zusätzliche Dienstleistungen oder wertvolle Besitztümer haben möchte, muss eine Gegenleistung erbringen.»

Ferdinand musterte mich bewundernd, als würde er mich eben in einem neuen Licht sehen.

«Und wir Menschen dachten alle, Drachen seien wilde Tiere. Dabei wurden wir bloss von der Dariseg betrogen, dass sie euch als Haustiere an die Reichen verkaufen können. Ich glaube, wir könnten eine Menge von euch lernen. Sag mal, wie alt bist du eigentlich? Du erweckst einen sehr reifen Eindruck.»

«Ich weiss es nicht. Das müssten mindestens dreitausend Jahre sein, vielleicht auch wesentlich mehr.»

«Wie lange dauern Jahre auf der Erde nochmal?»

«Etwas mehr als 365 Tage. Ein Tag bei uns entspricht ziemlich genau einem Tag auf dem Mars.»

«Aber das müssten ja gut zweitausend unserer Jahre sein. Bist du dir sicher, dass du dich nicht verzählt hast?»

«Garantiert. Ich führe meine Aufzeichnungen pflichtbewusst, indem ich sie unserer Tradition nach mit den Klauen in Stein meissle.»

«Interessant. Wie alt werden Drachen normalerweise?»

«Keine Ahnung. Bisher ist noch keiner von uns eines natürlichen Todes gestorben.»

«Tatsächlich?»

Ich nickte.

«Also seid ihr unsterblich?»

«Nicht ganz. Man kann uns immer noch töten.», entgegnete ich, wobei sich Mias Tod erneut vor meinem inneren Auge abspielte, weswegen ich traurig den Blick von Ferdinand abwandte.

«Haben Menschen jemanden getötet, der dir nahestand?», fragte er mitfühlend.

«Indirekt.», entgegnete ich, wobei meine Aussprache rau und kraftlos klang, während sich ein Kloss in meinem Hals bildete.

Ferdinand machte Anstalten, seine rechte Vorderpranke tröstend nach mir auszustrecken, hielt jedoch mitten in der Bewegung inne. Ich vermutete, dass sein Respekt mir gegenüber noch zu gross war.

«Das tut mir wirklich leid für dich.»

Ich schluckte leer, atmete einmal tief durch und wandte mich mit feuchten Augen wieder meinem Gesprächspartner zu.

«Ist schon in Ordnung. Du trägst keine Schuld daran.»

In dieser Sekunde verspürte ich das Bedürfnis, zu Geist zu fliegen und ihn zu trösten, da er aufgrund des Ablebens seiner Schwester sehr gelitten hatte.

«Soll ich uns beiden etwas zu Essen bringen, da wir sowieso noch bis morgen warten müssen?», fragte Ferdinand schliesslich nach einer Schweigeminute.

Ich nickte seufzend, während mir bei dem Gedanken an perfektes Hühnerfleisch bereits das Wasser im Maul zusammenlief und mein Magen knurrte.

Nur wenige Minuten später hatte ich meine Mahlzeit beendet. Obwohl mir Ferdinand auf mein Drängen hin eine wesentlich grössere Menge als gestern gebracht hatte, war mein Bauch noch nicht prall gefüllt und ich verspürte grosse Lust auf mehr. Dies lag einerseits daran, dass meine Portion auf der Erde nicht mehr als fünf Kilogramm gewogen hätte, was ungefähr einem Drittel der Füllmenge meines Magens entsprach, und andererseits gelüstete es mich zunehmend nach Ferdinands Essen, was er sich auf einem sogenannten Teller, einer kreisrunden Platte aus glatter, weisser Keramik, serviert hatte.

«Hast du das gekocht?», fragte ich unkontrolliert sabbernd, ohne meinen Blick von der dampfend heissen, nach allerlei unbekannten Leckereien riechenden Portion abwenden zu können.

«Nein, das war mein Koch.», gab er ehrlich zu, was mir jedoch sofort wieder gleichgültig war, da ich nur ganz kurz davor stand, mich hemmungslos auf seine köstliche Mahlzeit zu stürzen.

Ich muss meine Instinkte wieder unter Kontrolle bringen, schliesslich bin ich kein Kind mehr, rügte ich mich selbst, schloss die Augen und schluckte meinen überflüssigen Speichel herunter.

«Was ist das?», setzte ich das Gespräch fort.

«Gebratenes Rindfleisch mit Teigwaren an Rahmsosse.»

Noch bevor er seinen Satz beendet hatte, war der Effekt meines Schluckens bereits rückgängig gemacht worden.

«Weshalb riecht es so anders? Ich habe den Fleischgeruch gar nicht erkannt.»

«Es ist gewürzt.»

«Darf ich auch etwas davon haben?»

«Ähm … ja. Ich lasse dir …»

Die letzten Worte drangen bereits nicht mehr zu meinem Bewusstsein durch, da ich mich in wilder Gier auf den Teller stürzte und die für mich winzige Portion schneller verschlang, als Ferdinand seinen Satz beenden konnte. Es war mir nicht einmal möglich, mich auf die ungewohnte Vielfalt von intensiven Geschmäckern und unterschiedlichen Konsistenzen einzulassen, ehe die Nahrungsmittel bereits meinen Magen erreicht hatten.

«So habe ich das eigentlich nicht gemeint.», sagte er leicht überrumpelt, während ich den Teller und anschliessend meine Schnauze sauber leckte.

Plötzlich wurde mir mein Kontrollverlust bewusst, wobei ich mich verlegen von Ferdinands inzwischen blitzblanker Keramikplatte zurückzog.

Von wegen, ich habe die volle Kontrolle über meine Instinkte, dachte ich schnaubend.

«Entschuldigung. Ich konnte mich nicht mehr zurückhalten, da es unwiderstehlich lecker war.», versuchte ich, mich aus dieser Situation zu retten.

Entgegen meiner Erwartung musste Ferdinand nun lachen.

«Kein Problem. Ich werde es dem Koch ausrichten, dass es dir geschmeckt hat.»

«Ist es wirklich nicht schlimm, dass ich dir dein Fressen gestohlen habe?», fragte ich verblüfft.

«Nein, ganz bestimmt nicht. Ich kann schliesslich jederzeit mehr davon zubereiten lassen. Als Hotelbesitzer und Regierungsratsmitglied habe ich ausreichend Geld für eine beinahe unbegrenzte Menge an Nahrungsmitteln.»

Ich atmete erleichtert durch, während ich noch immer den leckeren Geschmack in meinem Maul zu analysieren versuchte. Ferdinand nahm sein Handy aus einer Stofffalte an seiner Hüfte, tippte darauf herum, hielt es sich an sein rechtes Ohr und ich nahm eine blechern klingende Stimme wahr, die höchstwahrscheinlich aus dem Kommunikationsgerät stammte.

«Guten Tag Herr Schmidt. Was wünschen Sie?», wurde Ferdinand gefragt.

«Ich hätte gerne noch zwei Portionen vom Tagesmenü. Können Sie eine davon ungefähr zehnmal so gross machen wie normalerweise?»

«Ja, das geht. Brauchen Sie sonst noch etwas?»

«Nein, danke. Das wäre dann alles.»

«Gut. Ihr Essen wird in zwanzig Minuten bereit sein. Bis gleich.»

«Danke, auf Wiedersehen.»

Ferdinand steckte sein Handy zurück und erwischte mich dabei, wie ich ihn verblüfft anstarrte.

«Habt ihr gerade mit diesem Ding kommuniziert?», fragte ich.

«Genau.»

«Das ist faszinierend. Wenn ich mehr Zeit hätte, würde ich gerne alles über eure Technologien lernen.»

«Wirklich alles?»

Ich nickte eifrig, was ein unangenehmes Stechen in meinem Hinterkopf auslöste.

«Das würde Jahrhunderte dauern. Oh, stimmt. Du bist ja unsterblich. Wächst du eigentlich noch? Ich habe nämlich bereits Drachen gesehen, die wesentlich grösser sind als du.»

«Nein, soweit ich weiss nicht. Manche von uns werden grösser geboren als andere.»

Während wir auf unsere Mahlzeiten warteten, betrachtete ich Ferdinand erstmals genau. Seine Körperhaltung, wie er auf zwei Beinen stand, wirkte höchst eigenartig. Ausserdem war sein Schädel seltsam geformt und den Zweck seiner inkonsequenten Behaarung erschloss sich mir ebenfalls nicht. Da ich ihn aufgrund der um ihn gewickelten Textilien nicht vollständig betrachten konnte, trat ich auf ihn zu und tastete seinen Bauch, seine Beine und anschliessend seinen Rücken mit meiner Schnauze ab, während ich ausgiebig schnupperte. Ferdinands Körperhaltung versteifte sich und es war ihm anzusehen, dass ihm diese Berührungen Unbehagen bereiteten.

«Ich werde dir keinen Schaden zufügen.», beschwichtigte ich ihn und setzte die Analyse seines Körpers an seinen weichen Pranken fort, die anstelle von scharfen Klauen lediglich weiche, bewegliche Glieder mit jeweils einer harten Fläche auf der Oberseite besassen.

Dieses harte, hornähnliche Material war bestimmt einmal zu wehrhaften Krallen geformt gewesen, jedoch schien diese Eigenschaft aufgrund der Evolution verlorengegangen zu sein.

«Was tust du da?», fragte Ferdinand.

«Ich sehe dich mir an, was sonst? Macht ihr Menschen das nicht auch so, wenn ihr euch zum ersten Mal begegnet?»

«Nein. Ehrlich gesagt wurde ich noch nie abgeschnuppert.»

«Ihr seid echt eigenartige Wesen, und das meine ich nicht bloss aufgrund eurer körperlichen Erscheinung.»

Ferdinand blickte mich beinahe empört an.

«Du bist auch nicht gerade gewöhnlich für mich.»

Grinsend wandte ich mich von ihm ab, legte mich flach auf den kühlen Holzboden und sah gedankenverloren aus dem Fenster, da der Regen noch immer nicht abgenommen hatte.

Am Abend, als Loris und Felix zu uns stiessen, war ich immer noch satt, da ich mich am Mittag hemmungslos vollgefressen hatte. Aufgrund meines sichtbar ausgedehnten Unterleibs blieb ich entspannt liegen, während mich die Neuankömmlinge schüchtern begrüssten.

«Du wurdest also doch nicht gefressen, Ferdinand.», scherzte Loris, der sich im Gegensatz zu Felix in meiner Anwesenheit bereits einigermassen sicher fühlte.

«Nein, aber fast.», entgegnete ich grinsend, bevor der Angesprochene antworten konnte.

«Hast du Sprechen geübt, Nils?», fragte Loris verblüfft.

«Ja. Weshalb wart ihr heute tagsüber nicht bei uns? Ihr hättet meine Fortschritte hautnah miterleben können.»

«Wir mussten arbeiten.»

«Um Geld zu verdienen, hab ich recht?»

«Genau. Du lernst sehr schnell.»

Wir blickten uns eine Weile lang schmunzelnd an, bis sich Felix schliesslich meldete.

«Gehen wir jetzt Abend essen?»

«Ja, liebend gern. Ich verhungere gleich.», antwortete Ferdinand.

«Was? Wir haben doch erst vor ein paar Stunden gefressen.»

«Hast du noch keinen Hunger?»

«Nein, natürlich nicht. Ist dir etwa mein stark ausgedehnter Bauch nicht aufgefallen? Das dauert noch ein paar Tage, bis der weg ist.»

Alle drei Menschen starrten mir nun auf den Bauch, wobei ich meinen linken Flügel sachte anhob, um ihnen einen freien Blick zu gewähren.

«Tatsächlich habe ich nicht darauf geachtet, aber jetzt wo du es erwähnst, sehe ich es auch. Dann bleibst du also hier, während wir essen?»

«Ja. Ich schlafe ohnehin bald ein mit meinem vollen Magen.»

«Gut. Wenn das so ist, sehen wir uns später.»

«Morgen gehen wir zu Frau Bühler, oder?», fragte ich, um sicherzustellen, dass Ferdinand dies nicht vergass.

«Ganz bestimmt. Da musst du dir keine Sorgen machen. Und was die Befreiung deines Sohnes betrifft, werde ich mir noch etwas überlegen.», erwiderte er, wobei sein Blick nervös zu Loris und Felix huschte.

Du musst dir gar nichts überlegen. Ich werde Mario morgen befreien, egal was geschieht.

Die Menschen verliessen den Raum und als sie den Korridor erreicht hatten, begannen sie mit ihrer eigenen Diskussion.

«Ich halte es für eine miserable Idee, dieses Wesen unbeaufsichtigt hierzubehalten.», sagte Felix.

«Dieses 'Wesen' heisst Nils und von ihm geht keine Gefahr aus. Weshalb glaubst du das immer noch?», konterte Ferdinand.

«Er hat bereits zahlreiche Menschen getötet. Wir können ihm nicht vertrauen.»

«Entspann dich mal, Angsthase. Er hat die letzten vierundzwanzig Stunden keine Probleme verursacht und das wird sich auch während wir essen nicht ändern.», verteidigte mich Loris.

Glauben sie tatsächlich, dass ich sie nicht hören kann? Die Menschen haben nicht bloss keinen Geruchssinn, sie sind zudem noch taub, dachte ich kopfschüttelnd über ihre Konversation.

Ich nahm wahr, wie sie eine Tür öffneten und ihre Stimmen verstummten, sobald diese sich hinter ihnen geschlossen hatte. Noch während ich darüber nachdachte, ob ich in das Bett zurückkehren sollte, fielen mir kurzzeitig die Augen zu, weswegen ich entschied, an Ort und Stelle zu schlafen.

«Bist du bereit?», fragte Ferdinand mich am nächsten Morgen.

«Ja. Ich kann es kaum erwarten, endlich meinen Sohn wiedersehen zu können.»

Ferdinands Blick verweilte etwas zu lange besorgt auf meinem Gesicht, sodass ich mich fragte, was ihn beschäftigte.

Seine Gedanken nicht lesen zu können, ist ein grösserer Nachteil, als ich dachte. Es könnte sein, dass er mich in eine Falle lockt, und ich würde es nicht bemerken, sprach ich gedanklich zu mir selbst.

«Bevor wir gehen, musst du noch dieses Halsband anlegen.», sagte er schliesslich, griff nach einem auf einer Seite geöffneten, metallenen Ring, der auf seiner Arbeitsfläche lag, und streckte ihn mir entgegen.

Auf der Aussenseite war das Wort «Dariseg» eingraviert.

«Für was wird dieses Halsband benötigt?», fragte ich, während ich das bewegliche Scharnier und den soliden, höchstwahrscheinlich automatischen Verschluss betrachtete.

«Es dient der Sicherheit. Der Zivilschutz greift jeden Drachen an, der ausserhalb eines Käfigs ohne Halsband gesichtet wird.»

«Weshalb fühlen sich die Menschen sicherer, wenn ich dieses Ding trage?»

«Weil es dir in aktiviertem Zustand einen Stromschlag verpasst, sobald jemand in deiner Nähe laut um Hilfe schreit.»

«Bitte was?», fauchte ich.

«Ich achte darauf, dass niemand dieses Wort ausspricht, wenn er in deiner Nähe ist, versprochen.», erwiderte Ferdinand unsicher.

«Auf gar keinen Fall lasse ich mir freiwillig Stromschläge verpassen. Ich werde dieses Ding nicht tragen!»

«Dies ist die einzige Möglichkeit, die wir haben.»

Ich starrte Ferdinand sowohl misstrauisch als auch zornig in die Augen. Wie bereits einige Male zuvor schied sein Körper Stresshormone aus und seine Atmung beschleunigte sich. Nichtsdestotrotz streckte er mir das Halsband zittrig entgegen. Einige Sekunden dachte ich angestrengt nach, während mein Blick zwischen dem Halsband und Ferdinands Gesicht umherschweifte.

«In Ordnung. Aber wenn ich auch nur einen einzigen Stromschlag abbekomme, bist du tot!»

Mein Gegenüber schluckte leer, übergab mir das Halsband jedoch trotzdem. Sobald ich es mir mit der Öffnung zu meinem Nacken um den Hals legte, rastete es mit einem lauten Klacken vollautomatisch ein. Ich vermutete, dass Teile dieses Halsbands magnetisch sein mussten. Probehalber zog ich mit den Klauen daran und stellte überrascht fest, dass es sich nun nicht mehr lösen liess, egal wie ich es bewegte.

«Draussen darfst du nicht sprechen und auch nicht offensichtlich gestikulieren. Ich weiss nicht, wie die Menschen darauf reagieren würden und um unseren Plan nicht zu gefährden, sollten wir kein Risiko eingehen.», erklärte Ferdinand, während wir gemächlich in Richtung Ausgang schlenderten.

«Ähm ... okay?»

«Egal was geschieht, greife niemanden an und halte Abstand zu den Menschen. Ausserdem solltest du vermeiden, sie anzustarren, um sie nicht zu verängstigen. Und fliegen ist auch keine gute Idee aufgrund unseres modernsten Luftabwehrsystems, mit dem du bereits Bekanntschaft gemacht hast.»

«Willst du mir auch gleich noch das Atmen verbieten?», fragte ich sarkastisch.

«Nein, das natürlich nicht.»

In langsamen Schritten traten wir durch den Eingangsbereich des Hotels, welcher den Namen Rezeption trug.

«Bitte bleib jederzeit bei mir und lass dich von nichts ablenken, während wir zum Bahnhof gehen.», setzte Ferdinand fort.

Da er mir die öffentlichen Verkehrsmittel gestern Nachmittag erklärt hatte, wusste ich, was damit gemeint war und dass der Expresszug mit seinen über achthundert Kilometern pro Stunde das schnellste Fortbewegungsmittel des Planeten war, schneller sogar als die Passagierflugzeuge, da man nicht erst den sogenannten Check-in passieren und teilweise stundenlang warten musste, bis das Flugzeug endlich startete. Ferdinand öffnete die verglaste Tür und wir traten gemeinsam hinaus auf die noch feuchte Strasse. Das Sonnenlicht reflektierte blendend auf dem rauen Stein, weswegen ich die Augen zukneifen musste.

Dicht hinter meiner Begleitung tapste ich in beinahe langweiliger Geschwindigkeit am Rand der von Häusern gesäumten Strasse entlang, auf der dutzende Menschen und deren Vehikel verkehrten. Obwohl ich gerne schneller zum Bahnhof gelaufen wäre, war ich froh über diese Gelassenheit, da ich mich aufgrund meines noch sehr vollen Magens schwerfällig fühlte und mir nun ausreichend Zeit blieb, meine Umgebung zu begutachten.

An den meisten Gebäuden hingen Tafeln mit Bildern von Menschen oder unbekannten Gegenständen. Eher selten erkannte ich gewisse Fahrzeuge oder textile Schutzhüllen wieder. Zumeist waren diese Tafeln mit kurzen Sätzen beschriftet wie «Schneller, zuverlässiger und besser», «Wirksam gegen 99 % aller Hautflecken» und «Jetzt 3 zum Preis von 2». Obwohl sich aufgrund dieser überfordernden Kombination aus Bildern und Texten ungefähr eine Million Fragen in meinem Verstand formten, blieb ich stumm, wie Ferdinand mir befohlen hatte.

Ausnahmslos alle Menschen starrten uns an, während wir spazierten. Einige wechselten sogar die Strassenseite, um einen bestimmten Abstand uns gegenüber beizubehalten. Ich bemühte mich, sie nicht ebenfalls anzustarren, was jedoch aufgrund ihrer durchdringenden Blicke nicht leicht war. Ich fühlte mich jederzeit fehl am Platz.

Nicht bloss die Blicke der Menschen fielen mir negativ auf. Sobald wir uns ihnen näherten, stellten sie ihre Gespräche ein und nachdem wir sie passiert hatten, murmelten sie teils abschätzige Dinge über uns, die Ferdinand nicht wahrnehmen konnte. Zumindest interpretierte ich seine gleichgültige Miene auf diese Weise.

Als wir schliesslich einer Treppe entlang den Bahnhof betraten, dessen Boden beinahe vollständig aus glänzend glattem Stein bestand, verspannte sich Ferdinands Körperhaltung zunehmend. Aufgrund der nun erhöhten Konzentration an Menschen, die ich auf insgesamt tausende schätzte, war es uns nicht mehr möglich, mehr als ein bis zwei Meter Abstand zu halten. Zudem drohten die unzähligen neuen Eindrücke, meine Sinne zu überfordern. Insbesondere die tausenden Körperdüfte, die sich miteinander vermischten und es verunmöglichten, mich anhand von Duftspuren zu orientieren, verunsicherten mich.

In diesem Gedränge mussten wir uns nicht selten dicht an einigen Personen vorbeiquetschen, die teilweise schockiert oder verängstigt auf mich reagierten. Eine Frau mit einem kleinen, flauschigen Tier an ihrer Leine, was mich herausfordernd anstarrte und abrupt Laute ausstiess, die wahrscheinlich zur Verteidigung dienten, beschwerte sich lauthals über uns.

«Was fällt Ihnen ein, mit diesem Ding ohne Maulkorb durch den Hauptbahnhof zu spazieren?», meckerte sie.

«Ich bitte um Entschuldigung.», antwortete Ferdinand und wies mich mit einem fordernden Blick an, ihm zügig zu folgen, was ich widerstandslos tat.

Er entschuldigt sich für ihr übertriebenes Verhalten? Die Menschheit wird mit jeder Minute eigenartiger, dachte ich, während ich problemlos mit seinen bemüht zügigen Schritten mithielt, die aufgrund der geringen Gravitation immer noch in Zeitlupe abzulaufen schienen.

Wenige Minuten später erreichten wir das sogenannte «Gleis 9», was eine langgestreckte Wartefläche mit einigen unbeweglichen Sitzgelegenheiten war. Hinter einer breiten, weissen Linie befand sich ein gut fünfzig Zentimeter tieferer Bereich, der mit grobem Kies gefüllt und zwei durchgehenden Metallstäben ausgestattet war, die in regelmässigen Abständen mit rauen Steinklötzen aneinander befestigt waren. Ein Blick zu anderen Gleisen, die sich in unmittelbarer Nähe befanden, verriet mir, dass die Züge, bei denen es sich um extrem langgestreckte Fortbewegungsmittel mit mehreren beweglichen Gelenken handelte, auf den Metallstäben fuhren und diese nicht verlassen konnten.

Das ist ein kluges Konzept. Auf diese Weise lässt sich eine Strecke vordefinieren, die zuverlässig befahren werden kann, ohne dass man sich um Unebenheiten oder Unregelmässigkeiten kümmern muss. Die Räder aus Metall scheinen auch keinen grossen Widerstand zu erzeugen, analysierte ich.

Oberhalb jedes Zuges befanden sich mehrere Metallgerüste, die allesamt über den Schienen gespannte Seile berührten. Ich hätte Ferdinand nur zu gern gefragt, was diese einzelnen Bauteile bezweckten, jedoch wurden wir fortlaufend von dutzenden wartenden Menschen angestarrt, was nicht bloss mir unangenehm war, sofern ich Ferdinands angespannte Körperhaltung korrekt interpretierte.

Um mich ein wenig abzulenken, las ich eine der Anzeigen, die oberhalb des Wartebereichs an der Decke befestigt waren. «EZ4 nach Elysia, Abfahrt 08:56, Ankunft 16:15» war darauf zu lesen. Da ich nicht wusste, was diese Zahlen bedeuteten, konnte ich lediglich erahnen, wie lange die Fahrt dauern würde. Bedauerlicherweise hatte ich vor unserer Abreise vergessen, danach zu fragen.

Als unser Zug schliesslich neben dem Wartebereich hielt, stand ich auf und wollte bereits darauf zugehen, als Ferdinand sich vor mich stellte und mir ernst in die Augen blickte.

«Noch nicht.», flüsterte er.

Ich setzte mich verwirrt hin und verstand seine Absichten erst, als sich die Türen automatisch öffneten und hunderte Menschen ausstiegen. Wenige Minuten später hatte sich der Zug geleert und alle wartenden Menschen standen plötzlich wie auf ein Kommando auf, um einzutreten. Ferdinand und ich folgten ihnen. Im Inneren des Abschnitts, den wir betraten, musste ich aufgrund des menschlichen Gestanks beinahe husten. Es roch derart intensiv, dass ich von nun an durch mein Maul atmete.

Sind hier drin Leute gestorben oder weshalb stinkt es so sehr? Fragte ich mich, wobei ich die sich setzenden Menschen misstrauisch beobachtete.

Sobald sich das Getümmel ein wenig beruhigt hatte und alle auf jeweils einem der weich gepolsterten Sitzgelegenheiten Platz genommen hatten, wurde das Starren noch intensiver als zuvor im Bahnhof. Egal wohin ich sah, es blickte mir mindestens ein Augenpaar entgegen. Da ich aufgrund meiner Grösse nur schwer auf die paarweise angeordneten Sitzgelegenheiten Platz gefunden hätte, lag ich nun seitlich neben einer Eingangstür auf dem Boden. Ferdinand hatte sich dicht neben mir auf einem der wenigen Sitzgelegenheiten niedergelassen, die nach vorn keine weiteren Sitzreihen hatten. Auf diese Weise konnte er mich ungehindert im Blick behalten. Ausserdem hatte es niemand gewagt, sich neben ihn zu setzen, was bestimmt meiner Anwesenheit zu verdanken war.

Plötzlich schloss sich die Tür hinter mir, weswegen ich erschrocken zusammenzuckte und sogleich mehrere abschätzige Blicke von einigen Reisenden erntete, die anschliessend leise über mich lästerten, wie verantwortungslos es sei, mich in einen Zug mitzunehmen. Seufzend legte ich meinen Kopf flach auf den Boden und versuchte, mich zu entspannen und zugleich durch die Nase zu atmen, was sich aufgrund des Gestanks als beinahe unmöglich herausstellte. Ausserdem fühlte ich von einer Sekunde auf die andere Fliehkräfte, die mich mit einem lauten Kratzgeräusch über den flachen, rauen Boden in Ferdinands Richtung schoben. Mit den Klauen krallte ich mich an einer senkrecht verlaufenden Metallstange fest, um ihm nicht gegen die Hinterbeine zu rutschen, die mir entgegengestreckt waren. Mit zunehmender Verunsicherung blickte ich umher.

Ich hasse Züge jetzt schon, dachte ich missmutig.

Wenige Minuten später strömte plötzlich helles Sonnenlicht durch die zahlreichen Fenster des Zuges. Neugierig reckte ich meinen Kopf hoch und blickte hinaus, die Blicke der Menschen ignorierend. Die unzähligen Häuser zogen rasend schnell vorbei. Ich vermutete, dass wir bereits beinahe die Geschwindigkeit erreicht hatten, mit der ich damals im antiken Flugobjekt geflogen war. Nichtsdestotrotz beschleunigten wir fortlaufend. Obwohl wir uns schneller bewegten, als ich mich jemals eigenständig fortbewegt hatte, blieben jegliche Windgeräusche aus. Stattdessen war lediglich ein leises Rauschen zu hören, was von unterhalb des Zuges zu stammen schien. Dies bemerkte ich, sobald ich meinen Kopf geringfügig schräg anwinkelte. Ausserdem fühlte ich nicht die kleinste Unebenheit während der Fahrt. Die Reise glich einem widerstandslosen Gleiten durch eine vollständig windstille Atmosphäre.

Bevor ich die momentanen Gegebenheiten länger bestaunen konnte, öffnete sich eine Tür auf der gegenüberliegenden Seite des Abschnitts. Ein Mensch trat hindurch und sprach «Fahrscheine bitte», woraufhin alle Passagiere ihre Textilien zu durchwühlen begannen, Ferdinand eingeschlossen. Der Neuankömmling erblickte mich bald darauf, wobei sich sein Blick kurzzeitig verfinsterte, bevor er sich schliesslich den Reisenden zuwandte, die ihm eilig dünne, beschriftete Rechtecke entgegenstreckten. Er sah sich diese Gegenstände von jedem einzelnen Menschen an und trat langsam durch den schmalen

Korridor zwischen den Sitzreihen auf uns zu. Die Art und Weise, wie die Menschen auf diese Person reagierten, stimmte mich nervös. Es war, als handelte jeder aufgrund eines Zwangs. Unschlüssig blickte ich zu Ferdinand, der mir mit einem entspannten Nicken zu verstehen gab, dass alles in Ordnung war.

«Haben Sie auch einen Fahrschein für Ihr Haustier?», fragte der Unbekannte in gelangweilter, monotoner Stimmlage, sobald er uns erreicht hatte.

«Ja, hier.», antwortete Ferdinand und streckte seinem Gegenüber ein weiteres Rechteck in dunkelblauer Farbe entgegen.

Ich bin kein Haustier, dachte ich entrüstet und starrte dem Unbekannten feindselig ins Gesicht.

Er schien sich mit Ferdinands Antwort zufriedenzugeben, denn er richtete seinen Blick nun auf mich und trat mit grösstmöglichem Abstand an mir vorbei zur Tür, die in den nächsten Abschnitt führte. Sobald er uns alleingelassen hatte, begannen die Gespräche der Reisenden aufs Neue. Bis anhin hatte ich nicht einmal bemerkt, dass sie verstummt waren. Während der nächsten Zeit grübelte ich über den eigenartigen Ereignissen der letzten Stunde und versuchte, die Reise im Zug bestmöglich zu überstehen.

Ungefähr eine halbe Stunde später wichen die grauen Gebäude einer grösstenteils grünen Landschaft. In der Ferne liess sich ein blauer Ozean erkennen, der bis an den Horizont reichte. Wir bewegten uns nun mit solch einer absurden Geschwindigkeit, dass jegliche Bäume und Wiesen zu einer unscharfen Masse verschwammen, sofern wir sie mit weniger als einhundert Metern Abstand passierten. Mittlerweile hatte ich mich an den widerlichen Gestank und das laute Stimmengewirr gewöhnt, obwohl ich dies nicht für möglich gehalten hatte. Entspannt legte ich meinen Kopf auf den Fussboden und blickte neugierig auf die leuchtende Fläche, die sich oberhalb der Tür befand, aus dem der Unbekannte den Abschnitt betreten hatte.

Bald identifizierte ich die gekrümmte, diagonal verlaufende Linie umgeben von grünen und blauen Flächen als abstrakte Karte, die unsere Position und die bevorstehende Route offenbarte. Der rote Pfeil musste den Zug darstellen. Neben der Karte waren einige Informationen bezüglich der Fahrt vorhanden, unter anderem die noch bevorstehende Strecke von 4926 Kilometern, die Reisedauer, von der noch 6 Stunden und 41 Minuten übriggeblieben waren und die momentane Geschwindigkeit von 825 Kilometern pro Stunde. Dass die Menschen exakt dieselben Masseinheiten verwendeten wie wir Drachen verwunderte mich zunehmend. Nach weiteren zehn Minuten stellte ich fest, dass

09:44 die Uhrzeit darstellen musste, da sich die zweite Zahl jede Minute um eins erhöhte.

Haben sie Stunden und Minuten auf die Tageslänge vom Mars angepasst, sodass ein Tag vierundzwanzig Stunden dauert oder ist es wie auf der Erde? Fragte ich mich.

Bedauerlicherweise war es mir hier nicht erlaubt, diese Frage zu stellen, weswegen ich gedankenverloren nachdachte, was die Antwort wohl sein könnte. Bald darauf, als wir den Ozean beinahe erreicht hatten, fuhr der Zug plötzlich in einen Tunnel ein und die veränderten Druckverhältnisse erzeugten ein unangenehmes Gefühl auf meinen Trommelfellen. Leer schluckend glich ich den Druck aus, bis er einige Minuten später nicht mehr aufzutreten schien. Laut der Karte befanden wir uns jetzt im Ozean, oder genauer gesagt darunter. Erst in schätzungsweise 3500 Kilometern würden wir erneut Festland erreichen.

Gelangweilt schloss ich die Augen, da ausserhalb der Fenster nichts mehr zu erkennen war. Das durchgehende Rauschen vermischte sich mit dem gleichmässigen Stimmengewirr. Selbst die dutzenden Körpergerüche verschwammen zu einem bedeutungslosen Gemisch, als ich fliessend das Reich der Träume betrat. Ich wehrte mich trotz der Anwesenheit vieler Menschen nicht gegen den Schlaf, da sie mir höchstwahrscheinlich ohnehin keinen Schaden zufügen konnten, selbst wenn sie es wollten.

Etwas Hartes drückte mehrfach seitlich gegen meinen Kopf, als ich mit stechenden Trommelfellen erwachte. Sobald ich die Augen aufschlug, bemerkte ich, dass Ferdinand mich mit der Unterseite seines in hartes Leder und Gummi gehüllten Fusses anstupste. Künstliches, diffuses Licht erfüllte den Innenraum des Zuges, in dem sich nun kaum noch Menschen befanden. Kühle, frische Luft strömte am Boden entlang zu mir, woraus ich schloss, dass die Türen geöffnet waren.

Ächzend und mit verspannten Gliedern stand ich auf und blickte umher. Der Zug befand sich abermals in einem Bahnhof, der durch kein Tageslicht beleuchtet zu sein schien. Ein Blick auf die Fahrtinformationen verriet mir, dass wir unser Ziel bereits erreicht hatten. Froh darüber, diese Fahrt verschlafen zu haben, streckte ich meine Gliedmassen, wobei es mich im vorderen linken Bein zwickte, und folgte Ferdinand nach draussen. Seinem steifen Gang nach war die Reise für ihn ebenfalls unangenehm gewesen.

Als wir den Zug verliessen, erblickte ich den Himmel oberhalb des Bahnhofs. Die Sonne war bereits untergegangen, woraus ich schloss, dass wir in

Richtung Osten gefahren waren. Aufgrund des künstlichen Lichts war es mir kaum möglich, die Sterne zu sehen.

Sagte Ferdinand nicht, wir würden Frau Bühler noch heute treffen? Es sieht mir bereits sehr spät aus, dachte ich.

Wortlos führte mich Ferdinand zwischen den Gleisen hindurch zum Rand des Bahnhofs. Mehrere Fahrzeuge warteten bereits auf Passagiere, als wir eintrafen. Ferdinand steuerte zielstrebig auf ein eher grösseres Gefährt zu, welches eine für mich ausreichend grosse Ladefläche besass, begrüsste die Person, die es steuerte, und setzte sich gemeinsam mit mir hinein. Sobald er sich selbst mithilfe einer Schlaufe an seiner gepolsterten Sitzgelegenheit festgebunden hatte, setzte sich das Fahrzeug in Bewegung.

Glücklicherweise dauerte diese Fahrt wesentlich kürzer als die letzte, da wir nach schätzungsweise einer Viertelstunde wieder aussteigen konnten. Als ich aus der Ladefläche auf einen Kiesplatz kletterte, fröstelte ich. Da der Gefrierpunkt von Wasser auf der Erde beinahe jede Nacht unterschritten wurde und ich demnach solchen Temperaturschwankungen gewohnt war, bereitete es mir keinerlei Schwierigkeiten, mich mithilfe heisser Luft in meinem Inneren zu erwärmen. Ferdinand hingegen schlotterte bald am ganzen Körper. Unsere Atemluft bildete Wolken aus Kondenswasser.

Unruhig blickte ich nach einer Fluchtmöglichkeit Ausschau haltend umher. Im Falle eines Hinterhalts wollte ich jederzeit fliehen können. Zu meinem Glück befanden wir uns nun ausserhalb einer Stadt. Nach wenigen hundert Metern begann bereits eine riesige Ansammlung von Bäumen und Pflanzen, die sich bis an den Horizont erstreckte. Von allfälligen Luftabwehrsystemen fehlte jede Spur. Erleichtert atmete ich tief durch und versuchte, mich auf das Wesentliche zu konzentrieren.

Nachdem Ferdinand sich von seinem Fahrer verabschiedet hatte, traten wir gemeinsam auf das grosse, prunkvoll gebaute Haus zu, welches sich angrenzend zum Kiesplatz befand. Aus beinahe jedem Fenster schien künstliches Licht in leicht gelblicher Farbe, was einen warmen und zugleich einladenden Eindruck erweckte. All diese Gegebenheiten interessierten mich jedoch kaum, da ich bereits vor lauter Vorfreude, meinen Sohn wiedersehen zu können, zitterte. Ungeduldig lauschte ich telepathischen Signalen, die ich bedauerlicherweise noch nicht wahrnehmen konnte. Gleichzeitig schnupperte ich am Kies entlang, bis ich Mario schliesslich witterte. Unwillkürlich beschleunigten sich meine Schritte. Ich blieb erst wieder stehen, als Ferdinand «Warte auf mich» zischte.

Dann beeil dich mal, dachte ich genervt schnaubend und wartete, bis er zu mir aufgeschlossen hatte.

Noch bevor wir die riesige Eingangstür erreicht hatten, durch die selbst Igor problemlos gepasst hätte, wurde sie von zwei Menschen geöffnet. Nachdem sie die beiden Türflügel vollständig aufgestossen hatten, wiesen sie uns mit einer einladenden Geste an, einzutreten. Marios Geruch verstärkte sich, was meine Nervosität noch steigerte.

«Guten Abend Herr Schmidt. Frau Bühler wird Sie demnächst begrüssen. Treten Sie ruhig ein.», sprach ein Mann zu uns, während wir bereits das Haus betraten, was eher einem riesigen Anwesen glich.

Mario? Wo bist du? Rief ich telepathisch in den überdimensionierten Eingangsbereich hinein, der aus solidem, blank geschliffenem Stein gebaut worden war.

Verzierungen aus Gold, rote Textilien und kunstvoll gezimmerte Einrichtungsgegenstände schmückten beinahe jeden Zentimeter dieses Raumes. Nebst meinem Sohn roch ich süsse Nahrungsmittel, einige Menschen und altes Holz, woraus gewisse Möbelstücke gebaut sein mussten.

Das leise Tapsen von Pranken auf dem glatten, harten Untergrund begleitet von leichten Erschütterungen war das Erste, was ich von Mario direkt wahrnahm. Erst einige Sekunden später hörte ich seine Gedanken, wobei mir sofort auffiel, dass etwas nicht mit rechten Dingen zuging. Kurz darauf trat er aus einem Korridor heraus, der in den Eingangsbereich mündete. Bereits als ich seinen hornlosen Kopf erspähte, während er um die Ecke bog, schien mich mein Entsetzen in einen bodenlosen Abgrund zu reissen. Als dann auch noch sein gesamter Körper ohne Flügel, Zacken und Klauen sichtbar wurde, wodurch er einen nackten Eindruck erweckte, und zudem der fetteste Mensch auf seinem Rücken sass, den ich jemals gesehen hatte, stockte mein Atem und ich fühlte einen tiefen Schmerz in meinem Inneren.

«Oh Gott. Das ist noch schlimmer, als ich es mir vorgestellt habe.», murmelte Ferdinand neben mir.

Mario? Fragte ich starr vor lauter Entsetzen.

Er sah mich mit seinen himmelblauen Augen an und für eine Sekunde bildete sich ein zahnloses Lächeln auf seinem Gesicht, was jedoch gleich wieder der Unsicherheit wich. Beinahe verängstigt blickte er mehrfach zwischen der fetten Frau auf seinem Rücken und mir umher. Derweil fiel mir seine eigenartige Kieferstellung auf, wodurch seine Lefzen geringfügig Falten bildeten.

«Noch ein bisschen weiter, mein Grosser.», flüsterte die Frau ihm zu, woraufhin Mario ihr Folge leistete und in langsamen Schritten nähertrat.

Die Tatsache, dass diese von absurd starken, künstlichen Düften umgebene, übergewichtige Frau auf meinem Sohn ritt, als wäre er ihr alleiniges Eigentum, liess mein Entsetzen sofort in Zorn umschlagen. Meine Körperhaltung verkrampfte sich und ich zerkratzte leise knurrend den Steinboden mit meinen Klauen. Einzig die Tatsache, dass mein Sohn und ich elektronische Halsbänder trugen, hielt mich davon ab, mich auf die fette Frau zu stürzen, die vermutlich sowohl Marios Verstümmelungen als auch seinen offensichtlich veränderten geistigen Zustand zu verantworten hatte.

«Reiss dich zusammen, sonst wird das nichts mit unserem Besuch.», flüsterte mir Ferdinand vor lauter Stresshormonen stinkend zu.

Mario, was haben sie dir angetan? Fragte ich, wobei ich mein Bestes gab, meine Emotionen unter Kontrolle zu bringen.

Anstelle von Worten übermittelte mir mein Sohn Bilder und Eindrücke von Stromschlägen, unter denen er regelmässig zu leiden hatte, sobald er den Menschen nicht gehorchte. Bruchstücke einer Erinnerung, wie sie ihm die Flügel abgeschnitten und durch hellblaue, harte Platten ersetzt hatten, erreichten mich. Zwischendurch flackerte ein unerträglicher Schmerz in seinen Gedanken auf, begleitet von Bildern, wie sie ihm die Haut aufgerissen, sein Gewebe durchtrennt, die künstlichen Platten eingesetzt und mit langen Schrauben in seinen Knochen verankert hatten, während er bei Bewusstsein gewesen war. Laut jaulend hatte er sich mit aller Kraft gegen seine Fesseln gestemmt, jedoch ohne Erfolg. Als sie schliesslich mit seinen Hörnern, Klauen, Zacken und Zähnen fortsetzten, hatte er aufgegeben, sich zu wehren, obwohl sie ihm durchgehend unvorstellbare Qualen bereiteten.

Ich warf einen genaueren Blick auf Marios Körper, wobei mir die vielen, hellblauen Metallplatten direkt auffielen, die nicht bloss anstelle seiner Flügelansätze, sondern auch allen anderen entfernten Körperteilen in seinen Schuppenpanzer eingelassen waren. Obwohl die zahlreichen Teile sich kaum von seiner Farbe abhoben, war klar und deutlich zu erkennen, dass einiges an seinem Körper ersetzt worden war.

Lass uns von hier verschwinden! Du tötest das fette Ding auf deinem Rücken und ich kümmere mich um die drei anderen Menschen. Wenn alle sofort tot sind, können sie nicht um Hilfe rufen und die Halsbänder senden keinen Stromschlag aus, schoss mir urplötzlich durch den Kopf.

«*Aber ich kann nicht.*», antwortete Mario mit dem Blick auf die Frau gerichtet, die ihm nun den Befehl erteilte, stehenzubleiben.

Wieso? Selbst ohne Zähne kannst du ihr mit einem Biss das Genick brechen. Ihr Fett wird sie nicht ausreichend schützen.

«*Barbara hat mir nicht erlaubt, das zu tun.*»

Warte mal, du verstehst sie auch? Und weshalb lässt du dich derart leicht herumkommandieren? Du bist ein freies Lebewesen!

«*Ich verstehe sie seit sechs Wochen.*»

Meine Frage bezüglich seines blinden Gehorsams beantwortete er mir nicht.

«Ich wünsche Sie und Ihren Drachen herzlich in meinem bescheidenen Heim willkommen, Herr Schmidt.», prahlte die Frau, während sie von Marios Rücken rutschte, nachdem er sich flach auf den Boden gelegt hatte, um ihr den Abstieg zu erleichtern.

Trotz ihrer unglaublichen Fettmassen gelang es ihr, auf zwei Beinen zu stehen, was mich angesichts ihrer Breite verwunderte, die ungefähr auch ihrer Höhe entsprach. Sie lächelte Ferdinand übertrieben freundlich an, was er ebenso freundlich erwiderte.

«Es ist mir eine Ehre, Sie besuchen zu dürfen, Frau Bühler.», antwortete er und streckte seine rechte Vorderpranke nach vorn, griff nach den breiten, schwabbeligen Klauen der Frau und beugte sich vor, bis seine Lefzen die Fettwülste in seinem Griff berührten.

Komm, Mario. Wir sollten jetzt gehen, dachte ich, ohne auf das eigenartige Begrüssungsritual von Ferdinand und Frau Bühler zu achten.

«*Ich darf nicht.*»

Jetzt komm mir nicht damit! Du bist mein Sohn und ich werde nicht zulassen, dass du dein Leben verstümmelt in Gefangenschaft verbringst!

Meine harschen Gedanken liessen Mario eingeschüchtert zusammenzucken. Weder Frau Bühler noch Ferdinand hatten dies bemerkt.

Gemeinsam mit Stella bist du das Wichtigste in meinem Leben. Ich habe ein Alienraumschiff gekapert, bin damit zum Mars geflogen, habe zahlreiche Menschen getötet und sogar deren Sprache gelernt, um zu dir zu gelangen. Und weisst du was? Das war es mir deinetwegen mehr als wert! Ich wäre bis ans Ende des Universums geflogen, um dich zu retten, selbst wenn es mein Leben kosten würde. Wenn du dieses fette Ding nicht töten kannst, werde ich das für dich machen. Anschliessend musst du bloss mit mir fliehen.

«*Barbara hat mir nicht erlaubt, von hier wegzugehen.*», entgegnete er eingeschüchtert zuckend.

Die kann dir scheissegal sein! Wenn ich könnte, würde ich dich von hier wegfliegen, aber das hält mein linker Flügel nicht durch. Versprichst du mir, dass du mit mir kommst, sobald ich alle Menschen in diesem Raum getötet habe?

«*Nein, das kann ich nicht.*»

Die Bestimmtheit, mit der Mario dies dachte, raubte mir den Atem. Ratlos blickte ich umher, während die Umgebung zu schwanken begann und mir übel wurde. Unbeholfen torkelte ich einen Schritt nach links, um nicht vollständig zur Seite zu fallen. Währenddessen nahm ich abermals Ferdinands Gespräch mit Frau Bühler wahr.

«Ich finde es gut, dass Sie mich mit Ihrem Drachen besuchen kommen. Wir Reichen sollten schliesslich zusammenhalten. Auch wenn ich Drachen ohne Anpassungen scheusslich finde. Sie sollten wirklich in Betracht ziehen, ihm die Flügel zu stutzen.», sagte sie.

«Ehrlich gesagt finde ich sein Aussehen ganz in Ordnung.», antwortete Ferdinand.

«Nun gut, da hat jeder seine eigenen Vorlieben. Sie müssen bestimmt erschöpft sein von der Reise. Kann ich Ihnen etwas zu Essen oder ein Schlafzimmer anbieten?»

«Ein Abendessen wäre nicht schlecht, falls Ihnen dies zu der bereits fortgeschrittenen Tageszeit keine Umstände bereitet.»

«Meine Diener arbeiten vierundzwanzig Stunden am Tag. Sie dürfen sich jederzeit alles wünschen.»

Während sie sprach, stach mir ein kleines, rechteckiges Gerät mit der Aufschrift «Dariseg» ins Auge, was sie zwischen ihren fetten Klauen hielt. Da sowohl mein als auch Marios Halsband mit derselben Aufschrift versehen war, vermutete ich, dass es sich hierbei um eine Art Steuergerät handelte. Ich atmete einmal tief durch und sammelte meine geistigen Kräfte, um nicht aufgrund meines Schocks ohnmächtig zu werden. Allmählich beruhigte sich das halluzinierte Schwanken der Umgebung und meine Übelkeit verblasste.

Das kannst du mir nicht antun, Mario. Bitte komm einfach mit! Flehte ich telepathisch.

«*Es tut mir leid, Papa, aber ich gehöre jetzt Barbara.*», dachte er erneut zuckend.

Dies war der Tropfen, der das Fass zum Überlaufen brachte. Kraftlos sackte ich zusammen, während es sich anfühlte, als wäre der Boden unter meinen Füssen weggezogen worden. Selbst als ich bereits flach auf dem kalten Stein lag, befand ich mich innerlich noch in freiem Fall. Meine Atmung beschleunigte sich unkontrolliert und bunte Punkte tanzten über mein Sichtfeld.

«Ist mit Ihrem Drachen alles in Ordnung, Herr Schmidt?», fragte Frau Bühler.

Ferdinand warf mir einen besorgten Blick zu.

«Ich weiss es nicht.», antwortete er, obwohl sein Gesichtsausdruck verriet, dass dies nicht der Wahrheit entsprach.

Er kniete sich neben mich und beugte sich vor, bis mein Blick auf eine rechteckige Auswölbung einer Stofffalte an seinem Körper fiel, deren Grösse perfekt zu Frau Bühlers mutmasslichem Steuergerät passte. Zittrig hob ich meinen Kopf an und verdrängte mein starkes Schwindelgefühl, so gut es ging. Nun schien jegliche Wärme aus meinem Gesicht zu weichen, während ich befürchtete, jeden Augenblick erbrechen zu müssen.

«Nils?», flüsterte Ferdinand noch immer voller Besorgnis, während Frau Bühler uns durchgängig beobachtete.

Trotz ihrer dicken Fettschicht liess sich ihr Mitgefühl erkennen.

Ich komme wieder, um dich zu befreien, das verspreche ich dir, mein Schatz, dachte ich, wobei ich die Augen schloss und mich auf die nächsten Bewegungsabläufe konzentrierte, denn ich wusste, dass mich mein Schwindel erheblich beeinträchtigen würde.

Kurze Zeit später erlangte ich die volle Kontrolle über meine Sinne zurück. Nun schlug ich die Augen auf, griff blitzschnell nach dem rechteckigen Gerät, welches in Ferdinands Stofffalte steckte, und zog es in einer geschmeidigen Bewegung heraus, während ich mich mit drei Beinen vom Boden abstiess und auf das nächstgelegene Fenster zusprang. Noch bevor einer der Menschen reagieren konnte, durchbrach ich bereits die dünne Glasscheibe und fiel unbeholfen mit starken Kopfschmerzen und einer neuen Prellung an der Schnauzspitze auf den Kiesplatz. Aufgrund meines Adrenalins war es mir möglich, mich unverzüglich aufzurappeln, im Sprint zu starten und das weitläufige Anwesen mit dem gigantischen, kunstvoll bepflanzten Garten fliegend zu verlassen. Die schrillen Schreie der Menschen hinter mir ignorierte ich, während ich mit dem Steuergerät zwischen den Klauen auf die riesige Ansammlung von Bäumen zusteuerte, die sich jenseits des Areals befand.

Hastig orientierte ich mich, erspähte einen gigantischen, jedoch flachen Berg zu meiner Rechten, der weit in die sternenklare Nacht hineinragte, und setzte bald zur Landung hinter einem Felsvorsprung an. Noch während ich abbremste, schossen mir bereits Marios Verstümmelungen und geistige Verfassung durch den Kopf. Als wäre ich von einem Speer durchbohrt worden, erschlafften meine Flügel voller seelischem Schmerz und ich kollidierte hart mit dem trockenen Erdboden. Nachdem ich mich zweimal in Zeitlupe überschlagen hatte und auf meinem heftig stechenden, linken Flügel gelandet war, fühlte ich dasselbe wie bereits bei meinem ersten Zusammenbruch, nur viel stärker. Meine körperlichen Schmerzen verblassten unter dem allumfassenden Gefühl, von einer unsichtbaren Kraft erdrückt zu werden. Ich befürchtete, zu ersticken, weswegen ich unwillkürlich schneller atmete. Zudem schien sich sowohl mein Brustkorb als auch meine Kehle zu verengen. Das Blut rauschte laut in meinen Ohren und ich zitterte unkontrolliert. Abermals schwankte meine gesamte Umgebung, bis ich dem wilden Strudel, der mich fortwährend in die Tiefe zog, unterlegen war. Plötzlich befürchtete ich, mein Herz wäre stehengeblieben, da ich mir diese Symptome in diesem Moment nicht anders erklären konnte. Ironischerweise fühlte ich meinen rasenden Puls deutlich. Ich schloss die Augen und versuchte, das kontinuierlich stärker werdende Gefühl der Übelkeit loszuwerden, jedoch ohne Erfolg.

Vor meinem inneren Auge spielten sich zahlreiche Szenen meines Lebens ab, insbesondere meine Erlebnisse mit Mario und Stella. Als ich den tiefblauen Schuppenpanzer meiner Tochter erblickte und ich sie telepathisch zu mir rief, drehte sie sich schmunzelnd zu mir um und tapste mit bewegungsunfähigem linkem Hinterbein und Flügel auf mich zu. Wenige Meter vor mir blieb sie stehen und sah mir mit ihren wunderschönen Augen ins Gesicht. Im Licht der aufgehenden Sonne glitzerten sie wie Diamanten und ihre Iris bildete hypnotisierende Wellen.

«Ich vermisse dich, Papa.», dachte sie und der Glanz ihrer Augen intensivierte sich, bis ihr Tränen über die Seiten ihres Kopfes rannen.

Inzwischen hatte ihr freudiges Schmunzeln einen grossen Anteil von Sehnsucht und Trauer angenommen.

Du bist keine Erinnerung, oder? Fragte ich sie, da ich solch eine Situation garantiert noch nicht erlebt hatte.

«Nein, ich bin Teil deines Bewusstseins. Du erleidest gerade eine Panikattacke, weil du herausgefunden hast, was die Menschen mit Mario angestellt haben. Was geschehen ist, lässt sich leider nicht rückgängig machen. Deswegen solltest du jetzt tun, was getan werden muss, damit wir wieder allesamt vereint sein können. Zuckend und mit verdrehten Augen auf dem Erdboden zu liegen, wird dich nicht weiterbringen. Also steh auf und bring dich erstmal in Sicherheit, bevor wir das weitere Vorgehen austüfteln.»

Sobald Stella diese Gedanken beendet hatte, fand ich tatsächlich die Kraft, mich aufzurichten, obwohl meine Gliedmassen noch stark zitterten. Mein waberndes Sichtfeld normalisierte sich gleichzeitig mit meiner Atmung und meinem Herzschlag. Das bedrückende Gefühl wurde durch blanken Hass ersetzt, der mich auf einmal wieder klar denken liess. Ich griff nach der Steuereinheit, die ich versehentlich während meines Zusammenbruchs fallengelassen hatte, beschleunigte in teilweise unbeholfenen Schritten, breitete die schmerzenden Flügel aus und stiess mich vom Boden ab, während ich mir überlegte, wie ich Mario befreien, mich an den Menschen für ihre Taten rächen und nach Hause zurückkehren konnte. Lange flog ich an der Seite des kilometerhohen Bergs entlang, der noch um ein Vielfaches breiter war und in seiner Gesamtheit eine beinahe kreisrunde Insel im endlosen Ozean darzustellen schien, bevor ich mir erneut einen Landeplatz suchte.

Ich kann es kaum fassen, dass du mir über Millionen Kilometer Entfernung noch das Leben rettest, Stella, dachte ich voller Liebe meiner Tochter gegenüber.

Umgeben von unbekannten Tieren setzte ich mit den Klauen auf, bremste gekonnt ab und widmete mich endlich dem Steuergerät. Eine der beiden Tasten war durch ein gezacktes Symbol gekennzeichnet, was einem vereinfachten Blitz glich, weswegen ich die andere drückte. Mit einem Klacken löste sich das Halsband vollautomatisch und fiel zu Boden. Zufrieden liess ich es gemeinsam mit dem Steuergerät liegen, suchte mir einen angenehm windgeschützten Schlafplatz unterhalb von einigen heraustehenden Wurzeln und rollte mich gedankenverloren zusammen, wobei ich aufgrund meiner Kopf-, Rücken- und Flügelschmerzen zusammenzuckte.

11

Heimweh

Stechende Schmerzen an meinem linken Flügelansatz liessen mich laut aufjaulen. Mein gesamter Körper war auf einer kleinen, knapp einen Meter erhobenen Fläche gefesselt, wodurch die Menschen in stehender Position meinen Flügel abschneiden konnten. Eine sich schnell drehende, scharfe Scheibe aus Metall bohrte sich Millimeter für Millimeter durch meine Sehnen und Knochen, während ich verzweifelt versuchte, mich zu befreien. Als die laut sirrende Schneideapparatur das Zentrum meines Flügelansatzes erreichte, kribbelte plötzlich mein gesamter Flügel und ich verlor jegliches Feingefühl, während die Schmerzen explodierten.

Schreiend schreckte ich hoch, stiess mit dem Kopf gegen das Wurzelgeflecht, unter dem ich geschlafen hatte, und blickte anschliessend auf meinen linken Flügel, der allem Anschein nach gesund war. Schwer atmend und mit pochendem Herzen blickte ich in der düsteren Nacht umher, bis mir bewusst wurde, dass dies lediglich ein Traum gewesen war. Tief seufzend entspannte ich mich wieder, indem ich die durch mich erzeugten Wolken aus Kondenswasser betrachtete, die sich langsam von mir entfernten und verblassten.

Ich versuchte erneut, einzuschlafen, jedoch hinderten mich sowohl meine Angst vor weiteren Albträumen als auch mein mittlerweile ausgetrocknetes Maul daran. Mühselig ächzend, da meine realen Schmerzen kaum nachgelassen hatten, richtete ich mich auf und begab mich auf die Suche nach einer Wasserquelle. Vorsichtig schnuppernd trat ich zwischen den unzähligen Bäumen hindurch, wobei ich einige unbekannte Tiere wahrnahm. Eine verführerische Duftspur, die zu einigen Sträuchern führte, in denen es leise raschelte, weckte das Bedürfnis in mir, etwas zu jagen, obwohl ich noch immer satt war. Einen Augenblick spielte ich mit dem Gedanken, dem Drang nachzugeben und dennoch etwas zu fressen, entschied mich jedoch dagegen und wandte mich bestimmt schnaubend von meiner mutmasslichen Beute ab.

Lange schlenderte ich ziellos durch den Wald und ignorierte alle Tiere, die ich vorfand, bis ich endlich frisches Wasser witterte. Zu meiner Überraschung führte mich der Duft zu einem im Sternenlicht glitzernden, breiten Fluss, der beinahe mit der Klarheit von dem Frischwasser der Drachenschlucht mithalten konnte. Die Menge an Wasser, die in Richtung des Ozeans floss, erstaunte mich, wodurch ich einige Sekunden beeindruckt stehenblieb, bevor ich mein Vorhaben fortsetzte. Nachdem ich auf das tiefgelegene Ufer hinabgeklettert war, schnappte ich gierig nach der wohlschmeckenden, kalten Flüssigkeit, bis mein Durst vollständig gestillt war. Anschliessend legte ich mich an den Rand des Flusses und blickte gedankenverloren den Sternen entgegen, während ich dem leisen Plätschern und Gurgeln des Wassers lauschte, was durch einige Steine am Flussufer entstand.

Ohne Mond sieht der Himmel düster und leblos aus, stellte ich fest.

Bedauerlicherweise schoss bald wieder ein tiefer Schmerz durch meinen Verstand, der mich abermals an die Verstümmelungen meines Sohnes erinnerte. Meine Körperhaltung verspannte sich, während Zorn in mir gedieh, bis ich nichts als Hass den Menschen gegenüber empfand. Innerlich spielte ich zahlreiche Szenarien durch, in denen ich Frau Bühlers riesiges Anwesen angriff, alle anwesenden Menschen tötete und Mario befreite. Leider führte mich mein Plan niemals weiter als zu der Stelle, bei der ich gemeinsam mit meinem Sohn in die freie Natur rannte.

Die Menschen werden uns früher oder später finden und gefangennehmen oder gar töten, wenn wir hierbleiben. Sollten wir uns dafür entscheiden, diesen Planeten zu verlassen, müsste ich zuerst ein funktionstüchtiges Raumschiff auftreiben, was sich bestimmt in einer grossen Stadt oder zumindest in der Nähe der Zivilisation befindet. In solch einem Fall wäre ein gross angelegter Kampf unvermeidlich und gegen die menschlichen Streitkräfte habe ich keine Chance, weswegen ich diese Idee gleich wieder vergessen kann, dachte ich frustriert.

Nichtsdestotrotz liess mich der Gedanke, die Menschen, die Mario verstümmelt hatten, auf meine Weise zur Rechenschaft zu ziehen, nicht los. In meiner Unruhe stand ich mehrfach auf und breitete die Flügel aus, um meinen Angriff zu starten, zögerte aber dennoch, da dies meine und auch Marios Situation nicht bessern würde. Gewaltsame Handlungen konnten sogar dazu führen, dass die Menschen uns Drachen noch schlechter behandelten, als sie es ohnehin bereits taten. Ausserdem hatte ich das Vertrauen mindestens eines Menschen erlangt, weswegen noch ein Hoffnungsschimmer in mir ruhte, eine friedliche Lösung zu finden, mit der alle Beteiligten zufrieden waren. Mir war bewusst, dass ich eben jenes Vertrauen unwiderruflich verlieren würde, sollte ich brutale Gewalt anwenden, auch wenn diese noch so verlockend war.

Innerlich bekämpften sich meine Vernunft und mein Hass, bis der Morgen graute. Da ich in jedem Fall zu Frau Bühlers Anwesen zurückkehren musste, startete ich vom Strand aus und flog dem pinken Leuchten entgegen, was sich im scheinbar endlosen Ozean reflektierte. Nebst dem unwirklichen Farbspiel am Horizont lenkten mich auch die Nebelschwaden, die gespenstisch zwischen den Baumstämmen hervortraten, geringfügig von meinen Sorgen ab. Tief seufzend liess ich mich durch die kalte Morgenluft treiben, die sanft gegen meine Flügelmembran drückte, bis ich plötzlich ein weit entferntes Dröhnen begleitet von einem schnellen Klopfen wahrnahm.

In einigen Kilometern Entfernung erspähte ich ein dunkelgraues, glänzendes Flugobjekt, was sich mithilfe von schmalen, sich drehenden Platten in der Luft hielt. Mehrere Menschen sassen innerhalb dieses Fortbewegungsmittels, jedoch konnte ich nicht erkennen, wer sie waren.

Die sehen alle gleich aus. Dadurch ist es kein Wunder, dass ich sie ohne ihren Geruch kaum voneinander unterscheiden kann, dachte ich, wobei ich fühlte, wie der blosse Anblick dieser Wesen meine Wut auflodern liess.

Beschienen von den ersten Sonnenstrahlen landete das Flugobjekt auf einer Lichtung. Die rotierenden Platten verlangsamten sich, sobald es auf dem Gras aufgesetzt hatte, und das Dröhnen verstummte. Nun kletterten drei Menschen hinaus und sahen sich um, als wären sie auf der Suche nach etwas. Bald darauf entdeckte einer von ihnen einen schimmernden, metallenen Gegenstand, den ich als mein Halsband identifizierte.

Wie haben sie dieses Ding aufgespürt? Es hinterlässt keine Duftspur, fragte ich mich verwirrt.

Da ich vermutete, die Menschen hatten eines ihrer hochmodernen Geräte verwendet, die ich nicht verstand, beschäftigte ich mich stattdessen mit der Frage, wer sie waren. Zielstrebig näherte ich mich ihnen, bis mir Ferdinands Geruch in die Nase stieg. Einen Augenblick erstarrte ich unschlüssig in meinen Bewegungen, wobei ich schnurgerade durch die Luft glitt, bis ich auf eine neue Idee stiess, wie ich mit ziemlicher Sicherheit Mario befreien und diesen Planeten verlassen konnte, ohne auf das Erbarmen einiger Menschen angewiesen zu sein. Ich setzte meinen Flug fort, wobei ich Ferdinands Begleiter bald als Loris und Felix identifizierte. Keiner von ihnen bemerkte mich. Selbst als mich lediglich noch einhundert Meter von ihnen trennten, blickten sie nicht in meine Richtung, worüber ich froh war. Lautlos und in geringer Geschwindigkeit glitt ich auf Ferdinand zu, streckte die Vorderbeine nach ihm aus und packte ihn schliesslich an den Seiten seines Brustkorbs. Der Mensch schrie erst erschrocken auf, als sein

Kopf und seine Gliedmassen aufgrund der Fliehkräfte stark in meine Richtung gezogen wurden. Seine Schlaufe, mit der er sein gebrochenes, linkes Vorderbein entlastet hatte, was noch immer in einer weissen, harten Schicht steckte, fiel zu Boden, während ich die Flügel anders anwinkelte und in kleinen, wellenartigen Bewegungen beschleunigte, um sowohl an Höhe als auch an Geschwindigkeit zu gewinnen. Derweil schrien Loris und Felix Ferdinands Namen, als könnten sie ihm dadurch helfen.

Nur wenige Sekunden später flog ich bereits über die Bäume hinweg in Richtung meines Sohnes. Ferdinand, der nun hilflos im festen Griff meiner Vorderbeine baumelte, stiess noch einige erschrockene Schreie aus, bis er schliesslich seine Sprache wiederfand.

«Wa ... was tust du da?», stotterte er.

«Meinen Sohn befreien und diesen Planeten verlassen. Du wirst mir hierbei sehr nützlich sein.»

Ferdinand blickte mich verängstigt und fragend an. Ich vermutete, er wäre unsicher, was ich mit ihm vorhatte, jedoch beruhte seine Verwirrung auf einem anderen Grund.

«Wie bitte?», schrie er mich an, als wäre ich einen Kilometer von ihm entfernt.

Hat der mich etwa nicht verstanden? Meine Aussprache war klar und deutlich, dachte ich, wobei ich Ferdinand mit leicht schräg gelegtem Kopf in die Augen starrte.

Plötzlich erinnerte ich mich an das schlechte Gehör der Menschen, weswegen ich meine Geschwindigkeit und somit den Gegenwind reduzierte, bevor ich meine Aussage von vorhin Wort für Wort wiederholte. Sobald Ferdinand mich verstanden hatte, wurde sein Blick flehend.

«Bitte lass mich runter!»

Vor lauter Angst zitterte sein gesamter Körper.

«Nein, das werde ich nicht.», entgegnete ich ernst.

«Mein gebrochener Arm tut weh und deine Klauen quetschen mir die Rippen.»

Er nennt sein Vorderbein 'Arm'? Seltsam.

«Ist mir egal.», brummte ich.

Ferdinand strampelte verzweifelt mit seinen Beinen, konnte sich jedoch keine Abhilfe verschaffen.

«Ich habe Angst.»

«Das ist offensichtlich.»

Mein Ton war nun beinahe gelangweilt vor lauter Gleichgültigkeit. Derweil klammerte sich meine Geisel mit seinem rechten Vorderbein beziehungsweise Arm an meinem Hals fest, als befürchtete er, ich würde ihn fallenlassen.

«Wirst du mich jetzt töten?»

«Nein.»

«Wirklich nicht?», entgegnete er ungläubig.

«Für wie bescheuert hältst du mich eigentlich? Weshalb sollte ich jemanden mehrere hundert Meter hoch in die Luft tragen, um ihn mit einem Sturz zu töten, wenn ein simpler Biss oder Schnitt durch die Kehle dasselbe Resultat erzielt hätte?»

Ferdinand schluckte leer.

«Was hast du dann mit mir vor?», fragte er immer noch zittrig vor Angst und Adrenalin.

«Ich werde diese Frau Bühler und alle anderen Menschen in ihrem Anwesen töten und meinen Sohn befreien. Anschliessend wirst du mich zu einem funktionstüchtigen Raumschiff führen, was wir gemeinsam stehlen werden, um diesen Planeten zu verlassen.», erwiderte ich, mit dem Blick auf den mittlerweile strahlend hellen, goldenen Horizont gerichtet.

«Das wird nicht funktionieren. Sobald die Menschen bemerken, dass du ausser Kontrolle geraten bist, werden sie dich angreifen, zur Not auch mit allen verfügbaren Mitteln. Du bist dem Militär machtlos unterlegen, glaub mir!»

Ungläubig schnaubend ignorierte ich Ferdinands Aussage, während ich abermals beschleunigte, da mich seine Worte nicht interessierten.

«Ausserdem gibt es momentan keine abflugbereiten Raumschiffe, da alle an der Erdmission teilgenommen haben. Die müssen erst gewartet, mit Lebensmitteln gefüllt und aufgetankt werden. Nur ein ausgebildetes Team kann die kritischen Systeme überprüfen und allfällige Fehler beheben. Selbst wenn du ausreichend qualifizierte Menschen findest, würde es mehrere Tage dauern, bis das Raumschiff starten kann. In dieser Zeit würde das Militär die Einrichtung stürmen und dich entweder gefangennehmen oder gar töten. Was du vorhast, wird dir nicht gelingen.», fuhr er fort.

Noch immer versuchte ich, ihn zu ignorieren, wobei mir dies bereits aufgrund seiner durchaus berechtigten Bedenken erschwert wurde.

Ein Dröhnen hinter mir liess mich herumfahren. Loris und Felix waren erneut in ihre Flugmaschine eingestiegen und holten rasch auf. Zähnefletschend starrte ich die beiden Menschen an, bis sie ihre Geschwindigkeit verlangsamten und anschliessend einen konstanten Abstand von schätzungsweise einhundert Metern beibehielten.

«Jetzt hör mir doch bitte mal zu, Nils. Ich möchte dir ...», setzte Ferdinand an.

«Halt endlich mal deine Schnauze, sonst lasse ich dich tatsächlich noch fallen!», schrie ich ihm wütend ins Gesicht, da mir mein Bewusstsein keinerlei Zweifel an meinem Vorhaben erlaubte, während ich unwillkürlich meinen Griff um seinen Brustkorb verstärkte.

Ferdinand verstummte sofort und griff mit seinem rechten Arm nach meinen Klauen, die ihm bereits Quetschungen verursacht haben mussten. Als ich dies bemerkte, lockerte ich den Griff geringfügig und setzte meinen Flug unbeirrt fort. Obwohl ich es mir nicht eingestehen wollte, hatten sich nun Zweifel zu meiner einst unerschütterlichen Überzeugung, mein Vorhaben erfolgreich durchzuführen, dazugesellt. Nichtsdestotrotz liess ich mich nicht von meinem ursprünglichen Plan abbringen.

Die Sonne stand bereits eine Klaue breit über dem glänzenden Horizont, als ich Frau Bühlers Anwesen erreichte. Energisch zog ich die Flügel geringfügig an, um in einen Sturzflug überzugehen, obwohl dies stechende Schmerzen auslöste. Ferdinand stiess derweil einen erschrockenen Schrei aus. Dies und die Tatsache, dass er aufgrund der morgendlichen Kälte bereits am ganzen Leib zitterte, war mir gleichgültig.

Knapp zwanzig Meter über dem Boden breitete ich die Flügel wieder vollständig aus und fing meinen Sturzflug im allerletzten Moment ab, bevor ich Ferdinand unsanft über dem Kiesplatz fallenliess. Er stöhnte schmerzerfüllt auf, als er auf seinem gebrochenen Arm landete.

In absoluter Gleichgültigkeit setzte ich ebenfalls auf, wohingegen meine Landung wesentlich sanfter war, und faltete meine Flügel ein. Wie immer achtete ich darauf, dass sich mein linkes Flügelgelenk in einer Schonhaltung befand. Ohne auf die laut dröhnende Flugmaschine zu achten, die uns bis hierher gefolgt war, trabte ich zur durchbrochenen Fensterscheibe des Anwesens, wobei ich verwundert feststellte, dass jegliche Scherben bereits beseitigt worden waren, und sprang ins Innere des Eingangsbereichs. Intensiv schnuppernd nahm ich Marios Duftspur auf und eilte teils schlitternd aufgrund des glatten Untergrunds zu ihm.

«Papa? Was machst du hier?», fragte er verwirrt, als er meine Gedanken durch eine Steinwand hindurch wahrnahm.

Dich befreien und nach Hause bringen, mein Sohn, entgegnete ich und stürmte um die letzten Ecken, bis ich ihn endlich erblickte.

Bedauerlicherweise war Frau Bühler ebenfalls anwesend und sass dicht an Mario geschmiegt auf einem riesigen, beinahe übertrieben flauschigen Bett. Ihren Duft hatte ich aufgrund der Sehnsucht nach meinem Sohn nicht einmal wahrgenommen. Sofort loderte ein wilder Zorn in mir auf. Ich wollte mich gerade zähnefletschend auf sie stürzen, als sie plötzlich zu sprechen begann.

«Was machst du denn hier? Und wo ist dein Halsband?»

Verdutzt erstarrte ich in meiner Bewegung, da ich mittlerweile vergessen hatte, dass sie sprechen konnte. Ich ignorierte Ferdinands Ratschlag und antwortete ihr verbal.

«Das hier ist mein Sohn und du wirst ihn jetzt auf der Stelle freilassen!», knurrte ich, während ich mit der Schnauze auf Mario deutete.

Frau Bühlers von Fettwülsten umgebener Unterkiefer klappte erstaunt auf.

«Ja, ich kann sprechen, ich weiss. Jetzt krieg dich wieder ein und lass ihn frei!», ergänzte ich, um die Situation zu beschleunigen.

«Wie ist das möglich?», fragte sie, ohne von meiner Drohung Notiz zu nehmen.

«Bist du taub oder was?», entgegnete ich.

Noch immer starrte sie mich fassungslos an. Mario blickte währenddessen unsicher zwischen Frau Bühler und mir umher.

Das dauert mir zu lange, dachte ich und stiess mich mit den Hinterbeinen zu einem Angriffssprung ab.

Mit weit aufgerissenem Maul flog ich in Zeitlupe auf mein Ziel zu, bis sich Mario plötzlich mitten in den Weg stellte. Verwirrt schloss ich mein Maul wieder und breitete ich die Flügel aus, um abzubremsen.

Was tust du da? Fragte ich ihn vorwurfsvoll, als ich wenige Zentimeter vor ihm auf der Bettkante zum Stillstand kam.

«Du darfst sie nicht angreifen, Papa.», entgegnete Mario eingeschüchtert zuckend.

Du bist nicht ihr Eigentum. Sie kann dir keine Schmerzen mehr zufügen, selbst wenn du gegen ihr Interesse handelst. Dafür werde ich sorgen, versprochen.

«Aber sie ist immer gut zu mir. Ich möchte nicht, dass du ihr Leid zufügst.»

Nun war ich derjenige, der sein Gegenüber verdutzt anstarrte.

Was hast du da gerade gedacht? Dieses fette Ding ist nicht gut zu dir! Ihretwegen wurdest du verstümmelt und gefoltert.

202

«Das stimmt nicht.»

Wir beide wissen, dass du das nicht wahrhaftig glaubst.

«Ich glaube es nicht, ich weiss es.»

Jetzt geh mir bitte aus dem Weg und ich befreie dich von hier, dachte ich genervt seufzend.

«Ich möchte nicht von hier weg. Das ist jetzt mein Zuhause.»

Wie bitte? Dein Zuhause? Du gehörst auf die Erde, genauer gesagt in die Drachenschlucht. Dort ist deine Familie und nicht hier auf diesem eigenartigen Planeten, der von abscheulichen, spärlich behaarten, auf zwei Beinen gehenden Wesen bewohnt ist.

«Stimmt das wirklich, dass er dein Sohn ist?», fragte Frau Bühler plötzlich, die an Mario vorbei in meine Richtung blickte.

«Ja. Jetzt sag ihm, er soll mit mir zurück auf die Erde kommen.», entgegnete ich froh darüber, dass sie ihre Verwirrung nun endlich überwunden hatte, wenn auch nur zum Teil.

Unsicher sah sie Mario an, der ihren Blick hastig erwiderte, als wäre er oft dazu gezwungen worden, dies zu tun. Seine Gedanken an Stromschläge bestätigten meinen Verdacht und schürten zugleich meine Wut diesem Menschen gegenüber. Ich stiess ein tiefes, bedrohliches Knurren aus, während ich die Zähne entblösste, um sie zur Eile zu bewegen. In ihrem durch Fett aufgeblasenen Gesicht zeichnete sich plötzlich Furcht ab. Ihr schien nun bewusst zu sein, dass sie nicht um Hilfe rufen konnte, ohne ihre einzige Deckung zu betäuben.

«Du musst jetzt mit ihm gehen, Grosser.», sprach sie mit zittriger Stimme auf Mario ein, während sie ihn zärtlich an der Seite seines Kopfes streichelte.

«Das sagst du doch bloss, weil mein Vater dich dazu zwingt.», dachte er und blickte ihr lange in die Augen, als würde er sie tatsächlich mögen und sich um ihr Wohlergehen scheren.

Hör auf das, was sie sagt, bitte! Ich liebe dich und kann das alles hier nicht zulassen. Komm doch einfach zurück nach Hause.

«Barbara kümmert sich jetzt um mich. Ich brauche dich nicht mehr, Papa.»

Das haben sie dir doch bloss alles eingeredet. Jetzt geh mir endlich aus dem Weg, erwiderte ich.

Dieses Mal knurrte ich Mario anstelle von Frau Bühler an, was mein Sohn mit einem Fauchen konterte.

«Verschwinde von hier! Du machst ihr Angst.», dachte er währenddessen.

Behutsam legte er seinen Schwanz um sie und stupste sie kurz mit der Schnauze an, um sich zu vergewissern, dass es ihr gut ging, bevor er sich wieder fauchend mir zuwandte.

Ich erkenne dich nicht mehr wieder, mein Sohn, dachte ich verzweifelt, wobei ich das Knurren einstellte und mit feuchten Augen rückwärts von der Bettkante zu Boden kletterte.

In dieser Sekunde nahm ich Schritte wahr, die sich aus dem Eingangsbereich näherten. Nebst einigen unbekannten Menschen witterte ich noch Loris und Felix. Frau Bühler blickte an Mario vorbei zu mir, wobei ihr Körper durchgehend Stresshormone ausstiess. Marios Schnauzspitze zuckte, da er die Neuankömmlinge ebenfalls gerochen hatte, und er stellte sich zwischen seine Besitzerin und mich, als wäre mein Anblick Gift für Frau Bühler.

«Geh jetzt endlich! Lass uns in Ruhe!», herrschte mich mein Sohn an, was einem telepathischen Speer glich, der mein Herz durchbohrte.

Mein Atem ging stossweise und aufgrund meiner Tränen verschwamm die Umgebung. Wimmernd wandte ich mich von meinem Sohn ab und schlurfte voller seelischem Schmerz durch die offenstehende Tür in den Korridor hinaus, aus dem ich gekommen war. Zu meiner Linken entdeckte ich Loris, Felix und vier andere Menschen, die mit ihren Blitze verschiessenden Waffen auf mich zugestürmt kamen.

Macht mit mir, was ihr wollt. Es ist mir egal. Ich habe als Vater versagt, dachte ich und brach unter meiner Trauer kraftlos zusammen, noch bevor mich die ersten Stromstösse trafen.

Sowohl die krampfhaften Schmerzen, die nach nur zwei Blitzen meinen gesamten Körper durchzogen als auch meine chronischen Leiden, welche aufgrund der heutigen und gestrigen Anstrengungen zugenommen hatten, waren nichts im Vergleich zu meiner allumfassenden Trauer, die mir jegliche Lebensenergie zu rauben schien. Widerstandslos liess ich zu, dass die Menschen mir mit einigen schwarzen Seilen die Schnauze zubanden und die Gliedmassen fesselten. Ich sah die Menschen währenddessen nicht einmal an. Erst als ich eine vertraute Stimme wahrnahm, fand ich die Kraft, aufzublicken.

«Nein, tut ihm nicht weh!», rief Ferdinand durch das bereits hektische Stimmengewirr hindurch.

Alle Anwesenden wandten sich dem Neuankömmling zu, der hinkend und mit schmerzverzerrtem Gesicht auf uns zutrat. Seiner gekrümmten Haltung und der Art und Weise, wie er seinen rechten Arm gegen seine Rippen presste, entnahm ich, dass er verletzt war. Nichtsdestotrotz schien er mir helfen zu wollen.

«Er hat Frau Bühler angegriffen, nachdem er Sie entführt und hergeflogen hat. Dieses Tier ist ausser Kontrolle geraten.», entgegnete ein Unbekannter.

«Ich weiss. Aber das ist nicht seine Schuld. Der Drache von Frau Bühler ist sein Sohn und er hat bloss versucht, ihn zu befreien. Ihr habt keine Ahnung, was er gerade alles durchmacht.»

Du ebenfalls nicht, mischte ich mich gedanklich ein, wobei mir abermals Tränen aus den Augen rannen.

Abgesehen von Loris und Felix starrten alle Ferdinand an, als hätte er den Verstand verloren. Hiervon liess er sich jedoch nicht beirren, denn er setzte sich selbstbewusst vor mich, löste seinen rechten Arm von den Rippen und streckte die Klauen ächzend nach meinen Fesseln aus. Mit einer Pranke begann er, an den schwarzen Strängen zu ziehen, jedoch gelang es ihm nicht, die Knoten zu lösen.

«Jetzt helft mir doch, diese verfluchten Karbonfasern zu entknoten.», fuhr er die anderen vorwurfsvoll an.

Lediglich Loris und nach kurzem Zögern auch Felix entschieden sich dazu, Ferdinand Folge zu leisten. Gemeinsam lösten sie die sogenannten Karbonfasern von meinem Körper, wobei mir schleierhaft war, was Karbon bedeutete. Keiner von ihnen wagte es, mich direkt zu berühren, weswegen sie die Seile nicht unter meinem Körper hervorziehen geschweige denn vollständig lösen konnten. Aufstehen wollte ich auch nicht, da ich hierfür zu traurig war. Erst als sich mein Tränenfluss verstärkte und das Bedürfnis, allein zu sein, stärker war als meine Hoffnungslosigkeit, richtete ich mich auf, streifte die Fesseln vollständig ab und tapste leise wimmernd den Korridor entlang. Einer der Menschen richtete seine Waffe auf mich, was Ferdinand sofort mit einem «Nicht!» konterte.

«Sie lassen ihn einfach so gehen?»

«Ja. Ich glaube, er braucht ein wenig Zeit für sich.»

«Sie wissen schon, dass Sie für alles verantwortlich sind, was er tut, oder? Sie sind schliesslich sein Besitzer.»

«Das ist mir durchaus bewusst.»

Ich habe keinen Besitzer, dachte ich, während meine Trauer für eine Sekunde auf Wut umschwang.

Sobald ich um mehrere Ecken gebogen war und mich in einer grossen, reich verzierten Halle wiederfand, liess ich meinen Gefühlen freien Lauf, indem ich laut aufjaulte und zwischendurch schluchzte. Dies setzte sich noch eine Weile fort, bis mir plötzlich bewusst wurde, was ich zu tun hatte.

Stella braucht mich. Ich muss wieder zur Erde zurückkehren, dachte ich bestimmt, streifte die Seiten meines Kopfes an den Vorderbeinen trocken und setzte mich schniefend hin.

Genau in diesem Moment stiess Ferdinand in Begleitung von Loris und Felix zu mir.

«Ich muss diesen Planeten verlassen. Wo ist das nächste Raumschiff?», fragte ich mit rauer, heiserer Stimme.

Ferdinand blieb mitfühlend einige Meter vor mir in gekrümmter Haltung stehen.

«Es tut mir wirklich ausserordentlich leid für dich, dass du wegen uns Menschen all das hier durchstehen musst und ich verstehe, weshalb du dringend wieder nach Hause fliegen möchtest, aber du musst dich noch eine Weile gedulden.»

«Eine Weile Gedulden? Was hat das jetzt wieder zu bedeuten?»

Meine Trauer war nun abermals der Wut gewichen.

«Du kannst unmöglich in einem gestohlenen Raumschiff zur Erde fliegen und selbst wenn du es könntest, würden die Menschen dir früher oder später zu deiner Heimat folgen und deine Geschichte wird sich so oft wiederholen, bis keiner von euch mehr übrig ist.»

Darüber hatte ich bisher noch überhaupt nicht nachgedacht. Bei dem Gedanken an weitere Invasionen stockte mir der Atem.

Wir müssen eine friedliche Lösung finden, sonst wird dieser Konflikt niemals enden, stellte ich fest.

«Deswegen bitte ich dich, Ruhe zu bewahren. Wir finden garantiert eine Lösung.», setzte Ferdinand fort.

Aufgrund seiner Worte besiegte meine Wut erneut die Vernunft.

«In Anbetracht der Umstände bin ich bereits das ruhigste Wesen des gesamten Universums. Noch ruhiger geht überhaupt nicht! Ausserdem bezweifle ich, dass du dir überhaupt im Ansatz vorstellen kannst, was ich momentan empfinde.», rief ich empört aus.

«Ich habe nicht behauptet, das zu wissen. Trotzdem möchte ich, dass du Ruhe bewahrst und mir zuhörst. Ich möchte dir und deinem Sohn helfen.»

«Auf deine Hilfe kann ich verzichten. Ausserdem werde ich diesen Planeten höchstwahrscheinlich ohne ihn verlassen, es sei denn, ihr Menschen habt ein magisches Mittel gegen Gehirnwäsche.»

«Du kannst ihn doch nicht einfach im Stich lassen. Er ist dein Kind.», entgegnete Ferdinand verblüfft.

«Nein, das ist nicht wahr. Der Sohn, den ich einst hatte, existiert nicht mehr. Wegen euch!»

Wenngleich ich meine letzten Worte voller Zorn gesprochen hatte, so erfüllten sie mich mit einem starken Gefühl der Trauer. Erneut bildeten sich Tränen in meinen Augen und ich wandte meinen Blick schniefend von Ferdinand ab.

«Lass mich dir helfen, Nils.», antwortete er nach einigen Sekunden des Zögerns.

«Weshalb solltest du dich um ein Wesen wie mich scheren? Ich bin doch für euch nichts weiter als ein Spielzeug, eine Freizeitbeschäftigung, eine Trophäe oder noch schlimmer, ein Haustier!», erwiderte ich weinerlich.

«Das habe ich nie in dir gesehen, wirklich.»

«Ach ja? Und was war dieses peinliche Begrüssungsritual mit Frau Bühler? Oder das 'wir Reichen sollten zusammenhalten'? Ausserdem wolltest du mich kaufen! Du bist keinen Deut besser als dieses fette Ding, was dafür verantwortlich ist, dass ich meinen Sohn verloren habe.»

Während des Sprechens loderte ein Hass gegen die Menschen in mir auf, der mich wünschen liess, ich könnte ihre gesamte Zivilisation auslöschen. Anschliessend wies mich mein Verstand darauf hin, dass dies reiner Selbstmord wäre und die Drachen in den Augen der Menschen bloss als blutrünstige Monster darstellen würde, was wiederum eine noch schlechtere Behandlung für Mario, Gustav und die anderen zur Folge hätte. Mit gemischten Gefühlen starrte ich Ferdinand in die Augen. In einem Moment zuckten meine Klauen voller Erwartung, ihm endlich die Kehle aufzureissen, nur um sich anschliessend in einer Welle der Selbstbeherrschung wieder zu entspannen. Es war, als würde ich auf einem schmalen Grat zwischen unkontrollierbarem Zorn und der Ruhe meiner Weitsicht balancieren.

«Ich möchte das Richtige tun.», antwortete Ferdinand schliesslich.

Er schien meine labile geistige Verfassung noch nicht begriffen zu haben, denn er streckte seinen rechten Arm nach mir aus, wie es Frau Bühler bei Mario getan hatte, um ihn zu streicheln.

«Wag es nicht, mich anzufassen, es sei denn, du möchtest eine Pranke verlieren!», fauchte ich wütend und trat einen Schritt von ihm weg, um nicht doch noch meinem Hass zu unterliegen.

Ferdinand zuckte erschrocken zurück, als hätte er erst jetzt bemerkt, welche Gefahr von mir ausging.

«Wir nennen das hier eine Hand.», entgegnete er.

«Wie auch immer.», brummte ich.

«Auch wenn du mir vielleicht nicht glauben magst, bin ich nicht wie die anderen. Ich möchte dir, genauer gesagt allen Drachen, helfen.»

«Wie denn? Du schaffst es noch nicht einmal, dass Frau Bühler meinen Sohn verkaufen möchte.»

«Indem wir eine Volksinitiative starten, um mehr Rechte für Drachen einzuführen. Sollte uns das gelingen, müssen sie euch alle freilassen.»

Plötzlich verblassten sowohl meine Trauer als auch meine Wut in neuer Hoffnung. Erwartungsvoll blickte ich meinem Gegenüber in die Augen.

«Wirklich?», fragte ich beinahe ungläubig, obwohl ich bereits wusste, dass seine Aussage stimmte, da er mir dies bereits früher erklärt hatte.

Ferdinand nickte zufrieden schmunzelnd.

«Das halte ich für eine sehr gute Idee.», stimmte Loris zu, der sich bisher aus unserer Konversation herausgehalten hatte.

Felix blieb stumm und sah mich misstrauisch an, bis ich seinen Blick erwiderte, woraufhin er zu Boden starrte. Die Arme hielt er leicht angespannt vor seinen Bauch.

«Wie gehen wir jetzt vor?», fragte ich aufgeregt.

«Indem ich eine Pressekonferenz starte und allen Menschen dieses Planeten erkläre, dass ihr Drachen keine blutrünstigen Monster seid und was die Dariseg tatsächlich mit euch angestellt hat.», entgegnete Ferdinand.

«Ich weiss zwar nicht, was eine Pressekonferenz ist, aber eine weltweite Bekanntmachung dieser Fakten klingt vielversprechend.»

Voller Zuversicht wandte ich mich bereits zum Gehen, als Ferdinand mir plötzlich wieder das Halsband vor die Schnauze hielt. Ein vorwurfsvoller Blick meinerseits genügte bereits, ihn davon zu überzeugen, dass dies nicht notwendig war.

«Du hast recht. Die Menschen werden ohnehin bald erfahren, was du in Wahrheit bist.», sagte er, warf das metallene Halsband sorglos zu Boden und folgte mir gemeinsam mit Loris und Felix hinaus.

12

Pressekonferenz

«Was ist jetzt eigentlich mit Frau Bühler?», fragte Felix besorgt, während wir im geräumigen Laderaum eines Fahrzeug in Richtung Elysia, der grössten Stadt der Elysium-Inseln fuhren.

«Ich habe sie ausreichend für ihre Umstände entschädigt.», entgegnete Ferdinand grinsend.

«Es hat doch einige Vorteile, reich zu sein.», sagte Loris schmunzelnd.

«Du hast sie einfach bezahlt, uns die zerbrochene Glasscheibe, den versuchten Angriff auf sie und die Umstände nicht übelzunehmen?», mischte ich mich verwirrt und verblüfft zugleich ein.

«Genau.»

Leise kichernd stiess ich Luft aus, wodurch ich einen skeptischen Blick von Felix erntete. Mein Grinsen verblasste beinahe augenblicklich und ich fragte mich ernsthaft, was sein Problem mir gegenüber war, denn er wich meinem Blick abermals aus. Um mich nicht erneut an meine bereits verdrängten Gefühle zu erinnern, ignorierte ich sein Verhalten und konzentrierte mich wieder auf die humorvolle Diskussion zwischen Ferdinand und Loris, bis die Fahrt jäh ein Ende fand. Die Menschen standen in müden Bewegungen auf, wobei Ferdinand und anschliessend auch Loris gähnten. Allem Anschein nach hatten sie diese Nacht wenig bis gar nicht geschlafen. Während Felix die Schiebetür öffnete, sodass wir aussteigen konnten, blickte Ferdinand mir vielsagend in die Augen.

«Ich bitte dich, den Menschen gegenüber freundlich zu sein. Da wir die Masse für uns gewinnen wollen, müssen sie uns mögen.», erklärte er.

«Sie alle? Das könnte schwer werden.», entgegnete ich.

«Nein, natürlich nicht jede einzelne Person. Es wird immer welche geben, die gegen uns sind. Aber sobald wir es schaffen, die meisten Menschen von unserer Sache zu überzeugen, haben wir gewonnen.»

«Das klingt gar nicht mal so schwer.»

«Ist es aber. Wir Menschen sind stur und voreingenommen. Es könnte eine Weile dauern, bis sie dich nicht mehr als aggressives, gefährliches Monster wahrnehmen.»

«Drachen sind sturer und voreingenommener, glaub mir.», erwiderte ich schmunzelnd mit den Gedanken bei Editha, während wir die warme, von der Sonne beschienene Strasse betraten.

Da wir uns nun wieder in einer Stadt befanden, waren wir von zahlreichen Häusern, Menschen, Geräuschen und Gerüchen umgeben. Inzwischen bereiteten mir derartige Reize weniger Schwierigkeiten als noch vor einigen Tagen.

«Das Lächeln von vorhin solltest du beibehalten.», sagte Ferdinand kurze Zeit später.

«Weshalb? Ohne dass es einen Grund dafür gibt, müsste ich es vortäuschen.»

«Genau das solltest du auch. Die vorgetäuschte Fassade gegen aussen ist ein wichtiger Teil der Politik. Von nun an bist du nämlich ein Politiker.»

Ferdinand blickte freundlich schmunzelnd nach vorn, während wir uns den ersten fremden Menschen näherten, die zufällig auf derselben Strasse spazierten. Obwohl ich Ferdinand über eine halbe Minute beobachtete, veränderte sich sein freundlicher Gesichtsausdruck nicht im Geringsten und er wirkte beinahe unendlich zuvorkommend und vertrauenerweckend.

Das ist wahre Magie, stellte ich erstaunt fest, da ich ihm in diesem Augenblick selbst meine finstersten Geheimnisse anvertraut hätte.

«Der hat ja gar kein Halsband.», rief ein offensichtlich weiblicher Mensch plötzlich.

Die drei anderen Menschen, die sich in ihrer Nähe befanden, blieben abrupt stehen und starrten mich erschrocken an. Kurzzeitig flackerte Marios Schmerz in meinem Bewusstsein auf, wobei ich mich geringfügig verspannte und das Bedürfnis verspürte, die Menschen anzugreifen, um meinen Zorn auszuleben, jedoch gelang es mir eine Sekunde später, tief durchzuatmen und meine Emotionen zu unterdrücken.

«Ich werde euch keinen Schaden zufügen.», sprach ich gespielt lächelnd auf die Passanten ein, um ihnen ihre Angst zu nehmen.

Es sei denn, ihr spielt bei unserer Volksinitiative oder wie auch immer das heisst, nicht mit, oder es stellt sich heraus, dass ihr etwas mit den Leiden meines Sohnes zu tun habt, ergänzte ich meine Aussage gedanklich.

Die Angst der Passanten schien sich nicht zu mindern, jedoch gesellte sich Verwirrung dazu. Während sie uns verdutzt anstarrten, gingen wir an ihnen vorbei, ohne sie genauer zu beachten. Nun wandte ich meinen Blick wieder Ferdinand zu.

«War das gut so?», fragte ich ihn verunsichert.

«Ja, so einigermassen. Du solltest aber noch üben, es glaubhafter wirken zu lassen.»

«War das nicht glaubhaft genug?»

«Nein, nicht so ganz. Dein Lächeln sieht eher nach einem Zähnefletschen aus.»

«Vielleicht war es das auch.», entgegnete ich unironisch.

«Du solltest es eher mit einem leichten Schmunzeln versuchen, damit deine Zähne bedeckt bleiben.»

Griesgrämig brummend willigte ich ein und folgte Ferdinand weiterhin der Strasse entlang. Erneut begegneten wir Menschen, die mich fürchteten. Da ich sie dieses Mal lediglich mit einem «Guten Tag» begrüsste und eher zurückhaltend schmunzelte, verminderte sich die Ausscheidungsrate ihrer Stresshormone schnell. Wieder und wieder begegneten wir neuen Menschen, deren Gerüche ich mir mittlerweile nicht mehr einprägen konnte. Mit der Zeit bereitete es mir kaum noch Schwierigkeiten, dauerhaft freundlich zu schmunzeln und alle auf eine menschliche Weise zu begrüssen. Es fühlte sich noch seltsam an, Freundlichkeit vorzutäuschen, jedoch wusste ich, dass mir keine andere Wahl blieb, als mitzuspielen. Selbst meinen Zorn hatte ich mittlerweile gut unter Kontrolle.

Zum Glück können die Menschen meine Gedanken nicht verstehen. Bei Drachen wären solche Täuschungsmanöver zwecklos, dachte ich.

«Wie lange müssen wir noch in Schleichgeschwindigkeit durch die Stadt wandern?», fragte ich Ferdinand eine halbe Stunde später.

«Nur noch etwa zehn Minuten. Wir haben den Marktplatz fast erreicht.»

«Den Marktplatz? Ich dachte, wir wollten nichts verkaufen.»

«Momentan findet kein Markt statt. Deswegen können wir diese freie Fläche für unsere Pressekonferenz nutzen. Die Journalisten sollten auch jeden Augenblick eintreffen.»

«Konntest du das alles mit deinem Handy organisieren?»

«Genau.»

Erstaunt verweilte mein Blick auf dem flachen, rechteckigen Gegenstand zwischen Ferdinands Klauen.

«Und wie viele Menschen werden anwesend sein? Wir brauchen schliesslich zehn Millionen Unterschriften, sofern ich mich korrekt erinnere.»

«Nur ein paar tausend. Die meisten werden dich im Fernseher kennenlernen.»

«Ist das eine Art Maschine, die es ermöglicht, über grosse Distanzen hinweg etwas zu sehen?»

«So in etwa.»

Während der nächsten zehn Minuten erklärte er mir, wie ein Fernseher funktionierte und was Kameras damit zu tun hatten. Die Tatsache, dass man mithilfe von elektronischen Geräten vollautomatisch ein bewegtes Bild aufzeichnen und auf andere Geräte übertragen konnte, verblüffte mich. Zudem stimmte mich die bevorstehende Pressekonferenz vor mehreren Millionen Menschen nervös.

«Was, wenn ich mich blamiere?», fragte ich verunsichert, als Ferdinand mich durch eine aufgeregte, scheinbar höchst interessierte Menschenmenge führte, die uns mit ihren sogenannten Kameras filmten, die allesamt grösser waren als ihre Köpfe.

Derweil schnappte ich dutzende Fragen wie «Herr Schmidt, stimmt es, dass dieser Drache sprechen kann?» und «Wie haben Sie die Wahrheit über Drachen herausgefunden, Herr Schmidt?» auf, die Ferdinand allesamt ignorierte. Die meisten von ihnen schienen nicht einmal bemerkt zu haben, dass ich soeben zu Ferdinand gesprochen hatte.

«Das wirst du nicht. Ich helfe dir dabei.», antwortete er.

Sobald wir auf eine grösstenteils menschenleere, erhöhte Fläche zusteuerten, schienen die Menschen jegliche Angst vor mir verloren zu haben. Beinahe aufdringlich nahmen sie mich mit ihren Kameras ins Visier und versperrten uns vorübergehend den Weg. Erst als Loris und Felix uns halfen, die neugierigen Menschen regelrecht beiseitezustossen, bildete sich ein schmaler Weg, durch den wir die Anhöhe erreichen konnten. Die tausenden Gerüche, das ohrenbetäubende Stimmengewirr und die endlosen visuellen Eindrücke überforderten mich. Hektisch blickte ich zwischen den Menschen umher, die Ferdinand und mich mit zahlreichen Fragen bombardierten.

«Kannst du wirklich sprechen?», fragte eine Frau, die nebst ihrem Körpergeruch einen feinen, süsslichen Duft ausströmte, und hielt mir einen kurzen, schwarzen Stab mit einem runden, weichen Ende entgegen, welches mit einer farbigen Aufschrift versehen war.

«Ähm … ja.», antwortete ich verunsichert.

Entgegen meiner Erwartung schien meine Aussage die Frau noch stärker anzuregen, mir Fragen zu stellen.

«Wie hast du unsere Sprache gelernt?»

«Ich habe euch Menschen zugehört und irgendwann konnte ich die Worte verstehen.»

«Wie lange hast du für diese Lernphase benötigt?»

«Ein paar Wochen oder Monate, schätze ich.»

«Nils, komm jetzt!», rief Ferdinand mir zu.

Gerade als ich mich zu ihm begeben wollte, stellte mir die Frau eine weitere Frage. Gleichzeitig sprachen mich mindestens fünf weitere Menschen an. Allesamt hielten mir ihre kurzen Stäbe vor die Schnauze, die eigenartig künstlich rochen. Verwirrt blickte ich umher, da ich mittlerweile die Übersicht verloren hatte, wer welche Frage gestellt hatte. Der Lärmpegel schien nun noch stärker anzuschwellen und die Leute näherten sich bis auf wenige Zentimeter, wodurch ich beinahe das Gefühl hatte, zu ersticken. In vollkommener Überforderung presste ich die Vorderbeine gegen meine Ohrlöcher und versuchte, zumindest einen Teil dieser Eindrücke auszublenden.

«Ich bitte Sie, ihn nicht zu bedrängen.», nahm ich Ferdinands Stimme wahr und ich fühlte, wie der Boden geringfügig vibrierte, während die Menschen einige Schritte beiseitetraten.

Da sich nun ein klarer Pfad gebildet hatte, der zur erhöhten Fläche führte, fokussierte ich mich darauf und tapste geschwind nach vorn. Wenige Sekunden später kletterte ich drei Stufen hinauf und betrat die schwarze Plattform, die glücklicherweise menschenleer war. Ich hatte das Gefühl, als wäre sie absichtlich für uns geräumt worden. Matt setzte ich mich in die Mitte der Fläche und überblickte die tausenden Menschen, die sich mittlerweile auf dem Marktplatz versammelt hatten. Da sie dicht gedrängt nebeneinander standen, glichen sie einer bunten, wabernden Masse.

Das wäre ein Paradies für Igor, dachte ich, während ich mir vorstellte, wie der siebeneinhalb Meter grosse Drache über die Menschenmenge hinwegflog und einen breiten Feuerstrahl ausstiess, der dutzende von ihnen pro Sekunde tötete.

Kopfschüttelnd vertrieb ich diesen Gedanken wieder, da er aufgrund meines Zorns entstanden war, und konzentrierte mich wieder auf das Wesentliche. Ferdinand stand bereits an der vorderen Kante der Anhöhe und blickte erwartungsvoll zu mir zurück. Er schien keinerlei Scheue zu besitzen, so selbstbewusst wie er mit seinem gebrochenen Arm und den gequetschten Rippen vor dieser riesigen Menschenmenge stand. Leer schluckend trat ich zu ihm, wobei mir erst jetzt ein Metallstab auffiel, der senkrecht aus dem Boden ragte und ungefähr auf der Höhe von Ferdinands Kehle endete. Es schien sich um einen ähnlichen Gegenstand zu handeln wie die, welche die Menschen mir vor die Schnauze gehalten hatten.

«Meine Damen und Herren, ich heisse Sie herzlich willkommen zu dieser spontanen Pressekonferenz.», begann Ferdinand, wobei seine Stimme um ein Vielfaches verstärkt aus mehreren grossen Boxen trat, die seitlich neben der erhöhten Plattform befestigt waren.

Das laute Stimmengewirr der Menschenmenge nahm ab und alle Blicke richteten sich auf uns, was mich vor lauter Nervosität zittern liess. Ich wagte es kaum noch, meinen Kopf zu bewegen, da mich derart viele Menschen beobachteten.

«Wie einige von Ihnen bereits von meiner Bekanntmachung in den sozialen Medien wissen, sind Drachen nicht das, was wir bisher in ihnen gesehen haben. Sie sind keine blutrünstigen, gefährlichen Tiere, sondern intelligente, emotionale Wesen wie wir.», setzte Ferdinand fort, wobei er eine kurze Pause einlegte, um seinen Worten eine stärkere Gewichtung zu verleihen, bevor er abermals zu sprechen begann. «Die Dariseg hat uns allesamt belogen, was die Drachen betrifft. Um das genauer zu erklären, erteile ich gerne Nils das Wort.»

Ferdinand blickte nun erwartungsvoll zu mir. In völliger Überforderung erlebte ich mit, wie alle ihre Aufmerksamkeit mir zuwandten und selbst die letzten Gespräche zu einem leisen murmeln übergingen.

«Ich kann das nicht.», flüsterte ich verlegen.

«Doch, das kannst du. Ich glaube an dich!»

Schmunzelnd trat er beiseite und wies mich mit einer Geste seines rechten Arms an, vorzutreten. In steifer Haltung stapfte ich auf den Stab zu, der höchstwahrscheinlich für die Verstärkung der Stimme zuständig war. Mein Puls beschleunigte sich drastisch, als ich mich dem Stab näherte, dessen oberes Ende in angenehmer Kopfhöhe angebracht war. Als sich meine Schnauze noch wenige Zentimeter davor befand, atmete ich nervös aus, was ein lautes, durchdringendes Luftrauschen erzeugte. Erschrocken aufgrund des extrem verstärkten Atemzugs zuckte ich zusammen, konnte mich jedoch gleich wieder beruhigen. Von nun an atmete ich flacher in der Nähe des Stimmverstärkers. Da mich die gesamte Menschenmenge erwartungsvoll anstarrte, war ich nun dazu gezwungen, etwas zu sagen.

«Hallo.», murmelte ich, ohne mein Maul mehr als einen Spalt breit zu öffnen.

Die Erwartungshaltung der Menschen blieb unverändert.

«Ich … ähm …», begann ich, konnte jedoch nicht fortsetzen, da meine Nervosität meinen Wortschatz erheblich einschränkte.

«Erzähl ihnen von deiner Heimat und wie alles begonnen hat.», half Ferdinand mir.

Ich richtete meinen Kopf nach unten, atmete einmal tief durch und nahm die vorherige Haltung wieder ein.

«Wir Drachen lebten allesamt auf der Erde, bis ihr eines Tages zu uns … bis ihr uns angegriffen habt.», sprach ich unsicher.

Ein beunruhigtes Raunen erfüllte die Menschenmenge, was kurze Zeit später bereits verstummte. Mein rechtes Vorderbein zitterte nervös, während ich mir meine nächsten Worte ausdachte. Mit einem Blick nach hinten versicherte ich mich, dass Ferdinand noch bei mir war, da er mir zu diesem Zeitpunkt ein Gefühl der Sicherheit vermittelte, was ich von einem schwachen, kleinen, zerbrechlichen Wesen wie ihm nicht erwartet hätte.

«Die Dariseg, ich hoffe, ich habe das jetzt korrekt ausgesprochen, hat euch vielleicht erzählt, dass wir am Verdursten waren, aber das stimmt nicht. Wir haben eine Wasseraufbereitungsanlage in unserer Heimat, die es uns ermöglicht, mitten in der Wüste an frisches Wasser zu gelangen. Ausserdem bewirtschaften wir Felder und züchten Tiere. Uns ging es ziemlich gut, bis plötzlich ein Freund von mir völlig verängstigt nach Hause geflogen kam und einigen von uns mitteilte, dass Raumschiffe auf der Erde gelandet sind. Sie haben mehrere Drachen mit Blitzen abgeschossen und entführt, obwohl wir keine feindlichen Absichten hatten. Nur mein Freund entkam dem Angriff. Unter den Entführten befand sich auch mein Sohn.», setzte ich fort.

Bei meinen letzten Worten geriet ich ins Stocken, während sich Tränen in meinen Augen bildeten. Ich blinzelte einige Male in schneller Folge und widmete mich erneut meiner ausführlichen Schilderung der Ereignisse.

«Um ihn zu retten, bin ich in eines eurer Raumschiffe eingedrungen, als ihr das zweite Mal auf der Erde gelandet seid, mit dem Plan, es zu kapern und damit in Richtung Mars zu fliegen, wo wir euch aufgrund eurer Flugbahn vermuteten. Es brach ein Kampf aus und die Steuerung des Raumschiffs wurde zerstört.»

Während ich sprach, fiel mir auf, dass meine Worte den Menschen missfallen konnten, da ich einen gewaltsamen Konflikt andeutete.

«Zu diesem Zeitpunkt wusste ich nicht, weshalb ihr uns angegriffen und entführt habt. Ich wollte bloss meinen Sohn vor Ausserirdischen retten.», ergänzte ich.

Die Menschenmenge blieb ruhig, weswegen ich unbeirrt fortsetzte.

«Schlussendlich trieb ich lange durch den Weltraum, ohne die Richtung ändern zu können, bis ich unkontrolliert in die Marsatmosphäre eintrat. Das Raumschiff brach auseinander und ich bin abgestürzt. Als ich aufwachte, befand ich mich in Gefangenschaft. Man hat mir eine Metallplatte in den Rachen implantiert, um mich am Feuerspeien zu hindern. Später fand ich heraus, dass ihr das mit allen Drachen auf dem Mars getan habt, oder zumindest vermute ich das.

Irgendwann entdeckte Fer ... ähm ... Herr Schmidt mich und es gelang ihm, mich zu befreien. Wir besuchten meinen Sohn, der ...»

Wieder geriet ich ins Stocken. Es fühlte sich an, als hätte sich ein Kloss in meinem Hals gebildet. Dennoch sprach ich unbeirrt weiter.

«Ihm wurden die Flügel, Hörner, Klauen und Zähne entfernt. Anschliessend hat man ihm Metallplatten an den entsprechenden Stellen eingesetzt und festgeschraubt, um die Wunden zu verschliessen und den erneuten Wachstum dieser Körperteile zu verhindern.»

Vor lauter Tränen verschwamm die Menschenmenge zu einer unscharfen, braunen Masse und meine Stimme schwankte.

«Als ich ihn besucht habe, wollte er nicht mitkommen. Er *wollte* nicht.», erklärte ich, wobei meine Lefzen aufgrund meiner Trauer unkontrolliert zucken.

Mit einem Blinzeln rann mir eine Träne aus dem linken Auge und tropfte leise zu Boden.

«Er hat behauptet, diese Frau Bühler würde jetzt an meiner Stelle für ihn sorgen und dass er mich, seinen *Vater*, nicht mehr brauchen würde. Ich habe ihn kaum wiedererkannt.»

Nun zitterte mein Unterkiefer und ich konnte mir ein Schluchzen nicht mehr unterdrücken. Nichtsdestotrotz wollte ich meine Rede beenden.

«Ihr Menschen habt ihn verstümmelt und mental gebrochen, um ihn als Haustier zu halten. Das ist grausam! Deswegen bitte ich euch, sämtliche Drachen freizulassen und uns nach Hause auf die Erde zu bringen, wo wir hingehören.»

Schluchzend schloss ich die Augen, wobei gleich mehrere Tränen an der Seite meines Kopfes entlang auf die schwarze Fläche tropften, und ich wandte mich von der Menschenmenge ab, die vollständig verstummt war, als hätten alle den Atem angehalten. Der Plan, die Menschen über unsere Volksinitiative aufzuklären, war mir aufgrund meiner Trauer entfallen. Wimmernd zog ich mich hinter Ferdinand zurück, legte mich so eng zusammengerollt auf den Boden, wie es mein Rücken zuliess, und bedeckte meinen Kopf mit dem rechten Flügel, um wenigstens ein bisschen Privatsphäre zurückzuerlangen. Alles, was ich von nun an wahrnahm, war meine Trauer, meine Tränen und mein Schluchzen.

Ferdinands Worte, die durch die Boxen verstärkt wurden, drangen dumpf an meine Ohren, jedoch wollte ich deren Bedeutung nicht verstehen. Die Zeit verging, ohne dass ich bemerkte, was hinter meinem Flügel geschah, der von warmen Sonnenstrahlen durchleuchtet wurde, die den mattschwarzen Untergrund rötlich färbten. Zudem konnte ich jede einzelne Ader innerhalb meiner Haut erkennen. Froh darüber, dass mich niemand bei meiner Trauer unterbrach, weinte ich leise vor mich hin, bis ich einige Zeit später in vollkommener Erschöpfung einschlief.

Die Sonne stand bereits im Zenit, als ich wieder erwachte. Noch immer traurig und wütend zugleich zog ich meinen Flügel an, richtete mich auf und streckte mich vorsichtig, ohne meine chronischen Leiden zu verschlimmern. Ein Blick auf den schwarzen Untergrund verriet mir, dass meine Tränen mittlerweile getrocknet waren und weissliche Krusten hinterlassen hatten.

Als ich mich nach Ferdinand umsah, entdeckte ich ihn am Rand der Plattform. Er war in ein Gespräch mit einigen Menschen vertieft, die ein weisses, beschriftetes Rechteck mit einem futuristisch aussehenden Werkzeug bemalten und an die jeweils nächste Person weitergaben. In der Menschenmenge entdeckte ich noch viele weitere solcher Rechtecke.

Sind das etwa die Unterschriften, die Ferdinand sammeln muss? Fragte ich mich.

«Ah, du bist wach. Wie geht es dir?», sprach er mich in diesem Augenblick an.

«Eher mässig gut.», antwortete ich heiser, wobei ich mich anschliessend räusperte.

«Das verstehe ich. Kann ich irgendetwas für dich tun?»

«Ich würde gerne etwas trinken.»

Eine mir unbekannte Person, die dieses Gespräch mitverfolgt hatte, griff nach einem durchsichtigen Behälter, der im Schatten der Plattform stand, und streckte ihn mir entgegen. Es dauerte einen Moment, bis ich begriff, dass es sich um ein mit Wasser gefülltes Gefäss handelte. Leicht verunsichert trat ich näher, nahm es mit den Zähnen entgegen und legte es anschliessend vor mir auf den Boden, um es genauer zu betrachten. Es handelte sich um eine dünne, weiche Hülle, die bis auf eine kleine Luftblase vollständig mit Wasser gefüllt war. Neugierig stupste ich das Gefäss mit der Schnauze an, wodurch es langsam über die Plattform rollte. Bedauerlicherweise liess sich keine Öffnung erkennen. Da ich nicht wusste, wie ich daraus trinken sollte, blickte ich Ferdinand fragend an.

Er wandte sich von den Menschen ab, hob den Behälter hoch und schraubte mithilfe seiner Klauen den Deckel auf, den ich erst jetzt als solchen erkannte. Da er seinen linken Arm nicht verwenden konnte und ihm seine Rippen höchstwahrscheinlich Schmerzen bereiteten, mühte er sich noch beinahe eine halbe Minute damit ab, bis es ihm endlich gelang, mir den geöffneten Wasserbehälter zu überreichen, ohne den Deckel fallenzulassen. Dankbar nahm ich die Oberseite mit der Öffnung ins Maul, richtete meinen Kopf dem Himmel entgegen und liess das frische, leicht nach dem künstlichen Material des Behälters schmeckende Wasser in meinen Hals fliessen. Glücklicherweise gelang es mir, weder etwas zu verschütten noch mich zu verschlucken.

In der Zwischenzeit waren die meisten Menschen im Umkreis von zwanzig Metern wieder auf mich aufmerksam geworden, denn sie begannen, mich mit Fragen zu bombardieren, wie sie es zu Beginn getan hatten. Aufgrund der Tatsache, dass mein Kopf nun wesentlich klarer war als am Morgen und ich mich auf der Plattform zumindest teilweise zurückziehen konnte, da die Menschen aus welchem Grund auch immer auf dem Marktplatz blieben, überforderte mich ihre Fragerei kaum noch.

«Möchtest du, dass wir einen ruhigeren Ort besuchen?», rief mir Ferdinand durch das Stimmengewirr hindurch zu.

Ich schüttelte den Kopf, da ich mich dazu verpflichtet fühlte, den Menschen ihre Fragen bezüglich meiner Rede zu beantworten, die meiner Meinung nach eine Katastrophe gewesen war, da ich in Tränen ausgebrochen war.

Während den nächsten Stunden war ich vollständig damit beschäftigt, den neugierigen Zweibeinern zu erklären, wie wir Drachen in der Drachenschlucht gelebt hatten, was unser Lebensstil war, welche Bedürfnisse und Wünsche wir verspürten, dass wir allesamt Feuer speien konnten und was ich bereits auf der Erde erlebt hatte. Dabei lernte ich, dass die Menschen uns wesentlich ähnlicher waren, als ich zuvor angenommen hatte. Abgesehen von unserem Heimatplaneten und bestimmten Eigenarten unterschied uns kaum etwas. Einzig über die Kämpfe und die Fähigkeit, sich telepathisch zu unterhalten, sprach ich nicht. Sobald mich jemand fragte, wie wir Drachen untereinander kommunizierten, antwortete ich mit «Auf diese Frage möchte ich nicht eingehen», da Ferdinand mir erklärt hatte, dass dies in Ordnung war und die Menschen meine Entscheidung, Informationen für mich zu behalten, akzeptieren würden.

Je länger ich mit ihnen diskutierte, desto mehr verstand ich, dass die Entführung und Misshandlung der Drachen nicht in ihrem Sinn gewesen war.

Zudem sprachen die meisten ihr Beileid mir gegenüber aus, was ich sehr schätzte. Einige von ihnen wollten mich sogar trösten, da sie bemerkten, wie meine Augen feucht wurden, sobald mein Sohn erwähnt wurde, jedoch lehnte ich ab, da ich mich nicht dazu überwinden konnte, mich bei einem Ausserirdischen auszuheulen.

Selbst mein genereller Hass den Menschen gegenüber schien allmählich zu verblassen, während sich mein mentaler Zustand stabilisierte. Am Abend liess ich mich bereits auf Scherze ein und lachte gemeinsam mit ihnen über unsere körperlichen Unterschiede, wie banal, jedoch auch effektiv das menschliche Wirtschaftssystem war und wie einfach sich ihre Umweltprobleme lösen liessen, wenn alle Menschen mal an einem Strang ziehen würden.

Müde und leicht berauscht verliess ich kurz nach Sonnenuntergang den Marktplatz, wobei Ferdinand, Loris und Felix mich begleiteten. Staunend blickte ich in der bunt beleuchteten Stadt umher. Tausende an den Gebäuden angebrachte Leuchtelemente ergänzten das bereits vorhandene Licht der Strassenlaternen und erzeugten ein wildes Gemisch an Farben. Jede Strasse schien in einer völlig neuen Farbkombination zu erstrahlen. Dieser wunderschöne Anblick fesselte mich minutenlang und da die Gerüche mit der Zeit abnahmen, konnte ich mich voll und ganz darauf konzentrieren.

Sobald es ein wenig ruhiger wurde und wir lediglich noch zwischendurch Menschen auf der Strasse begegneten, begann Ferdinand ein neues Gespräch. Obwohl ich noch schwer damit beschäftigt war, staunend umherzublicken, lauschte ich seinen Worten.

«Deine Rede heute war fantastisch, Nils! Wir haben bereits zwölftausend Unterschriften und sobald wir genügend Blätter ausgedruckt und verteilt haben, werden wir in nur wenigen Wochen eine Volksinitiative starten können.»

«Wirklich? Ich dachte, es war miserabel.», entgegnete ich verblüfft, ohne meinen Blick von einer pink leuchtenden Tafel abzuwenden.

«Nein, ganz und gar nicht. Du hast alle emotional berührt und vollkommen von der Ungerechtigkeit überzeugt, die ihr Drachen erfahren habt. Man wird dich auch nicht mehr einsperren, wenn du ohne Halsband angetroffen wirst, da der halbe Planet im Fernsehen miterlebt hat, wie menschlich du bist!»

«Menschlich? Was hat das jetzt wieder zu bedeuten?»

Endlich gelang es mir, Ferdinand anzusehen.

«Dass du gefühlvoll, wohlwollend und hilfsbereit bist, wie wir Menschen es sein können.»

«Bin ich das?»

«Meiner Meinung nach schon.»

«Das finde ich auch. Du bist das menschlichste, nicht menschliche Wesen, was ich kenne.», ergänzte Loris.

Aufgrund seiner Aussage musste ich grinsen.

«Ausserdem hat die Dariseg seit heute 34 Prozent Marktwert verloren.», setzte Ferdinand fort.

Ich legte fragend den Kopf schräg, da ich nicht wusste, wovon er sprach.

«Der Marktwert eines Unternehmens ist, wie viel die Menschen bereit sind, darin zu investieren. Nach deiner heutigen Rede haben viele das Vertrauen in die Dariseg verloren und ihre Aktien verkauft, wodurch der Marktwert gesunken ist.»

«Okay? Ich habe heute gelernt, dass eure Klauen Finger, eure Mäuler Münder und die Textilien um eure Körper Kleider heissen, dass Handys und Mobiltelefone ein und dasselbe sind und wie euer Wirtschaftssystem ungefähr funktioniert, aber ganz alles habe ich noch nicht begriffen. Ehrlich gesagt ist das ein bisschen viel auf einmal.»

«Das ist verständlich. Schliesslich ist alles hier komplett neu für dich.»

«Du wirst das bestimmt bald lernen.», bestärkte mich Loris.

Felix blieb wie immer stumm und schlenderte gemächlich neben uns her.

«In zweieinhalb Stunden fährt unser Zug nach Syrtis ab. Wir haben also noch genügend Zeit, uns ein wenig auszuruhen.», warf Ferdinand ein.

«Ist Syrtis die Stadt, aus der wir ursprünglich hergekommen sind?», fragte ich, da mir dieser Name fremd war.

«Genau. Syrtis ist die Hauptstadt dieses Planeten und der Sitz des Regierungsrats.»

«Apropos Sitz, wie nennt ihr eigentlich diese Sitzgelegenheiten?», fragte ich, wobei ich mit der Schnauze auf eine langgestreckte, erhöhte Fläche deutete, die sich unterhalb eines gelblichen Lichts befand, was auf einem Pfahl befestigt war und ein Teil der Strassenbeleuchtung darstellte.

«Das ist eine Bank. Wenn sich die Sitzgelegenheit bewegen lässt und nur eine Person darauf Platz findet, ist es ein Stuhl. In einem Fortbewegungsmittel nennen wir die Stühle Sitze.»

«Ich hoffe, dass ich das nicht gleich wieder vergesse.», entgegnete ich leicht verlegen und wiederholte die neuen Worte gedanklich in einer Endlosschleife, bis wir uns gemeinsam auf die Bank setzten.

Sie war gerade breit genug, dass ich in aufrechter Position neben den drei Personen sitzen konnte. Ferdinand sass nun wenige Zentimeter rechts von mir und blickte schmunzelnd zu mir auf, bis sein Blick plötzlich wieder ernst wurde. «Wir schaffen das, deinen Sohn und alle anderen zu befreien. Es ist nur eine Frage der Zeit.», sagte er aufmunternd.

Dankbar sah ich ihm in die Augen und wusste nicht, was ich auf diese Aussage erwidern sollte. Da es sich in dieser Situation richtig anfühlte, sich bei ihm für seine Bemühungen zu revanchieren, beugte ich mich vor und schloss ihn, wie es bei den Menschen gebräuchlich war, mit meinem rechten Vorderbein in eine Umarmung, während ich meinen Kopf nach hinten über seine rechte Schulter hängen liess. Ferdinands Rückenmuskulatur verspannte sich ruckartig und ich fühlte, wie sein Puls rasant anstieg, da er mir noch nicht gänzlich auf diese Weise vertraute, was ich ihm aufgrund meines heutigen Übergriffs nicht verübeln konnte. Loris und Felix beobachteten uns gespannt, als würden sie darauf warten, was als Nächstes geschah.

«Danke für alles, was du meinetwegen getan hast.», sprach ich daraufhin zu Ferdinand, um sowohl ihm als auch seinen Freunden die Bedenken zu nehmen.

Allmählich entspannten sich Ferdinands Rückenmuskeln und sein Puls beruhigte sich. Einige Sekunden später legte er sogar seinen rechten Arm um meinen Hals, wenn auch nur sehr zaghaft. Langsam zog ich mich aus der Umarmung zurück und blickte Ferdinand zufrieden schmunzelnd ins Gesicht.

«Habe ich das mit der Umarmung richtig gemacht?», fragte ich leicht verunsichert, da mich alle unablässig anstarrten.

«Ja, ich war nur ein wenig überrascht.», antwortete Ferdinand schüchtern.

Entspannt seufzend blickte ich auf die Strasse und beobachtete mehrere sogenannte Autos, die in langsamer Geschwindigkeit an uns vorbeirollten. In ihren schlichten, grösstenteils grauen Farbtönen und mit den weissen Scheinwerfern wirkten sie beinahe leblos im Vergleich zu den Leuchttafeln und Lampen der Stadt.

«Wenn ich heute etwas gelernt habe, dann dass die Menschen gar nicht mal so übel sind. Ich hatte vorhin auf dem Marktplatz tatsächlich Spass, obwohl ich einige Gründe habe, euch zu verabscheuen.», sagte ich schliesslich.

«Diese Gründe betreffen nur einzelne Individuen und nicht die grosse Masse. Wenn man uns genauer kennenlernt, sind die meisten von uns wie Loris, Felix und ich.», antwortete Ferdinand.

«Zählst du dich etwa zu ihnen?», erwiderte ich lächelnd und wandte ihm einen spielerisch vorwurfsvollen Blick zu.

«Ja. Ist das deiner Meinung nach nicht korrekt? Ich wollte dir von Anfang an nur helfen und das möchten Loris, Felix und die zwölftausend Menschen, die dich heute hautnah miterlebt haben, ebenfalls.»

«Naja, ich weiss nicht. Immerhin warst du daran interessiert, mich zu kaufen, was du schliesslich sogar vorgetäuscht hast, um meine Befreiung zu rechtfertigen. Du musst aufpassen, dass dir dein Produkt deine Entscheidungen nicht übelnimmt.»

Mehrere Sekunden lang blickten wir uns gegenseitig in die Augen, während wir beide versuchten, ein Schmunzeln zu unterdrücken, bis wir schliesslich abrupt lachen mussten.

«Das stimmt nicht gänzlich. Ich wollte dich nur kaufen, um dich zu befreien, was leider nicht nach Plan funktioniert hat.»

«Trotzdem wolltest du es.»

«Dafür habe ich dich jetzt geschenkt bekommen, oder?», fragte er und tätschelte mir neckisch mit seiner rechten Hand auf die Stirn.

«Ich habe wohl eher *dich* gratis erhalten.»

«Wie meinst du das, Haustier?»

«Ach, nur so, Abendessen.»

Grinsend starrten wir uns an, bis Ferdinand mich schliesslich fragte, ob ich Hunger hatte.

«Höchstens ein klein wenig Appetit. Theoretisch müsste ich erst in drei bis vier Tagen wieder etwas fressen.», erklärte ich.

Dennoch entschieden wir uns dazu, ein Abendessen zu verspeisen, wobei sich unsere freundschaftlichen Scherze fortsetzten, bis wir ein Lebensmittelgeschäft erreichten.

«Warte bitte hier draussen, während wir einkaufen.», wies Ferdinand mich an.

«Weshalb darf ich euch nicht begleiten?», fragte ich enttäuscht.

«Ich bin mir nicht sicher, ob die Geschäftsleitung einen Drachen in seinen Laden lassen möchte.»

«Ach, ich verstehe.», entgegnete ich seufzend und wandte meinen Blick von Ferdinand ab.

Ich bin ihnen wohl nicht 'menschlich' genug. Das grenzt bereits an Rassismus. Nicht einmal betreten darf ich dieses Geschäft, obwohl ich die Einrichtung genauso wenig beschädigen würde wie sie. Oder haben die Menschen einen anderen Grund, mir den Zutritt zu verweigern?

«Wir sind gleich zurück.», sagte Ferdinand, während ich noch in Gedanken versunken war.

Sobald sie das Lebensmittelgeschäft betreten hatten, blickte ich ihnen schnuppernd nach. Sofort witterte ich Fleisch, Fisch, Getreide und andere pflanzliche oder tierische Erzeugnisse, die auf der Erde nicht existierten. Derweil schwand mein Verständnis der Entscheidung gegenüber, mich auf der Strasse stehenzulassen. Noch immer konnte ich keinen validen Grund finden, der dies rechtfertigte.

Am späten Abend, als wir allesamt satt waren, betraten wir den Bahnhof und stiegen in den bereits wartenden Zug ein. Ferdinand erklärte mir, dass wir aufgrund der Zeitverschiebung trotz der siebenstündigen Reise um halb drei Uhr in Syrtis eintreffen würden, was mitten in der Nacht war. Dies war mir jedoch gleichgültig, da mein Schlafrhythmus ohnehin bereits vollkommen durcheinandergebracht war.

Ferdinand und Loris setzten sich auf zwei Sitze eines vollständig menschenleeren Abteils und versuchten, zu schlafen, während Felix uns durch eine Abteiltür verliess. Verwundert blickte ich zwischen der Tür und den beinahe schlafenden Menschen umher, bis ich mich dazu entschied, Felix zu folgen. Sein Verhalten liess darauf schliessen, dass er mir nicht vertraute, wobei er dies in einem nicht gerade freundschaftsfördernden Ausmass tat.

Sobald ich die Tür erreicht hatte, zog sie sich vollautomatisch in die Wand zurück. Meines neuen Wissens nach war dies aufgrund von Bewegungssensoren möglich, die Elektromotoren ansteuerten. Wie dies im Detail funktionierte, wusste ich noch nicht. Leise trat ich in das nächstgelegene Abteil, wobei ich ausserordentlich froh war, dass der Zug noch nicht losgefahren war. Felix sass mit dem Blick zum Fenster auf einem der ersten Sitze, die allesamt von mir abgewandt waren. Demnach bemerkte er mich erst, als ich vorsichtig, ohne den Stoff mit den Klauen einzureissen, auf den Sitz neben ihm kletterte. Meinen Schwanz musste ich zwischen den Sitzreihen ausbreiten, da ich ansonsten keinen Platz gefunden hätte. Felix wandte seinen Blick nun absichtlich von mir ab, was mich leicht verlegen umherblicken liess. Keiner der vier fremden Menschen, die weiter vorn in diesem Abteil sassen, sah in unsere Richtung.

«Was ist los mit dir, Felix?», fragte ich vorsichtig, wobei ich beinahe flüsterte, um nicht zu viel Aufmerksamkeit auf mich zu ziehen.

Nur ein Mann mit einem auffällig intensiven, würzigen Geruch blickte zu mir.

«Nichts.», entgegnete Felix seufzend.

«Ach ja? Und weshalb misstraust du mir dann so sehr?»

«Das geht dich gar nichts an.»

Noch immer starrte er unablässig aus dem Fenster, obwohl aufgrund der dunklen Umgebung ausserhalb des Zuges nichts als Spiegelungen des beleuchteten Abteils erkennbar war. Einen Moment dachte ich nach, bevor ich das Gespräch fortsetzte.

«Wenn ich in meinem langen Leben eines gelernt habe, dann dass es essenziell wichtig ist, Konflikte zu beseitigen, besonders mit intelligenten Lebewesen, die man täglich sieht.»

Endlich wandte er sich mir zu. Seine Augen wiesen einen feuchten Schimmer auf und er strömte einen leicht salzigen Duft aus, weswegen ich vermutete, dass er traurig war.

«Ich will dir aber nicht erzählen, was ich für ein Problem mit dir habe.», entgegnete er trotzig, wobei er mich an einen sehr jungen Drachen erinnerte, der noch nicht einmal die ersten fünfzig Jahre seines Lebens abgeschlossen hatte.

«Weshalb nicht?», hakte ich nach.

Felix stiess einen genervten Seufzer aus, während er mich von oben bis unten musterte, als würde er sämtliche meiner Absichten aus mir herauslesen wollen.

«Du würdest es nicht verstehen.»

«Das kannst du nicht wissen, bevor du es mir gesagt hast. Ich verstehe so einige Dinge, selbst wenn es sich um die hochkomplexen thermischen Eigenschaften eines Drachen handelt. In Physik und Mathematik kenne ich mich gut aus und ich brenne dafür, Dinge zu lernen, die ich noch nicht weiss. Nichts bereitet mir mehr Spass, als meinen geistigen Horizont zu erweitern.»

Ich konnte förmlich fühlen, wie meine Augen während des letzten Satzes vor Begeisterung blitzten. Wahrscheinlich hatte Felix dies ebenfalls bemerkt, da er sich seinem Gesichtsausdruck nach geschlagen gab.

«Das hat absolut nichts mit Wissenschaft zu tun.»

«Um was geht es dann?»

«Christoph Bauer.»

«Meinst du den Mann, den ich getötet habe, nachdem Herr Kozlow ihn zu mir in mein Gefängnis gestossen hat?»

«Ja, er war ein sehr guter Freund von mir.»

Wieder wandte Felix seinen Blick dem stark spiegelnden Fenster zu. In dieser Sekunde wurden wir geringfügig in unsere Sitze gedrückt, während sich der Zug in Bewegung setzte. Zeitgleich mit den Fliehkräften bildete sich ein flaues Gefühl in meinem Inneren.

«Das tut mir wirklich leid. Ich wusste nicht, dass …»

Ich stockte, da mir keine weitere Erklärung zu diesem Vorfall einfiel.

«… dass er mehr als nur eine Mahlzeit war? Das weiss ich bereits. Du hast schliesslich von nichts eine Ahnung.», murmelte Felix sowohl wütend als auch traurig.

Er wies mir gegenüber ein ähnliches Verhältnis auf wie ich ihm und den anderen Menschen gegenüber heute Morgen. Mitfühlend stupste ich seine Schulter mit der Schnauze an, woraufhin er mich beinahe aggressiv zurückstiess, was ein schmerzhaftes Stechen in meinem Hinterkopf auslöste.

«Fass mich nicht an!», zischte er.

Seine Tonlage erinnerte mich an das Fauchen eines Drachen, weswegen ich verunsichert einen Schritt rückwärts zwischen die Sitzreihen trat. Ratlos blickte ich im Abteil umher. Von den sitzenden Menschen beobachteten mich bereits zwei. Einer davon machte Anstalten, zu mir zu gehen, wobei er interessiert wirkte, entschied sich jedoch dagegen. Vermutlich hatte er bemerkt, dass ich mit Felix im Gespräch war.

«Wie kann ich das wieder gutmachen?», fragte ich hoffnungsvoll.

«Gar nicht.»

«Weshalb hilfst du mir dann, wenn ich einen unverzeihlichen Fehler begangen habe?»

«Das ist kompliziert.»

«Erkläre es mir, ich habe Zeit.»

Felix blickte mir kurzzeitig vorwurfsvoll und abschätzig zugleich in die Augen, um gleich darauf stumm aus dem Fenster zu starren, hinter dem nun schnell vorbeiziehende Lichter der Stadt Elysia erkennbar waren. Geduldig wartete ich, bis er sich erneut nach mir umdrehte und seufzend feststellte, dass ich immer noch neben seiner Sitzreihe stand. Nachdem er mich noch eine Weile durchdringend angestarrt hatte, begann er urplötzlich mit seiner Erklärung.

«Maxim Kozlow, der oberste Mafiaboss von Syrtis, war für den Tod von Christophs Frau verantwortlich. Christoph hat ihn bei der Polizei angezeigt, in der Hoffnung, Herr Kozlow würde eine gerechte Strafe erhalten. Am nächsten Tag wurde Christoph von einigen Mafiamitgliedern besucht, die ihm gesagt haben, Kozlow wäre bereit, über diese Sache persönlich zu verhandeln, wenn er die Anzeige zurückzieht. Christoph hat zugestimmt und sie haben ihn zu Kozlow gefahren, wo er mit ihm diskutiert hat. Ich weiss nicht, was sie besprochen haben, aber es ist nicht gut ausgegangen, da Kozlow ihn in sein Drachengehege gestossen hat. Zu dir. Nur wenige Stunden später war ich mit Christoph verabredet gewesen und war enttäuscht, dass er nicht kam. Zu diesem Zeitpunkt wusste ich noch nicht, was geschehen war. Ich habe ihn auf meinem Handy geortet und festgestellt, dass er sich in Maxim Kozlows Drachengehege befinden musste und seine Position während fünf Stunden unverändert geblieben war. Ich habe direkt die Polizei informiert, da ich wusste, dass mit diesem Typen nicht zu spassen ist. Bald darauf hat mir Kozlow ein Video seiner Überwachungskameras zukommen lassen, auf dem zu sehen war, wie du Christoph *zerfleischt* hast, mit der Nachricht, mir würde dasselbe geschehen, wenn ich nicht auf der Stelle der Polizei sagen würde, es handle sich um ein Missverständnis. Ich war derart schockiert und verängstigt, dass ich getan habe, was er von mir verlangte. Trotzdem wollte ich Gerechtigkeit, weswegen ich meinen Freund Ferdinand informiert habe. Er war der Überzeugung, dass Kozlow es nicht wagen würde, ihm dasselbe anzutun, da sich der Mord an einem Regierungsratsmitglied weniger leicht vertuschen liess wie an einem 'gewöhnlichen' Menschen. Dann hat er Kozlow und somit auch dich besucht, weswegen du weisst, was ab diesem Zeitpunkt geschehen ist. Nachdem du geflohen bist, hat er Loris und mich angerufen, um ihm zu helfen, aus dem Drachengehege zu entkommen und dich wiederzufinden. Da er mir zuvor mit Kozlow geholfen hat, konnte ich unmöglich Nein sagen. Ferdinand erklärte uns, wie intelligent und sozial du bist. Ich glaubte ihm und als ich dich das erste Mal gesehen habe, wusste ich, dass er die Wahrheit gesagt hatte. Du hast nie wirklich den Anschein erweckt, uns Schaden zuzufügen zu wollen, obwohl meine Bedenken anfangs noch gross waren. Trotzdem sehe ich dich jedes Mal aufs Neue Christoph zerfetzen, sobald du in meiner Nähe bist. Selbst jetzt spielt sich diese Situation vor meinem geistigen Auge ab, ohne dass ich etwas dagegen unternehmen kann, als wären meine Albträume nicht bereits genug.»

Felix wandte sich erneut dem Fenster zu und begann, leise zu schluchzen. Endlich verstand ich, was sein Problem war, jedoch blieb die Lösung ein Rätsel.

Vielleicht vergeht das mit der Zeit, dachte ich hoffnungsvoll.

Um ihn nicht weiter zu belästigen, zog ich mich in das beinahe leere Abteil mit Ferdinand und Loris zurück. Als ich leise zu ihnen tapste, bemerkte ich, dass beide eingeschlafen waren und sich ihre Köpfe seitlich zueinander geneigt hatten, sodass sie sich berührten. Um sie nicht zu wecken, kletterte ich auf die benachbarte Sitzreihe, faltete ächzend meinen linken Flügel ein und legte mich in leicht geknickter Haltung auf die beiden Sitze, wobei mein Schwanz abermals zwischen den Sitzreihen lag.

Obwohl ich satt war und der Zug beinahe lautlos durch die Nacht glitt, fand ich keinen Schlaf. Zu sehr beschäftigten mich die Schilderungen von Felix, der meinetwegen einen guten Freund verloren hatte. Reuevoll blickte ich aus dem Fenster und beobachtete die vorbeirauschenden Lichter, bis der Zug plötzlich in einen Tunnel einfuhr und sich ein Druck auf meinen Trommelfellen bildete. Ab diesem Zeitpunkt war nichts mehr zu erkennen, weswegen sich die stundenlange Reise ewig in die Länge zog.

13

Speer

Meine Augenlider wurden erstmals während der Rückfahrt schwer, als der Zug langsamer wurde und in den Hauptbahnhof von Syrtis einfuhr. Wie in Elysia erhellten unzählige bunte Lichter die Stadt, mit dem Unterschied, dass selbst mitten in der Nacht noch einige Menschen auf der Strasse unterwegs waren. Gemächlich stoppte der Zug seine Bewegung. Tief seufzend richtete ich mich auf, kletterte rückwärts zwischen die Sitzreihen zurück und streckte meine steifen Gliedmassen ausgiebig. Ferdinand und Loris schliefen beide noch tief, obwohl vor wenigen Minuten eine Stimme erklärt hatte, dass dies die Endstation war und alle Passagiere aussteigen mussten. Einige Sekunden beobachtete ich die beiden, wobei mich das leise Schnarchen von Loris zum Schmunzeln brachte.

Damit sie nicht versehentlich wieder zurück nach Elysia fuhren, entschied ich mich dazu, sie zu wecken. Sachte stupste ich Loris, der im Gegensatz zu Ferdinand nicht am Fenster sass, mit der Schnauze an. Als dies nichts bewirkte, stupste ich ihn erneut, dieses Mal etwas stärker. Wieder setzte sich sein durchdringendes Schnarchen fort, weswegen ich amüsiert grinste. Um ihn endlich wecken zu können, griff ich nun mit den Klauen nach seinem linken Arm und rüttelte ihn wach. Plötzlich öffneten sich seine Augen, wobei er mich kurzzeitig erschrocken anstarrte, bis er sich mit einem Seufzer beruhigte.

«Wir sind angekommen, Faulpelz.», sagte ich grinsend, während Loris sich streckte.

Sein Blick fiel auf Ferdinand, der noch immer tief und fest schlief. Die Gesichtszüge von Loris formten nun ein hämisches Grinsen.

«Kannst du ihn auf eine Weise wecken, dass er sich erschreckt? Also mit Knurren und Zähnefletschen?», fragte er mich flüsternd.

«Weshalb sollte ich das? Solch ein Streich wäre gemein.», entgegnete ich leise.

«Bitte, er hat mich vor ein paar Jahren einmal mit einer Trompete geweckt. Das hat er verdient.»

«Ich halte mich da lieber raus.»

«Spielverderber.», kommentierte Loris enttäuscht.

Da ich ihm nicht helfen wollte, seinen Freund zu erschrecken, tat er dies nun eigenständig.

«Ferdinand!», schrie er urplötzlich in einer Lautstärke, die mich zusammenzucken liess.

Ferdinand zuckte ebenfalls aufgrund seines Schocks und schrie erschrocken auf, bis er sich eine Sekunde später bereits wieder fassen konnte.

«Wir sind in Syrtis.», setzte Loris vor Schadenfreude grinsend fort.

«Loris, du Blödmann. Was sollte das? Du hättest mich beinahe zu Tode erschreckt.», entgegnete Ferdinand, wobei er seinem Gegenüber spielerisch mit der Hand gegen den Arm schlug.

Eine Wolke aus Adrenalin erreichte mich, weswegen ich ebenfalls schmunzeln musste.

«Das war seine Idee.»

Loris zeigte auf mich, woraufhin ich ihm einen vorwurfsvollen Blick zuwarf.

«Das glaube ich dir aufs Wort.», entgegnete Ferdinand ironisch.

Ein leises Geräusch erregte meine Aufmerksamkeit. Ich wandte mich danach um und stellte fest, dass Felix in dieser Sekunde unser Abteil betrat und vor der Waggontür auf uns wartete. Als ich mich geduldig neben ihn setzte, während Loris und Ferdinand noch damit beschäftigt waren, ihre Arme und Beine zu strecken, warf er mir einen kurzen, emotionslosen Blick zu, bevor er den Zug verliess, ohne sich zu vergewissern, dass wir ihm folgten. Kurz darauf traten wir ebenfalls auf den Wartebereich hinaus. Gerade als ich Ferdinand fragen wollte, wo wir als Nächstes hingehen sollten, starrte er mit grossen Augen an mir vorbei, als hätte er etwas entdeckt, was ihm Sorgen bereitete. Ich folgte seinem Blick und erkannte eine grösstenteils neutral riechende Frau, die nur einen leichten Eigengeruch ausströmte und kaum künstliche Düfte zu verwenden schien. Obwohl es mitten in der Nacht war, trug sie eine Brille mit dunklen Gläsern, die die Menschen oft bei starker Sonneneinstrahlung verwendeten, um ihre Augen zu schützen. Dies war jedoch nicht das Eigenartigste an ihr. In ihrer rechten Hand hielt sie meinen unzerstörbaren Speer, dessen stumpfes Ende sie auf dem rauen Steinboden abstützte. Da die Waffe ungefähr zwei Meter lang war, überragte sie sie um eine Menschengrösse.

Wie gebannt tapste ich auf die Frau zu, ohne weiterhin auf Ferdinand, Loris und Felix zu achten. Völlig verdutzt setzte ich mich vor sie, wobei sie mir meine Waffe entgegenstreckte. Es dauerte eine Weile, bis ich begriff, dass sie sie mir übergeben wollte. Ich griff mit meiner Schwanzspitze danach, wie ich es während der letzten Jahrtausende stets getan hatte, was sich anfühlte, als wäre mein Körper soeben vervollständigt worden. Endlich wieder den kalten, unendlich harten Stab halten zu können, erfüllte mich mit Freude.

«Woher hast du ... ähm, woher haben Sie den?», fragte ich verdutzt.

«Du hast ihn bei deinem Absturz verloren und ich wollte ihn seinem rechtmässigen Besitzer zurückgeben.», erwiderte sie.

«Danke! Ich weiss, um ehrlich zu sein, gar nicht, was ich jetzt sagen soll.»

«Gern geschehen. Du musst dich für diesen Gefallen nicht revanchieren. Das habe ich gern getan. Ich wünsche dir noch viel Erfolg bei deiner politischen Laufbahn.»

Schmunzelnd wandte sich die Frau von mir ab und liess mich mit den anderen allein. Noch immer fassungslos blickte ich ihr nach, bis sie hinter einer Biegung verschwand. Nun drehte ich mich strahlend vor Freude zu Ferdinand um, der skeptisch beobachtete, wie ich den Speer in weiten Bewegungen meines Schwanzes rauschend durch die Luft schwang.

«Ich habe meinen Speer wieder!», rief ich begeistert.

«Das sehe ich.», entgegnete Ferdinand, der meine Freude noch immer nicht zu teilen schien.

«Stimmt etwas nicht?», fragte ich ihn geringfügig verwirrt.

«Das vorhin war Claudia Fuchs, die Inhaberin der Dariseg und ein Mitglied des Regierungsrats. Sie ist dem Departement für Wirtschaft, Bildung und Forschung zugeteilt.», erklärte Ferdinand.

«Sie ist eine Arbeitskollegin von dir? Weshalb freust du dich dann nicht, sie zu sehen?»

«Frau Fuchs hat deinetwegen grosse Verluste mit Dariseg erzielt. Ausserdem ist sie sehr hinterlistig und gemein. Sie handelt ausschliesslich in Eigeninteresse. Ehrlich gesagt ist sie eine von den Personen, die ich überhaupt nicht leiden kann.»

«Ach, wirklich? Weshalb hat sie mir dann meinen Speer zurückgegeben?»

«Keine Ahnung. Wahrscheinlich hat sie ihre Forschungen daran abgeschlossen und verfolgt nun einen anderen Plan.»

Verunsichert sah ich mir meinen Speer genau an. Abgesehen von der winzigen Kerbe in der Mitte des Stabes war er absolut unversehrt. Die Spitze war auch noch perfekt scharf. Dennoch fühlte es sich nun an, als trüge ich Gift bei mir.

«Ist Frau Fuchs eine von denen, die ihren Posten als Ratsmitglied missbrauchen?», fragte ich Ferdinand.

«Korrekt.»

Nun betrachtete ich ihr Geschenk mit derselben Skepsis wie Ferdinand. Nicht die Gedanken der Menschen wahrnehmen zu können, war in dieser Situation tatsächlich ein grosser Nachteil, da ich nicht die geringste Ahnung von ihrem Vorhaben hatte. Nichtsdestotrotz konnte ich mir beim besten Willen nicht vorstellen, was an der Rückgabe des Speers nachteilig sein konnte, weswegen ich ihn behielt, wenn auch mit einem mulmigen Gefühl.

Eine Stunde später legten wir uns allesamt schlafen. Diese Nacht durfte ich erneut in einem Zimmer von Ferdinands Hotel übernachten. Genüsslich kuschelte ich mich unter der Bettdecke ein und glitt bald darauf in das Reich der Träume über.

Mehrere Male erwachte ich mit rasendem Herzen, nachdem ich Marios Verstümmelungen erneut aus seiner Perspektive miterlebt hatte. Dennoch gelang es mir, einigermassen viel zu schlafen, bis die Sonne schliesslich durch die Fenster in das Zimmer schien und mich daran erinnerte, dass es an der Zeit war, aufzustehen.

Ich folgte Ferdinands Duftspur und entdeckte ihn telefonierend in der Rezeption. Anhand des Gesprächs erfuhr ich, dass er weitere Unterschriftblätter ausdrucken und verteilen liess.

«Trägst du dieses Ding eigentlich immer bei dir?», fragte er mich, nachdem er sein Telefonat abgeschlossen hatte, wobei er auf meinen Speer deutete, den ich während der letzten Minuten ununterbrochen durch die Luft geschwungen hatte, um die Wartezeit zu überbrücken.

«Ja. Der Speer ist ein wichtiger Teil von mir. Ich verwende ihn bereits seit tausenden von Jahren als Allzweckwerkzeug und Waffe.»

«Kannst du ihn auch gut werfen?»

«Natürlich. Ich treffe ein fünf Zentimeter grosses Ziel aus dreissig Metern Entfernung.»

«Das würde ich nur zu gern mitansehen.», entgegnete Ferdinand, wobei er mich bewundernd bei meinen sich ständig wiederholenden Bewegungsabläufen beobachtete.

«Bestimmt wirst du das eines Tages.»

Er blickte mich leicht verunsichert an, wobei ich bemerkte, dass er meine Aussage vermutlich missverstanden hatte.

«Ich habe nicht vor, jemanden zu ermorden.», setzte ich grinsend fort.

«Das ist durchaus beruhigend.»

«Was hast du heute eigentlich geplant?»

«Ich dachte, es wäre eine gute Idee, wenn wir ein wenig unter die Leute gehen, mit ihnen sprechen und ihre Fragen beantworten.»

«Im Klartext sollen wir genau das fortsetzen, was wir in Elysia begonnen haben?»

«Du hast es erfasst. Das machen wir so lange, bis wir genügend Unterschriften für deine Volksinitiative haben.»

«*Meine* Volksinitiative?»

«Ja, deine. Du bist jetzt schliesslich ein Politiker, schon vergessen?»

«Derart vergesslich bin ich zum Glück noch nicht. Trotzdem hätte ich vermutet, dass *du* die Initiative starten wirst.»

«Das muss ich gar nicht mehr. Du kriegst das ohne mich wahrscheinlich besser hin.»

«Was? Lässt du mich das jetzt etwa allein durchstehen? Ich brauche dich! Ohne einen Menschen, der mir die Welt da draussen erklärt, bin ich hoffnungslos verloren.», erwiderte ich, wobei ich mit dem Speer auf die Strasse deutete. «Ich weiss ja noch nicht einmal, wie man eine Wasserflasche öffnet.»

«Du schaffst das, Nils. Davon bin ich überzeugt. Die Leute lieben dich! Inzwischen bist du sogar berühmter als ich, obwohl ich ein Mitglied des Regierungsrats bin.»

«Meine Beliebtheit beruht doch bloss auf der Tatsache, dass ich der einzige sprechende Drache auf diesem Planeten bin.»

Ferdinand blickte mir seufzend in die Augen.

«Trotzdem bist du berühmt. Das ist beinahe alles, was du für eine politische Laufbahn benötigst.»

«Wenn du meinst.», antwortete ich enttäuscht.

«Ich werde dich natürlich immer unterstützen, sobald du meine Hilfe benötigst.», beschwichtigte Ferdinand mich, wobei er seine Hand beinahe zärtlich auf die Spitze meines rechten Flügelgelenks legte.

Ich dachte einen Moment nach, bis ich zu dem Schluss gelangte, dass er recht hatte. Er konnte nicht bis in alle Ewigkeit für mich sorgen, selbst wenn er es wollte. Einerseits war er im Vergleich zu mir sehr kurzlebig und andererseits musste er sich noch um seine eigene Position in der Gesellschaft kümmern.

Während des gesamten Tages war ich in der Stadt unterwegs und diskutierte mit tausenden verschiedenen Menschen. Die überwältigende Vielfalt an Gerüchen beeinträchtige mich kaum noch. Nicht einmal die Aufdringlichkeit einiger

Individuen brachte mich noch aus dem Konzept. Je länger je mehr gewöhnte ich mich an diesen Teil des Lebens.

Obwohl Ferdinand mich bereits vor dem Mittag verlassen hatte, um seinen eigenen Aufgaben nachzugehen, die er bereits seit Tagen vor sich hergeschoben hatte, verlief alles reibungslos. Ich konnte sowohl neue Menschen dazu bringen, mir ihre Unterschrift zu hinterlassen, als auch mehr über sie erfahren. Ausserdem schien meine Beliebtheit bei ihnen kontinuierlich zu steigen, selbst wenn ich meinen Speer durchgehend bei mir trug. Es gelang mir sogar, einige Helfer zu rekrutieren, die in der gesamten Stadt in meinem Namen Unterschriften sammelten.

Wenn das so weitergeht, sind die zehn Millionen Unterschriften bereits nächste Woche erreicht, dachte ich glücklich über meine guten Fortschritte.

Andererseits breitete sich auch eine geringe Unsicherheit in mir aus, da ich keine Ahnung hatte, was ich mit den gesammelten Unterschriften anstellen musste, um eine Volksinitiative zu starten.

Am Abend, als die letzten goldenen Sonnenstrahlen noch die Spitzen einiger Hochhäuser beleuchteten, begab ich mich auf den Weg zu Ferdinands Hotel. Dieser ereignisreiche Tag hatte mich ermüdet, weswegen ich froh war, bald ein wenig ausruhen zu können. Müde liess ich sowohl den Schwanz als auch den Speer über den Asphalt schleifen, dessen korrekte Bezeichnung ich vor zwei Stunden gelernt hatte. Dass ich hierbei ein lautes Kratzgeräusch auslöste und die Speerspitze Funken erzeugte, war mir gleichgültig. Ich befand mich lediglich noch wenige hundert Meter vom Hotel entfernt, als mir plötzlich ein bekannter Geruch in die Nase stieg, der mich verunsichert umherblicken liess.

Auf einer Bank am Strassenrand erspähte ich Claudia Fuchs, die mit ihrer Sonnenbrille ungefähr in meine Richtung blickte. Ich wollte sie bereits ignorieren, als mir plötzlich ein Geräusch auffiel, was mich an den Kampf im Raumschiff erinnerte. Sofern ich mich nicht verhört hatte, war dieses Geräusch von den Lautsprechern des Mobiltelefons erzeugt worden, was Frau Fuchs in den Händen hielt.

Wieder nahm ich einen Laut wahr, der dem Zerplatzen eines menschlichen Körpers glich, wie ich es mit meinem Speer hervorrufen konnte. Ein genauerer Blick auf die Sonnenbrille der Frau bestätigte meinen Verdacht. Ich erkannte eine Reflexion ihres Mobiltelefons, welches ein Video abspielte, in dem ich gegen die Menschen im Raumschiff kämpfte und einen nach dem anderen mithilfe meines Speers zerplatzen liess, wodurch sich die Innereien im gesamten Raum verteilten. Dass ich von einer Kamera gefilmt worden war, ohne es bemerkt zu haben, verwunderte mich kaum noch, da ich mittlerweile wusste, wie klein und unscheinbar diese Dinger sein konnten. Dennoch verstörte mich die Tatsache, dass Frau Fuchs sich dieses Videomaterial ansah, als wäre es ihre tägliche Unterhaltung.

Ehe ich es mir bewusst wurde, stand ich bereits vor ihr und starrte fassungslos auf die rechteckigen Reflexionen der Sonnenbrille, die das brutale Blutbad widerspiegelten, was ich vor einiger Zeit verursacht hatte. Da ich nun viele gute Menschen kennengelernt hatte, schockierte mich meine eigene Brutalität zunehmend. Ausserdem konnte ich die verzweifelten Hilfeschreie meiner ehemaligen Gegner nun verstehen.

«Erstaunlich effektiv, deine Waffe. Nicht wahr?», fragte Frau Fuchs lächelnd, als würde sie über ihren letzten Urlaub sprechen.

Sie hielt mir ihr Mobiltelefon vor das Gesicht, sodass ich das Geschehen besser erkennen konnte. Verdutzt starrte ich auf den Bildschirm, wobei mir die Worte fehlten.

«Das schwarze Material ist härter als Diamant und selbst unter grösster Belastung bricht es nicht auseinander. Sobald man Energie einspeist, wird sie darin gespeichert und bei einem Aufprall schlagartig freigegeben, wobei sich der Speer auf exakt minus 273.15 Grad Celsius abkühlt. Einen Schmelzpunkt liess sich nicht bestimmen, da er selbst bei 75'000 Grad noch kein bisschen weicher geworden ist, geschweige denn überhaupt geglüht hat. Als wir die Energie nach diesem Test freiliessen, hat die Schockwelle das gesamte Forschungszentrum zum Einsturz gebracht. Theoretisch könntest du damit jedes Gebäude dieser Stadt zerstören, solltest du unseren Strom anzapfen und diesen zur Erhitzung deines Speers verwenden.», sprach Frau Fuchs auf mich ein, während ich meinen Blick nicht von ihrem Handybildschirm lösen konnte, auf dem zu erkennen war, wie ich den letzten Menschen innerhalb des Raumschiffs in zwei Stössen tötete.

Da das Video nun endete, konnte ich meine Aufmerksamkeit endlich meinem Gegenüber zuwenden.

«Weshalb zeigst du mir das?», fragte ich verunsichert.

«Die Frage ist eher, was die Öffentlichkeit über die gestrige Verleumdung deiner Brutalität denkt.»

«Verleumdung? Ich habe bei meiner Rede nicht gelogen.»

«Das kannst du deinen Fans erklären, nachdem sie dieses Video in den sozialen Medien gesehen haben. Sie werden dich als das sehen, was du in Wahrheit bist: Ein blutrünstiges Monster.»

Da Frau Fuchs noch immer lächelte und in absoluter Ruhe zu mir sprach, hätte man ohne ihren Wortlaut niemals vermutet, dass wir uns in einer derart ernsten Diskussion befanden.

«Aber das stimmt nicht!», rief ich empört.

«Also hast du nicht die gesamte Besatzung eines Raumschiffs mit deinem Speer getötet?»

«Doch, aber ich bin kein Monster.»

«Schön, dass du das glaubst. Ich befürchte, deine Anhänger werden da anderer Meinung sein.»

«Was willst du von mir?», fragte ich sie zornig schnaubend, da ich allmählich die Geduld verlor.

Meine Schwanzspitze, mit der ich den Speer umschlossen hielt, zuckte bereits aufgeregt.

«Dass du das Sammeln von Unterschriften aufgibst. Ansonsten veröffentliche ich dieses Video, wodurch du deine politische Laufbahn und deine allgemeine Beliebtheit vergessen kannst.»

Frau Fuchs grinste mich nun schadenfreudig an, was ich mit einem bedrohlichen Zähnefletschen konterte.

«Das wirst du nicht wagen.», knurrte ich.

«Und weshalb nicht?», fragte sie provokant.

«Weil ich das nicht zulassen werde.», antwortete ich, wobei ich den Speer langsam nach der Frau ausrichtete.

«Oh ja, bitte! Töte mich! Anschliessend werde ich aus dem Jenseits mitverfolgen, wie du deine Volksinitiative startest, nachdem du ein Mitglied des Regierungsrats ermordet hast. Das wird bestimmt ein Kinderspiel, wenn dich die Polizei und je nachdem auch das Militär bei jedem deiner Schritte verfolgt, wenn du verstehst, was ich meine. Und die Öffentlichkeit wäre sicher auch voll und ganz auf deiner Seite.», entgegnete sie mit vor Ironie triefender Stimme.

Dass sie nicht den Hauch eines Stresshormons ausstiess, verwunderte mich angesichts meiner körperlichen Überlegenheit.

«Wenigstens wäre ich dich dann ein für alle Mal los.»

«Glaubst du wirklich, du könntest deine Drachenfreunde befreien, indem du mich tötest?», fragte sie beinahe vorwurfsvoll.

«Wahrscheinlich. Du bist schliesslich die Geschäftsleiterin der Dariseg, die uns entführt und misshandelt hat.»

«Ein Geschäft wird auch ohne Geschäftsführung fortgesetzt. Sollte mir etwas zustossen, wird mein Nachfolger all meine Aufgaben übernehmen und es wird sich absolut gar nichts an unseren Taten ändern.»

«Dann töte ich ihn ebenfalls.», zischte ich.

Erst jetzt wurde mir vollends bewusst, dass sie für die Entführung und Misshandlung meines Sohnes zuständig war, weswegen sich all mein Hass auf sie zu kanalisieren schien.

«Und was dann? Erledigst du jeden einzelnen Nachfolger, bis keiner mehr übriggeblieben ist?»

Frau Fuchs klang nun beinahe enttäuscht von mir, was meine Veränderung noch steigerte. Ich war kurz davor, ihr mit voller Wucht den Speer in die Brust zu rammen. Meine Beine zitterten bereits geringfügig vor Erregung, während sich die Haltung meiner Flügel versteifte.

«Wenn es sein muss, ja.», erwiderte ich mit einem todernsten Blick auf ihr Gesicht.

«Du hast es immer noch nicht begriffen, oder? Der Verkauf von Drachen ist ein Geschäft, welches auf Angebot und Nachfrage basiert, wie jedes andere. Sobald das Angebot, in diesem Falle die Dariseg, entfällt, wird sich die dabei entstehende Marktlücke wieder füllen, denn wo Nachfrage besteht, erscheint das Angebot automatisch. Solange reiche Menschen das Bedürfnis verspüren, etwas Exklusives kaufen zu müssen, um aus der Masse herauszustechen, wird es immer eine Firma geben, die mit euch Drachen handelt, da ihr nun mal das Exklusivste seid, was sich mit Geld erwerben lässt. Du kämpfst gegen ein abstraktes Konstrukt an, nicht gegen einen greifbaren Feind. Selbst wenn du alle Mitarbeiter der Dariseg und alle reichen Menschen töten würdest, liesse sich dieser Trend nicht aufhalten. Sich über seine Mitmenschen beziehungsweise Konkurrenten zu erheben, liegt nun mal in unserer Natur, denn es ist ein essenzieller Bestandteil der Evolution. Du müsstest die gesamte Menschheit auslöschen, um zu gewinnen, und dazu bist du nicht in der Lage.»

Mit zittrig erhobener Speerspitze hielt ich inne, während sich die Worte von Frau Fuchs in meinem Verstand sortierten. Allmählich begriff ich, dass ich diesen Kampf nicht gewaltsam gewinnen konnte, selbst wenn ich es wollte. Frustriert knurrend liess ich den Speer sinken, während ich Frau Fuchs noch immer zornig anstarrte.

«Lass mich raten, du hast mir den Speer zurückgegeben und zugelassen, dass ich in der Öffentlichkeit damit gesehen werde, um das Video im Falle einer Veröffentlichung authentischer wirken zu lassen?», entgegnete ich.

«Schön, dass du doch nicht ganz hirntot bist, wie ich bereits zu vermuten begann.», antwortete sie in einer Arroganz, die meine Wut abermals schürte.

«Du hast mich reingelegt!», zischte ich.

«Was du nicht sagst. Bei einem minderbemittelten, naiven Reptil wie dir war das auch ein Kinderspiel. Jetzt gib dein aussichtsloses Unterschriftsammeln auf und geh nach Hause zu deinem werten Herr Schmidt, der alles für dich tun würde, da er sich schuldig fühlt, die Expeditionen zur Erde finanziert zu haben und sein Gewissen auf diese Weise reinwaschen möchte.»

«Was hast du eben über Ferdinand gesagt?»

«Du hast mich bereits verstanden.»

Mit diesen Worten wandte sie sich wieder ihrem Mobiltelefon zu. Es dauerte einen Moment, bis ich mich dazu bewegen konnte, sie zu verlassen. Finster blickte ich zu Frau Fuchs zurück, die mir in gespielter Freundlichkeit zum Abschied mit der Hand zuwinkte, während ich die letzten Meter zu Ferdinands Hotel stapfte.

«Wie war dein Tag heute?», fragte Ferdinand mich, als ich sein Büro betrat.

Anstatt ihm zu antworten, blickte ich ihn verunsichert und wütend zugleich an.

«Ich verstehe. Mein Tag war auch nicht gerade rosig.», setzte er fort.

«Stimmt es, dass du die Expeditionen zur Erde finanziert hast?», platzte es aus mir heraus.

Ferdinand starrte mich eine Weile überrascht, aber auch nachdenklich an.

«Ja, leider.», antwortete er schliesslich.

Diese Worte trafen mich wie ein Pfeil ins Herz.

«Wieso?», fragte ich mit frischen Tränen in den Augen.

«Damals habe ich mich gut mit Claudia Fuchs verstanden und ich hoffte, mein Investment wäre zukunftsorientiert. Ich dachte, sie würden die Erde lediglich erforschen und nicht Lebewesen entführen und quälen. Seitdem ich herausgefunden habe, dass sie euch nicht bloss zur Krebsforschung mitgenommen haben, wollte ich meinen Fehler berichtigen.»

Gleichzeitig mit dem Geräusch von Schritten erreichten mich die Gerüche von Loris und Felix. Traurig sah ich mich nach ihnen um, bevor sie um die Ecke bogen und Ferdinands Büro betraten. Beide wirkten niedergeschlagen.

«Ich habe eine gute und eine schlechte Nachricht.», begann Loris, wobei er seinen Blick zwischen Ferdinand und mir umherschweifen liess.

Er schien meine Trauer zu bemerken, denn er sah mich mitfühlend an, bevor er mit seiner Erklärung fortsetzte.

«Frau Fuchs hat mich gefeuert.»

«Du hast für sie gearbeitet?», fragte ich entrüstet.

«Ja, genauer gesagt für die Dariseg.»

Um diese erneut negative Information zu verarbeiten, wanderte ich schwer seufzend in Ferdinands Büro umher.

«Der Erste von euch hat die Entführung von Drachen finanziert, der Zweite arbeitete für die Firma, die diese Entführungen durchgeführt hat, und der Dritte sieht mich als Monster. In ein fantastisches Team bin ich hier geraten!», kommentierte ich, bevor ich durcheinandergebracht das Büro verliess, um meine Verzweiflung allein loswerden zu können.

Mit hängendem Kopf betrat ich mein Schlafzimmer, sprang in einem Satz auf das Bett und ignorierte das schmerzhafte Stechen meines linken Flügelgelenks, als ich reglos auf der Bettdecke liegenblieb. Kurze Zeit später nahm ich den Körpergeruch von Loris und die Erschütterungen seiner Schritte wahr. Leise betrat er das Zimmer und setzte sich zu mir auf die Bettkante. Ohne meine Augen zu öffnen, wusste ich, dass er in meine Richtung sah.

«Als ich bei der Dariseg begonnen habe, wusste ich nicht, wie sie euch behandeln würden.», sprach er entschuldigend auf mich ein.

«Das kann ich mir bereits denken.», murmelte ich mit verstopften Nasenlöchern.

Anschliessend schniefte ich.

«Sobald ich gesehen habe, was sie mit dir angestellt haben, wollte ich dir helfen, das musst du mir glauben.»

«Ich glaube dir, aber es stimmt mich trotzdem traurig, dass du für diese Firma gearbeitet hast.», entgegnete ich, wobei ich ihm mit feuchten Augen ins Gesicht sah.

Er seufzte nachdenklich, was mich intensiv in seinen Duft einhüllte. Trotz des Nasenschleims roch ich ihn deutlich.

«Du hast noch gar nicht gehört, was die gute Nachricht ist, die ich dir mitteilen möchte. Bevor ich heute von der Arbeit gehen musste, habe ich einige firmeninterne Videos gestohlen, die belegen, wie die Dariseg euch entführt und verstümmelt hat. Diese Beweise reichen für eine Klage vor Gericht.», erklärte Loris, während er einen kleinen, silbernen Gegenstand aus seiner Hosentasche kramte und ihn mir entgegenstreckte.

«Wirklich?», fragte ich, wobei jegliche Verzweiflung augenblicklich der Hoffnung und Freude wich.

«Ja. Alles befindet sich auf diesem Datenträger.»

Ich konnte fühlen, wie sich ein Lächeln auf meinem Gesicht bildete.

«Hast du das bereits den anderen gezeigt?»

«Noch nicht.»

«Dann lass uns direkt zu ihnen gehen!», rief ich begeistert und sprang energiegeladen auf.

Während ich aus dem Schlafzimmer eilte, folgte Loris mir schmunzelnd, so schnell er konnte.

«Ich habe leider auch eine schlechte Nachricht. Man hat mich heute wegen versuchten Mordes an Maxim Kozlow angezeigt.», gestand Ferdinand, sobald Loris und ich abermals sein Büro betraten.

«Uff. Das ist jetzt ein wenig unvorteilhaft.», erwiderte Loris.

«Soll ich mich auch gleich zu den Überbringern von schlechten Nachrichten dazugesellen, bevor wir uns dem Guten zuwenden?», fragte ich.

«Nur zu.», antwortete Ferdinand seufzend.

«Claudia Fuchs hat mir gesagt, sie würde ein Video von mir veröffentlichen, wie ich Menschen in einem Raumschiff mit meinem Speer getötet habe, falls ich das Sammeln von Unterschriften fortsetze.»

«Diese hinterhältige Schlange.», brummte Ferdinand sichtlich genervt.

Was ist eine Schlange? Fragte ich mich.

«An deiner Stelle würde ich trotzdem fortfahren. Dich erpressen zu lassen, ist auch keine Lösung.», setzte er fort.

«Zumindest haben wir jetzt genügend Beweise, die Dariseg dranzukriegen.», warf Loris ein.

Ferdinand und Felix blickten erwartungsvoll zu ihm, woraufhin er sein silbernes Speichermedium aus der Tasche zog.

Wenige Minuten später sassen wir gemeinsam vor Ferdinands Computerbildschirm, der mich noch immer faszinierte, und sahen uns die gestohlenen Videos an. Die meisten davon enthielten Szenen von Mario, Gustav und den anderen entführten Drachen, wie sie in Käfigen eingesperrt waren. Teilweise waren auch wissenschaftliche Versuche oder chirurgische Eingriffe zu sehen. Schockiert wandte ich meinen Blick ab, als der Bildschirm das Entfernen der Schleimhaut in Gustavs Rachen darstellte. Obwohl er offensichtlich bewusstlos und betäubt gewesen war, bereitete mir der Anblick seines aufgesperrten Kiefers und des vielen Blutes, was nach dem ersten Schnitt aus seinem Maul trat, Unbehagen. Zu meiner Verwunderung schienen diese Bilder die Menschen ebenfalls zu verstören, denn sie verzogen ihre Gesichter und hielten sich teilweise die Hände vor den Mund. Ferdinand blickte zwischendurch verunsichert zu mir, als würde er sich vergewissern wollen, dass es mir gut ging. Als schliesslich Mario in gefesseltem Zustand auf einer erhöhten Fläche zu sehen war und sich mehrere Dariseg-Mitarbeiter mit scharfen, metallenen Werkzeugen näherten, um ihm die Flügel abzuschneiden, obwohl mein Sohn bei vollem Bewusstsein war, konnte ich mir dies nicht länger mitansehen.

«Nein, nicht dieses Video.», sagte ich, wobei ich bereits meine Augen schloss und versuchte, Marios verzweifeltes Winseln zu ignorieren.

Glücklicherweise übersprang Ferdinand diese Szene, wodurch plötzlich aufgeregte, menschliche Schreie zu hören waren. Ich konzentrierte mich wieder auf den Bildschirm, worauf mein Bruder Tom abgebildet war, der im allerletzten Moment durch die sich schliessende Ladeluke eines Raumschiffs dessen Laderaum betrat und nun vier Menschen zeitgleich mit seinem giftgrünen Feuer röstete. Nur einen Sekundenbruchteil später wurde er von einem hellblauen Blitz getroffen und brach heftig zuckend auf dem glatten Untergrund zusammen. Aufgrund des plötzlich wackeligen Bildes und einiger Gegenstände, die in Richtung der geschlossenen Ladeluke rutschten, vermutete ich, dass das Raumschiff nun beschleunigte. Die Menschen, die sich noch gemeinsam mit Tom und den vier schwarz gebrannten, rauchenden Leichen im Frachtraum befanden, konnten sich aufgrund der Fliehkräfte trotz ihrer Exoskelette kaum bewegen. Einer von ihnen versuchte, Tom mit schwarzen Karbonfasern zu fesseln, wurde jedoch von seinen scharfen Klauen aufgeschlitzt, da dieser mit Kräften gegen den Stromschlag ankämpfte.

Wie gebannt starrte ich auf die leuchtenden Pixel. Ich musste unbedingt wissen, wie diese Situation ausgegangen war. Sobald Tom die Kontrolle über seine Muskulatur zurückerlangt hatte, stürzte er sich knurrend und zähnefletschend auf die verbleibenden Menschen. Zwei von ihnen versuchten, durch die Tür in die vordere Kabine zu fliehen, rutschten jedoch aufgrund der Schräglage des Raumschiffs zurück. Tom hingegen gelang es dank seiner Flügel, auf die schmale Öffnung zuzuspringen, die sich bedauerlicherweise im allerletzten Moment vor seiner Schnauze schloss. Wütend stiess er einen heissen Feuerstrahl aus, der die Kamera kurzzeitig überbelichtete, um dennoch zu den Steuerelementen des Raumschiffs vordringen zu können.

Sie werden versuchen, dich aus dem Raumschiff zu schleudern! Halte dich irgendwo fest, rief ich ihm gedanklich entgegen.

Erst als mich keinerlei telepathische Antwort erreichte, realisierte ich, dass dies lediglich ein Video war. Nichtsdestotrotz verspürte ich das Bedürfnis, meinem Bruder zu helfen.

Tom wurde erneut von einem Blitz getroffen, der durch einen der verbleibenden Menschen innerhalb des Frachtraums verschossen worden war. In einem erstickten Laut flackerten noch einige kurze Flammen aus seinem Maul auf, bis das Feuer schliesslich vollständig erlosch und er verkrampft zuckend rücklings gegen den Käfig rutschte, der mittig im Raum verankert war.

«Lass uns hier raus, Monika.», schrie derjenige, der Tom abgeschossen hatte und nun in Richtung der Tür kroch.

Mein Bruder schien die Kontrolle über einen Teil seines Körpers zurückerlangt zu haben, denn er schnappte nach dem Menschen und erwischte ihn an seiner rechten Hand, mit der er das sogenannte Blitzgewehr hielt. Der letzte Blitz, der daraus verschossen wurde, entlud sich in einem der Gitterstäbe des Käfigs, da dieser wesentlich besser leitete als Toms Körper. Ruckartig entriss er dem Menschen die Waffe, wobei seine Zähne durch den Schutzanzug hindurch tiefe Wunden in die Hand seines Gegners rissen.

«Hilfe! Bitte lass uns nicht bei diesem Ding! Ich will hier raus!»

Die letzten Worte wurden mit zunehmender Intensität geschrien, da Tom den Menschen an seinem Exoskelett zu sich zerrte, den Anzug aufriss und ihm in den Nacken biss. Das Knacken, was aufgrund des Genickbruchs zu hören war, liess Felix zusammenzucken. In der nächsten Sekunde schwebte Tom plötzlich durch den Lagerraum. Das Raumschiff hatte seine Beschleunigung gestoppt und befand sich nun allem Anschein nach im Erdorbit.

«Monika, bitte!», rief einer der zwei verbleibenden Menschen, verzweifelt gegen die geschlossene Tür hämmernd, bevor Tom ihn mit einem Feuerstrahl tötete.

In einem lauten Rauschen entwich die Luft schlagartig aus dem Lagerraum durch die sich öffnende Ladeluke, wobei sich vorübergehend Kondenswasser in Form von Nebel bildete, der einen Sekundenbruchteil später bereits wieder verschwunden war. Die Menschen wurden innerhalb dieser Zeitspanne gemeinsam mit Tom durch die schmale Öffnung in den Weltraum gesogen. Bis die gesamte Luft des Frachtraums entwichen war, verging nicht einmal ein Herzschlag. Schockiert starrte ich auf den schmalen Spalt, hinter dem schwarzer Himmel erkennbar war.

Er muss sich irgendwo festgehalten haben, oder? Es kann unmöglich wahr sein, dass Tom soeben in den Weltraum geschossen wurde, dachte ich in verzweifelter Hoffnung.

So schnell, wie die Ladeluke geöffnet worden war, verschloss sie sich auch wieder. Langsam erklang ein Zischen, was zu einem lauten Rauschen anschwoll. Kurz darauf öffnete sich die Tür zum vorderen Bereich des Raumschiffs und mehrere Menschen schwebten hindurch, um den Laderaum zu betreten. Keiner von ihnen sagte etwas. Von Tom fehlte jede Spur.

Ich habe doch richtig gesehen, dass er durch den Spalt gesogen wurde. Kann er dort draussen überleben? Nein, das ist ausgeschlossen. Das Raumschiff befindet sich bereits im Erdorbit. Tom würde ersticken oder erfrieren. Es könnte aber auch sein, dass er zurück auf die Erde fällt, je nachdem, wie er aus dem Raumschiff gesogen wurde, wirbelten die Gedanken durch meinen Verstand.

Nun wechselte die Kameraperspektive zum vordersten Teil des Raumschiffs mit den Steuerelementen und der grossen Glasscheibe. Ein Mensch starrte ununterbrochen hinaus in den Weltraum, ohne sich zu bewegen. Lange beobachtete ich das beinahe bewegungslose Video, während ich zu begreifen versuchte, was soeben geschehen war.

Das kann nicht das Ende sein, oder? Tom muss irgendwie wieder in das Raumschiff oder zur Erde zurückgelangen, dachte ich innerlich zerrissen.

Fünf Minuten später erschien ein zweiter Mensch im Bild und sprach den noch immer starrenden Menschen an.

«Du hast das Richtige getan, Monika. Der Drache hätte uns alle getötet, wenn du ihn nicht in den Weltraum geschossen hättest.»

Monika schüttelte langsam den Kopf. Ihr Gesicht blieb mir dauerhaft verborgen, da sie ihren Blick nicht von dem abwenden konnte, was sich ausserhalb des Raumschiffs ereignete.

«Ich habe alle im Stich gelassen. Sie sind *tot*! Meinetwegen!», antwortete sie mit zittriger Stimme.

«Das stimmt nicht. Du hast uns alle gerettet.»

«Nur uns vier. Ich hätte jeden einzelnen retten können, wenn ich nicht spontan entschieden hätte, das Missionsziel zu ändern.»

Der Mann neben Monika seufzte laut hörbar.

«Diesen Alien da draussen anzustarren, wird die Toten auch nicht mehr zum Leben erwecken. Lass uns nach Hause fliegen. Was geschehen ist, ist geschehen.», entgegnete er, während er die Glaskuppel demontierte, die über seinen Kopf gestülpt gewesen war und sich die feuchten Augen mit einer Hand trockenrieb.

Sie hat ihn ermordet! Schoss es mir plötzlich durch den Kopf, da der Mann von einem Alien gesprochen hatte, der zu diesem Zeitpunkt noch sichtbar gewesen sein musste und demnach nicht zur Erde zurückgefallen war.

Monika drehte sich langsam zu dem anderen Menschen um, wodurch endlich ihr Gesicht auf dem Bildschirm angezeigt wurde. Ich prägte mir jedes Detail ihrer Augen, ihrer Haare, ihres Mundes und ihrer Nase ein, wie ich es noch nie zuvor bei einem Menschen getan hatte. Das Gesicht, was ich nun sowohl zornig als auch traurig anstarrte, verschwamm bald in meinen Tränen.

«Ich muss ein wenig frische Luft schnappen.», sagte ich geistig abwesend und verliess Ferdinands Büro, ohne noch einmal zu den anderen zurückzublicken.

Die Emotionen brodelten in mir hoch, während ich aus dem Haupteingang des Hotels eilte, die Flügel ausbreitete und im Sprint startete. In meinem Kopf herrschte eine hitzige Debatte, ob der Mann von Tom oder doch einem anderen Wesen gesprochen hatte. Aufgrund meines zunehmend schlechten Gefühls glaubte ich, dass Tom es gewesen war, den Monika angestarrt hatte.

Energisch beschleunigte ich in der kalten Nachtluft, obwohl dies starke Schmerzen in meinem linken Flügel auslöste.

Das darf einfach nicht wahr sein! Schrie ich innerlich, während ich mir frische Tränen aus den Augen blinzelte, die aufgrund des Gegenwinds sofort zu meinem Hinterkopf flossen.

Die Kombination aus Frustration, Trauer und Wut erreichte einen kritischen Punkt, weswegen ich eine leichte Rechtskurve flog, meinen Schwanz anspannte, womit ich den Speer festhielt, und den gesamten Körper ruckartig nach links rotierte. In einer tausendfach geübten Bewegung leitete ich den Schwung meiner Rotation durch meinen Rücken bis hin zu meiner Schwanzspitze weiter, wodurch sich die Energie bündelte. Hierbei nicht meine Rückenschmerzen auszulösen, war der zeitintensivste Teil meines früheren Trainings gewesen. Aufgrund meiner peitschenartigen Bewegung gelang es mir, den Speer in hoher Geschwindigkeit vorwärts zu verschiessen, wobei er sich während des Fluges korrekt ausrichtete, da die Spitze zuvor noch nach hinten gezeigt hatte. Laut krachend und splitternd schlug er im Licht einer Strassenlampe ein, die ich anvisiert hatte, nachdem der Speer über eine Strecke von mindestens zwanzig Metern rauschend durch die Luft geflogen war. Gelbe Funken und Glassplitter rieselten zu Boden. Da der Speer die Lampe vollständig zerstört hatte und demnach nicht steckengeblieben war, fiel er scheppernd zu Boden.

Bedauerlicherweise schien diese Aktion meinen Überschuss an negativen Emotionen kaum gemindert zu haben. Ungebremst liess ich mich mit eingeklappten Flügeln der Strasse entgegenfallen, bis ich meinen Sturzflug im allerletzten Moment abbremste, wobei selbst meine vier Beine von Nöten waren. Das Zwicken meines linken Vorderbeins ignorierte ich. Rasend vor Wut und Frustration packte ich meinen Speer mit den Klauen und rammte ihn Kraftvoll gegen eine Bank. Die hölzerne Sitzfläche splitterte augenblicklich auseinander, als meine scharfe Speerspitze dagegenkrachte. Erneut schlug ich mit der Waffe auf die lädierten Holzbalken ein. Ich wiederholte diesen Vorgang, bis sie vollständig auseinanderbrachen. Nun widmete ich mich den im Steinboden verankerten Metallrahmen. Da diese wesentlich stabiler waren als das Holz, musste ich all meine Energie kombiniert mit der Hebelwirkung des Speers einsetzen, um einen davon zu verbiegen. Zornig nahm ich das hintere Ende der Waffe zwischen die Zähne und vergrub die Klauen in der Strasse, so gut ich konnte, während ich mich mit aller Kraft nach vorn stemmte. Das Metall gab ein lautes Ächzen von sich, bis es ausreichend stark deformiert war, um sich eigenständig aus der Verankerung zu lösen, wodurch der Widerstand schlagartig abnahm. Ich liess den Speer los und packte stattdessen den verbogenen Metallrahmen. Zornig knurrend schleuderte ich ihn dem Haus auf der gegenüberliegenden Strassenseite entgegen, wo er in einem klangvollen Geräusch mit der Betonwand kollidierte und anschliessend im lediglich drei Meter breiten Garten landete.

Mein Blick fiel auf den zweiten, noch unbeschädigten Rahmen. Vollständig die Beherrschung verlierend, hob ich meinen Speer mit den Klauen auf und schlug von oben herab auf mein Ziel ein, was sich mit jedem Aufprall funkensprühend verbog. Währenddessen brüllte ich all meine Wut aus mir heraus, sodass mein Lärm mehrere Kilometer durch die Stadt hörbar sein musste. Erst als die Oberseite des einst rechteckigen Metallrahmens den Asphalt berührte, da meine Schläge ihn derart stark verbogen hatten, liess ich davon ab. Trauer und Verzweiflung machten sich nun in mir breit, wodurch ich den Speer energielos fallenliess und mich mit hängendem Kopf an Ort und Stelle hinsetzte.

Mein Bruder ist tot, wurde mir plötzlich vollends bewusst.

Tränen rannen meiner Schnauze entlang nach vorn, bis sie schliesslich leise zu Boden tropften. Derweil ging mein Atem stossweise, da ich stumm vor mich hin weinte. Tom war stets an meiner Seite gewesen, so lange ich denken konnte.

Die Tatsache, dass ich ihn nun niemals wiedersehen würde, war unerträglich für mich.

Der Geruch mehrerer Menschen erinnerte mich daran, nicht allein zu sein. Schniefend blickte ich in die Gesichter dreier Personen, die mich schockiert anstarrten und frische Stresshormone ausströmten. Sie wagten es nicht einmal, sich zu bewegen. Allem Anschein nach hatten sie meinen Ausraster miterlebt.

«Heute war ein miserabler Tag.», erklärte ich heiser, nachdem ich den Kloss in meinem Hals heruntergeschluckt hatte.

Erst jetzt wurden mir meine pulsierenden Kopfschmerzen und meine stechenden Rückenschmerzen bewusst, die aufgrund der körperlichen Anstrengung entstanden waren. Seufzend betrachtete ich das Schlachtfeld, was ich hinterlassen hatte, hob meinen Speer mithilfe meiner Schwanzspitze auf und stieg in einer geschmeidigen, jedoch sehr schmerzhaften Bewegung dem pechschwarzen Nachthimmel empor, wobei mein erster Flügelschlag einige kleinere Trümmerstücke umherwirbelte. Ohne mich um dieses Schlamassel zu kümmern, flog ich über die bunt beleuchtete Stadt hinweg, kontinuierlich mit Tränen in den Augen.

Irgendwann setzte Nieselregen ein, der mit der Zeit stärker wurde. Da die Temperatur lediglich wenige Grad über dem Gefrierpunkt lag, fröstelte ich zunehmend. Dennoch setzte ich meinen Trauerflug fort, bis ich vollkommen erschöpft und durstig war. Um wenigstens meinen ausgetrockneten Hals zu befeuchten, schnappte ich nach den Regentropfen, die fortwährend aus den Wolken fielen.

Ich folgte den bekannten Gerüchen, um trotz meines langen Fluges zurück zu Ferdinands Hotel zu finden. Nur schätzungsweise eine Viertelstunde später landete ich vor der Eingangstür. Triefend vor Nässe betrat ich die Rezeption, wo Ferdinand auf einem weich gepolsterten Stuhl schlief. Das Geräusch meiner Klauen auf dem Marmorboden weckte ihn beinahe augenblicklich, da ich mich nicht bemühte, leise zu sein.

«Da bist du ja endlich. Ich habe mir bereits Sorgen gemacht, dass dir etwas zugestossen sein könnte.», sprach er mich mit rauer Stimme an.

Wortlos tapste ich an ihm vorbei in Richtung meines Schlafzimmers.

«Warte, du tropfst den gesamten Boden voll.», ermahnte mich Ferdinand.

Ohne stehenzubleiben oder mich nach ihm umzusehen, erhitzte ich die Luft in meinen Lungen mit meiner noch übriggebliebenen Energie und wartete, bis mein gesamter Körper heiss genug war, das Regenwasser verdampfen zu lassen.

Während den nächsten drei Schritten hinterliess ich eine dichte Dampfwolke. Anschliessend war ich vollständig trocken.

«Ähm, *was*?», entfuhr es Ferdinand, der bis zu dieser Sekunde nicht gewusst hatte, dass ich diese Fähigkeit besass.

Da mein Nasenschleim bedauerlicherweise hitzeresistent war und noch immer meine Atemwege blockierte, schniefte ich traurig, als ich durch den langen Korridor zu meinem Zimmer tapste. Mit der Schnauze drückte ich die stets unverschlossene Tür auf, trat hinein und kletterte energielos auf mein Bett, um mich anschliessend unter der Decke vergraben zu können. Erneut schluchzte und wimmerte ich, während ich meinen Tränen freien Lauf liess.

Kurze Zeit später nahm ich Schritte wahr, gefolgt von Ferdinands Geruch. Ich fühlte, wie er sich zu mir setzte und die Bettdecke von meinem Kopf zog. Ohne die Augen zu öffnen oder etwas zu sagen, blieb ich liegen. Nicht einmal, als Ferdinand plötzlich seine Hand auf meine Stirn legte, reagierte ich. Reglos liess ich zu, dass er mich berührte. Seine Berührung ging langsam in ein Streicheln über, was er schlussendlich von meiner Schnauzspitze bis zu meinem Hinterkopf fortsetzte. Ich begann, diese sanften, regelmässigen Reize zu mögen, und entspannte mich schliesslich vollständig.

14

Angeklagt

Ich nahm Ferdinands Geruch intensiv wahr, als ich am nächsten Morgen erwachte. Nachdem ich meine verklebten Augen geöffnet hatte, erblickte ich ihn, wie er neben mir auf dem Bett schlief, die rechte Hand noch immer auf meiner Schnauze. Nachdenklich liess ich meinen Blick über ihn schweifen, ohne mich zu bewegen, wobei mir auffiel, dass er sich die Schuhe ausgezogen hatte, vermutlich um mein Bett nicht zu verschmutzen.

Fürsorglich breitete ich meinen linken Flügel aus und bedeckte Ferdinand damit, so gut ich konnte, ohne meine bisherige, leicht nach rechts geneigte Schlafposition zu verändern. Obwohl ich während der gesamten Nacht auf meinem rechten Vorderbein gelegen hatte, was mittlerweile eingeschlafen war, wollte ich es nicht unter mir hervorziehen, sodass Ferdinand ungestört weiterschlafen konnte. Seufzend schloss ich die Augen und liess meine Gedanken zu den gestrigen Ereignissen abschweifen.

Ich dachte an die Drohung von Claudia Fuchs, die Tatsache, dass Loris für die Dariseg gearbeitet und Ferdinand sie finanziert hatte, die verstörenden Videos, die wir uns gemeinsam angesehen hatten und meinen Nervenzusammenbruch. Anschliessend wichen diese Gedanken der Sehnsucht, meine Kinder wiedersehen zu können. Ich wünschte mir Stella herbei, obwohl sie zu Hause wesentlich besser aufgehoben war als auf diesem Planeten, und dass Mario seinen früheren geistigen und körperlichen Zustand zurückerlangen konnte.

Plötzlich regte sich Ferdinand geringfügig. Ich öffnete die Augen und beobachtete, wie er in dieser Sekunde aufwachte, vorübergehend erschrocken zusammenzuckte, als er bemerkte, wie er unter meinem Flügel lag, und sich anschliessend seufzend entspannte. Müde ächzend zog er seine rechte Hand von meiner Schnauze zurück, wobei seine Haut geringfügig an meinen Schuppen klebte, und robbte in langsamen Bewegungen zum Bettrand.

«Ich habe gar nicht bemerkt, wie ich eingeschlafen bin.», murmelte er schlaftrunken.

«Ich auch nicht.», entgegnete ich noch immer mit Stella und Mario vor meinem inneren Auge.

Erst während des Sprechens wurde ich mir meines verklebten Mauls bewusst. Ich hatte gestern nach meinem Flug nichts mehr getrunken, was ich nun nachholen musste. Mühselig, mit noch leicht schmerzendem Rücken, stand ich auf und kletterte auf drei Beinen hinunter, da ich mein rechtes Vorderbein kaum noch fühlen konnte und es demnach nicht wagte, Gewicht darauf zu verlagern. Gemächlich streckend betrat ich das Badezimmer, stillte meinen Durst am Wasserhahn und kehrte mit tropfender Schnauze zu Ferdinand zurück, der soeben seine Schuhe anzog und sich seine zerknitterte Kleidung zurechtzupfte.

Der stark gedämpfte Geruch von altem Blut drang mir plötzlich in die Nase. Ich folgte der Duftspur, die mich zu Ferdinands Brustkorb führte. Intensiv schnuppernd tastete ich seine Rippen ab und stellte fest, dass sich ein Bluterguss unter seiner Haut befinden musste.

«Du bist verletzt.», sagte ich, da er mich nun verunsichert anstarrte.

«Ja, das ist noch von dir, als du mich auf den Elysium-Inseln getragen hast.», entgegnete er.

«Aber das war doch vor zwei Tagen. Sollten diese Blutergüsse nicht bereits verheilt sein?»

Während ich sprach, schüttelte ich mein rechtes Vorderbein, um den Blutfluss zu stimulieren und das lästige Stechen loszuwerden.

«Nein. Das dauert normalerweise etwa eine Woche.»

«Eigenartig. Ihr Menschen verfügt anscheinend nur über eine sehr langsame Wundheilung.»

«Kann sein. Wie schnell wäre ein Bluterguss bei dir verheilt?»

«Innerhalb von vierundzwanzig Stunden vollständig. Knochenbrüche und Fleischwunden in knapp einer Woche. Nur schwerste Verletzungen, wie zum Beispiel abgetrennte Gliedmassen, benötigen einen Monat.»

«Beeindruckend. Da werde ich gleich ganz neidisch. Meinen linken Arm werde ich erst in drei bis vier Wochen wieder einigermassen normal verwenden können. Kannst du mir mal erklären, was ein Monat ist? Diese Bezeichnung kenne ich nicht.»

«Ein Monat dauert ungefähr dreissig Tage und ist die Länge eines Mondzyklus auf der Erde.»

«Das klingt interessant. Ich habe mal gelesen, dass die Erde von einem sehr grossen Mond umkreist wird, den man problemlos von der Oberfläche aus erkennen kann. Wie ist das so, in den Nachthimmel zu schauen und einen anderen Planeten erkennen zu können?»

«Wunderschön. Es ist, als wäre der Mond ein treuer Begleiter, der die Nacht genügend mit seinem bläulichen Licht erhellt, um überall in der Wüste sehen zu können. Ausserdem erinnern mich die vielen Krater auf seiner Oberfläche an ein Gesicht.», antwortete ich nachdenklich in Gedanken schwelgend.

Ferdinand verstummte nun ebenfalls, während sein Blick abwesend an mir vorbeiging. Erst nach einigen Sekunden fokussierte er wieder mich.

«Ich muss mich heute vor Gericht wegen dem verantworten, was mit Maxim Kozlow geschehen ist.», sagte er in ernstem Tonfall.

«Aber du hast doch nichts falsch gemacht, oder? Dieser Typ hat andere Menschen getötet und mich als Waffe missbraucht.»

«Trotzdem ist das, was ich getan habe, versuchter Mord.»

«Müsste ich dann nicht aufgrund von Mord angeklagt werden?»

«Nein, da du zu diesem Zeitpunkt Kozlows Eigentum gewesen bist und er die volle Verantwortung für dein Handeln trug. Ausserdem hast du ohne Rechte auch keine Pflichten. Theoretisch könntest du jeden töten, den du auf der Strasse antriffst, und es würde keine rechtlichen Konsequenzen nach sich ziehen. Zumindest nicht für dich.»

«Das würde ich niemals tun. Du hast mir schliesslich bewiesen, dass ihr Menschen keine Monster seid.», entgegnete ich bestimmt, jedoch auch nachdenklich, da ein Teil von mir noch immer einen tiefen Hass gegenüber den Menschen verspürte, die meinen Sohn missbraucht und meinen Bruder getötet hatten.

«Du dachtest, *wir* wären Monster?», fragte Ferdinand ungläubig.

«Ja. Ist es nicht normal, Aliens, die Freunde und Verwandte entführen, misshandeln oder gar töten, als Monster zu bezeichnen?»

«Da ist was dran.»

Ich folgte Ferdinand aus meinem Zimmer hinaus, um das Gespräch mit ihm fortsetzen zu können, obwohl er allem Anschein nach noch einiges zu erledigen hatte.

«Geh du nur schonmal weitere Unterschriften sammeln, während ich vor Gericht bin.», sagte Ferdinand, während er nervös mit seinen Fingern am Stoff seines Hemds spielte.

«Soll ich dich nicht begleiten? Du hast mich schliesslich auch immer unterstützt, selbst als ich traurig war wegen … gestern.»

Erneut bildete sich ein Kloss in meinem Hals und ich blinzelte rasch, um den Tränenfluss zu unterbinden.

«Das ist wirklich nett von dir, aber ich glaube nicht, dass du mir bei einem Gerichtstermin helfen könntest, geschweige denn, dass sie dich überhaupt eintreten lassen.»

«Wieso? Weil ich nicht einer von euch bin?», entgegnete ich leicht entrüstet, da dies nicht das erste Mal war, dass ich mich von den Menschen ausgeschlossen fühlte.

«Nein, es ist nur so … Gerichte sind den Menschen vorbehalten. Nicht einmal Haustiere sind erlaubt und die Regeln sind sehr streng.»

«Ich werde dich begleiten.», beschloss ich trotzig.

«Das wäre vermutlich keine gute …»

«Es *ist* eine gute Idee.», unterbrach ich ihn.

«Nein, das …»

«Du sagtest, für mich würden keine Pflichten und Regeln gelten, oder?»

«Ja, aber da ich jetzt offiziell dein Besitzer bin, trage ich die volle Verantwortung über dein Handeln.»

«Und deswegen wirst du als mein Herrchen darauf bestehen, mich mitzunehmen.»

«Nein, garantiert nicht.», erwiderte Ferdinand, der mir nun verunsichert, jedoch auch streng in die Augen blickte.

«Oh, doch.», antwortete ich grinsend, wobei ich mein Gegenüber durchdringend anstarrte.

Ich konnte riechen, wie Ferdinands Körper Stresshormone ausschied und er schluckte leer.

«Ich bitte Sie, Ihren Drachen ausserhalb des Gerichtshofs zu lassen, Herr Schmidt.», erinnerte ein Angestellter hinter dem Tresen des Eingangsbereichs Ferdinand, nachdem wir das Gerichtsgebäude betreten hatten.

Er starrte uns misstrauisch an, wobei sein Blick auf meinem zwei Meter langen Speer hängenblieb.

Zum Glück kenne ich bereits die meisten Worte der Menschen. Noch vor zwei Tagen hätte ich den Tresen als 'knapp einen halben Meter hohe, schmale Absperrung' bezeichnet, was eine extrem umständliche Umschreibung ist, dachte ich, das Misstrauen des Angestellten ignorierend.

«Können Sie nicht eine Ausnahme machen? Das hier ist Nils, der die Pressekonferenz in Elysia gehalten hat.», entgegnete Ferdinand.

«Mir ist durchaus bewusst, wer er ist. Trotzdem muss Ihr Haustier laut unserem Regelwerk draussen bleiben.»

Plötzlich kam mir eine Idee. Ich setzte mich aufrecht, mit dem Schwanz um meine Beine gelegt, vor den Tresen, wie es eine Katze gestern vor Ferdinands Hotel getan hatte. Da diese kleinen, flauschigen Wesen ebenfalls zu den Haustieren zählten und die Menschen sie zu mögen schienen, versuchte ich, sie zu imitieren, indem ich nun die Klauen meines rechten Vorderbeins ableckte und anschliessend ein gefühlvolles «Miau» von mir gab.

«Das ist jetzt nicht hilfreich, Nils.», zischte mir Ferdinand zu, dessen Kopf sich rötlich färbte, während Schweissperlen seine Stirn bedeckten.

«Ihr habt gesagt, ich wäre ein Haustier, also wollte ich mich auch dementsprechend verhalten.», entgegnete ich grinsend.

Der Mann hinter dem Tresen musste schmunzeln, obwohl er dies zu unterdrücken versucht hatte. Anschliessend winkte er uns weiter.

«Es ist in Ordnung. Sie können Ihr 'Haustier' mitnehmen, Herr Schmidt.», sagte er.

«Danke.», antwortete Ferdinand sichtlich nervös, jedoch auch erleichtert.

Während wir den Wartebereich betraten, grinste ich ihn fortwährend an.

«Das hat doch perfekt funktioniert.», sprach ich selbstzufrieden.

«Du hättest mich ruhig einweihen können. Jetzt stinke ich bereits nach Schweiss, bevor der Gerichtsprozess überhaupt begonnen hat.»

«Ihr Menschen strömt doch immer einen intensiven Duft aus. Ein paar Stresshormone mehr oder weniger spielen da auch keine Rolle mehr.», beschwichtigte ich ihn.

«Soll ich das jetzt als Lob oder Beleidigung auffassen?»

«Wie es dir lieb ist.»

Ferdinand richtete nervös die Schlaufe zurecht, die seinen sogenannten Gips in aufrechter Position hielt, und setzte sich seufzend auf einen schmalen, harten Stuhl aus glänzend glattem Holz. Ich legte mich vor Ferdinands schwarzen, nach Poliermittel stinkenden Schuhen in zusammengerolltem Zustand auf den Marmorboden, zog den linken Flügel in drei ruckartigen Bewegungen an, wie ich es immer tat, und berührte meine Schwanzspitze mit meiner Schnauze. In dieser Position auf meiner rechten Seite zu liegen, war mir schon immer bequem gewesen, selbst wenn der Untergrund hart und kalt war.

Entspannt seufzend sah ich hoch zu Ferdinand, ohne meinen Kopf zu bewegen. Er sass in steifer Haltung auf seinem Stuhl. Seine Beine zitterten nervös, während er unruhig umherblickte. Obwohl ich bereits seit der Abfahrt heute Morgen versuchte, ihn mit Humor und meiner entspannten Haltung zu beruhigen, war mir dies nicht gelungen.

«Es wird alles gut, Ferdinand.», murmelte ich.

«Du hast gut reden. Ich muss mich vor Gericht für eine Straftat verantworten, die ich begangen habe, was mich sowohl meine Karriere als auch meine Freiheit kosten wird, während du jenseits des Rechtssystems liegst und alles aus sicherer Entfernung beobachtest, ohne dass dir jemand etwas anhaben kann.»

«Und wie genau wollen sie beweisen, dass du tatsächlich versucht hast, Kozlow zu mir herunterzustossen?»

«Keine Ahnung. Vermutlich haben sie ein Video von einer Überwachungskamera.»

Ich gab ein nachdenkliches Brummen von mir, während ich überlegte, wie ich Ferdinand helfen konnte. Er hatte mir während unserer Anreise erklärt, wie seine Straftat einige Jahre Gefangenschaft nach sich ziehen konnte und dass er aufgrund seiner Schuldgefühle keinen sogenannten Anwalt beauftragt hatte, ihn zu unterstützen. Da mir keine gute Antwort auf seine Aussage einfiel, kletterte ich auf die Stühle, die links neben Ferdinands Sitzgelegenheit aufgereiht waren, und legte meinen Kopf sachte auf seinen Schoss.

«Ich werde nicht zulassen, dass sie dich einsperren.», sprach ich beruhigend auf ihn ein, während ich ihm von unten her in die Augen blickte.

Nachdem er mich eine Weile verdutzt angestarrt hatte, legte er seine rechte Hand auf meinen Kopf und begann, mich wie letzte Nacht zu streicheln. Insgeheim hatte ich genau auf diese Reaktion gehofft, da diese zarten Berührungen ein Gefühl der Geborgenheit in mir auslösten, was ich das letzte Mal in Toms Gegenwart verspürt hatte. Die Streicheleinheiten schienen nicht bloss mich zu beruhigen, denn Ferdinand entspannte sich ebenso. Sein Körper schied keine neuen Stresshormone mehr aus und ich nahm seinen stetig langsamer werdenden Puls in seinen Oberschenkeln wahr. Tief seufzend liess ich meinen linken Flügel zu Boden hängen, während ich die Augen schloss und mir vorstellte, Ferdinand wäre mein Bruder, der sich an meine Seite kuschelte. Obwohl dieses Gefühl der Sehnsucht einen tiefen Schmerz in mir auslöste, hielt ich daran fest, so lange ich konnte.

«Bist du eigentlich nicht mehr sauer, dass ich die Expeditionen zur Erde und somit auch die Entführungen finanziert habe?», fragte Ferdinand mit leichter Verunsicherung in seiner Stimme.

Sein sanftes Streicheln stoppte abrupt.

«Nein, du konntest die Folgen deiner Investition schliesslich nicht erahnen.», antwortete ich, ohne die Augen zu öffnen.

Dass Ferdinand keine Schuld an seinem Unwissen trug, war mir gestern Nacht bewusst geworden, während er mich getröstet hatte. Er war genau wie ich von Claudia Fuchs getäuscht worden, weswegen ich ihm dieses Fehlinvestment nicht übelnehmen konnte. Geduldig wartete ich auf weitere Streicheleinheiten seinerseits, die bedauerlicherweise ausblieben.

«Kannst du weitermachen?», fragte ich ihn vorsichtig.

Ferdinand atmete amüsiert aus. Ich konnte mir sein Lächeln förmlich vorstellen.

«Ja, aber natürlich, mein verwöhntes Haustier.», entgegnete er und strich mir mit seiner Hand abermals von der Schnauze über die Stirn bis hin zu meinem Hinterkopf.

Selbst die empfindlichen Stellen neben meinen geschlossenen Augenlidern massierte er sanft. Schmunzelnd genoss ich seine Streicheleinheiten und schweifte gedanklich zu Tom, Stella und Mario ab.

Eine Weile später nahm ich plötzlich entfernte Stimmen wahr. Unbewusst schnappte ich die Wörter «Beweisvideo» und «Datenträger» auf. Sofort war ich wieder hellwach, richtete meinen Kopf auf, wobei ich beinahe Ferdinands linkes Auge mit meinen Hörnern traf, und blickte umher.

«Was ist los?», fragte er verunsichert, zog seine Hand zurück und korrigierte seine aufgrund der Entspannung schräge Sitzhaltung.

«Sei still!», zischte ich, um den Worten besser lauschen zu können.

«… Schmidt endlich aus dem Weg räumen können.», sprach eine männliche Stimme.

«Das hoffe ich ebenfalls. Viel Erfolg.», erwiderte ein anderer Mann.

Neugierig stand ich auf und liess Ferdinand allein im Warteraum zurück, während ich den Stimmen und schliesslich auch Gerüchen folgte. In einem Nebenraum stiess ich auf einen Mann, der sich soeben von einem anderen verabschiedete. Da er mir den Rücken zugewandt hatte, näherte ich mich unbemerkt auf leisen Pranken. Als er sich schliesslich umdrehte und mich vor sich entdeckte, zuckte der Mann erschrocken zusammen.

«Guten Tag, ich wollte Sie nicht erschrecken.», begrüsste ich ihn bemüht freundlich, jedoch ohne stark zu lächeln, um meine Zähne zu verbergen.

«Drachen sind hier in diesem Gebäude verboten.», entgegnete der Mann, wobei seine Stimme nervös schwankte.

«Für mich hat man eine Ausnahme gemacht.»

Ich muss herausfinden, ob er Beweise bei sich trägt, die Ferdinand belasten könnten, dachte ich zeitgleich.

«Sind Sie derjenige, der Ferdinand Schmidt angeklagt hat?», fragte ich vorsichtig.

«Ja.», antwortete der Mann, bevor er nervös leer schluckte.

Um selbstsicherer zu wirken, richtete er seine schwarze Krawatte und reckte seinen Kopf geringfügig hoch, wobei er nun von oben auf mich herabblicken konnte.

«Hast du ein Problem damit?», setzte er fort.

«Nein, ich habe aus purem Interesse gefragt.»

Langsam trat ich näher und schnupperte währenddessen ausgiebig, da ich nun davon überzeugt war, dass dieser Mensch ein Speichergerät bei sich tragen musste, auf dem sich das Beweisvideo befand, von dem kürzlich gesprochen worden war. Enttäuscht stellte ich fest, dass ich nichts ausser dem Körpergeruch dieses Mannes, seinen Kleidungsstücken und Parfüm riechen konnte. Um ihn eingehender zu untersuchen, begann ich, seine Hosentaschen mit meiner Schnauze abzutasten.

«Was zur Hölle tust du da?», fragte der Mann und wich verunsichert mehrere Schritte zurück.

«Ich schnuppere dich bloss ein wenig ab. Mit welchem Mittel reinigst du deine Hose? Die riecht interessant.»

Wieder trat ich auf den Mann zu und stupste strategisch seine Taschen an, bis meine berührungsempfindliche Schnauzspitze auf ein hartes, quaderförmiges Objekt stiess, was wesentlich schmaler und kleiner war als ein Mobiltelefon.

«Mit dem Wollweich Allzweck-Waschmittel, glaube ich. Jetzt lass mich in Ruhe, ich muss in fünf Minuten zu einem Gerichtstermin.»

Fünf Minuten? Oh nein! Mir läuft die Zeit davon. Ich muss dafür sorgen, dass der Mann seinen Beweis verliert, bevor der Prozess startet. Ansonsten werde ich Ferdinand nicht mehr helfen können, schoss mir durch den Kopf.

Während ich abermals meinem Gegenüber den Weg versperrte, mehrfach mit der Schnauze von unten her gegen das quaderförmige Objekt innerhalb der hinteren rechten Hosentasche drückte und es in kurzen Aufwärtsbewegungen meines Kopfes nach oben beförderte, fiel mir auf, dass ein plötzliches Verschwinden dieses Beweismittels auffallen würde, nachdem ich den Mann an exakt dieser Stelle kurz vor dem Gerichtstermin berührt hatte. Gezwungenermassen musste ich meinen spontanen Plan umstrukturieren.

Ihn umzubringen, würde die Lage auch nicht besser, da Ferdinand für mich verantwortlich ist, fiel mir zudem noch ein.

«Lass das!», rief der Mann aus und sprang empört einen Schritt beiseite, gerade als der silberne, quaderförmige Gegenstand zum Vorschein trat und sogleich aus der Hosentasche fiel.

Aufgrund der geringen Gravitation bewegte sich das Objekt, was mich schwer an den Datenträger von Loris erinnerte, langsam durch die Luft, weswegen es mir gelang, es blitzschnell mit dem Maul aufzufangen. Ich blickte dem mittlerweile empörten Mann in die Augen und vermutete bereits, auf frischer Tat ertappt worden zu sein, jedoch schien er derart mit vor mir zurückweichen beschäftigt zu sein, dass er nicht einmal versuchte, mich nach dem mutmasslichen Datenträger zu fragen oder sich zu vergewissern, ob dieses Objekt sich noch in seiner Hosentasche befand.

Ein Problem habe ich bereits gelöst, aber was mache ich, wenn er den Gerichtssaal betritt und herausfindet, dass sein Beweis verschwunden ist? Nach dieser Aktion wird er mich direkt verdächtigen, dachte ich, während ich den Gegenstand in meinem Maul mithilfe meiner Zunge abtastete.

Es schmeckte nach Metall und Plastik, sofern ich mich nicht täuschte. Letzteres war eine Erfindung der Menschen und demnach keines natürlichen Ursprungs, weswegen ich dessen Geschmack erstmals bei Wasserflaschen wahrgenommen hatte. Eine scharfe, rechteckige Kante erregte meine Aufmerksamkeit. Ich vermutete, dass man den Datenträger hiermit an einen Computer anschliessen konnte.

Da ich den Mann nun nicht mehr bedrängte, starrte er mich abschätzig an. Seinem leicht angewiderten Gesichtsausdruck nach vermutete ich, dass er etwas wie «Dass man solch ein Ding in das Gerichtsgebäude gelassen hat, ist unverantwortlich» denken musste. Gerade als er mit seiner rechten Hand nach der Hosentasche greifen wollte, wurde mir bewusst, dass ich improvisieren musste.

«He!», rief ich aus, was mein Gegenüber vorübergehend erschrocken zusammenzucken liess.

Diese Ablenkung bescherte mir genügend Zeit, den Datenträger unter meiner Zunge zu verstecken, sodass ich ungehindert sprechen konnte.

«Darf ich nochmal an dir riechen? Vielleicht kaufe ich mir dieses Waschmittel ebenfalls.», setzte ich leicht nuschelnd fort.

Glücklicherweise schien meine Sprechweise dem Mann nicht aufzufallen.

«Nein, bleib bloss weg von mir!», entgegnete er, wobei sein Blick kurzzeitig zu meinem Speer huschte.

Er fürchtet sowohl mich als auch meine Waffe, stellte ich selbstzufrieden fest.

Wieder schien sich der Mann zu fassen und ich hatte das Gefühl, dass er jeden Augenblick nach seinem Speichergerät sehen würde. Demnach musste ich mehr Zeit gewinnen. Ein Kitzeln in meiner Nase, was aufgrund einer Stofffaser entstanden war, die ich zuvor während des Abschnupperns versehentlich eingeatmet hatte, brachte mich auf eine Idee. Ich konzentrierte mich auf dieses Gefühl, bis es meine gesamte Nasenhöhle einzunehmen schien, um ein Niesen zu provozieren. Nur wenige Sekunden später gelang es mir tatsächlich. Mit absichtlich in Richtung des Mannes geöffnetem Maul nieste ich, wodurch sowohl Nasenschleim als auch Speichel auf seinen zuvor noch makellos sauberen Geschäftsanzug spritzte. Während ich mich schniefend einen Schritt zurückzog, musterte ich den Mann, von dem nun die zähe Flüssigkeit meiner Nase tropfte. Er war buchstäblich von oben bis unten mit Spritzern bedeckt. Erstaunt darüber, wie gut mein absichtliches Niesen funktioniert hatte, setzte ich einen gespielt schockierten Gesichtsausdruck auf.

«Oh, Entschuldigung. An Ihrer Stelle würde ich mich waschen gehen.», sprach ich innerlich höchst amüsiert, da ich inzwischen wusste, wie sehr sich die Menschen vor Körperflüssigkeiten jeglicher Art ekelten, was meines Erachtens masslos übertrieben war.

«Du widerliches Scheusal!», rief der Mann aus, dessen Namen ich noch immer nicht kannte.

Mit verzogenem Gesicht und bedacht darauf, die schleimigen Stellen seines Anzugs nicht zu berühren, trat er in eiligen Schritten auf eine Tür zu, die den abstrakten Symbolen beider Geschlechter der menschlichen Spezies nach zu den Toiletten führen musste. Da ich erneut keinen blassen Schimmer hatte, was ich mit dem Speichergerät anstellen musste, um die Beweise zu vernichten, ohne Aufmerksamkeit zu erregen, trat ich unruhig und nachdenklich im Raum umher.

Zerstören kann ich es nicht, da dies auffallen und der Verdacht direkt auf mich fallen würde. Ausserdem ist es jetzt bis in die kleinste Ritze mit meinem Speichel gefüllt. Dadurch ist das Gerät nun ein direktes Beweisstück gegen mich. In fünf Minuten werde ich es bestimmt nicht trocknen, geschweige denn geruchsneutral machen können. Es wahr vermutlich ein Fehler, das Speichergerät mit dem Maul zu fangen, dachte ich.

Ratlos blickte ich zum Wartebereich, wo Ferdinand aufgrund seines Geruchs fortwährend sitzen musste. Anschliessend schweiften meine Augen zur Garderobe, die mich erneut auf eine Idee brachte.

Mit Geld lässt sich alles kaufen, hat Ferdinand gesagt. Demnach sollte ich mithilfe seiner Geldbörse ein neues, identisch aussehendes Speichergerät beschaffen können, oder? Fragte ich mich.

Ohne weiterhin meine kostbare Zeit zu vergeuden, die mittlerweile auf vier Minuten reduziert worden war, eilte ich in weiten Zeitlupensprüngen zu Ferdinands Jacke, zog seine Geldbörse mithilfe meiner langen, schmalen Klauen aus der rechten Seitentasche, und nahm sie zwischen die Zähne, um schnellstmöglich das Gerichtsgebäude verlassen zu können. Ich huschte derart schnell durch den Eingang, dass der Angestellte hinter dem Tresen mich nicht einmal bemerkte.

Draussen auf der Strasse angekommen, blickte ich hastig umher, bis mir ein knapp fünfhundert Meter entferntes Elektronikgeschäft auffiel, was sich zwischen einigen anderen Läden befand.

Gehört ein Datenträger für Videos auch zu Elektronik oder nur die Geräte, mit denen man das Bildmaterial anzeigen kann? Lauteten meine Gedanken, während ich im Trab auf mein neues Ziel zuhielt, die Flügel ausbreitete und die restliche Strecke fliegend zurücklegte.

Geringfügig ausser Atem erreichte ich den Eingang des Geschäfts mit etwas zu viel Geschwindigkeit, wodurch ich polternd gegen die gläserne Eingangstür schlitterte, die ich sogleich aufstiess. Die Frau hinter der Kasse, deren leicht süsslicher Duft mich an eine Reporterin erinnerte, die mich vor meiner ersten Pressekonferenz befragt hatte, starrte mich sowohl verwirrt als auch entsetzt an. Ohne mich um ihr Wohlergehen zu kümmern, eilte ich auf den Tresen zu, stützte mich mit den Vorderbeinen darauf ab, liess die Geldbörse fallen und spuckte das silberne Speichergerät auf die freie Fläche vor der Kassiererin, bevor ich einmal keuchend nach Luft schnappte und zu sprechen begann.

«Haben Sie ein Gerät, was aussieht wie dieses hier?», fragte ich aufgeregt.

«Äh …», entgegnete die Frau mit einem mindestens ebenso angewiderten Gesichtsausdruck wie der Mann, den ich angeniest hatte, während sie auf das vor Speichel triefende Objekt starrte.

«Es tut mir leid, aber ich hatte … keine Zeit, es zu säubern.», keuchte ich.

Vor lauter Stress zitterte mein linkes Hinterbein, auf dem ich den grössten Teil meines Körpergewichts verlagerte.

«Ja, dies ist einer unserer meistverkauften Datenträger.», antwortete die Frau sichtlich durcheinandergebracht.

«Dann würde ich gerne einen davon kaufen.»

«Okay?»

Sie warf mir einen skeptischen Blick zu. Dass sie ihre Angst mir gegenüber bereits beinahe vollständig verloren hatte, war einzig meiner Berühmtheit zuzuschreiben. Zumindest vermutete ich dies, da mich die Menschen vor der Pressekonferenz in Elysia sehr gefürchtet hatten, es sei denn, ich war mit einem elektrischen Halsband unterwegs.

«Wie viel Speicherkapazität benötigst du? Ich kann dir alles von sechzehn Gigabyte bis acht Terabyte anbieten.», setzte die Kassiererin fort, die schlagartig mehr Selbstsicherheit zeigte.

Zudem hatte ihr Ausstoss an Stresshormonen abgenommen.

«Das ist mir egal.», antwortete ich.

«In diesem Fall empfehle ich dir die 256-Gigabyte-Version für fünfundvierzig Franken.»

Einen Moment legte ich meinen Kopf schräg, da ich nicht wusste, was sie mit «Franken» meinte. Als mir auffiel, in welchem Kontext sie dies gesagt hatte, vermutete ich, dass dies der Name des Geldes sein musste. Mit der Schnauze stupste ich die Geldbörse an, sodass sie sich seitlich öffnete.

«Einverstanden. Nehmen Sie, so viel wie das Gerät kostet.», entgegnete ich.

Nach einem kurzen Zögern griff die Frau nach der offenen Geldbörse, nahm ein flaches, farbig gedrucktes Papier aus einem schmalen Fach, sortierte es bei sich in der Kasse ein und legte ein rundes, ebenfalls flaches Metallstück zurück in die Geldbörse. Anschliessend reichte sie mir das noch in transparentem Plastik verpackte Speichergerät.

«Könnten Sie mir das bitte auspacken?», bat ich sie.

«Ja, kein Problem.»

Mithilfe einer Schere, die ich noch vor wenigen Tagen als futuristisch bezeichnet hätte, öffnete sie die Verpackung und legte das neue, perfekt saubere Speichergerät auf den Tresen.

«Danke vielmals!», erwiderte ich erleichtert.

«Gern geschehen.»

So schnell ich konnte, legte ich das neue Speichergerät mithilfe meiner Klauen auf die offene Geldbörse, schloss diese sorgfältig, sodass mein soeben gekaufter Artikel geschützt war, und nahm anschliessend sowohl das alte Speichergerät als auch die Geldbörse ins Maul. Hastig stiess ich mich mit den

Vorderbeinen vom Tresen ab und sprang der Ausgangstür entgegen, während die Kassiererin mir einen verwunderten und zugleich neugierigen Blick zuwarf. Ohne mich noch einmal nach ihr umzusehen, flog ich zurück zum Gerichtsgebäude. Ich wusste, dass mir lediglich noch wenige Sekunden blieben.

Ferdinand hatte den Warteraum bereits verlassen, als ich die Garderobe betrat. Dies teilte mir sowohl mein Geruchssinn als auch mein Gehör mit. Nachdem ich die Gegenstände vor Ferdinands Jacke fallengelassen hatte, öffnete ich die Geldbörse mit zittrigen Klauen und verstaute das neue Speichergerät unter meinem rechten Flügel. Dies war umständlich, da ich diesen Körperteil nun dauerhaft an meine Seite pressen musste, jedoch auch notwendig. Mir blieb keine andere Möglichkeit, einen Gegenstand für Aussenstehende unsichtbar zu transportieren, ohne ihn zu beschmutzen.

Schnelle Schritte näherten sich von den Toiletten, als ich das vollgesabberte Speichergerät und die Geldbörse in Ferdinands Jackentasche verstaute. In zwei weiten Sprüngen, ohne meine Flügel einzusetzen, eilte ich den Geräuschen entgegen. Sofort erkannte ich den Geruch des Mannes mit dem Anzug wieder, den ich bestohlen hatte. Seine Kleidung roch noch nach mir, jedoch war die äusserliche Erscheinung sauber, was mich angesichts der kurzen Zeitspanne, in der er die Reinigung bewerkstelligt hatte, verwunderte. Schlitternd bremste ich ab, jedoch war meine Geschwindigkeit wie bereits vor dem Elektronikgeschäft zu hoch, wodurch ich mit den Beinen des Mannes kollidierte. Er stürzte fluchend über mich, wobei sich sein rechtes Bein an meinem Flügel verheddarte, mit dem ich das Speichergerät festhielt. Unglücklicherweise fiel es durch diesen Unfall deutlich hörbar zu Boden, blieb jedoch unbeschädigt liegen, sofern ich dies aus meiner Perspektive beurteilen konnte.

Im Gegensatz zum Mann, der sich soeben mit zornigem Blick aufrappelte, war ich nicht hingefallen. Dennoch war diese Situation alles andere als planmässig verlaufen, da das Speichergerät nun zwischen uns lag. Blitzschnell hechtete ich darauf zu, um es mit den Vorderpranken zu bedecken, jedoch schien es dem Mann ebenfalls aufgefallen zu sein.

«Das lässt du schön bleiben.», schimpfte er und trat sichtlich genervt mit seinem Schuh nach mir.

Um seinem Tritt auszuweichen, zog ich mich zurück, ehe die Schuhsole meinen Kopf erreichte, und liess das Speichergerät liegen.

Jetzt stecke ich wirklich in der Klemme, dachte ich besorgt seufzend.

Mein spontaner Plan wechselte von Entführung über bewusstlos schlagen bis hin zu Mord, um die jetzige Situation zu retten, jedoch hoffte ich, diese Situation unauffälliger lösen zu können, weswegen ich auf die Blödheit dieses Mannes plädierte.

«Was ist das?», fragte ich gespielt unschuldig mit dem Blick auf den brandneuen, silbernen Quader gerichtet, der erst winzige Kratzer aufwies, die durch mein Bedecken mit den Pranken entstanden sein mussten.

«Mein Datenträger. Der muss mir soeben deinetwegen aus der Tasche gefallen sein.», entgegnete er.

Er hat den Tausch nicht bemerkt! Dachte ich verblüfft, während ich meine Freude mit grösster Mühe zu verbergen versuchte.

«Und jetzt verschwinde von hier, elendes Drecksvieh! Wegen dir bin ich ohnehin bereits eine Minute zu spät dran.», setzte er verärgert fort, während er den Datenträger aufhob, seine Kleidung zurecktzupfte und in Richtung des Gerichtssaals stapfte.

«Das geht nicht, da ich bei diesem Gerichtstermin dabei bin. Leider finde ich den Weg nicht, weswegen ich Sie fragen wollte, wo es langgeht.», sprach ich den Mann erneut an, während ich ihn verfolgte.

Eigentlich wusste ich bereits anhand von Ferdinands Duftspur, wo der Gerichtssaal lag, jedoch hatte ich mir spontan eine Ausrede für meinen Zusammenstoss ausdenken müssen. Mein Gegenüber blieb so abrupt stehen, wie es bei dieser geringen Schwerkraft überhaupt möglich war, und starrte mir verdutzt in die Augen, als erwartete er, ich würde ihm anschliessend erklären, dies wäre ein Scherz gewesen. Da ich seinem Blick standhielt, drehte er sich augenrollend wieder um.

«Folge mir.», antwortete er seufzend.

Während er die letzten Meter zum Gerichtssaal stapfte, vernahm ich ein leise geflüstertes «Das darf doch nicht wahr sein».

Sobald der Mann die Tür öffnete, hinter der Ferdinand und ein Richter an ihren jeweiligen Plätzen sassen, drängte ich mich durch den Türspalt hindurch, tapste selbstzufrieden schmunzelnd zu Ferdinand und setzte mich neben ihn. Dass kein Stuhl für mich bereitstand, kam mir gelegen.

«Was hast du denn so lange getrieben?», fragte Ferdinand flüsternd.

«Das erkläre ich dir später.», antwortete ich ebenso leise.

Der Mann im kürzlich gesäuberten Anzug setzte sich rechts von uns und blickte zum Richter, der in dieser Sekunde zu sprechen begann.

«Da nun alle erforderlichen Personen anwesend sind, gilt diese Gerichtsverhandlung hiermit als eröffnet.»

Während er sprach, blieb sein Blick auf mir hängen. Er starrte mich einen Moment nachdenklich an, was ich freundlich schmunzelnd erwiderte, bis er sich schliesslich dem Mann rechts von uns zuwandte.

«Herr Graf, bitte stellen Sie die Anklage gegenüber Ferdinand Schmidt vor.»

Der Angesprochene namens Graf schob seinen Stuhl zurück und stand auf, bevor er zu sprechen begann.

«Hiermit klage ich Ferdinand Schmidt des versuchten Mordes an Maxim Kozlow an.»

«Wurde das nicht bereits vor dem Gerichtstermin besprochen?», fragte ich Ferdinand verwirrt.

«Das ist eine Förmlichkeit.», entgegnete dieser flüsternd, wobei mir eine frische Wolke seiner Stresshormone entgegenwehte.

Zudem zitterten seine Beine vor lauter Nervosität.

«Es wird alles gut, vertrau mir.», flüsterte ich ihm zu, wobei ich einen Strengen Blick vom Richter erntete, da ich nicht aufgerufen worden war und dennoch gesprochen hatte.

«Haben Sie Beweise, die Ihre Anschuldigung bestätigen?», fragte der Richter an Herr Graf gewandt.

«Ja, die habe ich. Auf diesem Datenträger befindet sich ein Video, auf dem ersichtlich ist, wie der Angeklagte versucht hat, Maxim Kozlow in ein besetztes Drachengehege zu schubsen.»

Oder auch nicht, dachte ich, wobei es mir ausserordentlich schwerfiel, weder zu schmunzeln, noch zu kichern.

Der Richter streckte seine linke Hand aus, woraufhin Herr Graf aufstand und ihm das Speichergerät übergab. Nun war ich derjenige, der aufgeregt zuckte, mit dem Unterschied, dass es mein Schwanz anstelle der Beine waren. Meine Speerspitze kratze einmal laut schabend über den Boden, weswegen ich die unnötigen Bewegungen unterdrückte, so gut es ging. Nichtsdestotrotz war ich bis in die letzte Faser meines Körpers angespannt.

Das Speichergerät wurde in eine dafür geschaffene Öffnung gesteckt. Anschliessend leuchtete die Wand hinter dem Richter weiss auf. Es dauerte einen Moment, bis der Richter seinen Blick wieder Herr Graf zuwandte.

«Wie mir scheint, befindet sich keine Videodatei auf Ihrem Datenträger.»

«Das kann nicht sein. Versuchen Sie es nochmals.», entgegnete Herr Graf, dessen Stirn erste Schweissperlen bildete.

Nun konnte ich mir ein abruptes Ausatmen und Schmunzeln nicht mehr unterdrücken, weswegen ich skeptische Blicke von allen Anwesenden erntete. Ich vertuschte meine mir entglittene, äussere Fassade, indem ich gespielt interessiert am Holztisch vor Ferdinand schnupperte. Der Richter konzentrierte sich nun wieder auf das Aus- und Einstecken des Speichergeräts, was erneut ein weisses Bild provozierte.

«Wieder nichts.», bestätigte er.

«Aber ... wie ist das möglich? Es muss ein Defekt vorliegen.», versuchte Herr Graf, sich zu verteidigen.

Seine Unsicherheit machte sich deutlich in seinem Duft bemerkbar.

«Haben Sie noch andere Beweise, die Herr Schmidts Taten belegen?», fragte der Richter, als wäre dies nichts Ungewöhnliches.

«Nein.», gab der Angesprochene zu.

«Dann erteile ich hiermit Herr Schmidt das Wort. Was haben Sie zu Ihrer Verteidigung zu sagen?»

Ich starrte Ferdinand fordernd an, da ich nun von ihm erwartete, seine Tat zu leugnen. Dieser blickte nervös zwischen mir und dem Richter umher, wobei noch mehr Schweiss aus seinen Hautporen trat. Fasziniert stellte ich fest, dass man diesen Prozess mit blossem Auge erkennen konnte, sofern man ein Drache war.

«Ich habe diese Tat nicht begangen.», antwortete Ferdinand schliesslich.

«Das ist nicht wahr! Er hat Herr Kozlow geschubst, bevor dieser ihn wiederum in das Drachengehege geworfen hat und zudem selbst gestürzt ist.», rief Herr Graf empört dazwischen.

Sein Kopf war hochrot, wodurch er beinahe der Farbe meiner Schuppen glich.

«Ich habe Ihnen nicht die Erlaubnis erteilt, zu sprechen, Herr Graf. Wenn Sie ausser Ihrer Aussage nichts gegen den Angeklagten vorzuweisen haben, erkläre ich Herr Schmidt hiermit als unschuldig.», entgegnete der Richter, der während seines letzten Worts mit einem hölzernen Hammer auf den Tisch schlug.

«Aber er ist schuldig! Ich weiss es!», schrie Herr Graf ausser sich.

«Die Gerichtsverhandlung ist nun geschlossen. Da Aussage gegen Aussage steht, spricht sich das Gericht für den Angeklagten aus.»

Herr Grafs Blick fiel nun auf mich, wobei sich seine Augen plötzlich weiteten.

«Das war der Drache! Er hat meinen Datenträger manipuliert!», beschuldigte er mich, während er auf mich zeigte.

Der Richter hob eine Augenbraue an.

«Mit Verlaub, Herr Graf, aber Sie beschuldigen ein *Tier*, Ihr Beweismaterial gelöscht zu haben?»

Er schien Herr Grafs Worten keineswegs Glauben zu schenken.

Es hat also doch Vorteile, als Tier betrachtet zu werden, dachte ich siegessicher schmunzelnd.

«Ja! Ganz bestimmt. Ich schwöre Ihnen, Sie werden das gelöschte Video finden, wenn Sie das Speichergerät einem Spezialisten zur Datenwiederherstellung übergeben.»

«Die Beschaffung von Beweisen gehört nicht zu meinen Aufgaben als Richter. Es steht Ihnen jedoch frei, eine Datenwiederherstellung zu versuchen, und sollte es Ihnen gelingen, Ihr Beweismaterial zurückzuerlangen, können Sie erneut einen Gerichtstermin beantragen. Nun bitte ich Sie, das Gericht zu verlassen.»

«Eine Wiederherstellung wird nicht einmal notwendig sein. Ich kann Ihnen auch einfach eine weitere Kopie beschaffen. Selbst hunderte davon, wenn Sie wünschen.», schrie Herr Graf, als wäre der Richter einen halben Kilometer weit entfernt.

«Ich wünsche Ihnen noch einen schönen Tag, Herr Graf. Sie dürfen jetzt gehen. Und Sie ebenfalls, Herr Schmidt. Nehmen Sie bitte auch Ihren Drachen mit.»

Ferdinand stand simultan mit mir auf und wir spazierten vielsagende Blicke austauschend zur Ausgangstür. Ich war überglücklich, diese Situation derart gut gemeistert zu haben. Einzig die Tatsache, dass Herr Graf jederzeit mit einer neuen Kopie des Videos aufkreuzen konnte, bereitete mir Unbehagen.

Ich werde ihn wohl oder übel verfolgen müssen, dachte ich, als ich durch die Tür hindurch in den Wartebereich trat, der mittlerweile von sechs weiteren Menschen gefüllt war.

«Damit kommt ihr nicht durch!», drohte Herr Graf uns, sobald er den Gerichtssaal ebenfalls verlassen hatte.

«Ist das etwa eine Drohung?», fragte ich ihn mit strengem Blick, wobei ich geringfügig die Zähne entblösste.

«Nein … ähm, das ist es nicht.», entgegnete er verunsichert.

«Gut.», antwortete ich schmunzelnd.

Herr Graf, der das neue Speichergerät erneut in seiner Hosentasche verstaut hatte, stapfte wütend davon, während Ferdinand und ich in der Garderobe stehenblieben.

«Wie hast du das gemacht?», fragte Ferdinand schliesslich.

«Ich habe das Speichergerät mit einem neuen ausgetauscht.»

Nun liess ich meinem selbstzufriedenem Grinsen freien Lauf. Ferdinand trat einen Schritt näher und umarmte mich herzhaft mit seinem rechten Arm am Hals. Leicht überrumpelt blieb ich stehen, bis er mich wieder losliess.

«Jetzt bin ich dir was schuldig, Nils. Du bist einfach der Beste!», sagte er über das ganze Gesicht strahlend.

«Es gibt noch etwas, was ich dir gestehen muss.», warf ich leicht verlegen ein.

«Was denn?»

«Ich habe deine Geldbörse vorübergehend entwendet, um ein neues Speichergerät ohne Video zu kaufen. Einerseits wusste ich nicht, wie man eine Videodatei löschen kann und andererseits war das Gerät … wie soll ich das jetzt genau erklären … schmutzig.», erwiderte ich.

«Das ist doch kein Problem. Solange du nicht mein gesamtes Geld ausgegeben hast, ist mir jeder Preis recht für eine gewonnene Gerichtsverhandlung. Auch wenn es ausserordentlich hinterlistig und auch verboten war, vor Gericht zu lügen.»

Ferdinand griff in seine Tasche, nachdem er die Jacke angezogen hatte, wahrscheinlich um zu überprüfen, wie viel Geld ich verbraucht hatte, bis er plötzlich das Gesicht zu einer Grimasse verzog. Angeekelt zog er seine rechte Hand heraus, das alte Speichermedium zwischen den Fingern. Noch immer war es nass und schmierig.

«Ist das der Datenträger mit dem Video?», fragte er, wobei er den Gegenstand möglichst weit von sich weghielt.

«Ja.», antwortete ich knapp.

«Was hast du damit angestellt? Ihn gefressen und wieder ausgespuckt?»

«Beinahe.»

«Ihgitt.»

Ferdinand erschauderte aufgrund seines Ekelgefühls. Er schien nicht zu wissen, was er nun mit dem Datenträger und seiner Hand anstellen sollte, denn er hielt ihn starr vor sich.

«Übertreib doch nicht so. Das ist bloss Speichel. Dieses Zeug befindet sich auch in deinem Mau … ähm Mund.», versuchte ich, ihn zu beruhigen.

«Aber nicht der Speichel von jemand anderem.»

«Was ist daran so schlimm? Speichel ist Speichel.»

«Er ist unhygienisch und kann Krankheiten übertragen.»

«Das verstehe ich nicht. Weshalb küssen sich dann menschliche Liebespaare auf den Mund?»

«Das ist etwas anderes.»

«Ist es das?», fragte ich mit schräg gelegtem Kopf.

«Ja. Es kann gut sein, dass du das niemals verstehen wirst.»

«Ihr Menschen seid echt seltsam.»

Kopfschüttelnd beobachtete ich Ferdinand, wie er den Datenträger vor mir auf den Boden stellte, zu den Toiletten eilte, ohne die steife Haltung seiner Finger zu verändern, und eine Minute später mit nach Seife riechender Hand zurückkehrte. Derweil hatte ich das quaderförmige Objekt bereits mit den Klauen aufgehoben.

«Was soll ich jetzt damit machen?», fragte ich.

«Keine Ahnung. Zerstöre es, wenn du magst.»

Auf seine Aussage hin nahm ich es zwischen die hinteren, rechten Zähne, biss kräftig zu, wobei mich die Widerstandsfähigkeit des Speichermediums beeindruckte, und zerbrach es auf diese Weise in mehrere Stücke. Anschliessend spuckte ich es draussen auf der Strasse in einen Abfluss der Kanalisation. Ich wollte es nicht in einem Mülleimer entsorgen, da dies aufgrund meines erfolgreich durchgeführten Austauschmanövers zu Problemen führen konnte, sollte die falsche Person das zerstörte Gerät finden.

«Ich habe noch etwas zu erledigen.», sprach ich kurze Zeit später zu Ferdinand, der mich nun fragend anblickte.

«Gehst du wieder Unterschriften sammeln?»

«Nein, ich muss dafür sorgen, dass Herr Graf kein weiteres Beweisvideo in die Hände bekommt.»

«Warte mal, wie …», setzte Ferdinand an, während ich bereits die Flügel ausbreitete und den Gehweg als Startbahn verwendete, bevor ich mich sanft in die Höhe schwang.

Es tut mir leid, aber ich kann dir momentan nicht alle Fragen beantworten. Herr Grafs Duftspur beginnt bereits, im Durcheinander dieser Stadt zu verschwimmen, dachte ich.

Nur fünf Minuten später entdeckte ich meine Zielperson bereits in einer schmalen Gasse. Wieder einmal war ich froh, die überwältigende Mischung aus Gerüchen inzwischen ausblenden zu können.

«Herr Schmidt und sein Drache haben mich überlistet.», erklärte Graf drei anderen Männern, die stark nach Hormonen dufteten und einen stämmigen Eindruck erweckten.

«Was hat das zu bedeuten?», fragte einer der Unbekannten.

Gespannt lauschte ich ihren Worten, während ich lautlos über den Hausdächern kreiste, die sich nahe der Gasse befanden.

«Der Drache hat irgendetwas mit dem Datenträger angestellt, als er mir aus der Tasche gefallen ist. Ich weiss nicht, wie er das gemacht hat, aber er hat das Video irgendwie gelöscht.»

Herr Graf streckte den Männern demonstrativ den Datenträger entgegen.

«Das war ein Fehler, und wie du weisst, enttäuscht man die Mafia nur einmal in seinem Leben.»

Ich erhaschte einen Blick auf Herr Grafs Gesicht, was in diesem Augenblick Panik widerspiegelte.

«Nein, bitte nicht! Das könnt ihr nicht machen!», erwiderte er und trat hastig einige Schritte zurück.

Wortlos zog einer der Männer einen dunkelgrauen, metallenen Gegenstand aus seiner Tasche, der mir in gewisser Weise bekannt vorkam, und richtete ihn auf Herr Grafs Kopf. Nur einen Sekundenbruchteil später sah ich, wie Blut und Teile des Gehirns aus seinem Hinterkopf spritzten und die dahinterliegende Hauswand sprenkelten, während sein Kopf schlagartig zurückgestossen wurde, bevor mich das scharf klickende und zugleich dumpfe Geräusch, gefolgt von einem nassen Prasseln, zeitverzögert erreichte. Erschrocken und entsetzt zuckte ich zusammen, wobei ich meinen Blick nicht von Herr Graf lösen konnte, der soeben leblos zu Boden sackte. Mitten auf seiner Stirn klaffte ein kreisrundes Loch und seine Pupillen weiteten sich. Dieser Anblick liess mich meine Flügelbewegungen vergessen, bis ich im Augenwinkel erkannte, wie ich auf eine Hauswand zuraste. Im allerletzten Moment bremste ich mithilfe eines schmerzhaften Flügelschlags ab und landete aufgrund meiner nun schlechten Position gezwungenermassen auf einem der tieferen Hausdächer, um nicht doch noch mit einem Gebäude zu kollidieren.

Meine Klauen erzeugten ein laut hörbares Kratzen, während ich abbremste und schliesslich einen halben Meter vor der Dachkante zum Stehen kam. Die Männer in der Gasse blickten nun in meine Richtung, weswegen ich meinen Kopf hastig zurückzog. Nachdem das eben entstandene Stechen in meinem Nacken geringfügig nachgelassen hatte, kauerte ich mich hinter die Dachkante und lauschte angespannt. Mein nun rasender Puls und meine erhöhte Atemfrequenz erschwerten mir dies geringfügig.

Was auch immer dieser Mann für eine Waffe verwendet hatte, sie bereitete mir Angst. Innerhalb eines Sekundenbruchteils aus Entfernung getötet zu werden, war furchteinflössender als meine kühnsten Albträume. Ich würde es wahrscheinlich nicht einmal bemerken, bevor ich bereits tot wäre. Da die Menschen nun stumm waren, versuchte ich, so leise wie möglich durch die Nase zu atmen, was bedauerlicherweise noch immer deutlich hörbare Geräusche erzeugte. Schwer atmend hoffte ich, die drei Personen hätten mich nicht gesehen. Ein leises Geräusch hinter mir liess mich abrupt herumfahren. Verängstigt hielt ich den Atem an und umklammerte meinen Speer verkrampft mit meiner Schwanzspitze. Erst als ich feststellte, dass es sich um das Schliessen einer Autotür gehandelt haben musste, atmete ich erleichtert aus.

Jetzt weiss ich, weshalb Ferdinand meinte, ich hätte keine Chance gegen die menschlichen Streitkräfte. Anscheinend haben sie lediglich unschädliche Waffen gegen mich eingesetzt, dachte ich noch immer angespannt.

Vor meinem inneren Auge spielten sich zahlreiche Situationen ab, in denen plötzlich ein Mensch eine dieser tödlichen Waffen auf mich richtete und die Rückseite meines Kopfes platzen liess, bevor ich überhaupt reagieren konnte. Plötzlich fühlte ich mich machtlos unterlegen und schwach.

«Ich wusste doch, dass es eine schlechte Idee war, diesen Versager gegen Ferdinand Schmidt einzusetzen.», brach einer der Männer plötzlich das Schweigen, der zuvor noch nicht gesprochen hatte.

«Einen Versuch war es trotzdem wert. Es hätte sein können, dass Herr Schmidt den Gerichtsprozess verliert. Nun müssen wir ihn anderweitig beseitigen. Ein Angriff auf den Boss darf nicht ungestraft bleiben.», antwortete der Mann, der vor Kurzem Herr Graf ermordet hatte.

«Aber er ist ein Regierungsratsmitglied. Wie können wir einen Mord an ihm vertuschen?»

«Wie wir es immer tun.»

«Ich bin immer noch der Überzeugung, dass wir ihn vor Gericht stellen sollten, dieses Mal aber mit kompetenteren Angestellten.», warf der dritte Mann ein.

«Das halte ich für keine gute Idee. Herr Schmidt wird immer eine Möglichkeit finden, sich herauszumogeln, wie es bei den Reichen gang und gäbe ist. Entweder besticht er den Richter, lässt die Beweise verschwinden oder kauft sich die besten Anwälte. Nein, so wird das nicht funktionieren. Wir müssen ihn von der Bildfläche verschwinden lassen, und zwar auf eine Weise, die ihn bereuen lässt, sich mit uns angelegt zu haben.», erwiderte der Mörder.

Oh nein! Ferdinand ist in Gefahr, stellte ich leer schluckend fest und kroch langsam auf zittrigen Gliedern zur Mitte des Daches zurück.

Mit erhobenem Schwanz, um allfällige Geräusche meines Speers zu vermeiden, wendete ich, breitete die Flügel aus und sprang auf die gegenüberliegende Dachkante zu. Ich nutzte die Höhe, um direkt in den Gleitflug überzugehen. Schnuppernd und noch immer verängstigt folgte ich der Strasse, um meinen menschlichen Freund aufzuspüren. Obwohl Ferdinand der Spezies angehörte, die für all meine momentanen Sorgen verantwortlich war, fühlte sich unsere Beziehung mittlerweile nach einer Freundschaft an, da wir uns beide gegenseitig unterstützten und er mir sympathisch war. Ausserdem war er meine einzige Hoffnung, diesen Planeten lebend und in Begleitung meines Sohnes verlassen zu können.

15

Wiedersehen

Plötzlich stach mir ein bekannter Geruch in die Nase, weswegen ich unwillkürlich der Duftspur folgte. Bevor mir bewusst wurde, um wen es sich hierbei handelte, dachte ich plötzlich an wütendes Knurren, wie ich das lästige Halsband entfernte, was mir bereits unzählige Stromschläge verpasst hatte, und anschliessend die Menschen zerfleischte, die mich von ausserhalb meines Käfigs anstarrten. Einen Moment später erkannte ich diese Gedanken als die von Mike, einem der älteren Söhne von Gustav und Mia.

Ich schwang meine Flügelmembran wellenförmig, bis ich wenige Sekunden später bereits über die Hausdächer hinwegflog und das Drachengehege erspähte, was ich aus Mikes Gedanken wiedererkannte. Er entdeckte mich aufgrund meiner eigenen telepathischen Signale, die sich niemals vollständig unterdrücken liessen, ebenfalls. Sein fünf Meter langer, schwarzer Körper füllte in ausgestrecktem Zustand mehr als die Hälfte des kleinen, aus flachem Beton bestehenden Bereichs aus, den man ihm zugewiesen hatte. Der im Boden verankerte Metallkäfig stand inmitten eines grossen, von Häusern gesäumten Platzes, auf dem reger Verkehr herrschte. In schätzungsweise fünf Metern Abstand zu den Gitterstäben befand sich ein Geländer, an dem dutzende, mit Kameras ausgestattete Menschen standen, unablässig Mike fotografierend. Die meisten anderen, die in gleichgültiger Haltung über den Platz schlenderten, beachteten den Drachen kaum, woraus ich schloss, dass Mike bereits seit Wochen oder gar Monaten hier sein musste. Obwohl er die charakteristische Grösse seiner Eltern und Geschwister aufwies, unterschied er sich farblich sehr stark, was auf Mutationen zurückzuführen war. Zu seinem Glück litt er unter keinerlei Altersbeschwerden und sein Körper hatte keine ersichtlichen Gendefekte.

«*Nils, bist du das wirklich?*», fragte er ungläubig starrend, während ich einmal um den Käfig kreiste, ohne zur Landung anzusetzen.

Ja, ich bin es, entgegnete ich freudig schmunzelnd, ihn wiederzusehen, wenngleich mich die Umstände, unter denen er seit Längerem zu leiden hatte, bedrückten.

Mike tapste unruhig zwischen seinem kleinen, verschmutzten Wasserbecken und einigen alten, ausgetrockneten Fleischfetzen umher, die sich innerhalb des Käfigs befanden.

«Bitte hilf mir hier raus!», bat er mich in vollkommener Überzeugung, dass ich ihn sofort befreien würde.

Zeitgleich erreichten mich wieder Bilder von ihm, wie er sich an den Menschen rächte, die ihn monatelang misshandelt hatten. Bevor ich ihm antworten konnte, dass dies nicht möglich war, da ich zuerst die Volksinitiative starten musste, die den Drachen mehr Rechte verlieh, schweiften meine Gedanken zu Ferdinand ab, der in höchster Gefahr schwebte. Zu meinem Bedauern fing Mike diese telepathischen Signale ebenfalls auf. Mittlerweile war ich ausser Übung, meinen Verstand zu kontrollieren, da ich seit dem Kampf auf der Erde keine längere Unterhaltung mehr mit anderen Drachen geführt hatte. Demnach waren meine Gedanken nun wie ein offenes Buch für Mike.

«Die haben dich also auch gehirngewaschen?», fragte er mit einer Abscheu, die mir einen Stich ins Herz versetzte.

Nein, es ist nur ...

Telepathisch setzte ich meine Erklärung fort, indem ich ihm meinen Plan mit der Volksinitiative offenbarte. Er konzentrierte sich auf die Zusammenarbeit mit Ferdinand, die ein essenzieller Bestandteil meiner Gedanken gewesen war. Offensichtlich missfiel ihm der Gedanke, mit den Menschen zusammenzuarbeiten und dass ich mit ihnen kommunizieren konnte, denn er starrte mich zornig mit seinen hellgrauen, beinahe silbernen Augen an, die er von seiner Mutter geerbt hatte.

«Du bist jetzt einer von ihnen.», dachte er leise knurrend.

Ich befürchte, du hast meine Gedanken missverstanden. Wir können keinen gewaltsamen Konflikt gegen die Menschen gewinnen, entgegnete ich, während ich endlich zur Landung ansetzte und nervös zwischen den Passanten umherblickte, nach einer dieser tödlichen Waffen Ausschau haltend.

«Nein, das habe ich nicht. Sieh dich doch bloss an. Du fürchtest dich so sehr vor diesen mickrigen, schwachen Wesen, dass du dich ihnen angeschlossen hast.»

Mittlerweile hatten wir die Aufmerksamkeit beinahe aller Personen im Umkreis von fünfzig Metern erregt, selbst von denjenigen, die sich zuvor noch ihren Mobiltelefonen zugewandt hatten, wobei insbesondere Mikes Knurren ihre Blicke auf uns gezogen hatte.

Das stimmt nicht! Ich handle bloss auf die einzige Weise, die es mir ermöglicht, Mario zu befreien.

Mike setzte sich aufrecht vor die Gitterstäbe und blickte mich von oben herab an, als wäre ich lediglich Abschaum, den es zu beseitigen galt.

«*Ach ja? Und weshalb zwingst du die Vorez nicht einfach dazu, dir zu gehorchen? Du müsstest lediglich einen von denen schnappen und als Geisel verwenden, bis sie dir geben, was du möchtest.*», entgegnete er, wobei er seinen Blick über die Menschenmenge schweifen liess.

Dem boshaften Glitzern seiner Augen zu urteilen, sehnte er sich danach, sie ungehalten anzugreifen.

Das habe ich bereits versucht, was leider nicht funktioniert hat, dachte ich.

Zwiegespalten, wem ich nun helfen sollte, schweiften meine Gedanken wieder zu Ferdinand ab.

«*Du bist nicht der Nils, den ich kenne. Wie mir scheint, haben die Vorez dich gebrochen. Geh wieder zurück zu deinem Herrchen, an dem dir anscheinend so viel liegt, und lass mich in Ruhe.*»

Aufgrund Mikes Aussage konnte ich ihn nicht sofort verlassen. Ich musste ihm beweisen, dass ich noch auf seiner Seite war. Während ich ihm nachdenklich in die Augen blickte und meine Erinnerungen nach einer Lösung durchforstete, erschien plötzlich Mias Gesicht in meinen Gedanken. Einen Sekundenbruchteil dachte ich wieder an ihren Tod und die Schmerzen, die sowohl Geist als auch ich empfunden hatte, bevor ich mir dessen bewusst wurde. Blitzschnell rief ich meine Erinnerungen an die Verstümmelungen meines Sohnes auf, jedoch zu langsam, da Mike die schockierenden Bilder seiner Mutter bereits empfangen hatte. Stöhnend sackte er in eine liegende Position, während sich Mias Ableben mehrfach in seinen Gedanken wiederholte. Einzig seinen Kopf hielt er erhoben.

«*Bitte sag mir, dass das eine deiner gestörten Fantasien war.*», sprach Mike telepathisch zu mir.

Da muss ich dich leider enttäuschen, erwiderte ich bedrückt und wandte meinen Blick seufzend von ihm ab.

«*Die haben meine Mutter getötet und du tust absolut gar nichts, sie zu bekämpfen!*», schossen seine Gedanken durch meinen Verstand.

Ausser sich vor Wut stiess Mike ein ohrenbetäubendes Brüllen aus, was ein Drache meiner Grösse niemals hätte bewerkstelligen können. Alle Menschen, die sich momentan auf dem Platz befanden, zuckten erschrocken zusammen und drückten sich die Hände gegen die Ohren. Einige von ihnen liessen sogar ihre

Kamera fallen. Nun sprang Mike auf und biss wütend knurrend in die metallene Absperrung. Mit aller Kraft riss er seinen Kopf zurück, jedoch gelang es ihm nicht, den Käfig auf diese Weise zu beschädigen. Die soliden, mindestens fünf Zentimeter dicken Gitterstäbe waren selbst für einen Drachen wie Mike zu stabil, sie verbiegen zu können.

«Das werden die Vorez büssen! Sobald ich von hier freikomme, werde ich ihre gesamte Zivilisation auslöschen! Anschliessend bist du dran, Verräter!», schrie er mich telepathisch an.

Verunsichert wich ich mehrere Schritte zurück. Einen Moment befürchtete ich, er könnte Feuer speien und jeden Menschen auf diesem Platz rösten, jedoch fiel mir das silberne Glitzern in Mikes Rachen auf, was vermutlich von der Metallplatte stammen musste, die die Menschen uns Drachen implantiert hatten, worüber ich erstmals froh war.

«Hilfe!», schrie eine Frau neben mir, die sich angesichts ihrer geduckten Körperhaltung und des starken Geruchs von Stresshormonen vor Mike fürchtete.

Keine Sekunde später sackte der schwarze Drache verkrampft zuckend zu Boden, einen Gitterstab noch immer zwischen den Zähnen. Seine Augen verdrehten sich und er schien keine Kontrolle mehr über seine Muskulatur zu besitzen. Plötzlich fiel mir ein, dass er soeben einen Stromschlag von seinem Halsband erhalten haben musste, da die Frau um Hilfe geschrien hatte.

«Nicht! Er ist bloss wütend, weil ich ihn nicht von hier befreien möchte.», rief ich der Frau zu, in der Hoffnung, sie würde sich beruhigen.

Und weil seine Mutter im Kampf gegen die Menschen gestorben ist, dachte ich zeitgleich.

Bedauerlicherweise schien meine Anwesenheit ihre Angst nicht zu mindern. Stattdessen starrte sie nun mich anstelle von Mike verängstigt an und hielt ihre Arme schützend vor sich, woraus ich schloss, dass sie sich momentan vor Drachen im Allgemeinen fürchtete. Aufgrund Mikes zornigem Gebrüll konnte ich ihr dies nicht verübeln.

«Hilfe! Die Drachen greifen uns an!», schrie sie hysterisch, was sogleich einen weiteren Stromschlag auslöste.

Mike hatte sich aufgrund seines Krampfes derart in den Gitterstab verbissen, dass ein Zahn aus seinem Oberkiefer brach und Blut zu Boden tropfte. Ausserdem trat Schaum aus seinem Maul hervor und er verlor das Bewusstsein. Dieser Anblick weckte erneut meine Erinnerungen an die Folter, die die Menschen Mario hatten zuteil werden lassen. Ich fühlte seine Schmerzen erneut, weswegen ich unwillkürlich meinen Körper verkrampfte, während mein unterdrückter Hass den Menschen gegenüber abermals aufflammte. Einen Augenblick später atmete ich einmal tief durch und konzentrierte mich auf das Wesentliche, um nicht die Beherrschung zu verlieren.

«Bitte hören Sie auf damit! Sehen Sie doch, wie sehr er unter den Stromschlägen leidet, die Sie durch Ihre Rufe auslösen.», sprach ich eindringlich auf die Frau ein, die sich stolpernd von mir zu entfernen versuchte, obwohl ich problemlos Schritt hielt.

Einige der anderen Menschen, die sich auf dem Platz befanden, waren inzwischen ebenfalls in Panik verfallen. Ohne mich und Mike aus den Augen zu lassen, schrien sie um Hilfe, was viele weitere Stromschläge zur Folge hatte. Mike stiess nun ein ersticktes Röcheln aus, da er aufgrund seines mittlerweile verkrampften Zwerchfells an keinen neuen Sauerstoff gelangen konnte.

«Lasst das, bitte! Ihr bringt ihn noch um!», versuchte ich, die Situation zu deeskalieren, jedoch ohne Erfolg.

Ein Knirschen wies mich darauf hin, dass Mike einen weiteren Zahn verloren hatte, da er seinen Biss nicht mehr lockern konnte. Aus seinem bewusstlosen Verstand nahm ich nichts als Schmerz wahr, was mich abermals an meinen Sohn erinnerte. Wieder drohten meine Emotionen, mich zu überwältigen. Verzweifelt versuchte ich, einen Ausweg aus dieser Situation zu finden, was mir leider angesichts der vielen panisch auf Drachen reagierenden Menschen nicht gelang.

Als ein Mann zehn Meter vor mir besonders laut um Hilfe schrie, konnte ich dem angestauten Zorn in meinem Inneren schliesslich nicht mehr widerstehen. Knurrend und zähnefletschend sprang ich in einem grossen Satz auf den Menschen zu, packte ihn mit den Klauen am Hals und drückte ihn mithilfe meines Schwungs zu Boden.

Jetzt halt endlich mal die Klappe, oder ich schlitze dir die Kehle auf! Dachte ich noch immer knurrend, wobei ich meine Schnauze lediglich wenige Zentimeter über das Gesicht des Mannes hielt, der sich in meinem Würgegriff befand.

Voller Hass stützte ich mich auf seinem Hals ab, bis er ein ersticktes Röcheln von sich gab, was dem von Mike erstaunlich stark ähnelte.

«Endlich erkenne ich dich wieder, Nils. Mach sie fertig!», nahm ich Mikes Gedanken wahr, der soeben sein Bewusstsein wiedererlangt hatte.

In dieser Sekunde wurde ich mir meiner Taten bewusst und ich liess von meinem eigenen Wutausbruch überrascht die Kehle des Mannes los. Mein rechtes Vorderbein zitterte, als ich bemerkte, dass ausnahmslos alle Menschen mich anstelle von Mike verängstigt anstarrten und in eine Art Schockstarre verfallen waren. Keiner von ihnen gab auch nur den kleinsten Laut von sich. Verlegen blickte ich umher und erkannte nichts als Angst und Misstrauen in den Augen der Menschen. Sie sahen mich nun als das Monster, was ich in diesem Moment auch tatsächlich war. Überrascht davon, wie emotional instabil ich geworden war, trat ich zwei Schritte von dem Mann zurück, der sich nun keuchend und hustend mit der Hand an die Kehle fasste und versuchte, aufzustehen, was eher einem verzweifelten Rückwärtsstolpern glich.

«Es tut mir leid, das wollte ich nicht.», sprach ich nun in zittriger Stimme, obwohl mir bewusst war, dass dies die Menschen nicht davon abhalten würde, mich zu fürchten.

«Anscheinend habe ich mich zu früh gefreut.», setzte Mike telepathisch fort.

Ratlos sah ich zu ihm, in der Hoffnung, er würde mir irgendwie helfen können, das Vertrauen in die Menschen wiederherzustellen. Bedauerlicherweise war dies überhaupt nicht in seinem Sinn, denn er versuchte nun, mich zu ignorieren. Langsam und noch mit stark zittrigen Muskeln öffnete er seinen Kiefer, wobei ich ein lautes Knacken vernahm. Nun spuckte er einen der ausgebissenen Zähne und Blut aus, kroch schwer atmend auf die andere Seite seines Käfigs und legte sich mit dem Rücken in meine Richtung gewandt auf den Betonboden.

Ein leises Murmeln ging nun von den Menschen aus, die sich am anderen Ende des Platzes aneinander gekauert hatten und mich kontinuierlich anstarrten. Selbst der verängstigte Mann hatte es mittlerweile zu ihnen geschafft und wurde von mehreren Personen mit offenen Armen empfangen, die sich nach seinem Wohlergehen erkundigten. Ich sah mich zwischen den Häusern um, wobei mein Speer aufgrund der Drehbewegung meines Körpers geringfügig über den durch die pralle Sonne erwärmten Asphalt kratzte. Mein Blick erreichte den tiefblauen, wolkenlosen Himmel, der mich beinahe an den der Erde erinnerte. Ohne weitere Gedanken an die verängstigten Menschen gerichtet, startete ich und flog in durcheinandergebrachter, geistiger Verfassung über die Häuser hinweg. Während des Fluges wich mein wildes Gemisch an Emotionen plötzlich der Trauer und Reue, weswegen sich Tränen in meinen Augen bildeten, die meine Sicht erheblich einschränkten.

Irgendwann, als ich in schneller Folge blinzelte, um wenigstens meine Flugbahn ausmachen zu können, erblickte ich Ferdinand auf der Strasse unter mir. Zwei Personen näherten sich ihm in schnellen Schritten von hinten, wodurch meine Erinnerungen an Herr Grafs Tod erneut wachgerufen wurden.

Ich habe bereits das Vertrauen der Menschen verspielt und wie ich sie kenne, wird sich mein heutiger Übergriff lauffeuerartig in den sozialen Medien verbreiten, aber Ferdinand möchte ich nicht verlieren! Dachte ich bestimmt.

Obwohl sich nebst meinem Willen, Ferdinand zu beschützen, auch noch die Angst vor den tödlichen Waffen der Menschen in mir ausbreitete, die sich anfühlte, als würde mein Innerstes in einen bodenlosen Abgrund gerissen werden, legte ich die Flügel an und ging somit in einen Sturzflug über.

«Ferdinand, pass auf!», schrie ich, um ihn frühzeitig zu warnen und die Angreifer vorübergehend abzulenken.

Wie erwartet wandten mir alle drei Menschen ihre Blicke zu. Ich nutzte diese wenigen Sekunden, um die Flügel erneut auszubreiten und in hoher Geschwindigkeit auf die zwei Angreifer zuzufliegen. Aufgrund der Trägheit der menschlichen Bewegungen gelang es ihnen nicht, mir auszuweichen. Mit voller Wucht rammte ich beide meiner Gegner zeitgleich, indem ich mich kurz vor dem Aufprall neunzig Grad nach links drehte, ohne die Flugrichtung zu ändern. Ein heftiges Stechen zuckte durch meine Wirbelsäule, als ich gemeinsam mit den beiden Menschen zu Boden stürzte. Unter grosser Selbstbeherrschung gelang es mir, die Schmerzen zu unterdrücken, indem ich meinen Rücken verkrampfte. Schlitternd kam ich auf dem rauen Asphalt zum Stillstand, richtete mich ächzend auf, so schnell ich konnte, und drückte beide Angreifer zeitgleich zu Boden, wobei ich dem einen meinen Speer von oben herab gegen die Kehle drückte. Der andere Mensch, der sich nun im Würgegriff meiner Klauen befand, krächzte sowohl erschrocken als auch verwirrt. Mit beiden Händen versuchte er, sich zu befreien, jedoch war er mir machtlos unterlegen.

Ein schrilles Kreischen von rechts wies mich erstmals darauf hin, dass die Person, die ich mithilfe meines Speers gegen den Asphalt drückte, weiblich war. Die Frau versuchte, den Speer von sich zu stossen, was ihr beinahe gelang, bis ich schliesslich die Waffe ihrer Kehle entlang zu mir zog, sodass die scharfe Spitze wenige Zentimeter neben ihrer linken Halsschlagader zum Stehen kam. Angesichts der Leichtigkeit, mit der ich sie nun hätte töten können, gab sie ihren Widerstand auf und blickte verzweifelt zu mir. Hiervon liess ich mich jedoch nicht beirren und begann, den männlichen Angreifer strategisch mit meiner Schnauze abzutasten.

«Nils, was zum Teufel ist in dich gefahren?», rief Ferdinand mir zu, der offensichtlich nichts von der Gefahr wusste, in der er schwebte.

Ohne ihn zu beachten, liess ich den Mann los, um ihn sogleich unsanft auf den Bauch zu wenden, sodass ich seine Rückseite ebenfalls untersuchen konnte.

Als ich keine Waffe finden konnte, wechselte ich zur Frau, indem ich mein linkes Hinterbein auf den Mann abstützte, der dauerhaft versuchte, nach mir zu treten. Eine Bewegung meines Rückens liess mich stöhnend zusammenzucken, da sich nun ein pulsierendes Stechen in meiner Wirbelsäule ausbreitete. Wenige Sekunden später gelang es mir, diese Schmerzen ebenfalls zu unterdrücken und das Abtasten der Angreiferin zu starten, die mich verängstigt anstarrte und verzweifelte Hilfeschreie ausstiess. Nachdem ich sie auf dieselbe Weise untersucht hatte wie den Mann zuvor, stellte ich erstaunt fest, dass beide unbewaffnet waren.

«Ernsthaft? Ihr versucht, unbewaffnet jemanden anzugreifen?», fragte ich verblüfft.

«Von was redest du da?», entgegnete der Mann verwirrt, den ich nun mithilfe meines Schwanzes auf dem Boden fixierte.

«Wir wollen dich nicht angreifen. Bitte tu uns nichts!», fügte die Frau zittrig vor Furcht hinzu.

«Es geht hierbei nicht um mich, sondern um Ferdinand Schmidt.», versuchte ich, ihnen auf die Sprünge zu helfen.

«Nils, kannst du mir mal erklären, was das hier soll?», fuhr Ferdinand mich beinahe vorwurfsvoll an.

«Nicht jetzt.», antwortete ich.

«Wir wollen weder Herr Schmidt noch dich angreifen.», erklärte der Mann.

«Sie sprechen die Wahrheit.», ergänzte Ferdinand, was mich nun doch verunsicherte.

«Ihr möchtet ihn nicht töten?», fragte ich die beiden Unbekannten.

«Nein, natürlich nicht.», entgegnete der Mann, während beide simultan den Kopf schüttelten.

«Aber ich dachte, … weshalb seid ihr dann zu Ferdinand gelaufen?»

Verlegen liess ich die beiden los, zuckte unter den Schmerzen meines Rückens zusammen und blickte ratlos umher. Von der anderen Strassenseite beobachteten ungefähr ein Dutzend Menschen das Geschehen.

«Wir wollten ihn fragen, ob er uns helfen kann, unseren Drachen freizulassen, ohne dass er jemanden angreift, wie er es bei dir getan hat.», erklärte der Mann.

Beide rappelten sich auf, vergewisserten sich der Gesundheit des jeweils anderen und gaben sich anschliessend einen Kuss, was in meinen Augen noch immer gewöhnungsbedürftig aussah, da die Menschen aus nicht nachvollziehbaren Gründen ihre Lippen gegeneinander pressten. Nun wurde mir endlich bewusst, dass es sich hierbei um ein Missverständnis handelte und meine Reaktion vollkommen falsch gewesen war.

Jetzt fürchten sie mich ebenfalls und werden die Tatsache, dass ich eine Gefahr für die Menschen bin, verbreiten, wie es bereits auf dem Platz um Mikes Käfig herum geschehen ist, dachte ich frustriert.

«Dachtest du ernsthaft, sie würden mich angreifen?», erkundigte sich Ferdinand.

Ich nickte betreten, während mein Blick zu Boden wanderte.

«Herr Graf wurde vor einer halben Stunde in einer Gasse getötet. Sein Mörder hat gesagt, er würde dich ebenfalls töten wollen. Als ich gesehen habe, wie sich diese beiden von hinten näherten, dachte ich, sie würden den Mord für ihn ausführen.», klärte ich Ferdinand auf.

«Herr Graf wurde ermordet? Von wem?»

«Von der Mafia, glaube ich. Zumindest hat der Mörder das gesagt.»

«Was hast du mit ihm gemacht?»

«Nichts. Sie haben eine eigenartige Waffe verwendet, die den Hinterkopf von Herr Graf explodieren liess. Ich bin geflohen, da ich dieses Schicksal nicht ebenfalls erleiden wollte.»

«War es eine Schusswaffe?»

«Ich weiss es nicht. Es war irgendein dunkelgrauer, metallischer Gegenstand mit einem länglichen Lauf.»

«Dann muss es sich um eine Pistole oder ein Gewehr gehandelt haben. Die verschiessen Kugeln aus Blei mit extrem hoher Geschwindigkeit, die ihr Ziel oft durchschlagen.»

«Wie schnell genau?»

«Das kommt auf die Waffe an, aber die meisten verschiessen ihre Projektile mit Überschallgeschwindigkeit.»

In meinem Verstand simulierte ich, wie verheerend es sein musste, von einer Bleikugel getroffen zu werden, die sich mit über 1250 Kilometern pro Stunde bewegte. Bei dem Gedanken an Knochen, die aufgrund solch eines Treffers zersplitterten, erschauderte ich.

Um mich zumindest teilweise abzulenken, wandte ich meine Aufmerksamkeit wieder den beiden mutmasslichen Angreifern zu, die sich nun umarmten und ängstlich in meine Richtung starrten. Sie schieden kontinuierlich Stresshormone aus, was ich ihnen keineswegs verübeln konnte. Wieder breitete sich Frustration in mir aus, da ich befürchtete, meinen guten Status bei den Menschen ein für alle Mal verspielt zu haben.

«Mit euch Menschen zu interagieren, ist unglaublich frustrierend. Ohne eure Gedanken wahrnehmen zu können, ist es unmöglich, einzuschätzen, was ihr vorhabt. Jetzt habe ich innerhalb einer Viertelstunde zweimal Menschen angegriffen, wodurch ich meine politische Laufbahn, die Volksinitiative, die Rettung meines Sohnes und die Rückkehr zur Erde vergessen kann.», sprach ich meine Gedanken aus.

Sowohl Ferdinand als auch die Unbekannten lauschten mir wortlos.

«Ihr werdet mich bestimmt als Monster sehen und mir niemals wieder vertrauen, wie all die anderen Menschen dieses gottverlassenen Planeten!», setzte ich schnaubend fort.

«Da müssen wir dir widersprechen. In unseren Augen bist du kein Monster.», unterbrach der unbekannte Mann meinen Redefluss, ehe ich mit dem nächsten Satz beginnen konnte.

«Tatsächlich?»

Verwundert legte ich meinen Kopf schräg.

«Ja. Das vorhin war schliesslich ein Missverständnis. Ausserdem hast du erklärt, du hättest gerade eben einen Mord miterlebt. Jeder mit einer Seele würde von solch einem Erlebnis durcheinandergebracht werden.»

Verblüfft wandte ich mich Ferdinand zu, der die Aussage des Mannes mit einem Nicken bestätigte.

«Danke.», war das Einzige, was ich auf diese Aussage zu erwidern wusste.

Meine Gedanken schweiften wieder zu Mike, dem Mord an Herr Graf, den Tod meines Bruders Tom, die Verstümmelungen meines Sohnes und der Tatsache ab, dass ich Stella wahrscheinlich niemals wiedersehen würde. Traurig entfernte ich mich einige Schritte von den drei Menschen, um meine Tränen verbergen zu können. Momentan war ich ausserordentlich froh, dass sie meine Gedanken nicht wahrnehmen konnten.

«Nils tut mir wirklich leid. Er scheint viel Schlimmes erlebt zu haben.», begann die unbekannte Frau ein neues Gespräch.

«Da haben Sie definitiv nicht unrecht. Unseretwegen mussten er, seine Freunde und Verwandte wochenlang physisch und psychisch leiden.», erwiderte Ferdinand.

«Er scheint auch verletzt zu sein, wenn man sich seinen steifen Rücken ansieht.»

«Wirklich? Das ist mir gar nie aufgefallen.»

«Unser Drache bewegt sich viel unbeschwerter wie Nils.», erklärte der Mann.

Da sie teilweise über mich sprachen, blinzelte ich mir die Tränen aus den Augen und wandte mich erneut den Menschen zu. Schniefend wischte ich mir die salzige Flüssigkeit von den Seiten meines Kopfes.

«Denken Sie, man könnte ihm helfen?», setzte Ferdinand das Gespräch fort.

«Das kann ich Ihnen leider nicht beantworten. Schliesslich bin ich kein Arzt.»

«Wie haben Sie Ihren Drachen dazu gebracht, so zu sein, wie er jetzt ist?», fragte die Frau, um auf das eigentliche Thema zurückzukehren.

«Wir sind niemandes Eigentum.», brummte ich heiser, da mir ihre Argumentation geringfügig missfiel.

«Oh, das tut mir leid. Ich wollte dich nicht kränken. Ihr seid natürlich hochentwickelte Lebewesen wie wir Menschen.», entgegnete sie.

Ihr sollt hochentwickelt sein? Eure schwächlichen Körper sind nicht einmal in der Lage, bei der geringen Gravitation des Mars einen Sturz aus sechs Metern Höhe unbeschadet zu überstehen. Ausserdem könnt ihr nicht fliegen, kein Feuer speien, ihr sterbt nach einigen Jahrzehnten grundlos, eure fünf Sinne taugen nichts und eure Wundheilung ist beschissen, dachte ich griesgrämig.

Dass sie die geistige anstelle der körperlichen Entwicklung gemeint hatte, war mir zu diesem Zeitpunkt aufgrund meines emotionalen Durcheinanders nicht einmal bewusst.

«Um auf Ihre Frage zurückzukehren: Ich habe bemerkt, wie Nils auf unsere Sprache reagiert hat, und habe ihn anschliessend direkt angesprochen. Er konnte sich von Anfang an mit Nicken und Kopfschütteln ausdrücken.», setzte Ferdinand das Gespräch fort, wobei er mich gekonnt ignorierte, da er im Gegensatz zu den anderen wusste, dass ich ihn niemals grundlos angreifen würde.

«Eigenartig. Das haben wir mit dem Drachen in unserem Käfig ebenfalls versucht, aber er hat nie auf irgendwelche Worte reagiert.»

«Könnt ihr *euren* Drachen beschreiben?», fragte ich interessiert, da ich nun wissen wollte, wen sie als ihr Eigentum bezeichneten.

«Er ist dunkelbraun, schätzungsweise fünf Meter lang und knapp 240 Kilogramm schwer. Normalerweise ist er gelassen, ausser man nähert sich ihm. Er mag …»

«Das muss Gustav sein.», fuhr ich dazwischen.

«Kennt ihr euch gut?», fragte die Frau, deren Namen ich noch immer nicht kannte.

«Ja. Er ist der beste Freund meines Sohnes und der Vater von Mike, der wenige Kilometer von hier in einem öffentlichen Gehege eingesperrt ist.»

«Glaubst du, du kannst ihm irgendwie zeigen, dass wir ihm keinen Schaden zufügen und ihn freilassen wollen?»

Ich dachte einen Augenblick nach, bis ich ihr schliesslich antwortete.

«Ja, das sollte gehen.»

Ich muss bloss jegliche Gedanken an Mia aus meinem Bewusstsein verbannen, ansonsten haben wir ein Problem, schoss es mir durch den Kopf.

«Ich danke dir, Nils. Es bedeutet uns sehr viel, Gustav zu befreien, aber wir wollten nicht riskieren, dass er Menschen angreift.»

«Weshalb tut ihr das für ihn?», fragte ich neugierig.

«Als wir deine Rede im Fernsehen miterlebten, wurde uns bewusst, dass Drachen keine Haustiere sind, die man nach Belieben bei sich halten kann. Es fühlte sich falsch an, ein intelligentes, emotionales Wesen gegen seinen Willen festzuhalten. Deswegen haben wir uns dazu entschieden, ihn freizulassen.»

«Fressen Drachen eigentlich Menschen?», warf der Mann leicht verunsichert ein.

«Theoretisch gesehen, ja.», gab ich zu.

Alle Beteiligten warfen sich vielsagende Blicke zu.

«Würdest du oder auch Gustav uns unter bestimmten Umständen fressen?», fragte die Frau.

«Ich ganz bestimmt nicht, aber Gustav vielleicht schon, es sei denn, ich kann ihn vollständig von euch überzeugen.»

«Hast du schonmal darüber nachgedacht, mich oder jemand anderen zu fressen, nachdem ich dich befreit habe?», setzte Ferdinand die Fragerunde fort.

«Ja, zwischendurch. Seit meiner Pressekonferenz jedoch nicht mehr.»

«Auch wenn du hungrig bist?»

«Selbst dann würde ich keinen von euch fressen. Ehrlich gesagt könnte ich das gar nicht mehr, da ich mich ausgiebig mit euch unterhalten und euch in gewisser Weise verstanden habe. Ihr seid den Drachen meiner Meinung nach gleichberechtigt, zumindest einige von euch. Menschen zu fressen wäre demnach Kannibalismus gleichzusetzen.»

«Und was, wenn du kurz vor dem Verhungern bist und keine Nahrung abgesehen von uns vorhanden ist?»

«Du möchtest es wirklich wissen, was?», entgegnete ich auf Ferdinands Frage. «In solch einem Fall wahrscheinlich schon, aber nur, wenn es keine andere Möglichkeit gibt.»

«Wusst ich's doch!», erwiderte Ferdinand grinsend, der sich anscheinend einen Spass daraus machte, die mir unbekannten Menschen zu verunsichern, was ihrem Angstschweiss nach, welcher mir nun in die Nase stieg, zu funktionieren schien.

«Möchtest du mir tatsächlich weismachen, dass Menschen, die kurz vor dem Verhungern stehen, nicht ebenfalls ihresgleichen fressen würden?», fragte ich ihn provokant, um den Unbekannten zumindest teilweise ihre Angst zu nehmen.

Ich wollte vermeiden, dass sie ihre Absichten, Gustav freizulassen, revidierten.

«Da hast du wohl recht. Es gab einige Fälle, in denen Menschen sich gegenseitig gegessen haben, nachdem sie wochenlang keinen Zugang zu frischer Nahrung gehabt hatten.», gab Ferdinand zu.

Ich setzte ein selbstzufriedenes Schmunzeln auf, da ich die Menschen korrekt eingeschätzt hatte, wobei mir auffiel, dass die jetzige Situation massgeblich dazu beigetragen hatte, meine Sorgen vorübergehend zu lindern. Demnach versuchte ich, die Diskussion fortzusetzen.

«Um Gustav müsst ihr euch keine Sorgen machen. Ich werde ihn bestimmt davon überzeugen können, euch auf dieselbe Weise zu betrachten, wie ich es tue.»

«Da bin ich aber froh. Herr Schmidt hat mich bereits verunsichert.», entgegnete die Frau.

Unser Gespräch setzte sich fort, während wir gemeinsam zu einem Personenwagen schlenderten, der einige hundert Meter entfernt am Strassenrand geparkt war. Allem Anschein nach waren Herr und Frau Meier, deren Nachnamen ich vor fünf Minuten erfahren hatte, mit diesem Fahrzeug hergefahren. Wir unterhielten uns über die Missstände, die zur Entführung von Drachen geführt hatten, um die Wartezeit auf Ferdinands Fahrer zu überbrücken, den er mithilfe seines Mobiltelefons beordert hatte, sich und mich zu Herr und Frau Meiers Anwesen zu fahren. Derweil blickte ich in zunehmender Nervosität umher, da mir aufgefallen war, mit welchem Misstrauen uns die Menschen auf der Strasse nun betrachteten. Ausserdem wollte ich einen echten Angriff auf Ferdinand frühzeitig erkennen können.

«Mach dir keine Sorgen um mich. Die werden es nicht wagen, ein Regierungsratsmitglied zu ermorden.», beschwichtigte Ferdinand mich, als wir im Inneren des Kleintransporters Platz nahmen, während Herr und Frau Meier bereits mit ihrem Fahrzeug losfuhren.

«Der Mörder klang aber sehr überzeugt.», erwiderte ich besorgt.

Ferdinand sah mir tief seufzend in die Augen.

«Ich werde ausreichend Sicherheitspersonal beauftragen, mich zu beschützen.»

«Kann man denen vertrauen?»

«Ganz bestimmt.», erwiderte er, als hätte ich soeben etwas Widersprüchliches gesagt.

«Kennst du diese Beschützer?»

«Nein.»

«Wie kannst du dir dann sicher sein, dass sie nicht für die Mafia arbeiten?»

Wir starrten uns gegenseitig lange in die Augen, während der Transporter um eine Kurve bog.

«Das ist sehr unwahrscheinlich.»

Er versteht nicht, in welcher Gefahr er schwebt. Allem Anschein nach muss ich mich selbst um seine Sicherheit kümmern, dachte ich, während ich meinen verkrampften Rücken noch ein wenig stärker anspannte, um nicht während der Kurve erneut unter starken Schmerzen zu leiden.

«Stimmt es, dass dein Rücken verletzt ist?», wechselte Ferdinand das Thema.

«In gewisser Weise schon.», antwortete ich abwesend, ohne mein Gegenüber anzusehen.

«Was ist passiert?»

«Ich weiss es nicht. Seit mindestens dreitausend Jahren ist das bereits so.»

«Wie äussert sich diese Verletzung?»

«Bei bestimmten Bewegungen schiessen stechende Schmerzen durch meine Wirbelsäule, die sich während grosser, körperlicher Anstrengung verstärken. Ob es eine Verletzung, eine chronische Erkrankung, ein genetischer Defekt oder ein Altersleiden ist, weiss ich nicht, aber ich vermute Letzteres.»

«Wir sollten mal in ein Krankenhaus fahren, um das untersuchen zu lassen.»

Sofort schossen wieder Bilder von Menschen, die mit scharfen, rotierenden Klingen Marios Flügel abschnitten, durch meinen Verstand.

«Nein!», schrie ich abrupt, beruhigte mich jedoch gleich wieder.

«Schon gut, du musst nicht, wenn du dagegen bist.»

«Ich wollte nicht aufbrausend wirken. Du hast mich bloss an etwas … erinnert.», versuchte ich, meine emotionale Instabilität zumindest teilweise zu erklären.

Ferdinand streckte seufzend seine rechte Hand nach mir aus, bis ich sie sachte mit meiner Schnauze anstupste, woraufhin er begann, mich zu streicheln.

Ich legte meinen Kopf neben ihn und schloss die Augen, während ich mich auf seine sanften Berührungen fokussierte. Allmählich gelang es mir, die schlechten Gedanken beiseitezuschieben und mich zu entspannen. Dieser vorübergehend gute Zustand setzte sich fort, bis wir unser Ziel erreichten.

Am Stadtrand von Syrtis stiegen Ferdinand und ich aus dem Transporter. Sofort wehte mir frische, kühle Luft entgegen, die mehr nach Pflanzen und Tieren als Stadt roch. Genüsslich schnuppernd sah ich mich auf einer grossen Wiese um, die eigenartig zirpende Geräusche von sich gab.

«Was ist das?», fragte ich Ferdinand.

«Was genau meinst du?»

«Diese Geräusche.»

«Die stammen von Grashüpfern.»

Ich legte fragend den Kopf schräg.

«Das sind kleine Insekten, die diese Geräusche mit ihren Hinterbeinen erzeugen, um Partner anzulocken.»

«Sind diese Insekten gefährlich?», fragte ich, ohne meinen nun misstrauischen Blick von der Wiese zu lösen.

«Nein, ganz und gar nicht. Die sind nicht einmal fünf Zentimeter gross.»

«Gut.», entgegnete ich nachdenklich.

Die hellgrünen, auf hohen Grashalmen sitzenden Wesen entdeckte ich erst einen Augenblick später, da sie aufgrund ihrer Farbe nahezu perfekt getarnt waren. Da Ferdinand keinen von ihnen direkt ansah, vermutete ich, dass er sie aus dieser Entfernung nicht einmal erkennen konnte.

Beruhigt von der Ungefährlichkeit dieser sogenannten Grashüpfer bewunderte ich die schöne Umgebung. Die Wiese war gesäumt von Bäumen, die gemeinsam einen kleinen Wald bildeten. Auf der anderen Seite der Strasse, von der wir gekommen waren, befanden sich die letzten Gebäude der Stadt, die allesamt kleiner und mit grösseren Abständen zueinander gebaut worden waren als bei Ferdinands Hotel. Erstaunlicherweise erzeugten die Menschen innerhalb dieser Häuser wesentlich weniger Geräusche, als ich vermutet hatte. Dieser Ort war beinahe perfekt, wäre da nicht das riesige Metallgehege, was ich aus knapp einem halben Kilometer Entfernung bereits erkennen konnte. Es war derart gewaltig, dass es sowohl einen grossen Abschnitt des Waldes als auch einen Teil der Wiese und einen kleinen Teich beinhaltete. Ausserdem führte ein schmaler Zugang in einen kleineren Innenbereich, der allem Anschein nach aus Beton gebaut war und als wetterfester Unterschlupf verwendet werden konnte. Die mit zahlreichen Querverstrebungen versehene Gitterdecke war knapp vierzig Meter über dem Boden angebracht und wurde durch einige schmale Metallkonstruktionen gestützt. Die Bauweise dieses Käfigs erlaubte sogar das freie Fliegen über kurze Strecken.

Diese Menschen scheinen sich wirklich darum bemüht zu haben, Gustav gut zu behandeln, sogar noch vor meiner Bekanntmachung, stellte ich erstaunt fest, da dies der mit Abstand beste Drachenkäfig war, den ich jemals gesehen hatte.

Als ich gleich darauf Herr und Frau Meier witterte, bildeten meine Lefzen unwillkürlich ein Schmunzeln, da sie nun meines Erachtens bewiesen hatten, keine schlechten Menschen zu sein. Ich machte Ferdinand auf sie aufmerksam und wir gingen gemeinsam auf die beiden zu, die uns von ihrer Garage her entgegenkamen.

«Sie hätten Ihr Fahrzeug ruhig vor das Garagentor abstellen können, Herr Schmidt.», rief uns Herr Meier zu, als uns noch knapp fünfzig Meter voneinander trennten.

«Ich wollte Ihnen keine Umstände bereiten.», entgegnete Ferdinand.

Derweil bemühte ich mich, jegliche Gedanken an Mia zu verbannen, da Gustav meine telepathischen Signale bald würde empfangen können. Es bereitete mir ein ungutes Gefühl, ihm den Tod seiner Frau zu verschweigen, jedoch wollte ich auf gar keinen Fall riskieren, erneut eine Panik auszulösen, wie es mit Mike der Fall gewesen war.

«Darf ich bereits zu ihm fliegen?», fragte ich leicht nervös.

Ich wollte die Unterhaltung mit Gustav schnellstmöglich hinter mich bringen, um ein Nachlassen meiner Konzentration zu vermeiden.

«Klar, er befindet sich …», begann Herr Meier.

«… etwa dreihundert Meter in diese Richtung.», beendete ich seinen Satz, während ich mit der Schnauze auf das Drachengehege deutete, was nun von Bäumen verdeckt war.

«Genau.», erwiderte er.

Ohne weitere Zeit zu verlieren, beschleunigte ich, stiess mich vom Boden ab und gewann mühselig an Höhe, da meine Rückenschmerzen noch immer nicht verflogen waren und ich ausserdem nicht mit meinem linken Flügel schlagen konnte. Derweil erntete ich verwunderte Blicke von Herr und Frau Meier. Allem Anschein nach hatten sie bemerkt, dass ich keine korrekten Flügelschläge ausführen konnte, wie sie es bestimmt bei Gustav beobachtet hatten.

Die sind sehr aufmerksam. Das gefällt mir, dachte ich.

Sobald ich einige Meter an Höhe gewonnen hatte, erblickte ich ein riesiges, prunkvolles Anwesen aus Stein hinter wenigen Bäumen. Es war mit einigen Türmen unterschiedlicher Höhe, schrägen Dächern und einem von Pflanzen überwucherten Innenhof versehen. Dahinter lag ein riesiger Ozean, der sich bis an den Horizont erstreckte. Ein breiter, hellgelber Sandstrand bildete das Ufer. Den Fussspuren und menschlichen Düften nach wurde dieser Bereich regelmässig zum Baden verwendet.

Ich widerstand dem Drang, mich auf dem Sandstrand schlafenzulegen, und steuerte den Drachenkäfig an. Sofort witterte ich Gustav und empfing zeitgleich seine Gedanken an Erlebnisse mit Mario. Sobald ich erkannte, dass er träumen musste, entschied ich, ihn nicht direkt anzusprechen. Schliesslich wollte ich seinen Schlaf nicht stören.

Nachdem ich einmal um den Käfig herumgeflogen war, um an Höhe und Geschwindigkeit zu verlieren, landete ich sanft an der Stelle, die am stärksten nach Gustav roch. Schnuppernd tapste ich durch das hohe Gras hindurch, bis ich die Gitterstäbe erreichte. Dahinter erblickte ich Gustavs Schwanzspitze, die aufgrund ihrer Farbe beinahe einem heruntergefallenen Ast glich, wäre da nicht das leichte Zucken, was aufgrund seines Traums entstand.

Bilder von ihm, wie er sich gemeinsam mit Mario in einer Felsspalte neben Edithas Haus versteckte und alle paar Minuten Kratzgeräusche mit den Klauen verursachte, erreichten mich. Augenblicklich verlor ich mich in seinen Gedanken, da ich mich nun mehr denn je nach meinem Sohn sehnte. Als Gustav erneut an der Felswand kratzte, hinter der sich Edithas Schlafzimmer befand, liess sich plötzlich Edithas aufgebrachtes Brüllen vernehmen. Mario und Gustav kicherten leise, froh darüber, dass der solide Fels ausreichte, ihre telepathischen Signale zu blockieren.

«Sie hat immer noch nicht bemerkt, dass wir uns hinter ihrer Schlafzimmerwand verstecken.», dachte Gustav amüsiert grinsend.

«Ja, ich kann es auch kaum fassen. Wie beschränkt kann man eigentlich sein?», entgegnete Mario.

Plötzlich erschienen starke Schmerzen an den Flügelansätzen in meinen Gedanken. Ich war wieder auf einem Tisch gefesselt, während die Menschen mir die Flügel absägten, wie ich es beinahe jede Nacht im Traum erlebte. Jaulend vor Schmerz schüttelte ich diese Gedanken ab, da mir bewusst war, dass ich momentan nicht schlief und dies lediglich Erinnerungen waren. Nichtsdestotrotz vergewisserte ich mich, dass sich meine Flügel noch an Ort und Stelle befanden, sobald ich die Augen geöffnet hatte. Bedauerlicherweise hatte mein Jaulen begleitet von den Gedanken an Mario Gustav geweckt, der sich nun verwirrt umsah. Nur eine Sekunde später zuckte seine Schnauzspitze und er schien mich zu wittern, denn seine Verunsicherung wich augenblicklich der Freude.

«Nils, du bist hier!», dachte er aufgeregt, sprang in einem grossen Satz auf mich zu und kam leicht schlitternd wenige Zentimeter vor den Gitterstäben zum Stillstand.

Nun drückte er seine Schnauzspitze dagegen, die ich sachte anstupste, um ihn zu begrüssen. Derweil fiel mir auf, dass er im Gegensatz zu den anderen gefangenen Drachen kein Halsband trug.

«Bist du gekommen, um mich zu befreien?», fragte er hoffnungsvoll.

Dass ihm meine Gedanken an Marios Verstümmelungen entgangen waren, überraschte mich angesichts seiner stets positiven Lebenseinstellung kaum.

Ja, wobei ich gestehen muss, dass das die Absicht der Menschen ist, die dich eingesperrt haben, entgegnete ich.

«Menschen?»

Gustav legte den Kopf schräg, wobei er noch immer aufgrund seiner Freude zitterte, was insbesondere an seinen Flügeln erkennbar war.

So nennen sich die Vorez. Ich kann mit ihnen kommunizieren.

«Wow! Das ist echt beeindruckend. Hast du sie dazu gezwungen, mich freilassen zu wollen?»

Nein, natürlich nicht. Sie sind überhaupt nicht böse, wie du vielleicht denkst, sondern nett, zuvorkommend und hilfreich. Zumindest einige von ihnen. Sobald die Menschen durch mich erfuhren, dass wir Drachen ihnen ähnlicher sind, als sie dachten, haben sie beschlossen, dich freizulassen.

Gustav dachte einen Moment nach und seine Pläne, sich an den Menschen zu rächen, wurden in Sekundenschnelle überschrieben.

«Deswegen haben mich zwei von ihnen gestern so oft und lange besucht. Ich wusste nicht, was sie von mir wollten, also habe ich sie angefaucht, um sie zu verscheuchen. Denkst du, sie werden mir das übelnehmen?»

Nein, garantiert nicht. Sie wollen dich immer noch freilassen, weswegen sie mich um Hilfe gebeten haben, dir zu erklären, was ihre Absichten sind.

«Ich kann es kaum fassen, dass ich mich jetzt endlich wieder frei bewegen kann! Wie funktioniert das mit der Freilassung? Darf ich einfach so gehen?»

Du darfst tun und lassen, was du möchtest, solange du keinem Menschen Schaden zufügst.

«In Ordnung. Sie haben mir auch nie weh getan. Können wir dann wieder zur Erde fliegen?»

Ja, ich arbeite daran. Das ist ein wenig komplizierter, als du es dir vielleicht vorstellst.

Ich begann, ihm die Notwendigkeit und Durchführung einer Volksinitiative in Bildern und Eindrücken zu erklären, jedoch unterbrach er meine Gedanken, lange bevor ich sie beenden konnte.

«Das ist mir alles ein wenig kompliziert. Ich bin froh, dass du das für mich machst.»

In Gustavs Vorfreude erkannte ich Mia, die ihn liebevoll nach unserer Ankunft auf der Erde begrüsste, was mir einen Stich ins Herz versetzte. Es fiel mir ausserordentlich schwer, nicht an ihr Ableben zu denken, weswegen ich unruhig umherblickte. Zu meinem Glück hüpfte einer dieser Grashüpfer in meine Richtung und landete wenige Zentimeter vor meinem linken Vorderbein. Verunsichert fauchte ich ihn an, was jedoch nichts zu bewirken schien.

«Die sind ungefährlich. Ich habe sogar mal mit einem von denen auf meiner Stirn geschlafen und es ist nichts passiert.», beschwichtigte mich Gustav.

Trotzdem mag ich es nicht, wenn dieses Wesen derart plötzlich zu mir springt, dachte ich und stiess das Insekt mithilfe einer Klaue beiseite.

Sofort hüpfte es in hohem Bogen davon und landete scheinbar zufällig auf einem Grashalm. Anschliessend blieb es ruhig sitzen, als wäre nichts geschehen. Verwundert darüber, dass es sich nicht vor einem hundertfach grösseren Drachen zu fürchten schien, wandte ich meine Aufmerksamkeit wieder Gustav zu, der mittlerweile ausgiebig mit emporgestreckter Schnauze schnupperte.

«Die Vorez kommen.», dachte er.

Ich wandte meinen Kopf um und tatsächlich liessen sich leise Schritte vernehmen, die kontinuierlich lauter wurden, begleitet von den vertrauten Düften der Menschen.

«Und? Wie läuft's mit euch?», rief Ferdinand mir entgegen, als er noch einige Schritte entfernt war.

Hat der etwa vergessen, dass Drachen über ein gutes Gehör verfügen? Dachte ich leicht genervt schnaubend.

«Sei doch nicht so hart mit ihm. Vielleicht kann er es einfach nicht besser.», versuchte Gustav, mir meine teilweise negative Grundeinstellung gegenüber den Menschen zu nehmen.

Ich ignorierte seinen Kommentar und antwortete stattdessen auf Ferdinands Frage.

«Soweit ganz gut. Gustav hat eingewilligt, keinem Menschen Schaden zuzufügen.»

«Das freut uns sehr.», antwortete Frau Meier.

Da die Menschen nun eine drei Meter grosse Gittertür ansteuerten, bewegten Gustav und ich uns ebenfalls in diese Richtung.

«Wir können also einfach das Tor öffnen und er wird uns nicht angreifen?», vergewisserte sich Herr Meier.

«Ja, er hat es versprochen.»

«Es sieht echt eigenartig aus, wenn du diese Laute von dir gibst.», kommentierte Gustav, der das Geschehen kontinuierlich beobachtete.

Noch immer verunsichert kramte Herr Meier einen grossen, metallenen Schlüssel aus seiner Jackentasche hervor, führte ihn in das Schloss ein und sah sich noch einmal nach mir um, bevor er ihn umdrehte. Seine Frau stand beinahe ängstlich hinter ihm.

«Ich kann riechen, wie sie mich fürchten. Hast du ihnen gesagt, dass ich sie nicht angreifen werde?», fragte Gustav, dem es anscheinend peinlich war, die Menschen unbeabsichtigt zu verängstigen.

Ja, aber sie fürchten dich trotzdem. Am besten bewegst du dich nur sehr langsam auf sie zu. Und vermeide es, die Zähne zu zeigen. Sie reagieren sehr empfindlich darauf.

«Darf ich sie wenigstens mit der Schnauze anstupsen?»

Das würde ich erstmal lassen.

Ferdinand half Herr Meier, das laut quietschende Tor aufzuziehen. Selbst er schied Stresshormone aus, wenn auch weniger stark als die anderen. Sobald sich keine Gitterstäbe mehr zwischen Gustav und den Menschen befanden, blieben alle Beteiligten stocksteif stehen. Seufzend wartete ich ab, bis sie ihre Verunsicherung zumindest teilweise überwunden hatten. Ferdinand war der Erste, der sich Gustav näherte, wobei er zwischendurch verunsichert in meine Richtung blickte. Ich nickte ihm bestätigend zu, woraufhin er seinen rechten Arm nach Gustav ausstreckte, der insgesamt viermal so gross war wie der Mensch und sich langsam herabbeugte, bis sein Kopf ungefähr auf der Höhe von Ferdinands Brust war.

«Mache ich das so richtig?», fragte Gustav mit einem Kontrollblick zu mir.

Ja, jetzt stellt euch nicht so an. Das hier ist schliesslich keine grosse Sache.

Gustav hielt vorsichtshalber den Atem an, als Ferdinand endlich seine Schnauzspitze mit der Hand berührte. Der nun nach Angstschweiss stinkende

Mensch atmete erleichtert durch und sah mit schweissnasser Stirn zu Herr und Frau Meier zurück.

«Seht ihr? Das ist gar kein Problem.», sprach er mit leicht zittriger Stimme.

Ich stiess ein ungeduldiges Seufzen aus, während sich die anderen Menschen Gustav ebenfalls näherten, der in vollkommener Ruhe vor ihnen im Gras stand. Um noch ungefährlicher zu wirken, legte er sich schliesslich sachte hin, den Kopf noch leicht erhoben. Obwohl er mir vertraute, dass ihm die Menschen keinen Schaden zufügen wollten, entnahm ich seinen Gedanken, wie er sich sowohl geistig als auch körperlich darauf vorbereitete, sich im Falle eines unerwarteten Angriffs verteidigen zu können. Dementsprechend winkelte er seine Hinterbeine an und vergewisserte sich einer guten Bodenhaftung seiner Klauen.

Das wird nicht notwendig sein.

«Vielleicht hast du recht. Sie haben mich bisher immer gut behandelt. Klar haben sie mich eingesperrt, aber ich hatte immer genügend zu fressen, konnte fliegen, mich in einen sicheren Unterschlupf zurückziehen, wenn ein Unwetter kam, und sogar jagen.»

Stört es dich nicht, dass sie dir die Fähigkeit des Feuerspeiens genommen haben? Fragte ich ihn, da er dies bisher nicht erwähnt hatte.

«Nein, schliesslich brauche ich es im Moment gar nicht.»

Überrascht von der Leichtigkeit, mit der er dies wegsteckte, setzte ich mich neben die Menschen und beobachtete, wie sie Gustav sanft zu streicheln begannen.

«Darf ich jetzt gehen?», fragte er ungefähr fünf Minuten später.

Ja, soweit ich weiss, steht nichts dagegen.

Langsam richtete sich Gustav vor den bereits zurückweichenden Menschen auf, streckte sich, ohne ruckartige Bewegungen auszuführen, und trat vorsichtig in geduckter Haltung mit angelegten Flügeln durch das Tor hindurch nach draussen. Er dachte sich bereits seine nächste Flugroute aus, als er plötzlich verunsichert stehenblieb und in meine Richtung blickte.

«Weisst du, wo es hier Fressen gibt? Ich habe noch keine Farmen gesehen.», fragte er mich telepathisch.

Aufgrund seiner Frage fiel mir ein, dass er nicht ohne Weiteres in die Stadt fliegen und Tiere fressen durfte. Höchstwahrscheinlich würde er irgendwann auf Mike treffen, der ihm unweigerlich von Mia berichten würde. Ausserdem würden sich einige Menschen aufgrund der heutigen Zwischenfälle vor Gustav fürchten, weswegen er unter Umständen erneut gefangengenommen oder gar getötet werden konnte.

Am sichersten ist es, wenn du dir von den Menschen hier Nahrung geben lässt. Zudem solltest du nicht in die Stadt fliegen.

Gustav sah mich einen Moment mit seinen holzbraunen Augen an.

«Okay.»

Freudig breitete er die Flügel aus und stiess sich schwungvoll vom Boden ab. Der Wind, den er hierbei erzeugte, liess die Menschen beinahe das Gleichgewicht verlieren. Dennoch blieben sie standhaft und blickten Gustav nach, der soeben den Sandstrand entdeckte und in Heimweh schwelgend darauf landete. Herr und Frau Meier sahen den Drachen voller Freude und Trauer zugleich an. Es schienen sich sogar Tränen in ihren Augen zu bilden.

Ich glaube, sie mögen dich, dachte ich.

«Echt jetzt?», antwortete Gustav, der soeben damit begonnen hatte, sich mit seinem gesamten Körper durch den warmen Sand zu wühlen, der ihn an die endlose Wüste der Erde erinnerte.

Ja, sie werden dich vermissen, wenn du weg bist.

«Dann bleibe ich bei ihnen, bis wir zur Erde fliegen können.»

Da er in Gegenwart von Herr und Frau Meier keinerlei Schwierigkeiten bereiten würde, bildeten meine Lefzen unwillkürlich ein Schmunzeln. Gustav wühlte sich noch einmal wohlig brummend durch den Sand, wobei ich seinem Beispiel ohne meine Rückenschmerzen mit Freuden gefolgt wäre, bevor er sich schüttelte, was eine hellbeige Wolke erzeugte, und erneut hergeflogen kam. Schwungvoll landete er vor uns, wobei er vollen Gebrauch der geringen Gravitation machte, und trat selbstbewusst auf Herr und Frau Meier zu. Erst nachdem er sie beide mit seiner Schnauze angestupst hatte, was die Frau rückwärts stolpern liess, bemerkte er ihre Angst und umkreiste sie mit einigen Metern Abstand, um die Menschen nicht zu bedrängen und sich auf dem Areal umzusehen.

«Was war das denn?», erkundigte sich Herr Meier beinahe entsetzt.

«Gustav möchte bei euch bleiben.», erklärte ich.

«Oh, das freut uns. Ich hatte ganz kurz befürchtet, er hätte sich das mit dem Menschen in Ruhe lassen anders überlegt.»

Derweil sprang Gustav auf die fünf Meter hohe Ringmauer, die das riesige Gebäude aus Steintürmen umgab, und schnupperte neugierig umher. Bald entnahm ich seinen Gedanken, etwas Leckeres gewittert zu haben. Zielstrebig hopste er in einem grossen Zeitlupensatz in den Innenhof hinein. Herr und Frau

Meier blickten verunsichert zwischen ihrem Anwesen und mir umher, weswegen ich ihnen die Lage erklärte.

«Er hat Nahrung gerochen. Vermutlich ist er hungrig.»

«Kannst du ihm sagen, er soll nichts beschädigen?», bat mich Herr Meier mit besorgtem Unterton.

«Das weiss er bereits.»

Wie erwartet erreichte mich kurze Zeit später eine telepathische Frage von Gustav.

«Hinter dieser Glaswand gibt es etwas zu fressen. Kann ich das haben?»

Zeitgleich übermittelte er mir den Geruch von gebratenem und gewürztem Fleisch, der sofort meinen Speichelfluss erhöhte, obwohl ich nicht hungrig war. Ich verfolgte Gustavs Gedanken mit, in denen er seine Schnauze gegen das Glas drückte und schnupperte, bis er entdeckte, dass der Duft aus einem mikroskopisch kleinen Spalt des Fensterrahmens trat. Als er die eingeatmete Luft ausstiess, bildete sich Kondenswasser auf der Scheibe.

Ich glaube nicht, dass die Menschen es mögen, wenn du das Gebäude betrittst und ihr Essen stiehlst. Aber ich werde sie darum bitten, dir etwas davon zu bringen, antwortete ich.

Wie versprochen erklärte ich Herr und Frau Meier Gustavs Anliegen, woraufhin sie ihrem Koch befahlen, das Essen nach draussen zu bringen und anschliessend mehr zu kochen. Wir betraten allesamt den Innenhof und beobachteten Gustav dabei, wie er genüsslich seine Mahlzeit verschlang und den für ihn winzigen Teller sauberleckte, bis jeglicher Essensduft verschwunden war. Gustav bedankte sich bei den Menschen, indem er sie erneut mit der Schnauze anstupste, woran sie sich noch gewöhnen mussten, und setzte die Erkundung des Anwesens unbeirrt fort. Als er gerade damit beschäftigt war, den Duft zweier Dachziegel in sich aufzunehmen und anschliessend darüber hinwegzuklettern, bedacht darauf, nichts mit seinen Klauen zu zerkratzen, verabschiedeten Ferdinand und ich uns von Herr und Frau Meier. Sie schielten alle paar Sekunden verunsichert zu Gustav hinauf, der langsam über die Dächer kletterte, sprachen jedoch keine Einwände oder Bedenken aus, als hätten sie sich bereits mit den neuen Gegebenheiten abgefunden.

16

Sündenbock

Kurz darauf sassen Ferdinand und ich bereits wieder im Transporter auf dem Weg nach Hause.

«Das war leichter, als ich dachte.», sagte er nach einigen Minuten des gedankenverlorenen Schweigens.

«Gustav ist diesbezüglich sehr flexibel. Er hat mich nicht einmal nach seiner Frau gefragt, da er davon ausging, dass ich ihm keine essenziellen Informationen vorenthalten würde.»

«Hast du ihm etwas über sie vorenthalten?»

«Ja, ihren Tod.»

Ferdinand schluckte leer, während ich meinen Blick von ihm abwandte.

«Wie könnt ihr euch eigentlich miteinander unterhalten? Ich habe euch kein einziges Mal sprechen sehen.», wechselte er gekonnt das Thema.

«Wir Drachen können unsere Gedanken gegenseitig wahrnehmen.», erklärte ich, da ich ihm inzwischen ausreichend vertraute, dass er dieses Geheimnis nicht der Öffentlichkeit preisgeben würde.

«Ihr könnt euch telepathisch unterhalten?», fragte er verblüfft.

Ich nickte.

«Aber bitte erzähl das niemandem.», entgegnete ich.

«In Ordnung.»

Ferdinand starrte mir eine Weile erwartungsvoll in die Augen, als wäre ich ihm eine ausführlichere Erklärung schuldig. Da ich ohnehin nichts anderes zu tun hatte, als gemeinsam mit ihm im Inneren eines Fahrzeugs zu sitzen, beschrieb ich in Worten, wie der Austausch von Gedanken funktionierte. Einzig die telepathische Synchronisierung zweier Bewusstseine, wie ich es jeweils mit meiner Tochter Stella tat, liess ich aus.

Unser Gespräch endete jäh, als der Transporter stehenblieb und Ferdinand die Tür öffnete. Seufzend atmete ich die stinkende Stadtluft ein und trat auf die Strasse hinaus, um augenblicklich von sämtlichen Passanten finster angestarrt zu werden.

«Er hat seinen Speer bei sich.», flüsterte ein Kind seiner Mutter zu und versteckte sich hinter ihren Beinen.

Eigenartig. Ganz so feindselig hätte ich die Stadtbewohner nicht erwartet, ging es mir durch den Kopf.

«Verzieh dich aus unserer Stadt! Wir können keinen Massenmörder wie dich gebrauchen.», fuhr mich ein älterer Herr an, dessen Hände intensiv nach Seife rochen.

Selbst aus zwanzig Metern Entfernung liess sich der genaue Ursprung dieses Dufts eindeutig ausmachen.

«Was ist denn bloss in die gefahren? War dein heutiger Angriff so schlimm?», fragte mich Ferdinand, der nun ebenfalls verunsichert war.

«Das kann ich mir kaum vorstellen. Ausserdem habe ich heute niemanden umgebracht.»

Plötzlich beschlich mich ein Verdacht, weswegen ich wortlos die Flügel ausbreitete und startete.

«Wo willst du denn jetzt wieder hin?», rief mir Ferdinand nach.

Da er mich aufgrund meiner stetig zunehmenden Distanz zu ihm nicht mehr verstanden hätte, antwortete ich nicht. Stattdessen blickte ich zu dem verwirrten Mann mit Gips zurück, bis ich mich über die Hausdächer erhoben hatte. Aus meiner nun erhöhten Perspektive scannte ich sämtliche Strassen in meiner Umgebung ab, bis ich mehrere Personen erspähte, die sich ein Video auf einem Mobiltelefon ansahen. Die blechern aus dem Lautsprecher tretenden menschlichen Schreie erinnerten mich sofort wieder an meinen Kampf im Raumschiff. Ein genauerer Blick auf den Bildschirm bestätigte meinen Verdacht.

Diese Frau Fuchs hat es tatsächlich veröffentlicht, dachte ich zornig knurrend.

Ich verspürte den Drang, sie aufzuspüren und zur Rechenschaft zu ziehen, entschied mich jedoch dagegen, um den Menschen keinen weiteren Grund zu geben, mir zu misstrauen. Frustriert und genervt landete ich einige Meter neben den Jugendlichen, die sich das Video bereits zum zweiten Mal ansahen, als sie sich plötzlich mir zuwandten.

«Alter, hast du wirklich so gekämpft?», fragte mich einer der jungen Männer.

«Ja, aber bloss, weil ich nicht wusste, dass ihr uns Drachen in vielerlei Hinsicht ähnelt.», entgegnete ich mit geringer Hoffnung, ihnen die Angst zu nehmen.

Seltsamerweise rochen sie keineswegs nach Stresshormonen.

«Das ist voll krass! Kannst du uns zeigen, wie du kämpfst?», fuhr derselbe Jugendliche fort.

Aus scheinbar unerklärlichen Gründen war er beeindruckt, weswegen ich verwirrt den Kopf schräg hielt. Eine finster dreinblickende Frau auf der anderen Seite der Strasse brachte mich zu dem Schluss, dass nicht alle Menschen dieselbe Meinung gegenüber dem Kämpfen vertraten.

«Lieber nicht.», antwortete ich und wandte mich bereits zum Gehen.

«Ach komm schon, jetzt sei kein Weichei!»

«Ich weiss nicht einmal, was ein Weichei sein soll.»

Die aufgrund meiner Aussage entstandene Verwirrung liess die Jugendlichen schweigen, bis ich erneut die Höhe der Hausdächer erreicht hatte. Ich wollte mich gerade wieder auf den Weg zu Ferdinand begeben, als ich an mich gerichtete Rufe vernahm.

«Du bist schuld, dass die Forschungsmissionen zur Erde fehlgeschlagen sind! Das Blut von vielen tapferen Astronauten klebt an deinen Händen.»

Das sind Pranken, keine Hände, dachte ich und warf dem Mann, der mir dies hinterhergerufen hatte, einen finsteren Blick zu.

«Deine Volksinitiative kannst du vergessen, Nils, oder wie auch immer du dich nennst. Wir werden dafür sorgen, dass man dich in einen Käfig sperrt, wo du hingehörst.», rief jemand anderes.

«Du abscheuliches Monster! Man sollte dich und deinesgleichen auf der Stelle töten für das, was ihr den Astronauten angetan habt.»

Ihr? Hat Frau Fuchs auch Videos von anderen Drachen veröffentlicht? Fragte ich mich.

«Sei kein feiges Arschloch und stell dich deinem Schicksal!», nahm ich von unterhalb wahr.

Da habe ich schon wesentlich schlimmere Beleidigungen gehört, dachte ich und neigte mich geringfügig nach rechts, um in Richtung Ferdinand zu fliegen, ohne mich nach den rufenden Personen umzusehen, die mich für alle möglichen Dinge beschuldigten, mit denen ich teilweise nicht im Entferntesten zu tun hatte.

«Wir müssen gehen.», sagte ich knapp, während ich im Trab landete und wenige Meter vor Ferdinand zum Stehen kam.

«Okay? Was ist passiert?», fragte er noch immer verwirrt über mein plötzliches Verschwinden.

«Frau Fuchs hat das Video veröffentlicht.»

«So ein Mist.», entgegnete Ferdinand schnaubend, wobei mich seine Verhaltensweise beinahe an die eines Drachen erinnerte.

«Dass dich einige Menschen als Sündenbock ansehen, nachdem diese Kampfszenen veröffentlicht wurden, ist vollkommen normal. Die zehn Millionen Unterschriften wirst du trotzdem erhalten. Schliesslich gibt es immer noch einige, die auf deiner Seite sind.», versuchte Ferdinand, mich zu beruhigen, nachdem ich mich auf mein flauschiges Bett verkrochen und meinen Kopf unter den Vorderbeinen und meinem rechten Flügel vergraben hatte.

«Nach den Unterschriften muss noch die Mehrheit für mich stimmen, aber ich befürchte, dass die meisten nun gegen Rechte für Drachen sind.», murmelte ich frustriert und den Tränen nahe.

Ferdinand strich mir sanft mit der Hand über die Flügelmembran, was mich leicht kitzelte und meinen Flügel unkontrolliert zucken liess.

«Das kriegen wir schon irgendwie hin. Die Öffentlichkeit lässt sich leicht in beide Richtungen beeinflussen. Loris hat schliesslich noch die Videos, die beweisen, wie sehr ihr von der Dariseg misshandelt wurdet.», sprach er mitfühlend auf mich ein.

Obwohl seine Worte es vermochten, einen Teil meiner Sorgen zu beseitigen, fühlte ich mich noch immer alles andere als gut. Wieder überwältigte mich die Sehnsucht nach meinen Kindern, Tom, Geist, Cuno, Florian und selbst Brigitte, obwohl ich es niemals für möglich gehalten hätte, dieses absurd nervige Lebewesen vermissen zu können.

«Kannst du mich ein wenig in Ruhe lassen?», brummte ich.

«Ja, sicher. Falls du etwas von mir brauchst, findest du mich in meinem Büro. Ich habe nämlich noch einige Dinge zu erledigen, die ich aufgrund des spontanen Ausflugs zur Familie Meier verschieben musste.»

Ferdinand strich mir noch ein letztes Mal mit der Hand über die Stirn und verliess das Zimmer. Sobald er ausser Hörweite war, begann ich, leise zu schluchzen.

Am späteren Abend, nachdem die Sonne untergegangen war, stillte ich meinen Durst am Wasserhahn, erledigte meine Geschäfte und rollte mich erneut traurig schniefend auf dem Bett zusammen. Gedankenverloren starrte ich durch die beinahe perfekt saubere Scheibe hinaus in die Dunkelheit, die lediglich durch die neonfarbenen Lichter einiger Anzeigetafeln unterbrochen wurde.

Plötzlich liess mich ein Geräusch aufhorchen, was mich an menschliche Rufe erinnerte. Da es innerhalb einer Sekunde wieder verstummt und die Lautstärke sehr gering gewesen war, konnte ich den Ursprung nicht ausmachen. Dennoch erfüllte es mich mit einem starken Gefühl des Unwohlseins. Ich richtete mich auf, sprang vom Bett hinunter, was nach langer Zeit wieder einmal ein Zwicken in meinem linken Vorderbein auslöste, und betätigte den Fenstergriff mit meinen Zähnen. Sobald mir die kühle Nachtluft entgegenströmte, nahm ich den vielfältigen Geruch der Stadt wahr, der sich nicht zu dem unterschied, den ich in Erinnerung hatte.

Jemand muss sich das Video von mir angesehen haben, schoss es mir durch den Kopf.

Ich kletterte erneut auf das Bett, fand jedoch immer noch keine Ruhe. Nur wenige Sekunden später stand ich abermals auf. Dieses Mal verliess ich das Schlafzimmer und blickte schnuppernd im Korridor umher. Ein Hauch von menschlichen Stresshormonen, die nicht ausschliesslich von Ferdinand oder seinem Personal stammte, erreichte mich von der Rezeption.

Das Hotel ist doch geschlossen. Weshalb befinden sich andere Personen hier? Fragte ich mich.

Sobald ich diesen Gedanken zu Ende gedacht hatte, erinnerte ich mich abermals der Gefahr, in der Ferdinand schwebte. Meine Klauen schabten laut auf dem glatten Untergrund, während ich voller Eile in Richtung Rezeption beschleunigte. Derweil wurden die Düfte klarer und meine Vermutung bestätigte sich, dass mehrere fremde Personen innerhalb des Hotels gewesen waren. Ich konzentrierte mich auf Ferdinands Körpergeruch, der mich durch den Eingangsbereich, in dem er eine halbe Minute gestanden hatte, zur Haupteingangstür führte. Während der letzten Meter war er von drei anderen Menschen, die allesamt männlich waren, begleitet worden. Ab diesem Punkt witterte ich Ferdinands Angstschweiss.

«Ferdinand?», rief ich verunsichert, in der Hoffnung, meine Nase würde sich täuschen.

Vergeblich wartete ich auf eine Antwort.

Leider lügen Düfte niemals, dachte ich voller Sorgen um meinen menschlichen Freund.

Hastig stiess ich die Tür mithilfe meiner Schnauze auf, was ein schmerzhaftes Stechen in meinem Hinterkopf auslöste, und trat hinaus auf die Strasse, wo mich die Duftspuren zu einem nach warmem Gummi riechenden Abschnitt des Gehwegs führten. Ich umkreiste diese Stelle mehrfach, ohne die anderen Menschen und Fahrzeuge zu beachten. Bedauerlicherweise endeten alle Spuren in dieser Sackgasse.

Sie müssen sich von hier aus mit einem Fahrzeug fortbewegt haben, stellte ich fest.

Sofort breitete ich die Flügel aus, beschleunigte mitten auf einer Fahrspur der Strasse, weswegen mich ein Auto anhupte, und hob schliesslich ab, hastig nach einem Fahrzeug Ausschau haltend, welches vier Personen beherbergte. Während ich flog und mein Blick über die bunt beleuchtete Stadt raste, kam mir vorübergehend der Gedanke, dass Ferdinand sich eventuell mit anderen Menschen verabredet haben konnte. Schliesslich war es nicht seine Pflicht, mich über sämtliche Pläne seinerseits zu informieren. Diese Theorie verwarf ich augenblicklich wieder, da sie im Widerspruch zu Ferdinands Stresshormonen stand. Er war zweifelsfrei in einem panischen Zustand von anderen Menschen entführt worden.

Nach mehreren Minuten hatte ich immer noch keine weitere Spur gefunden. Da sämtliche Fahrzeuge der Menschen elektrisch betrieben wurden und demnach im Gegensatz zu den Raumschiffen keinerlei Düfte hinterliessen, war es mir nicht möglich, ein Auto zu verfolgen, ohne es sehen zu können. Mit zunehmender Verzweiflung zog ich immer grössere Kreise um das Hotel herum, auf der Suche nach Hinweisen zu Ferdinands mutmasslicher Entführung. Zwischendurch beschlich mich abermals der Verdacht, etwas missinterpretiert zu haben, weswegen ich in Erwägung zog, zum Hotel zurückzufliegen, entschied mich jedoch aufgrund des schlechten Gefühls dagegen.

Das Gemisch von tausenden Gerüchen reizte meine Nase zunehmend, als ich mehrere Minuten später immer noch nichts von Ferdinand gewittert hatte. Verzweifelt flog ich in scheinbar willkürliche Richtungen, was leider ebenso wenig zielführend war, wie diese riesige Stadt strategisch abzuscannen. Es bildeten sich bereits Tränen in meinen Augen und meine Flügel waren klamm vor Kälte und Aufregung, als mir plötzlich der Geruch des Mörders von Herr Graf in die Nase stieg. Er war zwar nicht bei der Entführung dabei gewesen, war aber ebenfalls in diese Sache verstrickt. Ruckartig änderte ich meine Flugrichtung, ignorierte das Stechen meines linken Flügelgelenks und setzte bereits zum Sinkflug an, während ich mich der Quelle des Geruchs näherte. Unruhig schwenkte ich den Speer mit meiner Schwanzspitze umher, während ich mir bereits vorstellte, die Männer der Mafia zu töten.

Sobald ich fliegend in eine schmale Gasse einbog, da ich mich bereits unterhalb der Dächer befand, erblickte ich Ferdinand, der von denselben zwei Personen festgehalten wurde, die Herr Grafs Mörder zuvor bereits assistiert hatten. Sein Gesicht war blutüberströmt und es gelang ihm ausschliesslich aufgrund der beiden Assistenten, sich noch auf den Beinen zu halten. Der Mörder, dessen rechte Faust ebenfalls mit Blut bedeckt war, schlug kraftvoll auf

Ferdinands Gesicht ein, was ein dumpfes Aufprallgeräusch erzeugte, welches zweifach in der Gasse widerhallte.

«Von einem reichen Schnösel wie dir hätte ich erwartet, du würdest mich anflehen, damit aufzuhören. Allem Anschein nach bist du härter, als ich angenommen habe.», sprach er auf Ferdinand ein, der ihm tapfer in die Augen blickte und seinem schmerzerfüllten Gesichtsausdruck nach bereits den nächsten Schlag erwartete.

Der Mörder sah sich sein wehrloses Gegenüber an und schien zu überlegen, wo er als Nächstes zuschlagen sollte. Aufgrund der engen Platzverhältnisse konnte ich lediglich mit teilweise angezogenen Flügeln fliegen, ohne beidseitig an den Hauswänden zu streifen, was bereits ohne aussergewöhnliche Flugmanöver höchste Präzision erforderte. Demnach war es mir nicht möglich, eine Drehbewegung auszuführen, um den Speer zu werfen. Stattdessen entschied ich mich, diese Waffe vorerst nicht zu verwenden. Als ich die Männer beinahe erreicht hatte und nun dicht über dem Boden die letzten Meter auf sie zuraste, blieb der Blick des Mörders auf Ferdinands Bauch hängen, bevor er in einem scheinbar tausendfach geübten Bewegungsablauf zuschlug und die anvisierte Stelle hart mit der Faust traf, was Ferdinand ein schmerzerfülltes Stöhnen entlockte. Zornig knurrend rammte ich den Mörder mit der vollen Wucht meines Fluges weg und stiess mich zeitgleich mit den Vorderbeinen an ihm ab, um meine Geschwindigkeit zu reduzieren und meinen Gegner noch weiter hinfortzuschleudern. Nur einen Sekundenbruchteil später wendete ich mit schabenden Klauen, sprang den ersten Helfer an, der Ferdinand bereits losgelassen hatte, und wirbelte meinen Schwanz umher, sodass ich den zweiten mit der Seite meines Speers am Kopf erwischte, wodurch er augenblicklich bewusstlos zu Boden sackte. Diese kraftvollen und abrupten Bewegungen hatten meinen Rücken geringfügig überbeansprucht, weswegen nun ein schmerzhaftes Stechen durch meine gesamte Wirbelsäule schoss. Nachdem ich einen Augenblick in verkrampfter Haltung über dem ersten Helfer verharrt hatte, den ich instinktiv mit allen Vieren zu Boden drückte, gelang es mir, die Schmerzen zu ignorieren, da in dieser Situation jede Sekunde von unschätzbarem Wert war. Schliesslich wollte ich nicht riskieren, ihnen eine Chance zu geben, mich mit ihren tödlichen Schusswaffen zu treffen, die sie allenfalls bei sich trugen. Nachdem ich mich vergewissert hatte, dass der zweite Helfer noch bewusstlos war und der Mörder gut zwanzig Meter entfernt mit schmerzverzerrtem Gesicht rücklings auf dem Asphalt lag, biss ich dem ersten Helfer in die Kehle.

«Nicht!», rief mir Ferdinand zeitgleich zu.

Meine Zähne hatten bereits begonnen, die weiche, leicht salzig schmeckende Haut zu penetrieren. Verwirrt blickte ich meinen blutüberströmten, menschlichen Freund an, während ich den Biss lockerte. Ich schmeckte inzwischen Blut in meinem Maul.

«Töte sie nicht. Man wird alles, was du tust, gegen dich verwenden.», nuschelte er schwach, da er allem Anschein nach unter Schmerzen litt, die durch das Sprechen verstärkt wurden.

Kurz darauf spuckte er Blut aus, da ihm die vielen Schläge gegen sein Gesicht Verletzungen innerhalb seines Mundes verursacht hatten. Ich sah dem Mann unter mir in die Augen, dessen Kehle nun leicht blutete, und stach ihm mit einer Klaue geringfügig in die Gurgel, sodass ich ihn in Sekundenschnelle töten konnte, sollte er auch nur eine falsche Bewegung ausführen. Er starrte mir verängstigt entgegen und versuchte angesichts seiner aussichtslosen Lage nicht einmal mehr, sich aus dem Griff meiner Klauen zu lösen. Blitzschnell passte ich meinen spontanen Plan an Ferdinands Ratschlag an, tastete den Mann mithilfe meiner Schnauze ab und entdeckte eine leicht nach Schwefel riechende Waffe an seinem Gürtel. Mit den Zähnen zog ich sie heraus und warf sie Ferdinand zu, der unbeholfen die rechte Hand danach ausstreckte. Während sich seine Finger um den Griff schlossen, wurde mir plötzlich bewusst, woher ich diese Waffe kannte. Der Vorez beziehungsweise Mensch innerhalb der antiken Struktur, die ich auf der Erde gefunden hatte, hatte ebenfalls eine dieser Schusswaffen bei sich getragen. Das Aussehen war zwar nicht identisch, dafür jedoch der Geruch.

Interessant. Dem muss ich nachgehen, sobald ich Ferdinand in Sicherheit gebracht habe, dachte ich.

Zu meiner Rechten nahm ich ein metallisches Klicken wahr, was mich augenblicklich herumfahren liess. Der Mörder hatte sich inzwischen aufgesetzt und zielte mit seiner Waffe auf mich, dessen Lauf aus unerklärlichen Gründen kürzer geworden war als zuvor. In Schockstarre verharrte ich, da eine einzige Aktivierung seiner Schusswaffe bereits ausreichte, mich zu töten. Einem Projektil auf Überschallgeschwindigkeit würde ich aus dieser Distanz niemals ausweichen können. Inständig darauf hoffend, er würde nicht auf mich schiessen, starrte ich in den schwarzen Lauf dieser Waffe, bis mich plötzlich ein davon ausgehender Lichtblitz blendete und ein harter Schlag meinen rechten Flügel traf, der sich anfühlte, als würde mit einem stumpfen Gegenstand auf mich eingestochen werden, mit dem Unterschied, dass es wesentlich weniger stark schmerzte. Zeitgleich ertönte ein ohrenbetäubender Knall, der innerhalb eines Sekundenbruchteils von allen Seiten mehrfach zu widerhallen begann. Erst nachdem Rauch aus der Waffe des Mörders ausgetreten war, begriff ich, dass er soeben auf mich geschossen hatte. Voller Panik sprang ich einen Schritt zurück, blickte hastig nach einer Deckung suchend mit schmerzendem Kopf umher und presste mich schliesslich zitternd gegen die Hauswand, in der Hoffnung, eine kleinere Angriffsfläche zu bilden. Begleitet von lauten Knallen schoss der Mörder erneut.

«Nein! Nils!», nahm ich Ferdinands besorgte Schreie wahr.

Ich befürchtete bereits, in diesem Augenblick sterben zu müssen, weswegen ich ein verzweifeltes Jaulen ausstiess, während mehrere Stellen meines Körpers von etwas Unbekanntem getroffen wurden, was sich jeweils in einem leicht schmerzhaften Zwicken begleitet von einem ruckartigen Schlag äusserte.

Verkrampft zitternd und mit zugepressten Augen lag ich auf dem kühlen, rauen Asphalt, bis endlich Ruhe einkehrte. Die geringen Schmerzen an meinem Kopf, Hals, Rücken und meinen Flügeln, die aufgrund der Schüsse entstanden waren, verblassten allmählich. In vollem Genuss der Stille und meines beinahe schmerzfreien Körpers, abgesehen von meiner Wirbelsäule, entspannte ich mich geringfügig.

So fühlt es also an, zu sterben, dachte ich.

Seufzend atmete ich die nach Schwefel stinkende Luft ein, bis mir plötzlich auffiel, dass etwas nicht mit rechten Dingen zuging. Das Geräusch von Stoff, der über den Asphalt schabte, gefolgt von frisch ausgeschiedenen Düften, die zweifelsohne von Ferdinand stammten, erreichte mich. Gerade als ich verwundert meine Augen öffnete, fühlte ich Ferdinands schweissnasse Hand auf meiner Schnauze. Er war auf allen Vieren zu mir gerobbt und lag nun vor Schmerzen gekrümmt auf dem Asphalt, während er mich mit seiner zittrigen Hand streichelte. Seinem Gesichtsausdruck nach war er sowohl traurig als auch besorgt. Zudem roch ich das Blut, was ihm bereits von seinem gesamten Körper tropfte und seinen in zwei Teile gebrochenen Gips bedeckte.

«Es tut mir so leid, Nils. Ich hätte deine Warnungen ernster nehmen sollen.», krächzte er schwach.

Seine Stimmlage rief nun meine Sorgen ihm gegenüber wach. Als ich mich nach den Mafiamitgliedern umsah, entdeckte ich sowohl den Mörder als auch seine Helfer, die allesamt reglos in teilweise unnatürlicher Haltung dalagen. Unter denjenigen, die ich nicht bewusstlos geschlagen hatte, breitete sich jeweils eine Blutlache aus. Vermutlich hatte Ferdinand sie erschossen. Einen Blick auf die noch rauchende Waffe neben ihm bestätigte meinen Verdacht. Eine Welle der Erleichterung durchströmte mich, begleitet von Stolz, dass mein Freund es geschafft hatte, sich gegen seine Angreifer zu verteidigen, und Freude, dass er dies höchstwahrscheinlich überleben konnte.

«Warte mal, du blutest gar nicht.», unterbrach Ferdinand plötzlich meine Gedanken.

Ebenso verwirrt wie er sah ich nach meinen Schusswunden, die allesamt nicht existent waren. Einzig als ich eine getroffene Stelle meines rechten Flügels mit der Schnauze anstupste, zwickte es mich geringfügig, was auf eine Prellung zurückzuführen war. Ferdinands Blick blieb auf einer scheinbar deformierten Metallkugel hängen, die wenige Zentimeter neben mir lag.

«Die Schüsse sind an deinem Schuppenpanzer abgeprallt. Du bist kugelsicher!», stellte er verblüfft fest.

«Ernsthaft?», fragte ich fassungslos.

Da ich selbst während des Aufstehens keinerlei Schmerzen abgesehen von denen meines Rückens verspürte, beantwortete sich meine Frage eigenständig.

«Das wusste ich nicht.», gab ich zu.

«Ich habe bereits befürchtet, du würdest sterben!»

Ferdinand robbte noch ein wenig näher, umklammerte meinen Nacken mit seinem rechten Arm und drückte sein Gesicht gegen meinen Kopf. Schmunzelnd liess ich zu, dass er mir einen Kuss auf die Stirn gab, bis mir sein Blut über die Schnauze floss.

«Du bist schwer verletzt. Ich muss dich nach Hause bringen.», sprach ich zu ihm, noch immer in seiner Umarmung.

«Wohl eher in ein Krankenhaus. Diese Männer haben mich an so gut wie jeder Stelle meines Körpers geschlagen.», entgegnete er lächelnd trotz seiner offensichtlichen Schmerzen.

Seine Zähne waren rot aufgrund seines Blutes. Besorgt löste ich mich aus seiner Umarmung und schnupperte sein Gesicht, seinen Oberkörper und schliesslich auch seine Beine ab. Beinahe überall roch ich frische Blutergüsse und Platzwunden. Ausserdem bemerkte ich, dass seine spitze Nase gebrochen sein musste, da sie eine krumme Form angenommen hatte.

Das Geräusch von Autotüren drang an meine Ohren, gefolgt von aufgeregten Rufen mehrerer Männer und lauten Schritten. An einem Ende der Gasse waren drei Personen aus einem Fahrzeug gestiegen und rannten mit Schusswaffen ausgerüstet auf uns zu.

«Scheisse, der Drache ist hier!», rief einer in einen kleinen, schwarzen Kasten hinein, der an seiner Jacke befestigt war.

«Feuer!», schrie ein anderer beinahe zeitgleich.

Alle drei Männer richteten ihre Waffen auf uns, worauf ich sofort reagierte, indem ich mich vor Ferdinand stellte und ihn vollständig mit meinem Körper verdeckte. Als dutzende Schüsse abgefeuert wurden, die aufgrund ihrer Lautstärke ein unangenehmes Sirren in meinen Ohren verursachten, versteckte ich meinen Kopf hinter dem rechten Flügel, da ich die Schusssicherheit meines Gesichts nicht auf die Probe stellen wollte. Mit jedem Aufprall eines Projektils zwickte es mich an der betroffenen Stelle. Meine Flügelmembran schlug kreisförmige Wellen, während sie die Wucht einiger Projektile restlos abfing. An meinem Schuppenpanzer prallten die Schüsse jeweils vollständig ab. Nur wenige Treffer vermochten es, mir echte Schmerzen zuzufügen. Einer davon war am Oberschenkel meines rechten Vorderbeins, was ich aufgrund meiner Anspannung eigenartig angewinkelt hatte, wodurch eine kleine Lücke zwischen meinen Schuppen entstanden war. Schmerzerfüllt stöhnend brach ich zusammen, da mein Beinmuskel plötzlich extreme Schmerzen aussendete. Jede Bewegung schien sie zusätzlich zu verschlimmern. Mit einem Blick auf die betroffene Stelle wurde mir der Grund meiner Qualen bewusst. Die Kugel war perfekt durch einen schmalen Spalt meines Schuppenpanzers in meinen Oberschenkel gedrungen und allem Anschein nach mittig steckengeblieben, denn ich fühlte ein heisses Brennen tief im Inneren meines Beins. Zudem floss ein kleines Rinnsal von Blut aus dem Loch zwischen den Schuppen hervor.

Aufgrund der Schmerzen hatte ich vergessen, meinen Kopf hinter meinem rechten Flügel zu verstecken, weswegen mich nun einige Schüsse im Gesicht trafen. Die Wucht der Erschütterungen löste starke Kopfschmerzen aus, bis ich vor lauter Qualen kaum noch zu atmen vermochte. Verzweifelt bedeckte ich meinen Kopf erneut mit dem Flügel, ohne jedoch Raum dazwischen freizulassen, was dazu führte, dass die nächsten Treffer die Flügelmembran zwischen dem dazugehörigen Projektil und meinem Schädel einklemmten. Somit wurde die Wucht des Aufpralls nahezu ungehindert weitergeleitet, was meine Schmerzen noch verstärkte und die ledrige Haut stark quetschte. Zwischenzeitig wurde mir schwarz vor Augen, bis ich plötzlich Ferdinand fühlte, der sich dicht an meine linke, von den Angreifern abgewandte Seite geschmiegt hatte.

Wenn ich jetzt nicht reagiere, werden sie uns noch töten, wurde mir allmählich bewusst.

Obwohl sich mein Kopf anfühlte, als würde er jeden Augenblick zerspringen, richtete ich mich geringfügig auf, benutzte den rechten Flügel als Schutzschild und sah mich nach Ferdinand um, der mich angsterfüllt anstarrte. Zu allem Übel regte sich nun auch der zuvor noch bewusstlose Mann neben uns.

302

An seinem Gürtel entdeckte ich ebenfalls eine Waffe, deren Entwendung ich bereits zu planen versuchte. Aus seiner Position würde er Ferdinand höchstwahrscheinlich treffen können, ohne dass ich die Möglichkeit besass, mich zwischen sie zu stellen. Bedauerlicherweise konnte ich mich nicht von der Stelle bewegen, um den Mann anzugreifen, ohne Ferdinand im Stich zu lassen, denn die drei anderen Männer schossen ununterbrochen auf uns. Ein Blick hinauf in den pechschwarzen Nachthimmel, der zwischen den dicht beisammenstehenden Häusern zum Vorschein trat, brachte mich auf eine Idee. Ich griff mit dem Schwanz nach meinem Speer, der sich glücklicherweise noch in Reichweite befand, und versuchte, mein Gewicht auf das rechte Vorderbein zu verlagern, um Ferdinand mithilfe des linken Beins zu packen. Dies misslang mir jedoch kläglich, da mich die Schmerzen meiner Schusswunde erneut zusammenbrechen liessen.

Der Mann neben uns hob seinen Kopf geringfügig an und starrte in unsere Richtung. Plötzlich weiteten sich seine Augen, als wäre er sich des aktuellen Kampfes erst jetzt bewusst geworden. Etwas zu schnell für meinen Geschmack griff er nach seiner Schusswaffe und mir blieb nichts anderes übrig, als Ferdinand mit dem Maul an seiner rechten Schulter zu packen, mich schwungvoll mithilfe der drei unverletzten Beine vom Boden abzustossen und mehrere Male mit beiden Flügeln zu schlagen, obwohl ich mich aufgrund der chronischen Schmerzen verkrampfte. Ohne genau zu wissen, wie mir geschah, nahm ich Ferdinands Schrei und einige Projektile wahr, die die unterschiedlichsten Stellen meines Körpers trafen, während ich mir alle Mühe gab, korrekte Flügelschläge auszuführen, ohne ohnmächtig zu werden oder mit einer Hauswand zu kollidieren. Eine gefühlte Ewigkeit später, die mit nichts als höllischen Qualen gefüllt gewesen war, erreichte ich endlich die Höhe der Dächer. Sobald mich das berauschende Gefühl der Erleichterung durchflutete, knickte mein linker Flügel ein und ich stürzte gemeinsam mit Ferdinand auf das erste Hausdach zu unserer Linken.

Mein Körper bestand aus nichts als Schmerzen, als ich auf der kalten Betonfläche des Hausdachs erwachte. Mit jedem meiner unregelmässigen, viel zu schnellen Herzschläge zuckte ein Schmerz von meiner Stirn durch meine Wirbelsäule bis hin zu meinem Schwanz. Ich wünschte mir, erneut ohnmächtig werden zu können, jedoch blieb mir diese Art der Erlösung verwehrt.

Ein Ächzen neben mir erinnerte mich, nicht allein zu sein. Ferdinand lag blutüberströmt in gekrümmter Haltung auf dem Beton und drückte seine linke

Hand gegen die rechte Schulter. Zwischen seinen Fingern quoll ein Strom von Blut hervor. Der Menge nach zu urteilen, würde er höchstwahrscheinlich daran verbluten können.

Komm zu mir, dann kann ich dir die Wunde verschliessen, dachte ich in der Hoffnung, er würde selbst auf diese Idee kommen, sodass ich das Sprechen mit meinem geschundenen Körper vermeiden konnte.

Einen Moment später fiel mir auf, dass es ihm nicht besser erging als mir, weswegen ich mit zusammengebissenen Zähnen zu ihm kroch. Derweil erzeugten meine Schuppen ein lautes Kratzen auf dem rauen Boden. Aufgrund der Geräusche wandte Ferdinand seine Aufmerksamkeit mir zu.

«Man wird uns bald abholen. Ich habe den Notruf gewählt.», krächzte er.

Seine Worte schienen nicht in meinem Verstand haftenzubleiben, da mir die Form seiner stark blutenden Wunde vertraut vorkam und ich sein Blut in meinem Maul schmeckte.

«Das war ich.», flüsterte ich entsetzt über den Schaden, den ich meinem Freund aufgrund meines Bisses zugefügt hatte.

Während des Fluges musste ich meine Kiefermuskulatur versehentlich verkrampft haben.

«Du hast mich gerettet.», entgegnete er schwach.

Noch mehr Blut weichte seine Kleidung auf und tropfte gemächlich zu Boden. Er liess seine Hand kraftlos herabfallen. Ohne weitere kostbare Zeit zu verlieren, erhitzte ich die Luft in meinen Lungen und sah mich nach Sand um, den ich schmelzen und auf Ferdinands Wunde befestigen konnte, bis mir auffiel, dass hier keinerlei Sand vorhanden war und ich die Fähigkeit des Feuerspeiens nicht mehr besass.

Nun stiess ich auf eine neue Idee, die sich der geringen Feuerresistenz des menschlichen Körpers zunutze machte. Ich erwärmte die Luft in meinem Inneren weiter, bis sich die Hitze in meinem gesamten Körper ausbreitete. Dies schien meinen Blutfluss zu stimulieren, weswegen meine Schusswunde heftig zu pochen begann, während das Blut vermehrt zwischen den Schuppen hervorquoll. Nichtsdestotrotz setzte ich meinen Rettungsplan fort, indem ich in jede von Ferdinands Bisswunden jeweils eine meiner erhitzten Klauen drückte, was augenblicklich ein Zischen auslöste. Ferdinand stöhnte auf vor Schmerzen und griff instinktiv nach meinem linken Vorderbein, mit dem ich das Ausbrennen seiner Wunden durchführte, was ihm die Innenseite seiner rechten Hand versengte.

«Nicht anfassen!», riet ich ihm mit flimmernd heissem Atem, der deutlich sichtbare Wolken aus Kondenswasser bildete.

Verkrampft wand Ferdinand sich auf dem Beton, stets bemüht, mich nicht zu berühren, bis ich den Blutfluss seiner Bisswunden vollständig gestoppt hatte. Sobald ich meine Klauen zurückzog, die geringfügig an seinem verbrannten Gewebe klebten, erkannte ich zahlreiche Blasen und deformierte, rote Stellen auf Ferdinands Haut. Inständig hoffte ich, dass er sich wieder vollständig von dieser Verletzung erholen würde, obwohl ich wusste, dass die menschliche Wundheilung wesentlich schlechter war als die eines Drachen.

Da sich mein Puls noch immer wie schnelle Hammerschläge gegen meinen Kopf anfühlte, legte ich mich sachte in möglichst entspannter Haltung neben Ferdinand hin und versuchte, die Schmerzen zu ignorieren. Der Geruch meines Blutes verleitete mich schliesslich dazu, mich wieder geringfügig aufzurichten und die frische Schusswunde meines rechten Vorderbeins abzulecken. Aufgrund meiner Schonhaltung war die Verletzung hinter den Schuppen nicht mehr zu erkennen. Dennoch floss kontinuierlich Blut heraus, was ich nun sofort mit meiner Zunge entfernte. Inzwischen hallten laute Sirenen durch die Stadt, die von Rettungskräften stammen mussten, wie Ferdinand mir vor wenigen Tagen einmal erklärt hatte.

Minutenlang setzte ich die Reinigung meiner Wunde fort, bis plötzlich ein Dröhnen aus der Ferne erklang. Es wurde stetig lauter, bis ich einen sogenannten Hubschrauber am Nachthimmel erspähte, der mithilfe eines blendend hellen Scheinwerfers die Umgebung absuchte. Sobald er uns mit seinem Schein erfasst hatte, setzte er auf unserem Dach zur Landung an. Dies verunsicherte mich geringfügig, obwohl Ferdinand mir gesagt hatte, er hätte den Notruf gewählt, denn ich war vor einigen Wochen von ähnlichen Flugobjekten verfolgt worden, die Blitze auf mich abgeschossen hatten.

Die Blutung meiner Schusswunde hatte geringfügig nachgelassen, weswegen ich endlich dazu in der Lage war, mich meinen beinahe unerträglichen Schmerzen hinzugeben. Sowohl mein Kopf als auch mein linker Flügel fühlten sich an, als würde permanent auf sie eingeschlagen beziehungsweise eingestochen werden. Stossweise atmend wartete ich, bis der Hubschrauber knapp sechs Meter neben uns aufsetzte, wobei mir einige Fremdkörper in die Augen geweht wurden, und beobachtete vier Personen, die eilig auf uns zugestürmt kamen. Sie traten an mir vorbei auf Ferdinand zu, der noch immer in verkrampfter Haltung auf dem Beton lag. Sein Blut war mittlerweile verkrustet und seine Kleidung zerrissen, was ihn schmutzig und unprofessionell erscheinen liess, wie ich ihn noch nie zuvor erlebt hatte. Als sie ihn zu viert auf eine Trage hievten, streckte er seinen linken Arm nach mir aus und nuschelte etwas wie «ihn auch».

Die Helfer ignorierten seine Worte, transportierten ihn zum Hubschrauber und teilten dem Piloten mithilfe einer Handgeste mit, zu starten. Da ich Ferdinand nicht alleinlassen wollte, umklammerte ich erneut meinen Speer mit der Schwanzspitze und kroch auf drei Beinen mit letzter Kraft auf das Flugobjekt zu, dessen Rotoren in diesem Augenblick beschleunigten.

«Nehmt ihn mit!», nahm ich Ferdinands verzweifelten Ruf wahr, der seinem anschliessenden Gesichtsausdruck nach starke Schmerzen ausgelöst hatte.

Zwei Männer innerhalb des Hubschraubers tauschten fragende Blicke aus.

Bitte nehmt mich mit! Dachte ich verzweifelt.

Ein heftiges Stechen zuckte durch mein rechtes Vorderbein, mit dem ich versehentlich den Untergrund gestreift hatte. Ächzend brach ich unter den neuen Schmerzen zusammen und blieb verkrampft zuckend liegen. Die zwei Männer winkten den anderen zu, stiegen abermals aus und traten näher. Erleichtert seufzend liess ich zu, dass die vier Menschen mich von allen Seiten her festhielten und versuchten, mich hochzuziehen. Leider gelang es ihnen nicht, mich zu tragen, weswegen ich ihnen mit meiner noch verbleibenden Kraft helfen musste. Gestützt durch die Menschen hinkte ich stark torkelnd auf den Hubschrauber zu, zog mich unter erneut heftigen Schmerzen meines linken Flügels und meiner Schusswunde auf die Innenfläche und brach halb aus dem Transportmittel hängend zusammen. Die Menschen hievten meinen Schwanz hoch, sodass ich mich nun vollständig im Innenraum des Hubschraubers befand, was bedauerlicherweise dazu führte, dass mein Speer zu Boden fiel. Ich versuchte, ihn wieder zu erreichen, jedoch starteten wir in diesem Augenblick. Ich sah den Mann, der die anderen angewiesen hatte, mir zu helfen, erwartungsvoll an und stiess ein leises Brummen aus, was vollständig vom lauten Dröhnen der Motoren geschluckt wurde, während ich mit der Schwanzspitze in Richtung meines auf dem Dach liegenden Speers deutete. Leider verstand er nicht, was mein Problem war, weswegen wir den Flug ohne Unterbruch fortsetzten.

Nur knapp fünf Minuten später landeten wir erneut. Obwohl sie Ferdinand aus dem Hubschrauber ins Krankenhaus brachten, auf dessen Landeplatz wir uns befanden, und ich ihn auf keinen Fall alleinlassen wollte, reichte meine Kraft nicht aus, ihm zu folgen. Stattdessen blieb ich unter starken Schmerzen zitternd liegen und wartete.

Am nächsten Morgen, als das erste Tageslicht durch die während der Nacht gebildeten Wolken drang, ging es mir bereits wesentlich besser. Dank der geringen Schwerkraft hatten sich sowohl mein Rücken als auch mein linker Flügel grösstenteils erholt. Einzig die pulsierenden Kopfschmerzen und die Schusswunde meines rechten Vorderbeins waren noch akut. Nichtsdestotrotz war der Drang, mich um Ferdinand zu kümmern, stärker geworden als meine körperlichen Beschwerden.

Auf drei Beinen richtete ich mich auf, tastete erfolglos mit der Schwanzspitze nach meinem Speer, kletterte vorsichtig aus dem Hubschrauber hinaus und hinkte langsam in Richtung der Tür, die neben dem Landeplatz in einer kleinen Erweiterung des Gebäudes angebracht war. Glücklicherweise liess sie sich problemlos öffnen, indem ich meine Schnauze dagegen drückte. Sobald ich das dahinterliegende Treppenhaus betreten hatte, nahm ich Ferdinands gestrige Fährte auf und kletterte unbeholfen in verkrampfter Haltung die Stufen hinab, bis ich das Stockwerk erreichte, in dem er sich befinden musste. Nebst seinem Geruch nahm ich noch einen allumfassenden, in gewisser Weise angenehm riechenden Duft wahr, den ich bisher erst selten in der Stadt gerochen hatte. Auf der Erde waren derartige Gerüche nicht vorhanden, weswegen es mir unmöglich war, ihn zuzuordnen. Ich ignorierte die eigenartige Beschaffenheit der Luft innerhalb dieses Gebäudes und die grösstenteils weiss gekleideten Menschen, die mich verwirrt und teilweise schockiert anstarrten, und hinkte mehrere Korridore entlang zu einer Tür, aus deren schmaler Spalt an der Unterseite der frische Körpergeruch von Ferdinand strömte. Mit dem Maul betätigte ich den Türgriff und trat ein. Wie erwartet lag Ferdinand auf einem weissen Bett inmitten des hell erleuchteten Raums. Sein linker Arm steckte in einem neuen Gips, ein durchsichtiger, dünner Schlauch war mit seinem rechten Unterarm verbunden und seine rechte Schulter war in weisse Textilien gehüllt. Zudem hatte seine Gesichtshaut an einigen Stellen eine rötliche oder bläuliche Farbe angenommen und wies einige Schwellungen wie auch mit schwarzen Fäden zugenähte Furchen auf. Als sein Blick scheinbar zufällig über mich schweifte, bildete sich augenblicklich ein Schmunzeln auf seinem Gesicht, was einzig durch seine wahrscheinlich noch akuten Schmerzen gemindert wurde.

«Es ist schön, dass du da bist, Nils.», begrüsste er mich mit heiserer Stimme.

Langsam trat ich näher, stützte mich mit dem linken Vorderbein auf seiner Bettkante ab und schnupperte an seinem gesamten Körper, der noch immer stark nach Blutergüssen und Platzwunden roch.

«Wirst du wieder gesund oder bleibt das jetzt so?», fragte ich ihn verunsichert und besorgt zugleich.

«Meine Wunden werden wieder verheilen. Es wird Narben geben, aber damit kann ich leben.», entgegnete er schmunzelnd, als hätte ich ihm eine naive Frage gestellt.

Ich starrte Ferdinand einige Sekunden nachdenklich in die Augen, während er seine rechte Hand nach meinem linken Vorderbein ausstreckte, um es zu streicheln, da er meinen erhobenen Kopf aus seiner Position nicht erreichen konnte.

«Weshalb hat die Mafia dich gestern nicht getötet? Das hatten sie doch vor, oder?», fragte ich.

«Sie wollten mich umbringen, aber kurz und schmerzlos war ihnen wohl zu gnädig. Zu meinem Glück. Es tut mir wirklich leid, dass du unter meiner Unfähigkeit, auf mich selbst aufzupassen, leiden musstest. Ich hätte es mir niemals verziehen, wenn du meinetwegen gestorben wärst.»

Während er sprach, erschien ein leichter Glanz in seinen Augen, von denen das linke entzündet war.

«Was ist gestern Abend eigentlich passiert?»

Ferdinand schluckte leer, bevor er mir seiner Erklärung begann. Allem Anschein nach setzten ihm die gestrigen Erlebnisse nicht bloss körperlich zu.

«Das Telefon in der Rezeption klingelte und nachdem ich mein Büro verlassen hatte, um den Anruf entgegenzunehmen, entdeckte ich drei Männer vor der geschlossenen Haupteingangstür. Sie winkten mich zu sich und ich öffnete ihnen, ohne zu bedenken, was du mir über die Mafia erzählt hast. Anschliessend packten und entführten sie mich. Nach einer kurzen Fahrt wurde ich in eine schmale Seitengasse gebracht, wo drei andere Männer auf mich warteten, die mich anschliessend festhielten und auf mich einprügelten. Währenddessen sagte der eine, ich müsse für meine Taten bezahlen. Die drei Männer, die mich entführt hatten, verliessen uns und die Prügel setzte sich fort, bis du mich gefunden hast.»

«Liege ich korrekt mit der Vermutung, dass dir nichts Ungewöhnliches an drei Männern aufgefallen ist, die spätabends vor deinem geschlossenen Hotel stehen und eintreten möchten, nachdem ich dir erzählt habe, die Mafia würde dich ermorden wollen?», fragte ich, wobei mein Ton etwas vorwurfsvoller klang, als ich beabsichtigt hatte.

Ferdinand wandte seinen Blick von mir ab und nickte verlegen.

Wie ein kleiner Schlüpfling, dachte ich seufzend.

«Ich werde nicht mehr von deiner Seite weichen, bis das Problem mit der Mafia nachhaltig gelöst ist.», nahm ich mir vor.

Da ich noch immer unter starken Schmerzen litt und sich der Zustand meiner Schusswunde aufgrund des heutigen Spaziergangs verschlechtert hatte, legte ich mich dicht neben Ferdinands Bett auf den perfekt glatten, sauberen Fussboden. Der Duft von frischer Wundflüssigkeit verleitete mich dazu, die betroffene Stelle meines rechten Vorderbeins abzulecken.

«Haben sie dich ebenfalls verarztet?», fragte Ferdinand, der mich durchgehend beobachtete.

«Nein.»

«Was?»

Er starrte mich verblüfft an, als könnte er nicht glauben, was ich soeben gesagt hatte.

«Sie haben mich nicht verarztet.», wiederholte ich.

«Aber wo warst du denn während der gesamten Nacht?»

«Auf dem Hubschrauberlandeplatz, wo sie mich zurückgelassen haben.»

Ferdinands Stirn bildete Falten, was bei den Menschen Zorn ausdrückte.

«Das können die doch nicht machen! Es ist ihre *Pflicht*, sich um dich zu kümmern.»

«Das ist kein Problem. Meine Wunden verheilen ohnehin bald.»

«Nein, das ist inakzeptabel! Ich werde ihnen ...»

«Spar dir deine Kräfte. Ihr Menschen seid schwach und zerbrechlich. Kümmere du dich lieber um deine eigenen Beschwerden. Bis du genesen bist, bin ich bereits fünfmal um diesen Planeten geflogen.»

«Ich bin mir nicht sicher, wie ich das jetzt auffassen soll.»

«Nimm es, wie du willst.»

Ferdinand liess seinen Blick schnaubend aus dem Fenster seines Zimmers gleiten und begann, die Menschen auf der Strasse zu beobachten. Zeitgleich schloss ich schmunzelnd die Augen und versuchte, Schlaf zu finden, der meine Schmerzen überbrückte.

17

Genesung

Während der nächsten Tage wich ich Ferdinand nicht von der Seite, obwohl er inzwischen Sicherheitspersonal für seinen Schutz beordert hatte. Selbst nachdem er mich mehrfach gebeten hatte, mich zwischendurch mal um meine eigenen Probleme zu kümmern, beharrte ich auf meiner Entscheidung. Nicht einmal das Krankenhauspersonal, was mir gegenüber äusserst misstrauisch gestimmt war, konnte meine Meinung ändern. Ich achtete stets darauf, dass Ferdinand immer in Sicht-, Hör- oder Riechweite war, egal was er innerhalb des Krankenhauses machen musste. Mehrere Male wurde er aufgrund von Untersuchungen in einen anderen Raum verlegt, wobei ich ihm folgte, obwohl mir das Personal stets sagte, Haustiere wären in diesen Räumlichkeiten nicht erlaubt. Ich ignorierte ihre Einwände jeweils und setzte mich stur neben Ferdinand, da sie mich ohnehin nicht zu etwas zwingen konnten, was meinem Willen widersprach.

Die Zeit verging nahezu reibungslos. Einzig die Schusswunde meines rechten Vorderbeins bereitete mir kontinuierlich Probleme. Nachdem ich zum gefühlt tausendsten Mal versehentlich Gewicht auf das verletzte Bein verlagert hatte, was wie immer ein heftiges Stechen auslöste, obwohl die Wunde seit Tagen nicht mehr blutete, sprach ich einen Arzt darauf an, der mich während meiner Anwesenheit nicht aus den Augen lassen konnte.

«Ich wurde an meinem rechten Vorderbein angeschossen und es schmerzt immer noch. Gibt es da etwas, was Sie für mich tun können?», fragte ich vorsichtig.

«Was? Ähm … nein. Wir sind schliesslich keine Tierärzte.», entgegnete er abweisend.

Ah, so ist das also. Ich werde wieder einmal aus ihrer Gemeinschaft ausgeschlossen, weil ich anders bin, dachte ich genervt schnaubend und wandte mich von ihm ab.

Meine Flügel, mein Rücken und mein Kopf fühlten sich abgesehen von den chronischen Leiden wieder normal an. Demnach zog ich in Erwägung, meinen Speer zu suchen, den ich auf dem an die schmale Gasse angrenzenden Hausdach liegengelassen hatte. Einzig die Sorge um Ferdinand hielt mich davon ab, mich direkt auf die Suche nach meiner Waffe zu begeben, die sich hervorragend als Allzweckwerkzeug verwenden liess. Ich schnupperte jeden Zentimeter von Ferdinands Körper ausgiebig ab, um den aktuellen Genesungsfortschritt seiner Wunden zu erfahren. Bis auf einige tiefere Verletzungen, Narben und Knochenbrüche war er wieder gesund.

«Was hast du vor, Nils?», fragte er mich, da er mein verändertes Verhalten bemerkt hatte.

«Ich überlege momentan, ob ich meinen Speer suchen soll oder nicht.», antwortete ich, da es ihm nicht möglich war, mich mithilfe meiner Gedanken einzuschätzen.

«Dann geh doch. Was hält dich noch hier?»

«Deine Gesundheit. Ich möchte vermeiden, dass du getötet wirst, sobald ich das Krankenhaus verlasse.»

«Dieses Gebäude wird von achtzehn bewaffneten Männern bewacht. Es ist absolut unmöglich, dass ich hier angegriffen werde.»

Ich starrte Ferdinand misstrauisch in die Augen.

«Du setzt zu viel Vertrauen in diese Menschen.»

«Und du misstraust ihnen zu sehr.»

«Sie könnten dich hintergehen.»

«Loris ist seit zwei Tagen bei ihnen. Ihm wäre aufgefallen, falls jemand etwas gegen mich im Schilde führt. Er ist ein Menschenkenner.»

Mein Blick blieb unverändert, was Ferdinand nicht entging.

«Vertraust du wenigstens Loris?», fragte er vorsichtig.

«Ja.»

«Wie wäre es damit, dass ich ihm schreibe, er soll in mein Zimmer kommen und auf mich aufpassen, während du fort bist?»

Ich dachte einen Augenblick angestrengt nach.

«In Ordnung. Ich werde nicht länger als eine halbe Stunde abwesend sein.»

Sobald Loris zu uns gestossen war und mich freundlich begrüsst hatte, eilte ich hinaus auf die Strasse, wo ich abermals von sämtlichen Passanten beäugt wurde, als würde ich sie jeden Augenblick zerfleischen, und begab mich auf die Suche nach meinem Speer. Nur eine Viertelstunde später fand ich ihn auf demselben Dach, von dem Ferdinand und ich abgeholt worden waren. Auf dem Rückweg witterte ich zufälligerweise Felix, der Ferdinand erst einmal kurz im Krankenhaus besucht hatte. Unschlüssig blickte ich zwischen meiner Flugroute und der vor meinem inneren Auge sichtbaren Duftspur umher, bis ich mich schliesslich dazu entschied, Felix aufzusuchen. Während seines kurzen Besuchs hatte er mir gegenüber noch verschlossener gewirkt, als es früher bereits der Fall gewesen war.

Ich muss dieses Problem mit ihm ein für alle Mal lösen. Es kann doch nicht sein, dass er seinem Freund Ferdinand meinetwegen aus dem Weg geht, dachte ich.

Die Duftspur führte mich zu einem Kinderspielplatz, der auf einer freien Fläche zwischen mehreren Einkaufszentren errichtet worden war. Obwohl inzwischen ein leichter Nieselregen eingesetzt hatte, den die Menschen aus unerklärlichen Gründen verabscheuten, spielten noch einige Kinder auf der feuchten, perfekt gestutzten Wiese Fangen. Die Erwachsenen sassen ausserhalb des Spielplatzes auf Holzbänken und unterhielten sich über allerlei Dinge, die mich nicht interessierten.

Eines der Kinder erspähte mich am Himmel und zeigte mit dem rechten Arm in meine Richtung. Mehrere Erwachsene standen abrupt auf und wiesen ihre Kinder mit «Wir müssen jetzt gehen» oder ähnlichen Aussagen an, den Spielplatz zu verlassen. Lediglich ein einziger Junge, der verunsichert umherblickte, blieb auf dem Spielplatz zurück. Alle erwachsenen Personen eilten hinfort und niemand schien sich um dieses Kind kümmern zu wollen. Da diese Situation aufgrund meines Erscheinens entstanden war, musste ich dem Kind helfen. Demnach landete ich neben ihm, wobei der Junge mich mit einem schüchternen «Hallo» begrüsste, während er einen Schritt zurückwich.

«Guten Tag.», entgegnete ich, so sanft ich konnte, obwohl dies aufgrund meiner vergleichsweise tiefen Stimme ausserordentlich schwer war.

Da der Junge sich weiterhin vor mir zurückzog, obwohl ich mit mehreren Metern Abstand stehengeblieben war, versuchte ich, die Lage zu entspannen, indem ich das Gespräch fortsetzte.

«Wo sind deine Eltern?»

«Papa lässt sich gerade die Haare schneiden.»

Fallen die nicht eigenständig aus? Fragte ich mich.

«Okay. Und wo ist deine Mama?»

Der Blick des Jungen wanderte auf die durch den Nieselregen befeuchteten Grashalme.

«Ich weiss es nicht.», sagte er leise.

Einen Moment blickte ich ihm nachdenklich ins Gesicht.

«Lässt dich dein Papa einfach so allein hier draussen?»

«Ich war nicht allein, bis alle gegangen sind.»

«Das stimmt nun auch wieder.»

Unschlüssig, wie ich als Nächstes handeln sollte, sah ich mich nach einem erwachsenen Mann um, der der Vater dieses Kindes sein konnte. Keiner der Menschen, die sich noch ausserhalb der Einkaufszentren befanden, erweckten den Anschein, als würden sie zu dem Jungen gehören.

«Wann kommt dein Papa zurück?», fragte ich.

«Weiss nicht.», entgegnete er noch immer scheu.

«Soll ich dir helfen, ihn zu finden?»

Endlich sah der Junge mir wieder in die Augen, wobei mich ein Schwall seiner Stresshormone erreichte, die mich an die von Felix erinnerten.

«Nein, er hat gesagt, ich soll hier auf ihn warten.»

Plötzlich ging mir ein Licht auf.

«Heisst dein Papa Felix?»

Der Junge nickte.

«Das trifft sich gut. Ich bin nämlich auf der Suche nach ihm.», erklärte ich.

«Wieso?»

«Es gibt einige Dinge, die ich mit ihm besprechen muss.»

«Was genau?»

Aufgrund seiner Neugier konnte ich mir ein Schmunzeln nicht unterdrücken, obwohl das Gesprächsthema ernst war.

«Er sieht in mir ein Monster, weil er gesehen hat, wie ich unverzeihliche Dinge getan habe und ich möchte seine Sichtweise mir gegenüber ändern.»

«Papa hat mir davon erzählt.»

«Wirklich?», fragte ich verblüfft.

«Ja. Er hat gesagt, du hättest einen Freund von ihm gefressen. Stimmt das?»

Die Tatsache, dass Felix solch schockierende Informationen mit einem Kind geteilt hatte, was bestimmt noch nicht einmal zehn Erdenjahre alt war, überraschte mich.

«Ja, leider. Ich wünschte, ich hätte es nicht getan.»

Seufzend legte ich mich in das mittlerweile nasse Gras und mein Blick wanderte hinauf in die dunklen Wolken, aus denen sich zunehmend starker Regen ergoss. Ich erwartete, dass der Junge mich nach dieser Aussage verängstigt verlassen würde, jedoch täuschte ich mich. Er blieb stumm neben mir stehen, zog seine gelbe, wasserabweisende Kapuze hoch und starrte mich unentwegt an. Nach schätzungsweise einer Minute schweiften meine Gedanken wieder zu meiner Familie ab, weswegen sich Tränen in meinen Augen bildeten. Schnell blinzelnd richtete ich meine Schnauze der nassen Wiese entgegen und liess sowohl Tränen als auch Regentropfen meiner Nase entlang zu Boden rinnen. In diesem Augenblick trat der Junge langsam näher und blieb lediglich einen halben Meter von mir entfernt stehen.

«Bist du traurig?», fragte er mit erstaunlichem Mitgefühl.

Ich nickte stumm, da sich ein Kloss in meinem Hals gebildet hatte, der mich am Sprechen hinderte. Der Junge streckte seine rechte Hand nach mir aus und streichelte sachte die Seite meines Halses, um mich zu trösten. Überrascht sah ich ihn im Augenwinkel an. Obwohl ich mehr als dreimal so lang war wie er und ich ihm bestätigt hatte, einen Freund seines Vaters getötet zu haben, schien ihn seine Furcht vor mir nicht davon abzuhalten, mir zu helfen.

Freude und ein Gefühl der Geborgenheit gesellten sich nun zu meiner Trauer, weswegen ich meinen Tränen freien Lauf liess. Schluchzend lag ich neben dem Sohn von Felix, der mich geduldig streichelte, als gäbe es nichts Wichtigeres auf dieser Welt. Nach einer Weile schien sich mein Gemütszustand zu bessern, bis ich dazu in der Lage war, den kleinen Jungen anzulächeln.

«Danke.», sagte ich mit rauer Stimme.

Ich räusperte mich, schniefte noch einmal und sah mich erneut nach Felix um, von dem bedauerlicherweise noch jede Spur abgesehen von seinem Duft fehlte.

«Was wollen wir jetzt machen, während wir auf deinen Papa warten?», fragte ich, um meine Sorgen leichter verdrängen zu können.

«Keine Ahnung.»

«Möchtest du Fangen spielen, wie du es zuvor mit den anderen Kindern getan hast?», schlug ich vor.

Das Gesicht des Jungen hellte sich auf.

«Ja, gerne.»

Schmunzelnd sprang ich auf und humpelte mehrere Schritte davon, sodass er mich jagen konnte. Strahlend vor Freude rannte er mir hinterher. Obwohl mich die Langsamkeit seiner Schritte amüsierten, blieb ich einigermassen ernst und versuchte, in einer Geschwindigkeit zu fliehen, die es meinem Fänger erlaubte, mich mit der Zeit einzuholen. Insbesondere da er sich grosse Mühe gab, wollte ich ihn gewinnen lassen.

Nur dreissig Sekunden später, nachdem ich zwei Runden um den Spielplatz gehopst war, erwischte der Junge mich an meiner Schwanzspitze.

«Jetzt bist du dran!», rief er lachend, änderte seine Richtung abrupt, wobei er beinahe auf der nassen, matschigen Wiese ausgerutscht wäre, und sprintete von mir weg.

Grinsend verfolgte ich ihn in lockeren Schritten, obwohl es mir nicht möglich war, alle vier Beine zu gebrauchen. Während das Kind von mir floh, verspürte ich geringfügig meinen Urinstinkt, der mir befahl, mich in einem grossen Satz auf meine Beute zu stürzen und sie hemmungslos zu zerfleischen, was ich jedoch gekonnt ignorierte. Stattdessen stellte ich sicher, dass uns stets mehrere Meter trennten.

Wir setzten unser Spiel minutenlang fort, bis wir beide an einigen Stellen unserer Körper schlammbedeckt waren. Obwohl der Junge bereits schwer atmete und stark schwitzte, wollte er nicht aufgeben, was mich dazu verleitete, weiterzumachen.

«He! Lass meinen Sohn in Ruhe!», vernahm ich plötzlich die Stimme von Felix.

Schlitternd kam ich zum Stillstand und sah zu Felix, der in eiligen Schritten in Richtung des Spielplatzes stapfte.

«Hallo Felix.», begrüsste ich ihn leicht verunsichert aufgrund seines aggressiven Auftretens.

«Kevin, komm auf der Stelle zu mir!», wies er seinen Sohn an.

«Aber wieso, Papa?», fragte Kevin leicht eingeschüchtert.

«Das weisst du.»

«Er ist aber nicht böse.»

«Du hast keine Ahnung, was er ist.»

«Das hat er sehr wohl, aber mir scheint, dass *du* es noch nicht begriffen hast.», mischte ich mich ein.

Felix betrat den Spielplatz in diesem Augenblick durch ein hüfthohes Tor.

«Geh weg von meinem Sohn!», zischte er wütend.

«Wir haben bloss Fangen gespielt.», verteidigte Kevin mich.

«Er hat dich gejagt, wie ein Raubtier seine Beute.»

Da weder Kevin noch ich den Worten von Felix Folge leisteten, trat er nun zornig auf mich zu.

«Wehe du krümmst Kevin auch nur ein Haar.», fuhr er mich an.

«Das würde ich niemals, und das solltest du eigentlich wissen.», entgegnete ich.

«Ach, ja?»

Sein Blick huschte kurz zu meinem Speer, den ich wieder mit meiner Schwanzspitze umklammerte.

«Du hast das Video von Claudia Fuchs gesehen.», stellte ich fest.

«Ja, das habe ich. Das und dein heutiges 'Spiel' mit meinem Sohn haben nicht gerade dazu beigetragen, die Art und Weise zu verbessern, wie ich dich sehe.»

«Das kann ich nachvollziehen.»

Gedankenverloren liess ich meinen Blick über den Zaun schweifen, der den Spielplatz umgab.

«Ich bin hier, um mit dir Frieden zu schliessen. Um in der Zukunft zusammenarbeiten zu können, müssen wir uns gegenseitig vertrauen.», setzte ich fort.

«Mit *dir* möchte ich ganz bestimmt nichts zu tun haben.»

Das mit dem Sinneswandel dauert wohl noch eine Weile, dachte ich bitter seufzend.

«Ist dir bewusst, dass Ferdinand momentan Hilfe benötigt?»

«Ja.»

«Weshalb unterstützt du ihn als sein Freund nicht? Die Mafia möchte ihn töten und er ist noch schwer verletzt.»

«Weil du dauerhaft bei ihm bist und er nicht einsehen will, was für ein Monster du bist.»

«Es geht hierbei nicht um mich, sondern um ihn. Alles, was ich will, ist sein Leben zu schützen.»

«Aber nur, weil du ohne ihn deinen Sohn nicht befreien kannst. Du missbrauchst ihn bloss als Instrument, damit du bekommst, was du möchtest.»

«Das stimmt gar nicht!»

Dieses Mal war ich derjenige, der zornig die Stimme erhob, mit dem Unterschied, dass ich zusätzlich noch die Zähne entblösste.

«Tatsächlich? Weshalb sonst solltest du dich um das Wohlergehen eines Menschen scheren?»

«Weil Ferdinand und ich inzwischen Freunde geworden sind.»

Im Gesichtsausdruck von Felix liess sich vorübergehend Eifersucht herauslesen, die bald darauf durch puren Hass ersetzt wurde.

«Verschwinde aus meinem Leben, du Monster!», zischte er zornig, wobei er mich stark an einen wütenden Drachen erinnerte.

Menschen und Drachen sind sich doch nicht so unähnlich, wie ich einst dachte, schoss mir derweil durch den Kopf.

Währenddessen sah ich Kevin mitfühlend in die Augen, da er dem Wahnsinn seines Vaters voll und ganz ausgeliefert war.

«Hör auf, meinen Sohn auf diese Weise anzustarren!», schrie Felix und stiess meinen Kopf unsanft mit beiden Händen beiseite, was ein heftiges Stechen oberhalb meines Nackens auslöste.

Instinktiv wich ich einen Schritt zurück und fauchte ihn zähnefletschend an. Er blieb selbstsicher stehen, wobei er eine Hand schützend vor seinen Sohn hielt. Verächtlich schnaubend wandte er sich von mir ab und zog Kevin mit sich. Indirekt hatte mein Fauchen die Sichtweise von Felix mir gegenüber bestätigt, was mich frustriert heisse Luft ausstossen liess.

Dann soll er doch in seinem Zuhause schmoren, so lange er will. Ich gehe jetzt wieder zurück zu Ferdinand, dachte ich, stiess mich energisch vom matschigen Gras ab, was ein Zwicken in meinem linken Vorderbein auslöste, und flog durch den strömenden Regen in Richtung Krankenhaus davon.

Wenige Minuten später war ich froh, Ferdinand unversehrt vorzufinden. Loris war ihm nicht von der Seite gewichen, worüber ich sehr dankbar war. Nun half Loris mir, den Schlamm von meinen Schuppen zu wischen und mich abzutrocknen. Anschliessend fragte er mich, was geschehen war, da ihm mein gereizter Gemütszustand nicht entgangen war. Ich erklärte ihm alles von Felix und Kevin, während er geduldig lauschte, bis ich zu Ende gesprochen hatte.

«Das ist in der Tat ein Problem. Ich glaube, da kann ich dir auch nicht weiterhelfen. Meiner Meinung nach solltest du ihn einfach ignorieren. Stattdessen könnten wir damit beginnen, gegen die Dariseg vorzugehen. Schliesslich haben wir Videos, die sie bezüglich der Misshandlung von Drachen belasten.», sagte er.

«Damit würde ich noch warten, bis wir weitere Beweise haben. Videos allein werden nicht genügen, gegen eine milliardenschwere Organisation vor Gericht zu gewinnen. Falls wir diesen Schritt tatsächlich wagen, müssen wir gut vorbereitet sein und unterschiedliche, handfeste Beweise zur Hand haben, die keinesfalls gefälscht sein könnten.», warf Ferdinand ein, der mittlerweile aufrecht in seinem Bett sitzen konnte.

«Wie können wir an weitere Beweise gelangen?», fragte ich Loris.

«Ich weiss es nicht. Alles, was sie zusätzlich belasten könnte, befindet sich in ihrem neuen Forschungszentrum. Und ohne meinen Zugangsschlüssel, den sie mir am Tag meiner Entlassung genommen haben, ist es unmöglich, in das Gebäude zu gelangen. Sie überwachen das gesamte Areal rund um die Uhr mit Kameras und bewaffnetem Sicherheitspersonal.»

Trotz seiner Einwände formte sich bereits ein Plan in meinem Kopf, in das Forschungszentrum der Dariseg einzubrechen und wichtige Beweise zu sammeln. Aufgrund des erwähnten Sicherheitspersonals zog ich in Erwägung, Gustav um Hilfe zu bitten. Ich musste Ferdinand und Loris lediglich davon überzeugen, vorübergehend bei Herr und Frau Meier zu wohnen, wo sie höchstwahrscheinlich in Sicherheit waren und ich gemeinsam mit meinem dunkelbraunen Freund einen Einbruch planen konnte. Da ich vermutete, Ferdinand würde mich aufgrund meines Rufs bei der Öffentlichkeit davon abhalten wollen, gesetzwidrige Pläne durchzuführen, entschied ich mich, ihm nichts von meinen Absichten zu erzählen. Ausserdem wusste ich, dass er als mein offizieller Besitzer in Schwierigkeiten geraten würde, sollte ich unter seiner Aufsicht Straftaten begehen.

Während ein wilder Sturm aus Gedanken bezüglich der Beschaffung weiterer Beweise gegen die Dariseg in meinem Kopf herrschte, tapste ich ziellos im Raum umher, bis mir die verwunderten Blicke der Menschen auffielen.

«Wo befindet sich dieses Forschungszentrum?», fragte ich voller Tatendrang.

«Du willst doch nicht etwa dort einbrechen, um Beweise zu stehlen, oder?», entgegnete Ferdinand misstrauisch.

Ich verharrte abrupt in meiner Bewegung und starrte ihm in die Augen.

Können Menschen doch die Gedanken von Drachen verstehen? Schoss es mir durch den Kopf.

Da Ferdinands Blick unverändert blieb, verwarf ich diese Vermutung wieder und formulierte stattdessen eine glaubhafte Ausrede, die nur zum Teil eine Lüge war.

«Nein, ich würde niemals allein gegen einen Haufen bewaffneter Menschen kämpfen. Nicht, nachdem was vor fünf Tagen geschehen ist.», antwortete ich.

«Nun gut.», murmelte Ferdinand nachdenklich, während Loris sein Mobiltelefon aus der Tasche zog, einige Sekunden darauf herumtippte und es mir schliesslich vor die Schnauze hielt.

Auf dem Bildschirm war ein schätzungsweise zweihundert Meter grosses Gebäude inmitten eines noch wesentlich grösseren Asphaltplatzes zu sehen, welcher vollständig von meterhohen Zäunen umgeben war, wie ich sie bereits um Maxim Kozlows Drachengehege herum gesehen hatte. Nur wenige Sekunden später wischte Loris mit zwei Fingern über den Bildschirm, wodurch sich das Bild verkleinerte und die Umgebung sichtbar wurde. Ich prägte mir die umliegenden Häuser und Strassen ein, so gut ich konnte.

«Das Dariseg-Forschungszentrum liegt ungefähr zwanzig Kilometer nordwestlich vom Hauptbahnhof.», erklärte Loris währenddessen.

Liegt das nicht ungefähr zwischen uns und dem Anwesen von Herr und Frau Meier? Fragte ich mich.

«Danke.», sprach ich schliesslich aus, wandte mich wieder von Loris ab und tapste nachdenklich auf drei Beinen durch den Raum.

Nachdem ich schätzungsweise dreissig Runden gedreht hatte, wobei mein Speer einmal versehentlich gegen Ferdinands Bettkante gestossen war, verweilte mein Blick wieder auf den Menschen.

«Wir sollten zu Herr und Frau Meier gehen. In der Nähe eines weiteren Drachen ist es bestimmt am sichersten für dich, Ferdinand.», sagte ich.

«Ich kann sie mal fragen, ob wir sie besuchen dürfen, aber glaubst du wirklich, dass das notwendig ist?», fragte er skeptisch.

Er schien meinem Plan immer noch auf der Spur zu sein, was mir nicht behagte.

«Ja, vielleicht greift die Mafia das Krankenhaus an oder sie finden eine andere Möglichkeit, dich hier zu töten.»

«Hmm…», brummte Ferdinand.

Er tauschte einen fragenden Blick mit Loris aus, der ratlos mit den Schultern zuckte.

Jetzt unterhalten sie sich bestimmt telepathisch, dachte ich schmunzelnd vor Ironie, da ich mir ziemlich sicher war, dass Menschen diese Fähigkeit nicht besassen.

18

Unterkunft

Zwei Tage später verliessen Ferdinand, Loris und ich das Krankenhaus. Die Sonne erstrahlte hell am Himmel und es war angenehm warm. Dennoch fühlte ich mich alles andere als wohl, da wir permanent von einer Truppe Sicherheitspersonal begleitet wurden. Jeder dieser mir kaum vertrauten Personen beäugte mich misstrauisch, wie auch sämtliche andere Menschen auf der Strasse. Zwischenzeitlich beschlich mich der Verdacht, jemand würde Ferdinand angreifen wollen, jedoch begründete sich das finstere Starren jeweils mit der Angst vor mir.

«Wird das jemals wieder besser?», fragte ich Ferdinand, während wir durch die breite Schiebetür eines gepanzerten Transporters einstiegen.

«Was genau meinst du?», entgegnete er beinahe scheinheilig.

«Das misstrauische Starren der Menschen.»

Ferdinand setzte sich in Zeitlupentempo auf seinen weich gepolsterten Sitz, wobei er leise ächzend vor Schmerz das Gesicht verzog. Seine noch nicht verheilten Wunden bereiteten ihm in beinahe jeder Bewegung Probleme. Nachdem wir uns beide gesetzt hatten, musterte Ferdinand mich nachdenklich seufzend.

«Die Menschen sehen das, was sie sehen wollen. Ausserdem können sie leicht von vorherrschenden Meinungen beeinflusst werden, wodurch ihre Fähigkeit, eigenständig zu urteilen, gemindert wird. Nur mit genügend Geduld und sorgfältig ausgewählten Fakten, die wir mit ihnen teilen, lassen sich die Menschen dir gegenüber öffnen. Sobald wir es geschafft haben, die noch fehlenden Unterschriften zu sammeln, wobei wir auf einem guten Weg sind, können wir uns um eine entsprechende Werbekampagne kümmern.»

«*Wir*? Ich dachte, ich muss das allein durchstehen.», erwiderte ich leicht verwirrt über Ferdinands widersprüchliche Aussagen.

«Nein, nicht mehr. Inzwischen stecken wir beide derart tief in dieser Sache drin, dass wir auch gemeinsam daran arbeiten müssen. Ausserdem hast du mein Leben gerettet und ich bin dir etwas schuldig, schon vergessen?», fragte er neckisch und tätschelte die Oberseite meiner Schnauze.

Das Fahrzeug setzte sich gemächlich in Bewegung, weswegen Ferdinand seine Hand zurückzog und seine Sitzhaltung korrigierte, um nicht versehentlich in einer Kurve seine Verletzungen zu verschlimmern.

«Danke.», lautete meine Antwort.

Ich sah ihm eine Weile in seine immerzu runden Pupillen, bevor ich das Gespräch fortsetzte.

«Ich hoffe, du hast recht. Falls es uns nicht gelingt, die Volksinitiative durchzubringen, weiss ich nicht, was ich noch tun könnte.»

Bei dem Gedanken an ein ewiges Leben auf diesem Planeten ohne meine Kinder und mit dem Wissen, dass Mario niemals wieder frei sein würde, krampfte sich mein Magen zusammen und eine Welle der Verzweiflung breitete sich in mir aus. Ich fühlte, wie sich Tränen in meinen Augen bildeten, weswegen ich mehrfach blinzelnd aus dem Fenster starrte.

Als das Fahrzeug eine Kurve fuhr und ich versehentlich Gewicht auf mein rechtes Vorderbein verlagerte, riss mich der abrupte Schmerz wieder in das Hier und Jetzt zurück, wodurch es mir gelang, einen groben Einbruchsplan festzulegen, ohne weiterhin an Mario und Stella denken zu müssen.

«Die Helfer, die ich gestern angeheuert habe, konnten bereits über eine Million Unterschriften in Elysia und im Tharsis-Gebirge sammeln. Das macht 5.8 Millionen insgesamt.», sprach Loris derart plötzlich, dass ich geringfügig zusammenzuckte und mein Blick zu ihm schnellte.

Da er erst jetzt von seinem Mobiltelefon aufsah, hatte er dies nicht bemerkt.

«Gut. Demnach sind wir jetzt bei 58 Prozent.», antwortete ich.

Wie bereits zuvor versank Loris in die virtuelle Welt seines Mobiltelefons, ohne auch nur ein weiteres Wort zu sprechen. Froh darüber, dass er sich derart bemühte, meine Volksinitiative voranzutreiben, beobachtete ich ihn stumm, bis wir endlich das Anwesen von Herr und Frau Meier erreichten.

Bereits während der Transporter durch das breite Eingangstor in den mit Kies bedeckten und mit kunstvoll beschnittenen Pflanzen geschmückten Platz einfuhr, der an das grosse Steingebäude grenzte, welches Ferdinand als Schloss bezeichnete, nahm ich Gustavs Gedanken wahr. Allem Anschein nach half er den Menschen, das gewaltige Drachengehege zu demontieren. Gerade als er sich überlegte, wo er eine schwere, fünf Meter lange Metallverstrebung, die er in seiner Schnauze transportierte, ablegen sollte, fielen ihm meine telepathischen Signale ebenfalls auf.

«Hallo, Nils!», begrüsste er mich voller Freude, mich wiederzusehen, und entschied sich dazu, das Bauteil fallenzulassen, um sofort zu mir zu fliegen.

Guten Tag Gustav, wie ich sehe, hast du dich bei den Menschen gut eingelebt, entgegnete ich gedanklich.

«Das kann man wohl sagen. Sie sind wirklich nett.»

Er teilte Bilder und Eindrücke mit mir, in denen Herr und Frau Meier ihm Mahlzeiten zubereitet, seine Flügel massiert und eine kleine Feuerstelle zur Verfügung gestellt hatten, die die Bediensteten jeweils mit Holz versorgten, welches sie jeden Abend anzündeten, sodass Gustav neben dem Feuer schlafen konnte.

Das Fahrzeug bremste abrupt ab, wodurch ich erneut versehentlich mein rechtes Vorderbein belastete. Anschliessend drehte sich der Fahrer zu uns um. Sein Gesicht verriet Besorgnis.

«Ein Drache kommt auf uns zu!», rief er aufgeregt.

«Das ist Gustav. Er würde niemandem grundlos Schaden zufügen.», erklärte ich.

Ausserhalb des Transporters nahm ich das Geräusch von sich schliessenden Fahrzeugtüren wahr. Zeitgleich drangen aufgebrachte Rufe an meine Ohren.

Oh, nein! Das Sicherheitspersonal! Dachte ich, wobei ich ruckartig aufsprang, die Schiebetür mithilfe meiner Zähne öffnete und nach draussen eilte.

«Was ist mit dem?», fragte Gustav verwirrt, der soeben vor den mindestens zwölf bewaffneten Männern und Frauen landete, die sich hinter ihren Fahrzeugen in Deckung begaben und auf seinen Kopf zielten.

Sie wissen nicht, dass du mit friedlichen Absichten kommst.

«Wartet! Nicht schiessen! Das ist Gustav. Er wird uns nicht angreifen.», rief ich den Sicherheitsbeauftragten zu.

Nahezu alle Blicke richteten sich auf mich. Ich verlangsamte meine Schritte und blieb schliesslich stehen, wobei ich alle fordernd anstarrte. Gustav, den diese Situation verunsichert hatte, duckte sich verlegen und trat einen Schritt zurück in Richtung Hauswand.

«Ich kann ihre Angst riechen. Das wollte ich nicht. Wirklich! Kannst du ihnen sagen, dass es mir leid tut, sie erschreckt zu haben?», fragte er mich peinlich berührt.

Sicher kann ich das.

«Er möchte sich für sein unvorsichtiges Auftreten entschuldigen.», sprach ich zu den Menschen, die noch immer ihre Waffen auf Gustav richteten.

Vor meinem inneren Auge spielte sich die Szene von Herr Grafs Tod durch eine dieser Schusswaffen erneut ab, was Gustav erschrocken zusammenzucken liess, da er meine Gedanken ebenfalls empfangen hatte. Um ihn zu beruhigen, übermittelte ich ihm telepathisch die Kampfszene, in der ich Ferdinand gerettet hatte. Insbesondere die Schusssicherheit von Drachenschuppen betonte ich mit dem unangenehm stumpf stechenden Gefühl der Projektile an meinem Körper, was ich mir abermals vorstellte. Gustavs Haltung entspannte sich geringfügig, jedoch zitterte sein linkes Hinterbein fortlaufend vor Adrenalin.

Aufgrund meiner Aussage von vor wenigen Sekunden starrten die Menschen mich an, als hätte ich mir Gustavs Entschuldigung soeben ausgedacht. Dennoch schienen sie ihre Aufmerksamkeit nun eher mir als Gustav zuzuwenden, worüber ich froh war.

Als Ferdinand endlich gestützt durch Loris aus dem Transporter stieg und dem Sicherheitspersonal erklärte, Gustav sei keine Gefahr, liessen sie schliesslich ihre Waffen sinken. Nichtsdestotrotz erhaschte ich sie dabei, wie sie Gustav misstrauisch anstarrten.

Da sich die Lage nun endlich entspannt hatte, trat ich auf meinen alten Freund zu, der seinen Kopf zu mir herabbeugte, sodass ich seine Schnauze mit meiner anstupsen konnte. Anschliessend schnupperte er fürsorglich an meinem rechten Vorderbein. Seinen Gedanken konnte ich entnehmen, dass er meine Schusswunde roch.

Das wird schon wieder, versicherte ich ihm.

«Und bei deinem Freund auch? Der sieht wirklich nicht gesund aus.»

Gustav musterte Ferdinand voller Besorgnis.

Seiner Meinung nach wird er grösstenteils wieder gesund werden, jedoch ein paar Narben davontragen.

Um sich Ferdinands Wunden genauer ansehen zu können, trat Gustav vorsichtig in geduckter Haltung auf ihn zu. Wie während ihrer letzten Begegnung verspannte Ferdinand seinen Rücken, während er Stresshormone ausschied. Obwohl er sich offensichtlich vor dem dunkelbraunen Drachen fürchtete, dessen Kopf bereits ungefähr die Grösse seines Oberkörpers besass, blieb er standhaft und liess zu, dass Gustav sorgfältig an ihm schnupperte, ohne ihn zu berühren. Derweil fiel mir auf, dass einer der Männer des Sicherheitspersonals seine Waffe verkrampft festhielt, sodass seine Finger beinahe weiss wurden. Ich warf ihm einen vorwurfsvollen Blick zu, bis er mich entdeckte und seine Angst der Verunsicherung wich. Nichtsdestotrotz hielt er seine Waffe umklammert, als würde sein Leben davon abhängen.

Als Gustav schliesslich Ferdinands Gesicht mit knapp einem Zentimeter Abstand abschnupperte, wich der Mensch doch einen verunsicherten Schritt zurück. Unsere Blicke trafen sich und ich nahm ihm einen Teil seiner Angst mithilfe eines zufriedenen Schmunzelns. Sobald Gustav zu mir zurückkehrte, atmete Ferdinand erleichtert durch. Auf seinem Gesicht zeichnete sich schliesslich ein Grinsen ab, was mich erfreute.

«Daran werde ich mich wohl nie gewöhnen. Er hat mich gerade begrüsst, oder?», fragte Ferdinand.

«Nein, er macht sich Sorgen um deine Wunden und wollte sehen, wie schlimm sie sind.», entgegnete ich.

«Er macht sich Sorgen um mich?»

Ungläubig kopfschüttelnd trat Ferdinand näher.

«Die Drachensprache musst du mir unbedingt noch beibringen.», setzte er fort.

«Ich befürchte, das ist physikalisch unmöglich.»

Erst als mir Ferdinands Grinsen auffiel, wurde mir bewusst, dass dies ein Scherz gewesen war.

«Komm mit, Nils! Ich muss dir zeigen, woran ich gerade arbeite.», forderte mich Gustav in dieser Sekunde auf und hob in einem kräftigen Flügelschlag ab, der einige Kieselsteine umherschleuderte.

Nach einem kurzen Blick zurück zu den Menschen folgte ich meinem Gefährten, der mich im schnellsten Weg zum Drachengehege führte, was soeben in Einzelteile zerlegt wurde. Mithilfe mehrerer Maschinen, mit denen sich die Menschen hochheben liessen, lockerten einige Arbeiter Metallschrauben, die das Gerüst zusammenhielten, während eine andere Maschine mit einem Vorderteil, was einem riesigen Maul glich, die dazugehörige Metallverstrebung festhielt. Sobald die Schrauben vollständig gelöst waren, betätigte einer der Menschen einen Hebel, wodurch die Maschine mit dem Maul das Bauteil sachte abwärts bewegte und anschliessend auf einen Stapel ähnlicher Metallverstrebungen legte. Gustav flog freudig auf die Überreste des Gerüsts zu, bremste gekonnt ab und klammerte sich mit allen Vieren an insgesamt zwei Querverstrebungen fest, wobei einige Metallteile ein besorgniserregendes Ächzen von sich gaben. Die Menschen bewegten sich mithilfe ihrer manövrierbaren Maschinen zu Gustav hinauf, lösten einige Schrauben und vertrauten darauf, dass der Drache das Bauteil mit den Zähnen festhielt, was dieser auch bereitwillig tat. Nur eine halbe Minute später hatten sie das fünf Meter lange Metallstück gelöst und Gustav flog mit stark nach hinten gezogenem Kopf hinab auf die Wiese, wo die anderen

Teile des Gerüsts aufgeschichtet waren. Ich umrundete das Drachengehege einmal, um an Höhe zu verlieren, und landete schmunzelnd neben ihm, während er das Bauteil, was ungefähr gleich lang war wie er selbst, sorgfältig auf den Stapel legte.

«Guten Tag Nils. Herr Schmidt hat uns bereits informiert, dass ihr uns besuchen kommt.», nahm ich Herr Meiers Stimme zu meiner Rechten wahr.

«Guten Tag Herr Meier. Ich danke Ihnen, dass Sie uns vorübergehend eine Unterkunft bieten.», entgegnete ich, wobei ich Gustav aus dem Augenwinkel beobachtete, der sich nun dem nächsten Bauteil des Drachengeheges widmete.

«Nenn mich ruhig Orell.»

Obwohl ich es zu verhindern versucht hatte, schweifte mein Blick vollständig zu Gustav.

«Er fühlt sich hier wirklich zu Hause, Orell. Das letzte Mal, als ich ihn derart glücklich gesehen habe, waren wir noch auf der Erde. Ich bin dir sehr dankbar, dass du die Entscheidung getroffen hast, ihn freizulassen.»

«Es war die einzig richtige Entscheidung. Gustav ist unglaublich friedfertig und hilfsbereit. Jemanden wie ihn einzusperren, wäre unmenschlich.»

Dass Orell «Jemanden wie ihn» gesagt hatte, bewies mir, dass er uns Drachen als den Menschen gleichberechtigte Individuen akzeptiert hatte, was mein Innerstes mit Wärme erfüllte, als stünde ich kurz vor dem Feuerspeien. Zufrieden humpelte ich auf drei Beinen in Richtung eines Hintereingangs des Schlosses, aus dem bereits Ferdinands Duft strömte, der sein Kommen ankündigte.

«Hinkst du etwa?», fragte Orell, wobei seine Stimme Besorgnis verriet.

«Ja, ich wurde angeschossen.», entgegnete ich.

Als mir sein schockierter Blick auffiel, ergänzte ich meine Aussage mit «Es ist halb so wild.».

Wie erwartet öffnete sich die Tür, die ich noch immer im Blickfeld behalten hatte, und Ferdinand trat hinaus. Orell musterte mich einige Sekunden mit undeutbarer Miene, bis er sich schliesslich seinen weiteren Gästen zuwandte. Orells Frau Kristina stiess ebenfalls dazu und wir versanken allesamt in ein spannendes Gespräch über Ferdinands Entführung, wie ich ihn gerettet hatte und was dies für zukünftige Auswirkungen haben konnte. Anschliessend setzten wir uns innerhalb des Schlosses an einen gigantischen, mindestens zwanzig Meter langen Tisch mit dutzenden Stühlen, wobei ich mich vorzugsweise auf den Boden setzte, und plauderten über die fehlenden Gesetze, was die Rechte der

Drachen betraf, die unguten Absichten der Dariseg, aus uns hemmungslos Profit zu schlagen, und schliesslich meine Volksinitiative.

Am Abend strömte mir ein herrlicher Duft aus der Küche entgegen und der Tisch wurde mit Gläsern und kleinen, metallenen Werkzeugen, die Besteck genannt wurden, gedeckt. Da mein Magen bereits seit vierundzwanzig Stunden knurrte und ich über eine Woche nichts gefressen hatte, gelang es mir lediglich mit grösster Selbstbeherrschung, nicht in die Küche zu eilen und mich wild auf die köstlichen Nahrungsmittel zu stürzen. Zudem musste ich mit häufigem Schlucken verhindern, auf den Tisch zu sabbern, was die Menschen meiner Erfahrung nach nicht ausstehen konnten.

«Möchtest du auch etwas essen?», fragte Kristina mich, während die Bediensteten den Menschen bereits gefüllte Teller brachten und jeweils zwischen einem Besteckpaar abstellten.

«Ja, gerne.», antwortete ich, ohne meinen gierigen Blick von einem perfekt gegarten und gewürzten Stück Fleisch lösen zu können.

Obwohl ich keinen Stuhl verwendete, bereiteten die Bediensteten die freie Tischfläche vor mir genauso vor wie für alle anderen. Einzig der Teller war wesentlich grosszügiger gefüllt als bei den Menschen. Wie verzaubert wanderte mein Blick über meine bevorstehende Mahlzeit aus Fleisch, anderen Tierprodukten, deren Namen ich noch nicht kannte, und Getreide. Ein Speichelfaden rann mir aus meiner Schnauze, was ich jedoch erst einige Sekunden später bemerkte, da ich derart in das Beschnuppern meines Tellers vertieft war. Verlegen blickte ich in der Tischrunde umher und stellte erleichtert fest, dass niemand mein Missgeschick bemerkt hatte. Oder zumindest reagierte keiner darauf.

Da alle noch warteten, obwohl die Lebensmittel bereits fertig zubereitet vor ihnen standen, geduldete ich mich ebenfalls. Verunsichert blickte ich umher, während ich mich zu fragen begann, ob es unhöflich war, als Erster das Verspeisen der Mahlzeit zu beginnen. Mein rebellierender Magen, den die Menschen bestimmt ebenfalls hören mussten, zwang mich schliesslich dazu, Ferdinand zu fragen, der zu meiner Linken sass.

«Wann können wir endlich anfangen?»

«Jeden Augenblick, nachdem wir uns einen guten Appetit gewünscht haben.»

Ferdinand fiel mein fragend schräg gelegter Kopf sofort auf, weswegen er seine Erklärung präzisierte.

«Das ist eine Art Ritual, was es bei uns Menschen bereits seit tausenden von Jahren gibt. In einer gemeinsamen Runde, insbesondere bei formellen Anlässen, gehört dies zu den Tischregeln, die von Anstand zeugen.»

«Was gibt es sonst noch für Regeln?», fragte ich, bevor ich abermals meinen überschüssigen Speichel herunterschlucken musste.

«Wir essen jeweils mit Besteck, trinken aus Gläsern anstelle von Flaschen und verlassen den Tisch erst, nachdem alle ihre Mahlzeit beendet haben.»

«Weshalb nennt ihr es stets 'essen' anstelle von 'fressen'?»

«'Essen' ist eine zivilisierte Art der Nahrungsaufnahme, wie wir es hier praktizieren, wohingegen 'fressen' wild und ohne Regeln ist. Wenn du kein Besteck verwenden würdest, wäre es genaugenommen 'fressen'.»

«Demnach ist 'essen' eine abgeschwächte Version von 'fressen', bei der ihr die Nahrungsaufnahme mit diesen Metallwerkzeugen künstlich verlangsamt?», fragte ich, wobei ich mit der Schnauze auf mein Besteck deutete.

«Ähm … mehr oder weniger.»

«Was wünschen Sie zu Trinken, Herr Schmidt?», unterbrach ein Diener unser Gespräch.

«Ein Glas Rotwein, bitte.», antwortete Ferdinand.

«Und Sie, Herr Drache?»

«Gerne ein wenig Wasser.», entgegnete ich überrascht von der Art und Weise, wie mich der leicht nach künstlichen Düften riechende Mann behandelte.

Sobald ich ihm die Frage beantwortet hatte, machte er auf dem Absatz kehrt und verschwand in eiligen Schritten in Richtung Küche.

«Was ist Rotwein?», fragte ich verwirrt.

«Das wirst du bald sehen.», erwiderte Ferdinand schmunzelnd.

Nur eine Minute später kehrte der Diener mit einer runden Platte zurück, die er gekonnt auf einer Hand balancierte, während er mit der anderen die darauf stehenden Gläser auf den Tisch stellte. Ein Glas mit einer purpurroten Flüssigkeit platzierte er leicht seitlich neben Ferdinands Teller, bevor er mir ein zylinderförmiges Wasserglas brachte. Interessiert schnupperte ich in Richtung von Ferdinands Getränk, bis mich dessen herber Geruch mit gerümpfter Nase zurückzucken liess.

«Das riecht, als hätte man es jahrelang in der hintersten Ecke einer Kammer vergessen.», kommentierte ich.

«Da liegst du nicht einmal falsch, nur dass der Wein absichtlich jahrelang in Fässern gelagert wird, um zu gären.»

Ferdinand nahm die schmale Stange des Glases, die den flachen Boden mit dem breiten, hohlen Oberteil verband, zwischen die Fingerspitzen, führte die kreisrunde Öffnung unter seine Nase und roch mit wenigen Zentimetern Abstand daran. Zufrieden schmunzelnd stellte er das Glas wieder an dieselbe Stelle oben rechts neben seinem Teller zurück, von der er es genommen hatte.

«Dieser Wein riecht vorzüglich.», sagte er schliesslich.

«*Das* soll vorzüglich riechen? Du hast Glück, dass dein Geruchssinn derart schwach ist.», antwortete ich angewidert.

Ehe Ferdinand auf meine Aussage reagieren konnte, wünschte Orell uns allen einen guten Appetit, woraufhin jeder Mensch sofort zu essen begann.

«Darf ich jetzt auch?», fragte ich verunsichert.

Ferdinand, der bereits auf einem kleinen Stück Fleisch herumkaute, nickte. Um nicht unhöflich zu wirken, nahm ich die Gabel links neben meinem Teller zwischen die Klauen, anstatt meine Mahlzeit auf die übliche Weise zu verspeisen. Dies war alles andere als leicht, da ich aufgrund meiner Schusswunde mein gesamtes Körpergewicht auf den Hinterbeinen und meiner Hüfte balancieren musste, während ich keinen Halt auf dem glatten Metall des Bestecks finden konnte. Meine harten Krallenspitzen und Schuppen rutschten unaufhörlich ab, weswegen ich die Gabel selbst nach dem fünften Versuch nicht korrekt zu fassen bekam.

«Du musst kein Besteck verwenden, Nils.», sprach mich Kristina an.

Ich warf ihr einen dankbaren Blick zu, vergewisserte mich kurz, dass die anderen ebenfalls dieselbe Meinung vertraten, und zog schliesslich ein winziges Stück weichen Getreides in Form einer geschwungenen Röhre mithilfe meiner Vorderzähne aus dem Teller. Sobald ich meinen Kopf gerade ausgerichtet hatte, öffnete ich mein Maul einen kleinen Spalt breit und schnappte nach vorn. Ich kaute möglichst gesittet, obwohl dies bei dem maximal einen Zentimeter grossen, weichen Stück nicht einmal notwendig gewesen wäre, und schluckte es schliesslich herunter. Auf diese Weise versuchte ich, meine Nahrung möglichst menschlich zu verspeisen.

Das wird ewig dauern, bis ich meinen Teller leergefressen habe. Wahrscheinlich bin ich morgen noch nicht fertig, schoss es mir durch den Kopf, während ich mithilfe meiner Klauen ein kleines Stück Fleisch abschnitt und es auf dieselbe Weise zu mir nahm wie meinen vorherigen Bissen.

Aufgrund der langsamen Fressgeschwindigkeit breitete sich der unwiderstehliche Geschmack des Fleisches vollständig in meinem Maul aus, bevor ich auch nur ansatzweise satt war. Es fiel mir zunehmend schwer, meinen

Instinkt, alles in kürzester Zeit zu verschlingen, zu unterdrücken. Zwischendurch musste ich eine kurze Pause einlegen, die essenden Menschen beobachten und tief durchatmen, bevor ich fortfahren konnte.

Dieses Stück Fleisch ist auf gar keinen Fall das Zarteste, Saftigste und Leckerste, was ich jemals gefressen habe. Es gibt absolut keinen Grund zur Eile, sagte ich zu mir selbst, als ich meinen nächsten, gut gekauten Bissen herunterschluckte.

Mein Blick verweilte einige Sekunden auf meiner bereits kühl werdenden Mahlzeit, bevor er kurz über die Menschen und schliesslich wieder auf meinen Teller wanderte. Derweil schluckte ich zum gefühlt tausendsten Mal meinen Speichel herunter.

Ach, was soll's, dachte ich.

Auf dieses Stichwort hin, riss ich mein Maul weit auf, biss in das perfekte Stück Fleisch hinein, sodass mir der Saft von den Lefzen troff, und schlang es in einem riesigen Bissen herunter, wie ich es bereits vor langer Zeit hätte tun sollen. Als ich fühlte, wie sich der grosse Brocken gemächlich den Weg in meinen Magen bahnte, war es, als würde ich von sämtlichen Qualen meines Lebens erlöst werden. In einem tranceartigen Zustand frass ich die restlichen Nahrungsmittel von meinem Teller und leckte ihn bis auf den letzten Tropfen sauber. Erst jetzt wurde mir bewusst, dass mein Verhalten äusserst unangebracht sein musste, weswegen ich mir einen Ruck gab, mich wieder aufrecht hinsetzte und verunsichert zu den Menschen blickte. Ferdinand, der noch nicht einmal die Hälfte seiner Mahlzeit gegessen hatte, sah mir mit verzogenem Gesichtsausdruck in die Augen. Das Sicherheitspersonal, was ebenfalls mit uns am Tisch sass, starrte mich teilweise vorwurfsvoll und angewidert an. Einzig Orell und Kristina grinsten mir amüsiert entgegen.

«Hat es gemundet?», fragte Orell mich.

Ich legte den Kopf schräg, da ich diesen Ausdruck noch nie zuvor gehört hatte.

«War es lecker?», half Kristina mir auf die Sprünge.

«Ja, sogar sehr.», antwortete ich leicht schüchtern.

«Möchtest du noch mehr essen?»

Ungläubig darüber, dass die Gastgeber mir meine Fressgewohnheiten nicht übelnahmen, verharrte ich einen Augenblick, bis ich schliesslich dankbar lächelnd nickte.

Mindestens eine Stunde später war mein Magen nach insgesamt neun gehäuft vollen Tellern vollständig gefüllt. Derweil hatten die Menschen ihre Mahlzeiten ebenfalls beendet und waren nun damit beschäftigt, dauerhaft plaudernd Wein zu trinken. Keiner von ihnen war bisher aufgestanden.

Ich muss irgendwie zu Gustav gelangen, um gemeinsam mit ihm den Einbruch in das Forschungszentrum der Dariseg durchzuführen, ohne erwischt zu werden oder unhöflich zu wirken, erinnerte ich mich.

«Wann darf ich nach euren Regeln aufstehen?», fragte ich Ferdinand flüsternd.

«Sobald wir hier fertig sind. Möchtest du auch ein Glas Wein?», entgegnete er ungewohnt laut, wobei er mit leicht schwankender Hand auf sein fünftes, beinahe leeres Weinglas deutete.

Bereits seit einigen Minuten war mir aufgefallen, dass sich sein Verhalten verändert hatte und er einen Duft ausströmte, der einem Bestandteil des Weins glich.

«Nein, lieber nicht. Geht es dir gut?»

«Mir geht's prächtig. Danke der Nachfrage. Magst du wirklich keinen Wein? Dir entgeht etwas, das kann ich dir versichern.»

Skeptisch musterte ich Ferdinand, der unbeholfen nach seinem Glas griff und es mir unter die Schnauze hielt, wobei er es scheinbar unbeabsichtigt gegen meine Lefzen stiess. Da es ihm derart wichtig war, dass ich dieses Getränk probierte, roch ich abermals daran, was mich wie bereits erwartet anwiderte.

Vielleicht schmeckt es besser, als es riecht, dachte ich, überwand meine innere Blockade und tauchte meine Zungenspitze kurz in die purpurrote Flüssigkeit ein.

Sofort breitete sich der eigenartig bittere Geschmack in meinem Maul aus, begleitet von einem vorübergehenden Gefühl der Wärme, wie ich es stets während des Feuerspeiens verspürt hatte. In dieser einen Sekunde fühlte ich mich in eine Zeit zurückversetzt, in der mein Leben noch in Ordnung gewesen war. Bedauerlicherweise verschwand dieses angenehm warme Gefühl bereits sehr rasch und hinterliess einen meines Erachtens abscheulichen Nachgeschmack, der mich an längst vergammelte Lebensmittel erinnerte, wobei ich erschauderte und mir die erste Sekunde des Probierens herbeisehnte. Ich versuchte es erneut, dieses Mal jedoch mit etwas mehr Wein, was ein wesentlich stärkeres Wärmegefühl auslöste. Geistesabwesend liess ich es abklingen, während meine Gedanken auf die Erde wanderten.

«Es ist gut, nicht wahr?», fragte Ferdinand, zog das Weinglas zurück und leerte es in einem Zug.

Ihn schien die Tatsache, dass ich soeben in sein Getränk gesabbert hatte, nicht zu ekeln, was mich geringfügig verwirrte. Sein Verhalten schien sich fortlaufend in einer beinahe beängstigenden Geschwindigkeit zu ändern. Plötzlich beschlich mich der Verdacht, dieses Getränk würde seinen Verstand negativ beeinflussen, was sein unbeholfenes, teilweise grobes Auftreten erklären würde.

«Noch ein Glas Wein, bitte.», rief Ferdinand plötzlich und knallte sein Glas mit solch einer Wucht auf die Tischfläche, dass ich befürchtete, es würde auseinanderbrechen, was es glücklicherweise doch nicht tat.

«Ich glaube nicht, dass dir dieses Getränk bekommt.», gab ich ihm zu bedenken.

«Das wollte ich auch gerade ansprechen.», mischte sich Loris ein.

«Was seid ihr denn für Spassbremsen? Ich hatte doch erst drei volle Gläser.», antwortete Ferdinand.

«Es waren fünf.», korrigierte ich ihn.

«Na und?»

Ehe noch jemand etwas sagen konnte, wurde Ferdinands Glas erneut befüllt.

«Magst du auch noch ein wenig Wein, Nils?», fragte Ferdinand mich, wobei er abermals zum Trinken ansetzte und einen Grossteil der Flüssigkeit auf seinem Anzug verschüttete.

«Nein, danke. Ich möchte meinen Verstand nicht verlieren.», entgegnete ich.

Ich habe heute noch etwas mit Gustav zu erledigen, dachte ich zeitgleich.

Um Ferdinand daran zu hindern, noch mehr von diesem eigenartigen Getränk zu sich zu nehmen, griff ich mit dem linken Vorderbein nach seinem Glas, während ich mich auf meine Hinterbeine stellte. Auf diese Weise wurde mein verletztes Bein nicht belastet.

«Du kannst es schon haben, wenn du magst.», nuschelte Ferdinand, der es nicht einmal mehr auf die Reihe brachte, mich durchgehend anzusehen, ohne mit seinem gesamten Oberkörper zu schwanken.

Mein Blick blieb auf einem Weintropfen hängen, der an der Aussenseite des Glases herabfloss und drohte, auf den Fussboden zu fallen. Bevor dies geschehen konnte, leckte ich ihn ab, wodurch erneut das angenehme Gefühl des Feuerspeiens mein Maul erfüllte. Wie verzaubert starrte ich auf die purpurne Flüssigkeit, die mir die Illusion gab, meine verlorengegangene Fähigkeit wiedererlangt zu haben. Es lockte mich, den Wein zu trinken, sei es nur, um ein weiteres Mal dieses angenehm warme Gefühl zu verspüren. Ausserdem fragte ich mich, ob es stärker werden konnte, sollte ich eine grössere Menge pro Schluck zu mir nehmen.

Loris, der mich durchgehend beobachtete, schüttelte geringfügig den Kopf, wie um mir zu sagen, dass dies keine gute Idee war. Erneut hatte ich das Gefühl, ein Mensch hätte meine Gedanken gelesen.

«Es fühlt sich an, als würde ich Feuer speien, wenn ich diesen Wein trinke.», erklärte ich.

«Ist das ein gutes Gefühl?», fragte Loris.

«Ja, und wie.»

Mein Blick schweifte ziellos durch den Raum, während meine Gedanken in die Vergangenheit wechselten, als ich noch regelmässig Feuer erzeugt hatte. Damals hätte ich es mir nicht vorstellen können, dieses Gefühl jemals zu vermissen, da es derart selbstverständlich gewesen war. Nun sehnte ich es mir beinahe so sehr herbei wie meine Kinder. In gewisser Weise war es ein Teil von mir und ich konnte mir ein Leben ohne Feuer nicht ausdenken.

«Ich muss mir dieses Ding aus dem Rachen entfernen.», murmelte ich nachdenklich, ohne meinen Blick auf einen bestimmten Gegenstand zu fokussieren.

«Das ist leider verboten. Man wird dich einsperren und dir erneut eine dieser Platten implantieren, sobald du sie dir entfernst.», entgegnete Loris.

«Bitte was? Weshalb ist es verboten, eine durch die Dariseg verursachte Verstümmelung *meines* Körpers rückgängig zu machen?»

«Claudia Fuchs hat vor drei Tagen im Schnellverfahren ein Gesetz erlassen, was die Entfernung dieser Platte verbietet.»

«Das kann sie doch nicht ohne Weiteres machen!», entgegnete ich aufgebracht und stellte das Weinglas mit derselben Wucht auf den Tisch wie Ferdinand zuvor.

Meine Reaktion hatte die Blicke von einigen Menschen auf mich gezogen, was mir jedoch gleichgültig war.

«Dieses Gesetz ist laut einer Umfrage von starkem öffentlichem Interesse, da sich die Menschen aufgrund der Drachenvideos vor Drachenfeuer fürchten. Deswegen durfte sie es innerhalb einer Woche in Kraft treten lassen, um uns vor euch zu beschützen. Ich weiss, das ist vollkommener Schwachsinn, aber sobald du mit deiner Volksinitiative Erfolg hast, wird sich die Gesetzeslage wieder ändern.»

«Aber das ist nicht fair! Man kann mir doch nicht verbieten, einen Teil meines Körpers einzusetzen.»

«Momentan leider schon.»

Verärgert schnaubend sah ich mich im Raum um, bevor ich meine Aufmerksamkeit wieder Loris zuwandte.

«Was wäre, wenn ich mir dieses Ding entferne und wir niemandem davon erzählen?», fragte ich.

«Das würde funktionieren, aber sobald sie es aus welchem Grund auch immer herausfinden, sperren sie dich ein und verstümmeln dich erneut. Es könnte auch sein, dass sie dich in solch einem Fall töten, um die Gefahr ein für alle Mal zu beseitigen. Zumindest könnte ich mir dies bei der Dariseg gut vorstellen.»

Ratlos sah ich mich zwischen den anwesenden Personen um, die dieses Gespräch mitverfolgt hatten.

«Falls du dir dieses Implantat dennoch entfernen lassen möchtest, kannst du uns jederzeit darum bitten. Wir können Ärzte organisieren, die diesen Eingriff für dich durchführen.», bot Orell an, der aufgrund seines Stirnrunzelns ebenso aufgebracht zu sein schien wie ich.

«Aber wenn sie zufällig eine Kontrolle durchführen, was sie gesetzlich dürfen, oder ihn dabei erwischen, wie er auch nur eine kleine Flamme erzeugt, war's das mit seiner politischen Laufbahn, selbst wenn es uns gelingt, ihn aus seiner Gefangenschaft zu befreien. Die Menschen müssen ihm vertrauen, und wenn er aktiv Straftaten begeht, wird dies nicht möglich sein.», gab Kristina zu bedenken.

Niedergeschlagen seufzend liess ich meinen Kopf sinken. Meine Hoffnung, demnächst wieder Feuer speien zu können, waren soeben zunichte gemacht worden. Ausserdem hatte Kristina mir vor Augen geführt, dass selbst mein Plan, mit Gustav Beweise gegen die Dariseg zu beschaffen, schwere Folgen nach sich ziehen konnte, die allen Drachen dieses Planeten schaden würden.

Jeglicher Optionen beraubt, meine Situation auf die schnelle Weise zu verbessern, griff ich nach dem Weinglas, öffnete mein Maul und schüttete den gesamten Inhalt in meinen Rachen. Den widerlichen Geschmack ignorierend, konzentrierte ich mich auf das nun intensive Gefühl der Hitze, was sich bis tief in meinen Hals ausbreitete. Wenn ich schon keine risikofreie Möglichkeit besass, Feuer zu speien, wollte ich mich wenigstens fühlen, als besässe ich diese Fähigkeit noch.

Die Wärme in meinem Rachen verblasste allmählich, während ich das Glas sachte abstellte. Sobald das Gefühl meiner Begierde verschwunden war, atmete ich aus, was sich abermals heiss anfühlte. Es war, als hätte sich die Luft, die durch meine Nüstern austrat, spontan entzündet. Selbst in meiner Nasenhöhle fühlte es sich heiss an. Verwirrt vergewisserte ich mich, dass ich nicht gerade versehentlich Feuer spie, bevor ich meine Atmung normal fortsetzte. Mit jedem Atemzug schien die Wärme aus meinem Körper zu weichen, obwohl ich heute nie welche erzeugt hatte. Plötzlich fühlte ich mich wieder kalt und leblos. Ein Teil von mir wollte die Illusion des Feuerspeiens erneut erleben, während ich zugleich wusste, dass dies aufgrund der Bewusstseinsveränderung keine gute Idee war.

Ich kann heute ohnehin nichts anderes mehr unternehmen, was mich weiterbringen würde, dachte ich schliesslich.

«Könnte ich noch ein Glas Wein haben?»

Nachdem ich das nächste Glas geleert und die Wärme in vollen Zügen genossen hatte, bestellte ich noch eines. Wieder trank ich es in einem Schluck, liess die imaginäre Hitze meinen Rachen erfüllen und atmete anschliessend aus, um dasselbe in meiner Nasenhöhle und meinen Nüstern zu spüren. Aus drei Gläsern wurden vier, dann fünf, sechs und sieben. Anschliessend überreichte man mir eine ganze Weinflasche, deren Hals ich zwischen die Zähne nahm und meinen Kopf der Decke entgegenstreckte, um die Flüssigkeit schnellstmöglich trinken zu können. Je mehr ich innerhalb kurzer Zeit trank, desto heisser fühlte es sich an, bis mein gesamter Hals brannte. Nach einer Weile störte mich der herbe Geschmack kaum noch. Zudem schienen meine Sorgen allmählich zu verblassen. Die Sehnsucht nach meinen Kindern wurde schwächer, die Schmerzen meiner Schusswunde fühlten sich dumpfer an und meine Angst, niemals wieder zur Erde zurückkehren zu können, verschwand.

«Noch eine Flasche Wein, bitte.», sprach ich einen der Bediensteten an, der sich sofort in die Küche begab, um meinen Wunsch zu erfüllen.

«Ich denke, du hattest für heute ebenfalls genug, Nils.», nahm ich die Stimme von Loris wahr.

Ich richtete meinen Blick auf ihn, wobei meine Augen träger als gewöhnlich zu reagieren schienen.

«Aber ich bin ein Drache, schon vergessen? Ein bisschen purpurrote Flüssigkeit wird meinen Verstand nicht benebeln.», entgegnete ich, wobei mein Blick zweimal unbeabsichtigt das Gesicht meines Gegenübers verliess.

«Mit Sicherheit verträgst du mehr Alkohol als ein Mensch, nur schon aufgrund deiner Körpermasse, aber irgendwann erreichst auch du deine Grenze.» Ungläubig schnaubend wandte ich meine Aufmerksamkeit Ferdinand zu. «Der hat doch keine Ahnung, von was er spricht, oder?» «Genau. Das wollte ich auch sagen.», nuschelte er mit glasigem Blick. Dass seine Sitzhaltung schräg war, wodurch er beinahe zur Seite kippte, ignorierte ich.

«Lass sie doch, Loris. Sie haben beide schwere Wochen hinter sich.», mischte Orell sich ein.

Ich schenkte ihm einen dankbaren Blick, der kurz darauf von einer frisch geöffneten Weinflasche unterbrochen wurde, die der Diener vor mir auf den Tisch stellte. Gierig schnappte ich danach, wobei ich mein Ziel knapp verfehlte, da sich die Umgebung während meiner Bewegung zu verzerren schien. Die Flasche fiel um und rollte gemächlich auf die andere Seite des Tisches zu, bis ich mich in einem Satz darauf stürzte und sie mithilfe meiner Klauen stoppte. Ein dumpfer Schmerz erfüllte mein rechtes Vorderbein, was ich jedoch ignorierte, da ich viel zu sehr damit beschäftigt war, den Inhalt der Weinflasche in meinen Rachen zu schütten. Anschliessend blickte ich umher, was den gesamten Raum zur Seite kippen liess. Erst als mein Kopf schmerzhaft auf der Tischfläche landete, bemerkte ich, dass ich hingefallen war. Es dauerte eine Weile, bis die Umgebung ihre unkontrollierbaren Bewegungen eingestellt hatte und ich mich aufrecht hinlegen konnte. Anschliessend stand ich mit zittrigen Beinen auf und bewegte mich langsam auf die Tischkante zu, um mich erneut neben Ferdinand zu gesellen. Während ich mit grösster Mühe auf dem stark schwankenden Tisch balancierte, trat ich plötzlich ins Leere. Schwerelosigkeit umfing mich und der Fussboden bewegte sich mit erstaunlich hoher Geschwindigkeit auf mein Gesicht zu.

Ich hatte nicht den geringsten Schimmer einer Ahnung, was vor sich ging, als ich meine Augen erneut öffnete. Mein Rücken sendete starke Schmerzen aus, was mich dazu verleitete, mich umzusehen. Dies bereitete mir aufgrund des schwammigen Gefühls meines Kopfes grössere Schwierigkeiten, als ich angenommen hatte. Erst nach einiger Zeit gelang es mir, meinen Hals ausreichend zu krümmen, um einen Blick auf meinen Rücken erhaschen zu können. Meine Hüfte befand sich noch auf der Tischkante, während meine Brust auf dem kalten Steinboden lag, wodurch meine Wirbelsäule stark durchgebogen war. Ich betrachtete diese Gegebenheiten eine Weile lang, bis mir endlich der

Zusammenhang mit meinen Schmerzen bewusst wurde. Ächzend robbte ich nach vorn, bis zuerst meine Hüfte und anschliessend mein Schwanz vom Tisch rutschte, was ein dumpfes Aufprallgeräusch erzeugte. Begleitet mit den allmählich verblassenden Schmerzen und dem dumpfen Schlag gegen meinen Schwanz, der schlaff auf den Boden geprallt war, musste ich amüsiert grinsen. In drei Versuchen hob ich den hintersten Teil meines Körpers erneut an und liess ihn fallen, um dasselbe Ergebnis wie zuvor zu provozieren. Glucksend lachte ich aufgrund der in meinen Augen ulkigen Bewegung meines Schwanzes und wiederholte die vorherige Aktion mehrfach, bis ich plötzlich Loris bemerkte, der sich neben mich gesetzt hatte.

«Ich geh dann mal ins Bett, Nils. Stell in deinem betrunkenen Zustand keine Dummheiten an, während ich fort bin.»

Seine Worte sickerten gemächlich in meinen Verstand, während ich ihm so gut es ging in die Augen blickte.

«Wiesspät is es?», nuschelte ich undeutlich.

«Halb ein Uhr morgens.»

Obwohl ich den Wortlaut verstand, assoziierte ich seine Aussage mit absolut gar nichts. Stumm musterte ich sein Gesicht, bis ich urplötzlich lachen musste, ohne zu wissen, weshalb.

«Du kannst auch mitkommen oder hier nüchtern werden, wie es dir beliebt.», setzte er fort.

Bevor ich seine Aussage verarbeiten konnte, verschwand er bereits aus meinem Sichtfeld. Verwirrt schnuppernd versuchte ich, seine Fährte aufzunehmen, nahm jedoch nichts als ein wildes Durcheinander von Gerüchen wahr. Einzig Ferdinands Körperduft zu meiner Rechten liess sich identifizieren. Als ich mich nach ihm umsah, erblickte ich seinen leeren Stuhl, dessen Sitzfläche noch deutlich nach ihm roch. Geistesabwesend kroch ich auf die Quelle des Dufts zu, schnupperte das schwarze Leder des Stuhls ab und verlor mich in Ferdinands Geruch. Er war plötzlich wieder bei mir und streichelte meinen Kopf, der auf seinen ausgestreckten Beinen lag.

«Ich liebe dich, Mensch.», brummte ich leise.

Irgendwann verspürte ich einen starken Harndrang. Ich öffnete meine Augen und stellte fest, dass mein Kopf auf Ferdinands leerem Stuhl lag. Langsam zog ich ihn zurück, bis meine Schnauze über die Kante rutschte und gleich darauf gegen den harten Boden prallte, was mir jedoch gleichgültig war. Mit dem dumpfen Pochen, was nun meinen gesamten Schädel durchzog und bis zu meiner Schnauzspitze reichte, robbte ich auf die Tür zu, von der ich glaubte, dass sie aus dem Esszimmer führte. Während ich mich darauf zubewegte, verlor ich sie plötzlich aus den Augen. Ich blickte zwischen zwei Türen umher, unsicher, welche davon ich zuvor anvisiert hatte. Seufzend steuerte ich die linke an und kroch mit dumpfen Schmerzen innerhalb meines rechten Vorderbeins durch den dahinterliegenden Korridor.

Der Duft von blühenden Pflanzen erfüllte meine Nase. Ohne mich von dem durchgehend schwankenden Fussboden irritieren zu lassen, folgte ich dieser Duftspur. Ehe ich mich versah, stiess meine Schnauze gegen einen Baumstamm. Mein Harndrang war inzwischen verschwunden, obwohl ich mir sicher war, nicht gepinkelt zu haben. Der frische Uringeruch, der allem Anschein nach von meinem feuchten Schwanz ausging, verwirrte mich noch stärker.

Da mich nun starke Wellen der Müdigkeit überrollten, liess ich mich erschöpft zu Boden sinken. Erst als mein Plan, gemeinsam mit Gustav in das Dariseg Forschungszentrum einzubrechen, erneut durch meinen Verstand schoss, war ich wieder hellwach. Ich blickte in der Dunkelheit umher, konnte meinen Freund jedoch nicht zwischen den Bäumen und Büschen erkennen, die lediglich durch einige Lampen beleuchtet wurden. Einzig seinen Duft witterte ich.

Gustav? Rief ich telepathisch in die Nacht hinein.

«*Ja, Nils?*», entgegnete er beinahe sofort.

Es dauerte eine Weile, bis ich meine Gedanken ausreichend sortiert hatte, um ihm mein Anliegen näherzubringen.

Wir müssen noch etwas machen, dachte ich und teilte Bilder vom Forschungszentrum der Dariseg mit Gustav.

«*Stimmt etwas nicht mit dir? Dein Verstand ist träge und deine Gedanken durcheinander.*»

Mir geht es gut.

«*Okay. Was müssen wir noch machen?*»

Ich dachte einige Zeit nach, jedoch schienen sämtliche Pläne meinem Verstand entwichen zu sein. Plötzlich wehte mir kühler Wind entgegen und etwas berührte meinen Kopf. Benommen sah ich mich danach um und erkannte Gustav, der mich ausgiebig beschnupperte, was die Oberfläche meiner Schuppen geringfügig kühlte. Als er anschliessend ausatmete, wurde die betroffene Stelle warm und feucht. Belustigt aufgrund dieses Gefühls kicherte ich leise vor mich hin.

«*Was hast du gefressen? Du riechst eigenartig.*»

Ich weiss nicht genau, antwortete ich einige Zeit später, da ich mich nur sehr wage an die Ereignisse des Abends erinnern konnte.

Auf einmal wurde mir wieder bewusst, was mein ursprüngliches Anliegen war, wodurch sich der wilde Strom meiner Gedanken fortsetzte.

Wir müssen da hingehen zu diesem Forschungsdings und ... etwas machen. Lass mich nur kurz nachdenken. Ich wusste gerade noch, was es war.

Gustav musterte mich besorgt mit seinen grossen, tiefbraunen Augen.

Es liegt im Nordwesten, nein falsch, da sind wir ja jetzt. Also ist es auf der anderen Seite. Dann ist es süd- ... wie heisst das Gegenteil nochmal?

«Nord?», fragte Gustav.

Südnord. Warte, das ist auch falsch.

«Ich glaube, du solltest dich mal schlafen legen.»

Nein, das ist ganz wichtig. Wir müssen ... ähm ... Beweise beschaffen. Gegen die Bösen.

«Du denkst lauter wirres Zeug, Nils.»

Und du verstehst mich nicht. Ich möchte doch bloss ...

Wieder verhedderte ich mich in meinen eigenen Gedanken. Gustav hatte seinen Entschluss gefasst, mich zu seinem warmen Holzfeuer zu tragen, was ich aus seinen telepathischen Signalen interpretierte. Genüsslich schwelgte ich in seinen Gedanken von wohliger Wärme, die sich durch seinen gesamten Körper bis hin zur Schwanzspitze ausbreitete, und liess sie endlos in meinem Verstand zirkulieren. Derweil umfasste Gustav all meine Beine mithilfe seiner vier Pranken, schwang seine Flügel kraftvoll und beförderte uns somit in die Luft. Ich liess meinen Kopf schlaff baumeln und genoss das Gefühl des kalten Windes, der meinen Körper umströmte.

Ehe ich mich versah, wurde ich bereits sanft in das hohe Gras neben dem Schloss gelegt. Gustav hatte seine gemeinsame Landung mit mir derart sanft durchgeführt, dass ich ihn in diesem Augenblick aufgrund seiner intakten Flügel beneidete.

Diese Landung hätte Mia bestimmt auch gefallen, dachte ich zufrieden schmunzelnd.

Sobald ich meine Gedankengänge beendet hatte, wich die Freude blitzschnell Trauer und Schmerz. Vor meinem inneren Auge erschien ein Bild von Mias aufgespiesstem Körper, ihren sich weitenden Pupillen und dem plötzlichen Verstummen ihres Verstands, was Geist zu diesem Zeitpunkt mehr als alles andere verstört hatte. Gleich darauf wechselten meine Gedanken zu Mike, der ihren Tod keineswegs gut aufgenommen hatte und mir teilweise die Schuld daran gab, da ich gemeinsam mit den Menschen arbeitete. Anschliessend spielte sich die Szene erneut in meinem Verstand ab, in der Tom aus dem Raumschiff in den Weltraum gesogen wurde, begleitet von dem tiefen Schmerz, der mich seither belastete. All diese Eindrücke vermischten sich zu einem konstanten Gefühl des Verlusts und der Hoffnungslosigkeit. Tränen bildeten sich in meinen Augen und ich wünschte mir, ich könnte diese Erlebnisse vergessen.

«Ist Mia etwas zugestossen? Und was ist mit Mike?», unterbrach Gustav meine Trauer.

Voller Anspannung zitternd starrte er mir in die Augen. Sein Verstand war nun erfüllt von Angst um die Drachen, die ihm am meisten bedeuteten.

«Sag es mir, bitte!», flehte er mich an, als ich nicht gleich antwortete.

An das wollte ich nicht denken. Es tut mir leid. Ich wollte dich nicht damit belasten.

«Womit belasten? Ist das wahr?»

Telepathisch verwies er auf meine eigenen Gedanken bezüglich Mia und Mike. Eindringlich mein Gesicht musternd wartete er auf eine Antwort.

Nein, es ist nichts, dachte ich, in der Hoffnung, ich würde mich noch aus dieser Situation herausreden können.

«Bist du dir sicher?»

Ja, ich glaube schon, erwiderte ich schweren Herzens, da ich es verabscheute, ihn anzulügen, jedoch wollte ich ihm die psychischen Leiden ersparen, unter denen ich bereits seit Monaten litt.

Noch während er mich unschlüssig anstarrte, fielen mir die Augen zu, ohne dass ich mich dagegen zu wehren vermochte. Erst als mich etwas am Nacken packte und langsam durch das Gras in Richtung des Feuers zog, wurde ich mir meiner Schläfrigkeit bewusst und kämpfte dagegen an. Aus dem Augenwinkel erblickte ich Gustav, der mir sachte in den Nacken gebissen hatte, um mich wie ein Schlüpfling zu seinem Schlafplatz zu bringen. Der Gedanke daran, dass mich meine Eltern vor tausenden von Jahren wahrscheinlich auf dieselbe Weise transportiert hatten, liess mich freudig lachen, was jedoch gleich in einer Welle von Sehnsucht verebbte, da ich mich nicht an sie erinnern konnte. Nicht einmal in meiner ältesten Aufzeichnung war die Rede von ihnen.

Gustavs heisser, feuchter Atem an meinem Nacken riss mich in die Realität zurück, in der ich sorgsam mit einem Meter Abstand neben das hellorange lodernde Feuer gelegt wurde. Das Licht der Flammen blendete mich, während wohlige Wärme meinen gesamten Körper durchströmte, ausgehend von meinem dem Feuer zugewandten Bauch.

«Morgen musst du mir erklären, was es mit deinem verwirrten Zustand auf sich hat. Hoffentlich hat es sich bis dann gebessert.», nahm ich Gustavs

Gedanken wahr, während er sich an meinen Rücken schmiegte und mich mit einem Flügel bedeckte.

Seufzend legte er seinen Kopf neben meinen und umschloss mich nahezu vollständig mit seinem Schwanz. Diese Geborgenheit kombiniert mit der angenehmen Wärme, die von seinem Körper und dem Feuer ausging, liess mich in kürzester Zeit einschlafen.

19

Kater

Mein Kopf sendete pochende Schmerzen aus und mir war speiübel, als ich bei strahlendem Sonnenschein erwachte. Zudem fühlte ich mich, als wäre ich nach einem anstrengenden Tag mitten in der Nacht geweckt worden, obwohl dies aufgrund der offensichtlich fortgeschrittenen Tageszeit fernab der Realität lag. Stöhnend hob ich meinen scheinbar unendlich schweren Kopf an und blickte umher. Die kalten, verkohlten Überreste von Holz innerhalb der Feuerstelle neben mir bewiesen, dass das Feuer seit der Nacht nicht mehr entfacht worden war. Vergeblich tastete ich mit der Schwanzspitze nach meinem Speer. Ich vermutete, ihn während des gestrigen Abendessens liegengelassen zu haben. Ausserdem roch mein schmutziger Körper widerlich nach Wein und Urin. Gerade als ich mich zum Strand begeben wollte, um mich zu waschen, nahm ich Gustavs Gedanken wahr.

«*Hallo Nils. Geht es dir wieder besser? Dein Verstand fühlt sich wieder normaler an, aber ich bin mir nicht ganz sicher, ob das auch stimmt.*»

Guten Tag Gustav. Ja, meinem Verstand geht es wieder besser. Leider kann ich das von meinem Körper nicht behaupten. Ich fühle mich, als hätte ich gestern eine stundenlange Schlacht angeführt und anschliessend keine Minute geschlafen. Ausserdem habe ich starken Durst und mir ist übel.

«*Was ist gestern passiert? Du hast an einige verstörende Dinge über Mia und Mike gedacht.*»

In diesem Augenblick landete Gustav neben mir und schnupperte in meine Richtung, bis er schliesslich angewidert die Nase rümpfte und sich einen Schritt von mir entfernte. Dass er meinen Gestank gestern bereits widerstandslos ertragen hatte, war erstaunlich.

Ich habe ein Getränk namens Wein getrunken, was meinen Verstand benebelt hat. Alles, was ich gestern gedacht habe, war davon beeinflusst.

«*Also geht es Mia und Mike gut?*», fragte er erwartungsvoll.

Beschämt liess ich meinen Blick über die von Pflanzen überwucherte Mauer des Schlosses wandern, neben der wir uns befanden.

Ja, log ich.

Um nicht versehentlich einen Gedanken Gustavs Frau oder Sohn zu widmen, überdachte ich erneut meinen Plan, in das Forschungszentrum der Dariseg einzudringen.

«War es das, was du mir gestern mitteilen wolltest?», fragte Gustav, der meine Gedanken mitverfolgt hatte.

Genau. Ich wollte mit dir in dieses Gebäude einbrechen, um wichtige Beweise zu stehlen, die Ferdinand und mir bei einem gerichtlichen Prozess gegen die Dariseg helfen können. Leider vermute ich, dass dies eine schlechte Idee ist. Falls sie mich erwischen, gerät Ferdinand meinetwegen in Schwierigkeiten, da er für mich verantwortlich ist, und ich werde das Vertrauen der Menschen endgültig verlieren, sollte dies nicht bereits aufgrund der Kampfvideos eingetreten sein.

Gustav sah mich fragend an.

«Es tut mir leid, ich blicke da nicht ganz durch.»

Kein Problem. Die Politik der Menschen ist auch nicht leicht zu verstehen.

«Wollen wir das, was du gestern machen wolltest, heute erledigen?», fragte er, als hätte ich ihm nicht vor wenigen Sekunden erklärt, weshalb dies eine miserable Idee war.

Ich dachte einen Moment nach und starrte derweil unablässig in Gustavs Augen, was ihm jedoch überhaupt nichts ausmachte.

Nein, lieber nicht. Damit würdest du gemeinsam mit Orell und Kristina Meier in Schwierigkeiten geraten.

Obwohl Gustav die Namen seiner ehemaligen Besitzer nicht kannte, wusste er aufgrund meiner Gedanken, wen ich meinte.

«Okay, wie du meinst.»

In gewisser Weise wirkte Gustav enttäuscht, als hätte er gerne mit mir etwas unternommen. Nur einen Sekundenbruchteil später hellte sich sein Blick jedoch wieder auf.

«Ich muss dir etwas sehr Nützliches zeigen!», dachte er begeistert.

In wenigen Zeitlupensätzen sprang er auf die Schlossmauer zu, nahm das metallene Ende eines langen, weichen Gegenstands zwischen die Zähne und legte es vor mir ins Gras. Erst jetzt bemerkte ich, dass dieses seilähnliche Etwas mit der Mauer verbunden war. Gustav kehrte erneut zur Mauer zurück, griff mit seinen Klauen nach einem Metallstück, welches das lange Etwas mit der Mauer verband, und drehte daran, bis ein leises Rauschen ertönte. Verwirrt blickte ich auf das weiche, dunkelgrüne Ding vor mir, bis es sich eigenständig zu bewegen begann, als wäre es urplötzlich zum Leben erwacht. Erschrocken fauchend sprang ich einen Schritt beiseite, was keinen Augenblick zu früh geschah, da plötzlich Wasser aus dem metallenen Ende in meine Richtung spritzte, mich jedoch knapp verfehlte.

«Oh, ich hätte dich wohl vorwarnen sollen. Tut mir leid.», dachte Gustav verlegen.

Langsam erholte ich mich von meinem Schock und trat auf dieses eigenartige Ding zu.

Es muss hohl sein, sodass das Wasser aus der Mauer vollständig hindurchfliessen kann, stellte ich fest.

«Genau das ist es. Irgendwie haben die Menschen es geschafft, eine magische Wasserquelle zu finden, die sich mit den Klauen öffnen lässt. Gestern haben sie mir gezeigt, wie das geht.»

Aufgrund Gustavs Aussage konnte ich mir ein Lachen nicht verkneifen.

Das ist keine Magie, sondern eine Wasserleitung.

«Können Wasserleitungen nicht auch magisch sein?»

Ehe ich diese Frage beantworten konnte, witterte ich zu meinem Erstaunen Felix und seinen Sohn Kevin. Ich sah mich nach ihnen um, konnte sie jedoch nicht entdecken.

Felix und Kevin sind hier. Kannst du mir kurz helfen, mich zu waschen, damit ich zu ihnen gehen kann? Bat ich Gustav.

«Ja, klar.»

Abermals nahm er das vordere Ende des Schlauchs zwischen die Zähne und richtete ihn mir entgegen. Sofort spritzte eiskaltes Wasser auf meinen Körper, was mich aufgrund des Kälteschocks ruckartig einatmen liess. Sobald ich genügend Hitze in meinem Inneren erzeugt hatte, um der Kälte entgegenzuwirken, machte mir dies nichts mehr aus. Langsam trat Gustav um mich herum und spülte währenddessen jeden Zentimeter meines Körpers mit dem erstaunlich starken Wasserstrahl ab, der im Gesicht sogar unangenehm war. Da ich zusätzlich noch meinen Durst stillen wollte, liessen sich Treffer in dieser Körperregion nicht vermeiden. Glücklicherweise war diese kalte Tortour bereits nach wenigen Augenblicken beendet und ich liess das Wasser mithilfe meiner inneren Hitze verdampfen.

Danke, Gustav, dachte ich und hopste auf drei Beinen der Duftspur von Felix entlang auf den Haupteingang des Schlosses zu.

«Ich hätte nicht erwartet, dass du uns besuchen kommst.», begrüsste ich Felix zufrieden schmunzelnd, was jedoch gleich wieder verging, als er sich mit todernstem Blick nach mir umdrehte.

«Kevin hat mich vierundzwanzig Stunden lang angefleht, dich besuchen zu können. Denk also ja nicht, das wäre meine Idee gewesen.», erwiderte er.

«Hallo!», rief Kevin mir voller Freude zu, nachdem er sich zuvor noch mit Ferdinand unterhalten hatte, der mindestens genauso miserabel aussah, wie ich mich fühlte.

Ich versuchte, meine Erschöpfung, die Übelkeit und die Schmerzen vorübergehend zu unterdrücken, und lächelte dem jungen Menschen entgegen, der nun fröhlich in meine Richtung stürmte und meinen Hals umarmte, sobald er bei mir angekommen war.

«Können wir wieder Fangen spielen?», fragte er beinahe bettelnd in einer Lautstärke, die meine Kopfschmerzen noch verstärkte.

«Nein, das kommt nicht infrage!», fuhr Felix dazwischen, ehe ich antworten konnte.

Verdutzt blickte ich zwischen ihm und seinem Sohn umher. In gewisser Weise war ich froh, in meinem jetzigen Zustand nicht an einem wilden Spiel teilnehmen zu müssen, selbst wenn die menschliche Sprintgeschwindigkeit deutlich unter der eines Drachen lag.

«Aber wieso nicht?», entgegnete Kevin mit einem Anflug von Trauer in seiner Stimme.

«Das weisst du.»

«Möchtest du stattdessen mit mir fliegen?», fragte ich Kevin vorsichtig.

Einem ruhigen Gleitflug dem sonnigen Strand entlang hätte ich in meiner jetzigen Verfassung nichts entgegenzusetzen.

«Ja!», rief Kevin begeistert und umarmte meinen Hals nun wesentlich stärker als zuvor, was mir glücklicherweise noch nicht die Luft oder das Blut abschnürte.

«Nein, nein, nein! Nichts dergleichen!», unterbrach Felix die Freude seines Sohnes.

«Bloss weil du mir nicht vertraust, musst du nicht deinem Sohn jeglichen Spass mit mir verbieten.», verteidigte ich Kevin.

«Ich verbiete ihm nicht *jeglichen* Spass, ich bewahre ihn vor gefährlichen Aktivitäten.», konterte Felix.

«Fliegen ist nicht gefährlich. Insbesondere nicht bei dieser geringen Gravitation.»

«Falls du es noch nicht begriffen hast, wir Menschen können nicht ohne Hilfsmittel fliegen. Wenn wir aus grosser Höhe stürzen, sind wir *tot*.»

«Glaubst du ernsthaft, ich würde Kevin fallenlassen?»

Ich starrte Felix vorwurfsvoll in die Augen. Kevin, der mich inzwischen losgelassen hatte, verfolgte unser Gespräch stumm, stand jedoch dicht an meiner Seite.

«Vielleicht, vielleicht aber auch nicht. Trotzdem ist mir dieses Risiko zu gross.»

Was haben die Menschen bloss immer gegen das Fliegen? Fragte ich mich enttäuscht seufzend.

«Von mir aus könnt ihr irgendein Kartenspiel spielen.», setzte Felix fort und zog eine kleine Schachtel aus einer seiner Hosentaschen.

Kevin und ich tauschten entgeisterte Blicke aus.

«Ich weiss nicht einmal, was ein Kartenspiel ist.», gab ich zu.

«Soll ich es dir erklären?», bot Kevin an.

«Ja, gerne.»

Hoffentlich ist es nicht zu kompliziert, denn mir ist momentan nicht nach Rätselspielen zumute, dachte ich.

Orell und Kristina stiessen ebenfalls dazu, während Kevin mir die Funktionsweise eines Kartenspiels näherbrachte. Ich unterbrach seine Erklärung vorübergehend, um mich bei den Gastgebern für mein gestriges Verhalten mit dem Wein zu entschuldigen. Zu meiner Erleichterung nahmen sie es mir keineswegs übel.

«Das kann jedem mal passieren, der zum ersten Mal Alkohol trinkt.», bestärkte mich Kristina.

Frohen Herzens wandte ich mich wieder Kevin zu, der geduldig gewartet hatte, und mich nun über den Nutzen sämtlicher Karten aufklärte, die Felix für den heutigen Besuch mitgebracht hatte. Entgegen meiner Erwartung bereitete mir dieses Spiel tatsächlich Spass. Der Tag verging wie im Flug und mein Gemütszustand besserte sich zeitgleich mit den Nachwirkungen des Weins.

«Wir sollten jetzt wieder nach Hause fahren, Kevin.», sprach Felix seinen Sohn an, der müde gähnend die Karten mischte, mit denen wir die letzten Stunden auf dem Fussboden gespielt hatten.

«Bleibt doch noch eine Weile hier. Wir haben genügend Zimmer für euch beide.», bot Orell in freundlichem Ton an.

«Bitte, Papa.», flehte Kevin.

Felix sah zuerst Orell, dann seinen Sohn und schliesslich mich an. Sobald sich unsere Blicke trafen, verengten sich seine Augen geringfügig. Dennoch entspannten sich seine Züge wieder, während er antwortete.

«In Ordnung.»

«Ja! Darf ich bei Nils übernachten?», fragte Kevin.

Der Gesichtsausdruck von Felix verlor jegliche Wärme innerhalb eines Atemzugs.

«Nein.», erwiderte er kalt und wandte sich von uns ab, um seine Aussage zu unterstreichen.

«Das wird schon noch, es dauert bloss eine Weile.», versicherte ich Kevin, der bereits wieder traurig wirkte.

«Ich muss dir etwas sagen, Nils.», sprach Loris mich kurz nach seinem Abendessen mit ernstem Gesichtsausdruck an.

Aufgrund meiner Übelkeit hatte sich mein Magen noch derart voll angefühlt, dass ich nicht einen Bissen zu mir hatte nehmen können.

«Bitte vermiese mir nicht meine einigermassen gute Stimmung. Ich hatte genügend schlechte Neuigkeiten während der letzten Wochen.», entgegnete ich.

«Aber es ist wichtig. Claudia Fuchs hat sämtliche Besitzer von Drachen dazu aufgerufen, ihren Tieren keinen freien Spielraum mehr zu lassen. Im Klartext sollen alle von euch den gesamten Tag lang isoliert in winzigen Käfigen sitzen.»

Seufzend liess ich meinen Blick über den noch stark nach Essen duftenden Tisch gleiten, der bereits abgeräumt worden war.

«Sie wird wohl niemals aufhören, unseren Handlungsspielraum einzuschränken, bis keiner von uns mehr eine Gefahr für sie und ihr Geschäft darstellt.»

«Da hast du vollkommen recht. Entschuldigung, dass ich dir das wieder sagen musste, aber ich konnte es nicht vor dir verschweigen.»

«Ist schon in Ordnung, Loris. So ist es vermutlich besser.»

Vielleicht ist es doch keine schlechte Idee, möglichst bald gegen die Dariseg und somit auch Claudia Fuchs vorzugehen, solange es noch möglich ist, schoss es mir durch den Kopf.

Selbst am späten Abend, als ich mich zu Gustav gesellte, der sich bereits genüsslich seufzend neben sein Feuer gelegt hatte, liess mich dieser Gedanke nicht los. Unschlüssig stand ich im Schein des Feuers, der meine Schuppen dunkelrot glitzern liess, als bestünden sie aus reinster Glut. Ich liess den Speer, den ich heute neben dem Esstisch wiedergefunden hatte, sachte durch das Gras gleiten, während ich auf Gustavs geschlossene Augen blickte. Sein Atem verlangsamte sich und er begann, leise zu schnarchen, bis ich endlich eine Entscheidung gefasst hatte.

Gustav, begleitest du mich zum Forschungszentrum der Dariseg? Fragte ich ihn.

Sein Schnarchen stoppte abrupt, seine Augenlider zuckten und er seufzte tief.

«*Jetzt?*», nahm ich seine Gedanken wahr.

Ja.

Nun öffnete er die Augen, richtete sich auf und streckte seine Gliedmassen, bevor er sich vor lauter Müdigkeit gähnend mir zuwandte. Seine Zähne blitzten kurzzeitig bedrohlich im flackernden Licht auf, was ihn in Kombination mit seiner Grösse und seiner gut trainierten Muskulatur ausserordentlich gefährlich erscheinen liess. In dieser Sekunde war ich mir zu einhundert Prozent sicher, meinen Einbruch mit ihm erfolgreich durchführen zu können, egal was die Menschen gegen uns zu unternehmen versuchen würden.

«*Ich bin dabei. In welche Richtung müssen wir fliegen?*»

20

Raubüberfall

Das Forschungszentrum zeichnete sich als dunkler Fleck in der ansonsten gut beleuchteten Stadt Syrtis ab. Einzig die Taschenlampen des Sicherheitspersonals erhellten gewisse Segmente des Areals. Leise glitt ich neben Gustav durch die kalte, windstille Nacht, mehrere hundert Meter über dem Boden.

«Wie machen wir das jetzt?», fragte Gustav verunsichert.

Lass mich kurz nachdenken. Wir dürfen keinesfalls überstürzt handeln, entgegnete ich.

Obwohl sich der Nebel innerhalb meines Verstands gelichtet hatte, schmerzte mein Kopf noch immer, wodurch mir die Konzentration schwerfiel. Nichtsdestotrotz wollte ich mein Vorhaben nun durchziehen, ehe ich es mir in letzter Sekunde anders überlegen konnte. Gemeinsam mit Gustav kreiste ich über dem Areal und zählte die Wachleute. Insgesamt waren es neun, die in vier Zweierteams und eine Einzelperson unterteilt waren. Mein Blick schweifte auf Gustav, dessen Flügel offensichtlich verspannt waren, da er sie kaum einen Zentimeter bewegte. Zudem ballte er die Klauen, als würde er sich an etwas Unsichtbarem festklammern.

Das Areal wird bestimmt videoüberwacht. Wir müssen sicherstellen, dass mein Ruf nicht zu sehr unter dieser Aktion leidet, sollte die Dariseg allfälliges Videomaterial veröffentlichen, merkte ich an.

«Ich bin mir nicht sicher, ob wir das tatsächlich machen sollten.», entgegnete Gustav, der mich mit grossen Augen anblickte und die Flügel geringfügig anwinkelte, um auf meine Geschwindigkeit abzubremsen.

Du musst dich nicht fürchten. Uns wird nichts zustossen.

Obwohl mir das Blut bereits selbst in den Ohren rauschte und mich erste Zweifel heimsuchten, wollte ich ihm mithilfe dieser Gedanken die Angst nehmen. Ich unterdrückte sowohl meine Müdigkeit als auch meine Kopfschmerzen und dachte angestrengt nach, wie wir am besten vorgehen sollten.

Ich habe eine Idee. Wir könnten diesen einzelnen Sicherheitsbeamten überwältigen und als Geisel verwenden, um die anderen dazu zu zwingen, das

Sicherheitssystem zu deaktivieren und uns Zutritt zum Labor zu verschaffen. Um meinem Ruf nicht zu schaden, müssen wir lediglich vortäuschen, du würdest mich zu diesen Taten zwingen und als Übersetzer missbrauchen, da du die menschliche Sprache nicht verstehen kannst.

Gustav starrte mich nun entsetzt an.

«Ich soll so tun, als würde ich dich dazu zwingen?»

Genau. Du wirst auch den Teil mit dem Überwältigen durchführen.

«Aber ich möchte niemanden verletzen.»

Das musst du auch nicht. Sieh es als ein Rollenspiel. Wir täuschen den Menschen vor, als würden wir ihnen Schaden zufügen wollen, obwohl wir es nicht tun. Sie werden aufgrund ihrer Angst Folge leisten und nachdem wir genügend Beweise gefunden haben, die wir gegen die Dariseg verwenden können, gehen wir wieder, ohne Gewalt anzuwenden.

Gustav schluckte leer, während er den einzelnen Wachmann musterte, über den wir in dieser Sekunde hinwegflogen.

«Wäre es nicht besser, wenn wir einbrechen, ohne jemanden anzugreifen? Wir müssten uns bloss verstecken.»

Ganz so leicht geht das nicht. Sie werden uns auf ihren Kameras jederzeit beobachten können. Ausserdem müssten wir durch jede Tür brechen, auf die wir stossen, was uns einiges an Zeit kosten könnte. Ehe wir etwas Brauchbares gefunden hätten, wäre das gesamte Gelände bereits mit feindlicher Verstärkung umstellt.

Bilder von Gustav, wie der einzelne Wachmann ihn mit einem hellblauen Blitz traf, der ihn augenblicklich betäubte, erreichten mich.

Das wird nicht eintreten, sofern wir genügend schnell handeln. Der Mensch wird uns weder sehen noch hören, bevor wir ihn entwaffnen.

Gustav stiess einen lauten Seufzer aus, den ich selbst durch den Flugwind wahrnahm.

«Selbst wenn wir es schaffen, gegen sie zu gewinnen, werden sie mich fürchten, und das möchte ich nicht.»

Das wird wieder vergehen, sobald wir das Problem mit der Dariseg gelöst haben. Wenn du magst, kann ich mich in deinem Namen bei ihnen entschuldigen, nachdem wir unsere Arbeit beendet haben.

«Würdest du das tatsächlich für mich machen?»

Ja, sicher. Du bist schliesslich mein Freund.

Wieder schluckte Gustav leer, schlug einmal aus Nervosität mit seinen Flügeln und streckte vorübergehend seine mittlerweile verspannten Klauen.

«Okay. Lass es uns durchziehen.»

Beinahe zeitgleich legten wir unsere Flügel an und flogen rasant auf mehrere, kastenförmige Fahrzeuge zu, die an einer düsteren Stelle des Areals geparkt waren. Gustav breitete direkt nach seinem Sturzflug die Flügel aus und bremste geschickt ab, bevor er mit allen Vieren aufsetzte. Ich hingegen musste eine kleine Runde fliegen, da ich keine korrekten Flügelschläge ausführen konnte. Als ich mit wenigen Metern Abstand über unsere einzelne Zielperson hinwegflog, sah er sich zwei Sekunden verspätet nach mir um und richtete seine Lampe dem leeren Nachthimmel entgegen. Meine Bedenken, er würde mich frühzeitig entdecken, verflogen in diesem Augenblick.

Siehst du? Die Menschen sind viel zu langsam für uns. Der Einbruch sollte demnach kein Problem darstellen, teilte ich Gustav telepathisch mit und hängte mein ungewollt riskantes Flugmanöver an.

«Ja, ich sehe es. Vielleicht hast du recht. Aber was ist das für ein leuchtendes Ding, was er zwischen den Klauen hält?»

Das ist seine Taschenlampe.

«Ist die gefährlich?»

Nein, die ist bloss zur Beleuchtung, da die menschlichen Augen ebenso miserabel sind wie ihr Geruchssinn. Sie sind absolut blind in der Nacht.

Endlich konnte ich dank meiner nun reduzierten Geschwindigkeit und Höhe zur Landung ansetzen. Gustav, der geduldig hinter einem Fahrzeug gewartet hatte, wirkte bereits ein bisschen weniger verspannt, was mich erleichterte.

«Ist das der Mensch, den ich angreifen soll?», fragte er mit geringer Verunsicherung, während er mir telepathisch den Geruch des Sicherheitsbeamten mitteilte.

Korrekt.

Gustav trat zwischen den Fahrzeugen hervor, erblickte den Mann, der mindestens fünfzig Meter entfernt seinem Rundgang nachging, und tapste auf leisen Klauen näher, drehte sich jedoch nach wenigen Schritten erneut zu mir um.

«Kommst du nicht mit?»

Ich bleibe dicht hinter dir, aber er darf nicht glauben, dass ich dir bei diesem Angriff helfe. Schliesslich zwingst du mich dazu.

Eine Sekunde legte Gustav fragend den Kopf schräg, bis er verstand, dass wir uns in einer Art Rollenspiel befanden. Wieder tapste er begleitet vom leisen

Kratzen seiner Klauen auf dem Asphalt auf sein Ziel zu, bis er abermals innehielt.

«Wie soll ich das jetzt machen?»

Spring einfach auf ihn zu, reisse ihm alles vom Körper, was eine Waffe sein könnte, und halte ihn fest.

Lange starrte er mir in die Augen, während sein linkes Vorderbein geringfügig zitterte, da er es leicht angewinkelt hatte. Sein Blick wanderte zum Sicherheitsbeamten und wieder zurück zu mir. Eindringlich starrte ich ihn an, um ihn aufzufordern, endlich anzugreifen.

Du bist mindestens viermal so gross wie die Menschen, um ein Vielfaches stärker und mit Klauen und Zähnen ausgerüstet, die sie in Sekundenschnelle ausweiden können. Wovor hast du solche Angst?

Ohne mir zu antworten, wandte sich Gustav mit eingezogenem Kopf von mir ab und schlich leise auf unsere Zielperson zu. Seine Schritte beschleunigten sich und ich erwartete bereits, er würde sich in einem Satz auf den Menschen stürzen, jedoch drückte er alle Viere nach vorn und blieb abrupt mit laut kratzenden Klauen stehen.

«Ich möchte ihn nicht verletzen.», dachte er, den Blick auf den Menschen vor ihm gerichtet, der ihn nun endlich wahrgenommen hatte.

Sobald der Sicherheitsbeamte Gustav mit seiner Taschenlampe erleuchtete, weiteten sich seine Augen und er erstarrte vor lauter Schock. Das Leuchtmittel fiel ihm aus seinen zittrigen Fingern und prallte polternd zu Boden, zerbrach jedoch nicht. Der davon ausgehende Lichtkegel verweilte auf einer Seitenwand des Forschungszentrums.

Na los! Greif ihn an! In Schockstarre ist er wehrlos, rief ich Gustav telepathisch zu.

Voller Verunsicherung trat er einen halben Schritt nach vorn, öffnete sein Maul geringfügig, um es gleich wieder zu schliessen, und zog sein linkes Vorderbein zitternd an. Der Mensch schien endlich wieder Herr seiner Sinne zu werden, griff nach einem dunklen Kasten, der an seinem Gürtel befestigt war, und zielte damit auf Gustavs Gesicht. In diesem Sekundenbruchteil schien mein Herz stehenzubleiben.

Weich aus! Sofort! Schrie ich telepathisch, wobei ich instinktiv meinen Speer mithilfe meiner Schwanzspitze anhob.

Bedauerlicherweise reagierte Gustav nicht schnell genug, weswegen ihn etwas Unscheinbares an der Schnauze traf, was kleine, blaue Blitze auf seinen Schuppen erzeugte. Die dadurch hervorgerufenen Schallwellen breiteten sich in leisen, regelmässigen Knallen auf dem gesamten Areal aus und widerhallten mehrfach an den glatten Betonwänden. Gustavs Lefzen zogen sich krampfhaft zurück, was seine im indirekten Licht der Taschenlampe blitzenden Zähne entblösste, während er ein erschrockenes Jaulen ausstiess. Zeitgleich liess der Mensch die Waffe fallen und stolperte nach Hilfe schreiend davon. Instinktiv rieb Gustav mit den Klauen über seine Schnauze und entfernte somit zwei kleine, an hauchdünnen Metalldrähten befestigte Spitzen, die die Stromschläge verursacht hatten. Schwer atmend sprang er mehrere Sätze rückwärts zu den Fahrzeugen und prallte unbeabsichtigt mit seiner Hüfte gegen ein Vorderrad. Angesichts seiner Reaktion vermutete ich schwere Verletzungen, jedoch bemerkte ich nichts dergleichen, als ich mich ihm in eiligen Schritten näherte. Lediglich Gustavs Schnauze, die er vorsichtig mit den Klauen betastete, zuckte geringfügig, jedoch nicht vor Schmerzen.

Das kann doch kaum mehr als ein Zwicken gewesen sein. Jetzt überwinde deine Angst und führe den Plan durch, befahl ich ihm mit strengem Blick, jedoch auch erleichtert, dass der Mensch keine tödliche Waffe verwendet hatte.

«*Ich kann das einfach nicht.*»

Doch, das kannst du. Die Menschen fürchten dich mehr als du sie. Riechst du nicht die Angst dieses Mannes, den du mit deiner blossen Anwesenheit verjagt hast?

Vorsichtig, als wollte er nicht zu viel Luft einatmen, schnupperte Gustav dem Sicherheitsbeamten hinterher, der mit seinem Geschrei soeben seine Kollegen alarmierte, die glücklicherweise noch mehrere hundert Meter von ihm entfernt waren, und eine dichte Fahne von Stresshormonen hinterliess.

«*Ich rieche sie.*»

Dann nichts wie los, bevor wir unseren Plan vergessen können. Gegen neun von denen möchte ich nicht gleichzeitig kämpfen müssen.

«*Diesen Einbruch habe ich mir ganz anders vorgestellt.*», dachte Gustav, eilte jedoch trotzdem in Richtung des fliehenden Mannes davon.

Erst als er beinahe zu seinem Ziel aufgeschlossen hatte, verlangsamten sich seine Schritte. Telepathisch teilte ich ihm in Bildern und Eindrücken mit, welche Bewegungen Gustav ausführen musste, um den Menschen zu fangen, ohne ihn zu verletzen. Nach kurzem Zögern hechtete er tatsächlich nach vorn, spreizte die Klauen, griff nach den Schultern des Mannes und drückte ihn zu Boden. Der Sicherheitsbeamte konnte trotz Gustavs grosser Verunsicherung nichts gegen seine Kraft und Körpermasse ausrichten. Beinahe etwas zu hart schlug er mit seiner Brust und seinem Kopf gegen den Asphalt, wodurch ich innerlich zusammenzuckte, meine Bedenken bezüglich der Gesundheit des Menschen jedoch nicht mit Gustav teilte.

Die Überwältigung des Mannes geschah keine Sekunde zu früh, denn vier weitere Sicherheitsbeamte erreichten uns in diesem Augenblick. Gustav, der seine beiden Vorderbeine geringfügig auf die Arme des Mannes abstützte, um ihn auf dem Boden zu fixieren, machte Anstalten, ihn loszulassen, als mehrere Lampen ihn blendeten und seine Pupillen kleine Schlitze bildeten.

Nein, bloss nicht! Du musst ihn festhalten, bis ich sage, dass du loslassen darfst.

«*Aber sie werden mich angreifen!*», entgegnete er voller Angst und liess seinen Blick nervös über die umstehenden Personen schweifen.

Der Mann zwischen seinen Klauen strampelte panisch schreiend, was Gustav noch stärker verunsicherte.

Nein, das werden sie nicht, dafür werde ich sorgen, denn unser Rollenspiel beginnt genau jetzt.

«Nein! Verschone sein Leben!», rief ich Gustav entgegen, sodass es lediglich die Menschen verstehen konnten, während ich in den Schein der Taschenlampen sprang.

Jetzt musst du mich und die Menschen bedrohlich anknurren, damit es authentisch wirkt.

Gustavs Verunsicherung steigerte sich noch weiter, obwohl ich dies nicht für möglich gehalten hatte. Dennoch versuchte er, bedrohlich zu wirken, indem er leicht die Zähne fletschte, mir eher freundlich als zornig in die Augen blickte, und ein leises, zögerliches Brummen ertönen liess. Wenngleich Gustavs Schauspielkünste in seinem momentanen Zustand zu wünschen übrigliessen, blieb ich abrupt mit vor gespielter Angst geweiteten Augen stehen.

Beuge dich über den Menschen, den du momentan festhältst und knurre bedrohlicher, als würdest du ihn jeden Moment auffressen wollen, wies ich meinen Freund an.

«*Ich knurre nie, bevor ich etwas fresse.*»
Mach es trotzdem!

Meine gespielte Verängstigung wich vorübergehend der Bestimmtheit meiner scharfen Zurechtweisung. Sobald ich dies bemerkte, korrigierte ich meine Gesichtszüge wieder.

Gustav widmete sich wie vereinbart seiner Geisel, die er von oben herab anstarrte, während er ein leises Knurren von sich gab, was glücklicherweise überzeugender klang als sein erster Versuch.

«Helft mir doch!», flehte der Mann, der seinen Kopf stark zur Seite gedreht hatte, um Gustav in sein leicht geöffnetes Maul starren zu können.

Die vier anderen lösten ihre Elektroschockgeräte von den Gürteln und zielten auf Gustav. Allesamt stanken mittlerweile nach Angstschweiss.

«Nicht schiessen! Er wird diesen Mann töten, sobald ihr das tut.», fuhr ich dazwischen und stellte mich mitten in die Schusslinie.

Zögerlich liessen die vier Männer ihre kleinen Betäubungswaffen sinken, während sie Gustav und mich durchgehend musterten.

«Was geht hier eigentlich vor sich? Weshalb greift ihr uns an?», fragte mich einer von ihnen.

«Das hinter mir ist Gustav. Er wurde von der Dariseg gefangengenommen und gefoltert wie ich. Jetzt möchte er sich auf diese Weise rächen.», erwiderte ich.

«Und du hilfst ihm dabei?»

«Nein, er hat mich dazu gezwungen. Bitte, ihr müsst mir glauben! Ich würde niemals absichtlich einem Menschen Schaden zufügen wollen.»

Mein gespielt flehender Ton schien die Skepsis dieses Mannes kaum zu mindern.

«Weshalb wehrst du dich nicht einfach mit deinem Speer?», fragte er, wobei er auf meine schwarze, im Schein der Lampen glitzernde Waffe deutete.

Na toll. Den hätte ich weglegen sollen, dachte ich reuevoll.

«Was meinst du damit?», entgegnete Gustav und stellte sein Knurren ein.

Entschuldige, das war nicht an dich gerichtet. Bitte einfach weitermachen.

«Wie stellst du dir das vor? Soll ich etwa dieses kleine, leichte Ding auf magische Weise durch seinen zwei Zentimeter dicken Schuppenpanzer bis tief in seine Eingeweide stossen? Nicht einmal mit der dreifachen Stärke würde ich das schaffen.», verteidigte ich meinen Standpunkt, obwohl ich genau wusste, dass ich exakt dieses Manöver nach starker Erhitzung meines Speers hätte durchführen können.

Sowohl die vier Männer vor mir als auch die Geisel von Gustav starrten mich fragend an.

«Das ist wesentlich schwerer, als es aussieht, glaubt mir.», ergänzte ich.

«Was sollen wir deiner Meinung nach machen?», fragte ein weiterer Mann, während die restlichen vier Sicherheitsbeamten herbeigeeilt kamen.

«Nicht schiessen!», befahl einer, der von Anfang an bei uns gewesen war.

«Gustav möchte, dass ihr sämtliche Sicherheitssysteme deaktiviert und alle Türen entriegelt.», antwortete ich.

Die Männer tauschten vielsagende Blicke aus. Die Menge der frischen Stresshormone nahm allmählich ab, was kein gutes Zeichen war, da sie uns nun weniger stark fürchteten als zuvor.

Packe den Menschen mit den Zähnen am Nacken, um ihnen zu zeigen, dass du es ernst meinst.

«Was meine ich ernst? Ich bin mir nicht sicher, ob ...»

Dass du unsicher bist, weiss ich bereits. Bitte vertrau mir einfach und mach endlich, was ich sage.

Mit beinahe entschuldigendem Blick öffnete Gustav sein Maul und biss dem nun wieder stark verängstigten Mann sowohl in die Schulter als auch in den Hals. Aufgrund Gustavs grossem Gebiss hatte er nicht bloss nach dem Nacken greifen können. Der Mann strampelte mit Todesangst um sich, griff mit beiden Händen nach Gustavs Zähnen, die sich geringfügig in seine Haut bohrten, und versuchte, sich zu befreien. Tränen der Verzweiflung rannen ihm über die Wangen, als er bemerkte, dass er nicht den Hauch einer Chance besass.

Pures Entsetzen zeichnete sich nun auf den Gesichtern der anderen Menschen ab, während ich riechen konnte, wie sich ihr Adrenalinspiegel erhöhte.

«Tut, was er sagt. Deaktiviert das Alarmsystem und die Kameras. Anschliessend öffnet ihr alle Türen.», befahl der Mann, der zuvor bereits einen Befehl erteilt hatte.

«Ich werde die Polizei alarmieren.», teilte uns ein anderer mit.

«Nein, bloss nicht! Das würde in einem Gemetzel enden. Ich kann Gustav nur davon überzeugen, niemanden zu töten, wenn ihr euch passiv verhaltet und keine Verstärkung ruft. Ansonsten sieht er sich gezwungen, diesen Mann zu fressen.», warf ich ein, ehe er nach seinem Mobiltelefon greifen konnte.

«Niemand alarmiert hier irgendwen! Das ist ein Befehl! Die Forschung ist weniger wichtig als ein Menschenleben.», ergänzte der Befehlshaber.

Ich warf Gustav einen kurzen, zufriedenen Blick zu, wobei ich erkannte, dass seine Augen feucht waren und sein Unterkiefer zitterte, während er seine Geisel festhielt.

«Ich verletze ihn, Nils.», nahm ich seine traurigen Gedanken wahr.

Gustav löste seinen Biss bereits geringfügig, wodurch der Mann seine Schulter einige Zentimeter hervorziehen konnte.

Das ist nicht wahr. Du hältst ihn bloss fest. Und selbst wenn er kleine Schrammen davonträgt, wird er schnell wieder vollständig gesund sein.

«Weshalb schreit er dann so?»

Weil er Todesangst hat. Das ist ganz normal. Jetzt reiss dich zusammen und halt ihn gefälligst fest. Wir haben es beinahe geschafft.

Gustav blinzelte sich die Tränen aus den Augen und starrte den Mann zwischen seinen Zähnen mitfühlend an. Er stellte sich bereits vor, ihn einfach loszulassen und zu seinem neuen Zuhause zurückzufliegen, entschied sich jedoch meinetwegen dagegen.

Hoffentlich übersehen die Menschen deine Unsicherheit, dachte ich.

Mittlerweile waren die zwei Sicherheitsbeamte, die uns zuvor vorübergehend verlassen hatten, um das Alarmsystem zu deaktivieren und die Türen zu entriegeln, zurückgekehrt.

«Es ist alles erledigt.», bestätigte einer von ihnen.

Skeptisch starrte ich beiden in die Augen, konnte jedoch nicht den Hauch einer Lüge erkennen, weswegen ich vermutete, dass sie die Wahrheit sprachen.

«Was nun?», fragte der Befehlshaber mich mit einem kurzen Kontrollblick zu Gustav, der seine verzweifelt weinende Geisel so sachte wie nur irgend möglich festhielt.

Knurr mich und die anderen an, als würdest du etwas von uns verlangen, dachte ich.

«Okay.», erwiderte Gustav schicksalsergeben.

Aus seiner Kehle drang ein tiefes, bedrohliches Brummen, was zur Abwechslung mal wirklich authentisch klang, während er seine Schlitzaugen über alle Anwesenden schweifen liess. Die Geisel schluchzte laut auf, wand sich einmal in Gustavs Biss und liess anschliessend die Arme herabsacken.

«Was will er denn jetzt schon wieder?», fragte der Befehlshaber, wobei Besorgnis seine Stimme begleitete.

«Er möchte, dass ihr eure Kommunikationsgeräte auf den Boden legt und in den Ladebereich eines dieser Fahrzeuge steigt.», antwortete ich, während ich mit der Schnauze auf einen kastenförmigen Wagen deutete, der wenige Meter vor einer glatten Betonwand geparkt war.

Die Männer blickten unschlüssig umher, taten jedoch trotzdem, worum ich sie gebeten hatte. Derweil trat ich gespielt eingeschüchtert auf Gustavs Geisel zu, zog sein Mobiltelefon mit den Zähnen aus seiner rechten Hosentasche und legte es sachte auf den kleinen Haufen Kommunikationsgeräte, der sich inzwischen gebildet hatte, ohne den bedrohlichen, dunkelbraunen Drachen aus den Augen zu lassen.

Blitzschnell scannte ich sämtliche Menschen mit meinem Blick ab, während sie noch damit beschäftigt waren, diese Situation zu begreifen, um sicherzustellen, dass sie keine Mobiltelefone mehr besassen. Sobald ich meine hastige Überprüfung abgeschlossen hatte, trat ich bereits mehrere Schritte auf den Transportwagen zu, auf den ich zuvor gezeigt hatte. Wie erwartet folgten mir die Menschen.

Komm auch mit, aber bleib mit deiner Geisel hinter uns, befahl ich Gustav.

Seufzend wartete er einige Sekunden, bevor er den verängstigten Mann, den er noch immer mit seinen Zähnen am Hals und der Schulter festhielt, sachte nach vorn drückte, bis er schliesslich von sich aus zu gehen begann. Die Sicherheitsbeamten öffneten die Tür auf der Rückseite des Fahrzeugs und kletterten allesamt hinein. Erleichtert stellte ich fest, dass die dünnen Wände, welche die Ladefläche begrenzten, vollständig aus Metall bestanden. Ausserdem war die grosse Tür an der Rückseite der einzige Ein- und Ausgang.

Mithilfe eines Gedanken forderte ich Gustav auf, seine Geisel zu den anderen Menschen in das Fahrzeug zu stossen, woraufhin er mir einen traurigen Blick zuwarf. Ich starrte ihm mehrere Sekunden durchdringend in die Augen, bis er sich schliesslich dazu überwand, Folge zu leisten. Sobald er vor der Ladefläche angekommen war, liess er seine Geisel los und stupste ihn beinahe fürsorglich mit der Schnauze an, sodass dieser vorwärts in Richtung des Transporters stolperte. Aufgrund seines Schocks kletterte der Mann in fahrigen Bewegungen hinein und robbte schwer atmend zu den anderen, die ihn mit offenen Armen empfingen, als würden sie ihm vor Gustav Schutz bieten wollen.

«*Kannst du ihn fragen, ob er verletzt ist?*», bat Gustav mich.

«Bist du verletzt?», fragte ich den Mann, der uns mit totenbleichem Gesicht anstarrte.

Seine Nase blutete geringfügig aufgrund seines Sturzes, sein Hals wies rote Linien auf, bei denen es sich vermutlich um Schürfungen an Gustavs Zähnen handelte, da er sich zwischendurch mit aller Kraft gewehrt hatte, und seine Kleidung war stellenweise in Gustavs Speichel getränkt. Dennoch erweckte er einen eher gesunden Eindruck. Das hastige Kopfschütteln auf meine Frage hin bestätigte meinen Verdacht.

Er ist nicht verletzt, antwortete ich Gustav.

«Nils! So heisst du doch, oder? Hilf uns!», flehte mich einer der Männer an.

In gespielter Verängstigung blickte ich zwischen Gustav und den Sicherheitsbeamten umher.

Ich muss gleich so tun, als würde ich ihnen helfen wollen. Greif mich an, sobald ich mich bewege, indem du mir in den Nacken beisst.

«*Aber ich möchte dich nicht verletzen.*»

Wieder verfiel Gustav seiner Nervosität. Mit eingezogenem Kopf wich er verunsichert einen Schritt zurück.

Ich bin eher verletzt, wenn du mich jetzt im Stich lässt, entgegnete ich und winkelte meine Hinterbeine an, um Gustav anschliessend anspringen zu können.

Nur eine Sekunde später führte ich meinen Angriffssprung aus. Knurrend und zähnefletschend flog ich auf meinen Freund zu, der bis im allerletzten Moment unschlüssig vor mir stand, bevor er endlich einen Schritt zur Seite wich, sein Maul aufriss und seinen Kopf nach links schwang, um meinen Hals seitlich zu erwischen. Sobald seine Zähne gegen meine Schuppen drückten und meine Bewegung ruckartig gestoppt wurde, was ziehende Schmerzen in meiner Wirbelsäule auslöste, gab ich ein lautes Jaulen von mir und blickte gespielt verzweifelt zu den Menschen zurück, die sich noch nicht aus dem Fahrzeug gewagt hatten. Obwohl ich mich leicht mithilfe meines Speers oder meiner Klauen hätte verteidigen können, gab ich mich wehrlos.

Bedauerlicherweise schien mein Auftreten zu authentisch gewesen zu sein, denn Gustavs Biss, der an sich nicht schmerzhaft gewesen war, lockerte sich, und er sog erschrocken Luft ein, was meinen Nacken um mehrere Grad kühlte.

Gut so! Sprach ich zu ihm, um nicht zu riskieren, dass er sein Handeln bereute.

«*War es wirklich gut?*», fragte er verunsichert, während er mich halbwegs über dem Asphalt baumeln liess.

Mein Schwanz berührte durchgehend den kühlen Untergrund.

Ja, klar! Und jetzt wirf mich gegen die Wand hinter dem Fahrzeug, ehe ich mich verteidigen kann, setzte ich fort.

«*Das meinst du doch nicht im Ernst, oder?*»

Doch! Jetzt tu es und hör auf, immer so nett zu sein!

Gustav schwenkte seinen Kopf zur Seite und liess mich zeitgleich los, sodass ich der Wand entgegengeschleudert wurde. Ich beliess meine Flügel eingeklappt, um meinen Sturz nicht versehentlich abzufedern, und richtete meinen Rücken dem harten Beton entgegen. Auf diese Weise sah eine Kollision mit einer Mauer am schmerzhaftesten aus.

Als ich rücklings gegen die Wand krachte, schoss ein rasender Schmerz durch meine gesamte Wirbelsäule, was mir jedoch gleichgültig war, da das Rollenspiel hierdurch realistischer wirkte. Mein Speer fiel scheppernd zu Boden, bevor ich vor echten Schmerzen stöhnend zusammensackte und das Gesicht verzog. Selbst mein Kopf pochte heftig bei jedem meiner schnellen Herzschläge. In stark gekrümmter Haltung öffnete ich die Augen und stellte fest, dass mich die Menschen schockiert beobachteten. Dies war exakt die Reaktion, die ich hatte hervorrufen wollen.

«Oh nein! Ich habe dir tatsächlich weh getan! Das tut mir unendlich leid.», nahm ich Gustavs mitfühlende und besorgte Gedanken wahr.

Er setzte bereits an, sich mir zu nähern, als ich ihn mit einem leichten, jedoch äusserst schmerzhaften Kopfschütteln aufhielt.

Das war perfekt! Mein Rücken muss dir nicht leidtun. In wenigen Stunden werde ich mich wieder besser fühlen. Bitte schliesse noch die Hintertür des Fahrzeugs und stosse es vollständig an die Wand zurück, sodass die Menschen nicht fliehen können.

Schüchtern trat Gustav auf die offene Tür zu, schloss sie mithilfe seiner Schnauze, obwohl die Menschen laut rufend protestierten, und trat vor das Fahrzeug, wo er sich mit seinem gesamten Gewicht dagegenstemmte. Aufgrund seiner Anstrengung zitterten seine Beine und die scharfen Klauen erzeugten schabend weisse Linien auf dem Asphalt. Nun positionierte er seine Beine neu und stiess das Transportgefährt in einem kräftigen Ruck gut dreissig Zentimeter rückwärts, obwohl die Räder blockiert waren, was ein lautes Quietschen auslöste. Er wiederholte dieselbe Bewegung mehrfach, bis das Fahrzeug schliesslich mit einem Poltern, was ich bis ins Innere meines Brustkorbs fühlte, gegen die solide Betonwand stiess, wodurch die Menschen vollständig eingesperrt waren.

Jetzt müssten sie das Gefährt mit eigener Kraft von der Wand wegstossen, um zu entkommen. Gut gemacht, Gustav, lobte ich ihn.

Leicht ausser Atem tapste Gustav auf mich zu, blieb jedoch mehrere Meter vor mir stehen. Mit einem vielsagenden Blick musterte er mich, als hätte er heute eine vollkommen neue Seite von mir kennengelernt, was vermutlich auch der Fall gewesen war. Noch nie zuvor war ich derart harsch zu Gustav gewesen.

Es tut mir leid, dass ich dich dazu genötigt habe, all das hier zu tun, aber es war notwendig, dachte ich, während ich versuchte, meine Schmerzen zu unterdrücken, um mich sachte aufzurichten.

Gustav sah wortlos zu, wie ich mich abmühte, bis es mir schliesslich gelungen war, aufzustehen. Ich griff mit dem Schwanz nach meinem Speer und humpelte vorsichtig auf mein Gegenüber zu. Gerade als ich die Unterseite seiner Schnauze entschuldigend anstupsen wollte, wandte er sich von mir ab. Seinen Gedanken entnahm ich, dass er traurig war, dies jedoch nicht zeigen wollte. Bilder von Mia erreichten mich aus seinem Verstand, wodurch ich mich dazu entschied, seine telepathischen Signale zu ignorieren, um nicht versehentlich an ihren Tod denken zu müssen. Einzig die gedachte Sprache blockierte ich nicht, was sich bereits wenige Sekunden später als kluge Entscheidung herausstellte.

«Lass uns nach den Beweisen suchen, die du haben möchtest.», schlug Gustav vor und trat eigenständig auf ein offenstehendes Tor des Forschungszentrum zu, hinter dem eine Garage zu erkennen war.

Die nach Hilfe schreienden und gegen die Metallwände des Fahrzeugs hämmernden Menschen hinter mir ignorierte ich.

Gustav schwieg durchgehend, während wir gemeinsam das spärlich beleuchtete Innere des Forschungszentrums durchsuchten. Wir durchquerten grosse Räume und lange Korridore, wobei ich einige interessante Gerätschaften entdeckte, deren Zweck sich mir momentan nicht erschloss. In einem Büro entdeckte ich viele, wild verstreute Blätter, die allesamt auf jedem Quadratzentimeter beschrieben oder mit Illustrationen versehen waren. Sachte schnupperte ich daran und nahm den Duft des älteren Mannes auf, der scheinbar tagelang an diesen Aufzeichnungen gearbeitet hatte. Kurze Sätze wie «Dracheneier brüten schneller, wenn sie mit einer Ultraschallfrequenz zwischen 190 und 200 Kilohertz bestrahlt werden.» und «Drachenfeuer kann als äusserst effiziente Energieerzeugungsmethode verwendet werden.», erregten meine Aufmerksamkeit.

Hast du diese Aufzeichnungen gesehen, Gustav? Fragte ich meinen Begleiter, der mir bisher noch nicht aktiv geholfen hatte, Beweise gegen die Dariseg zu finden.

Nach einigen Sekunden Verzögerung wanderte sein Blick über mich hinweg, streifte kurz die vielen Blätter auf dem Arbeitstisch und verweilte schliesslich auf der offenstehenden Tür, aus der wir gekommen waren. Nicht einer seiner Gedanken war meiner Frage gewidmet gewesen. In gewisser Weise hatte ich das Gefühl, Gustav hätte seine Achtung mir gegenüber verloren, was mir einen Stich ins Herz versetzte. Seit Jahrhunderten waren wir gute Freunde gewesen. Nun schien kaum noch etwas davon übriggeblieben zu sein.

Traurig seufzend wandte ich mich von den Blättern ab, da sie die Dariseg meines Erachtens nicht genügend belasteten, und trat an Gustav vorbei in den Korridor, um nach einem besseren Beweismittel zu suchen. Der grosse, dunkelbraune Drache legte seine Flügel vollständig an, duckte sich und zwängte sich durch den schmalen Türrahmen hindurch, um mir zu folgen.

Während ich meine Suche fortsetzte, konnte ich dem Drang nicht widerstehen, Gustav alle paar Sekunden in die leicht feuchten Augen zu blicken. Nach einer Weile entschied ich mich dazu, erneut seinen Gedanken zu lauschen, da ich wissen musste, ob ich noch sein Freund war oder nicht.

Sofort erreichte mich ein Bild von Mia, die von einer Metallverstrebung eines Raumschiffs aufgespiesst worden war. Exakt diese Erinnerung hatte Gustav gestern meinen Gedanken entnommen, während mein Verstand benebelt gewesen war. Abrupt stoppte ich meine Bewegung, obwohl dies stechende Schmerzen in meinem Kopf und meiner Wirbelsäule auslöste. Unwillkürlich dachte ich an Mias Tod, wenngleich ich dies angestrengt zu vermeiden versuchte. Vollautomatisch ergänzte mein Verstand Gustavs Gedanken, bis sich dieser eine Moment, als sich Mias Pupillen geweitet hatten und ihr Kopf erschlafft war, bis ins kleinste Detail in seinen Verstand gebrannt hatte.

«Ist das wahr, Nils? Ist Mia gestorben?», durchschnitten Gustavs Worte den wilden Strudel aus Gedanken innerhalb meines Bewusstseins.

In diesem Augenblick wünschte ich mir, er würde einfach vergessen, was er soeben gesehen hatte, jedoch wusste ich, dass dies nicht der Fall sein würde. Er starrte mich durchdringend und flehend zugleich an. Sowohl Wut als auch Enttäuschung brachte er mir gegenüber auf, da er die Antwort auf seine Frage bereits tief in seinem Inneren kannte. Eine Weile widerstand ich dem Blick seiner weit aufgerissenen Augen, bis ich mich schliesslich dazu überwand, ihn mit der Wahrheit zu konfrontieren, die ich ihm bis zu diesem Zeitpunkt vorenthalten hatte.

Ja. Es tut mir leid, lauteten meine einzigen Gedanken, als ich meinen Kopf traurig und mitfühlend zugleich senkte.

Der tiefe, allumfassende Schmerz, der Gustav nun verspürte, erreichte mich in voller Stärke aus seinem Verstand, bis ich mich genügend von seinen Gefühlen abschotten konnte, um nicht zusammenzubrechen. Gustavs Beine knickten zeitgleich ein und er schnappte ruckartig nach Luft, als wäre er beinahe erstickt. Sofort bildeten sich Tränen in seinen Augen, die er nur einen Moment später wieder auf mich richtete.

«Wieso?»

Seine Frage bezog sich sowohl auf den Grund meiner Verschwiegenheit als auch die Umstände von Mias Tod. Ich wusste nicht, wie ich ihm antworten sollte, weswegen ich den vor Trauer und Schmerz zitternden Drachen unschlüssig anstarrte. Seinen Gedanken entnahm ich, dass er mir gegenüber eine Mischung aus Wut, Frustration und Enttäuschung empfand.

«Du bist nicht besser als die Menschen, die mich entführt haben.», sprach er weiter, was sich abermals anfühlte, als würde mein Innerstes von einem Speer aufgespiesst werden.

Ich bin ein Arschloch, ich weiss. Statt dich anzulügen und dir die Wahrheit über Mia vorzuenthalten, hätte ich es dir sofort sagen müssen, wie es die Pflicht eines wahren Freunds ist. Du hättest dich an meiner Stelle besser verhalten, das weiss ich, aber ich hatte keine andere Wahl. Ich musste dich in dem Glauben lassen, alles wäre gut, damit du die Menschen nicht angreifst, die deine Frau ermordet haben. Um meine Volksinitiative nicht zu gefährden, musste ich vermeiden, dass du jemanden tötest, sobald ich an deiner Freilassung mitwirke. Und ja, ich habe aus Eigeninteresse gehandelt. Das tut mir wirklich aufrichtig leid.

Mit diesen Worten wandte ich mich von ihm ab, mit eigenen Tränen in den Augen. Ich begab mich erneut auf die Suche nach Beweisen, während Gustavs trauriges Wimmern begann, was sich schliesslich in ein herzzerreissendes Jaulen steigerte. Unwillkürlich beschleunigte ich meine Schritte, um sein Leiden nicht länger mitansehen zu müssen. Mein Herz war zu diesem Zeitpunkt derart schwer, dass ich befürchtete, es könnte jede Sekunde ein schwarzes Loch erzeugen.

Eisige Kälte liess mich erschaudern, als mein Blick gerade über mehrere weisse Leuchtröhren schweifte, die die Decke zierten. Ich hielt inne und stellte verwirrt fest, dass mir keineswegs kalt war. Plötzlich sah ich das unscharfe Bild eines weissen Raums vor meinem inneren Auge. Eine Wand bestand vollständig aus Glas und war von ausserhalb mit Eiskristallen überzogen.

Erst jetzt fiel mir auf, dass dies nicht meine eigenen Gedanken waren. Abrupt beschleunigte ich meine Schritte und schnupperte ausgiebig umher, bis ich den Duft von mehreren, noch sehr jungen Drachen zwischen denen der Menschen, die noch am Vortag hier gewesen waren, wahrnahm. Derweil verspürte ich den starken Hunger eines Drachenjungen, der gemeinsam mit seiner ausgemagerten Schwester in einem winzigen Käfig sass. Zwischen ihnen lag der Leichnam eines Schlüpflings, der bis auf die Knochen abgenagt war.

Hallo? Fragte ich in der Hoffnung, ein erwachsener Drache wäre anwesend, empfing jedoch nichts als wortlose Gedanken der Jungen.

Schlitternd bog ich um eine Ecke, wobei ich endlich die Käfige der Kinder erblickte. Ein kleines, dunkelgraues Drachenmädchen sass zitternd an die vereiste Glasscheibe gekauert in ihrem harten, vollständig leeren Raum. Jeder ihrer Atemzüge bildete Wolken aus Kondenswasser. Die beiden anderen Schlüpflinge, von denen der glänzend schwarze Junge mehrere grosse Bisswunden in seinem rechten Flügel aufwies, sahen sofort in meine Richtung. Der Junge faltete seine halb zerfetzte Flügelmembran, die glücklicherweise nicht mehr blutete, zusammen, und stiess ein verzweifeltes Winseln aus. Seine mattschwarze, ausgemagerte Schwester, deren viel zu dünne Beine sie trotz der geringen Schwerkraft kaum zu tragen vermochten, tapste unbeholfen auf die soliden Gitterstäbe zu, die ihren Bereich begrenzten, und stimmte in das Wehklagen ihres Bruders ein. Selbst das dunkelgraue Drachenmädchen innerhalb des eiskalten Raums wimmerte leise vor sich hin. Alle drei starrten mich mit denselben, beinahe silbernen Augen an, die mich stark an Mia und ihren Sohn Mike erinnerten, und strömten einen ähnlichen Körpergeruch aus.

Ihr seid Mikes Kinder, stellte ich entsetzt fest.

Ihrer Grösse von knapp einem halben Meter entnahm ich, dass sie lediglich einen Monat alt sein konnten. Demnach waren sie auf dem Mars von den Menschen ausgebrütet worden.

Was haben sie euch bloss angetan? Fragte ich die drei Kleinen, während ich bereits mit meinem Speer ausholte, um das Glas einzuschlagen, hinter dem sich Mikes beinahe erfrierende Tochter befand.

Zeitgleich mit einem stechenden Schmerz innerhalb meines Rückens schlug die Speerspitze laut krachend gegen die vereiste Scheibe, die zu meiner Überraschung lediglich einen kleinen Sprung davontrug. Ich trat einen Schritt zurück, schwang meine Waffe erneut mithilfe meines Schwanzes und schlug abermals zu, wodurch sich ein anderer Sprung bildete.

Gustav! Rief ich meinem ehemaligen Freund entgegen. *Ich brauche deine Hilfe. Hier sind Kinder von ...*

Erschrocken liess ich meine Gedanken verstummen, da ich ihm bisher noch nichts von Mike erzählt hatte. Ausserdem wusste ich nicht, wie er reagieren würde, sollte er erfahren, dass seine Enkelkinder in Gefangenschaft frieren und hungern mussten, beziehungsweise sich gegenseitig auffrassen.

Da ich die Glasscheibe nicht eigenständig aufbrechen konnte, widmete ich mich nun den Gitterstäben. Ich schob meinen Speer dazwischen und drückte ihn kraftvoll nach vorn, um das Metall mithilfe der Hebelwirkung verbiegen zu können. Leider war das Material derart widerstandsfähig, dass es sich kaum mehr als ein paar Zentimeter verformte. Ich stemmte mich noch stärker dem Widerstand der Gitterstäbe entgegen, bis ich stöhnend aufgrund der Schmerzen meines rechten Vorderbeins zusammensackte und den Speer scheppernd zu Boden fallen liess.

Die beiden Drachenkinder vor mir drückten ihre Schnauzen gegen die kalten Metallstäbe und schnupperten erwartungsvoll in meine Richtung. Der Junge kratzte sogar mit den Klauen seines rechten Vorderbeins daran, um mir zu signalisieren, dass er freigelassen werden wollte, während das Mädchen nun den Schädel ihres getöteten Geschwisters beschnupperte, mit den Zähnen an einem Horn packte und wendete, sodass sie einen eingetrockneten Fleischfetzen fressen konnte, der als einziges Stück noch an der Innenseite geklebt hatte. Wenige Sekunden später wandte sie sich wieder mir zu und biss wimmernd in einen der Gitterstäbe hinein.

Ich weiss, ihr möchtet, dass ich euch helfe, aber das geht momentan nicht. Euer Grossvater wird euch bestimmt befreien kommen. Ich werde ihn gleich herholen, dachte ich in Bildern, Eindrücken und Worten zugleich, wie ich es stets zu Schlüpflingen tat, um ihnen die Sprache beizubringen.

«Sind das etwa Mikes Kinder?», empfing ich Gustavs Gedanken plötzlich zeitgleich mit einer frischen Welle seines Dufts.

Der salzige Geruch an ihm verriet, dass er noch immer weinte. Während ich zwischen der Tür, aus deren Richtung die Vibrationen von Gustavs eiligen Schritten stammten, und den drei hilfsbedürftigen Kindern umherblickte, stellte ich mir bereits die Konsequenzen vor, die die Wahrheit über Mike für die Menschen haben konnte, da Gustav zweifelsfrei seinen Sohn befreien würde, der auf nichts als Rache aus war. Ehe ich mich versah, füllte der grosse, dunkelbraune Drache bereits den gesamten Türrahmen aus und nagelte mich mit dem durchdringenden Blick seiner geschwollenen Augen fest.

«Wo ist Mike? Wie geht es ihm?», herrschte er mich mit scharfen Gedanken an.

Langsam zog er die Lefzen zu einem bedrohlichen Zähnefletschen zurück, was im Gegensatz zu dem unserer Geiselnahme real war. Unschlüssig, wie ich nun vorgehen sollte, schwieg ich.

«Sag es mir!», schrie Gustav laut knurrend, was sowohl mich als auch die Kinder hinter mir erschrocken zusammenzucken liess.

Das Winseln, was zuvor noch den Raum erfüllt hatte, verstummte abrupt. Als hätte er sich selbst erschreckt, trat Gustav verunsichert einen halben Schritt zurück, während sich seine Gesichtszüge entspannten. Erneut bildeten sich Tränen in seinen Augen.

«Bitte! Ich muss wissen, wie es meinem Sohn geht.», flehte er.

Wortlos übermittelte ich ihm Bilder von Mike, wie er in seinem öffentlichen Käfig inmitten der Stadt lag. Mehr wollte ich ihm nicht mitteilen, um Mikes Befreiung zu verhindern.

«Wie kann ich zu ihm fliegen?», drängte Gustav.

Du darfst ihn nicht befreien. Er wird jeden Menschen töten, den er zu fassen bekommt, und mich anschliessend ebenfalls. Zumindest hat er es geschworen, entgegnete ich.

«Wo ist er?»

Meine Gedanken scheinen nicht zu Gustav vorgedrungen zu sein, denn er trat bedrohlich auf mich zu, während er mir unablässig in die Augen starrte. Der rohe, ungezähmte Wille, den er in diesem Moment ausströmte, erinnerte mich an damals, als ich vergeblich versucht hatte, Mario zu befreien. Demnach war mir bewusst, dass mein einstiger Freund sich von nichts und niemandem abhalten liess, seinen Sohn zu befreien, selbst wenn dies bedeutete, sämtliche moralische Regeln zu verwerfen. Zum ersten Mal, seit ich mich erinnern konnte, fürchtete ich mich vor Gustav. Instinktiv umklammerte ich meinen Speer fester und wich einen Schritt in Richtung der Drachenjungen zurück, die eingeschüchtert ihre Köpfe einzogen, da ihnen nicht bewusst war, dass Gustavs Zorn mir galt. Aufgrund meiner Anspannung schoss ein schmerzhaftes Stechen durch meine lädierte Wirbelsäule.

Da mir keine andere Wahl blieb, teilte ich meinem Gegenüber die genaue Flugroute zu Mike mit, ausgehend von einigen gut sichtbaren Hochhäusern nahe des Hauptbahnhofs. Sofort zwängte sich Gustav rückwärts durch die Türöffnung, wandte seinen Blick von mir ab und eilte mit schabenden Klauen in Richtung Ausgang.

Warte! Du darfst ihn nicht befreien! Ausserdem müssen wir noch deinen Enkelkindern helfen. Sie sind nicht bloss dem Tod geweiht, wenn wir sie hierlassen, sondern sie können uns auch als lebendige Beweise gegen die Dariseg dienen, rief ich ihm hinterher.

Die Erschütterungen seiner Schritte wurden schwächer, woraus ich schloss, dass er meine telepathischen Signale entweder nicht wahrgenommen hatte oder ignorierte. Zwiegespalten sah ich zu den hilfsbedürftigen Schlüpflingen, die mich nun wieder erwartungsvoll anstarrten. Die Gedanken an Mikes Rachefeldzug liessen meinen Blick erneut auf die Tür wandern. Mehrere Male sah ich die Drachen und anschliessend die Tür an, unentschlossen, wie ich diese Situation handhaben sollte.

Bedauerlicherweise schien mir das Leben von dutzenden Menschen und die Möglichkeit, meine Volksinitiative doch noch durchführen zu können, geringfügig wichtiger zu sein als die drei jungen Drachen. Frustriert knurrend aufgrund der Tatsache, dass ich sie nun im Stich lassen musste, wandte ich mich von den Kleinen ab und humpelte, so schnell es ging, durch die Tür in den Korridor hinaus. Zeitgleich übermittelte ich dem innerhalb des kalten Raums eingeschlossenen Drachenmädchen den Gedanken an Luft, die sich in meinem Inneren erhitzte. Aufgrund ihrer telepathischen Signale empfing ich ihr erleichtertes Seufzen und die eben erzeugte Wärme, die sich angenehm in ihrem Körper ausbreitete, während des Rennens. Glücklich darüber, ihr in letzter Sekunde diesen Trick beigebracht zu haben, verliess ich das Forschungszentrum und mein dreibeiniger Trab ging fliessend in einen Flug über, bevor ich mit wellenartigen Flügelbewegungen dem schwarzen Nachthimmel emporstieg.

Hoffentlich vergisst sie das Erhitzen von Luft nicht gleich wieder, schoss es mir nun durch den Kopf, während sich bereits eine tiefe Reue in mir ausbreitete, Mikes Kinder nicht befreit zu haben.

21

Mike

Bereits aus der Ferne nahm ich die lauten Sirenen und verängstigten Rufe der Menschen wahr, als ich mich Mikes Käfig näherte. Konzentriert lauschte ich diesen Geräuschen, die undeutlich zwischen den tausenden Gebäuden widerhallten, was sie in gewisser Weise unheimlich wirken liessen. Sowohl meine Schmerzen als auch die brennende Kälte der Nacht, die meine Flügelmembran allmählich taub werden liess, ignorierte ich. Nicht einmal um mein ausgetrocknetes Maul scherte ich mich, da meine jetzige Aufgabe, Schaden zu begrenzen, an vorderster Stelle meiner Prioritäten stand.

Sobald ich den noch nicht aufgebrochenen Käfig erblickte, durchflutete mich eine Welle der Erleichterung. Mike stand noch immer im Inneren seines Gefängnisses und unterhielt sich telepathisch mit Gustav, der nach etwas Ausschau hielt, jedoch nicht in den Himmel blickte. Es befanden sich keine Menschen mehr auf dem Platz, weswegen ich vermutete, dass alle mittlerweile geflohen waren. Weder Blut noch menschliche Leichen waren zu erkennen. Ausserdem roch ich nichts, was auf einen Kampf schliessen liess.

Aufgrund der Strassenbeleuchtung erkannte ich, wie Mike schnupperte und seinen Kopf in meine Richtung wandte. Sofort erblickte er mich am Nachthimmel, was mich angesichts des fehlenden Mondlichts überraschte. Mike stellte sich vor, wie er meinen Speer nutzte, um mithilfe der Hebelwirkung auszubrechen, wie ich es zuvor bei seinen Kindern versucht hatte.

«Hey, gehirngewaschener Nils! Bring mir deinen Speer!», rief er mir entgegen.

Ich versuche, ein unnötiges Gemetzel zu vermeiden, also nein, entgegnete ich, so bestimmt ich konnte.

In einem weiten Bogen bremste ich ab, wobei ich einen Blick auf blaue Lichter erhaschte, die aus derselben Richtung stammten wie die Sirenen, deren Intensität stetig zunahm.

«Das dachte ich mir bereits. Besorgst du mir den Speer, Papa?», forderte er Gustav auf.

Dieser erspähte mich erst jetzt am Nachthimmel und liess mich nicht aus den Augen, bis ich mit drei Beinen auf dem Boden aufsetzte, humpelnd abbremste und schätzungsweise dreissig Meter vor ihm stehenblieb, den Speer kampfbereit erhoben.

«Bitte lass uns Mike befreien, Nils.», sprach Gustav zu mir.

Sein Blick war derart flehend, dass ich ihm am liebsten seinen Wunsch erfüllt hätte.

Das kann ich nicht. Er würde alles und jeden töten, was sich in der Stadt bewegt und nicht von der Erde stammt.

«Da hat er nicht einmal unrecht.», gab Mike zu.

Sobald ich ihn ansah, verengten sich seine Augen zu schmalen Schlitzen.

«Bei dir mache ich aber eine Ausnahme, was diese Regel betrifft.», setzte er fort.

Diese Aussage liess Gustav verunsichert Mike und anschliessend mich anstarren. Seinen telepathischen Signalen entnahm ich, wie er unterschiedliche Ausgänge der jetzigen Situation miteinander verglich.

«Ich werde dich befreien, Mike, aber du wirst die Bewohner dieser Stadt und Nils in Ruhe lassen.», warf Gustav ein.

«Nils hat dich auch manipuliert? Das überrascht mich, um ehrlich zu sein. Nun gut, ich werde niemanden verletzen oder töten, sobald du mich befreit hast.», antwortete Mike.

Skeptisch musterte Gustav seinen Sohn, der seinem Blick mühelos standhielt, bis er sich wieder mir zuwandte.

«Überlässt du uns kurz deinen Speer, Nils? Mike wird keine Menschen töten.»

Das glaube ich nicht. Er lügt dich bloss an.

«... waren die Worte eines gehirngewaschenen Verräters.», beendete Mike meine Gedanken.

Eine Sekunde warf Gustav mir einen vorwurfsvollen Blick zu, da ich seinen Sohn als Lügner bezeichnet hatte. Anschliessend wandte er sich wieder von mir ab.

«Worauf wartest du eigentlich, Papa? Nimm ihm einfach dieses Ding ab und hol mich hier raus, ehe diese lauten Geräusche noch schlimmer werden.»

In der Tat war die Lautstärke der Sirenen mittlerweile unangenehm. Es würde nicht mehr lange dauern, bis die Menschen uns umstellt hatten, was vermutlich eine Folge von Gustavs plötzlichem Erscheinen und der darauffolgenden Panik war.

«Ich werde nicht gegen ihn kämpfen, wenn er seinen Speer nicht freiwillig hergeben möchte.», entgegnete Gustav.

«Na gut, dann müssen wir wohl einen eurer Menschen herholen und ihn darum bitten, mich freizulassen. Die haben schliesslich diesen Käfig gebaut, demnach können sie ihn auch irgendwie öffnen.»

«Das klingt einleuchtend. Ich bin gleich wieder zurück.»

Gustav, nein!

Telepathisch versuchte ich, ihn aufzuhalten, jedoch hatte er bereits seine Flügel ausgebreitet und verschwand zwischen zwei Gebäuden, bevor ich auch nur abheben konnte. Aufgrund meiner physischen Beeinträchtigung des Flügelgelenks war es mir nicht möglich, ihn einzuholen. Ratlos wartete ich vor Mikes Käfig, bis Gustav mit einem jungen Mann zwischen seinen Vorderklauen zu uns geflogen kam. Die Schreie dieses verängstigten Menschen hallten lauter an den Hauswänden wider als die Sirenen.

«Hilfe!», schrie der Mann, was sofort Mikes Halsband aktivierte und ihm einen heftigen Stromschlag verpasste.

Der schwarze Drache krümmte sich vor Schmerzen und sackte zuckend zu Boden. Obwohl ich mich vor seinen Absichten fürchtete, bereitete mir dieser Anblick ein ungutes Gefühl.

«Bitte nicht dieses Wort schreien! Es löst Stromschläge in Mikes Halsband aus.», rief ich dem Menschen zu.

Dieser starrte mir nun ebenso entsetzt in die Augen, wie zuvor Gustav.

«Ich möchte nicht sterben! Bitte, jemand muss mir helfen!»

Glücklicherweise löste «helfen» keinen weiteren Stromschlag aus, wodurch es Mike gelang, sich keuchend vom krampfhaften Zucken seiner Muskeln zu erholen.

Ich habe dem Menschen gesagt, er soll nicht um Hilfe schreien. Du solltest mir eigentlich dankbar sein.

Mike starrte mich nun vorwurfsvoll mit seinen silbern glitzernden Augen an. Zeitgleich bremste Gustav mit mehreren Flügelschlägen ab, liess den Menschen wenige Zentimeter über dem Asphalt los und setzte sich daneben. Mike nutzte diesen Augenblick, um blitzschnell mit seinem Schwanz nach dem Mann zu greifen, ihn ruckartig gegen die Gitterstäbe zu ziehen und anschliessend mit den Vorderpranken festzuhalten. Eine Klaue hielt er seiner Geisel direkt an die Kehle.

«Bring mir deinen Speer, Nils, und zwar sofort! Ansonsten weisst du, was ich mit diesem Ausserirdischen anstelle.», dachte Mike, sein todernster Blick auf mich gerichtet.

Der Mann öffnete bereits seinen Mund, um erneut zu schreien, jedoch zog Mike ihn abrupt zu sich, wodurch sein Hinterkopf derart heftig gegen die Metallstäbe schlug, dass er das Bewusstsein verlor.

«Was tust du da, Mike?», fragte Gustav schockiert und verunsichert zugleich.

Beweisen, dass er ein Lügner ist, antwortete ich.

«Genau wie du, Nils. Jetzt bring mir deine Waffe, bevor die Zeit um ist.», konterte Mike.

In dieser Sekunde blendete mich ein hellblaues Licht von links, während der ohrenbetäubende Klang mehrerer Sirenen den gesamten Platz einnahm. Ich konnte nicht anders, als mir die Vorderbeine gegen die Ohren zu drücken. Gustav tat es mir gleich. Einzig Mike schien unbeeindruckt zu sein. Eisern hielt er den bewusstlosen Menschen zwischen seinen Klauen und starrte mich fordernd an.

Als einige Sekunden später endlich die Sirenen der mit «Polizei» beschrifteten Fahrzeuge verstummten und ungefähr ein Dutzend Menschen in blauen Uniformen ausstiegen, konnte ich mich endlich aus meiner Starre lösen. Mike knurrte die Neuankömmlinge bedrohlich an und drückte seine Klaue fester gegen die Kehle seiner Geisel.

«Wenn auch nur einer von ihnen diesen Laut von sich gibt, der mein Halsband aktiviert, ist dieses Wesen zwischen meinen Klauen tot.», dachte er an mich gerichtet.

«Nicht schiessen und nicht das H-Wort aussprechen, was das Halsband von Mike, dem schwarzen Drachen aktiviert!», wies ich die Menschen an, die bereits ihre Waffen auf uns gerichtet hatten, teilweise hinter ihren Fahrzeugen versteckt, sodass lediglich ihre Köpfe zu sehen waren.

Gustav wich einige verunsicherte Schritte zurück, da er sich vor den Waffen der Menschen fürchtete.

«Wir brauchen Verstärkung am neuen Drachengehege auf dem Kirchhof. Der schwarze Drache hat sich eine Geisel genommen.», sprach einer in sein schwarzes Kommunikationsgerät.

Lass ihn los, bitte! Wir geraten in ernsthafte Schwierigkeiten, wenn du das nicht tust, dachte ich und trat mehrere äusserst vorsichtige Schritte näher.

«Erst nachdem du mir deinen Speer gegeben hast.», erwiderte Mike.

Leer schluckend warf ich meine geliebte Waffe neben die Gitterstäbe, wodurch ich einige verwirrte Blicke der Menschen erntete.

«Er hat versprochen, den Mann gehen zu lassen, wenn ich ihm meinen Speer übergebe.», erklärte ich.

Mike griff nach dem schwarzen Speer, der farblich beinahe perfekt zu seinen glänzenden Klauen passte.

«Vielen Dank. Endlich hast du mal vernünftig gehandelt.», dachte er.

Nun zog er die Klaue, die er seiner Geisel gegen die Kehle drückte, ruckartig zu sich, wodurch die Haut aufriss und eine Fontäne von Blut hervorspritzte. Schockiert wich ich einen Schritt zurück, meinen Blick unablässig auf den in sich zusammensackenden Mann gerichtet, unter dem sich augenblicklich eine Blutlache bildete. Der unverkennbare Geruch des Todes drang in meine Nase. Die anderen Menschen, die noch immer hinter ihren Fahrzeugen standen, stiessen erschrockene Schreie aus, eröffneten jedoch nicht das Feuer.

«He! Du hast gesagt, du würdest keine Menschen töten.», schalt Gustav seinen Sohn, wobei seine Gedanken Enttäuschung und Schock verrieten.

«Meine Worte waren, dass ich niemanden töten werde, sobald du mich aus diesem Käfig befreit hast. Noch bin ich in Gefangenschaft, deswegen gilt diese Regel nicht.», entgegnete er.

«Weshalb greifen wir nicht an? Sie haben die Geisel getötet.», sprach eine Frau zu ihrem Kollegen.

«Zwei Drachen sind frei und laut den neusten Informationen sind sie kugelsicher. Wir können momentan nichts weiter tun, als zuzusehen und warten, bis die Verstärkung mit den Betäubungswaffen eintrifft.», antwortete er.

Ohne auf Gustav oder mich zu achten, schob Mike den Speer in den Spalt zwischen der Gittertür und den anderen Metallstäben hinein, und zog mithilfe seiner Vorderbeine am Ende der Waffe, so stark er konnte. Das Schloss ächzte unter dem Druck, der darauf ausgeübt wurde, bis es schliesslich mit einem lauten, langanhaltenden Klang nachgab und die Tür nach aussen aufschwang. Erst als sich Mike blitzschnell durch die Öffnung zwängte und mit gefletschten Zähnen in meine Richtung hechtete, wurde mir bewusst, in welch unvorteilhafter Position ich mich nun befand. Unbewaffnet einem mehr als doppelt so grossen Drachen entgegenzutreten, der unter keinerlei chronischen Beschwerden litt, war ein Todesurteil. Einzig Mikes Halsband konnte mir einen Vorteil verschaffen.

«Hilfe!», schrie ich im letzten Moment, bevor er seinen riesigen Zeitlupensprung beendet hatte, und wich gerade genug zur Seite aus, sodass der nun wieder unter Stromschlägen leidende Mike an mir vorbeiflog und krampfhaft zuckend mit dem Asphalt kollidierte.

Nachdem er sich einmal vollständig überschlagen hatte, richtete er sich vor Zorn knurrend auf und setzte erneut zum Angriff an, nur um gleich wieder von mir betäubt zu werden.

«Sie bekämpfen sich gegenseitig.», stellte einer der Menschen erstaunt fest.

«Ja, das interpretieren Sie korrekt. Ich bin schliesslich nicht auf der Seite dieses hinterlistigen Mörders. Das Einzige, was ich möchte, ist eine friedliche Lösung zu finden.»

«Also kämpfst du für uns, Nils?»

Dass mich wildfremde Personen mit meinem Namen ansprachen, überraschte mich mittlerweile kaum noch.

«Genau. Und Gustav, der dunkelbraune Drache hinter mir, ebenfalls. Zumindest teilweise.»

Die Menschen warfen mir verwirrte Blicke zu.

«Es ist kompliziert.», ergänzte ich.

«Du elender Verräter! Jetzt kommunizierst du auch noch mit denen. Was hast du ihnen erzählt? Dass sie mich fesseln und bei lebendigem Leibe aufschlitzen sollen?», sprach mich Mike telepathisch an, während er noch gegen das unkontrollierte Zucken seiner Muskeln ankämpfte.

Nein, das habe ich nicht. Ausserdem muss ich mich vor dir nicht rechtfertigen.

«Hört auf damit! Alle beide!», versuchte Gustav, unseren ungleichen Kampf zu beenden.

Erst, wenn Mike nicht mehr darauf aus ist, mich oder irgendeinen Menschen zu töten, antwortete ich.

«Ich werde erst ruhen, nachdem das Herz dieses Verräters seinen letzten Schlag getan hat.», entgegnete Mike beinahe zeitgleich und richtete sich abermals auf.

Sämtliche Gliedmassen zitterten bereits stark aufgrund der mehrfachen Stromschläge. Nichtsdestotrotz sprang er ein weiteres Mal auf mich zu, weswegen ich erneut zur Seite sprang und nach Hilfe rief. Aus der Ferne waren bereits weitere Sirenen zu hören, die von der menschlichen Verstärkung stammen mussten. In gewisser Weise beruhigte mich dieses Geräusch, da ich nun wusste, dass Mike mit Sicherheit verlieren würde.

Gib endlich auf! Die Menschen werden dich betäuben und erneut einsperren, wenn du es nicht tust, sprach ich telepathisch zu ihm.

«*Niemals!*», konterte er knurrend, robbte mir entgegen und schnappte nach meinem Hals, den er um einige Zentimeter verfehlte, da ich bereits mit diesem Verhalten gerechnet hatte.

Bevor er sich erneut aufrappeln konnte, rief ich um Hilfe, was Mike kurzzeitig betäubte. Nur wenige Sekunden später richtete er sich vollständig auf und ich war gezwungen, dieses Wort noch einmal auszusprechen. Bedauerlicherweise bewirkte der daraus resultierende Stromschlag kaum mehr als ein leichtes Zucken von Mikes Halsmuskulatur.

«Hilfe!», rief ich mit wachsendem Unbehagen.

Nichts geschah, ausser dass Mike voller Zorn die Zähne fletschte und seine Augen zu schmalen Schlitzen verengte. Verunsichert wich ich mehrere Schritte zurück.

«Hilfe?», versuchte ich es ein weiteres Mal.

«*Dein Trick scheint seine Wirkung verloren zu haben.*», dachte Mike knurrend.

Voller Furcht sprintete ich hinter den Käfig, breitete die Flügel aus und versuchte, abzuheben, jedoch war Mike aufgrund seines gesunden Körpers schneller. Er packte meine Schwanzspitze mit seinen Zähnen und bremste abrupt ab, indem er alle Viere nach vorn drückte, was meinen Körper vollständig streckte und meinen Kopf anschliessend hart mit dem Asphalt kollidieren liess. Bunte Punkte tanzten über mein Sichtfeld, während mich meine Kopfschmerzen derart lähmten, dass ich mich keinen Zentimeter willentlich bewegen konnte. Erst als mein gesamter Brustkorb gequetscht wurde, erlangte ich mein volles Bewusstsein zurück.

Mike hatte mich auf den Rücken gedreht und umklammerte meinen Rumpf mit den Klauen seiner Vorderbeine, sodass mir beinahe die Luft wegblieb. Seinen Kopf hielt er zurück, ausserhalb der Reichweite meiner Klauen. Unter normalen Umständen hätte ich nun nach seinen Pranken geschnappt, jedoch fühlte sich mein Schädel an, als würde er jeden Augenblick zerspringen, weswegen ich mich nicht zu bewegen vermochte.

«*Jetzt bezahlst du für deinen Verrat!*», schossen Mikes Gedanken durch meinen Kopf, während er eine Klaue zwischen meine Schuppen an der Brust fädelte und in die darunterliegende Haut bohrte, sodass sich ein stechender und zugleich brennender Schmerz an der betroffenen Stelle ausbreitete.

«*Mein Sohn ist kein Mörder.*», unterbrach Gustav unseren Kampf.

Die Betonung seiner Worte liess darauf schliessen, dass er Mike nicht mehr als seinen Sohn anerkennen würde, sollte er mich tatsächlich töten. Dies liess meinen Gegner einige Sekunden innehalten, bevor er seinen Blick Gustav zuwandte.

«Lass ihn los!», befahl dieser.

Mike starrte mir nun wieder voller Wut in die Augen, bevor er seinen hasserfüllten Blick über meinen gesamten Körper huschen liess. Ich konnte fühlen, wie sich seine Klauen um meinen Brustkorb verkrampften und die Luft allmählich aus meinen Lungen gepresst wurde. Inständig hoffte ich, er würde seinem Vater Folge leisten. Plötzlich stiess er sich zornig schnaubend von mir ab, wobei sich seine Klaue vorübergehend noch wesentlich tiefer in mein Fleisch bohrte. Aufgrund der neu entstandenen Verletzung entfuhr mir ein schmerzerfülltes Stöhnen.

«Du hast Glück, dass mir mein Vater wichtiger ist als irgendein Verräter.», nahm ich seine scharfen Gedanken wahr, wobei er mich mit seinem abschätzigen Blick fixierte, bevor er seine Aufmerksamkeit den Menschen zuwandte, die sich noch immer hinter ihren Fahrzeugen versteckten.

Ich richtete mich in langsamen, zittrigen Bewegungen auf und beobachtete, wie Mike seine neuen Ziele beäugte, als wären sie seine nächste Mahlzeit.

«Zählt es für dich auch als Mord, wenn ich einige dieser Vorez töte?», fragte er seinen Vater.

Gustav starrte ihm unschlüssig in die Augen, noch immer zurückhaltend, was die Menschen betraf. Seinen Gedanken entnahm ich, dass er seinen Sohn nicht aufhalten wollte, sie zu ermorden, wenngleich sie ihm in gewisser Weise wichtig waren.

«Das interpretiere ich mal als Nein.», setzte Mike fort und stiess sich zornig zähnefletschend vom Boden ab, um auf die Fahrzeuge zuzuspringen.

Sofort begannen die Menschen, ihre Waffen abzufeuern, was den gesamten Platz mit ohrenbetäubendem Lärm durchflutete. Die extreme Lautstärke kombiniert mit einigen, vermutlich unangenehmen Treffern an Mikes Schnauze, verleiteten ihn dazu, innezuhalten und sein Gesicht mithilfe seines linken Flügels abzuschirmen. Gustavs Hinterbeine zuckten leicht, als wollte er nun doch seinen Sohn abhalten, ein Dutzend Menschen zu töten, jedoch zog er anschliessend seinen Kopf ein und trat verunsichert hinter den Käfig, als würden die Gitterstäbe ihn vor den Projektilen und dem Lärm bewahren.

Der Geruch von Blut lenkte meine Aufmerksamkeit auf den Asphalt unter mir. Gemächlich tropfte die rote Flüssigkeit zwischen den Schuppen meiner Brust hervor und bildete eine kleine Lache unter mir. Aufgrund meiner extremen Kopf- und Rückenschmerzen hatte ich nicht einmal bemerkt, dass Mikes Klaue sich derart tief in meine Haut gebohrt hatte. Glücklicherweise verschloss mein noch intakter Schuppenpanzer die Wunde beinahe vollständig.

Ein lautes Scheppern riss meinen Blick wieder auf das Kampfgeschehen. Mike hatte ein mit «Polizei» beschriftetes Fahrzeug gerammt, was die drei dahinterstehenden Personen erfasst und zu Boden geschlagen hatte. Nun sprang er über die temporäre Barriere von Fortbewegungsmitteln hinweg und stiess mehrere Menschen zeitgleich mit seinem Schwanz und seinem ausgestreckten, linken Flügel um. Anschliessend schnappte er nach einem noch stehenden Mann, der soeben seine Waffe auf Mike richtete, und biss ihm in seinen gesamten Oberkörper hinein, wobei das unverkennbare Knacken von Knochen kurzzeitig die lauten Sirenen, die Schüsse und das Geschrei übertönte. Nun schwang er seinen Kopf nach rechts und warf den inzwischen leblosen Mann mit dem zerquetschten Brustkorb gegen eine Frau mit einer frischen, blutenden Wunde am Kopf. Sie wurde mit solch einer Wucht getroffen, dass sie allem Anschein nach das Bewusstsein verlor, wodurch es Mike möglich war, sich auf mehrere, bereits bewusstlose Menschen zu stürzen. Jedem einzelnen riss er die Kehle in jeweils einer kurzen Bewegung seiner Klauen auf und stürzte sich augenblicklich auf seine anderen Ziele, um den noch kampfbereiten Personen keine Möglichkeit zu geben, sich zu verteidigen.

Da mir bewusst war, dass ich Mike weder mit Worten noch mit Taten aus seinem Blutrausch befreien konnte, wandte ich mich Gustav zu, der entsetzt beobachtete, wie sein Sohn eine Frau in zwei Teile riss und ihre Eingeweide meterweit auf der Strasse verteilte, da sie ihm zuvor gegen die Schnauze geschossen hatte.

Gustav, du musst ihn zur Vernunft bringen. Er wird erst aufhören, wenn sie ihn entweder gefangennehmen oder töten, dachte ich.

Lange sah mir der dunkelbraune Drache hinter dem Käfig in die Augen, bis das wilde Durcheinander seiner Gedanken schliesslich eine verständliche Antwort bildete.

«Sie haben ihn viel länger und schlimmer gefoltert als mich. Er muss sich bei ihnen rächen können.»

Aber es könnte sein Leben kosten.

Gustavs Blick richtete sich nun auf seinen Sohn, der soeben dem letzten noch lebenden Menschen den Kopf abbiss und sogleich wieder ausspuckte, um sich den weiteren, mit lauten Sirenen bestückten Fahrzeugen zuzuwenden, die sich aus derselben Richtung näherten wie die mit der Aufschrift «Polizei» wenige Minuten zuvor.

«Ich glaube, das reicht jetzt, Mike.», sprach Gustav in diesem Augenblick zu seinem Sohn, als dieser sich bereits auf die Neuankömmlinge stürzen wollte.

«Diese Dämonen haben noch nicht einmal ansatzweise erhalten, was sie verdienen.», entgegnete Mike, der seinen Blick kurzzeitig Gustav und mir zuwandte.

Blut tropfte von seiner Schnauze und seine verspannte Körperhaltung liess darauf schliessen, dass er kein Aufgeben in Betracht zog.

In dieser Sekunde schoss ein hellblauer Blitz aus der länglichen Waffe eines kürzlich ausgestiegenen Mannes in Richtung Mike, begleitet von einem scharfen Knall. Sofort zogen sich Mikes Flügel krampfhaft zusammen, während der Stromschlag ihn vollständig durchdrang. Auf der anderen Seite seines Körpers schossen kleinere Blitze hervor, die knisternd in den Asphalt einschlugen. Kaum einen Herzschlag später wurde der schwarze Drache bereits von drei weiteren Blitzen getroffen, die ihm das Bewusstsein raubten. Blutig roter Schaum bildete sich vor seinem Maul und seine Augen verdrehten sich, während er sich heftig zuckend auf dem Boden wand. Sein Verstand sendete nun keine eindeutigen Signale mehr aus.

Gustav breitete geringfügig seine Flügel aus, um sich in Sicherheit zu bringen, entschied sich jedoch wieder dagegen, bevor er abflugbereit war. Zögerlich zog er seine Schwingen an und warf mir einen ratlosen Blick zu. Ich starrte ihm ebenso ratlos entgegen, wobei mich das leise Tropfen meines Blutes vorübergehend ablenkte.

Nun begannen die Menschen, die Mike erfolgreich betäubt hatten, ihn mithilfe von Seilen aus Karbonfasern zu fesseln. Zuallererst wickelten sie einige davon um seine Schnauze, was Gustav zunehmend unruhig werden liess. Als Mikes rechtes Vorderbein geringfügig zuckte, schossen sie ihn erneut mit Blitzen ab, obwohl dies nicht einmal notwendig gewesen wäre. Dies brachte das Fass für Gustav zum Überlaufen.

«Lasst meinen Sohn in Ruhe!», schrie er telepathisch auf die Menschen ein, obwohl ihm bewusst war, dass sie ihn nicht verstehen konnten, während er die Flügel ausbreitete und sich knurrend in ihre Richtung stürzte.

Die bewaffneten Männer und Frauen reagierten blitzschnell, indem sie ihre elektrischen Ladungen Gustav entgegenschossen. Bevor der dunkelbraune Drache sie überhaupt erreicht hatte, fiel er bereits bewusstlos zu Boden. Zwei Männer, die erfolgreich mehrere Seile um Mikes Flügel gewickelt hatten, erblickten mich zufälligerweise neben dem Käfig, während ich mich humpelnd meinem Speer näherte. Beide eilten mir schnurstracks entgegen, ihre Blitzgewehre auf mich gerichtet.

«Ihr müsst mich nicht betäuben. Ich bin euch friedlich gesinnt.», rief ich ihnen mit leicht heiserer Stimme zu und blieb gut zwei Meter vor meiner Waffe stehen.

Die wenigen Schritte in Richtung meines Speers hatten brennende Schmerzen in meiner Brust ausgelöst, weswegen ich nun das vordere Gelenk meines rechten Flügels gegen die blutende Stelle drückte, so gut es ging. Ohne meine Worte zu beachten, schossen die beiden Männer Blitze auf mich, die vollständig in den schwarzen Stab meiner Waffe einschlugen und davon absorbiert wurden.

«Bitte nicht schiessen! Ich ergebe mich.», versuchte ich es erneut und legte mich flach auf den Boden, um weniger bedrohlich zu wirken.

«Wer's glaubt.», murmelte einer der Männer, trat meinen Speer mithilfe seines linken Fusses beiseite und schoss abermals.

Der hellblaue Blitz traf mich mitten an der Stirn und ich fühlte, wie sich der Strom nach rechts durch meinen Flügel ausbreitete. Im Augenwinkel erkannte ich, wie sich die Energie in einem gezackten Bogen aus meiner Flügelspitze in den Speer entlud. Der unangenehm stechende Schmerz, der nun von meinen rechten Flügelmuskeln ausging, liess mich unbeabsichtigt das Gesicht verziehen, was in den Augen der Menschen einem Zähnefletschen gleichen muss.

«Nein, bitte nicht. Ich werde euch nicht angreifen.», flehte ich beinahe wimmernd.

Eiskalt blickten die beiden Männer auf mich herab, richteten ihre Betäubungswaffen auf mein Gesicht und schossen mir Blitze entgegen, sodass mir schwarz vor Augen wurde.

Irgendwann erwachte ich auf einem harten, kalten Untergrund. Aufgrund meiner Herzschläge, die sich anfühlten, als würde mit einem Hammer auf meinen Kopf eingeschlagen werden, wollte ich die Augen nicht öffnen. Dies war auch keineswegs notwendig, da ich bereits aus Erfahrung wusste, dass ich mich in einem Gefängnis oder Käfig befand. Nebst meinen Kopfschmerzen fühlte ich noch ein heftiges Stechen in meinem Rücken und ein unangenehmes Brennen an meiner Brust.

«Das hast du nun davon, wenn du dich auf Ausserirdische einlässt.», nahm ich Mikes Gedanken wahr.

Ein warmer, feuchter Luftstrom, der intensiv nach seinem Atem roch, erreichte mich von rechts. Nun zwang mich meine Angst vor dem schwarzen Drachen, meine Augen doch zu öffnen, obwohl dies meine Kopfschmerzen verstärkte. Mike lag knapp fünf Meter von mir entfernt hinter einer Absperrung aus Gitterstäben und starrte mich mit zornigen Augen an, ohne seinen Kopf von seinem linken Vorderbein anzuheben. Erschrocken robbte ich einige Zentimeter zurück, sodass ich mich mit Sicherheit ausserhalb der Reichweite seines Schwanzes befand, wobei ich feststellte, dass meine Unterseite geringfügig am mattschwarzen Boden klebte, was dem mittlerweile eingetrockneten Blut zu verdanken war.

«Keine Sorge, du befindest dich nicht nah genug an mir dran, dass ich dich töten könnte. Ansonsten wärst du überhaupt nicht mehr aufgewacht.», dachte er.

Wo ist Gustav? Fragte ich verwirrt, da ich seinen Geruch nicht wittern konnte.

«Keine Ahnung.»

Angestrengt versuchte ich, mich an die wenigen Sekunden zu erinnern, die zwischen Gustavs und meiner Betäubung lagen, jedoch erblickte ich ausschliesslich die Gesichter der beiden Männer, die mich trotz meiner Kapitulation mit ihren Blitzen abgeschossen hatten.

«Das hier ist allein deine Schuld. Deinetwegen wurden wir gefangengenommen und es könnte sein, dass die Vorez meinen Vater inzwischen getötet haben. Noch ein Grund mehr, dir dasselbe anzutun.»

Ich brachte die Energie auf, Mike zornig in die Augen zu starren.

Meine Schuld? Du bist derjenige, der sie angegriffen hat, nicht ich. Nachdem du ein Dutzend von denen getötet hast, haben sie sich verteidigt, was ihr gutes Recht ist. Dass du noch lebst, hast du einzig und allein deinem Marktwert zu verdanken. Die Dariseg würde niemals ein Lebewesen töten, was sie für mehrere Milliarden Franken oder wie auch immer ihre Währung heisst, verkaufen können, ausser sie haben keine andere Wahl.

Griesgrämig brummend wandte er mir den Rücken zu. Er hatte begriffen, dass ich die Wahrheit sprach, wollte es sich jedoch nicht eingestehen.

Da sich mein Hals inzwischen staubtrocken und rau anfühlte, sah ich mich in meinem Gehege um, ohne den Kopf zu bewegen, auf der Suche nach Wasser. Ausser der schätzungsweise fünf mal fünf Meter grossen Steinfläche, auf der ich lag, war hier überhaupt nichts. Enttäuscht schloss ich die Augen und versuchte, einzuschlafen, was sowohl meine Schmerzen lindern als auch mein Verdursten verzögern würde.

Mehrere Stunden später, sofern mir mein gestörtes Zeitgefühl nichts vorgaukelte, ertönte urplötzlich ein Klacken, was Mike und mich erschrocken zusammenzucken liess. Unsere Blicke schnellten auf die einzige Tür dieses kastenförmigen Raums aus solidem Beton, die soeben von mehreren Personen aufgestossen wurde. Im Vergleich zu einem Menschen waren die beiden Türflügel riesig, was angesichts dessen, dass sie Drachen in diesem Raum unterbrachten, nicht verwunderlich war.

Hinter drei Menschen rollte ein flaches Transportgerät sirrend durch die Türöffnung hindurch und an Mike und mir vorbei. Gustav lag in bewusstlosem Zustand, jedoch auch ungefesselt auf der zwei mal fünf Meter grossen Fläche. Erstaunt stellte ich fest, dass keiner der Menschen dieses Transportmittel berühren musste, um es zu steuern. Vollautomatisch fuhr es in den Käfig direkt neben den von Mike hinein, aktivierte eine Art Förderband, welches die gesamte Transportfläche ausmachte, und entlud Gustav auf diese Weise in seinem neuen Abschnitt. Genau wie ich trug er kein Halsband, was mich angesichts unserer Gefangennahme überraschte. Ein Blick auf Mike verriet mir, dass sie ihm dieses Accessoire ebenfalls entfernt hatten.

«Die sind nicht einmal Manns genug, ihn eigenständig abzuladen. Stattdessen müssen ihre Maschinen das für sie erledigen.», dachte Mike, wobei ein tiefes Grollen seiner Kehle entwich, während er unablässig die Menschen anstarrte, die ihre Blicke ebenfalls nicht von ihm lösen konnten, jedoch aus anderen Gründen.

Das denkst du doch bloss, weil du sie töten möchtest.

«Diese schwachen, kleinen Wesen könnten mir absolut nichts anhaben, wenn sie sich nicht andauernd hinter ihrer ach so tollen Technologie verstecken würden. Sie haben nichts anderes verdient.»

Die Menschen verschlossen Gustavs Käfigabschnitt und traten rückwärts aus dem Gefängnisraum heraus, ohne uns aus den Augen zu lassen. Ihr Transportgefährt folgte ihnen vollautomatisch. Nachdem es durch die Tür gefahren war, wurde diese wieder verschlossen, ohne dass einer der Menschen auch nur ein Wort gesprochen hatte.

Ich richtete meinen Blick wieder auf Mike, wobei mir auffiel, dass er sich direkt an die Gitterstäbe gelegt hatte, hinter denen Gustav schwach atmend mit geschlossenen Augen lag. Nicht ein Signal war seinem Bewusstsein zu entnehmen, weswegen er sich in einem tiefen, traumlosen Schlaf befinden musste. Mike streckte seinen Schwanz durch die Metallstäbe hindurch, umfasste seinen Vater fürsorglich und zog ihn sachte näher, bis dieser ebenfalls dicht an der Absperrung lag. Nun zog Mike Gustavs Beine und Flügel in eine bequeme Haltung, legte seine rechte Vorderpranke über die seines Vaters und blickte ihm besorgt seufzend ins Gesicht. Dieser Anblick liess mich plötzlich Mitleid mit dem grossen, schwarzen Drachen empfinden, der noch wenige Stunden zuvor unnötigerweise ein Dutzend Menschen zerfleischt hatte.

Mike bemerkte meine Gedankengänge und warf mir vorübergehend einen finsteren Blick zu, bevor er seinen Kopf dicht neben den seines Vaters legte. In der Zwischenzeit nahmen meine Sorgen erneut Besitz meines Verstandes. Ich musste unweigerlich an Mario denken, der noch immer in gehirngewaschenem Zustand bei Frau Bühler gefangen war, an Stella, die bestimmt krank vor Sorge um ihren Vater war und an Tom, der sein Leben im Kampf gegen die Menschen verloren hatte. Aufgrund der Anwesenheit von Mike unterdrückte ich die Tränen, die sich in meinen Augen bilden wollten, und versuchte, zu schlafen.

Einige Zeit später empfing ich plötzlich telepathische Signale aus Gustavs Bewusstsein. Vorsichtig reckte ich meinen Kopf hoch, um über Mike hinweg den dunkelbraunen Drachen erspähen zu können, der soeben seine Augen öffnete und seinen Kopf anhob.

«Mike, geht es dir gut? Haben sie dir weh getan?», waren seine ersten klaren Gedanken.

«Mir fehlt nichts, Papa. Was haben sie mit dir gemacht? Dich haben sie erst mehrere Stunden verspätet zu uns gebracht.», entgegnete Mike, der seinen Vater nun mit der Schnauze anstupste, so gut es durch die Gitterstäbe hindurch möglich war.

«Ich weiss es nicht, aber mir geht es nicht anders als sonst. Nur mein Kopf fühlt sich irgendwie seltsam an.»

Er teilte seinem Sohn sein Empfinden mit und ich stellte überrascht fest, dass Gustav sich nun beinahe so fühlte, wie es bei mir vor knapp anderthalb Tagen der Fall gewesen war, als ich nicht klar hatte denken können.

Da fällt mir gerade etwas ein. Hast du hier auf dem Mars Kinder gezeugt, Mike? Fragte ich aus reinem Interesse.

Er warf mir einen zugleich vorwurfsvollen und überraschten Blick zu.

«Nein, ich war stets allein in meinem Käfig.», antwortete er, wobei ich die Neugier in seinen Gedanken wahrnahm.

Wusstest du, dass vier deiner Kinder im Alter von höchstens anderthalb Monaten hier auf dem Mars leben, wobei ich gestehen muss, dass eines davon bereits gestorben ist? Setzte ich fort und dachte an die hungernden und frierenden Schlüpflinge.

Mikes Augen weiteten sich und sein Atem stockte. Plötzlich sprang er auf, trat dicht an die Absperrung zwischen uns heran und musterte jeden Zentimeter meines Körpers, als würde er mich auf diese Weise nach Lügen untersuchen wollen.

«*Das kann unmöglich wahr sein!*», dachte er sowohl hoffnungsvoll als auch besorgt.

Leider nicht. Wahrscheinlich haben sie dir irgendwann Samenzellen entnommen, als du bewusstlos warst.

Nervös blickte Mike umher, offensichtlich nach einem Ausweg suchend.

«*Wie riechen sie?*», fragte er aufgeregt.

Ich übermittelte ihm den Geruch der Kinder. Mike erstarrte abrupt und sah abwechselnd Gustav und mich an.

«*Anna ist ihre Mutter. Das kann doch nicht wahr sein! Diese bescheuerten Vorez haben kein Recht dazu, meine Samenzellen gegen meinen Willen zu verwenden. Insbesondere nicht, um die Eier meiner Tante zu befruchten!*»

Mikes erneut auflodernder Zorn den Menschen gegenüber war meines Erachtens gerechtfertigt. Schliesslich würde mir diese Situation auch gehörig gegen den Strich gehen. Nur wenige würden willentlich mit der Schwester der eigenen Mutter Kinder zeugen wollen, insbesondere wenn sie wie in Annas Fall mit einem anderen Drachen verheiratet war. Bevor ich diese Gedankengänge zu Ende führen konnte, starrte mich Mike wieder zornig an.

«*Wie ich dein übertriebenes Vertrauen diesen Ausserirdischen gegenüber einschätze, hast du sie nicht befreit, oder?*»

Nein, gab ich zu.

«*War ja klar. Du verhinderst lieber, dass jemand deinesgleichen aus der Gefangenschaft befreit wird, als hungernde und frierende Kinder zu retten, die mit Sicherheit dem Tod geweiht sind.*»

Da Mikes Worte tatsächlich in gewisser Weise der Wahrheit entsprachen, antwortete ich nicht auf seine Aussage. Stattdessen wandte ich mich von ihm ab und liess meinen Vermutungen, was die Menschen kürzlich mit Gustav angestellt haben konnten, freien Lauf.

So plötzlich wie bereits das letzte Mal, öffnete sich die Tür des Gefängnisraums mit einem Klacken. Wieder zuckten wir instinktiv zusammen und richteten unsere Blicke auf die Menschen, die zwischen den sich öffnenden Türflügeln hervortraten. Zeitgleich mit dem vertrauten Duft erkannte ich Ferdinand, der noch immer leicht humpelnd und in steifer Haltung den Raum betrat, während er meinen Speer als Gehstock verwendete. Sobald er mir in die Augen sah, bildete sich ein Lächeln auf seinem Gesicht, was jedoch von Sorge getrübt war.

«Ferdinand, kommst du, um mich zu befreien?», fragte ich hoffnungsvoll.

Aufgrund meines mittlerweile vollständig ausgetrockneten Mauls fühlte sich das Sprechen eigenartig rau und sandig an. Ferdinand beantwortete meine Frage nickend, woraufhin ich freudig aufsprang, was ich sogleich aufgrund meiner Schmerzen bereute. Noch während ich das Stechen meines Rückens und die Hammerschläge, die meinen Schädel durchzogen, verblassen liess, trat einer der Männer, der gemeinsam mit Ferdinand eingetreten war, vor meinen Käfigabschnitt, und öffnete das Schloss mithilfe eines soliden Metallschlüssels. Sein Blick, der kurzzeitig über mich huschte, strahlte eine derartige Gleichgültigkeit aus, dass ich erst mehrere Sekunden innehielt, bevor ich mich aus meinem Gefängnis wagte.

«Das war doch wieder einmal klar. Geniesse deine erkauften Vorzüge, Verräter.», kommentierte Mike eifersüchtig und frustriert zugleich.

Ich ignorierte seine Gedanken und trat erleichtert schmunzelnd auf Ferdinand zu, der mich nun mit besorgtem Blick von allen Seiten betrachtete. Er übergab mir meinen Speer, den ich mit meiner Schwanzspitze entgegennahm, und kniete sich ächzend vor mich, um meinen Bauch zu untersuchen. Behutsam strich er mir mit der rechten Hand über die braunen, eingetrockneten Blutresten, die noch an meinen Schuppen klebten und die Blutung inzwischen vollständig gestoppt hatten. Überrascht von Ferdinands Fürsorge liess ich ihn jeden Zentimeter meines Körpers auf Verletzungen untersuchen.

«Dein Herrchen scheint dich zu mögen.», dachte Mike verächtlich schnaubend, ohne seinen durchdringenden Blick von uns abzuwenden.

Er ist nicht mein Herrchen. Wir sind Freunde, konterte ich.

Augenrollend wandte er seine Aufmerksamkeit den anderen Menschen zu, als suchte er unter ihnen nach einer leichten Mahlzeit. Zu seinem Pech hatte es niemand in die Nähe seiner Gefängniszelle gewagt.

Ferdinand begann nun, meinen rechten Flügel zu untersuchen, indem er ihn mit einer Hand leicht anhob und anschliessend streckte. Als er dies auf meiner linken Seite versuchte, schoss ein heftiges Stechen durch mein Flügelgelenk, was jedoch zu erwarten gewesen war. Ferdinand, der mein daraus resultierendes Zucken bemerkt hatte, liess meinen linken Flügel los, den ich mithilfe von drei ruckartigen Bewegungen in meine Schonhaltung zurückzog, und blickte mir vielsagend in die Augen, bevor er meinen Kopf mit seinen Armen umschloss und leicht gegen seine Brust drückte.

«Was hast du dir bloss dabei gedacht, dich in solche Gefahr zu begeben? Du hättest ernsthaft verletzt werden können.», sprach er leise auf mich ein, während ich tief seufzend seinen Körpergeruch in mir aufnahm.

Meine empfindliche Nase verriet mir, dass das Gewebe in seinem Inneren noch immer leicht entzündet war aufgrund der Prügel vor einer Woche. Unschlüssig, was ich ihm antworten sollte, richtete ich meinen Blick auf seine Augen.

«Weshalb hast du mir nichts von deinem Vorhaben erzählt?», setzte er fort.

Seufzend liess ich meinen Blick über Loris, Orell, Kristina und die anderen Menschen schweifen, die sich ebenfalls im Gefängnisraum befanden. Selbst Felix entdeckte ich am Rand des Geschehens. Desinteressiert, ohne Gustav, Mike, Ferdinand oder mich zu beachten, stand er mit verschränkten Armen neben den geöffneten Türflügeln und wartete ungeduldig darauf, wieder gehen zu können.

«Du hättest mich davon abgehalten, obwohl es notwendig ist, Beweise gegen die Dariseg zu beschaffen.», antwortete ich schliesslich.

Während des Sprechens musste ich meine Zunge mehrmals von meinem Gaumen lösen. Nachdenklich musterte Ferdinand mein Gesicht, während er meinen Kopf zwischen seinen Händen hielt. Dass er selbst seinen linken, kürzlich gebrochenen Arm geringfügig einsetzte, überraschte mich.

«Ich hätte zumindest versucht, dich umzustimmen. Gänzlich abhalten könnte ich dich ohnehin nicht. Als eigenständiges Lebewesen musst du schliesslich niemandem Folge leisten. Dennoch hätte ich gerne gewusst, wann du vorhast, in eines der bestgesichertsten Forschungszentren dieses Planeten einzubrechen. Ich hatte bereits vermutet, dass dies dein Plan sein würde, aber der Zeitpunkt hat mich trotzdem überrascht. Als Loris mir heute Morgen ein Video aus den sozialen Medien gezeigt hat, in dem du gegen diesen schwarzen Drachen kämpfst, der allem Anschein nach sehr wütend auf dich war, habe ich mir grosse Sorgen um dich gemacht. Ohne dieses Video hätte ich nicht einmal gewusst, wo du bist.»

«Es tut mir leid. Ich hätte dir Bescheid geben sollen. Danke, dass du mich befreit hast.»

«Gern geschehen. Geht es dir soweit gut? Ich konnte keine akuten Verletzungen erkennen, aber das ist auch schwer bei deinem Schuppenpanzer.»

«Ehrlich gesagt fühle ich mich, als wäre ich genau wie du verprügelt worden und ich verdurste gleich, aber ansonsten bin ich unverletzt. Bis auf die Stichwunde, die Mike mir an meinem Bauch zugefügt hat.»

«Demnach sind diese braunen Krusten eingetrocknetes Blut?», fragte Ferdinand, den Blick abermals auf meinen Bauch gerichtet.

Ich nickte schwach, um meinen ausgetrockneten Hals nicht unnötig mit Sprechen zu belasten. Noch während Ferdinand nach Worten zu suchen schien, trat Loris zu uns und reichte mir eine geöffnete Wasserflasche, deren schmale Öffnung ich mit den Zähnen entgegennahm. Genüsslich leerte ich sie in einem Zug und übergab sie anschliessend mit dankbarem Blick Loris.

«Gibt es für uns auch etwas zu fressen? Oder zumindest Wasser?», nahm ich Mikes Gedanken wahr.

«Habt ihr auch etwas für Mike und Gustav mitgebracht?», leitete ich die Frage an die Menschen weiter.

Orell und Kristina schüttelten den Kopf, während die anderen stumm blieben.

Es sieht leider nicht danach aus, antwortete ich.

Genervt schnaubend bedeckte Mike seinen Kopf mit dem linken Flügel, als hätte er für heute genug gesehen, während Gustav verunsichert zwischen seinem Sohn und den Menschen umherblickte.

«Wir würden gerne unseren Drachen mit nach Hause nehmen.», sprach Orell nun zu dem Gefängniswärter, der bereits meine Zelle aufgeschlossen hatte.

Desinteressiert trat er an mir und Mike vorbei, stets einen Abstand von mehreren Metern zu den Gitterstäben beibehaltend, und näherte sich schliesslich Gustavs Käfig. Bevor er den Schlüssel in das Schloss steckte, zögerte er kurz, führte den Befehl jedoch trotzdem aus. In leicht steifen Bewegungen öffnete er die Gefängnistür und trat frische Stresshormone ausscheidend beiseite, ohne den fünf Meter grossen, dunkelbraunen Drachen aus den Augen zu lassen. Im Gegensatz zu mir schien Gustav ihm Angst einzujagen.

«Komm, Gustav. Wir gehen nach Hause.», rief Kristina ihm zu.

Ich übersetzte die Worte in telepathische Signale, sodass Gustav sie verstehen konnte. Sein Blick schweifte hinüber zu Mike und wieder zurück zu den Menschen.

«Ich möchte bei meinem Sohn bleiben.», waren seine einzigen Gedanken.

«Er möchte nicht.», teilte ich Kristina und Orell mit.

«Aber weshalb?», fragte Kristina sichtlich verwirrt.

«Der schwarze Drache ist sein Sohn und er möchte ihn nicht im Stich lassen.»

Inzwischen hatte ich begriffen, dass dies Gustavs endgültige und auch verständliche Entscheidung war. Ich hätte unter diesen Umständen wahrscheinlich dasselbe für Mario getan, selbst wenn dies bedeutete, jeglichen Luxus, die gute Behandlung und die Freiheit aufzugeben.

Ohne Vorwarnung trat Kristina an mir vorbei in Richtung von Gustavs Käfig. Nur knapp zweieinhalb Meter trennten sie von Mikes Abschnitt. Der schwarze Drache hob seinen Flügel einige Zentimeter an und lugte gierig mit silbern schimmernden Augen darunter hervor, offensichtlich lauernd.

«Pass auf! Mike ist keinem Menschen freundlich gesinnt.», warnte ich sie.

Verunsichert entfernte sie sich mehrere Schritte von Mike und trat in grossem Bogen auf Gustav zu. Orell eilte seiner Frau hinterher, wahrscheinlich um sie zu beschützen, falls etwas Unerwartetes geschehen sollte.

«Hast du sie etwa gewarnt?», fragte Mike vorwurfsvoll.

Ja.

«Spielverderber.», entgegnete er tief brummend.

«Möchtest du es dir nicht noch einmal anders überlegen? Wir haben dir nichts mitgebracht, da wir angenommen haben, dass du mit uns kommst und anschliessend zu Hause frisst.», redete Kristina beinahe flehend auf Gustav ein, der in seiner Verunsicherung einen Schritt vor ihr zurückwich.

Sowohl Kristina als auch Orell hatten inzwischen Gustavs Käfig betreten. Langsam näherten sie sich dem Drachen, den sie vor mehreren Monaten wie ein Objekt gekauft hatten, was sie nun als vollwertiges Familienmitglied zu betrachten schienen. Vor meinem inneren Auge sah ich Gustav aus Mikes Perspektive, der sich auf die beiden Menschen stürzte und sie auf brutalste Weise tötete. Gustav sah seinen Sohn zurechtweisend an.

«Das sind gute Menschen. Sie haben sich immer nach bestem Gewissen um mich gekümmert.», dachte er.

Erst jetzt begriff ich, dass die brutalen Vorstellungen von Mike anstelle von Gustav stammten.

«Diese Ausserirdischen sind der Grund, weshalb Mama tot ist!», konterte Mike.

«Nicht diese zwei.», entgegnete Gustav traurig, da Mias Tod erneut in seinem Verstand zirkulierte.

«Jetzt besinne dich endlich der Tatsache, dass diese Wesen von Natur aus boshaft sind. Wie kannst du bloss glauben, du wärst ihnen wichtig?»

Mikes Zorn den Menschen gegenüber vermischte sich mit seiner zunehmenden Frustration, seinen Vater nicht von seinem Standpunkt überzeugen zu können. Mittlerweile hatten Orell und Kristina Gustav erreicht, obwohl dieser sich vollständig zur Betonwand hinter ihm zurückgezogen hatte. Kristina streckte ihre Hand nach Gustavs linkem Vorderbein aus, was dieser in einer zittrigen Bewegung anzog, während er seinen Rücken gegen die Wand drückte.

«Hört auf, meinen Vater zu bedrängen.», dachte Mike zornig und richtete sich bedrohlich knurrend auf.

Seine Augen verengte er zu kleinen Schlitzen, während er die beiden nun stark verunsicherten Menschen anstarrte.

«Du wirst ihnen keinen Schaden zufügen.», wies Gustav seinen Sohn zurecht und stellte sich mitten in seine Sichtlinie.

«Es wäre besser, ich täte es. Vielleicht kannst du dich anschliessend von deiner Gehirnwäsche befreien.»

«Was ist denn bloss los mit dem?», fragte Orell mich, ohne seinen Blick von Mike abzuwenden, der nun an Gustav vorbei in seine Augen starrte.

«Er sieht euch als Monster, da Menschen schuld am Tod seiner Mutter sind.»

«Oh. Das tut mir leid für ihn.», entgegnete er mitfühlend wie auch leicht angstvoll.

«Bitte komm einfach mit uns.», sprach Kristina erneut auf Gustav ein, während sie sich einen Schritt näherte.

Mike biss bedrohlich knurrend in zwei der Gitterstäbe hinein, als die Menschenfrau auf seinen Vater zutrat. Hiervon liess sie sich jedoch kaum beirren. Zielstrebig streckte sie ihre rechte Hand nach Gustav aus, der zwischen ihr und Mike stand und sich leicht verunsichert zu ihr herabbeugte. Wie gebannt beobachtete ich sie, da sie sich inzwischen innerhalb der Reichweite von Mikes Schwanz befinden musste. Einzig Gustavs Zurechtweisung schien ihn davon abzuhalten, nach Kristina zu greifen und sie in Stücke zu reissen.

«Komm dem Schwarzen bitte nicht zu nahe.», gab Orell zu bedenken und hielt seine Frau an der linken Hand fest, um sie davon abzuhalten, näherzutreten.

«Aber Gustav steht dazwischen.», konterte sie.

«Wollen sie immer noch, dass ich mit ihnen gehe?», fragte mich Gustav, der seinen Blick zwischen allen Beteiligten umherschweifen liess.

Ich nickte.

«Ich möchte nicht mit euch gehen. Bitte lasst mich mit meinem Sohn allein.», sprach er gedanklich zu Kristina und Orell, ohne Kristinas ausgestreckte Hand anzutupsen, wie er es früher stets getan hatte.

«Er möchte, dass ihr ihn alleinlässt.», übersetzte ich Gustavs Gedanken.

Mit einem leichten Schimmer von Tränen in den Augen liess Kristina ihre Hand sinken, warf Gustav noch einen langen Blick zu und folgte ihrem Mann schliesslich hinaus aus dem Käfig. Mike blickte den Menschen leise knurrend und mit leicht gefletschten Zähnen nach.

«Ja, verschwindet, ihr kleinen Dämonen!», dachte er.

«Können wir jetzt endlich gehen? Kevin wartet bereits draussen auf uns.», mischte sich Felix ein.

«Ja, wir gehen jetzt.», antwortete Kristina mit leicht hängendem Kopf.

Ihr war sowohl ihre Enttäuschung als auch ihre Trauer deutlich anzusehen. Während wir gemeinsam aus dem Gefängnisraum traten, wurde Gustavs Käfigtür abermals verschlossen. Mit einem letzten Blick zurück erkannte ich, dass auch mein einstiger Freund traurig war, wenn auch aus anderen Gründen.

22

Regierungsratsversammlung

«Es trifft sich gut, dass wir momentan in der Innenstadt sind. Es findet nämlich gleich eine Ratssitzung statt, an der ich gerne teilnehmen würde.», begann Ferdinand ein neues Gespräch, nachdem wir auf die von warmem Sonnenlicht durchflutete Strasse getreten waren.

«Bist du nicht noch krankgeschrieben?», fragte ich ihn geringfügig verwirrt.

«Doch, aber es könnte hilfreich sein, einige Ratsmitglieder von unserer Sache zu überzeugen. Schliesslich nehme ich an, dass deine Beschaffung von Beweisen wenig erfolgreich war.»

«Das ist korrekt. Ich habe einige, teilweise verstörende Dinge gefunden, konnte aber nichts mitnehmen.»

«Wenn das so ist, werden wir wieder nach Hause fahren.», unterbrach Kristina unsere Konversation.

Ihre glänzenden, geröteten, leicht nach Salz riechenden Augen offenbarten mir ihre fortwährende Trauer.

«Gut. Ich gebe euch Bescheid, wie wir nach der Ratssitzung fortfahren.», entgegnete Ferdinand.

Orell legte seinen rechten Arm um Kristina und sie gingen gemeinsam in Richtung ihres Fahrzeugs davon, ohne noch etwas zu sagen.

«Sie wirken sehr bedrückt, dass Gustav nicht mit ihnen gehen wollte.», warf Loris ein.

«Ich glaube, sie lieben ihn.», antwortete Ferdinand.

Obwohl ich dies ebenfalls vermutete, war die Vorstellung, Ausserirdische würden mich oder einen Bekannten lieben, eigenartig. Einen Moment fragte ich mich, ob Ferdinand dasselbe für mich verspürte, was sich jedoch aufgrund seiner Fürsorge mir gegenüber automatisch beantwortete, denn er hatte mich wie sein eigenes Kind auf Verletzungen überprüft.

«Was ist passiert, nachdem du gegangen bist? Papa wollte mir nicht die Videos zeigen.», sprach mich Kevin an, der mir bereits seit unserer ersten Begegnung am heutigen Tage nicht von der Seite wich, sehr zum Bedauern von Felix.

Während der nächsten Viertelstunde erklärte ich ihm alles, was geschehen war, selbst die Tatsache, dass ich Drachenjunge gefunden hatte. Ferdinand und Loris lauschten meiner Geschichte gespannt, ohne mich zu unterbrechen, bis wir schliesslich vor einem schlichten, mehrstöckigen Gebäude innehielten, was sich kaum von den anderen abhob. Der einzige Unterschied bestand im Sicherheitspersonal, welches die Eingangstür flankierte.

«Ich geh dann mal schnell an die Ratssitzung.», verabschiedete sich Ferdinand und trat in eiligen Schritten auf den Eingang zu.

Sowohl Ferdinands Sicherheitsbeamte als auch die anderen blieben am Strassenrand stehen. Nach wenigen Sekunden des Zögerns schloss ich zu Ferdinand auf, da ich Claudia Fuchs gewittert hatte und ich sie auf die Drachenjungen ansprechen wollte.

«Ich werde dich begleiten.», erklärte ich ihm, als er mir einen fragenden Blick zuwarf.

Aufgrund meiner Aussage blieb er abrupt stehen, wobei ich ihn beinahe gerammt hätte.

«Das geht nicht. Drachen sind bei solch einer Besprechung nicht zugelassen.»

«Ist mir egal. Ich möchte dich nicht alleinlassen. Insbesondere nicht in Anwesenheit von Claudia Fuchs.», erwiderte ich.

«Sie stellt keine Gefahr für mich dar.»

«Tatsächlich? Ich traue ihr mittlerweile beinahe alles zu.»

«Ich ebenfalls, aber sie würde mich niemals vor den Augen der anderen Ratsmitglieder angreifen, auf welche Art auch immer.»

«Trotzdem werde ich mitkommen.»

«Du möchtest sie zur Rede stellen wegen den Kindern von Mike, nicht wahr?»

Überrascht, dass ich derart leicht zu durchschauen war, musterte ich sein Gesicht, in der Hoffnung, ihn auf dieselbe Weise lesen zu können, was jedoch erfolglos blieb.

«Woher weisst du das?», fragte ich schliesslich.

«Ich kenne dich bereits lange genug, um deine Körpersprache und Denkweise zu verstehen, oder zumindest nachvollziehen zu können. Dazu muss man kein Gedankenleser sein.», erwiderte er schmunzelnd und tätschelte mir mit der rechten Hand auf meine Schnauze.

Spielerisch schnappte ich nach seinen Fingern, die er im allerletzten Moment zurückzog, während sich sein Schmunzeln in ein breites Grinsen steigerte.

«Da ich dich ohnehin nicht umstimmen kann, hier draussen bei den anderen zu warten, darfst du von mir aus mitkommen.», sagte er schliesslich.

«Demnach sind wir uns einig.»

Gemeinsam mit Ferdinand stieg ich die drei Treppenstufen hinauf, die die Eingangstür von der Strasse trennten, und wollte bereits eintreten, als sich die Sicherheitsbeamten mir in den Weg stellten.

«Haustiere sind hier verboten, Herr Schmidt.», sprach der eine in ernstem Ton, ohne mich auch nur anzusehen.

«Erstens bin ich kein Haustier und zweitens ist es nicht seine Entscheidung, mich mitzunehmen, sondern meine.», entgegnete ich.

Beide Männer richteten ihre Blicke auf mich, als hätten sie mich eben erst wahrgenommen.

«Die Regel bezieht sich auf alle Tiere. Nur Menschen sind im Ratsgebäude erlaubt.»

«Aber Herr Schmidt ist noch aufgrund eines … Zwischenfalls verletzt. Er benötigt meine Hilfe bei der Fortbewegung.»

Ferdinand hob eine seiner Augenbrauen an, während er mir einen Vorwurfsvollen Blick zuwarf.

«Stimmt das, Herr Schmidt?», fragte der Mann.

«Ja, das ist korrekt.», antwortete Ferdinand.

«In diesem Fall tragen Sie …»

«… die volle Verantwortung über ihn, ich weiss.»

«Gut. Bevor ihr eintretet, müssen wir aber noch sicherstellen, dass Ihr Drache kein Feuer speien kann.»

«Ihr möchtet sehen, ob ich noch diese Metallplatte im Rachen habe?», fragte ich.

«Genau.»

Widerspruchslos öffnete ich mein Maul und liess die beiden Männer den Fremdkörper in meinem Hals sehen, den ich mittlerweile überhaupt nicht mehr wahrnahm, als wäre er seit meiner Geburt ein Teil von mir gewesen. Derweil fragte ich mich, ob man die Drachenkinder ebenfalls auf dieselbe Weise verstümmelt hatte.

«In Ordnung. Ihr dürft eintreten. Nur den Speer müsst ihr hierlassen.», sagte der rechte Sicherheitsbeamte schliesslich.

Mein Blick verweilte einige Sekunden auf meiner geliebten Waffe, bis ich sie schweren Herzens einem der Männer reichte und seufzend zwischen ihnen hindurch ins Innere des Ratsgebäudes humpelte. Ferdinand folgte mir ebenfalls humpelnd.

«Ich benötige also deine Hilfe bei der Fortbewegung?», fragte er entrüstet, sobald wir uns ausserhalb der menschlichen Hörweite befanden.

«Was hätte ich sonst sagen sollen?», entgegnete ich grinsend, wobei das ungute Gefühl, meinen Speer abgegeben zu haben, bereits verflogen war.

Ferdinand seufzte und machte eine abweisende Handgeste, bevor er an mir vorbei in Richtung von einigen Duftspuren ging, als müsste er mir den Weg weisen.

«Herr Schmidt, es ist schön, Sie wiederzusehen.», begrüsste ein unbekannter Mann Ferdinand, bevor er mich erblickte und sein freundlicher Gesichtsausdruck einer bleichen Maske wich.

«Guten Tag.», sprach ich zu allen anwesenden Personen.

Sie sassen an einem grossen, länglichen Holztisch mit einigen, ebenfalls aus Holz gebauten Stühlen. Aufgrund des strengen Geruchs und der glänzenden Oberfläche wusste ich, dass dieses Material lackiert worden war. Ferdinand hatte mir dieses Verfahren vor wenigen Tagen im Krankenhaus erklärt, als ihm langweilig gewesen war. Zu einem dieser Stühle, der noch nicht besetzt war, führte eine alte, beinahe verblasste Duftspur von Ferdinand, weswegen ich wusste, dass dies sein Sitzplatz war. Ohne die aus Schock oder Verwunderung erstarrten Menschen zu beachten, trat ich an Ferdinands Stuhl heran und vergewisserte mich, dass meine Vermutung auch tatsächlich stimmte, indem ich die Sitzfläche beschnupperte. Anschliessend zog ich das Möbelstück an einem Bein knapp einen halben Meter zurück, was ein durchdringendes Vibrationsgeräusch erzeugte, und blickte zu Ferdinand zurück, der sich mit dankbarem Blick näherte und anschliessend setzte. Mithilfe meines gesamten Körpers schob ich den Stuhl mitsamt des Menschen darauf an den Tisch heran. Erst als ich mich freundlich schmunzelnd neben Ferdinand setzte, schienen die ersten Ratsmitglieder aus ihrer Starre zu erwachen. Obwohl ich Claudia Fuchs längst entdeckt hatte, zwang ich mich dazu, sie nicht intensiver anzusehen als die anderen, was grosse Selbstbeherrschung erforderte. Am liebsten hätte ich mich in einem Satz auf sie gestürzt, sie zu Boden gedrückt, ihr die Sonnenbrille aus dem Gesicht gerissen und sie erpresst, Mikes Kinder freizulassen.

«Was hat dieser Drache hier zu suchen?», fragte einer der Anwesenden.

«Ich assistiere Herr Schmidt.», antwortete ich.

«Ich bin mir nicht sicher, ob das erlaubt ist.», entgegnete derjenige, der Ferdinand zuerst begrüsst hatte.

«Wenn er auf Begleitung angewiesen ist, sollten wir sie ihm lassen.», mischte sich Claudia Fuchs ein, was mich geringfügig überraschte.

Unwillkürlich blieb mein Blick auf ihrem durch die dunklen, stark reflektierenden Brillengläser verhüllten Gesicht haften, woraufhin sie mit einem überaus freundlichen Lächeln antwortete. Ich fühlte, wie mein Gesichtsausdruck ernst wurde, weswegen ich meine Aufmerksamkeit wieder den anderen Ratsmitgliedern zuwandte.

«Wir wollten gerade mit der Sitzung beginnen, als Sie eintraten, Herr Schmidt.», setzte eine mir unbekannte Frau nach einem kurzen Moment des Schweigens an.

«Ich entschuldige mich für die Verspätung. Meine heutige Teilnahme ist eher kurzfristiger Natur.», erwiderte Ferdinand.

«Gut, dann lasst uns beginnen.»

Entgegen meiner Erwartung war die Regierungsratssitzung alles andere als interessant. Seit dem Beginn wurde weder über Drachen noch über sonstige für mich relevante Themen gesprochen. Nachdem eine halbe Stunde über ein neues Gesetz zum Abbau von Treibhausgasen aus der Atmosphäre diskutiert wurde, kam endlich Ferdinand zum Zug, worüber ich ausserordentlich froh war, denn mein Kopf war bereits mindestens zehnmal aufgrund von Sekundenschlaf auf die Tischplatte gesunken.

«Wie Sie bereits wissen, arbeite ich seit über einer Woche gemeinsam mit Nils an einer Volksinitiative zur gesetzlichen Gleichstellung von Drachen und Menschen. Leider kursieren derzeit zahlreiche unschöne Videos in den sozialen Netzwerken, die den Erfolg dieser Initiative massgeblich gefährden. Mir ist bewusst, dass dies ein grosser Schritt ist, jedoch schlage ich vor, erste Massnahmen zur Enteignung von Drachen frühzeitig umzusetzen, sodass der Gefangennahme und Misshandlung dieser Wesen Einhalt geboten wird und die Öffentlichkeit erfährt, dass sie keine blutrünstigen Monster sind, wie einige von uns zu glauben pflegen.», lautete Ferdinands Ansprache.

«Mit Verlaub, Herr Schmidt, aber haben die neusten Videos von dieser Nacht auf dem Kirchhof nicht das Gegenteil von dem bewiesen, was Sie soeben behaupten? Es war eindeutig zu erkennen, wie ein schwarzer Drache zwölf Polizisten zerfleischt hat, bevor er gestoppt werden konnte.», entgegnete Claudia

Fuchs in einer Ruhe und Gelassenheit, die mich trotz meinem Hass ihr gegenüber beeindruckte.

Ein Schwall von Stresshormonen breitete sich von Ferdinand zu mir aus, während seine Wangen geringfügig erröteten.

«Aber das war doch bloss eine Ausnahme. Dieser Drache ist einer der Wenigen, die den Menschen tatsächlich Schaden zufügen wollen. Seine Mutter wurde von unseresgleichen getötet.»

«Es tut mir leid, Herr Schmidt, aber wir können Ihrem Vorschlag nicht zustimmen. Wir müssen vermeiden, dass sich derartige Vorfälle häufen.», konterte ein Ratsmitglied, dessen Namen ich bereits wieder vergessen hatte.

«Wäre ein Kompromiss in Ordnung, der besagt, dass lediglich vertrauenswürdige Drachen freigelassen werden?», warf ich ein.

Ausnahmslos alle Blicke richteten sich auf mich, was mich in Verlegenheit brachte, da nun Skepsis anstelle von Schock auf den Gesichtern der Menschen zu lesen war.

«Ausschliesslich Ratsmitglieder dürfen an dieser Diskussion teilhaben.», antwortete der Mann, der vor über einer halben Stunde erwähnt hatte, Drachen wären nicht an Regierungsratssitzungen zugelassen.

«Mich würde interessieren, was der Drache zu sagen hat. Ausserdem ist sein Vorschlag nicht zu missachten.», fuhr Frau Fuchs dazwischen.

Ich warf ihr einen finsteren Blick zu, da es mir ein Rätsel war, auf wessen Seite sie nun stand und weshalb sie auf diese Weise handelte. Von allen Personen war sie diejenige, deren Absichten sich am schlechtesten durchschauen liessen.

«Woher wissen wir, welche Drachen vertrauenswürdig sind und welche nicht?», fragte mich eine unbekannte Frau.

«Ich kenne all diese Drachen und kann euch bestätigen, wer von ihnen bei seiner Freilassung Menschen Schaden zufügen würde und wer nicht.»

«Das setzt jedoch bereits existentes Vertrauen voraus. Selbst wenn Herr Schmidt dir vertraut und du einem bestimmten Drachen vertraust, bedeutet dies nicht, dass dieser Drache keine schlechten Absichten im Sinne hat.», konterte Frau Fuchs.

So läuft das also. Sie lässt mich sprechen, nur um all meine Aussagen zu untergraben, stellte ich frustriert fest.

«Ich kann mit ihnen kommunizieren. Demnach bin ich eure beste Möglichkeit, die Absichten der Drachen herauszufinden, sollte ich sie nicht bereits kennen.», versuchte ich, meinen Standpunkt zu verteidigen.

«Wer kommunizieren kann, kann auch lügen.»

Daraufhin wusste ich keine Antwort mehr. Frau Fuchs hatte mich strategisch in eine Sackgasse manövriert. Verärgert grübelte ich nach einer Lösung für mein derzeitiges Problem.

«Ich schlage vor, wir stimmen ab.», sprach ein weiteres unbekanntes Ratsmitglied. «Wer ist für die rechtliche Gleichsetzung von Drachen und Menschen?»

Lediglich Ferdinand hob seine Hand. Einige andere tauschten unsichere Blicke aus, behielten ihre Hände jedoch bei sich.

«Gut. Demnach ist diese Frage geklärt. Widmen wir uns nun wichtigeren Anliegen wie zum Beispiel gesetzlich geregelten Mindestanforderungen, die ein Pilot eines Raumschiffs erfüllen muss. Bisweilen existieren derartige Regelungen ausschliesslich für Flugzeuge innerhalb der Marsatmosphäre.», startete Frau Fuchs ein neues Gespräch, ehe ich mir weitere Argumente ausdenken konnte, die für eine Freilassung von Drachen sprachen.

Leicht gereizt schnaubte ich heisse Luft, was keiner der Ratsmitglieder zu bemerken schien. Ohne Ferdinand oder mich einzubeziehen, setzte sich die Diskussion fort, bis die Sitzung eine knappe Dreiviertelstunde später endete.

Beinahe zeitgleich schoben alle Ratsmitglieder ihre Stühle zurück, was ein unangenehm lautes, durchdringendes Geräusch erzeugte. Als Claudia Fuchs sich erhob und kurz darauf zum Gehen wandte, trat ich in schnellen Schritten um den langen Tisch herum auf sie zu und fixierte sie mit meinem Blick. Sie bemerkte mich umgehend und lächelte mir scheinheilig entgegen.

«Ich habe gesehen, welch brutale Experimente Sie in Ihrem Forschungszentrum mit frisch geschlüpften Drachen durchführen. Damit kommen Sie nicht durch! Ich werde Sie vor Gericht anzeigen und dafür sorgen, dass Sie viele Jahre hinter Gitter verbringen müssen.», zischte ich zornig, jedoch auch leise, sodass nur Frau Fuchs es verstehen konnte.

«Verfügst du über Beweise, die deine angeblichen Sichtungen innerhalb meines Forschungszentrums bestätigen?», entgegnete sie.

Nachdenklich wandte ich meinen Blick von ihrer Sonnenbrille ab, da ich nicht einfach mit Nein antworten konnte. Aufgrund meiner ausbleibenden Reaktion auf ihre Frage setzte sie in selbstsicherem Ton fort.

«Dachte ich es mir doch. Deine Klage vor Gericht kannst du demnach vergessen. Da Aussage gegen Aussage steht, gilt der Grundsatz ...»

«... im Zweifel für den Angeklagten, das ist mir durchaus bewusst.», unterbrach ich sie genervt.

Ich versuchte, ihr hasserfüllt in die Augen zu starren, jedoch konnte ich nichts durch die dunklen Gläser in ihrem Gesicht erkennen. Nichtsdestotrotz vermutete ich, dass sie mich genauestens musterte.

«Weshalb tust du das?», fragte sie plötzlich.

«Was genau meinen Sie?», entgegnete ich verwirrt.

«Das alles hier. Ferdinand Schmidt beschützen wie ein übertreuer Wachhund, allen Menschen gegenüber bemüht freundlich sein und mit deiner Politik gegen den Kapitalismus ankämpfen, als würde sich deine Situation dadurch bessern. Du hast bereits verloren, nur scheint dein Erbsenhirn nicht in der Lage zu sein, diese Information zu verarbeiten. Gib auf, solange du noch kannst.»

Obwohl ich nicht wusste, was eine Erbse war, vermutete ich, dass die Bezeichnung «Erbsenhirn» eine Beleidigung darstellte. Dennoch verspürte ich nun eher Unbehagen anstelle von Wut, da Frau Fuchs ihren letzten Satz mit einem bedrohlichen Unterton gesprochen hatte.

Gib auf, solange du noch kannst, wiederholte ich gedanklich und wandte mich unbewusst Ferdinand zu, der sowohl mich als auch Frau Fuchs beobachtet hatte.

Ohne seine Arbeitskollegin weiterhin anzusehen, wandte er sich zum Gehen.

«Haben Sie nicht einmal ein einziges Wort für mich übrig, Herr Schmidt? Wir haben uns einst sehr gut verstanden.», rief Frau Fuchs ihm nach.

Ferdinand hielt abrupt inne, wobei sich seine Haltung verspannte. Nach mehreren Sekunden des Schweigens drehte er sich zu ihr um.

«Einst. Jetzt nicht mehr, nachdem Sie diese intelligenten, sozialen Wesen misshandelt haben.», antwortete er, während er mit einer Hand in meine Richtung deutete.

«Ihr Mitgefühl diesen Aliens gegenüber weiss ich zu schätzen, jedoch ist in unserer kapitalistischen Welt kein Platz dafür. Sie essen zum Beispiel auch Fleisch, was zum Grossteil in Massentierhaltungen hergestellt wird, die ihre Tiere oft noch schlechter behandeln wie wir die Drachen. Dennoch schert sich beinahe niemand um das Tierwohl, wenn er seinen Einkaufswagen mit Billigfleisch füllt, solange der Preis stimmt. Genauso funktioniert die Forschung und der Handel mit Drachen. Einzig und allein das Resultat wird gewertet. Ob es diesen Aliens gut geht oder nicht, spielt keine Rolle.»

«Da liegen Sie grundlegend falsch. Unsere Zivilisation wird nicht bloss von Angebot und Nachfrage gesteuert, wie Sie vielleicht glauben. Genauer gesagt wird unser Handeln grösstenteils durch Emotionen anstelle von rationalen

Entscheidungen beeinflusst. Die Menschen scheren sich sehr wohl um die Gesundheit von Tieren, insbesondere wenn sie derart intelligent sind wie Drachen. Was Sie mit Ihrer Forschung und Ihrem Handel betreiben, ist mehr als bloss ein Verstoss gegen den Tierschutz. Sie zerstören einen Teil einer hochentwickelten und schützenswerten Zivilisation, indem Sie in ihren Lebensraum eindringen, sie entführen und versklaven. Früher oder später wird sich die Wahrheit über Drachen und Ihre Firma durchsetzen und es wird ein Sinneswandel stattfinden. Sobald es so weit ist, dass Drachen wie Nils vollständig von der Öffentlichkeit akzeptiert und den Menschen gleichgesetzt wurden, sobald wir mit ihnen koexistieren, werden selbst Sie erkennen müssen, wie falsch Sie liegen.»

«Das werden wir ja noch sehen.», entgegnete Frau Fuchs süffisant schmunzelnd.

Dieser Gesichtsausdruck schien Ferdinand nicht weniger zu verärgern als mich, denn er krampfte seine rechte Hand zu einer Faust zusammen, wandte sich in energischen Bewegungen von seiner Widersacherin ab und stapfte in Richtung des Ausgangs hinfort. Nach einem letzten finsteren Blick auf die dunklen Brillengläser von Frau Fuchs folgte ich ihm.

«Das ist doch wohl die Höhe! Kaum schneiden wir das Thema Drachen an, bewirft uns diese Claudia Fuchs mit ihren Gegenargumenten und innerhalb von zwei Minuten ist unser Anliegen bereits wieder vergessen. Und erst ihre sture Überzeugung, Geld sei das Wichtigste überhaupt, wichtiger sogar als die Ethik. Wenn sie Kinder hätte, würde ich wetten, dass sie sie an den Höchstbietenden verkaufen würde, anstatt sie zu lieben. Wie gern ich dieser blonden Puppe ihre bescheuerte Sonnenbrille aus dem Gesicht schlagen würde ...», lästerte Ferdinand zornig, während wir aus der Eingangstür des Ratsgebäudes ins Freie traten und ich meinen Speer von den beiden Sicherheitsbeamten entgegennahm.

«Das werden wir ja noch sehen.», ahmte Ferdinand seine Arbeitskollegin in gespielt hoher Stimme nach. «Ich hoffe, die wird eines Tages von einem der Drachen innerhalb ihres Forschungszentrums gefressen.»

Dass ich ähnliche Fantasien Frau Fuchs gegenüber hegte, amüsierte mich. Schmunzelnd sah ich Ferdinand ins Gesicht und hoffte, er würde seine Schimpftirade fortsetzen, jedoch erreichten wir die anderen, die auf mehreren Bänken am Strassenrand auf uns gewartet hatten. Loris bemerkte Ferdinands zornigen Gesichtsausdruck unmittelbar.

«Es ist nicht gut gelaufen, hab ich recht?», fragte er vorsichtig.

«Ja, leider.», knurrte Ferdinand.

«Ich glaube, wir sollten versuchen, Mikes Kinder zu befreien.», schlug ich vor.

Obwohl ich Ferdinands Beleidigungen Frau Fuchs gegenüber noch den gesamten Tag hätte lauschen können, wollte ich vermeiden, dass unser Fortschritt stagnierte. Sowohl Ferdinand als auch Loris wirkten wenig überzeugt von meiner Idee.

«Dieses Mal konntest du das Sicherheitspersonal der Dariseg täuschen. Sie haben ausgesagt, dass du sie vor Gustav beschützt hast, nachdem sie aus dem Lastwagen befreit wurden. Das wird jedoch kein zweites Mal funktionieren und sobald sie dich dabei erwischen, wie du in das Forschungszentrum einbrichst, muss Ferdinand die Verantwortung übernehmen und man wird dich erneut einsperren.», gab Loris zu bedenken.

Angestrengt nachdenkend liess ich meinen Blick über einige misstrauisch dreinblickende Passanten auf der anderen Strassenseite schweifen.

«Gibt es eine Möglichkeit, das Forschungszentrum auf legale Weise zu durchsuchen?», fragte ich schliesslich.

«Ja, aber wir bräuchten einen Durchsuchungsbeschluss, der ausschliesslich von einem Gericht ausgestellt werden kann.», antwortete Ferdinand.

«Welche Voraussetzungen erfordert die Ausstellung eines Durchsuchungsbeschlusses?»

«Es muss ein hinreichender Verdacht vorliegen, dass eine Straftat begangen wird oder wurde.»

«Reicht eine Zeugenaussage aus?», fragte ich hoffnungsvoll.

«Die eines Drachen vermutlich nicht, da du den Menschen nicht gleichgesetzt bist. Das wäre, als würde ein Hund gegen jemanden aussagen.»

Genervt schnaubend wandte ich meinen Blick von Ferdinand ab.

«Wir könnten auch die Videos verwenden, die ich der Dariseg gestohlen habe.», warf Loris ein.

«Dann würdest du selbst hinter Gitter kommen, da du Datendiebstahl begangen hast.», konterte Ferdinand.

Loris wurde einige Sekunden nachdenklich.

«Vielleicht ist es das wert, solange wir die Dariseg dran kriegen. Wir müssen die Videos ohnehin früher oder später bei einer Klage vor Gericht verwenden. Der Diebstahl dieser Videos wiegt weniger schwer als die Misshandlung von Lebewesen.»

«Nein, es muss eine andere Lösung geben. Einen Rechtsstreit mit der Dariseg sollten wir erst wagen, wenn wir uns zu einhundert Prozent sicher sind, dass wir auch gewinnen können, ohne jahrelang hinter Gittern verbringen zu müssen. Sie werden all unsere Fehler, die wir begehen, gegen uns verwenden, so gut sie können.»

Ferdinands besorgtem Blick Loris gegenüber entnahm ich, dass ihm viel an seinem Freund lag und er um jeden Preis vermeiden wollte, dass er seine Zukunft aufgrund der Möglichkeit, die Freiheit der Drachen zu erlangen, opferte. Dies war meines Erachtens verständlich, da sich bestimmt noch bessere Gelegenheiten bieten würden, die Dariseg und Claudia Fuchs zur Rechenschaft zu ziehen und zeitgleich die Drachen zu befreien.

Schweigend begannen wir, in Richtung unserer Fahrzeuge zu spazieren, während meine Gedanken erneut zur Volksinitiative abschweiften, für die noch immer über eine Million Unterschriften fehlten. Auf drei Beinen humpelte ich neben den Menschen her und beobachtete den regen Verkehr auf der Strasse zu unserer Linken. Unzählige Fahrzeuge rauschten leise sirrend an uns vorbei. Keines von ihnen verliess die dafür vorgesehenen Spuren. Fasziniert von der Perfektion, mit der sich sämtliche Verkehrsteilnehmer bewegten, hielt ich nach Ausreissern Ausschau. Einige Minuten später erkannte ich jemanden, der seinen Kleinwagen vorübergehend in den Gegenverkehr steuerte, um ein langsameres Fahrzeug zu überholen. Selbst dieses Manöver schien einem geregelten Ablauf zu folgen, denn weder die entgegenkommenden Autos noch andere Verkehrsteilnehmer mussten abbremsen.

Das grössere, überholte Fahrzeug beschleunigte nun auf dieselbe Geschwindigkeit wie die anderen, was ungefähr bei fünfzig Kilometern pro Stunde lag. Während es von vorn in unsere Richtung fuhr, schwenkte es plötzlich in den Gegenverkehr, was mich verwunderte, da es niemanden zum Überholen gab. Verwirrt sah ich mir den Fahrer durch die Windschutzscheibe hindurch an. Der stämmige Mann mit dunklen Haaren und Vollbart fixierte Ferdinand mit starrem Blick und umfasste das Lenkrad von rechts, als würde er es jeden Moment in unsere Richtung drehen. Sobald ich diesen Gedanken beendet hatte, führte der Fahrer die von mir erwartete Bewegung aus, wodurch die Vorderräder nun beinahe perfekt auf uns zeigten.

«Ferdinand, pass auf!», schrie ich, als das fünf Meter grosse Fahrzeug ungebremst über die Steinbegrenzung des Gehwegs fuhr und auf Ferdinand zuraste, der es erst jetzt zu bemerken schien, während seine Sicherheitsbeamten bereits nach ihren Waffen griffen.

Kraftvoll stiess ich mich vom Asphalt ab in Richtung Ferdinand, da er dem Fahrzeug aufgrund seiner menschlichen Langsamkeit niemals würde entfliehen können. Mitten in der Luft kollidierte ich mit ihm und stiess ihn in allerletzter Sekunde ausser Reichweite der Front des Fahrzeugs. Anstelle von ihm rammte es nun mich an meiner Hüfte. Der heftige Aufprall bog meine Wirbelsäule abscheulich knirschend durch, wobei sich ein kurzer, heisser Schmerz gefolgt von einem unangenehmen Druck an der betroffenen Stelle ausbreitete. Ich flog einige Meter unkontrolliert über den Gehweg, bis ich schliesslich mit einer Hauswand kollidierte, mich einmal in der Luft drehte und schlitternd auf dem rauen Asphalt zum Stillstand kam. Leicht benommen und mit rasenden Kopfschmerzen sah ich mich um, zu nichts Weiterem imstande als meine Augen zu bewegen. Ich war mindestens fünfzehn Meter von den anderen hinfort geschleudert worden und mein Speer lag nun in einem Hauseingang, knapp neben dem Fahrzeug, was die solide Betonwand gerammt hatte und vollständig zum Erliegen gekommen war.

Ferdinands Sicherheitsbeamte eilten mit gezogenen Waffen auf den Fahrer zu, rissen die Tür auf und zwangen den ebenfalls benommenen Mann, sich zu ergeben. Nur wenige Sekunden später waren die Hände dieses Individuums bereits gefesselt und es wurden aufgeregte Telefonate gestartet. Ferdinand rappelte sich mühselig auf. Er hielt seinen linken Arm verkrampft umklammert und humpelte gemeinsam mit Loris zu mir, so schnell er konnte. Die Gesichter beider Menschen waren gezeichnet von Schock. Selbst Felix, der seinen Sohn schützend zu sich gezogen hatte, betrachtete mich nun anders als zuvor. Anstelle von Ablehnung erkannte ich Verblüffung und sogar Dankbarkeit in seinem Blick.

«Nils! Bist du verletzt?», fragte Loris, der mich als Erster erreicht hatte, mit zittriger Stimme.

Da ich es nicht einmal zustande brachte, meinen Kopf anzuheben, antwortete ich in einem schmerzerfüllten Krächzen.

Er setzte sich neben mich und betrachtete meine Hüfte mit demselben Blick, der Ferdinand bei meiner Freilassung angewandt hatte. Nun tastete er meine Seite ab, was ich aufgrund des wilden Gemischs meiner Schmerzen kaum fühlte.

«Es ist ein Wunder, wie stabil ihr Drachen gebaut seid. Ein Mensch an deiner Stelle wäre von den Fliehkräften zerquetscht worden.», sagte er sichtlich erleichtert, dass ich nicht im Sterben lag.

«Das hättest du nicht tun müssen, Nils. Ich verdanke dir mein Leben! Erneut.», sprach Ferdinand mich an, der endlich zu uns aufgeschlossen hatte.

Noch immer hielt er seinen linken Arm fest, was auf eine neue oder wiedergekehrte Verletzung hindeutete. Der Nebel in meinem Verstand lichtete sich beim Anblick von Ferdinands schockiertem und besorgtem Gesichtsausdruck. Mir gelang es, den Kopf um einige Zentimeter anzuheben und in Richtung seines verletzten Arms zu schnuppern. Die Intensität anderer Gerüche und meine leichte Benommenheit verhinderten, dass ich ein klares Urteil fällen konnte.

«Bist du verletzt?», fragte ich undeutlich und leise.

«Ob ich verletzt bin? Diese Frage sollte ich eigentlich dir stellen.», entgegnete Ferdinand.

Abgesehen von meinen pulsierenden Kopfschmerzen, dem stechenden, linken Flügelgelenk und dem unangenehmen Druck ungefähr in der Mitte meiner Wirbelsäule ging es mir gut. Seltsamerweise verspürte ich wesentlich weniger Schmerzen, als ich nach einem derartigen Aufprall erwartet hatte. Langsam reckte ich meinen Kopf nach hinten und sah mir meine Hüfte eigenständig an. Es war nichts Aussergewöhnliches zu erkennen, abgesehen von meinem linken Hinterbein, welches in einer unbequemen Position lag, die ich nicht zu fühlen vermochte. Genaugenommen fühlte ich unterhalb des eigenartigen Druckgefühls meines Rückens überhaupt keine Schmerzen. Ich versuchte, mein Bein in eine normale Lage zu bringen, jedoch bewegte es sich keinen Millimeter. Nun wollte ich aufstehen, aber ausser meinen Vorderbeinen bewegte sich nichts. Mit zunehmender Angst vor meinen Verletzungen robbte ich einige Zentimeter nach vorn, während meine Hinterseite schlaff über den Asphalt schabte. Ich konnte weder den rauen Stein noch die veränderte Körperhaltung fühlen.

«Meine Hinterbeine sind taub. Und mein Schwanz ebenfalls. Ich kann mich nicht richtig bewegen.», teilte ich den besorgten Menschen mit zittriger Stimme mit.

Ferdinands Augen weiteten sich.

«Fühlst du wirklich gar nichts mehr?», fragte er von derselben Angst durchflutet wie ich.

«Nein, es ist alles taub. Meine Beine könnten genauso gut nicht existieren.»

«Versuch mal, gegen meine Hand zu drücken.», sprach nun Loris zu mir, der meine linke Hinterpranke mit beiden Händen anhob.

Ich konzentrierte mich mit aller Kraft auf mein Bein, jedoch rührte sich kein Muskel.

«Es funktioniert nicht!», rief ich verzweifelt.

Tränen bildeten sich in meinen Augen und ich fühlte, wie es mir den Hals zuschnürte.

«Seine gesamte Hinterseite ist schlaff.», erklärte Loris eher an Ferdinand als an mich gerichtet.

«Und wie geht es deinen Flügeln?», fragte Ferdinand.

Vorsichtshalber breitete ich beide Schwingen aus und zog sie wieder an, so gut es mit den Schmerzen meines linken Flügelgelenks möglich war.

«Die verhalten sich ganz normal.», antwortete ich.

Um mich zu vergewissern, ob meine Hinterseite tatsächlich vollständig taub war, robbte ich mit den Vorderbeinen nach links, meine Schusswunde ignorierend, und biss mir selbst in das Kniegelenk meines linken Hinterbeins. Schockiert stellte ich fest, dass ich nicht das leichteste Zwicken wahrnahm, obwohl ich einigermassen kräftig zugebissen hatte. Unwillkürlich beschleunigte sich mein Atem und ich versuchte erneut vergeblich, aufzustehen. Anschliessend kroch ich mit meinem linken Vorderbein, was als einziges noch uneingeschränkt verwendet werden konnte, nach vorn in Richtung meines Speers, der neben dem halb zerstörten Fahrzeug im Hauseingang lag. Obwohl ich meinen linken Flügel in Schonhaltung hielt, streifte er aufgrund meiner tiefen Lage den Asphalt, was starke Schmerzen im chronisch kranken Gelenk auslöste. Wenige Meter vor dem Speer wurde das heftige Stechen zu stark und ich brach schwer atmend auf dem Gehweg zusammen.

Toms Vermutung, dass die chronischen Leiden meines Rückens irgendwann zu einer Lähmung führen konnten, wie es bei Stella der Fall war, war nun eingetroffen. Die Gedanken an meine Tochter erfüllten mich mit Trauer und Sehnsucht, was meinen bereits angeschlagenen Gemütszustand noch verschlechterte. In völliger Verzweiflung und Ratlosigkeit blieb ich liegen, bis Loris vorschlug, mich in ein Krankenhaus zu bringen. Ich liess diese Möglichkeit durch meinen Verstand fliessen, bis ich mir erneut der akuten Gefahr bewusst wurde, in der sich Ferdinand momentan befand.

«Wir sollten die Stadt schnellstmöglich verlassen.», warf ich ein.

«Du bist schwer verletzt, Nils. Wir können doch nicht …», setzte Ferdinand an.

«Aber wir müssen. Man hat soeben versucht, dich zu töten, und zwar nicht zum ersten Mal. Je länger wir bleiben, desto grösser ist die Gefahr. Ausserdem bezweifle ich, dass man meiner Wirbelsäule noch helfen kann.», konterte ich.

Misstrauisch betrachtete ich jedes Fahrzeug, was an uns vorbeifuhr, als wäre es eine Mordwaffe.

«Vielleicht lässt sich doch etwas machen.»

«Für ein Vielleicht möchte ich aber nicht dein Leben riskieren. Lass uns lieber die Stadt verlassen und anschliessend nach einer Lösung suchen.»

«Das klingt vernünftig.», unterstützte Loris mich.

Ferdinand sah zuerst Loris und anschliessend mich seufzend an.

«Na gut. Ich werde Orell und Kristina fragen, ob wir sie erneut besuchen können. Auf ihrem Anwesen sind wir bestimmt sicher.»

«Könnt ihr uns helfen, Nils in den Transporter zu tragen?», rief Loris den anderen zu, die sich bis jetzt noch mit dem Attentäter beschäftigt hatten, der nun an einen Laternenpfahl gefesselt war und von sich selbst enttäuscht zu Boden blickte.

Mehrere Sicherheitsbeamte eilten herbei, gefolgt von Felix, der mich durchgehend beobachtet hatte. Kevin lief wenige Sekunden verzögert seinem Vater nach, ohne dass dieser es zu bemerken schien. Insgesamt acht Personen packten mich von allen Seiten und hoben mich zeitgleich hoch. Mein linker Flügel wurde währenddessen schmerzhaft gefaltet, weswegen ich ihn in mehreren ruckartigen Bewegungen zurück in meine Schonhaltung brachte. Ich entspannte mich, so gut es ging, und beobachtete derweil den Attentäter. Er schien keinerlei Notiz von mir geschweige denn irgendetwas zu nehmen, was mich geringfügig beruhigte. Mein Blick fiel auf meinen Speer. Ferdinand bemerkte dies umgehend. Kurzerhand hob er die Waffe auf und nahm sie mit zu unserem Transportmittel.

Meine acht Träger, zu denen auch Loris und Felix zählten, legten mich flach in der Mitte des Ladebereichs ab. Alle Sicherheitsbeamten stiegen wieder aus, während sich Loris, Felix, Kevin und Ferdinand zu mir setzten. Selbst als die Schiebetür des Fahrzeugs geschlossen wurde und es sich in Bewegung setzte, wichen sie mir nicht von der Seite. Kevin hatte während der gesamten Zeit nichts gesprochen, was vermutlich seinem Schock zuzuschreiben war. Er wagte es nicht einmal, mich zu berühren. Stattdessen starrte er mich ununterbrochen mit sorgenvollem Blick an, als würde sich meine Lähmung verschlimmern, sollte er mich aus den Augen lassen.

Ferdinand hingegen war weniger zurückhaltend. Trotz seiner offensichtlichen Schmerzen innerhalb des gebrochenen Arms streichelte er meinen Kopf und massierte anschliessend die Einbuchtung zwischen meiner Schnauze und meiner Stirn, was erstaunlich angenehm war. Mit seinem Daumen strich er immer wieder über dieselbe Stelle, bis ich seine Berührungen stärker fühlte als meine Kopfschmerzen. Irgendwann fielen mir vorübergehend die Augen zu und ich beschloss, mich dem Schlaf hinzugeben.

23

Gelähmt

Mehrere Berührungen auf allen Seiten meines Körpers rissen mich aus einem unruhigen, von Schmerzen durchzogenen Traum. Erschrocken blickte ich umher, bis ich feststellte, dass ich erneut getragen wurde. Die aufgrund meines ruckartigen Erwachens verunsicherten Blicke der Sicherheitsbeamten, die Loris und Felix beim Tragen halfen, ignorierte ich seufzend.

«Oh nein! Nils, was ist passiert?», hallte Kristinas schockierte Stimme über den Kiesplatz vor ihrem Anwesen, nur eine Sekunde nachdem ich aus dem Fahrzeug getragen wurde.

«Er ist von der Hüfte abwärts gelähmt.», erklärte Loris knapp.

«Aber ... wie?»

Kristina, die uns nun erreicht hatte, liess ihren Blick hastig über mich huschen, bevor sie jedem einzelnen Menschen kurz in die Augen sah. Ihren zittrigen, fahrigen Bewegungen nach war sie völlig durcheinandergebracht. Ihr Mann, der nun ebenfalls aus dem Haupteingang des Anwesens gestürmt kam, erweckte keinen anderen Eindruck.

Ferdinand und Loris erklärten, was uns zugestossen war, woraufhin Kristina und Orell ihnen halfen, mich in ein Schlafzimmer zu verfrachten und auf das weichste, wohlriechendste Bett zu legen, was ich jemals gesehen hatte. Nicht einmal mein linker Flügel protestierte, als er gegen die flauschige Bettdecke stiess.

«Ich lasse umgehend einen Arzt rufen.», erklärte Orell.

«Brauchst du noch irgendetwas? Hast du Schmerzen?», fragte Kristina beinahe zeitgleich.

«Ähm, nein. Nicht wirklich.», antwortete ich leicht überrumpelt.

Kevin setzte sich zu mir auf das Bett, Ferdinands linker Arm wurde von Loris oberflächlich untersucht und Felix stand überfordert umherblickend im Zentrum des Geschehens. Nach wenigen Minuten entspannte er sich geringfügig und nahm auf einem breiten, weich gepolsterten Stuhl neben dem Fenster des Schlafzimmers Platz, seinen Blick unablässig auf Kevin gerichtet, der mich fürsorglich von meiner Schnauzspitze bis zu meinem Nacken streichelte.

Derweil versuchte ich mehrere Male erfolglos, meinen Schwanz zu bewegen, dessen Spitze über die Bettkante ragte.

«Tut es weh?», fragte Kevin einige Zeit später leise.

«Nein, nicht wirklich. Ich fühle absolut gar nichts bis auf einen unangenehmen Druck in meiner Wirbelsäule.», antwortete ich mit rauer Stimme.

Kevin musterte mich wie bereits dutzende Male zuvor an diesem Tag.

«Wird das wieder besser?»

«Ich weiss es nicht.»

Mein Blick richtete sich nun wieder auf Felix, der uns fortwährend stumm beobachtete. Seiner mittlerweile entspannten Körperhaltung entnahm ich, dass er inzwischen kein Monster mehr in mir sah, was seinen Sohn jeden Moment zerfleischen konnte.

Immerhin hat diese Situation auch einen Vorteil, sprach ich gedanklich zu mir selbst, um mich auf das Positive zu fokussieren.

Kevin legte sich nun flach neben mich und streichelte mir sanft über meinen rechten Flügel. Da mir nun nichts anderes übrigblieb, als zu warten, und mir die weichen Berührungen angenehm waren, schloss ich die Augen in der Hoffnung auf Schlaf.

Kaum hatte ich das Reich der Träume betreten, wurde ich bereits wieder geweckt. Orell kam in Begleitung eines unbekannten Mannes zu mir, der sich als Tierarzt vorstellte. Er fragte mich äusserst höflich, ob er mit der Untersuchung meiner Hüfte und meines Rückens beginnen durfte, was ich dankbar bejahte. Nachdem er meine tauben Hinterbeine und die ebenfalls taube Hüfte abgetastet hatte, versicherte er mir, dass keine Knochen gebrochen und alle Gelenke intakt waren. Nun drückte er mit seinen Fingern auf bestimmte Stellen neben meiner Wirbelsäule, beginnend an meinem Schwanzansatz, und fragte mich jeweils, ob ich etwas fühlte. Als er exakt den Punkt erwischte, von dem das starke Druckgefühl ausging, schoss ein heisser Schmerz durch meinen gesamten Rücken, gefolgt von einem Stechen, was mit der Zeit in ein Kribbeln überging. Bei seiner Berührung hatte ich derart heftig gezuckt, dass der Arzt die Frage, ob ich es gefühlt hatte, ausliess.

«Wie es aussieht, wurden die Nervenbahnen in diesem Wirbel verletzt.», erklärte der Arzt, während er auf die betroffene Stelle deutete. «Entweder ist der Wirbel gebrochen oder er wurde verschoben. Genau kann ich das leider nicht sagen, da ich durch die Zacken auf dem Rücken nichts fühlen kann. Dies spielt aber auch keine Rolle, da die Schäden am Rückenmark in beiden Fällen irreversibel sind. Man könnte den Knochen richten lassen, aber die Lähmung wird fortbestehen.»

Leer schluckend liess ich diese Information auf mich wirken. Ich tauschte mit Felix einen langen, vielsagenden Blick aus.

«Deswegen hat es sich bei Stella nie gebessert.», murmelte ich nachdenklich.

Der Arzt sah mich fragend an.

«Stella ist meine Tochter und sie leidet unter einer ähnlichen Lähmung.», erklärte ich.

«Welche Körperteile sind bei ihr betroffen?», fragte er interessiert.

«Ihr linker Flügel und ihr linkes Hinterbein. Sie kann deswegen nicht mehr fliegen.»

«Mein Beileid.», erwiderte der Arzt mitfühlend.

Überrascht von der höflichen Art und Weise, wie er mich behandelte, sah ich ihm dankbar in die Augen. Es vergingen einige Sekunden des Schweigens, bis er erneut zu sprechen begann.

«Möchtest du den Wirbel dennoch richten lassen?»

«Nein, das bringt nichts.», antwortete ich niedergeschlagen.

«In Ordnung. Falls du dich umentscheidest oder andere medizinische Probleme auftreten, kannst du dich jederzeit an Herr Meier oder mich wenden.»

Mit diesen Worten verabschiedete sich der Arzt und verliess das Schlafzimmer.

«Brauchst du sonst noch irgendetwas?», fragte Orell, bereits zum Gehen gewandt, da er offensichtlich den Arzt nach draussen begleiten wollte.

«Ich hätte gerne ein wenig Wasser.», entgegnete ich mit glasigem Blick.

In Gedanken war ich bereits in meiner eigenen Zukunft, die aus nichts als Schlafen, Liegen und Fressen bestand. Ohne meine Hinterbeine konnte ich nicht einmal vom Boden abheben, da ich keine korrekten Flügelschläge ausführen konnte.

Noch während des gesamten Tages lag ich gedankenverloren im Bett. Da ich nicht eigenständig aufstehen konnte, um meine Geschäfte auf der Toilette zu verrichten, mussten einige Angestellte von Orell und Kristina mich ins Badezimmer tragen. Abgesehen davon verbrachte ich meine Zeit ausschliesslich im Bett. Kevin lag meistens bei mir, um mich zu streicheln oder mit mir zu sprechen. Ich erzählte ihm viel über das Leben auf der Erde, wie wir trotz der widrigen Umstände innerhalb dieser gigantischen Wüste überlebten und was ich mittlerweile alles in antiken Ruinen gefunden hatte. Obwohl es mir seelische

Schmerzen bereitete, die von mir geliebte Vergangenheit auf diese Weise neu zu durchleben, liess ich mich nicht von meinen Geschichten ablenken, selbst als mir zwischendurch die Tränen in die Augen stiegen.

Felix lauschte währenddessen gespannt und auch Ferdinand, dessen linker Arm nun in einem neuen Gips steckte, setzte sich zu uns. Auf diese Weise verging die Zeit rascher, als ich erwartet hatte. Ehe ich mich versah, war es bereits später Abend. Dieses Mal willigte Felix ein, seinen Sohn bei mir übernachten zu lassen. Beinahe geistesabwesend verliess er gemeinsam mit Ferdinand das Schlafzimmer. Kevin kuschelte sich dicht neben mir in der Bettdecke ein, während das Licht gelöscht wurde. Obwohl er hätte schlafen sollen, blieben seine Augen geöffnet. Sein Blick war auf keinen bestimmten Punkt gerichtet, weswegen ich annahm, dass er unter diesen düsteren Lichtverhältnissen nichts mehr erkennen konnte.

«Warst du vor der Reise zum Mars schon mal im Weltraum?», flüsterte Kevin leise.

«Nein.», antwortete ich schmunzelnd aufgrund seiner unstillbaren Neugier.

«Ist es, weil ihr keine Raumschiffe bauen konntet?»

«Nicht primär. Wir hatten kein Bedürfnis, unseren Planeten zu verlassen. Deswegen haben wir auch nie versucht, ein Raumschiff zu bauen.»

Kevin dachte einen Moment schweigend nach.

«Konnte das antike Flugzeug, was du gefunden hast, in den Weltraum fliegen?»

«Das habe ich nie ausprobiert, aber ich bezweifle es. Schliesslich hat es selbst bei normalem Gebrauch gerattert, als würde es jeden Augenblick auseinanderbrechen.»

«Okay.»

Wieder schwieg er eine Weile lang, bevor er mir abermals eine Frage stellte.

«Kannst du mir mehr von Stella erzählen?»

Bei der Erwähnung meiner Tochter überkam mich ein starkes Gefühl der Sehnsucht, was meine Augen feucht werden liess und einen Kloss in meinem Hals erzeugte.

«Was genau möchtest du von ihr wissen? Wenn ich dir alles erzählen würde, was ich über sie weiss, lägen wir vermutlich in zehn Jahren noch hier.», antwortete ich schliesslich unter starker Bemühung, mir meine zunehmende Trauer nicht anmerken zu lassen.

«Wie ist sie so? Was mag sie am liebsten und wie verbringt sie ihre Freizeit?»

Tief seufzend und schweren Herzens sortierte ich meine Gedanken und formulierte eine ausführliche Antwort.

«Stella gleicht, wie ihr Name bereits andeutet, einem Stern. Sie ist ein strahlendes Licht in der ansonsten rauen und brutalen Welt. Nichts vermag ihre immerzu fröhliche Laune zu trüben oder ihr die Motivation zu nehmen, Jahrzehntelang an einer Sache zu arbeiten. Jede Minute ihres Lebens verbringt sie mit ihrer Analyse der antiken, menschlichen Überreste. Sie saugt neues Wissen auf, als wäre es ihre Luft zum Atmen. Sobald sie etwas weiss, vergisst sie es niemals, ausser es liegt über dreihundert Jahre in der Vergangenheit. In dieser Hinsicht ist sie genau wie ich. Ihr Interesse an Naturwissenschaften, Technologie und dem Unbekannten spiegelt das Meine wider. Hätte sie keine körperlichen und materiellen Einschränkungen, würde sie zweifellos jedes Geheimnis des Universums entschlüsseln. Du kannst dir überhaupt nicht vorstellen, wie sehr ich sie vermisse. Ich würde alles dafür geben, sie noch einmal wiedersehen zu können. Sie ist eine der beiden Gründe, weshalb ich trotz meiner aussichtslosen Situation noch nicht aufgegeben habe, weshalb ich weitermache, obwohl alle Chancen gegen mich stehen und weshalb ich mich mit euch Menschen verbündet habe, obwohl ihr meine Feinde gewesen seid.»

Während ich sprach, verlangsamte sich Kevins Atmung, seine Augen fielen ihm zu und er glitt in einen tiefen Schlaf über. Schmunzelnd breitete ich meinen rechten Flügel über ihm aus, ohne ihn zu wecken, und schloss die Augen ebenfalls.

Mitten in der Nacht weckte mich ein beinahe unerträglicher Druck innerhalb der verletzten Stelle meiner Wirbelsäule. Er war wesentlich stärker geworden als noch am Tag zuvor, weswegen ich nun keinen Schlaf mehr finden konnte. Unruhig versuchte ich, mich in eine bequemere Position zu begeben, jedoch erfolglos. Das immerzu stärker werdende Druckgefühl schwoll allmählich zu einem konstanten Schmerz an, der mich meine noch funktionstüchtigen Gliedmassen verkrampfen liess. Mein Atem ging stossweise und ich presste die Augen zu, in der Hoffnung, es würde sich bessern. Bedauerlicherweise war das genaue Gegenteil der Fall. Stöhnend vor Schmerz wand ich mich auf der flauschigen Bettdecke, bis meine Bewegungen schliesslich Kevin weckten.

«Was ist los?», fragte er verwirrt.

«Mein Rücken schmerzt.», krächzte ich.

«Ist es sehr schlimm?»

Ich wollte bereits mit Nein antworten, als mich eine neue Welle meiner Qualen durchströmte, die mich schmerzerfüllt stöhnen liess. Das Druckgefühl breitete sich nun in Richtung meiner Hüfte aus und erreichte allmählich meine Hinterbeine, während es zunehmend an Intensität gewann. Es war der konstanteste, reinste Schmerz, den ich jemals verspürt hatte, zudem aber auch einer der intensivsten.

«Ich werde Papa Bescheid sagen.», sagte Kevin mit besorgter Miene und kroch blind mit Armen und Beinen tastend aus dem Bett.

Das schwache Licht der Stadt, welches durch schmale Ritzen der Fensterläden ins Schlafzimmer drang, reichte bereits aus, dass ich jeden Zentimeter dieses Raumes problemlos erkennen konnte, wenn auch mit schwächer ausgeprägten Farben. Ein Mensch hingegen konnte nichts als absolute Schwärze sehen. Demnach torkelte Kevin unbeholfen im Raum umher, die Zimmertür weit verfehlend.

«Die Tür ist links von dir.», brachte ich ächzend hervor, während das mittlerweile extrem schmerzhafte Druckgefühl ein weiteres Mal zunahm.

Kevin tastete sich der Wand entlang nach links, bis er schliesslich die Türklinke zu fassen bekam. Sobald er sie betätigte, drang bereits ein Schein neuen Lichts herein, und Kevins Bewegungen wurden zielstrebiger. Eilig verliess er das Zimmer, mit leicht verängstigter Stimme nach seinem Vater rufend.

Nur wenige Minuten später wehte mir ein neuer Schwall von Kevins Duft entgegen, gefolgt von dem von Felix und Orell. Alles von meiner Hüfte über meine Hinterbeine bis hin zu meiner Schwanzspitze fühlte sich nun an, als würde es in mikroskopisch kleine Stücke zerrissen werden, nur dass die Schmerzen niemals endeten und stetig intensiver wurden.

«Was ist passiert?», fragte dieses Mal Felix.

«Ich weiss es nicht.», antwortete Kevin.

Ich wollte ihm antworten, brachte jedoch nichts als ein weiteres Stöhnen heraus. Felix setzte sich hastig neben mich. Seine Haare waren zerzaust, seine Augen leicht gerötet und er roch streng. Von Müdigkeit liess er jedoch keine Spur erkennen.

«Wo schmerzt es?», fragte er.

«Überall.», war die beste Antwort, die ich ihm auf die Schnelle geben konnte, obwohl sie nicht gänzlich der Wahrheit entsprach.

Felix sah sich ratlos zu Orell um, dessen schockierter Blick bereits seit einigen Sekunden auf mir verweilte. Wieder nahmen die Schmerzen zu, was mir ein lautes Brüllen entlockte, da ich keine anderen Optionen besass, mit meinen Qualen fertigzuwerden. Meine Klauen blieben während einiger verkrampfter Bewegungen in der Bettdecke hängen und ich hörte, wie Stoff zerriss. Erfolglos bemühte ich mich, keine weiteren Textilien innerhalb des Betts zu beschädigen.

Obwohl ich währenddessen mein rechtes Vorderbein und mein chronisch schmerzendes Flügelgelenk bewegte, waren diese Schmerzen nichts im Vergleich zu dem, was die Hinterseite meines Körpers aussendete, weswegen ich mein krampfhaftes Winden fortsetzte. Selbst als ich mich auf meinem linken Flügel wälzte, fühlte sich das davon ausgehende Stechen lediglich an, als würde mich jemand kitzeln.

«Ich bin gleich wieder zurück.», nahm ich Orells Stimme wahr, gefolgt vom Geräusch seiner schnellen Schritte, mit denen er aus dem Zimmer eilte.

Bevor er zurückkehrte, brüllte ich mir die Seele aus dem Leib. Alle anwesenden Personen hatten sich inzwischen einige Schritte vom Bett zurückgezogen und Kevin hielt sich sogar die Ohren zu. Als ich endlich erneut Orells Stimme vernahm, war ich bereits geringfügig heiser.

«Helft mir, ihn festzuhalten.», rief er den anderen zu.

In seiner rechten Hand hielt er einen schmalen, gläsernen Zylinder, an dessen Ende eine extrem dünne Nadel angebracht war. Da ich den hier anwesenden Menschen vertraute, biss ich die Zähne zusammen und ballte die Klauen zu Fäusten, um niemanden versehentlich zu verletzen, während Felix, Orell und Loris, den ich erst jetzt entdeckt hatte, sich mit ihrem gesamten Körpergewicht auf mir abstützten. Versehentlich zuckte ich mit meinem rechten Flügel, wodurch ich Felix mit der Kante ins Gesicht schlug, was ihm jedoch nichts auszumachen schien. Orell rammte derweil die Nadel des Glaszylinders in mein rechtes Flügelgelenk und drückte mithilfe seines Daumens einen Kolben hinein. Ich vermutete, dass er mir soeben eine Flüssigkeit injizierte. Meine Hoffnung, dies würde meine Schmerzen lindern, erfüllte sich bereits kurze Zeit später. Noch bevor Orell die Nadel aus meinem unkontrolliert zuckenden Flügel gezogen hatte, breitete sich ein angenehm warmes und zugleich taubes Gefühl darin aus. Allmählich verteilte es sich in meinem Körper, bis das unerträglich starke Druckgefühl verblasste und sich meine Muskeln unwillkürlich entspannten. Zudem nahm ich sämtliche Geräusche dumpfer wahr und mein Verstand fühlte sich träge an. Leicht benommen blickte ich zwischen den besorgten Gesichtern der Menschen umher, die allmählich ineinander zu verschwimmen schienen, bis das wohlig warme Gefühl in meinem Körper das Einzige war, was ich wahrnahm.

Warmes Tageslicht schien tiefrot durch mein rechtes Augenlid, als ich bei dem Gefühl einer menschlichen Hand auf meiner Stirn erwachte. Dem Geruch nach wusste ich, dass es Ferdinand war. Es gelang mir weder, meine Augen zu öffnen, noch mich zu bewegen, bevor ich erneut das Bewusstsein verlor.

Irgendwann später erwachte ich abermals. Die Schmerzen unterhalb des verletzten Wirbels zeichneten sich noch als starken Druck, jedoch wesentlich erträglicher ab, als es vor der Injektion der Fall gewesen war. Wieder schlief ich ein, bis mich die Stimme von Loris weckte. Ich hatte das Gefühl, nur eine Sekunde geschlafen zu haben. Mit Sicherheit wusste ich dies aber nicht. Was er gesagt hatte, konnte mein stark benebelter Verstand nicht entziffern. Einzig durch das Gefühl von frischem Wasser an meiner Schnauzspitze konnte ich Rückschlüsse auf das momentane Geschehen ziehen. Instinktiv schnappte ich nach der Flüssigkeit, wenn auch sehr unbeholfen. Ich fühlte, wie das kühle Nass meiner Schnauze und meinem Hals entlang zu Boden tropfte, während ich meinen Durst stillte. Noch während ich trank, verlor ich wieder das Bewusstsein.

Viele weitere Male erwachte ich für jeweils wenige Sekunden, nur um gleich wieder in das Reich der Träume abzuschweifen. Ich wusste weder, wie viel Zeit mittlerweile vergangen war, noch was um mich herum geschah. Einzig die Gerüche von Ferdinand, Loris, Felix, Kevin, Orell und Kristina gaben mir Sicherheit. Zwischendurch fühlte ich, wie mich einer von ihnen streichelte, wie sie mich in eine andere Position hievten oder mir erneut Flüssigkeiten injizierten, die mich gleich wieder in einen Zustand der vollkommenen Benommenheit schickten.

Irgendwann erwachte ich mit Felix unter meinem rechten Flügel eingekuschelt. Mein Verstand fühlte sich noch immer träge, zugleich aber wesentlich normaler an als zuvor. Auf Anhieb gelang es mir, den Kopf anzuheben und mich umzusehen. Ein leichtes Schwindelgefühl liess mich geringfügig schwanken. Graues Tageslicht drang durch das Fenster hinein in das Schlafzimmer. Wassertropfen rannen der Scheibe entlang herab, begleitet vom angenehm leisen Prasseln des Regens.

Kevin hatte meine Bewegungen bemerkt und robbte nun sachte unter meinem Flügel hervor.

«Wie geht es dir?», fragte er interessiert.

Abgesehen von einem unangenehmen, jedoch nicht schmerzhaften Druckgefühl sowohl an meinen Hinterbeinen als auch meinem Schwanz war absolut gar nichts mehr von den einstigen Qualen übriggeblieben.

«Eigentlich ganz gut.», antwortete ich heiser.

Ich räusperte mich und stellte sogleich fest, dass sich etwas anders anfühlte als zuvor. Zu meiner Überraschung konnte ich die in der Bettdecke gespeicherte Wärme unterhalb meines Schwanzes fühlen. Ich ruckte ihn einige Zentimeter nach rechts, um gleich darauf die Kälte der unangetasteten Textilien wahrzunehmen. Erst einen Augenblick später bemerkte ich, dass ich soeben meinen Schwanz bewegt hatte. Voller Erstaunen versuchte ich es erneut und wieder gelang mir eine Bewegung, wenn auch schwach und zittrig.

«Du kannst dich wieder richtig bewegen!», rief Kevin aufgeregt.

Auf seinem Gesicht zeichnete sich ein fröhliches Lächeln ab. Fassungslos starrte ich meine Hinterbeine an, die sich nun ebenfalls bewegen liessen. Sie strömten ein leichtes Stechen aus, was allmählich in ein Kribbeln überging. Nachdem ich sie einige Male gestreckt und wieder angezogen hatte, verebbte es jedoch vollständig. Einzig der unangenehme Druck, der weder zu- noch abnahm, blieb konstant bestehen.

Grinsend vor Freude richtete ich mich vollständig auf und tapste mit zittrigen Beinen auf den Bettrand zu. Dank der geringen Gravitation des Mars wagte ich es, hinab auf den harten Boden zu springen, obwohl ich noch sehr unsicher war. Ich fing mein gesamtes Gewicht mit dem linken Vorderbein ab und setzte mich anschliessend auf den kühlen Untergrund, während ich die wunderbare Neuigkeit zu verarbeiten versuchte.

«Ich kann mich wieder richtig bewegen!», wiederholte ich Kevins Aussage freudig, während ich ihm lächelnd in die Augen sah.

«Also ist es doch nicht für immer.», antwortete er.

«Aber wie ist das möglich? Stella ist bereits seit Jahrtausenden gelähmt und es hat sich niemals gebessert.»

Auf diese Frage antwortete Kevin lediglich mit einem Schulterzucken.

Hängt das mit der Flüssigkeit zusammen, die Orell mir verabreicht hat? Fragte ich mich.

Bevor ich mir weiterhin den Kopf über meine wundersame Genesung zerbrechen konnte, unterbrach mich das gierige Knurren meines Magens. Ich fühlte mich derart hungrig, als hätte ich über eine Woche nichts gefressen, was vermutlich auch der Wahrheit entsprach. Sachte, um meinen kürzlich genesenen Rücken nicht überzustrapazieren, trat ich auf die offenstehende Zimmertür zu. Meine Hinterbeine fühlten sich an, als würden sie nicht zu meinem Körper gehören, was mir jedoch aufgrund meiner verschwundenen Lähmung gleichgültig war. Ausserdem bereiteten mir keinerlei Bewegungen Schmerzen innerhalb meiner Wirbelsäule. Während des Gehens krümmte ich meinen Rücken in alle erdenklichen Richtungen, ohne auch nur den Hauch eines Stechens zu verspüren. Einzig das konstante, unangenehme Druckgefühl blieb ungemindert bestehen, was mir jedoch allemal lieber war als heftige Schmerzen, die ohne jegliche Vorwarnung während bestimmten Bewegungen auftreten konnten.

Mit der Nase wenige Millimeter über dem Parkettboden folgte ich intensiv schnuppernd Orells Duftspur, um ihn nach einer Mahlzeit zu fragen. Abgesehen von der Welt der Düfte und dem klackenden Geräusch meiner Klauen nahm ich überhaupt nichts mehr wahr, bis ich plötzlich vor Orell stand, der mich sichtlich erleichtert musterte.

«Oh, du bist wach. Ich wollte gerade nach dir sehen. Du kannst dich also wieder uneingeschränkt bewegen?», fragte er verblüfft.

«Ja. Könnte ich ein wenig zu fressen haben?»

«Ganz gewiss. Ich gebe umgehend meinem Koch Bescheid.»

«Es muss nichts Kompliziertes sein. Ein kurz angebratenes, ungewürztes Stück Fleisch genügt völlig.», erklärte ich, um ihm keine vermeidbaren Umstände zu bereiten.

«Wie du wünschst. Wenn du magst, kannst du dich bereits an den Esstisch setzen.», entgegnete er und deutete in Richtung einiger Essensdüfte, die meinen Magen noch stärker rebellieren liessen.

Ich folgte seinem Vorschlag und humpelte gemächlich in den grossen Essbereich hinein. Leise Schritte hinter mir erinnerten mich daran, dass Kevin mir gefolgt war.

«Nils, geht es dir wieder besser? Wie ich sehe, ist deine Lähmung irgendwie verheilt.», begrüsste mich Ferdinand, der ein herrlich duftendes, weiches Gebäck aus Getreide in seiner rechten Hand hielt, von dem er bereits einen Teil gegessen hatte.

«Ja, mir geht es besser als zuvor.», antwortete ich in einem tranceartigen Zustand, ohne meinen Blick von Ferdinands Essen lösen zu können, was mich magisch anzuziehen schien, denn meine Beine trugen mich vollautomatisch nach vorn.

«Das freut mich sehr, auch wenn ich ehrlich gesagt ziemlich überrascht bin. Orell hat dir seit gestern Abend kein Betäubungsmittel mehr gespritzt, um zu sehen, wie es mit deinen Schmerzen aussieht, aber dass du heute plötzlich durch das Schloss wanderst, hätte ich nicht erwartet.»

Ferdinand öffnete seinen Mund, um ein Stück seines Gebäcks abzubeissen, hielt jedoch mitten in der Bewegung inne, da ich lustvoll sabbernd neben seinem Stuhl angekommen war und instinktiv nach seinem Essen schnappte. Nicht einmal der köstliche Geschmack oder die weiche, perfekte Konsistenz dieses noch leicht warmen Etwas nahm ich wahr, da ich es innerhalb einer Sekunde bereits verschlungen hatte und nun Ferdinands Finger ableckte, um selbst die letzten Resten verspeisen zu können. Anstelle einer Reklamation oder Zurechtweisung, da ich ihm seine Mahlzeit wortwörtlich vor der Nase weggeschnappt hatte, grinste er mich amüsiert an.

«Hast du Hunger?»

«Ja.», antwortete ich immer noch voller Gier, nachdem ich sämtliche Bestandteile dieses Gebäcks in mir aufgenommen hatte.

«Weshalb fragt du dann nicht einfach nach deinem eigenen Essen?», fragte Ferdinand, während er seine rechte Hand an einem weissen Tuch, was er als Serviette bezeichnete, trockenrieb.

«Das habe ich bereits, aber ich konnte nicht länger warten, als ich dein Gebäck gesehen habe.», gab ich zu, bereits nach einem weiteren Happen Ausschau haltend, da nahezu alles in diesem Raum verführerisch essbar roch.

Als ich enttäuscht feststellte, dass die anderen Gerüche von früheren Mahlzeiten stammten und Ferdinand das einzige Stück Nahrung bei sich getragen hatte, wandte ich meinen Blick wieder ihm zu.

«Du hast sechs Tage seelenruhig geschlafen und jetzt möchtest du mir sagen, dass du keine Viertelstunde mehr warten konntest?»

Sechs Tage? Das war länger, als ich dachte, schoss es mir durch den Kopf.

«Wäre es dir lieber gewesen, ich hätte *dich* gefressen?», konterte ich schmunzelnd.

Kevin, der das Geschehen durchgehend beobachtet hatte, musste aufgrund meiner Aussage lachen.

«Aber natürlich. Hier, nimm meinen Arm!», antwortete Ferdinand grinsend, zog seinen rechten Ärmel zurück und streckte mir den nackten Arm entgegen.

Für einen Sekundenbruchteil stellte ich mir bereits den Geschmack von saftigem, blutigem Fleisch unterhalb einer zähen, leicht salzig schmeckenden Hautschicht vor, wobei sich der Speichel in meinem Maul zu sammeln schien. Ich hätte tatsächlich gern zugebissen, sei es nur, um das Gefühl von frischer Beute zwischen meinen Zähnen erneut wahrnehmen zu können, jedoch verbannte ich diesen Gedanken so tief in der hintersten Ecke meines

Bewusstseins, wie ich konnte, und wandte mich gespielt lächelnd von Ferdinand ab.

«Ist schon gut. Bei deinem Gestank warte ich lieber noch eine Weile.», versuchte ich, die Sorgen aufgrund meiner inneren Gelüste zu überspielen.

Ferdinand stimmte in Kevins Lachen ein.

«Stinke ich tatsächlich oder war das bloss ein Scherz?», fragte er kurz darauf.

Ich trat näher an ihn heran und schnupperte an seinen Armen, seinen Achseln und schliesslich seinem Bauch.

«Du riechst intensiv nach dir, aber ich würde es nicht als Gestank bezeichnen.», antwortete ich schliesslich.

Als ich mich in Erwartung von Essen umwandte, wollte ich meinen Speer anders ausrichten, ohne dass er über den Fussboden kratzte, jedoch tastete meine Schwanzspitze ins Leere. Mir fiel auf, dass er sich noch im Schlafzimmer befinden musste, weswegen ich in Erwägung zog, ihn zu holen, es aber nicht wagte, da ich meine Mahlzeit um keine Minute verpassen wollte.

«Wie konntest du durchtrennte Nervenbahnen heilen lassen?», fragte Ferdinand plötzlich.

«Das kann ich dir leider nicht beantworten. Hat man mir nebst dem Betäubungsmittel noch etwas anderes verabreicht?», entgegnete ich.

«Nein, gar nichts.»

«Eigenartig. Ich frage mich noch immer, wie es mir möglich war, eine Lähmung zu heilen.»

«Du sagtest, du kannst selbst Gliedmassen nachwachsen lassen. Da kann ich mir gut vorstellen, dass das mit Nervenbahnen und Rückenmark genauso ist.»

Aber weshalb hat es dann nicht bei Stella funktioniert? Fragte ich mich.

Wir verfielen in nachdenkliches Schweigen, bis mir eine weitere Frage einfiel, die ich meinem Gegenüber stellen konnte.

«Wo ist eigentlich Loris? Ich rieche ausschliesslich alte Duftspuren von ihm.»

Ferdinand seufzte, als hätte ich ihn an etwas erinnert, was er vor einiger Zeit verdrängt hatte.

«Er hat die Videos von der Dariseg unter einem anonymen Profil in den sozialen Medien geteilt. Millionen von Menschen haben sich dieses Material angesehen und gegen die Misshandlung von Drachen demonstriert. Anschliessend hat Loris ein rechtliches Verfahren gegen die Dariseg eingeleitet, da er seiner Meinung nach nicht mit den Videos in Verbindung gebracht werden kann, was ich schwerstens bezweifle. Schliesslich ist er einer der wenigen Personen, die Zugriff darauf hatten. Gestern wurde ihm ein Durchsuchungsbeschluss für das Forschungszentrum der Dariseg ausgestellt und momentan durchsucht er es gemeinsam mit der Polizei.»

«Aber das sind ja fantastische Neuigkeiten.», erwiderte ich positiv überrascht.

«Mhm.», brummte Ferdinand sichtlich besorgt.

Aufgrund seiner Stimmung verblasste meine Freude beinahe augenblicklich. Dies war jedoch nur von kurzer Dauer, da mir der Geruch von frisch gebratenem Fleisch in die Nase stieg, nach dem ich mich instinktiv umsah. Ich musste bereits viermal schlucken, um nicht erneut den Parkettboden vollzusabbern, bevor einer von Orells Dienern endlich mit einem kleinen Wagen voller saftiger Fleischbrocken das Esszimmer betrat. Ich sprang blitzschnell auf, was früher stechende Schmerzen in meinem Rücken ausgelöst hätte, und tapste freudig auf noch unsicheren Beinen meiner frischen Mahlzeit entgegen. Der Diener liess den Wagen los und trat einen Schritt zurück, noch bevor er mich erreicht hatte, da ich derart zielstrebig auf ihn zugestürmt kam. Ohne mich bei ihm zu bedanken, biss ich in das erstbeste Stück des noch dampfend heissen Fleischs hinein und schluckte es ohne zu kauen herunter, ehe ich mich umgehend dem zweiten widmete.

«Guten Morgen Nils. Ich habe gehört, dir geht es wieder besser. Sind deine Schmerzen mittlerweile verschwunden?», nahm ich Kristinas Stimme zu meiner Linken wahr.

Unter grosser Anstrengung gelang es mir, meinen heisshungrigen Blick von meiner köstlichen Mahlzeit abzuwenden und der Gastgeberin ins Gesicht zu sehen.

«Gröfftenteilf.», nuschelte ich mit vor Fleischsaft triefender Schnauze und einem Brocken Nahrung zwischen den Zähnen, der beinahe so gross war wie mein Kopf.

Länger konnte ich meinen Fresswahn nicht unterbrechen und verschlang das übriggebliebene Fleisch innert kürzester Zeit bis auf die letzten zwei Stücke. Mein Magen war nun zum Bersten gefüllt und ich musste bereits bei nahezu jedem Atemzug aufstossen, weswegen ich beschloss, dass ich genügend gefressen hatte.

«Bist du satt?», fragte Orell grinsend.

Ihn schienen meine Fressmanieren nicht zu verstören, worüber ich ausserordentlich froh war. Selbst Kristina, Ferdinand und Kevin lächelten.

«Mhm.», antwortete ich hicksend.

Abgesehen von dem unangenehm starken Völlegefühl und dem konstanten Druck, der meine kürzlich noch gelähmten Gliedmassen durchzog, fühlte ich mich nun pudelwohl. Nicht einmal mein sichtlich ausgedehnter, schwerer Bauch, der meine Rückenmuskulatur strapazierte, bereitete mir innerhalb meiner Wirbelsäule Schmerzen. Ich sehnte mich nach dem weichen, flauschigen Bett, in dem ich die letzten sechs Tage geschlafen hatte, weswegen ich schwerfällig in Richtung des Schlafzimmers tapste, bis ich plötzlich die Stimmen von Loris und Felix wahrnahm.

«Als ich heute mit dem Durchsuchungsbeschluss bei ihr aufgekreuzt bin, hat sie mich mit 'Sie hätten mich auch einfach um eine Einladung bitten können. Ich habe nichts zu verbergen.' begrüsst. Leider war ausser ein paar Aufzeichnungen nichts zu finden. Weder die von Nils erwähnten Drachenbabys noch irgendwelche Eier befanden sich dort. Sie muss geahnt haben, dass das Forschungszentrum demnächst durchsucht wird.», sagte Loris.

«Schade. Ich hätte dieser Frau ernsthaft eine Niederlage gegönnt.», entgegnete Felix.

Aufgrund meines starken Völlegefühls und der Muskelschwäche, die sich nun trotz der geringen Gravitation bemerkbar machte, ignorierte ich ihr Gespräch und betrat das Schlafzimmer. Mein Blick fiel sofort auf meinen Speer, der in einer Ecke an der Wand lehnte. Es juckte mich an der Schwanzspitze, ihn aufzuheben, jedoch würde er mich während des Ausruhens lediglich behindern. Ächzend vor Anstrengung sprang ich auf das Bett hinauf, legte mich in der erstbesten Position flach auf die Decke und blickte hinaus aus dem von Regentropfen benässten Fenster. Eigentlich hätte ich nun schlafen wollen, jedoch gelang es mir aufgrund der fehlenden Rückmeldung meiner Wirbelsäule nicht. Die stechenden Schmerzen hatten mir stets mitgeteilt, ob ich in einer unbequemen Position lag. Da ich nun in jeder Lage meines Rückens keinerlei Schmerzen verspürte, fühlte es sich falsch an, einfach liegenzubleiben. Ich musste meine gewohnte Position finden, jedoch gab es keine Möglichkeit mehr, zu überprüfen, ob sie korrekt war. Dies führte dazu, dass ich mich unruhig im Bett wälzte, bis Ferdinand den Raum betrat und mir schmunzelnd entgegenblickte.

«Na, mein verfressener Faulpelz? Gerade erst aufgewacht und schon wieder müde?»

Ich seufzte, so tief ich konnte, ohne aufgrund meines übervollen Magens erbrechen zu müssen. Ferdinand setzte sich neben mir auf die Bettdecke und sah mir eine Weile gedankenverloren in die Augen, bis er seine Hand nach meinem Kopf ausstreckte und mich zu streicheln begann. Seine Finger massierten mir von der empfindlichen Vorderseite meiner Schnauze dicht an meinen Augen vorbei bis hin zu meinem Nacken. Als er mir mit seinem Daumen über eine Stelle oberhalb meines linken, geschlossenen Auges rieb, stiess ich ein wohliges Brummen aus und legte meinen Kopf seitlich hin, sodass Ferdinand auch die Unterseite meiner Schnauze streicheln konnte, was er zu meinem Glück auch tat. Einzig das Gefühl, mein Magen würde jeden Augenblick platzen, minderte mein Wohlbefinden geringfügig. Ich versuchte, es zu ignorieren und mich stattdessen auf Ferdinands Berührungen zu konzentrieren.

Nach einiger Zeit zog er seine Hand schliesslich zurück und gab mir stattdessen einen Kuss auf die Seite meiner Schnauze, was mich geringfügig schmunzeln liess, da ich inzwischen wusste, was diese Geste unter den Menschen bedeutete.

«Danke, dass du mir erneut das Leben gerettet hast. Jetzt bin ich dir eindeutig etwas schuldig.», flüsterte er mir ins Ohr.

Leise, wie um mich nicht zu wecken, obwohl ich noch wach war, stand Ferdinand auf und schlich aus dem Zimmer hinaus. Selbst nachdem er die Tür geschlossen hatte, trat er auf leichten Füssen hinfort. Kurz darauf war das beruhigende Prasseln des Regens das einzige Geräusch, was noch zu hören war. Für einen Sekundenbruchteil erschienen wieder meine unzähligen Sorgen innerhalb meines Verstands, jedoch verbannte ich sie augenblicklich in die dunkle Ecke, aus der sie gekommen waren.

Mehrere Stunden später war ich immer noch nicht eingeschlafen, obwohl ich vollständig erschöpft war und nicht einmal meinen Kopf anzuheben vermochte. Müde kratzte ich mit einer Klaue über die Bettdecke und beobachtete mit halb geschlossenen Augen, wie sich die winzigen Berge und Täler des Stoffs mit jeder Bewegung änderten. Der Regen hatte nicht nachgelassen und prasselte fortlaufend gegen das Fenster.

«Darf ich wieder bei Nils schlafen?», fragte Kevin seinen Vater am Abend.

«Das halte ich für keine gute Idee. Du hast morgen wieder Schule.», entgegnete Felix.

«Bitte, Papa. Ich werde morgen früh aufstehen und nicht müde sein.»

Felix sah seinem Sohn mehrere Sekunden skeptisch in die Augen, bevor er mir einen kurzen Blick zuwarf. Ich versuchte währenddessen, so ruhig und neutral wie möglich zu wirken.

«In Ordnung. Ich komme dich morgen wecken, sobald du aufstehen musst.»

«Danke, Papa.», sagte Kevin lächelnd, umarmte seinen Vater und sprang freudig auf das Bett.

Selbst Felix musste nun schmunzeln. Im Gegensatz zu früher schien ihm meine Anwesenheit keinerlei Unbehagen mehr zu bereiten. Zufrieden verliess er das Schlafzimmer, woraufhin ich Kevin sofort eine Frage stellte.

«Was bedeutet 'Schule'? Ist das ein Ort, bei dem man eine Schulung erhält?»

«Ja, so in etwa. Alle Kinder müssen an fünf Tagen pro Woche die Schule besuchen. Ausser natürlich es sind Ferien wie die letzten zwei Wochen.», erklärte Kevin.

Wir setzten unser Gespräch noch lange fort, bis es draussen abgesehen von den Lichtern der Stadt stockfinster geworden war, wobei das Thema vom Bildungssystem der Menschen über vergleichbare Praktiken der Drachen bis hin zu unserem Wachstum, unserem Alter und der Gedankenübertragung wechselte. Derweil gähnte ich beinahe minütlich, was Kevin schliesslich auch ansteckte.

«Ich glaube, wir sollten jetzt schlafen.», schlug ich leicht heiser und mit trockenem Hals vor.

«Okay.», antwortete Kevin enttäuscht.

Sobald er seinen Kopf an meine Brust und seinen Arm um meinen Hals gelegt hatte, schien seine negative Stimmung bereits wieder verflogen zu sein. Zufrieden schmunzelnd liess er sich von meinem rechten Flügel zudecken, er schloss die Augen und seine Atmung beruhigte sich. Nur wenige Minuten später war er bereits eingeschlafen. Ich hingegen konnte das Reich der Träume noch immer nicht betreten, wenngleich ich mich müde und schwach fühlte. Gähnend blickte ich die noch leicht nasse Scheibe und die in den Tropfen glitzernden Lichter der Stadt an. Mein Blick wurde starr und verlor jeglichen Fokus. Dieser Zustand setzte sich fort, bis mich schliesslich ein mulmiges Gefühl beschlich. Es war, als wäre etwas nicht in Ordnung, jedoch fiel mir nicht ein, was es war.

Voller innerer Unruhe zog ich meinen rechten Flügel in einer langsamen und zittrigen Bewegung an, löste mich sachte aus Kevins Umarmung und beobachtete seine Atmung anschliessend genau, um sicherzustellen, dass er nicht aufgewacht war. Da er noch immer seelenruhig schlief, kletterte ich in angespannter Haltung und dementsprechend zitternd über ihn hinweg, sprang auf den Fussboden und verliess das Zimmer, ohne meinen Speer mitzunehmen.

Im Korridor angelangt, blieb ich unschlüssig stehen. Alles war mucksmäuschenstill und beinahe vollständig dunkel. Leise schlich ich auf drei Beinen in Richtung des Ausgangs. Nachdem ich die Tür mithilfe meiner Zähne geöffnet hatte, trat ich hinaus auf den Kiesplatz, der ebenso leise und dunkel war wie das Innere des Anwesens. Es roch stark nach nassem Stein und matschiger Erde. Zudem wehte mir ein eiskalter Wind entgegen. Ich blickte hoch und stellte fest, dass die Nacht inzwischen sternenklar geworden war. Da mein Hals noch immer ausgetrocknet war, stillte ich meinen Durst am Teich, welcher zuvor innerhalb von Gustavs Gehege gelegen war. Anschliessend beschleunigte ich seufzend, breitete meine Flügel aus und stiess mich mit geschwächten Beinen vom Boden ab, ohne zu wissen, wohin ich fliegen wollte. Bei jeder Bewegung machte sich mein noch übervoller Magen beinahe schmerzhaft bemerkbar, was ich jedoch ignorierte. Mein ungutes Gefühl trieb mich an, obwohl ich nicht wusste, wozu.

Ich flog lange über die Stadt, den angrenzenden Strand und schliesslich den unermesslich grossen Ozean, der die Sterne funkelnd reflektierte, bis meine Flügel vor Kälte brannten. Jede Erhitzung von Luft innerhalb meiner Lungen entzog mir noch mehr Energie, bis ich befürchtete, ich würde jeden Augenblick abstürzen. Meine Muskeln waren aufgrund meines sechstägigen Schlafes degeneriert und fühlten sich schwach an. Zudem schien das Betäubungsmittel meinen Schlafrhythmus vollständig durcheinandergebracht zu haben.

Erst als sich der Himmel über dem Ozean violett und anschliessend leuchtend rot verfärbte, flog ich zurück. Während ich beinahe dauerhaft gähnend und mit leichtem Schwindelgefühl zur Landung ansetzte, wanderte mein Blick über die weiten Wiesen, die ab schätzungsweise drei Kilometern Entfernung zum Strand eine weissliche Farbe angenommen hatten und stellenweise von Nebel verhüllt waren. Schwer atmend und mit stechenden Schmerzen in meinem linken Flügelgelenk drehte ich enge Kreise, bis ich sowohl meine Geschwindigkeit als auch meine Höhe ausreichend reduziert hatte, um auf dem Kiesplatz aufzusetzen. Mit jedem Atemzug erzeugte ich Wolken aus Kondenswasser, die sich in der noch immer eiskalten Luft schnell verflüchtigten.

Erschöpft und durchgefroren betrat ich das grosse Anwesen von Orell und Kristina, tapste auf das mittlerweile durch das erste Morgenlicht erhellte Schlafzimmer zu, schlich mich hinein und legte mich tief seufzend neben Kevin auf die Bettdecke. Es dauerte eine Weile, bis ich die Kälte aus meinen Flügeln mit eigens erzeugter Wärme ersetzt und mich an den kleinen Jungen geschmiegt hatte, den ich anschliessend vollständig mit meinem Schwanz umschloss und mit meinem rechten Flügel zudeckte. Die eigenartige Müdigkeit, die mich zuvor nicht schlafen gelassen hatte, schien nicht mehr zu existieren. Stattdessen empfand ich nun nichts als wohlige Wärme, Geborgenheit und vollkommene Erschöpfung.

Gerade als mir die Augen zufielen, nahm ich Schritte ausserhalb der Zimmertür wahr. Ich versuchte, sie zu ignorieren, jedoch wurden sie stetig lauter. Als ich zudem auch noch Felix witterte und wahrnahm, wie er die Tür öffnete, presste ich genervt die Augen zu.

«Kevin, es ist an der Zeit, aufzustehen.», weckte er seinen Sohn.

Murrend zog ich meinen rechten Flügel an und ruckte meinen Schwanz gerade, um Kevin freizulassen. Ebenso murrend bewegte sich der Junge auf die Bettkante zu und stand auf.

«Habt ihr gut geschlafen?», fragte Felix vorsichtig.

«Mhm.», entgegnete Kevin.

Anstelle einer Antwort vergrub ich meinen Kopf unter dem linken Vorderbein und dem Flügel und seufzte erschöpft. All meine Muskeln fühlten sich an, als hätte man sie übermässig gestreckt.

«Das klingt ja sehr überzeugend.», sagte Felix.

Aufgrund seiner Sprechweise nahm ich an, dass er schmunzelte.

«Kann ich heute Nachmittag wieder bei Nils sein?», fragte Kevin.

«Das geht leider nicht. Deine Schule ist über eine Stunde Autofahrt von hier entfernt und ich möchte nicht jeden Tag durch die halbe Stadt fahren müssen. Am Wochenende können wir ihn wiedersehen.»

Kevin gab ein genervtes Schnauben von sich, was mich an Editha erinnerte, wenn man ihr auf die Nerven ging. Unwillkürlich bildete sich ein Schmunzeln auf meinem Gesicht. Dies schien sowohl Felix als auch seinem Sohn entgangen zu sein, denn sie verliessen ohne ein Wort an mich das Zimmer. Noch ehe ihre Schritte vollständig verstummt waren, glitt ich in einen tiefen, traumlosen Schlaf.

Plötzlich berührte mich etwas an meinem Kopf, wodurch ich abrupt geweckt wurde. Erschrocken zuckte ich zurück, was ein schmerzhaftes Stechen in meinem Nacken auslöste, und starrte Ferdinand in die Augen, der sich aufgrund meiner heftigen Reaktion beinahe ebenso erschrocken zu haben schien wie ich. Mit rasendem Puls atmete ich mehrere Male tief durch, um mich zu beruhigen, während Ferdinand die Lippen formte, als würde er zu mir sprechen wollen. Entgegen meiner Erwartung sagte er nichts, streckte mir jedoch seinen rechten Handrücken entgegen, den ich sachte beschnupperte und schliesslich mit meiner

Schnauzspitze anstupste. Sein Gesichtsausdruck war mitfühlend und entschuldigend.

Seufzend legte ich mich erneut in einer bequemeren Position hin, wobei mir die Rückmeldung meiner Wirbelsäule fehlte, und versuchte, zu schlafen.

«Möchtest du nicht langsam aufstehen?», fragte Ferdinand.

«Ich bin sehr erschöpft.», antwortete ich.

«Das liegt am Betäubungsmittel. Es wird sich nicht bessern, wenn du Tag und Nacht im Bett liegst.»

«Diese Nacht war ich nicht im Bett.»

Ferdinand legte den Kopf schräg.

«Wo warst du dann?», fragte er verwundert.

«Ich bin über die Stadt und schliesslich einen Teil des Ozeans geflogen.»

Ferdinands fragender Blick blieb unverändert.

«Weshalb? Brauchtest du Auslauf? Oder Ausflug? Ich weiss ehrlich gesagt nicht genau, wie ich das nennen soll.»

«Nein, es war nicht die körperliche Aktivität, die mir fehlte. Ich habe mich aus irgendeinem Grund unwohl gefühlt und ein Flug durch die Nacht hat mir Linderung verschafft.»

«War dir übel? Bist du krank?»

«Nein, das nicht. Es ist definitiv psychosomatisch. Selbst jetzt besteht noch ein Teil dieses Gefühls in meinem Inneren.»

«Weisst du, was der Auslöser hierfür sein könnte?»

Ich dachte einen Augenblick angestrengt nach, während ich Ferdinands frisch gestutzte Bartstoppel musterte. Da ich mir diese Frage selbst nicht beantworten konnte, schüttelte ich schliesslich den Kopf.

«Vermisst du deine Familie?», hakte er nach.

«Nein, das ist es nicht.»

«Behandelt dich irgendjemand hier schlecht?»

Wieder verneinte ich. Nun war es Ferdinand, der in Nachdenklichkeit verfiel. Wir schwiegen einige Sekunden, bis ich aufgrund meiner körperlichen Erschöpfung gähnen musste.

«Du solltest jetzt aufstehen, ehe du wieder einschläfst.», schlug Ferdinand vor.

«Ich glaube, damit hast du recht.»

Während der nächsten beiden Tage normalisierte sich mein Schlafrhythmus allmählich. Ausserdem hatte ich das Fleisch inzwischen ausreichend verdaut, sodass sich mein Magen nicht mehr übervoll anfühlte. Körperlich gesehen erging es mir nun wieder wesentlich besser. Nichtsdestotrotz blieb das ungute Gefühl in meinem Inneren bestehen.

Am späten Nachmittag sass ich entspannt am Strand und konzentrierte mich auf das permanent fortbestehende Druckgefühl meiner Hinterbeine und meines Schwanzes. Seit meinem Erwachen hatte es sich nicht verändert und ich hatte kein einzelnes Mal mehr ein schmerzhaftes Stechen verspürt. Der kühle, salzige Wind, der mir vom Ozean her ins Gesicht wehte, bildete einen starken Kontrast zur wohligen Wärme, die von der Sonne ausging. Es war ein wunderschön klarer, jedoch windiger Tag. Auf den hohen Wellen bildeten sich Schaumkronen. Zwischendurch spritzte mir die salzige Gischt ins Gesicht, was mir jedoch nichts ausmachte. Stumm sass ich da und liess sämtliche Eindrücke unvermindert auf mich einfliessen.

Der lauwarme Sand unter meinen Klauen erinnerte mich urplötzlich an meine Heimat. Ich schloss die Augen und stellte mir vor, am Rand der Drachenschlucht zu sitzen. Langsam legte ich mich flach auf den Strand, begann, meinen Körper in S-förmigen Bewegungen in den Sand zu graben und hielt erst inne, als ich versehentlich einige feuchte Sandkörner einatmete, die ich sofort schnaubend ausstiess. Da sowohl die unerbittliche Hitze als auch die endlose Trockenheit der Wüste fehlte, gelang mir meine eigens erschaffene Illusion, mich noch auf der Erde zu befinden, nicht. Stattdessen öffnete ich seufzend die Augen, wobei mir plötzlich bewusst wurde, was mein ungutes Gefühl verursachte.

Ich befand mich auf einem Planeten, der nicht einmal die Hälfte der Erdgravitation besass, mit viel Wasser und fruchtbaren Feldern anstelle einer kargen Einöde, kühlem statt heissem Wetter, umgeben von Menschen statt Drachen. In gewisser Weise hatte ich hier ein neues Zuhause gefunden, jedoch unterschied es sich in derart vielen Aspekten zu meinem vorherigen, dass ich es nicht als solches akzeptieren konnte. Mein Unterbewusstsein schien sich nicht entscheiden zu können, ob ich mich auf das jetzige Leben einstellen oder in mein bisheriges zurückkehren sollte. Alles hier fühlte sich vertraut und dennoch fremd an. Dies war das zuvor noch undefinierbare Gefühl, dass etwas nicht stimmte.

Obwohl ich nun wusste, was mein Problem war, brachte mich diese Erkenntnis keinen Schritt näher zur Lösung. Weder am späten Abend noch am nächsten Tag besserte sich meine Lage. Dennoch entschied ich, das Beste aus dem zu machen, was mir gegeben war, und dies bedeutete, meine Volksinitiative weiterzuführen. Gemeinsam mit Loris und einigen Freiwilligen sammelte ich im

Laufe der Woche die letzten verbleibenden Unterschriften. Dies war aufgrund der kürzlich veröffentlichten Videos, welche die Dariseg der Misshandlung von Drachen beschuldigten, leichter, als ich vorerst angenommen hatte. Die meisten Menschen, die wir während dem Sammeln der Unterschriften angetroffen hatten, waren zwar nicht vollständig auf meiner Seite, jedoch verabscheuten sie die Taten der Dariseg derart, dass sie trotzdem für meine Volksinitiative waren.

Als wir am Abend wieder in Orells und Kristinas Anwesen eintrafen, wartete Kevin bereits auf mich. Er hatte seinen letzten Schultag dieser Woche beendet und freute sich demnach gigantisch, wieder Zeit mit mir verbringen zu können. Wir spielten stundenlang Fangen, was Felix zwar noch beobachtete, jedoch nicht missbilligte. Anschliessend assen wir gemeinsam zu Abend, mich eingeschlossen, obwohl ich noch keinen Hunger verspürte, und legten uns kurz darauf schlafen. Während der gesamten Zeit, die ich mit Kevin verbrachte, schien das Gefühl, hier nicht hinzugehören, in Vergessenheit geraten zu sein.

Vielleicht kann ich mich doch an diese Änderung gewöhnen, bis ich endlich zur Erde zurückkehren kann, dachte ich hoffnungsvoll, während ich es mir gemeinsam mit Kevin auf dem Bett gemütlich machte.

24

Raumschiffe

«Nils.», nahm ich plötzlich ein Flüstern wahr.

Es war ein sonniger, windstiller Tag und ich befand mich momentan auf dem Sandstrand. Verwirrt sah ich mich nach einem Menschen um, konnte jedoch niemanden erkennen.

«Nils! Steh auf!», flüsterte es erneut.

Die Umgebung änderte sich schlagartig. Anstelle des durch die pralle Sonne beschienenen Sandstrands bildete sich nun ein dunkler Raum vor mir ab, den ich bald darauf als mein Schlafzimmer identifizierte. Der Duft von Loris wehte mir von der Tür her entgegen. Erst jetzt begriff ich, dass er mich soeben geweckt hatte. Aufgrund des fehlenden Sonnenlichts vermutete ich, dass es mitten in der Nacht war. Nichtsdestotrotz schien Loris alles andere als erschöpft zu sein.

«Komm!», flüsterte er erneut und winkte mich mit einer Handgeste heran.

Wortlos, ohne Kevin aufzuwecken, der noch immer tief und fest schlief, kletterte ich aus dem Bett hinaus und folgte Loris neugierig in den düsteren Korridor. Sobald ich die Tür hinter mir mithilfe meines Schwanzes zugedrückt hatte, begann mein Gegenüber mit der von mir erwarteten Erklärung.

«Als ich vorhin auf die Toilette ging, habe ich eine Nachricht auf meinem Handy gesehen, die ich dir unbedingt zeigen muss.», sprach er in Flüsterton.

«Und deswegen weckst du mich zu dunkelster Stunde auf?», fragte ich leicht genervt und enttäuscht zugleich.

«Ja, denn es ist wichtig.», entgegnete er, da ihm meine Reaktion nicht entgangen war.

«Ich bin ganz Ohr.»

«Vor zwei Stunden haben mehrere Satelliten unbekannte Flugobjekte gesichtet, die in Richtung Mars fliegen. Sie alle scheinen von der Erde aus zu kommen und es wird spekuliert, dass es sich hierbei um Raumschiffe handelt.»

Jegliche Müdigkeit wich augenblicklich einem Gemisch aus Aufregung und Vorfreude, obwohl ich nicht einmal wusste, was Satelliten waren.

«Das könnten Drachen sein!», rief ich begeistert, blickte anschliessend jedoch verunsichert umher, da mein Ausruf Kevin oder die anderen geweckt haben konnte.

Nach wenigen Sekunden des Lauschens stellte ich erleichtert fest, dass dies nicht der Fall war. Zumindest hörte ich niemanden abgesehen von Loris.

«Genau das habe ich mir auch gedacht. Deswegen wollte ich, dass du es sofort weisst. Sie werden voraussichtlich übermorgen über dem Tharsis-Gebirge in unsere Atmosphäre eindringen.»

«Wo liegt dieses Gebirge?», fragte ich voller Neugier.

«So ziemlich genau auf der anderen Seite des Planeten.»

«Das war doch wohl klar. Können wir dorthin gelangen, ehe sie eintreffen?»

«Ja, aber das ist unser kleinstes Problem. Das Verteidigungsministerium liess bereits Kampftruppen entsenden und erwartet eine Alieninvasion. Sollten es tatsächlich Raumschiffe sein, werden sie sie abschiessen, sobald sie die Marsatmosphäre betreten haben.»

Meine Begeisterung wich urplötzlich blanker Angst.

«Das müssen wir verhindern!»

Blitzschnell eilte ich durch die düsteren Gänge des riesigen Schlosses, bis ich vor Ferdinands Zimmertür angekommen war. Er war der einzige Mensch, dem ich es zutraute, mit dem Verteidigungsministerium direkt in Kontakt treten zu können. Da ich Loris längst abgehängt hatte, öffnete ich Ferdinands Tür allein und trat in den dunklen, streng nach verbrauchter Luft riechenden Raum ein. Nur eine Sekunde verstrich, bis sich meine Augen an die Dunkelheit gewöhnt hatten. Ich sprang in einem Satz auf Ferdinands Bett und stupste sein Gesicht hastig mit der Schnauze an, um ihn aufzuwecken.

Ferdinand zuckte mindestens ebenso stark zusammen wie ich vor einigen Tagen, als er mich auf eine ähnliche Weise aus dem Tiefschlaf gerissen hatte. Im Gegensatz zu ihm verspürte ich jedoch keine Reue, da ich es mit voller Absicht getan hatte.

«Wie? Wa .. was ist?», stotterte er heiser.

«Raumschiffe von der Erde werden in zwei Tagen im Tharsis-Gebirge landen. Es handelt sich vermutlich um Drachen, da wir einige eurer Raumschiffe übernehmen konnten. Das Verteidigungsministerium bereitet sich mit bewaffneten Truppen auf eine Invasion vor. Wir müssen sie aufhalten, ehe sie meine Freunde und Familie töten!», sprudelte es aus mir heraus.

Ferdinand, dessen Augen mich kein einziges Mal direkt anvisiert hatten, da er vermutlich blind vor lauter Dunkelheit war, schien meine Erklärung eher zu verwirren als aufzuklären.

«Jetzt nochmals ganz langsam. Du glaubst, die Drachen von der Erde kommen hierher? Auf den Mars?»

«Genau.»

Loris, der uns nun ebenfalls erreicht hatte, blieb schweren Atems und in gekrümmter Haltung unterhalb des Türrahmens stehen. Mit einer Hand tastete er nach einem Lichtschalter, nach dessen Betätigung Ferdinands Schlafzimmer von blendend hellem Licht durchflutet wurde. Sowohl Ferdinand als auch ich kniffen unsere Augen zu, bis sie sich an den Lampenschein angepasst hatten.

«Mehrere Satelliten haben die unbekannten Flugobjekte vor zwei Stunden gesichtet.», keuchte Loris, während er sich mit einem Arm am Türrahmen abstützte.

Endlich schien Ferdinand zu begreifen, was vor sich ging, denn er warf seine Bettdecke beiseite, setzte sich aufrecht hin und begann, ein Kleidungsstück mithilfe seines gesunden Arms über seinen Oberkörper zu streifen. Sein Gips blieb im weichen Stoff hängen, wodurch es ihm nicht möglich war, es über seine linke Schulter zu ziehen. Schnell griff ich mit den Zähnen nach dem Rand des Kleidungsstücks und zog es sachte herab, bis es sowohl seine linke Schulter als auch seinen Rücken bedeckte.

«Danke.», sagte Ferdinand kurz und widmete sich sogleich seiner Hose.

Obwohl ich noch immer nicht verstanden hatte, weshalb die Menschen ihre Körper mit Textilien verhüllten, selbst wenn es in ihren Häusern warm genug war, ohne sie auszukommen, war es mittlerweile derart normal für mich, sie in Kleidern zu sehen, dass ich sie mir kaum noch ohne vorstellen konnte. Demnach hatte ich Ferdinand auch instinktiv dabei geholfen, sich anzuziehen.

«Bist du dir sicher, dass es Drachen sind?», fragte Ferdinand, nachdem er vollständig aufgestanden war.

Ich nickte hastig.

«Und sie sind keine Gefahr für uns?»

Nach kurzem Zögern nickte ich erneut, obwohl ich die Antwort auf diese Frage nicht wusste. Höchstwahrscheinlich sahen sie die Menschen noch als Ausserirdische, die ihre Freunde und Verwandten entführt hatten und wollten sich dementsprechend an ihnen rächen. Dennoch musste ich um jeden Preis verhindern, dass sie getötet wurden.

«Gut. Dann werde ich jetzt noch einige Telefonate führen müssen. Ich hoffe, man glaubt mir.», sagte er, als hätte er mein Zögern nicht bemerkt.

Aufgrund seines verwirrten Suchens nach seinem Mobiltelefon, was sich während der gesamten Zeit in seiner Hosentasche befand, befürchtete ich, dass dies aufgrund seiner Müdigkeit tatsächlich der Fall sein konnte. Laut telefonierend folgte er Loris schliesslich in das Esszimmer. Die Menschen nahmen Nahrung zu sich, während ich meine Geschäfte erledigte, meinen Speer aus dem Schlafzimmer nahm, ohne Kevin aufzuwecken, und mich anschliessend gähnend zu ihnen setzte. Ferdinands hektischen Erklärungsversuchen der Verteidigungsministerin gegenüber entnahm ich, dass sie seinen Worten kaum Glauben schenkte. Nach einer viertelstündigen Diskussion legte er schliesslich auf und schob sein Mobiltelefon energisch in die Hosentasche zurück.

«Sie möchte nicht 'die öffentliche Sicherheit aufgrund einer Vermutung einer einzelnen Person riskieren' und die Truppen demnach auch nicht abziehen.», sagte er sichtlich genervt.

«Ich weiss.», antwortete ich nachdenklich, da ich die gesamte Konversation mitverfolgt hatte und mittlerweile nach dem bestmöglichen Ausweg aus dieser Situation suchte.

«Immerhin wird sie das Militär über die Möglichkeit informieren, dass es sich um Drachen von der Erde handeln könnte.», setzte Ferdinand fort, wie um sich selbst zu trösten.

«Und sie werden nicht angreifen, es sei denn, die Drachen greifen an, sofern ich nichts missverstanden habe.», ergänzte Loris.

«Korrekt.», bestätigte Ferdinand. «Das tun sie aber bloss, da sie nicht wissen, mit welcher Technologie ihre Gegner ausgestattet sind und ob sie sie überhaupt besiegen können. Sollte es sich um Lebensformen handeln, die nicht aus diesem Sonnensystem stammen, wären sie in jedem Fall machtlos.»

Ich muss verhindern, dass die Drachen die Menschen angreifen. Auf diese Weise werden beide Seiten keine Gewalt anwenden, schoss es mir plötzlich durch den Kopf.

«Wie gelangt man am schnellsten ins Tharsis-Gebirge?», fragte ich mit neu entdeckter Hoffnung.

«Mit dem Expresszug. Du möchtest deine Freunde und Verwandten wiedersehen, nicht wahr?», fragte Ferdinand mit einem leichten Anflug von Trauer in seiner Stimme.

Ich begriff, dass er befürchtete, ich würde ihn verlassen, weswegen ich mein Vorgehen genauer beschrieb.

«Nicht nur. Mein Plan besteht darin, vor Ort zu sein, wenn die Drachen in den Raumschiffen eintreffen und sie mithilfe von Telepathie über euch Menschen aufzuklären, damit sie euch nicht angreifen und ihr sie im Gegenzug ebenfalls in Ruhe lässt.»

Diese Aussage hellte Ferdinands Gesichtsausdruck augenblicklich auf.

«Dann nichts wie los!», sagte er bestimmt, schob seinen Stuhl geräuschvoll zurück und stand in derselben Bewegung auf.

Nur eine Stunde später warteten wir bereits am Hauptbahnhof auf den Expresszug 1 in Richtung des Tharsis-Gebirges. Die gesamte Fahrt würde exakt zwanzig Stunden und vier Minuten dauern. Felix war trotz Ferdinands Aufforderung nicht zu uns gestossen, da er seinen Sohn keiner unnötigen Gefahr aussetzen wollte, was ich respektierte. Stattdessen begleiteten uns alle Männer und Frauen des Sicherheitspersonals, worüber ich ausserordentlich froh war, da ich befürchtete, man könnte einen weiteren Anschlag auf Ferdinand ausführen. Trotz dieser zusätzlichen Sicherheit beäugte ich jeden Passanten misstrauisch, der sich noch um vier Uhr morgens in der Stadt herumtrieb, denn ich wollte um jeden Preis vermeiden, Ferdinand zu verlieren, sollte das Sicherheitspersonal erneut versagen. Während der halbstündigen Wartezeit fielen mir zwischendurch die Augen zu und ich sehnte mir abermals ein warmes, flauschiges Bett herbei.

So viel zu meinem wiederhergestellten Schlafrhythmus, dachte ich.

Als endlich der Zug am Bahnsteig eintraf, waren meine Gliedmassen aufgrund der Kälte und der harten, beinahe vollständig aus flachem Stein bestehenden Umgebung steif geworden. Ich streckte mich ausgiebig und trat gähnend auf eine sich öffnende Tür zu. Müde tapste ich auf drei Beinen durch das menschenleere Abteil, kletterte auf eine einigermassen sauber riechende Sitzreihe und legte mich seufzend hin, so gut es unter den engen Platzverhältnissen möglich war. Meinen Schwanz und den Speer musste ich im schmalen Gang zwischen den Sitzreihen ausstrecken. Ferdinand und Loris nahmen im selben Abteil Platz, während sich das Sicherheitspersonal in die angrenzenden Abteile aufteilte.

Kurze Zeit später, nachdem mir bereits zweimal vorübergehend die Augen zugefallen waren, setzte sich der Zug sanft in Bewegung. Wie bei meiner ersten Reise mit diesem hochmodernen Verkehrsmittel erstaunte mich, wie leise und ruhig es über die Schienen glitt. Nachdenklich blickte ich auf die stetig schneller vorbeiziehenden Lichter der Stadt, die durch die starken Spiegelungen des Fensters beinahe nicht zu erkennen waren, und versuchte, zu schlafen, was mir bald darauf auch tatsächlich gelang, obwohl meine Gedanken noch wild um das mögliche Wiedersehen mit den anderen Drachen kreisten.

«Fahrscheine bitte», waren die Worte eines Beamten des Bahnbetriebs, die mich wenige Minuten später weckten.

Wesentlich ruhiger als das erste Mal beobachtete ich, wie Ferdinand dem unbekannten Mann die Fahrscheine von sich selbst, Loris und mir zeigte. Der Beamte gab sich damit zufrieden und verliess unser Abteil wortlos. Da sich niemand sonst bei uns befand, war er wesentlich schneller fort gewesen wie sein Kollege bei meiner Reise nach Elysia.

Helles Sonnenlicht weckte mich ein weiteres Mal. Ich reckte meinen Kopf hoch und bemerkte, dass mein rechter Flügel und beide rechten Beine eingeschlafen waren. Meine Gedanken kreisten um die Frage, wer genau mit gestohlenen Raumschiffen von der Erde gestartet war, während ich mich streckte und mir ein wenig die Beine vertrat, um das unangenehme Stechen loszuwerden.

Wird Stella da sein? Und was ist mit Mias oder Gustavs Angehörigen? Fragte ich mich.

Nachdenklich setzte ich mich auf dieselbe Sitzreihe wie zuvor und legte meinen Speer auf den harten, leicht zu zerkratzenden Kunststoffboden, da ich auf diese Weise eine bequemere Haltung einnehmen konnte. Mein Blick schweifte über endlose grüne Felder, tausende Bäume und den weit entfernten Ozean, der sich gerade noch am Horizont ausmachen liess. Die Umgebung rauschte rasend schnell an mir vorbei, sodass ich es aufgab, meinen Blick auf etwas Spezifisches zu fokussieren. Stattdessen starrte ich geistesabwesend aus dem Fenster und wartete ungeduldig auf das Ende dieser Reise.

Da der Aufstieg auf die Tharsis-Hochebene von Osten her wesentlich leichter war, fuhren wir in Richtung Westen, wodurch sich der Tageslichtzyklus während der Fahrt verlangsamte. Demnach waren bereits acht Stunden vergangen, obwohl die Sonne erst dicht über dem Horizont stand. Die Menschen hatten bereits ihre vierte Mahlzeit des Tages zu sich genommen und waren in einen tiefen Schlaf versunken, als die Sonne ihren Zenit erreichte. Der Zug verlangsamte sich und ich erwachte aus meinem tranceartigen Zustand, der während der letzten dreizehn Stunden unverändert geblieben war.

Erstaunt stellte ich fest, dass die saftigen Wiesen und Wälder kargem, grauem Fels gewichen waren. Die Umgebung bestand aus nichts als riesigen, teilweise schneebedeckten Bergen, wohin das Auge reichte. Die Fensterscheibe vor mir strömte eisige Kälte aus, die meiner Brust entlang zu den Klauen meiner

Vorderbeine floss. Mehrfach schluckend löste ich den unangenehmen Druck innerhalb meiner Ohren.

Nur eine halbe Stunde später fuhr der Zug in den beinahe leeren Bahnhof einer im Vergleich zu Syrtis winzigen Stadt ein, die sich innerhalb eines kleinen Tals befand. Sowohl meine Vorfreude als auch meine Nervosität erreichten einen kritischen Punkt, wodurch ich angespannt zu zittern begann, was ein leichtes Stechen in meinem rechten Vorderbein auslöste, wo die Schusswunde noch immer nicht verheilt war. Unruhig wandte ich mich nach den Menschen um, die beide aneinander gelehnt schliefen.

Ich stand auf, griff mit der Schwanzspitze nach meinem Speer und stupste Ferdinands linke Hand mit meiner Schnauze an, bis er seine krumme Haltung ruckartig korrigierte und sich erneut seiner Umgebung bewusst wurde.

«Sind wir schon da?», fragte er verschlafen.

Loris schlug in diesem Moment ebenfalls die Augen auf und blickte verwirrt umher. Ungeduldig wie ich war, wartete ich nicht darauf, bis sie aufgestanden waren. Stattdessen trat ich bereits vor die noch geschlossene Tür und blieb in steifer Haltung stehen. Der Zug kam kurz darauf vollständig zum Stillstand und die Türflügel glitten automatisch beiseite. Ohne jegliche Zeitverzögerung sprang ich hinaus auf den Bahnsteig, wobei sich meine Muskeln aufgrund der abrupten Veränderung der Temperatur zusammenzogen. Auf der Höhe des Bahnhofs lag bereits Schnee, jedoch nicht in den Strassen der kleinen Stadt. Eiskalte Luft liess mich frieren und mein Atem erzeugte die einzigen Wolken in der kristallklaren Atmosphäre.

Staunend sah ich mir die vor lauter Schnee glänzenden Berge hinter der Stadtgrenze an. Noch niemals zuvor hatte ich derart viel gefrorenes Wasser gesehen. Auf der Erde war Schnee ein äusserst seltenes Phänomen. Lediglich zweimal während der letzten dreihundert Jahre, an die ich mich erinnern konnte, hatte es geschneit. Jedes Mal waren es nicht mehr als ein paar Flocken gewesen, die wenige Minuten später bereits von Sand und Staub bedeckt worden waren.

«Wie lange dauert es noch, bis die Raumschiffe eintreffen?», fragte ich Loris, der soeben schlaftrunken aus dem Zug stieg, beinahe über die letzte Stufe stolperte und sich frierend mit den Händen die Arme rieb.

«Etwa vierundzwanzig Stunden. Wo genau sie landen werden, lässt sich noch nicht sagen. Es könnte überall im Umkreis von mehreren hundert Kilometern sein. Vorerst müssen wir abwarten.», antwortete er, wobei auch sein Atem eine Wolke bildete.

Die Frage, was ich in der Zwischenzeit erledigen sollte, erübrigte sich aufgrund der wunderschönen Schneelandschaft von selbst.

«Kannst du mit dem Sicherheitspersonal kurz auf Ferdinand aufpassen, während ich mir den Schnee ansehe?», fragte ich.

«Ähm. Okay?», entgegnete er verwirrt.

Ohne ihm seine Verwirrung zu nehmen, breitete ich die Flügel aus, beschleunigte auf drei Beinen, so schnell ich konnte, und stiess mich kraftvoll dem Himmel entgegen. Augenblicklich zog die scharfe Kälte an meinem Körper vorbei und drohte, meine Flügel taub werden zu lassen. Ich wirkte diesem Effekt mithilfe eigens erzeugter Wärme entgegen.

Während ich flog, fiel mir auf, dass ich trotz meiner Aufregung erschöpft war. Sobald ich für mehrere Sekunden am Stück entspannt durch die Luft glitt, überkam mich ein starkes Gefühl der Müdigkeit, was ich sogleich abschüttelte, indem ich weitere Hitze erzeugte, die inzwischen meinen gesamten Körper dampfen liess, wodurch ich einen breiten Streifen aus Kondenswasser hinterliess. Zudem bemühte ich mich, die Stadt nach Auffälligkeiten zu untersuchen, was sich bereits wenige Minuten später auszahlte. Mehrere Kampffahrzeuge waren an der Stadtgrenze stationiert und ich konnte undeutliche Rufe einiger Männer hören, die allesamt bewaffnet dazwischen standen. Sie schienen einem einzigen Befehlshaber zu gehorchen, weswegen ich vermutete, dass sie dem sogenannten Militär angehörten.

Ihr werdet morgen nicht zum Einsatz kommen, dafür werde ich sorgen, dachte ich selbstbewusst.

Aufgrund ihrer Bewaffnung wagte ich es nicht, mich ihnen zu nähern, obwohl ich ihnen liebend gern die Lage erklärt hätte. In leichtem Zwiespalt entfernte ich mich von ihnen und flog schnurstracks auf ein riesiges, weisses Schneefeld nahe der Stadt zu. Während ich landete, was aufgrund einiger starker Windböen alles andere als leicht war, wirbelte ich den lockeren Pulverschnee unter mir auf, der sogleich gegen meine Flügel wehte, schmolz und anschliessend verdampfte. Um der brennenden Kälte des Schnees entgegenzuwirken, musste ich noch mehr Hitze erzeugen, was mich weiter erschöpfte.

Mit zugekniffenen Augen blickte ich in den blendend hell das Sonnenlicht reflektierenden Schnee, dessen eisige Kälte bereits von meinen Klauen und meinem Schwanz bis tief in meinen Körper drang. Es schien gleichgültig zu sein, wie viel Hitze ich produzierte, denn sobald das gefrorene Wasser schmolz und an mir haftenblieb, wurde es durch weiteren Schnee wie auch Wind schlagartig abgekühlt. Das Bedürfnis, mich in dieser hellen, pulvrigen Masse zu wälzen, verblasste in diesem Augenblick. Aufgrund meiner körperlichen Erschöpfung, die durch das Erzeugen von Hitze noch verstärkt wurde, zitterte ich bereits am ganzen Körper.

Enttäuscht nutzte ich den Gegenwind, um erneut dem Himmel emporzusteigen. Wenngleich die schneebedeckten Berge im Licht der Mittagssonne unbestreitbar schön aussahen, waren sie eiskalt und somit unangenehm. Mit brennend kalten Flügeln liess ich mich von der Luft treiben, bis ich in das Zentrum der Stadt zurückgekehrt war. Schnell erblickte ich Loris und Ferdinand, die sich mit mehreren Menschen auf der Strasse neben dem Bahnhof unterhielten. So plötzlich wie das Bedürfnis gekommen war, mir den Schnee anzusehen, kehrte meine Sorge um Ferdinand zurück. Ich legte meine Flügel an, liess mich fallen, so lange es möglich war, und bremste erst knapp über dem Boden ab. In einem engen Bogen, der mein linkes Flügelgelenk bis ans Äusserste strapazierte, verlangsamte ich, bis ich wenige Meter neben Ferdinand landete und den drei Menschen misstrauisch in die Augen blickte, die sich bis vor wenigen Sekunden noch mit meinem Freund unterhalten hatten.

Ihre Gesichter verrieten Schock, was mich vorübergehend verwirrte, bis mir bewusst wurde, dass sie vermutlich noch nie zuvor einen Drachen ausserhalb eines Videos gesehen hatten. Zudem bewiesen mir ihre frischen Stresshormone, dass sie mich fürchteten und ihre halben Rückwärtsschritte, dass sie keinen Ärger wollten. Ich entschied, sie zu ignorieren und stattdessen mit Ferdinand zu sprechen.

«Was hast du als Nächstes vor?», fragte ich.

«Ich werde erstmal ein Nickerchen machen. Diese Zeitverschiebung ist echt ermüdend.», entgegnete er.

Als hätte dieses kurze Gespräch die drei unbekannten Menschen aus einer Starre befreit, setzten sie ihre Konversation mit Ferdinand fort.

«An Ihrer Stelle würde ich in das Hotel Kronen drei Strassen in diese Richtung gehen.», erklärte ein nach Seife duftender Mann mit leicht grauen Haaren, während er nach rechts deutete.

«Genau. Dieses Hotel ist komfortabel, aber auch preiswert.», pflichtete die Frau neben ihm bei, ohne mich aus den Augen zu lassen.

«Danke vielmals.», antwortete Ferdinand schniefend.

Seine Nase war wesentlich röter als sonst und feucht. Die Kälte schien ihm ebenfalls zuzusetzen, obwohl er mittlerweile eine dicke Jacke trug, die die Wärme seines Körpers speicherte. Aufgrund meines heissen Atems erging es zumindest meiner Nase besser als seiner. Ich folgte Ferdinand durch die ruhigen Strassen dieser kleinen Stadt, bis wir bald darauf ein mit einer grossen Leuchtschrift versehenes Gebäude erreicht hatten. In goldenen Buchstaben war «Hotel Kronen» zu lesen. Wir betraten das Hotel und nach einer kurzen Debatte mit dem Inhaber konnte Ferdinand ihn überzeugen, mir ebenfalls ein Zimmer zuzuweisen. Voller Vorfreude, endlich wieder in einem warmen, bequemen Bett schlafen zu können, betrat ich mein Zimmer, stellte meinen Speer in eine Ecke, kletterte auf die perfekt geglättete Bettdecke und rollte mich eng zusammen, was keinerlei Schmerzen in meinem Rücken provozierte. Ferdinand, der mir die Tür geöffnet hatte, trat nun ebenfalls ein und legte mir eine Karte aus Plastik auf den kleinen Tisch neben dem Bett. Nach einer kurzen Erklärung, dies wäre der Schlüssel für mein Zimmer, liess er mich allein und schloss die Tür hinter sich.

Trotz meiner Erschöpfung schlief ich kaum mehr als ein paar Stunden. Anschliessend lag ich während des gesamten Abends und der darauffolgenden Nacht wach, die Gedanken kontinuierlich bei der bevorstehenden Ankunft der Raumschiffe.

Als endlich das erste Tageslicht hinter den Bergen erkennbar war, die ich von meinem Bett aus durch das Fenster betrachten konnte, stand ich gähnend auf, hob meinen Speer und die Plastikkarte auf und verliess das Zimmer. Da ich die Karte in meinem Maul trug, musste ich mein rechtes Vorderbein einsetzen, um die Tür zu öffnen, was aufgrund meiner noch nicht verheilten Schusswunde stechende Schmerzen im Oberschenkel auslöste. Auf dem Korridor angelangt, folgte ich Ferdinands gestriger Duftspur zu seinem Zimmer, was sich nur drei Zimmer neben meinem befand, und trat an die Tür heran, die sich weder mit dem Griff noch mit meinem Schlüssel öffnen liess. Ratlos blieb ich im Korridor sitzen, bis ich das Gemurmel zweier Menschen zu meiner Rechten wahrnahm, die gemeinsam ihr Zimmer verliessen und mich währenddessen beobachteten.

«Wie kommt man bloss auf die Idee, einen Drachen in ein Hotel zu lassen?», flüsterte die offenbar junge Frau.

«Und erst diesem Tier einen Schlüssel zu geben. Dieses versabberte Ding würde ich auf gar keinen Fall mehr anfassen wollen.», entgegnete der junge Mann.

Glauben sie tatsächlich, ich würde sie nicht verstehen? Fragte ich mich, wobei es mir ausserordentlich schwerfiel, meinen Blick nicht von Ferdinands Tür abzuwenden.

Ich wartete einige Sekunden ab, bis die Menschen verschwunden waren, und klopfte mit einer Klaue gegen die Tür. Zuerst nahm ich das Geräusch von Stoff und anschliessend mehrere Schritte wahr, die von Ferdinand stammen mussten. Kurz darauf öffnete sich die Tür und Ferdinand trat wie erwartet zu mir.

«Guten Morgen Nils.», begrüsste er mich gähnend.

Ich realisierte erst jetzt, dass ich nicht sprechen konnte, während ich einen Gegenstand im Maul transportierte, weswegen ich die Karte vor mir auf den Fussboden legte.

«Guten Morgen. Ich wollte dich fragen, ob du schon mehr über die Ankunft der Raumschiffe weisst.», antwortete ich.

«Nein, das müsstest du Loris fragen. Er befindet sich ...»

«... im Zimmer gegenüber.», beendete ich seinen Satz.

«Genau.», entgegnete er schmunzelnd.

Wie zuvor bei Ferdinand klopfte ich an die Tür von Loris und wartete ab, bis er sie öffnete. Anschliessend stellte ich ihm dieselbe Frage.

«Ja, es gibt tatsächlich einige Neuigkeiten. Ich habe vor einer halben Stunde nachgesehen und es wurde bestätigt, dass es sich um exakt sieben Raumschiffe handelt. Obwohl sie grosse Ähnlichkeiten zu denen aufweisen, die wir verwenden, sind es keine von uns. Sie sind etwas kleiner und scheinen Plasmaantriebe einzusetzen. Über diese Technologie verfügen wir noch nicht. Ausserdem konnte ihr Ankunftsort beinahe auf den Kilometer genau bestimmt werden.», erläuterte Loris.

«Keine Raumschffe von euch? Und sie verwenden Plasmaantriebe? Das ist eigenartig.», entgegnete ich leicht verunsichert.

Ein geringer Verdacht, dass es sich vielleicht doch nicht um Drachen handelte, beschlich mich.

«Das hat mich auch sehr verwundert, aber sie stammen definitiv von der Erde.»

«Kannst du mir zeigen, wann und wo sie genau landen werden?»

Loris nickte, zog sein Mobiltelefon aus der Tasche, tippte einige Sekunden darauf herum und streckte es mir entgegen. Auf dem Bildschirm waren einige Berge zu erkennen, die allesamt untereinander angeordnet waren. Links von dieser Reihe aus Bergen war eine Stelle rot markiert.

«Sie werden in vier Stunden genau dort landen, westlich von dieser Gebirgskette. Wir befinden uns momentan östlich davon in diesem Tal.», sagte Loris, während er mit dem Finger auf die entsprechenden Teile der dreidimensionalen Karte deutete.

Ich prägte mir die Form der Berge, meine jetzige Position und die rot markierte Stelle genauestens ein. Sobald ich mir sicher war, sie eigenständig finden zu können, wandte ich mich wieder Loris und Ferdinand zu.

«Gut. Ich weiss jetzt, wo ich hinfliegen muss. Wartet hier, bis ich zurückkehre. In diesem Hotel scheint es einigermassen sicher zu sein, aber ich bitte euch trotzdem, auf euch aufzupassen.», erklärte ich meine weitere Vorgehensweise.

«Warte mal. Du willst allein zu diesen Raumschiffen fliegen? Das kommt nicht infrage. Wir werden dich begleiten.», entgegnete Ferdinand.

Loris nickte zustimmend.

«Das kann ich nicht zulassen. Es wäre viel zu gefährlich für euch.», verteidigte ich meinen Standpunkt.

«Wie meinst du das?»

«Die Drachen sehen in euch nichts weiter als Ausserirdische, die ihre Freunde und Familienmitglieder entführt haben. Wahrscheinlich werden sie euch angreifen wollen.»

«Aber du sagtest, sie würden keine Gefahr darstellen.»

Verlegen wandte ich meinen Blick von den Menschen ab.

«Ich weiss, aber das entspricht nicht ganz der Wahrheit. Bevor ich sicherstellen kann, dass sie euch nicht töten, müsst ihr euch von ihnen fernhalten.»

«Aber was machst du, wenn es doch keine Drachen sind? Schliesslich verwenden sie nicht unsere Raumschiffe und du hast uns erklärt, wie einfach eure Technologie auf der Erde ist. Es wird wohl kaum möglich sein, dass sie in einem Vierteljahr neue Raumschiffe mit Plasmaantrieben konstruieren und bauen.», warf Loris ein.

Dies verunsicherte mich noch mehr, jedoch wollte ich es mir nicht eingestehen, dass die Neuankömmlinge eventuell doch Aliens sein konnten, da ich insgeheim hoffte, Stella und die anderen wiedersehen zu können.

«Ich weiss es nicht.», gab ich zu, meinen Blick dem Boden zugewandt.

«Dann sollten wir dich begleiten. Ich kann ebenso wenig zulassen, dass dir etwas zustösst, wie du es bei mir zulassen kannst.», setzte Ferdinand das Gespräch fort.

«Oder wir könnten zurück nach Sytris fahren.», schlug Loris vor.

«Nein, das möchte ich nicht. Falls die Drachen kommen, muss ich vor Ort sein.», erwiderte ich.

«Gut, dann begleiten wir dich.», sagte Ferdinand in einer Tonlage, die eigentlich keinen Widerspruch zuliess.

Ich hob meinen Blick an und starrte ihm für einige Sekunden in die Augen.

«Ihr müsst hierbleiben.», entgegnete ich schliesslich.

«Wir können dich nicht im Stich lassen.»

Da sich diese Debatte im Kreis drehte, änderte ich meine Argumentationsweise.

«Es gibt nichts auf diesem Planeten, was ich als Zuhause bezeichnen könnte. Ich muss zur Erde zurückkehren, wo sich meine Familie befindet. Es tut mir leid, Ferdinand, aber dies ist die einzige Möglichkeit. Sollten es Drachen sein, die in vier Stunden in diesem Gebirge landen, muss ich verhindern, dass sie sich mit den Menschen einen Kampf liefern. Nur wenn die Drachen und die Raumschiffe überleben, kann ich nach Hause fliegen. Die Volksinitiative war eine Möglichkeit, aber das hier ist eine wahrhaftige Chance.»

Ferdinands Gesichtsausdruck änderte sich schlagartig und in seinen Augen bildete sich ein feuchter Schimmer. Er wich meinem Blick aus, schluckte einmal leer und begann schliesslich erneut, zu sprechen.

«Und was ist mit deinem Sohn? Er braucht dich und wenn du heute stirbst, wird es niemanden geben, der ihn aus seiner Gefangenschaft befreien kann.»

Diese Worte riefen Gedanken herbei, die ich bereits seit Wochen zu verdrängen versuchte. Bilder von Mario, der ohne Flügel, Hörner, Klauen, Zähne und Zacken dieser fetten Frau Bühler dienen musste, durchfluteten mein Bewusstsein. Ich fühlte mich, als hätte man mir den festen Boden unter den Füssen weggezogen und mir wurde übel. Mein Atem beschleunigte sich und ich suchte vergeblich nach einem Fenster, aus dem ich blicken konnte, um mein Wohlbefinden zu verbessern. Da mir diese Symptome bekannt waren und ich nicht erneut eine Panikattacke erleiden wollte, konzentrierte ich mich gedanklich auf Stellas wunderschöne Augen, die einem klaren, tiefblauen Ozean glichen. Sofort verschwand die Übelkeit und mein Atem verlangsamte sich.

«Ich kann ihm nicht mehr helfen.», murmelte ich geistesabwesend.

«Das ist nicht wahr! Er wurde gehirngewaschen und es ist mit Sicherheit möglich, das wieder umzukehren.»

Ferdinands Zuversicht weckte erneut das miserable Gefühl in meinem Inneren, wogegen ich mit all meiner Willenskraft anzukämpfen versuchte. Ebenfalls erinnerte ich mich wieder an Marios stark veränderte Denkweise, die mir zunehmend Angst bereitete, da er mich aus seiner eigenen Entscheidung abgewiesen hatte.

«Du hast keine Ahnung vom Zustand meines Sohnes! Man hat seinen Verstand zerstört und es gibt nichts, was sich da noch machen lässt.», schrie ich Ferdinand ins Gesicht.

Gleich darauf wandte ich mich traurig schluchzend von ihm ab. Warme Tränen rannen mir der Schnauze entlang zu Boden. Wieder verdrängte ich die Gedanken an Mario mit den Erinnerungen an Stella. Ich atmete einige Male tief durch, blinzelte die Tränen aus den Augen und wandte mich zum Gehen. Ferdinand bemerkte dies sofort und stellte sich mir in den Weg. Mit noch feuchten Augen starrte ich ihm vorwurfsvoll ins Gesicht.

«Du kannst nicht einfach allein gehen. Bitte lass uns mitkommen. Ich muss meine Schuld begleichen können.», sagte er bestimmt.

«Geh mir aus dem Weg.», zischte ich zähnefletschend, während ich zornig die Augen verengte.

Erst nach mehreren Sekunden trat Ferdinand schliesslich einen Schritt beiseite, wodurch ich an ihm vorbeigehen konnte. Ohne ihn noch einmal anzusehen, tapste ich den Korridor entlang in Richtung Ausgang.

25

Gebirge

Meine Stimmung war noch immer im Keller, als ich durch die eiskalte Luft in Richtung Westen flog. Um die Bergkette überwinden zu können, zog ich weite Kreise und nutzte Aufwinde. Eine knappe Stunde später hatte ich die Höhe der Berggipfel erreicht und stellte erstaunt fest, dass die Luft wesentlich weniger dünn war, als ich angenommen hatte.

Aufgrund der niedrigen Gravitation muss die Atmosphäre mindestens doppelt so dick sein, um denselben Luftdruck zu erzeugen, schoss es mir durch den Kopf.

Um Energie zu sparen, behielt ich die Erhitzung von Luft in meinem Inneren auf einem Minimum, weswegen meine Flügelspitzen bereits taub geworden waren. Zudem schlotterte ich am ganzen Körper, teils vor Aufregung, teils vor Kälte. Immer wieder blickte ich in den noch dunkelblauen Himmel hinauf, in der Hoffnung, die Raumschiffe frühzeitig erspähen zu können, jedoch erkannte ich absolut gar nichts.

Mit der leicht warmen Sonne im Rücken flog ich über den Bergkamm hinweg. Der Wind wirbelte an einer scharfen Felskante den Pulverschnee zu einer gewaltigen Wolke auf, die sich im breiten Tal vor mir senkte, was noch vollständig im Schatten der Berge lag. Erst einige Minuten später erkannte ich Häuser und menschliche Soldaten durch die Schneewolke hindurch. Da sich die Truppen an exakt der Stelle befanden, die auf der Karte von Loris rot markiert gewesen waren, vermutete ich, dass die Raumschiffe im Tal vor mir landen würden. Um meinen guten Ausblick beibehalten zu können, steuerte ich auf den Rand einer steilen Klippe zu, von der ebenfalls eine Wolke aus Schneestaub erzeugt wurde, und landete mit einigen komplizierten Flügelbewegungen auf dem Bergkamm. Sofort wurde mir der Pulverschnee gegen den Rücken und die Flügelhaut geweht, was ein schmerzhaftes Brennen auslöste. Ich zog die Flügel an, so gut ich konnte, und legte mich flach in den Schnee, obwohl sich die Kälte nun auch an meinem Bauch ausbreitete. Da das Erhitzen meines Körpers lediglich kaltes Schmelzwasser erzeugen würde, war ich dazu gezwungen, zu frieren. Dauerhaft zitternd blickte ich hinauf in den stetig heller werdenden

Himmel. Immerhin musste ich nicht in Richtung der Sonne blicken. Dennoch wusste ich, dass meine jetzige Wartezeit sich in eine Folter entwickeln würde.

Stunden später lag ich noch immer stetig in den tiefblauen Himmel starrend im Schnee, der mich mittlerweile beinahe vollständig zugedeckt hatte. All meine Gliedmassen waren taub geworden und die Kälte brannte an meinem Brustkorb. Zudem hatte ich starke Kopfschmerzen, die minütlich zuzunehmen schienen. Die malerische Berglandschaft, in der ich mich befand, beachtete ich keineswegs. Nicht einmal die erneut kristallklare Atmosphäre, durch die ich über einhundert Kilometer weit blicken konnte, fiel mir bewusst auf.

Mein Blick war einzig und allein auf ein silbernes Glitzern gerichtet, was vor Kurzem weit über mir erschienen war. Wie gebannt beobachtete ich das Licht, was sich orangerot verfärbte und langsam auf das Tal vor mir zubewegte. Aufgeregt stand ich auf, ohne zu bemerken, dass ich meine Beine nicht mehr fühlen konnte. Ich schüttelte mir den Schnee vom Körper, breitete meine tauben Flügel aus und stiess mich von der Klippe ab, um in einem Sturzflug zu starten. Als mir bewusst wurde, dass ich aufgrund des fehlenden Gefühls kaum steuern konnte und mit zunehmender Geschwindigkeit auf die beinahe senkrechte Felswand unter mir zuraste, erhitzte ich die Luft in meinem Inneren, als würde mein Leben davon abhängen, was unter Umständen auch der Fall war. Sehr bald kehrte das Gefühl in Form eines heissen Brennens in meine Gliedmassen zurück, was ich angesichts meiner überaus wichtigen Mission zu ignorieren versuchte.

Mit schmerzverzerrtem Gesicht und zu schmalen Schlitzen verengten Augen stabilisierte ich meinen Sturzflug und schoss ich in hoher Geschwindigkeit dem Tal entgegen. Obwohl ich bereits mehrere Kilometer an Höhe verloren hatte, was sich in einem unangenehmen Druck innerhalb meiner Ohren ausdrückte, lag die kleinere Ansammlung von höchstens fünfzig Häusern noch weit unter mir. Die menschlichen Soldaten hatten sich südlich des kleinen Dorfes positioniert, wo sich die einzig ebene Fläche abseits der Häuser befand. Überall lag meterhoher Schnee, worüber ich ausserordentlich froh war, da dies das Vorankommen der Militärfahrzeuge erschwerte. Mit einem Kontrollblick hinauf vergewisserte ich mich, dass das silberne Glitzern auch tatsächlich auf das Tal vor mir zusteuerte, wobei sich das laute Rauschen in meinen Ohren veränderte. Zu meiner Verwunderung war es bereits näher gekommen, als ich erwartet hatte. Anstelle eines winzigen Punktes erkannte ich nun metallisch im Schein der Sonne glänzende Tragflächen und das dunkelrote Leuchten des Plasmaantriebs, den Loris erwähnt hatte.

Weshalb ist es bloss eines? Fragte ich mich.

Bald darauf erspähte ich drei weitere silberne Punkte am Himmel. Ich richtete meinen Blick nun wieder nach vorn, wo sich die menschlichen Truppen auf einen Kampf vorbereiteten. Zeitgleich hörte ich ein lautes Dröhnen von links, was selbst das Rauschen des Windes überdeckte. Ein mattgraues Flugzeug, was eindeutig menschlich war, flog über das Tal hinweg. Unterhalb der Tragflächen erkannte ich lange Gegenstände, von denen ich annahm, dass sie Waffen waren.

Hoffentlich halten sie ihr Versprechen, nicht anzugreifen, bevor es die Drachen tun, dachte ich leer schluckend.

Der Flug durch die Kälte hatte meine Kopf- und Gliederschmerzen erheblich verstärkt, was ich jedoch dank meines hohen Adrenalinpegels durchhielt. Ich vergewisserte mich, dass ich noch meinen Speer bei mir trug, und flog weiter geradeaus auf das Dorf zu, da das Raumschiff über mir genau darauf zusteuerte. Ehe ich es hören konnte, raste es bereits in atemberaubender Geschwindigkeit an mir vorbei. Aufgrund der noch immer kilometerweiten Entfernung hatte derjenige, der es steuerte, mich bestimmt nicht wahrgenommen, da ich kein hell glänzendes, dreissig Meter grosses Flugobjekt war. Ausserdem lag das gesamte Tal noch im Schatten, obwohl die Sonne ihren Höchststand bereits beinahe erreicht hatte.

Plötzlich leuchtete der schmale, kantige Lauf unterhalb des Raumschiffs rötlich auf und eine helle Kugel aus rotem Plasma schoss in hoher Geschwindigkeit daraus hervor. Das Raumschiff drehte laut dröhnend ab, während die rote Kugel in einem Wohnhaus einschlug, dessen Seitenwand vollständig verdampfte. Der übriggebliebene Beton tropfte glühend zu Boden und die Luft im Umkreis von über dreissig Metern flimmerte stark.

Nicht schiessen! Dann werden die Ausserirdischen auch nicht angreifen, schrie ich telepathisch auf das Raumschiff zu, in der Hoffnung, ein Drache würde am Steuer sitzen.

Die Hoffnung auf die Vermeidung eines bewaffneten Konflikts schrumpfte in dem Augenblick auf Null, als ein weiteres menschliches Flugzeug am Horizont erschien und ein grosses, längliches Projektil in Richtung des Raumschiffs verschoss. Entsetzt beobachtete ich, wie das gut vierzig Zentimeter lange Etwas die Flugbahn des Raumschiffs verfolgte, bis es sein Ziel beinahe erreicht hatte. In diesem Augenblick schossen zahlreiche gelb leuchtende Punkte seitlich aus dem Raumschiff hervor, die allesamt lange Schweife hinterliessen. Das eigenständig lenkende Projektil visierte plötzlich einer dieser Punkte an und explodierte in einem hellen Lichtblitz, als es damit kollidierte. Das Raumschiff flog unversehrt einen Bogen und setzte erneut zum Angriff auf das Dorf an.

Die Fahrzeuge auf dem Boden richteten lange Läufe auf ihr Ziel, während insgesamt drei Kampfflugzeuge der Menschen das Raumschiff ins Visier nahmen. In Schockstarre glitt ich auf das noch einige Kilometer entfernte Dorf zu, unfähig, meinen Blick von den aktuellen Ereignissen zu lösen.

Sie werden das Raumschiff früher oder später zerstören und denjenigen töten, der es bedient, dachte ich besorgt.

Darauf hoffend, dass es sich doch nicht um Drachen handelte, beobachtete ich, wie sowohl die Flugzeuge als auch die Fahrzeuge zu feuern begannen. Dutzende unterschiedliche Projektile wurden verschossen, die allesamt ihr Ziel verfehlten, da das Raumschiff im allerletzten Moment vom Dorf abdrehte und in einer Geschwindigkeit dem Himmel emporschoss, die mich angesichts seiner Grösse erstaunte. Die Flugzeuge nahmen die Verfolgung auf. Da sie sich nun allesamt hinter dem Raumschiff befanden, war es ein leichtes Ziel für sie.

Bevor die Menschen erneut feuern konnten, erlosch plötzlich das Feuer all ihrer Triebwerke zeitgleich. Die drei Flugzeuge stoppten ihre Bewegung und trudelten unkontrolliert zu Boden. Bevor sie mit der Bergwand kollidierten, öffneten sich die Windschutzscheiben und die Menschen katapultierten sich mitsamt ihren Sitzen aus den abstürzenden Flugobjekten hinaus. Alle drei Kampfflugzeuge prallten wenige Sekunden später auf den schneebedeckten Fels und explodierten in jeweils einem Feuerball, während die Piloten ihre Fallschirme aktivierten und kontrolliert zu Boden segelten. Knapp zwölf Sekunden später nahm ich die dumpfen Knalle der Explosionen wahr, woraus ich schlussfolgerte, dass sie vier Kilometer entfernt stattgefunden hatten.

Wie ist das überhaupt möglich? Die Flugzeuge wurden nicht einmal getroffen, dachte ich verwirrt, wobei ich meinen Blick nicht vom Raumschiff abwenden konnte, was nun in Begleitung eines zweiten Raumschiffs in Richtung des Dorfs raste.

Meine Hoffnung, Drachen würden diese Dinger steuern, war in diesem Augenblick zunichte gemacht worden. Was soeben während dieses Kampfes geschehen war, überstieg mein momentanes Vorstellungsvermögen. Die beiden Raumschiffe erzeugten zwei Plasmageschosse, die weitere Häuser trafen und diese beinahe vollständig zerstörten. Aus der Ferne waren bereits die Schreie der Menschen zu hören, die versuchten, sich aus ihren einstürzenden Gebäuden zu retten. Jemand rannte lichterloh brennend über eine Strasse, wobei seine verzweifelten Schreie laut in der Umgebung widerhallten. Mindestens fünf

Menschen versuchten, ihm irgendwie zu helfen, indem sie dicke Tücher auf ihn warfen, um die Flammen zu ersticken, was zwar das Feuer löschen, nicht jedoch seine bereits fatalen Verbrennungen mindern konnte.

Laut knackend bildete sich ein breiter Riss in der Seite eines grossen Häuserblocks. Eine tragende Wand brach zusammen und riss alle darüberliegenden Stockwerke mit sich. Mindestens drei Menschen wurden verschüttet, sofern ich dies korrekt beobachtet hatte.

In ohrenbetäubenden Knallen schossen die Kampffahrzeuge auf eines der Raumschiffe, was sie auch tatsächlich trafen. Die linke Tragfläche splitterte funkensprühend auseinander und das Flugobjekt trudelte schräg über das Dorf hinweg, um knapp daneben auf einem weiten Schneefeld einzuschlagen. Ich wollte sehen, ob derjenige, der es gesteuert hatte, noch lebte, wurde jedoch von einem Dröhnen zu meiner Rechten abgelenkt.

Der Schnee eines gesamten Berghangs rutschte in Richtung des Tals und hinterliess dunkelgrauen Fels. Unaufhaltsam bahnte sich die lockere, weisse Masse ihren Weg auf die Häuser zu und verschlang mindestens ein Dutzend davon, als wären sie Felsen in einem Fluss, ehe sie zum Stillstand kam. Als sich der aufgewirbelte Schnee endlich legte, waren lediglich noch einige Hausdächer erkennbar. Ich wollte den verschütteten Menschen helfen, wurde aber wieder abgelenkt, da die Kampffahrzeuge erneut feuerten. Dieses Mal verfehlten sie ihr Ziel und das noch funktionstüchtige Raumschiff flog geradewegs auf sie zu. So plötzlich wie die drei menschlichen Kampfflugzeuge ausser Gefecht gesetzt worden waren, stoppten nun auch alle Bewegungen der Fahrzeuge zeitgleich. Weder die Läufe noch die breiten Ketten, die sie zur Fortbewegung nutzten, regten sich noch. Kurz darauf verschoss das Raumschiff eine Salve von vier Plasmageschossen, die allesamt ihr Ziel fanden und beinahe die gesamte menschliche Bodentruppe verdampfen liess. Fahrzeuge explodierten und flüssiges Metall spritzte umher, gefolgt von einer dunkelgrauen Rauchwolke, die schnell vom eiskalten Wind des Gebirges verweht wurde.

Wie gebannt starrte ich auf die kläglichen Überbleibsel der Soldaten, die soeben von einem einzigen Raumschiff getötet worden waren. Die tödliche Maschine flog eine scharfe Kurve und steuerte erneut auf die verbleibenden Männer zu, die hustend und keuchend Deckung hinter halb geschmolzenen Fahrzeugen suchten. In dieser Sekunde erreichte ich endlich den Ort des Geschehens. Ich reagierte blitzschnell, indem ich zwischen die Soldaten und das Raumschiff flog mit meinen Speer zwischen den Klauen, da ich wusste, dass er

Energie absorbieren konnte und dies höchstwahrscheinlich auch für die Hitze von Plasma galt.

Wer auch immer du bist, bitte verschone diese Menschen! Sie sind jetzt wehrlos und haben sich zuvor erst verteidigt, nachdem ihr angegriffen habt, versuchte ich, telepathisch zu kommunizieren, meinen Blick starr auf den kantigen Lauf des Raumschiffs gerichtet.

Sobald ich diesen Gedanken zu Ende geführt hatte, verlangsamte es geringfügig und flog nun exakt in meine Richtung. Angstvoll blickte ich nach einem Ausweg suchend umher, da ich keinesfalls von der scharfen Spitze dieses Flugobjekts gerammt werden wollte.

«Nils? Bist du das wirklich?», nahm ich plötzlich telepathische Signale wahr, die meinen Erinnerungen nach von Cuno stammen mussten.

Ja. Bist du Cuno? Fragte ich verwirrt und erleichtert zugleich.

«Ja, der bin ich. Lukas ist ebenfalls bei mir im Raumschiff.»

«Hallo Nils.», begrüsste mich der jüngste Sohn von Gustav und Mia schüchtern, der mittlerweile achtzehn Erdenjahre alt geworden sein musste.

Fassungslos liess ich mich treiben, bis Cuno und Lukas mit dem Raumschiff bei mir angelangt waren und mit einigen Metern Abstand gemächlich neben mir herflogen, sodass ich durch die Scheibe hindurch die beiden Drachen erkennen konnte, die mir entgegenblickten. Das gut dreissig Meter lange Raumschiff hatte seine unteren Triebwerke aktiviert, um bei meiner geringen Geschwindigkeit geradeaus weiterfliegen zu können. Das rote Plasma des Heckantriebs flackerte lediglich noch schwach auf, da beinahe kein Schub mehr von Nöten war. Cuno, der dieses Fluggerät bediente, hielt den Steuerhebel selbstsicher zwischen seinen Klauen, als hätte er bereits jahrelange Erfahrung im Fliegen von Raumschiffen.

Aber ... wie ist das möglich? Woher habt ihr diese Raumschiffe?

Cunos Gedanken veränderten sich in ein wildes Gemisch von einer ewig langen Reise im Weltraum und dem Erkunden von antiken Bauwerken auf der Erde. Er beendete den Strom seiner Erinnerungen, ehe ich mir einen Reim daraus machen konnte.

«Das ist eine lange Geschichte.», dachte er schliesslich.

«Komm, Nils. Lass uns gemeinsam die Vorez besiegen!», schlug Lukas voller Tatendrang vor.

Es hatte sich ein Lächeln auf seinem Gesicht gebildet, was seinen Gedankengängen nach auf einer Mischung aus Freude, mich wiederzusehen und Tatendrang beruhte.

Nein, das ist eine miserable Idee, entgegnete ich.

«*Wieso?*»

Cuno und Lukas waren nun sichtlich verwirrt.

«*Hast du dich etwa den Ausserirdischen angeschlossen? Ich dachte vorhin, du wärst auf unserer Seite.*», dachte Lukas mit tiefer Enttäuschung und Schock in seiner telepathischen Stimme.

Ich bin nicht auf deren Seite. Ich fechte bloss keine Schlachten aus, die ich nicht gewinnen kann.

«*Behauptet derjenige, der allein zum Mars geflogen ist, um gegen die gesamte ausserirdische Zivilisation zu kämpfen.*», konterte Cuno.

Die Gegebenheiten sind ein wenig komplizierter, als du sie darstellst. Ich hatte keine Möglichkeit, zur Erde zurückzukehren, nachdem ich das Raumschiff betreten hatte, verteidigte ich mich.

«*Na gut. Dann erklär uns aber mal, weshalb wir die Vorez nicht einfach töten und alle Drachen auf dem Mars retten sollen.*»

Weil es viel zu viele von denen sind. Genaugenommen über zwei Milliarden. Egal, wie gut eure Ausrüstung ist, ihr werdet verlieren. Selbst gegen zwei Dutzend Soldaten habt ihr ein Raumschiff verloren.

Zusätzlich zu meinen Worten übermittelte ich den beiden auch noch Bilder und Eindrücke von den blitzverschiessenden, unbemannten Flugobjekten, den Käfigen und der riesigen Hauptstadt Syrtis. Cunos Blick wurde glasig und Lukas linkes Hinterbein zitterte unruhig.

«*Was schlägst du stattdessen vor?*», fragte Cuno schliesslich, seine silbernen Augen direkt auf mich gerichtet.

Lass uns Frieden mit ihnen schliessen und nach einer gewaltfreien Lösung suchen. Ich kann mit ihnen kommunizieren und sie von euren guten Absichten überzeugen, sofern ihr nicht weiter angreift.

Cuno und Lukas tauschten unsichere Blicke aus. Dennoch nickten schliesslich beide zustimmend.

«*Nun gut. Wir werden die anderen über diese Planänderung informieren. Das wird wahrscheinlich eine Weile dauern, da wir uns auf der Reise zum Mars verloren haben. Ich sehe ausserdem erst zwei von fünf weiteren Raumschiffen am Himmel. Kannst du dich derweil um Geist und Henrik kümmern, die vorhin abgestürzt sind?*», dachte Cuno.

Mein Blick schnellte zum Wrack des Raumschiffs, was in zwei Teile zerbrochen und noch leicht rauchend abseits des Dorfs im Schnee lag. Geist zwängte sich mühselig unter einer Tragfläche hervor, wobei er eine schmale Spur aus Blut hinterliess. Da die Sonne noch nicht hoch genug stand, um ihr

Licht ins Innere des Tals zu werfen, vermischte sich alles, Geists weisser Körper eingeschlossen, zu ein und demselben schattierungslosen Weiss. Von Henrik fehlte noch jede Spur.

Hastig nickte ich, wobei ich erst jetzt bemerkte, dass meine Kopfbewegungen die Schmerzen meines Nackens stetig verschlimmerten, und flog im Sturzflug auf Geist zu, während das Raumschiff neben mir laut dröhnend dem Himmel emporstieg. Sowohl die Hitze als auch die Vibrationen der Plasmaantriebe konnte ich bis ins Innere meines Brustkorbs fühlen.

Geist, geht's dir gut? Wo ist Henrik? Fragte ich telepathisch, während ich bereits in einem engen Bogen zur Landung ansetzte.

Die Tatsache, dass nahezu jede Stelle meines Körpers entweder vor Kälte, Muskelüberanstrengung oder einer chronischen Verletzung schmerzte, ignorierte ich.

«Nils! Du hast überlebt!», rief Geist voller freudiger Erleichterung.

Er leckte einen blutigen Riss in seiner rechten Flügelmembran ab, setzte sich aufrecht hin und wartete grinsend auf meine Ankunft. Meine beiden Fragen schienen ihn angesichts unseres Wiedersehens nicht zu interessieren.

«Du bist ein miserabler Pilot, Geist.», meckerte Henrik, der sich nun ebenfalls unter der Tragfläche hervorzwängte.

Im Gegensatz zu seinem Kollegen schien er unverletzt zu sein. Obwohl ich gestehen musste, die dauerhaft griesgrämige Art dieses dunkelgrauen Drachen nicht vermisst zu haben, konnte ich mir ein Schmunzeln angesichts unserer Wiedervereinigung nicht unterdrücken. Um Geist nicht zu enttäuschen, landete ich vor ihm im Schnee, trat auf steifen Beinen und schwer humpelnd auf ihn zu und wollte soeben seine zu mir herabgesenkte Schnauze anstupsen, als er sich verunsichert zurückzog. Leicht verwirrt musterte ich sein Gesicht und entschied mich stattdessen für eine gedankliche Begrüssung.

Es freut mich sehr, euch wiederzusehen.

Ehe ich Geists Wunde genauer betrachten konnte, faltete er seinen Flügel zusammen und richtete seine Aufmerksamkeit den übriggebliebenen Soldaten zu, die sich zwischen ihren zerstörten Fahrzeugen verschanzt hatten.

«Wir sollten sie alle töten für das, was sie getan haben. Machen wir es wieder gleich wie damals auf der Erde?», fragte er mich.

Sein Zorn gegenüber den Menschen, der auf dem Tod seiner Schwester beruhte, war aus jedem seiner Gedanken zu erspüren. Demnach wusste ich sofort, wie ich ihn überzeugen konnte, nicht anzugreifen.

Nein, denn sie tragen keine Schuld an Mias Tod. Diese Menschen waren nicht einmal anwesend, als sie gestorben ist.

Meine Gedanken liessen Geist heftig zusammenzucken. Seine rot glühenden Augen richteten sich auf mich, während sich ein Schimmer von Tränen in ihnen bildete.

«Du hast recht. Es ist nicht ihre Schuld, sondern meine. Hätte ich nicht eingegriffen, wäre sie hier bei dir und wohlauf.», dachte er leise wimmernd vor Trauer.

Nein, so habe ich das nicht gemeint, ich ...

Weiter kam ich nicht, da Geist kräftig mit den Flügeln schlug, was Henrik und mir haufenweise Pulverschnee ins Gesicht wirbelte. Alles, was ich noch von ihm hörte, war ein trauriges Schluchzen, bevor sich der aufgewirbelte Schnee legte. Ich blickte suchend umher, konnte Geist in der weissen, schattierungslosen Einöde jedoch weder sehen noch riechen. Nicht einmal seine Gedanken nahm ich noch war. Er war wie vom Erdboden verschluckt.

«Was für eine depressive Heulsuse. Monatelang weint er bloss rum wegen seiner Schwester und nun haut er einfach ab. Wenigstens bleiben jetzt mehr Vorez für mich übrig.», riss Henrik mich aus meiner Suche nach Geist heraus.

Sie heissen nicht Vorez, sondern Menschen, und du kannst sie unmöglich besiegen. Einerseits sind sie dafür viel zu zahlreich und andererseits zu gut ausgerüstet. Seit etwa einem Monat kommuniziere ich bereits mit ihnen und sie sind gar nicht mal so übel, wenn man sich mal an ihre eigenartigen Verhaltensweisen gewöhnt hat. Ich bin überzeugt davon, eine Lösung finden zu können, die es uns ermöglicht, friedlich zu koexistieren, dachte ich.

Forschend musterte Henrik jeden Zentimeter meines Körpers, als müsste er überprüfen, ob ich durch eine manipulierte Kopie ersetzt worden war.

«Hast du den Verstand verloren?», fragte er harsch.

Soweit ich weiss, nicht.

Ich übermittelte ihm Erinnerungen an meine Volksinitiative und den Plan, dieselben Rechte für Drachen und Menschen einzuführen. Ausserdem liess ich ihn an einigen schönen Erlebnissen mit Ferdinand und auch Kevin teilhaben, in der Hoffnung, dies würde seinen Hass ihnen gegenüber mindern. Henrik liess seinen zornigen Blick über das halb zerstörte Menschendorf gleiten und sah mir anschliessend wieder in die Augen.

«Du hast recht. Ich habe viel zu viele von denen in deinen Gedanken gesehen. Es würde Jahrtausende dauern, sie alle zu töten. Darauf habe ich keine Lust. Ich warte einfach hier, bis wir diesen Planeten wieder verlassen. Aber

beeilt euch bitte. Es ist schweinekalt!», dachte er und stapfte energisch auf das Wrack des Raumschiffs zu, ohne sein rechtes Vorderbein zu belasten.

Dies war nicht die Reaktion, die ich mir erhofft hatte, jedoch erzielte sie dasselbe Resultat, weswegen ich mich zufrieden gab.

In einem silbernen Feuerstrahl erhitzte Henrik die Unterseite der abgebrochenen Tragfläche. Wie gebannt starrte ich auf die Flammen, die kontrolliert aus seinem Maul züngelten und das Metall zum Glühen brachten. Es war lange her, dass ich einen Drachen beim Feuerspeien beobachtet hatte und ich sehnte mir meinen unpräparierten Rachen mehr denn je herbei. Nach einigen Sekunden legte sich Henrik schliesslich flach unter die orangerot glühende Tragfläche und rollte sich zu einer Kugel zusammen, um seine Wärme besser bei sich behalten zu können, wobei er mich nebenbei aus meiner Starre befreite. Brummend deckte er seinen Kopf mit einem Flügel zu, da er die Art und Weise, wie ich ihn anstarrte, nicht mochte. Plötzlich fiel mir ein, dass die Menschen Hilfe benötigten, weswegen ich die Flügel ausbreitete und unter starken Schmerzen in Richtung des Dorfes davonflog.

Als ich mich den wenigen überlebenden Soldaten näherte, feuerten sie plötzlich mit ihren Gewehren auf mich. Einige Schüsse trafen meinen Kopf, meinen Brustkorb und meine Flügel, wobei ich keine Verletzungen davontrug, da alle Projektile an mir abprallten. Im Vergleich zu meinen bereits bestehenden Schmerzen fühlte es sich lediglich wie ein leichtes Zwicken an.

«Nicht schiessen, ich möchte euch bloss helfen!», rief ich den Männern entgegen, während ich schräg nach links abdrehte, sodass ich meinen rechten Flügel als Schutzschild verwenden konnte.

Nach einigen weiteren Schüssen, die lange zwischen den Bergwänden widerhallten, rief einer der Männer «Feuer einstellen» und alle gehorchten diesem Befehl. Zögerlich flog ich eine Rechtskurve und landete vor den Männern, die teilweise mit grossflächigen Brandwunden hinter ihren Fahrzeugen kauerten und mich fortlaufend mit ihren Gewehren anvisierten. Der beissende Gestank von verbranntem Fleisch vermischte sich mit ihrem Angstschweiss.

«Es sind Drachen, die mit den Raumschiffen die Marsatmosphäre betreten haben. Ich konnte sie davon überzeugen, euch nicht weiter anzugreifen. Könnt ihr eurer Kommandozentrale oder dem Verteidigungsministerium mitteilen, dass die Neuankömmlinge keine Gefahr mehr für euch Menschen darstellen?», bat ich die Soldaten.

«Ihr greift uns nicht mehr an? Sag das mal diesem Monster dort.», war die einzige Antwort, die mir einer der Männer gab, wobei er auf etwas hinter mir deutete.

Ich folgte seinem ausgestreckten Arm und erblickte Igor, der gerade eben einer Strasse entlangflog und diese mit seinem Feuer vollständig ausfüllte. Schreie von verbrennenden Menschen drangen an meine Ohren und jagten mir einen eiskalten Schauer über den Rücken. Mit einem kurzen, verunsicherten Blick zurück startete ich und flog auf den siebeneinhalb Meter grossen, braunen Drachen zu, der sich soeben grinsend auf die panisch fliehende Menschenmasse stürzte. Diejenigen, die seinem Feuer entkommen waren, riss er mit Zähnen und Klauen in Stücke, als wären sie lediglich kleines Ungeziefer.

Noch während ich in Richtung dieses Gemetzels flog und mein Bestes gab, trotz meiner Unfähigkeit, korrekte Flügelschläge auszuführen, zu beschleunigen, flog Igor um einen noch unverwüsteten Teil des Dorfes herum und zog eine breite Wand aus Feuer hinter sich her. Nun waren die flüchtenden Menschen in der Mitte eines Platzes gefangen und konnten sich lediglich an eine Hauswand zurückziehen. Als mein Blick auf Ferdinand und Loris fiel, die sich ebenfalls unter ihnen befanden, setzte mein Herz einen Schlag aus.

Was zum Teufel machen die denn hier? Fragte ich mich schockiert und besorgt zugleich.

In diesem Augenblick flog Igor auf die Menschen zu, den Blick starr auf seine zukünftige Beute gerichtet. Ferdinands Sicherheitsbeamte, deren Zahl sich bereits auf sieben reduziert hatte, begaben sich in Schussposition und feuerten auf Igors Kopf, wobei dieser vorübergehend erschrocken zurückzuckte, jedoch eher aufgrund des Lärms anstelle von Schmerzen. Zornig knurrend breitete er seinen linken Flügel vor sich aus, atmete ein und stiess daraufhin einen breiten Feuerstrahl in Richtung des Asphalts aus, der unter seinem Flügel hindurch die meisten Sicherheitsbeamten erwischte. Schreiend wanden sich die Menschen in den Flammen und blieben kurz darauf reglos liegen. Aus Igors Gedanken empfing ich aufgrund dieser Geschehnisse nichts als Befriedigung. Es schien ihm ein unbeschreibliches Vergnügen zu bereiten, anderen Wesen Leid zuzufügen.

Igor, hör auf damit! Schrie ich ihm telepathisch entgegen, nachdem er seinen Flügel erneut eingeklappt hatte, um die Menschen anzugreifen.

Er hielt einen Moment inne und beobachtete mich vorübergehend aus dem Augenwinkel, bis er sich erneut breit grinsend auf einen Mann stürzte, der aus der sich gegen die Hauswand drückenden Menge ausgebrochen war, um auf offener Strasse zu fliehen. Igor packte ihn mit den Klauen seines rechten Vorderbeins und drückte ihn gegen den Asphalt. Er beobachtete sein Opfer ausgiebig, während er mehr und mehr Gewicht darauf verlagerte, bis der Brustkorb des Menschen laut knackend zerquetscht wurde. Zeitgleich verstummten die gequälten Schreie des Mannes. Igor schien noch nicht genug gesehen zu haben, denn er stiess sein rechtes Vorderbein in einem Ruck nach unten gegen die Leiche, wodurch die Haut aufplatzte und die inneren Organe seitlich herausspritzten.

Lass das, bitte! Rief ich ihm erneut zu.

Im Gegensatz zu meinem ersten Kommunikationsversuch mit ihm ignorierte er mich nun vollständig. In seinen Gedanken sah ich ihn selbst, wie er einen Menschen nach dem anderen auf brutalste Weise tötete. Da ich wusste, dass ich ihm dieses Vorhaben nicht mit Worten austreiben konnte, blickte ich hastig umher auf der Suche nach Drachen oder irgendwelchen Hilfsmitteln, die mir zumindest eine Chance gegen Igor geben würden, sollte es zu einem Kampf kommen. Ausser Igor entdeckte ich niemanden, weswegen ich auf Letzteres zurückgreifen musste. Ich suchte die umliegenden Strassen ab und tatsächlich fand ich ein Elektroschockgerät zwischen den Leichen einiger Sicherheitsbeamten, was mich auf eine Idee brachte, wie ich den riesigen, braunen Drachen aufhalten konnte. Mir war bewusst, dass er bald etwas mit bestimmten Menschen anstellen würde, woran ich aufgrund versehentlicher telepathischer Signale nicht denken durfte, weswegen mir keine andere Option blieb, als mich ihm zu stellen.

Ich steuerte fliegend auf den schwarzen, länglichen Gegenstand aus Kunststoff zu, reduzierte meine Flughöhe auf wenige Zentimeter und griff mit den Klauen des linken Vorderbeins danach. Das Elektroschockgerät war stärker mit dem Gürtel des kohlschwarzen, noch leicht rauchenden Mannes befestigt, als ich angenommen hatte, weswegen ich die Balance verlor, während ich es herauszog. Um nicht abzustürzen, fing ich mich auf drei Beinen auf, wobei mir das schwarze Gerät beinahe aus den Klauen rutschte, und stiess mich ruckartig nach oben. Ich korrigierte die Haltung meiner Flügel und mir gelang es daraufhin, erneut an Höhe zu gewinnen.

Derweil hatte Igor die letzten beiden Sicherheitsbeamten in Stücke gerissen, die sich ihm in den Weg gestellt hatten. Eine Frau, die diese Gelegenheit genutzt hatte, um mit ihrem Kind in Richtung einer schmalen Gasse davonzulaufen, hielt urplötzlich inne, als Igor in ihre Richtung zu knurren begann.

«Renn um dein Leben, mein Schatz!», sprach sie verzweifelt zu dem Jungen, der nicht mehr als drei Marsjahre alt sein konnte, was fünfeinhalb Jahren auf der Erde entsprach.

«Aber Mama, …», begann er in weinerlichem Ton.

«Lauf!», rief die Mutter und wandte sich Igor zu, der das Geschehen interessiert beobachtete.

Er schien die Tatsache, dass sich Frau für ihr Kind opfern wollte, zu geniessen. Der Junge trat mehrere Schritte von seiner Mutter zurück, blieb jedoch verunsichert stehen. Die Mutter bemerkte dies umgehend.

«Na los!», schrie sie verzweifelt.

Wimmernd vor Trauer floh der Junge endlich in Richtung der Gasse, während die Frau tapfer auf Igor zutrat. Inzwischen trennte mich lediglich noch knapp ein Kilometer von ihnen. Ich aktivierte das Elektroschockgerät mit der entsprechenden Taste an der Seite und hielt die kleinen, stumpfen Metallspitzen, die die Stromschläge aussendeten, gegen meinen Speer, der die Energie umgehend absorbierte. Ich fühlte, wie meine Waffe sekündlich heisser wurde. Einige Schneeflocken, die darauf gelandet waren, verdampften zischend.

Igor blickte zwischen dem kleinen Jungen und seiner Mutter umher, wobei er eher unentschlossen als verwirrt wirkte. Er schien sich genauestens zu überlegen, welches Leben er zuerst auslöschen sollte, denn seinen Gedanken entnahm ich, dass er das Kind keinesfalls entkommen lassen würde. Sein Blick blieb auf der Frau hängen, die sich knapp zehn Meter vor Igor stellte und ihm mit den Armen zuwinkte. Er legte den Kopf schräg, während er seine zukünftige Beute ausgiebig musterte.

«Komm her, du abscheuliche Bestie!», schrie sie und rannte der Strasse entlang in meine Richtung, hinfort von ihrem Sohn und den anderen Menschen, wobei ich mir nicht sicher war, ob sie mich überhaupt entdeckt hatte.

Da Igor bewusst war, dass ihm seine Beute entfliehen würde, sollte er noch länger zögern, holte er tief Luft und visierte die mutige Frau mit seiner Schnauze an. Mein Speer fühlte sich inzwischen über eintausend Grad heiss an und das Elektroschockgerät begann, zu schmelzen. Nichtsdestotrotz verpasste ich meiner Waffe weitere Stromschläge und hielt schnurstracks auf Igor zu, der sich noch knapp fünfhundert Meter vor mir befand. Der Riese öffnete sein Maul und es liess sich bereits das erste Glimmen des Feuers innerhalb seines Rachens erkennen, als ich ein lautes Brüllen ausstiess, um ihn noch eine Sekunde länger abzulenken.

Igors Blick richtete sich plötzlich auf mich und er hielt mit hitzeflimmernder Schnauze inne. Die Frau nutzte diese Gelegenheit, um zur Seite auszuweichen und hielt auf die Eingangstür eines kleinen Geschäfts zu. Gerade als Igor dies bemerkte und sein Feuer verschiessen wollte, kam ich ihm mit meinen Gedanken dazwischen.

Leg dich gefälligst mit jemandem von deiner Spezies an, du übergrosses Stück Scheisse!

Aufgrund meiner gewählt vulgären Beleidigung klappte Igor sein Maul zu und knurrte mich mit zornig verengten Augen an. Kleine Flammen traten zwischen seinen gefletschten Zähnen hervor. Unter normalen Umständen hätte ich mich vor ihm gefürchtet, jedoch hielt ich nun eine mehrere tausend Grad heisse Waffe zwischen den Klauen, die bei einem Aufprall sämtliche Hitze in kinetische Energie umwandelte und explosionsartig ausstiess. Ich war überzeugt davon, Igor in einem Schlag besiegen zu können, sollte ich ihn präzise treffen. Zeitgleich mit dem Versagen des Elektroschockers, der mir wortwörtlich zwischen den Klauen zerschmolz und einen abscheulichen Gestank verursachte, erreichte die Frau die Eingangstür des Geschäfts und floh ins Innere, ehe Igor reagieren konnte. Die anderen Menschen, die sich noch auf dem grossen Platz befanden, flohen in unterschiedliche Richtungen. Igor stellte sein Knurren ein und sah sich ratlos im Durcheinander um, was aufgrund seiner Unachtsamkeit entstanden war.

Um wenigstens die Menschen auf dem Platz nicht zu verlieren, spie er in rascher Folge Feuer nach links und rechts, was Ferdinand, Loris und alle anderen erneut zusammentrieb. Wieder waren sie dazu gezwungen, sich gegen die steinerne Hauswand zu kauern, während der braune Drache sie bedrohte. Sobald sich Igor sicher war, die Kontrolle über die Menschen wiedererlangt zu haben, suchte er sich ein weiteres Opfer aus. Mit den Klauen griff er nach einem mir unbekannten Mann neben Ferdinand und zog ihn breit grinsend zu sich. Der wehrlose Mensch, dessen Brustkorb vollständig von Igors starken Klauen umschlossen war, schrie verzweifelt auf. Schweissperlen rannen seiner Stirn entlang, während Igor zu überlegen schien, auf welche Art und Weise er das Leben dieses Mannes beenden wollte.

Bist du taub? Ich habe dich vorhin beleidigt, falls du das nicht mitgekriegt hast, sprach ich telepathisch zu Igor, der sich bereits über den Mann beugte, wahrscheinlich um ihm den Kopf abzubeissen.

Mein Widersacher ignorierte mich vollständig und öffnete sein Maul. Ich entschied, dass ich dem nun ein für alle Mal ein Ende bereiten musste. Meine

Entfernung zu Igor war auf unter einhundert Meter geschrumpft, weswegen ich davon überzeugt war, ihn mit meinem Speer treffen zu können. Wie bereits tausende Male zuvor während meinen Übungen auf der Erde führte ich vollautomatisch den mir antrainierten Bewegungsablauf aus, um meine Waffe präzise zu verschiessen, ohne durch meine chronischen Schmerzen beeinträchtigt zu werden. Ich flog geringfügig nach rechts und anschliessend scharf nach links, um meinen Körper in eine Rotation zu versetzen. Zeitgleich schlug ich in einem ganz bestimmten Winkel mit meinem unbeeinträchtigten, rechten Flügel, um mich selbst in eine nach links gekrümmte, seitliche Lage zu bringen. Ich bog zuerst meinen Hals und anschliessend meinen Rücken Wirbel für Wirbel durch, um die Rotationsenergie peitschenartig zu meinem Schwanz weiterzuleiten, mit dem ich den Speer fest umschlossen hielt. Derweil visierte ich Igors Kopf an, den ich mit hundertprozentiger Wahrscheinlichkeit treffen würde, selbst wenn er ihn bewegen sollte. Da ihm mein Angriff nicht entgangen war, starrte mich Igor nun aus dem Augenwinkel an, innerlich bereit, meinen Speer abzuwehren. Sein Opfer hielt er unverändert mit seinen Klauen gegen den Asphalt gedrückt. Die Zeit schien beinahe stehenzubleiben, als ich mit brennender Willenskraft meinen Angriff weiterführte. Ich nahm einzig und allein Igors Kopf und meine Körperhaltung wahr. Meine vor Kälte schmerzenden Flügel, meine Erschöpfung und die gesamte Umgebung schienen nicht mehr zu existieren. All meine Gedanken waren darauf fokussiert, den Speer zu verschiessen und meinen Gegner zu töten.

Als meine peitschenartige Bewegung einen ganz bestimmten Wirbel meines Rückens erreichte, schoss urplötzlich ein gewaltiger Schmerz von dieser Stelle ausgehend in meine Hinterbeine und meinen Schwanz hinab. Dieses unerträglich starke Druckgefühl, was noch nie während einer meiner Übungen aufgetreten war, liess mich mitten in meinem Angriff erstarren und riss mich aus meiner Konzentration heraus. Die Erkenntnis, dass dies mit meiner verheilten Lähmung zusammenhing und sich mein Rücken anders verhielt, wie ich es mir gewohnt war, kam zu spät, als dass sie mir noch etwas gebracht hätte.

Unwillkürlich verkrampfte sich mein gesamter Körper, ohne dass ich auch nur den Hauch einer Chance hatte, mich dagegen zu wehren. Der Speer entglitt mir und fiel nutzlos zu Boden. Während des Aufpralls entlud sich die gesamte Energie schlagartig in den Asphalt, der in mehreren Metern Umkreis aufbrach und splitterte. Ein Netz aus tiefen Rissen bildete sich darin und breitete sich bis zur Mauer eines nahestehenden Gebäudes aus, die ebenfalls zu bröckeln begann, jedoch nicht einstürzte.

Kurz darauf schlug ich ebenfalls auf dem Boden auf, wodurch sich sämtliche Schmerzen kurzzeitig um ein Vielfaches verstärkten. Unfähig, mich eigenständig zu bewegen, schlitterte ich über die Strasse, direkt auf Igor zu, der sich von seinem Opfer abgewandt hatte und mich durchgehend beobachtete. Er folgte mir mit seinem gesamten Kopf, wie ich laut kratzend und in theatralischer Langsamkeit über den Asphalt schlitterte und nur knapp zwei Meter vor ihm zum Stillstand kam. Die durchgehend extrem starken Schmerzen meines verletzten Rückenwirbels und allem, was dahinter lag, zwangen mich dazu, mit verzerrtem Gesichtsausdruck und in verkrampfter Haltung liegenzubleiben. Ich vermochte nicht einmal, einzuatmen, so sehr schmerzte es. Einzig und allein Igors verwunderten Blick konnte ich mir ansehen.

Einige Sekunden starrte er mich reglos an, als müsste er erst begreifen, was geschehen war, bis er schliesslich ganz langsam seine Lefzen zurückzog und sich allmählich ein breites Grinsen auf seinem Gesicht bildete. Er begann, leise zu glucksen, was sich schliesslich in ein dreckiges Lachen steigerte, welches eher einem tiefen Grunzen glich. Die Menschen beobachteten uns zutiefst verwirrt, insbesondere Ferdinand und Loris, wobei sie zudem noch besorgt wirkten. Als es mir endlich gelang, stossartig einzuatmen, beantwortete ich ihnen ihre unausgesprochene Frage.

«Mein Rücken.», krächzte ich unter dem extremen Druck, der auf den hinteren Teil meines Körpers ausgeübt zu werden schien.

Verständnisvoll musterten sie mich, bis Igor sich wieder einigermassen fassen konnte.

«Du bist eine unverbesserliche Witzfigur, roter Zwerg. Ich habe selten etwas derart Ulkiges gesehen.», dachte er noch immer grunzend.

Nachdem er mich noch einmal grinsend gemustert hatte, widmete er sich erneut dem Mann zwischen seinen Klauen. Ich versuchte, aufzustehen, um die Tötung dieses Menschen zu verhindern, jedoch liessen sich meine verkrampften Gliedmassen nicht bewegen und die Schmerzen zwangen mich schlussendlich dazu, aufzugeben.

Nein, nicht! Schrie ich Igor telepathisch entgegen, während er den Mann geringfügig anhob und sein Maul öffnete.

Ohne mich auch nur zu beachten, biss er dem Menschen den Kopf ab, indem er ihn gewaltsam vom Hals seiner Beute riss, was einer Frau einen spitzen Schrei entlockte. Sofort durchbohrte Igor sie mit seinem Blick, während er den Kopf des Mannes als Ganzes verschlang, woraufhin sie verstummte und keinen Muskel mehr zu rühren wagte. Gleich darauf untersuchte Igor den Halsstumpf seines Opfers, aus dem noch ein Rinnsal von Blut floss. Aufgrund der Gewalt, mit der dieser Mann geköpft worden war, hatte es ihm zusätzlich noch einen Teil seiner Wirbelsäule herausgerissen.

Während Igor ausgiebig die Blutlache auf dem Asphalt beschnupperte, versuchte einer der Menschen, sich davonzuschleichen, was der aufmerksame Drache natürlich umgehend bemerkte. Bedrohlich starrte er den inzwischen drei Schritte neben der Menschengruppe stehenden Mann an, der mitten in seiner Bewegung erstarrt war. Sein Gesicht erbleichte vor Entsetzen und er wich langsam zurück zu den anderen. Noch ehe er sie erreicht hatte, stiess sich Igor blitzschnell nach vorn und schnappte nach ihm. Innerhalb einer Sekunde brach er dem Mann sämtliche Rippen mitsamt der Wirbelsäule und warf den nun schlaffen Körper auf die Leiche des Kopflosen. Meine Abscheu Igor gegenüber überschritt nun einen kritischen Punkt, weswegen ich ihm angesichts meiner Niederlage wenigstens noch meine Meinung von ihm und seinen Taten mitteilen wollte, mit der verschwindend kleinen Hoffnung, ihn zumindest verbal verletzen zu können.

Du bist das grausamste, sadistischste Arschloch, was mir jemals untergekommen ist. Mit dieser Lebensweise wird dich niemand jemals mögen oder sich um dein Wohlergehen scheren, geschweige denn, dich als valides Mitglied der Gesellschaft akzeptieren. Du wirst niemals Freunde finden, niemals erleben, wie es sich anfühlt, geliebt zu werden, niemals den Bund der Ehe eingehen, niemals Kinder zeugen und für alle Ewigkeit allein bleiben, gleichermassen gehasst von den Menschen und Drachen. Sobald du stirbst, wirst du unweigerlich in Vergessenheit geraten, da du ohne Angehörige niemanden hast, der dich in guter Erinnerung behält. Bereits jetzt sehne ich mir den Tag herbei, an dem dies geschieht, und glaub mir, wenn ich das sage, ich wünsche dir ein mindestens ebenso grausames Ableben wie das, was du diesen Menschen zuteil werden lässt. Schande auf dich und dein gesamtes Leben, Igor! Nicht einmal deine Eltern scheren sich darum, wie es dir geht, und das hat einiges zu bedeuten.

Ich sendete diese Gedanken mit solch einem Hass, als wären sie Speere, die ich geradewegs in sein Herz rammte. Aufgrund einiger Tatsachen, die ich erwähnt hatte, zuckte Igor zusammen. Aus seinen Gedanken entnahm ich, dass er sich ein glückliches Leben gemeinsam mit anderen Drachen vorstellte, begleitet von einem Gefühl tiefen seelischen Schmerzes, da ihm allmählich bewusst wurde, wie unwahrscheinlich seine Vorstellung war. Aufgrund dessen bildete sich ein schadenfreudiges Grinsen auf meinem Gesicht. Igor starrte mich nun sowohl verunsichert als auch entsetzt an und ich genoss jede Sekunde, in der meine Aussagen ihm psychische Schmerzen bereiteten, da ich es als ausgleichende Gerechtigkeit für die Menschen empfand, die er soeben ermordet hatte.

Allmählich schwang seine Verunsicherung in Wut um, die sich seiner zunehmend verkrampften Körperhaltung entnehmen liess. Die Klauen seines rechten Vorderbeins kratzten knirschend über den Asphalt, während er sie zu einer Faust ballte. Mit zornig verengten Augen trat er einen Schritt auf mich zu und beugte seinen Kopf bedrohlich zu mir herab. Seine blutverschmierten Lefzen zuckten, während er mich aus weniger als einem Meter Abstand musterte. Aus seinem Bewusstsein empfing ich Vorstellungen, wie er mich aufgrund seines Zorns in Stücke riss. Ich versuchte, mich zurückzuziehen, jedoch lähmte mich der intensive Schmerz meiner Hinterseite bereits unmittelbar nach meiner ersten Bewegung. Anschliessend suchte ich den Himmel vergeblich nach Freunden ab.

Igors Blick huschte von mir zu dem noch vor Kälte dampfenden Speer und anschliessend wieder zurück auf meinen vor Schmerzen verkrampften Körper. Er senkte seinen Kopf derart tief, dass die Unterseite seiner Schnauze beinahe den Asphalt berührte, und starrte mir über eine Zeitspanne von mehreren Sekunden in die Augen, wobei er ein aufgebrachtes Schnauben ausstiess. Als ich versehentlich seine Atemluft inhalierte, musste ich beinahe aufgrund seines Gestanks husten. Dies war der Moment, in dem sich Igors Absichten schlagartig zu ändern schienen. Anstatt mich zu töten, wollte er mich nun psychisch zerstören.

«Du willst es persönlich? Das kannst du haben.», dachte er und richtete seinen Blick auf die vor Schock verstummten Menschen, die sich noch keinen Zentimeter bewegt hatten, seitdem er den letzten Flüchtigen getötet hatte.

«Da du dich so sehr um das Wohlergehen dieser Kreaturen scherst, gehe ich davon aus, dass du einige davon kennst. Liege ich mit dieser Annahme korrekt?», fragte er mich.

Meine noch übriggebliebene Selbstsicherheit verschwand urplötzlich in einem dunklen Loch blanker Angst. Entsetzt sah ich mir Igor an, ohne auch nur einen Gedanken an die Menschen zu verschwenden. Dies schien Igor als Antwort zu genügen, denn er verzog seine Lefzen zu einem gemeinen Schmunzeln. Nun sah er sich eine junge Frau an und stellte sich ihr Gesicht vor, was unmittelbar vor meinem inneren Auge erschien.

«Kennst du dieses Ding?», fragte er eindringlich.

Ich versuchte, seine Gedanken zu ignorieren, jedoch waren seine telepathischen Signale dermassen stark, dass sie meinen gesamten Verstand einzunehmen schienen. Dies konnte ich mir einzig und allein durch seine Wut erklären. Vermutlich war ihm nun nichts wichtiger, als mich leiden zu sehen, weswegen er mich in seinen Augen dazu zwingen *musste*, ihm die mir bekannten Menschen zu offenbaren. Unfähig, wegzusehen, betrachtete ich das Gesicht der Frau, bis sich Igor der nächsten Person zuwandte. Angestrengt schloss ich die Augen und stellte mir meine Tochter Stella vor, so gut ich konnte. Für mehrere Sekunden gelang es mir tatsächlich, ausschliesslich ihre wunderschöne Iris zu betrachten, bis ich plötzlich das Gesicht von Loris vor mir sah. Mein Verstand vervollständigte es zu seinem gesamten Körper und platzierte ihn in das Anwesen von Orell und Kristina, wo er mir mitten in der Nacht von den Raumschiffen berichtet hatte. In diesem Augenblick wünschte ich mir, er hätte diese Neuigkeit für sich behalten.

«Der also!», dachte Igor und ich öffnete meine Augen gerade noch rechtzeitig, um mitansehen zu können, wie er Loris mit den Klauen packte und zu Boden drückte.

Unbewusst schnellte mein Blick zu Ferdinand, der mich flehend anstarrte, als erwartete er von mir ein Wunder. Blitzschnell griff Igor mit seinem linken, noch unbesetzten Vorderbein nach Ferdinand, während er mit der rechten Vorderpranke eine Art Käfig um den Brustkorb von Loris herum bildete, ohne ihn mehr als notwendig zu berühren, da er ihn trotz der Gewichtsverlagerung noch nicht töten wollte.

«Sind dir abgesehen von diesen beiden noch mehr bekannt?», fragte Igor, den Blick wieder mir zugewandt.

Nein, ich kenne ausschliesslich die zwei und noch einige, die du bereits getötet hast, antwortete ich wahrheitsgetreu.

«Hilf uns, Nils!», rief Loris mir verzweifelt zu.

Mit neuer Willenskraft gelang es mir, meine Schmerzen vorübergehend zu ignorieren. Ich richtete mich auf zittrigen Beinen auf und wollte mich soeben meinem Speer nähern, der einige Meter von mir entfernt lag, als Igor mir mit seinem Schwanz auf den Rücken schlug. Ächzend brach ich zusammen und konnte mich sowohl aufgrund der Schmerzen als auch der Kraft, mit der Igor mich nun gegen den Asphalt drückte, nicht bewegen.

«Du bleibst schön hier, roter Zwerg. Wie könntest du sonst mitansehen, was ich mit deinen neuen Freunden anstelle?», dachte er.

«Weshalb tut der das?», fragte Ferdinand, der seinen Blick nicht von Igors blutverschmierter Schnauze abwenden konnte.

«Er mag es, anderen Leid zuzufügen.», krächzte ich.

Meine Kommunikationsfähigkeit schien Igor nicht zu beeindrucken, denn er senkte seinen Kopf zu Ferdinand herab und beschnupperte sein Gesicht ausgiebig. Der Mensch presste die Augen zu und wimmerte leise vor Angst. Wenige Sekunden später tastete Igor Ferdinands Oberkörper und Arme mit der Schnauzspitze ab. Ihm fiel die Steifheit des Gipses auf, der sich unterhalb der Jacke befand, weswegen er mit den Zähnen nach dem Ärmel griff und daran zog, bis der Stoff zerriss. Nun betrachtete er das weisse, harte Material, was Ferdinands linken Arm umgab.

«Ist das eine Art Rüstung? Oder gehört das zu seinem Körper?», fragte Igor mich.

Ich antwortete ihm nicht.

Igor biss beinahe gefühlvoll in Ferdinands Gips, bis dieser mit einem kaum wahrnehmbaren Knirschen Risse bildete und anschliessend in zwei Teile brach. Ferdinand stöhnte auf, als der Drache ihm die nun entblösste Stelle seines gebrochenen Arms anstupste.

«Er ist verletzt. Interessant.», dachte Igor.

Unwillkürlich musste ich an meine erste Begegnung mit Ferdinand denken, wo er von Maxim Kozlow in mein Gehege gestossen worden war und sich den Arm gebrochen hatte. Igor empfing meine Gedanken und amüsierte sich über der Tatsache, dass sich die Menschen gegenseitig Schaden zufügten. Kurz darauf schüttelte er sich von meinen Erinnerungen frei und öffnete sein Maul geringfügig, während er sich dicht über Ferdinands Kopf beugte.

Tu das nicht, bitte! Ich werde alles machen, was du willst, wenn du ihn verschonst, flehte ich.

«Dieses Versprechen hast du mir bereits gegeben, aber es ist wertlos für mich.», entgegnete Igor, hielt jedoch trotzdem inne.

Zähe, blutige Speichelfäden tropften von der Unterseite seines Mauls auf Ferdinand, der seinen Kopf krampfhaft abzuwenden versuchte.

«Mal sehen, ob der auch so gut schmeckt, wie er riecht.», dachte Igor und leckte das schweissnasse Gesicht des Menschen in einer langsamen, genussvollen Bewegung ab.

Ferdinand prustete angewidert und verängstigt zugleich. Sichtlich zufrieden sah Igor sich noch einmal nach mir um, wandte sich anschliessend seiner Beute zu und öffnete sein Maul vollständig. Derweil schlug ich mit den Klauen des linken Vorderbeins gegen seinen Schwanz, der noch immer auf meinem Rücken lag, in der Hoffnung, mich befreien zu können.

Töte ihn nicht! Schrie ich telepathisch, als meine physische Gegenwehr nichts weiter als einen Kratzer in den braunen Schuppen meines Widersachers verursachte.

Zu meinem Erstaunen hielt er inne, ohne den Blick von Ferdinand abzuwenden.

«*Möchtest du, dass ich den anderen zuerst auffresse?*», fragte er.

Ich antwortete ihm nicht verbal, jedoch verrieten meine Gedankengänge, dass ich Ferdinand inzwischen mehr ins Herz geschlossen hatte und ein Teil von mir, den ich in diesem Moment verabscheute, wollte ihn eher beschützen als Loris.

«*Du magst ihn mehr als den anderen.*», erkannte Igor und wandte sich Loris zu. «*Und da das Beste zum Schluss kommt, werde ich mich dem hier zuerst widmen.*»

Ich möchte, dass du beide am Leben lässt, korrigierte ich meinen gedanklichen Fehler.

«*Das steht nicht zur Diskussion.*»

Bitte!

Igor sah sich nach mir um. Ich fühlte, wie er den Druck, den er mit seinem Schwanz auf mich ausübte, verringerte. Überrascht stellte ich fest, dass sein starr auf mich gerichteter Blick vorwurfsvoll war.

«*Das hättest du dir überlegen müssen, bevor du mich aufs Schlimmste beleidigt hast.*»

Es tut mir leid. Bitte hab Erbarmen, Igor.

«*Ich bin sogar sehr erbarmungsvoll. Unter anderen Umständen hätte ich dich auf der Stelle getötet.*»

Trotzdem möchte ich nicht, dass du ihnen Schaden zufügst. Diese Menschen sind meine Freunde.

Igor sah sich Loris einen Augenblick nachdenklich an.

«*Nun gut. Ich werde ihn nicht verletzen.*»

Ich atmete erleichtert auf, bis ich bemerkte, dass er mich zum Narren hielt. Grinsend hob er Loris geringfügig an und biss ihm in den Oberkörper, sodass der Kopf des Menschen vollständig in seinem Maul verschwand.

Nein! Schrie ich telepathisch.

«Loris!», rief Ferdinand beinahe zeitgleich.

Ich versuchte abermals, mich unter Igors Schwanz hervorzuzwängen, wobei ich ein eher verzweifeltes als wütendes Knurren ausstiess, was in einem Jaulen endete, da sich die Schmerzen meiner Hinterseite mit jeder Bewegung verstärkten.

Du hast versprochen, ihn nicht zu verletzen! Dachte ich zornig.

«Aber ihm geht es doch gut. Er ist quicklebendig.», konterte Igor.

Da er Loris mit den Zähnen lediglich festhielt und nicht stark zugebissen hatte, war seine Aussage tatsächlich korrekt, denn der Mensch schrie beinahe durchgehend und strampelte mit den Gliedmassen. Er versuchte sogar, sich aus Igors Maul zu befreien, indem er mit den Händen nach den gewaltigen Zähnen griff, die beinahe allesamt länger waren als seine Finger, und mit aller Kraft gegen sie andrückte.

Nun warf Igor seinen Kopf hoch und liess Loris derweil los, sodass dieser in Zeitlupengeschwindigkeit durch die Luft flog, nur um direkt wieder im Drachenmaul zu landen, mit dem Unterschied, dass er dieses Mal beinahe vollständig darin verschwand. Lediglich seine Beine ragten noch heraus.

«Das ist mir schon beinahe zu leicht bei dieser geringen Schwerkraft. Da benötigt man überhaupt keine gute Reaktion, um seine Beute aufzufangen.», dachte Igor.

Das Geschrei von Loris verstummte, da er nun begriffen hatte, dass er sämtlichen Sauerstoff in seinen Lungen benötigen würde. Er winkelte seine Unterschenkel schräg an, sodass sie sich an Igors Schnauze verkanteten, was bedauerlicherweise nicht half, da der Drache ihn mit einer ruckartigen Kopfbewegung nach vorn noch weiter in seinen Schlund befördern konnte. Einzig die Stiefel von Loris waren noch zwischen Igors Zähnen zu erkennen.

«Siehst du? Er lebt immer noch und ich habe ihm auch keine Verletzungen zugefügt.», dachte Igor, seinen boshaften Blick auf mich gerichtet.

Ich konnte nicht anders als zuzusehen, wie er seinen Kopf erneut dem Himmel emporstreckte und einer meiner Freunde vollständig mitsamt der Kleidung in seinen Hals rutschte. Nun schloss er sein Maul und grinste mir schadenfreudig entgegen.

Bitte spuck ihn wieder aus! Sprach ich telepathisch zu ihm, da ich meine verzweifelte Hoffnung, er würde doch noch auf mich hören, nicht aufgegeben hatte.

«Du hast bereits jegliches Mitspracherecht verwirkt, als du meintest, persönlich werden zu müssen.», entgegnete Igor und schluckte übertrieben

deutlich, sodass ich anhand einer geringen Ausbuchtung seines Halses erkennen konnte, wie Loris in Richtung seines Magens gedrückt wurde.

Entsetzt starrte ich den braunen Drachen an, der soeben einen meiner Freunde gefressen hatte. Igor, der meinen Gesichtsausdruck in vollen Zügen genoss, wartete ab, bis ich meine Sprache wiedergefunden hatte.

Die Menschen haben recht. Du bist ein abscheuliches Monster!

«Ich weiss.», dachte er grinsend. *«Möchtest du wissen, wie es sich anfühlt, wenn sich die Beute noch im Magen bewegt?»*

Nein!

Igor stellte sich dieses Gefühl dennoch vor und da ein Teil von mir fortwährend für Loris kämpfte, konnte ich nicht anders, als es in meinem Verstand aufzunehmen und zu analysieren, um mich zu vergewissern, dass er noch lebte. Erstaunlicherweise war ein unregelmässig zu- und abnehmendes Druckgefühl innerhalb von Igors Bauch wahrzunehmen, was vom Strampeln des Menschen stammen musste, obwohl man von aussen her absolut nichts dergleichen erkennen konnte.

«Wie versprochen habe ich ihn nicht verletzt.», dachte Igor selbstzufrieden.

Aber er stirbt gerade! Fuhr ich ihn zornig an.

«Ich kann doch nichts dafür, dass er in meinem Magen erstickt.»

Stark gedämpfte Hilferufe, die aus Igors Richtung stammten, unterbrachen unsere Konversation. Verwirrt sah ich den braunen Drachen an, bis mir bewusst wurde, dass dies die Schreie von Loris sein mussten. Angesichts seines aussichtslosen Überlebenskampfs bildeten sich Tränen in meinen Augen. Gedanklich verfluchte ich Igor, was ihm zu meinem Leidwesen mehr Vergnügen als Ärger bereitete. Mein Entsetzen ihm gegenüber wuchs zunehmend, da er sich derart hemmungslos vom Leid anderer ergötzte.

Da meine Schmerzen allmählich abnahmen, blickte ich umher und erkannte, dass ich nicht der Einzige war, der das Geschehen entsetzt mitverfolgt hatte. Alle Menschen abgesehen von Ferdinand standen stumm und mit bleichen Gesichtern nebeneinander, während sie Igor beobachteten. Allesamt strömten Stresshormone aus, die Igor in einem genüsslichen Atemzug in sich aufnahm. Als er die Luft in einer grossen Dampfwolke in Richtung der Menschen ausstiess, wandte er sich wieder mir zu. In diesem Augenblick wirkte er gelassener denn je.

«Die Ausserirdischen wissen, dass sie sterben werden, und dennoch versuchen sie, ihren Tod bis auf die letzte Sekunde hinauszuzögern.», lauteten seine Gedanken.

Das nennt sich Überlebensinstinkt, entgegnete ich feindselig.

Ohne auf meine Aussage zu achten, wandte sich Igor nun wieder Ferdinand zu. Er starrte dem verängstigten Mann durchdringend in die Augen, während er sich zu überlegen schien, was er mit ihm anstellen sollte. Derweil blickte ich erneut dem Himmel empor, auf der Suche nach Hilfe.

«Von mir aus kannst du nach Hilfe rufen, so lange du möchtest. Niemand würde es wagen, sich mir in den Weg zu stellen, denn alle wissen, dass ich der grösste und stärkste Drache bin.», dachte Igor und richtete seinen Blick auf mich. *«Jetzt sag mir, welche Todesart diesem Wesen am meisten Angst bereitet.»*

Ich sah mir den bereits von Angstschweiss durchnässten und zeitgleich frierenden Menschen sowohl traurig als auch verängstigt an.

Ich weiss es nicht, antwortete ich wahrheitsgetreu.

«Dann frag ihn!»

Nachdem ich einmal leer geschluckt hatte, stellte ich Ferdinand diese Frage.

«Er möchte mich auf diese Weise töten, hab ich recht?», antwortete er mit zittriger Stimme.

Ich nickte beklommen. Ferdinand sah sich verunsichert um, wobei sein Blick mehrere Male auf Igor fiel.

«Sag ihm, dass ich mich am meisten vor dem Erfrieren fürchte. Das ist meines Wissens nach die schmerzloseste Todesart.», sagte er schliesslich.

Er fürchtet das Erfrieren mehr als alles andere, dachte ich an Igor gewandt.

Gedanklich wechselte ich umgehend zu meiner Tochter, da ich es mir nicht erlauben konnte, mir die Konversation mit Ferdinand vorzustellen. Igor sah sich Ferdinands Gesicht nachdenklich an.

«Erfrieren ist langweilig. Ausserdem sieht der nicht so aus, als würde er sich sonderlich davor fürchten. Bereits mein Anblick bereitet ihm mehr Angst.», stellte er fest.

Er hielt eine Klaue seines rechten Vorderbeins bedrohlich an Ferdinands Kehle, woraufhin der Mensch aufgeregt umherblickte, ohne den Kopf zu bewegen. Ich hörte, wie sich Ferdinands Atmung beschleunigte und sah, dass er sich vergeblich gegen Igors Klauengriff stemmte.

«Nein, aufschlitzen ist auch nicht die Lösung. Da habe ich bereits wesentlich verängstigtere Ausserirdische gesehen.», kommentierte er.

Nun öffnete er sein Maul und hob Ferdinand leicht an, wie er es bei Loris getan hatte. Der Mensch blickte mit aschfahlem Gesicht in den Schlund des Drachen und rührte keinen Muskel, abgesehen von seinem angespannten Zittern. Als Igor sich nun vorstellte, die Luft in seinen Lungen würde erhitzt werden, weiteten sich Ferdinands Augen im Licht der ersten Flammen und er wand sich ächzend in Igors Griff. Obwohl diese Gegenwehr nichts bewirkte und er offensichtlich unter Schmerzen seines gebrochenen linken Arms litt, stellte er die Bewegungen nicht ein. Zudem wandte er seinen Kopf von Igor ab, so stark er konnte.

«Das ist es! Er fürchtet sich vor Feuer.»

«Sag ihm, dass er aufhören soll, bitte!», flehte Ferdinand verängstigt.

Seine Stimme war nun von einem derart starken Zittern begleitet, dass sie kaum noch verständlich war. Einige der Menschen, die das Geschehen in Schockstarre beobachteten, wandten bereits ihre Blicke ab, in Erwartung von Igors nächstem Mord.

Gibt es irgendetwas, was ich tun kann, damit du ihn verschonst? Fragte ich Igor.

Der braune Drache erhitzte die Luft in seinem Inneren weiter, wobei die Flammen bereits geringfügig aus den Seiten seines Mauls loderten.

«Nein.», war seine einzige Antwort.

«Er möchte dich nicht am Leben lassen, egal wie sehr ich ihn anflehe.», erklärte ich.

In dieser Sekunde verstummten die leisen Hilferufe aus Igors Bauch und das unregelmässige Druckgefühl, was der Drache mir stets mitgeteilt hatte, verebbte. Er bemerkte dies ebenfalls, schloss sein Maul und blickte mich mit hitzeflimmernder Schnauze an. Er genoss meine sekündlich schwindende Hoffnung in vollen Zügen. Niedergeschlagen liess ich meinen Kopf hängen, da ich es bereits zu akzeptieren begann, dass Loris und Ferdinand dem Tod geweiht waren, obwohl einer von ihnen noch einigermassen wohlauf und der andere wahrscheinlich erst bewusstlos war.

«Es tut mir leid, Ferdinand.», murmelte ich traurig.

Mein Sichtfeld verschwamm, während sich abermals Tränen in meinen Augen bildeten. Zeitgleich fühlte ich plötzlich Wärme auf meinem Kopf und die Umgebung wurde heller. Ich blinzelte mir die Tränen aus den Augen und blickte zum Bergkamm, hinter dem nun endlich die Sonne zum Vorschein kam. In wenigen Sekunden wurde der gesamte Platz in goldenes Licht getaucht, was Igor weitere Sekunden nachdenklich innehalten liess.

«Die Sonne teilt mir mit ihrem Licht mit, dass ich dieses Wesen verbrennen soll. Oder was meinst du, roter Zwerg?», lauteten Igors Gedanken.

Schniefend liess ich weitere Tränen über meine Schnauze auf den Asphalt fliessen, ohne ihm zu antworten. Dies schien Igor nicht zufriedenzustellen, da er mich leiden sehen wollte und sein Mord an Ferdinand beinahe nichts an meiner momentanen Verfassung ändern würde, denn ich hatte diese Tatsache bereits akzeptiert. Er dachte einen Moment angestrengt nach und stiess plötzlich die in ihm angesammelte Hitze durch seine Nüstern in meine Richtung aus. Als mich das Gemisch aus heissem Dampf und Feuer erreichte, schloss ich vorübergehend die Augen.

«Jetzt weiss ich es! Du wirst ihn verbrennen!», dachte er und zog endlich seinen Schwanz von meinem Rücken.

Ich sah ihm einige Sekunden lang traurig in die Augen.

Das kann ich gar nicht. Die Menschen haben mir diese Fähigkeit genommen.

«Tatsächlich?», fragte Igor ungläubig, während er amüsiert gluckste.

Als Beweis öffnete ich mein Maul, sodass er die Metallplatte in meinem Rachen erkennen konnte.

«Diese kleinen Kreaturen besitzen also doch einen gewissen Stil.», dachte er beinahe anerkennend, während er seinen Blick über die verängstigten Menschen schweifen liess.

Plötzlich wurde mir bewusst, dass ich mich nun wieder frei bewegen konnte und ich sah vorübergehend zu meinem Speer und anschliessend wieder zu Igor. Seine Lefzen bildeten ein herausforderndes Schmunzeln.

«Du müsstest dich schon teleportieren können, wenn du zu deiner Waffe gelangen möchtest, bevor ich das mickrige Ding zwischen meinen Klauen zerquetsche.»

Trotz seiner wahren Aussage blieb die neue Hoffnung in mir bestehen, wenigstens Ferdinand retten zu können. Ich ging mehrere verzweifelte Optionen durch und obwohl keine davon zielführend war, setzte ich meine Überlegungen fort.

«Da du kein Feuer speien kannst, sage ich, dass du ihm stattdessen eine Gliedmasse deiner Wahl abbeisst.», unterbrach Igor meine Gedankengänge.

Das würde ich niemals tun, selbst wenn du drohst, mich zu töten, denn ich möchte nicht mit der Schuld leben müssen, einem guten Freund von mir unvorstellbare Schmerzen bereitet zu haben, entgegnete ich.

«Interessant. Und wie wäre es, wenn ich deine Tochter töte, falls du dich weigerst?», dachte er und hängte Bilder von Stella an, wie sie in eines der Raumschiffe einstieg und in Richtung Mars startete.

Sie ist hier? Fragte ich schockiert, erfreut und besorgt zugleich.

Igor nickte.

«*Dir scheint viel an ihr zu liegen, dass du andauernd an sie denkst. Dein Verstand verrät dich.*»

Zwiegespalten blickte ich zwischen Igor und Ferdinand umher mit einer zunehmenden Unruhe in meinem Inneren. Die noch immer heftigen Schmerzen meiner Hinterseite bemerkte ich aufgrund meiner aktuellen Gefühlslage nicht einmal mehr.

«*Jetzt beiss ihm eine seiner Gliedmassen ab, ehe ich deiner Tochter einen Besuch abstatte.*», setzte Igor fort und liess Ferdinand los.

Der Mensch blickte den grossen Drachen verwirrt an und robbte rücklings ein Stück zu den anderen zurück, bis Igor ihn mit zwei Klauen an seinem rechten Fuss packte und ruckartig in meine Richtung zog.

«*Hiergeblieben, mickriges Wesen!*», lauteten seine Gedanken.

Dieses Mal blieb Ferdinand keuchend vor Angst liegen, ohne seinen Blick von Igor abzuwenden. Er hielt seinen rechten Arm schützend vor sich.

«*Ich frage mich, ob deine Tochter es überhaupt fühlt, wenn ich ihr ihren gelähmten Flügel ausreisse.*», dachte Igor, während er sich vorstellte, Stella mit den Vorderbeinen zu Boden zu drücken und ihr mit den Zähnen den bewegungsunfähigen, tauben Flügel vom Rumpf zu reissen.

Obwohl dies lediglich seine Gedanken gewesen waren, verstörte mich dieser Anblick derart, dass ich mich ächzend vor Schmerz aufrichtete und einen Schritt auf Ferdinand zuging.

«*Na also.*», dachte Igor selbstzufrieden schmunzelnd.

Als ich nach vier weiteren Schritten bei Ferdinand angekommen war, setzte ich mich hin und starrte ihm voller Bedauern in sein Gesicht, was nun vor Verwirrung strotzte.

«Er möchte, dass ich dir eine Gliedmasse abbeisse.», gestand ich.

Meine Stimme war rau, weswegen ich mich anschliessend räusperte.

«Was?», entgegnete Ferdinand ungläubig.

«Wenn ich mich weigere, tötet er meine Tochter.»

Die letzten paar Worte sprach ich lediglich noch flüsternd, da diese Vorstellung zu sehr schmerzte, als dass ich sie zu akzeptieren vermochte. Ferdinand tauschte vielsagende Blicke mit den noch immer zusammengedrängten Menschen aus, die sich aufgrund der Gewissheit, von Igor getötet zu werden, sobald sie einen Fluchtversuch starteten, nicht von der Stelle rührten.

«Wenn ich Kinder hätte, würde ich wahrscheinlich dasselbe für sie tun.», sagte Ferdinand beschwichtigend.

«Weshalb bist du überhaupt hier? Ich sagte, du solltest mit Loris im Hotel bleiben.», sprach ich mein letztes Anliegen an ihn aus.

«Ich habe dauerhaft mit der Verteidigungsministerin telefoniert, als ich hier war, und ihr gesagt, dass sie keinen militärischen Grossangriff gegen die Raumschiffe starten darf, da dies mein Leben als Regierungsratsmitglied gefährden würde. Falls es hier zu einer grossen Schlacht gekommen wäre, hätte sie mich in Echtzeit sterben hören, was sie auf gar keinen Fall wollte. Deswegen liess sie die meisten Truppen ausserhalb des Gebirges stationieren. Nachdem die Panzer allesamt von einem Raumschiff zerstört worden waren, hat sie den Rückzug beordert, um ihre Truppen neu zu formieren und einen Plan zu erarbeiten, der nicht tausende Menschenleben, ein Regierungsratsmitglied und hochmoderne Ausrüstung kosten würde. Demnach werden heute keine weiteren Konflikte mehr hier stattfinden. Ausserdem habe ich geholfen, einige von diesen sturen Dorfbewohnern zu überzeugen, zu evakuieren. Die meisten haben geglaubt, es würde sich um eine Verschwörungstheorie handeln und man wollte sie ihres Landes berauben. Als ob sich irgendjemand um eine vereiste Einöde ohne wertvolle Ressourcen scheren würde.», erklärte er mit Tränen in den Augen, wobei ihm sein eigener Schlusssatz ein bitteres Grinsen entlockte.

«Ich werde langsam ungeduldig.», dachte Igor genervt brummend.

Sowohl Ferdinand als auch ich sahen ihn vorübergehend an.

«Danke, dass du mir dermassen geholfen hast, obwohl ich einer völlig anderen Spezies angehöre, die die meisten Menschen als blutrünstige Monster ansehen.», sagte ich mit mindestens ebenso vielen Tränen in den Augen wie Ferdinand.

«Es war mir eine Freude. Jetzt tu, was du tun musst, um deine Tochter zu retten.», antwortete er.

Innerlich verfluchte ich Igor erneut, was dem braunen Drachen ein hämisches Grinsen entlockte, und trat einen letzten Schritt auf Ferdinand zu. Da sein linker Arm bereits verletzt war, entschied ich mich für diese Gliedmasse. Während ich zögerlich mit einem Kontrollblick zu Igor mein Maul öffnete, schluckte Ferdinand leer.

«Kannst du es bitte kurz und möglichst schmerzlos machen?», bat er mich.

Ich nickte leicht, was mein Gegenüber bedauerlicherweise kaum zu beruhigen schien. Mit zunehmender Atemfrequenz presste er die Lippen aufeinander und wandte seinen Blick von mir ab. Ich nahm seinen Oberarm zwischen die Zähne und versuchte einige Sekunden, meine innere Blockade zu überwinden und zuzubeissen, jedoch gelang mir nichts weiter als ein leichtes

Zucken meines Unterkiefers. Ich konnte Ferdinands unregelmässige Muskelkontraktionen zwischen meinen Zähnen fühlen, was mich zusätzlich verunsicherte.

«Das dauert mir entschieden zu lange.», dachte Igor und breitete seine Flügel aus.

Nein, warte! Schrie ich telepathisch, während ich bereits gedanklich einen Plan konstruierte, meinen Speer aufzuheben und Igor zu verfolgen, um ihn davon abzuhalten, seine grausame Tat umzusetzen.

Er verharrte in seiner Bewegung und starrte mich eindringlich an. Nach weiteren Sekunden des Wartens stiess er einen tiefen Seufzer aus.

«Jetzt stell dich doch nicht so an!», dachte er, wobei er blitzschnell nach dem linken Arm einer Frau schnappte und ihr sowohl den Knochen als auch das Fleisch mit den Zähnen durchtrennte, ehe sie überhaupt losschreien konnte.

Laut kreischend sackte sie zu Boden, während Igor ihren abgetrennten Arm verschlang und mich mit seinem fordernden Blick durchbohrte. Da ich vermeiden wollte, dass er aus Demonstrationszwecken weitere unschuldige Menschen verstümmelte, widmete ich mich erneut meiner Zwangsaufgabe. Ich schloss die Augen, atmete mehrere Male tief durch und versuchte, meinen Verstand bestmöglich zu leeren, bevor ich meinen Kiefermuskeln den Impuls gab, zuzubeissen. Als mich Ferdinands heftiges Zucken begleitet von seinem Schmerzensschrei aus meiner gefühllosen Konzentration riss und sich zudem noch sein Blut in meinem Maul ausbreitete, liess ich ihn voller Entsetzen über die aktuellen Geschehnisse los. Aus mehreren tiefen Löchern, die meine Zähne in seinem Fleisch hinterlassen hatten, strömte nun sein tiefrotes Blut hervor. Weder seine Knochen noch die Muskeln hatte ich durchtrennt, worüber ich in gewisser Weise froh war.

«Das nennst du kurz und schmerzlos? Jetzt mach schon, Nils!», presste Ferdinand unter starken Schmerzen hervor, während er seinen linken Arm gegen die Seite presste.

Im Gegensatz zu ihm war ich alles andere als bereit, diese Prozedur fortzusetzen. Wie in Trance stand ich keuchend vor Entsetzen mit leicht geöffnetem Maul vor ihm, ohne mich willentlich bewegen zu können. Ausserdem äusserte sich meine starke Abscheu gegenüber der Verstümmelung von Ferdinand in Übelkeit, die mich zwang, an etwas anderes zu denken. Dies war jedoch aufgrund des Blutgeschmacks in meinem Maul beinahe unmöglich. Um nicht erbrechen zu müssen, wagte ich es nicht, auszuspucken, da sich Ferdinands Blut währenddessen grossflächig auf meiner Zunge verbreiten würde.

Demnach wartete ich in starrer Haltung ab und liess es gemächlich von meiner Schnauze tropfen, während ich versuchte, mich mental auf weniger verstörende Dinge zu konzentrieren. Angesichts meiner Unfähigkeit, Igor Folge zu leisten, obwohl er mir mit dem Leben meiner Tochter gedroht hatte, verstärkte sich mein Tränenfluss und ich begann, zu schluchzen. Aus dem Augenwinkel erkannte ich, wie mich Igor durchgehend musterte. Seinen Gedanken war zu entnehmen, wie sehr er es genoss, mich auf diese Weise leiden zu sehen. Es schien ihm mehr Vergnügen zu bereiten wie alles andere. Nicht einmal das Fressen vermochte es, ihm solch eine allumfassende Genugtuung zu verschaffen.

Igor hätte diese Situation wahrscheinlich noch in alle Ewigkeit hinauszögern wollen, jedoch wurden wir durch einen kalten Schatten unterbrochen, der blitzschnell über uns hinwegflog. Ohne mein Maul zu schliessen oder meinen Kopf auch nur einen Millimeter zu bewegen, blickte ich dem Himmel empor und entdeckte ein goldenes Glitzern knapp neben der Sonne. Ich blinzelte mir die Tränen aus den Augen und bemerkte zu grossem Erstaunen, dass es die Schuppen von Alexios waren, die das Sonnenlicht golden reflektierten. Bis zu diesem Zeitpunkt hatte ich ihn noch nie ausserhalb seiner Plantage gesehen, geschweige denn, dass er sich überhaupt mehr als ein paar Zentimeter bewegt hatte. Ihn nun über mir am Himmel eines anderen Planeten fliegen zu sehen, erfüllte mich mit ebenso viel Verwunderung wie Freude. Mittlerweile blickten die Menschen ebenfalls in die Richtung des goldenen Drachen. Im Gegensatz zu mir schienen sie durch die Tatsache, einem weiteren grossen Drachen zu begegnen, eingeschüchtert zu werden.

«Wer das Leben anderer nicht wertschätzt, ist des Seinen unwürdig.», drangen Alexios' Gedanken plötzlich zu uns.

Ich wusste instinktiv, dass diese Worte an Igor gerichtet waren.

«Misch dich nicht ein, Goldener!», entgegnete dieser leicht zähnefletschend.

Alexios flog unbeeindruckt mit perfekt ausgerichteten Flügeln auf uns zu, sodass er nicht einen Muskel bewegen musste, um zum Landeanflug anzusetzen.

Du bist ebenfalls hier? Ich bin milde gesagt überrascht, dachte ich, nachdem ich die Sprache wiedergefunden hatte.

Aus der Entfernung konnte ich erkennen, wie Alexios mir einen undeutbaren Blick zuwarf. Seine Miene blieb vollkommen neutral, wie sie immer war und auch stets bleiben würde. Nichtsdestotrotz hatte sein Gesichtsausdruck dieselbe Wirkung auf mich wie ein Augenzwinkern. Unwillkürlich zog ich die Lefzen meines noch immer halb offenen Mauls zu einem Lächeln zurück. Ferdinand bemerkte meine Freude und wirkte auf einmal wieder wesentlich entspannter, obwohl sein linker Arm noch stark blutete und er die Wunde mit der rechten Hand abdrücken musste.

Aufgrund der unveränderten Flugbahn von Alexios wich Igor verunsichert zwei Schritte zurück. Nur wenige Sekunden später segelte der goldene Drache, dessen Schuppen zahlreiche wunderschöne Lichtreflexe auf der Strasse und der Hauswand erzeugten, in einer perfekten Bewegung zu Boden und setzte sich exakt zwischen Igor, Ferdinand und mich. Seine stets erhabene Ausstrahlung hatte mich bereits vollkommen in ihren Bann gezogen. Erst jetzt zog er die Flügel an, wobei er auch dies in einer perfekt gleichmässigen und ruhigen Bewegung tat. Ihm dabei zuzusehen, war hypnotisierend. Vorübergehend vergass ich sogar Loris und meine Übelkeit verblasste. Igor schien es kaum anders zu ergehen, denn er konnte seinen Blick ebenfalls nicht von dem etwas kleineren Drachen abwenden, bis dieser seine perfekt gerade Sitzposition erreicht hatte. Selbst die Menschen, die sich zuvor noch vor Alexios gefürchtet hatten, beobachteten das Geschehen mit offenen Mündern.

«Du stehst mir im Weg.», sprach Igor den Neuankömmling an, der ihm wiederum durchgehend in die Augen blickte, ohne jegliche Emotionen zu zeigen.

Alexios war wie immer ein Abbild absoluter Ruhe und Gelassenheit.

Genaugenommen sitzt er, warf ich ein.

«Schweig, Zwerg!», herrschte Igor mich mit einem zornigen Blick an.

Nun reckte er seinen Kopf bedrohlich empor, um Alexios von oben herab zu betrachten. Als der goldene Drache nicht einmal blinzelte, fletschte Igor die Zähne. Ein tiefes Grollen entwich seiner Kehle, was mich erschaudern liess. Trotz der unerschütterlichen Gelassenheit des goldenen Drachen fürchtete ich mich nun um seine Gesundheit. Noch immer sass Alexios seelenruhig vor Igor, dessen Einschüchterungsmethoden keinerlei Wirkung zeigten. Aus Igors Gedanken empfing ich einige seiner Erinnerungen des goldenen Drachen, die alles andere als zahlreich waren. Genaugenommen wusste er überhaupt nichts von Alexios. Bis vorhin hatte er nicht einmal gewusst, dass er sprechen konnte.

Nun dachte Igor an die Möglichkeit, die Absichten seines Gegenübers aus seinem Verstand zu lesen, was ihm angesichts seiner unzufrieden verengten Augen nicht gelang. Dies verwunderte mich kaum, da Alexios' Gedanken mir und auch allen anderen gegenüber nicht ein einziges Mal ersichtlich gewesen waren, seit ich mich erinnern konnte. Sein Verstand glich stets einer absoluten Leere.

Igor trat einen Schritt seitlich neben Alexios, der ihm kontinuierlich mit seinem Blick folgte. Der braune Drache unterschritt seinen selbst definierten Mindestabstand von fünf Metern zu keinem Zeitpunkt. Da er absolut nichts von Alexios wusste und dieser keine Angst vor ihm zu haben schien, war Igor verunsichert, denn es war ihm nicht möglich, sein Gegenüber gefahrlos anzugreifen. Er stellte sogar sein Zähnefletschen ein und blieb mit angespannt zitterndem, leicht angewinkeltem rechtem Vorderbein stehen. Ich vermutete sogar, dass er sich vor der Ungewissheit fürchtete, die von Alexios ausging. Sobald Igor meine gedankliche Analyse bemerkte, warf er mir einen vernichtenden Blick zu.

«Hör auf, mich zu lesen, Zwerg!», fuhr er mich knurrend an.

Seine Wut wurde abrupt von Alexios' Anwesenheit unterbrochen, denn Igor konnte seinen Blick nicht länger als ein paar Sekunden von den golden im Sonnenlicht schimmernden Augen dieses weisen Drachen lösen, dessen Kampfstärke ihm ein Rätsel war. Da er kein vermeidbares Risiko eingehen wollte, zog er sich einige Schritte zurück, ohne Alexios aus den Augen zu lassen, breitete seine Flügel aus und flog der Strasse entlang in Richtung der Dorfgrenze hinfort.

«Dann muss ich mir eben andere Ausserirdische suchen, die ich bekämpfen kann.», dachte er währenddessen.

Ich war überzeugt davon, dass er Stella nicht mehr angreifen wollte, da dies nicht mit seinen Absichten, mich zu zwingen, Ferdinands Arm abzubeissen, übereinstimmte. Ausserdem fürchtete er sich geringfügig vor Alexios und da dieser offensichtlich auf meiner Seite war, wollte er nichts anstellen, was mir und somit auch ihm missfallen konnte.

Trotz der deutlichen Besserung meiner momentanen Lage wanderten meine Gedanken aufgrund des eisenartigen Geschmacks auf meiner Zunge zurück zur Verletzung, die ich Ferdinand kürzlich zugefügt hatte. Unmittelbar schwoll das Gefühl der Übelkeit in mir an, bis ich beinahe würgen musste. Stossweise atmend versuchte ich, mich auf Alexios zu konzentrieren. Ohne meinen Kopf zu drehen oder mein Maul zu schliessen, geschweige denn mich überhaupt zu bewegen, sah ich ihn mit grossen Augen an.

Unternimm doch etwas! Igor ist drauf und dran, weitere unschuldige Menschen zu töten. Halte ihn auf, bitte! Sprach ich hoffnungsvoll zu ihm, was meine Übelkeit ein wenig zu bessern schien.

Lange sah mich Alexios mit seinen wunderschön schimmernden Augen an. Ich befürchtete bereits, er würde mir nicht einmal antworten, bis seine gedankliche Stimme schliesslich doch mein Bewusstsein durchströmte.

«Der Weg des Friedens ist ein anderer.»

Mit diesen Worten spannte er seine Flügel und schwang sich in einer perfekten Bewegung dem Himmel empor, in die entgegengesetzte Richtung, die Igor eingeschlagen hatte. Während ich ihm fassungslos hinterherblickte und meine Gedanken abermals zum Blut in meinem Maul wechselten, konnten sich die Menschen endlich aus ihrer Starre lösen und schlichen leise der Hauswand entlang hinfort. Keiner von ihnen schrie oder sprach auch nur ein Wort. Einzig die Frau, deren linker Arm von Igor abgebissen worden war, stöhnte mehrfach schmerzerfüllt. Obwohl man ihr den Stumpf mit einem Schal verbunden hatte, tropfte noch Blut zu Boden.

Ferdinand hatte sich inzwischen seine Jacke ausgezogen und straff um die Bisswunde seines Arms gewickelt. Mit schmerzverzerrtem Gesicht knotete er die Ärmel fest. Kurz darauf sah er mich vor Kälte schlotternd an. Seine Miene verriet denselben Verlust, den ich ebenfalls verspürte, da Igor Loris gefressen hatte. Zudem erkannte ich noch Besorgnis in seinen Gesichtszügen. Zitternd trat er auf mich zu und kniete sich vor mich. Da ich minutenlang mit offenem Maul in derselben Position verharrt war, war sein Verhalten nicht verwunderlich.

«Was ist los?», fragte er.

Ich möchte dein Blut endlich ausspucken können, aber das geht nicht, ohne aufgrund meiner Abscheu davor, dich gebissen zu haben, erbrechen zu müssen, antwortete ich ihm gedanklich.

Er schien das Ausbleiben einer verbalen Antwort als Zeichen des Schocks zu interpretieren, denn er setzte sich dicht neben mich und lehnte mit seinem Oberkörper gegen meine Seite. Um ihn nicht weiterhin frieren zu lassen, breitete ich meinen rechten Flügel aus und umschloss ihn nahezu vollständig damit, während ich die Luft in meinem Inneren erwärmte. Ich konnte fühlen, wie sich Ferdinands Zittern beruhigte und er sich noch dichter an mich schmiegte, obwohl er dadurch vor Schmerzen aufstöhnte. Aus dem Augenwinkel sah ich, wie einige Tränen seinen Wangen hinab flossen. Stumm weinend sass er in meiner warmen Umarmung neben mir, bis er irgendwann schniefte und mich direkt anblickte. Er musterte meine vor Wärme dampfende, offene Schnauze, die noch immer von seinem Blut beschmutzt war. Irgendwann begann er plötzlich zu sprechen, was mich geringfügig erschrak, da es zuvor beinahe perfekt still gewesen war.

«Du hast echt fiese Eckzähne, weisst du das?»

Aufgrund seiner Aussage musste ich mir ein Würgen unterdrücken. Noch immer wagte ich es nicht, mein Maul zu bewegen, weswegen ich stumm blieb. Als ich selbst nach einigen Sekunden nicht antwortete, sprach Ferdinand zu meinem Leidwesen unbeirrt weiter.

«Als du mich das letzte Mal an meiner rechten Schulter gebissen hast, haben deine Eckzähne Löcher hinterlassen, die noch immer nicht verheilt sind.»

Er versuchte, zu lächeln, wurde jedoch erneut von seiner Trauer übermannt. Ich wollte ebenfalls nichts als weinen, bis mich ein kalter Luftzug erreichte. Alexios landete direkt vor mir und streckte mir einen knapp zehn Zentimeter grossen Eisbrocken mit seinen Klauen entgegen. Benommen reckte ich meinen Kopf nach vorn und nahm ihn ins Maul. Ich wartete, bis mein heisser Atem ihn geschmolzen und das Wasser Ferdinands Blut hinausgespült hatte. Anschliessend wagte ich es endlich, mein Maul zu schliessen, obwohl dies den eisenähnlichen Geschmack geringfügig verbreitete, und sammelte genügend Speichel, um die letzten Blutreste auszuspucken. Da sich meine Übelkeit nun endlich zu bessern schien und ich mein Maul wieder uneingeschränkt verwenden konnte, blickte ich auf und sah Alexios dankbar in die Augen. Wie seit eh und je starrte er mich in absoluter Gelassenheit an, als würde er jedes Geheimnis des Universums bereits kennen, wodurch ihn nichts mehr überraschen konnte.

«Ich dachte, Blut würde dich nicht anwidern.», nahm ich Ferdinands durch seine Trauer heisere Stimme wahr.

Langsam drehte ich meinen Kopf in seine Richtung, was ihm ein Lächeln entlockte.

«Das tut es auch nicht, aber mir widerspricht es dermassen, dich zu verletzen, dass ich aufgrund deines Blutgeschmacks beinahe erbrechen musste.», antwortete ich leise, wobei ich bei der blossen Vorstellung daran erschauderte.

Während ich dies erklärte, fiel mir auf, wie erschöpft ich eigentlich war und dass mein gesamter Körper aus den unterschiedlichsten Gründen schmerzte. Zudem belastete mich der Verlust von Loris und die Tatsache, dass ich Ferdinand erneut verwundet hatte, sehr. Niedergeschlagen liess ich meinen Kopf sinken, bis Ferdinand seinen rechten Arm um meinen Hals legte. Er drückte seine Stirn liebevoll gegen meine und schloss die Augen.

«Du hast mich gerettet. Schon wieder!», flüsterte er und gab mir einen Kuss auf die Schnauze.

Dies bereute er jedoch sofort, da er versehentlich auf eine Stelle geküsst hatte, an der noch sein eigenes Blut klebte. Angewidert rieb er sich die Lippen an seiner Jacke sauber und wischte meine Schnauze auf dieselbe Weise ab.

«Eigentlich hast du uns Drachen und auch viele Menschen gerettet. Ohne deine selbstlose Aktion, hier aufzukreuzen und die Verteidigungsministerin zu zwingen, ihren Grossangriff abzusagen, wären bestimmt einige von uns mitsamt zahlreichen Soldaten und Dorfbewohnern gestorben.», entgegnete ich.

Ferdinand wandte seinen Blick lächelnd von mir ab, während er ruckartig Luft ausstiess. Ihm war anzusehen, dass ich ihn in Verlegenheit gebracht hatte.

«Trotzdem hast du mich gerettet. Und dein goldener Kollege hier ebenfalls. Wer ist das eigentlich?»

«Das ist Alexios. Heute habe ich ihn zum ersten Mal fliegen sehen. Normalerweise ist er stets passiv und bewegt sich nicht von der Stelle.», erklärte ich.

Ferdinand blickte den goldenen Drachen dankbar an. Alexios erwiderte seinen Blick mit derselben Ruhe wie immer.

«Ich verdanke dir mein Leben, Alexios. Schon noch eigenartig, dass ich dasselbe bereits zu Nils sagen musste, aber noch nie zuvor einem Menschen gegenüber.», sagte Ferdinand mit einem leichten Zittern in der Stimme.

Ihn schien Alexios' Anwesenheit zu verunsichern. Dennoch streckte er seine Hand nach ihm aus, wie er es bereits bei Gustav und mir getan hatte. Da Alexios reglos sitzenblieb und sein Blick unverändert auf Ferdinand ruhte, zog dieser sich wieder zögerlich zurück.

«Ist er gefährlich?», fragte er leise.

«Nein, ich glaube nicht.»

«Du *glaubst* es?»

«Seine Absichten sind undurchschaubar.»

Ferdinand sah Alexios eine Weile nachdenklich an, bis er wieder mir in die Augen blickte.

«Ich glaube, wir sollten uns auf den Weg in ein Krankenhaus begeben.», schlug er vor.

Ich nickte beklommen.

26

Zusammenkunft

Ehe wir überhaupt aufstehen konnten, erfüllte ein Dröhnen das zuvor noch gespenstisch stille Bergdorf. Verwirrt sah ich mich um und erblickte ein wesentlich kleineres, lediglich zehn Meter langes Raumschiff am Himmel, welches mir in gewisser Weise vertraut vorkam. Im Gegensatz zu den anderen wurde es durch gelbes Feuer betrieben und es schien mit keinerlei Waffen ausgerüstet zu sein, denn abgesehen von den sich langsam ausfahrenden Rädern auf der Unterseite war die gesamte Verschalung makellos glatt ohne jegliche Unebenheiten.

Plötzlich wurde mir bewusst, wo ich diese Flugmaschine bereits gesehen hatte. Es handelte sich hierbei um das antike Flugobjekt, mit dem ich in der Drachenschlucht abgestürzt war, nur dass es nun in besserem Zustand zu sein schien, wie als ich es vorgefunden hatte.

Als wäre seine Aufgabe nun erfüllt, stiess sich Alexios vom Boden ab und flog hinfort, ohne noch einmal zurückzublicken. Derweil verlangsamte das uralte Raumschiff und die Absicht, in einem höchst riskanten Manöver zu landen, um schnellstmöglich zu mir zu gelangen, erreichte mich telepathisch. Aufgrund gewisser Eigenarten identifizierte ich den Ursprung als Brigitte. Seufzend beobachtete ich in gemischten Gefühlen, wie Brigitte das Raumschiff in einem extrem engen Bogen schrägstellte, die Glaskuppel mitten im Flug öffnete und hastig heraussprang, obwohl sie sich noch knapp dreissig Meter über der Strasse befand. Während das Flugobjekt unkontrolliert zu Boden segelte, hart mit den Rädern auf dem Asphalt aufschlug und laut polternd der Strasse entlanghüpfte, bis es schliesslich in starker Schräglage auf zwei Rädern schlitternd zum Stillstand kam und mit einem Rums in sicherer Lage stehenblieb, flog Brigitte bereits schnurstracks auf mich zu, ohne ihr Transportmittel überhaupt zu beachten. Dass es nicht während der Kollision mit der Strasse entzweigebrochen war, war einzig und allein der geringen Gravitation des Mars zu verdanken.

Noch theatralischer war nicht möglich? Fragte ich sarkastisch.

Brigitte ignorierte meine Worte, bremste in allerletzter Sekunde mithilfe eines kräftigen Flügelschlags vor mir ab und setzte mit laut schabenden Klauen vor mir auf. Ihre Geschwindigkeit war derart hoch, dass sie trotz ihrer Bemühungen beinahe mit mir kollidierte, weswegen ich ruckartig einen Schritt zurückwich, was ein heftiges Stechen in meinem Hinterkopf auslöste. Ferdinand suchte erschrocken Schutz hinter mir.

Die magentafarbene Drachin meiner Grösse mit der langen, zierlichen Schnauze schnupperte nun winselnd vor Freude mein Gesicht ab und begann, mich ausgiebig analysierend zu umrunden. Ferdinand, der verwirrt einige Schritte zurücktrat, beachtete sie nicht einmal. Da sie mich offensichtlich vermisst hatte und überglücklich war, mich lebendig anzutreffen, liess ich zu, das Brigitte mich von allen Seiten beschnupperte. Selbst als sie ihre Schnauze unter meinen rechten Flügel steckte, wies ich sie nicht ab. Intensiv schnuppernd verharrte sie vor meinem rechten Vorderbein, dessen Schusswunde sie sofort bemerkte. Anschliessend sah sie mir zitternd vor Freude und Aufregung in die Augen. Ehe ich ihren Blick anständig erwidern konnte, wandte sie sich bereits der Analyse meines Rückens, meiner Hinterbeine und meines Schwanzes zu.

«Was macht er da?», fragte Ferdinand verwirrt.

«Das ist eine Sie. Ihr Name ist Brigitte und sie freut sich offensichtlich sehr, mich zu sehen.», entgegnete ich beinahe monoton.

Ferdinands Verwirrung steigerte sich noch weiter.

«Sie ist nicht gefährlich? Weshalb freust du dich denn nicht, sie zu sehen? Oder irre ich mich da?»

«Es ist kompliziert.», erklärte ich knapp, um ihm nicht sämtliche Gründe erläutern zu müssen, weshalb mich Brigittes blosse Anwesenheit zu ärgern vermochte.

Ich dachte zurück an den Tag, als ich in das Raumschiff der Menschen eingedrungen war und meine Gedanken sprangen gleich darauf zur unsanften Landung auf dem Mars, die mich einen Flügel gekostet hatte. Nun sprang mein Verstand ruckartig und ohne jegliche Reihenfolge zu beachten zwischen Ferdinand, meiner Gefangenschaft und meinen Fluchtversuchen umher. Ich erkannte, dass sich Brigitte entgegen meines Willens mit meinem Bewusstsein verbunden hatte und nun sämtliche meiner Erinnerungen nach Neuigkeiten durchsuchte. Normalerweise bemerkte ich ihre Eingriffe in meinen Verstand nie, jedoch schien sie heute mehr als nur ein klein wenig neben der Spur zu stehen.

Lass das. Du musst nicht gleich alles von mir wissen, dachte ich und betrachtete meine Erinnerungen nun als wertvolles Gut anstelle einer Selbstverständlichkeit.

Aufgrund der Änderung meiner Denkweise unterbrach Brigittes Verbindung abrupt, jedoch nicht für lange, da ich bald darauf fühlte, wie weitere meiner Erlebnisse aufgerufen wurden, ohne dass ich dies wollte.

He! Hörst du mir überhaupt zu? Rief ich empört und warf Brigitte einen verärgerten Blick zu.

Ich verabscheute die Tatsache, dass sie sämtliche Erinnerungen an die letzten Monate, selbst die persönlichsten, stehlen konnte, ohne dass ich mich gross dagegen zu wehren vermochte. Leise knurrend verengte ich die Augen, bis mir Brigittes beinahe aufgelöster Blick auffiel. Anstatt mich auf meine eigenen Gedanken zu konzentrieren, griff ich nun über die von ihr erschaffene Verbindung auf ihre Erinnerungen zu. Bisher war mir dies noch kein einziges Mal gelungen, jedoch schien sie sich nun keineswegs mehr auf die Verteidigung ihres Bewusstseins zu konzentrieren.

Nun war es, als hätte ich eine komplett neue Welt betreten. Ich sah, wie sehr sie unter meiner Abwesenheit gelitten und wie verzweifelt sie wochenlang ohne Nahrung die Wüste nach antiken Gerätschaften durchsucht hatte, die ihr einen winzigen Hoffnungsschimmer gegeben hatten, die menschlichen Raumschiffe, die nach dem Kampf noch übriggeblieben waren, zu reparieren. Ich fühlte ihre Freude, die sie empfunden hatte, als sie einen riesigen Hangar mir sechs antiken Raumschiffen entdeckt hatte, und ihre tiefe Trauer, nachdem sie festgestellt hatte, dass allesamt defekt gewesen waren. Ausserdem nahm ich wahr, wie Brigitte niedergeschlagen Stella ihre Entdeckung offengelegt hatte. Meine Tochter hatte sie daraufhin aufgemuntert, indem sie ihr erzählt hatte, sie könne die antiken Raumschiffe mit den Bauteilen der neuen eventuell reparieren.

Ehe ich mir im Detail ansehen konnte, wie Brigitte und Stella mit der Hilfe von Geist, Cuno und Florian die benötigten Teile durch die Wüste transportiert hatten, erregten Brigittes momentane Gedanken meine Aufmerksamkeit. Sie war an der Erinnerung hängengeblieben, in der ich erstmals vergeblich versucht hatte, Feuer zu speien. Ihre Augen zuckten nicht mehr nervös umher, wie es zuvor der Fall gewesen war. Stattdessen durchbohrte sie mich mit sorgenvollem Blick, während sie sich auf das sowohl schmerzhafte als auch eigenartige Gefühl konzentrierte, was ich damals in meinem Rachen verspürt hatte.

«Was haben sie dir angetan?», schossen ihre Worte durch meinen Kopf.

Sie haben mir eine Metallplatte in den Rachen implantiert, antwortete ich.

Brigittes magentafarbene Augen weiteten sich vor Schock.

«Zeig es mir!», forderte sie mich auf.

Da ich fühlte, wie sehr sie darauf angewiesen war, es zu sehen, öffnete ich mein Maul widerspruchslos. Brigitte starrte intensiv in meinen Rachen und trat derart nahe heran, dass es mir geringfügig unangenehm wurde. Um ihr nicht direkt ins Gesicht zu atmen, hielt ich die Luft an. Als sie schliesslich sogar noch nähertrat und ihre Schnauzspitze vorübergehend meine Zunge berührte, wich ich einen Schritt zurück, schloss mein Maul jedoch nicht, was ich gleich darauf bereute, da sie nun mit ihren Vorderklauen danach griff und mir mit leichtem Druck den Kiefer aufsperrte. Obwohl sie ihr Gewicht auf die Hinterbeine verlagert hatte, zwang mich der Druck ihrer Vorderpranken, meinen Kopf seitlich auf den Boden zu legen, da mir ihre Klauen ansonsten die empfindliche Haut im Inneren meines Mauls aufgerissen hätten.

Was soll das? Lass mich los! Forderte ich sie auf, in der Hoffnung, mich nicht aus ihrem Griff winden zu müssen.

«*Halte still, Nils. Ich werde dir dieses Ding jetzt entfernen.*», dachte sie zielstrebig.

Was?

Bevor mir die Bedeutung ihrer Worte bewusst wurde, hatte Brigitte bereits mit ihrem Schwanz nach meinem Speer gegriffen und zielte mit der Spitze in Richtung meines Rachens. Erschrocken zuckte ich zurück, wodurch die scharfen Klauenspitzen mein Zahnfleisch einritzten, jedoch nicht gänzlich den Halt verloren, und biss geringfügig zu, sodass Brigitte mir nicht meinen Speer ins Maul rammen konnte. Auf diese Weise zog ich sie einige Zentimeter über den Asphalt, bis sie mir entrüstet in die Augen sah, als wäre diese Situation meine Schuld.

«*Jetzt stell dich nicht so an! Ich werde dich garantiert nicht übermässig verletzen.*», beschwerte sie sich und versuchte, meinen Kiefer erneut aufzusperren.

Ich hingegen hielt Brigittes Klauen eisern mit den Zähnen fest, obwohl ich mir dadurch mein Zahnfleisch zunehmend verletzte.

«*Vertraust du mir etwa nicht?*», fragte sie mit einem Anflug von Enttäuschung in ihren Gedanken.

Als Antwort teilte ich ihr meine Bedenken, die Verankerungen der Metallplatte würden meinen Rachen und die Knochen meiner Halswirbelsäule während der Entfernung fatal verletzen, telepathisch mit. Seufzend liess Brigitte meine Waffe sinken. Ihr Blick schweifte nachdenklich zur Seite, während ich fühlte, wie sich ihre Klauen entspannten. Dass sie nicht einen Gedanken daran verschwendete, ich könnte sie mit meinem Biss verletzen, verwunderte mich.

Sachte liess ich ihre Klauen los und setzte mich wieder aufrecht hin, obwohl mein Kopf mit pulsierenden Schmerzen rebellierte und der unangenehme Druck meiner Hinterseite meine Bewegungen einschränkte. Ferdinands noch immer verwirrten Blick ignorierte ich.

Nachdem Brigitte einige Sekunden stumm neben mir gesessen war, ohne mich noch einmal eines Blickes zu würdigen, wandte sie sich plötzlich meinem menschlichen Freund zu. Ferdinand schluckte nervös und sah sich verunsichert nach mir um. In Brigittes Verstand entdeckte ich einige Erinnerungen von ihm, die sie mir gestohlen hatte. Als sie sich ansah, wie Ferdinand mich befreit und sich anschliessend dauerhaft um mich gekümmert hatte, wusste ich instinktiv, dass sie ihm keinesfalls schlecht gesinnt war.

Ehe ich Ferdinand beruhigen konnte, sprang Brigitte in einem falsch kalkulierten Satz auf ihn zu und kollidierte mit ihm, wobei beide zu Boden stürzten. Da Brigitte dies nicht beabsichtigt hatte, stützte sie Ferdinands Kopf während des Falls, sodass dieser nicht ungebremst gegen den Asphalt schlug. Noch bevor Ferdinand sich beschweren konnte, betrachtete Brigitte den nun auf dem Rücken liegenden Menschen dankbar und leckte kurz darauf stürmisch sein Gesicht ab. Schmunzelnd beobachtete ich, wie Ferdinand vergeblich versuchte, Brigittes Kopf beiseitezustossen oder sich von ihr wegzudrehen.

Nach einigen Sekunden, in denen Brigitte Ferdinand auf Drachenart für seine guten Taten gedankt hatte, liess sie von ihm ab und musterte mich, als hätte sie den Menschen bereits wieder vergessen.

«Was sollte das jetzt gerade?», fragte Ferdinand, während er sein Gesicht an seiner blutverschmierten, um seinen linken Oberarm gewickelten Jacke abwischte.

«Du bist dünn geworden. Haben sie dir nicht ausreichend zu fressen gegeben?», sprach mich Brigitte zeitgleich an.

Meine Muskeln und Knochen haben sich aufgrund der geringen Gravitation zurückgebildet. Ich leide keinen Hunger, antwortete ich telepathisch.

«Sie hat sich bei dir bedankt.», sprach ich währenddessen zu Ferdinand, was ein hohes Mass an Konzentration erforderte.

«Ich dachte einen Moment lang, sie würde mich fressen wollen.»

Mein Schmunzeln aufgrund Ferdinands Aussage entging Brigitte nicht.

«Über was sprecht ihr?», fragte sie interessiert.

Du kannst das nicht aus meinem Verstand lesen?

«Nein, ich kann deine und auch seine gesprochenen Worte nicht verstehen. Selbst in deinen Erinnerungen sind sie unverständlich.»

Wohl eher verschlüsselt, korrigierte ich sie, da ich aus ihren Gedanken gelesen hatte, was sie mir mitteilen wollte, noch bevor sie ihren letzten Satz vollständig formuliert hatte.

«Ganz genau. Mir scheint, als wäre dein Sprachzentrum ... inkompatibel mit meinem. Warte kurz, ich werde einfach deine Art der Interpretation der menschlichen Sprache in meinen Verstand kopieren.»

Gespannt wartete ich ab, da ich nichts gegen ihr Vorhaben einzuwenden hatte und ich die gegenseitige Kommunikation als wichtig empfand. Brigittes auf etwas nicht Existentes gerichteter Blick wurde zunehmend angespannter. Ihre Lefzen zuckten und ihre Augen verengten sich geringfügig. Plötzlich sah sie mir wieder direkt in die Augen.

«Es geht nicht! Mein Gehirn ist irgendwie nicht dazu in der Lage, dein Sprachzentrum zu übernehmen.», teilte sie mir mit.

Wie jetzt? Willst du damit sagen, dass dein Gehirn physisch anders aufgebaut ist?

Sie nickte hastig und ihren Gedanken entnahm ich, dass sie nun erneut versuchte, mein Sprachzentrum zu kopieren. Zeitweise konnte ich sogar fühlen, wie sie Teile meines Bewusstseins übernahm oder gar abänderte, um weitere Tests durchzuführen. Ich wollte sie bereits daran erinnern, dass dies noch immer mein eigener Verstand war und sie gefälligst Rücksicht auf meine Persönlichkeit nehmen sollte, als ich plötzlich zu sprechen begann, ohne es aktiv zu wollen.

«Verflucht! Es geht immer noch nicht! Ich habe bereits alles Mögliche versucht, was mir eingefallen ist.»

Ferdinand sah mich fragend an.

«Na toll! Jetzt verstehe ich meine eigenen Gedanken nicht mehr.»

Ich wollte Ferdinand erklären, dass dies Brigittes Worte waren, die sie aufgrund ihres Versuchs, mein Sprachzentrum zu kopieren, mit meinem Körper gesprochen hatte, jedoch konnte ich die Erklärung lediglich denken, nicht aber aussprechen. Nun begann ich, mich von meinem eigenen Sprachzentrum zu lösen und gewisse Segmente zu kopieren, um ein Neues zu erstellen, was nicht von Brigitte kontrolliert war, jedoch wurde ich jäh unterbrochen, als ich ihre Gedanken erneut in meinem Verstand wahrnahm.

«Weshalb geht es nicht? Das darf doch nicht wahr sein!»

Blitzschnell löschte sie meine unvollständige Kopie des Sprachzentrums und setzte das Original zu seinem ursprünglichen Zustand zurück, während sie mich nahtlos damit verband. Verblüfft von der Schnelligkeit und Präzision, mit der sie diese Aktionen durchgeführt hatte, sah ich sie an, bis sie meinen Blick selbstzufrieden schmunzelnd erwiderte. Ich wollte, dass sie mich nicht auf diese Weise betrachtete, da ich mich auf frischer Tat ertappt fühlte, ihr Können gelobt zu haben, weswegen ich sie fortwährend anstarrte, als ich Ferdinand erklärte, weshalb ich zuvor gesprochen hatte. Bedauerlicherweise schien er meinen Blick zu missinterpretieren.

«Ist sie deine Frau?», fragte er vorsichtig. «Oder Freundin?», ergänzte er verunsichert, als mein Blick vorwurfsvoll zu ihm schnellte.

«Nein. Das wäre wohl Vanessa.», erklärte ich, wobei mir plötzlich wieder der goldene Ring mit der Inschrift einfiel, den ich seit dem Verlassen der Erde vollkommen vergessen hatte.

Ich war erstaunt, wie leicht die Vergangenheit verlorengehen konnte, sobald man den einzigen Gegenstand, an den die Erinnerungen gebunden waren, nicht mehr bei sich hatte. Brigitte sah nun ebenfalls zu Ferdinand. Höchstwahrscheinlich wollte sie ihm etwas mitteilen, jedoch war sie nicht dazu in der Lage. Ich wollte ihr gerade anbieten, ihm ihre Worte weiterzuleiten, da sie mich mit diesem Anliegen ohnehin niemals in Ruhe gelassen hätte, als sie plötzlich mit den Klauenspitzen über den Asphalt kratzte. Der hierbei erzeugte Abrieb bildete dünne Linien, die in ihrer Gesamtheit bald darauf Worte ergaben. Brigitte hatte allem Anschein nach auch die Tatsache, dass die menschliche Schriftsprache identisch zu unserer war, aus meinem Verstand gelesen. Ehe ich versehentlich ihre rasche Auffassungsgabe oder ihr genialer Einfall, schriftlich zu kommunizieren, lobte, schweifte ich gedanklich zu Stella ab.

«Danke für alles!», war kurze Zeit später auf der Strasse zu lesen.

Ferdinand musterte die zittrige, jedoch klar lesbare Schrift und blickte anschliessend lächelnd der Drachin entgegen.

«Gern geschehen.», sagte er und streckte seine rechte Hand nach Brigitte aus.

Sie kam seiner Aufforderung nach und stupste seine Finger sachte mit ihrer Schnauze an. Anschliessend schnupperte sie an seinem verletzten, linken Arm. Dies verunsicherte Ferdinand aus offensichtlichen Gründen, weswegen er vorübergehend mich ansah, bis ich ihm beruhigend zunickte.

«Er stirbt, wenn die Blutung nicht bald gestoppt wird. Seine Haut ist im Vergleich zu der in deiner Erinnerung sehr blass und er strömt kaum Wärme aus.»

Da ihre Absicht, ihn vor dem Tod zu bewahren, mit meiner übereinstimmte, ignorierte ich meine innere Stimme, die mir sagte, dass ich Brigitte nicht mochte, und überwand mich dazu, mit ihr zusammenzuarbeiten.

Da stimme ich dir zu. Wir müssen ihn in ein Krankenhaus bringen, entgegnete ich.

«*Was ist ein Krankenhaus?*», fragte sie.

Das erkläre ich dir ein andermal.

«Wo liegt das nächste Krankenhaus?», fragte ich Ferdinand zeitgleich.

«Ähm ... Ich glaube knapp einhundertfünfzig Kilometer südlich von hier.»

Na toll, dachte ich.

Brigitte legte fragend den Kopf schräg.

Wir müssen ihn hier und jetzt versorgen, ausser wir können ihn gefahrlos einhundertfünfzig Kilometer weit transportieren, erklärte ich.

«*In deinem Raumschiff wäre genügend Platz für einen Menschen und einen Drachen. Du könntest gemeinsam mit ihm zu diesem Krankenhaus fliegen.*»

Dass sie mehr wusste, als sie von meinen Worten hätte erfahren können, verwunderte mich keineswegs. Lediglich eine Kleinigkeit ihrer Antwort liess mich stutzen.

Du meintest wohl eher dein Raumschiff, oder?

«*Nein, es ist deines. Du hast es gefunden. Ich habe es lediglich repariert und zu dir gebracht.*»

Ich sah mir das schnittige, im Sonnenschein glänzende Flugobjekt an und konnte fühlen, wie sich ein Schmunzeln auf meinem Gesicht ausbreitete. Als ich bemerkte, wie genau mich Brigitte derweil ansah, wurde ich sofort wieder ernst.

Wo ist Stella? Ich möchte mich nicht derart weit von ihr entfernen, ohne sie in Sicherheit zu wissen.

«*Ich weiss es nicht. Wir wurden während der langen Reise getrennt.*»

Nachdenklich wanderte mein Blick auf Ferdinands noch immer stark blutenden Arm, der mittlerweile seine gesamte Jacke in Blut getränkt hatte.

Dann wäre es am besten, ihn vor Ort zu versorgen und Stella anschliessend zu suchen, schlug ich vor.

«*Gut. Da du kein Feuer mehr speien kannst, brenne ich ihm die Wunde aus.*»

Brigitte wartete nicht auf mein Einverständnis, da sie wusste, dass ich ihr nach kurzer Überlegung zustimmen würde. Während sie erneut nach meinem Speer griff und ihn vor ihre Schnauze hielt, um ihn mithilfe ihres pinken Feuers zu erhitzen, trat ich auf Ferdinand zu und begann, die verknoteten Ärmel von seinem Arm zu lösen.

«Wir müssen dir die Wunde ausbrennen, damit du nicht verblutest.», erklärte ich, als mir Ferdinands verwirrter Gesichtsausdruck auffiel.

«Ich weiss nicht so recht.», erwiderte er.

Ich löste die Jacke vollständig und ein weiterer Schwall von Blut strömte aus den Löchern, die meine Eckzähne hinterlassen hatten. Brigitte führte das stumpfe Ende des hitzeflimmernden Speers mithilfe ihres rechten Vorderbeins auf Ferdinands Arm zu. Verständlicherweise trat er einen verunsicherten Schritt zurück.

«Setz dich und halte still!», befahl ich.

Er warf mir einen langen Blick zu, bis er mir schliesslich leer schluckend Folge leistete, da er wusste, dass ihm keine andere Wahl blieb. Um ihn zumindest emotional zu unterstützen, setzte ich mich dicht neben ihn und umschloss seinen Rücken mit meinem linken Flügel, nachdem ich ihn in drei ruckartigen und schmerzhaften Bewegungen ausgebreitet hatte.

Sei bitte vorsichtig mit diesem Ding, solange es heiss ist, bat ich Brigitte, als sie Ferdinands Arm beinahe mit dem stumpfen Ende des Speers erreicht hatte.

«Ich weiss, dass ich ihn nicht damit schlagen darf. Das musst du mir nicht mitteilen.», antwortete sie und berührte das erste blutende Loch.

Ferdinand zuckte erschrocken zurück, als das heisse Material zischend seine Haut berührte. Brigitte hatte mit dieser Reaktion gerechnet, denn sie packte Ferdinands Arm blitzschnell mit ihrem Schwanz und drückte das Ende des Speers mehrere Sekunden dagegen, bis es zu rauchen begann. Derweil stiess Ferdinand einen lauten Schmerzensschrei aus, der mehrere Sekunden lang zwischen den umliegenden Häusern widerhallte. In einem Fenster zu meiner Linken sah ich eine Person, die das Geschehen durchgehend beobachtete.

Brigitte zog den Speer nun zurück. Das verbrannte Fleisch klebte daran, weswegen sie den Stab geringfügig drehen musste, um ihn von Ferdinands Arm zu lösen. Die dunkle, von Blasen übersäte Wunde blutete glücklicherweise nicht mehr. Brigitte setzte die schmerzhafte Prozedur fort und Ferdinand gab sich nun tapfer Mühe, stillzuhalten. Nichtsdestotrotz konnte er ein heftiges Zucken und Schreien nicht vermeiden.

Plötzlich liess ein dumpfer Knall uns allesamt innehalten. Während wir lauschten, knallte es erneut, jedoch mehrere Male. Ich blickte in Richtung der Geräusche und entdeckte bald darauf Igor, der in mehreren Kilometern Entfernung ausserhalb des Dorfes Feuer spie.

Er greift die Soldaten an! Schoss es mir durch den Kopf.

«Dieser Psycho! Ich werde ihn aufhalten, ehe er alle Menschen im Umkreis von einhundert Kilometern tötet.», dachte Brigitte.

Wie willst du das anstellen? Fragte ich, während sie mir bereits den noch heissen Speer übergab, sodass ich die letzten beiden Wunden auf Ferdinands Arm eigenständig ausbrennen konnte.

«*Überlass das ruhig mir.*», antwortete sie, während sie blitzschnell ihre Flügel ausbreitete und in Richtung Igor davonflog.

Einen Sekundenbruchteil lang sah ich ihr besorgt hinterher, bis mir einfiel, dass es mir eigentlich auch gleichgültig sein konnte, welchen Gefahren sie sich stellte, da ich sie ohnehin nicht mochte und dies ihre Entscheidung war. Nichtsdestotrotz beschäftigte mich der Gedanke, Igor könnte sie töten, durchgehend, während ich geistesabwesend Ferdinands Arm mit meinem Schwanz festhielt und ihm den heissen Stab gegen die Wunden drückte, bis er lauthals protestierte, es würde nun reichen. Ich zog den Speer zurück und liess Ferdinand los, der sich nun ächzend vor Schmerz seinen Arm gegen die Seite drückte. Ferdinands Schlottern vor Kälte holte mich urplötzlich in die Wirklichkeit zurück.

«Ich muss Stella finden.», sprach ich mein nächstes Anliegen aus, da Ferdinand nun nicht mehr in unmittelbarer Lebensgefahr schwebte.

«Ist sie deine Tochter?», fragte er.

«Ja.»

«Na dann begib dich auf die Suche! Du musst nicht meinetwegen hierbleiben. Ich komme von nun an allein zurecht.»

Dass ich nicht vorgehabt hatte, bei ihm zu bleiben, da er problemlos in einem nahegelegenen Haus Schutz suchen konnte, verschwieg ich ihm. Ohne noch einmal zurückzublicken, eilte ich auf das Raumschiff zu, was Brigitte mir hinterlassen hatte, wobei sich meine Erschöpfung deutlich bemerkbar machte. Während meiner Schritte torkelte ich umher, als wäre ich unter Einfluss von Wein. All meine Gliedmassen schmerzten vor Kälte und ich sehnte mich nach einem warmen, weichen Bett, jedoch war mir meine Tochter momentan wichtiger als alles andere.

Mühselig kletterte ich ins Innere des antiken Raumschiffs und sah mich zwischen den vielen Hebeln und Schaltern um, deren Zweck ich mittlerweile vergessen hatte. Ehe ich mich entsinnen konnte, wie sich dieses Flugobjekt starten liess, befand ich mich plötzlich in einem wesentlich grösseren Raumschiff. Sowohl mein linker Flügel als auch mein linkes Hinterbein waren vollkommen taub. Zudem sendete mein Rücken ein besorgniserregendes Kribbeln aus. Ich sah durch die Frontscheibe des Raumschiffs dasselbe, halb in Schnee verschüttete und halb zerstörte Dorf, in dem ich mich eigentlich befinden musste. Hinter mir nahm ich eine Bewegung wahr und dem Geruch nach wusste ich, dass es sich um Manuel handelte.

Nur einen Sekundenbruchteil später war meine Umgebung wieder wie sie eigentlich sein sollte und mir wurde bewusst, dass meine Empfindungen zuvor die von Stella gewesen waren, die ich lediglich aufgrund unserer beinahe identischen Denkweisen empfangen konnte. Wie in Trance sprang ich aus dem Raumschiff hinaus, breitete die Flügel aus und stiess mich dem Himmel empor, wo ich Stellas Raumschiff umgehend entdeckte. In dieser Sekunde korrigierte sie ihren Kurs und steuerte nun geradewegs auf mich zu. Da mein linker Flügel stark schmerzte und Stella ohnehin bei mir landen würde, glitt ich erneut auf den Platz unter mir zu und setzte mit drei Beinen auf, ohne meinen Blick vom Raumschiff abzuwenden, was sich soeben näherte.

Ich widerstand dem Drang, direkt eine telepathische Synchronisierung einzuleiten, um nicht Stellas Konzentration zu beeinträchtigen, die sie für die Landung benötigte. Zitternd vor Kälte und Vorfreude wartete ich, bis sich das Raumschiff vor mir laut dröhnend dem Boden näherte. Die Triebwerke an der Unterseite erzeugten eine angenehme Welle an heisser Luft, die mir ins Gesicht wehte. Nachdem das Flugobjekt sachte mit allen drei Rädern aufgesetzt war, erlosch das rote Plasma der Antriebe flackernd und die breite Heckklappe öffnete sich leise sirrend. Ohne meinen Blick auch nur eine Sekunde abwenden zu können, beobachtete ich meine Tochter, die soeben aus dem Raumschiff kletterte. Als sie mich erblickte, blieb sie mehrere Sekunden stehen und starrte mir beinahe fassungslos in die Augen. Vollautomatisch humpelte ich auf sie zu, ohne dass ich meinen Beinen diesen Befehl erteilt hatte, während ich mein Bewusstsein unwillkürlich mit dem von Stella synchronisierte. Es fühlte sich derart gut an, wieder ihre Denkweise, ihre Erinnerungen und ihre Gefühle wahrzunehmen, dass ich die gesamte Aussenwelt ignorierte. Ich bemerkte erst, was ich tat, als ich dicht vor meiner Tochter stand und meine Stirn mit geschlossenen Augen gegen ihre drückte. Nun zog ich mich einen Schritt zurück und schenkte ihr ein von Sorge getrübtes Lächeln.

Ich freue mich so sehr, dich zu sehen, mein Schatz ...

«... aber ich hätte nicht herkommen dürfen, ich weiss.», vollendete sie meinen Gedanken.

Da ich nun von der Schönheit ihrer Iris verzaubert war, vergingen einige Sekunden, bis ich dazu in der Lage war, ihr zu antworten.

Du kannst dir überhaupt nicht vorstellen, wie gefährlich es hier ist. Was hast du dir dabei gedacht, eine ausserirdische Zivilisation auf ihrem Heimatplaneten anzugreifen?

«*Ich konnte meinen Vater, meinen Bruder und meinen Onkel nicht einfach so im Stich lassen. Genauso wenig wie du deinen Sohn im Stich lassen konntest.*»

Da hast du wohl recht, antwortete ich und wandte meinen Blick von ihr ab, da sie einige schlechte Erinnerungen geweckt hatte.

Aufgrund ihrer telepathischen Verbindung bemerkte sie den Wechsel meiner Gefühlslage unmittelbar und durchforstete mein Bewusstsein nach Informationen bezüglich Tom und Mario. Sie zuckte erschrocken zurück, als sie sah, wie Tom von einer Menschenfrau namens Monika in den Weltraum geschossen worden war und der Anblick von Mario ohne Flügel, Hörner, Zacken, Klauen und Zähne liess sie kraftlos zu Boden sacken. Sobald sich ihr erster Schock gelegt hatte, bildete sich ein Gemisch aus Trauer und Wut in ihr, während ihre wunderschönen Augen vor lauter Tränenwasser zu schimmern begannen. Ich legte mich dicht neben Stella auf den kalten Asphalt, stupste tröstend ihre Schnauze an und bedeckte sie mit meinem rechten Flügel, um sie auf diese Weise zu umarmen. Durch unsere synchronisierten Bewusstseine fühlte ich die Wärme meines Flügels auf Stellas Rücken, als wäre sie ein Teil meines Körpers. Obwohl meine menschliche Verhaltensweise sie überraschte, genoss sie das Gefühl der Geborgenheit, was ich ihr hierdurch vermittelte.

Es tut mir leid, Stella, aber ich konnte sie nicht retten, dachte ich voller gemeinsamer Trauer und Schmerz.

«*Tom nicht, aber Mario ist noch am Leben. Lass uns ihn befreien, Papa.*»

Leer schluckend starrte ich ihr in die Augen, ohne zu antworten, während ich fühlte, wie sich mein Innerstes zusammenzog. Angestrengt kämpfte ich gegen den Beginn einer weiteren Panikattacke an.

«*Du fürchtest dich davor? Weshalb?*», fragte sie verwirrt.

In Bildern und Eindrücken teilte ich ihr mit, wie sich Mario aufgrund seiner Gehirnwäsche geweigert hatte, mich zu begleiten. Ich fühlte, wie sich Stella zunehmend verkrampfte.

«*Ich werde es ebenfalls versuchen, ihn zu überzeugen, diese Vorez-Frau zu verlassen. Wenn seine grosse Schwester ihm etwas befielt, ist es anders, als wenn es sein Vater tut.*»

Ihr roher Wille, ihn zurückzugewinnen, steckte mich augenblicklich an und durchflutete mich mit einem warmen Gefühl der Hoffnung. Ehe ich ihr dafür danken konnte, fühlte ich Manuels Schnauze an Stellas rechter Flügelspitze.

«Wir sind hier nicht sicher, Schatz. Lass uns bitte verschwinden.», nahm ich seine Gedanken wesentlich leiser und unbedeutender wahr als die von Stella.

Meine Tochter sah sich um und sprang urplötzlich fauchend auf. Erschrocken blickte ich nach links und entdeckte Ferdinand, der in eine frische Jacke gehüllt vor einer Hauseingangstür stand und uns beobachtete. Da nun eine gewaltige Diskrepanz zwischen Stellas und meinem Bewusstsein bestand, was Ferdinand betraf, trennte sich unsere telepathische Verbindung beinahe sofort, was ein bedrückendes Gefühl der Leere in mir auslöste.

Das ist Ferdinand, ein guter Freund von mir, erklärte ich hastig.

Stella stellte ihr Fauchen ein und musterte erst Ferdinand, der erschrocken einen Schritt zurückgewichen war, und anschliessend mich misstrauisch. Als sie bemerkte, wie ernst ich diese Aussage meinte, leckte sie sich beschwichtigend die Lefzen.

Manuel, der das Geschehen durchgehend mitverfolgt hatte, blickte abwechselnd Stella und mich ungläubig an.

«Seid ihr jetzt etwa auf der Seite dieser Ausserirdischen?», fragte er unsicher.

Ich erklärte ihm telepathisch, wie meine Beziehung diesem Menschen gegenüber zustande gekommen war und weshalb ich ihm vertraute. Widerstrebend schnaubend wandte er sich von uns ab und kletterte ins Raumschiff zurück. Bereits ohne seine Gedanken zu verstehen, war ihm eindeutig anzusehen, dass er es sich keineswegs vorstellen konnte, friedlich mit den Menschen zu koexistieren.

«Du kannst mit ihnen kommunizieren?», fragte Stella mich, ohne ihren Freund zu beachten.

Ich nickte.

«Darf ich die entsprechenden Segmente aus deinem Bewusstsein kopieren, damit ich das ebenfalls kann?», setzte sie fort.

Um ihre Frage zu beantworten, konzentrierte ich mich auf all ihre Empfindungen und leitete eine telepathische Synchronisierung ein. Die leichte Unsicherheit, ob Stella in der Lage sein würde, ihr Sprachzentrum auf eine Weise zu modifizieren, die es ihr ermöglichte, Ferdinand zu verstehen, verflog in diesem Augenblick, als sie gemeinsam mit mir die Unterschiede unserer Sprachzentren analysierte. Sie verfügte bereits über die Grundkonzepte, die für das Sprechen benötigt wurden, und es war ein Leichtes, diese Segmente entsprechend zu erweitern. Es war, als hätte die Logik in ihrem Gehirn bereits existiert und hätte lediglich aktiviert werden müssen.

Da Stella bereits während unserer ersten Verbindung bemerkt hatte, wie erschöpft und durchgefroren ich war, erhitzte sie die Luft in ihren Lungen und hüllte mich vorübergehend in ihrem hellblauen Feuer ein. Voller Genuss blieb ich vor ihr liegen. Wie eine Woge aus reiner Entspannung breitete sich die Hitze in meinem Körper aus und minderte nahezu all meine Schmerzen. Nachdem Stella vollständig ausgeatmet hatte, bedeckte sie mich rasch mit ihrem rechten Flügel, sodass wir gemeinsam zu Ferdinand gehen konnten, während wir unsere Bewusstseine wieder voneinander trennten. Derweil konnte ich meinen nahezu vollständig glücklichen Blick nicht von Stella lösen, was Ferdinand bald bemerkte, wodurch sich seine Haltung entspannte. Selbst die drei unbekannten Menschen hinter ihm, die ihm vermutlich die Jacke geliehen hatten und im Hauseingang standen, zogen sich nicht weiter zurück.

«Hallo Ferdinand, mein Name ist Stella. Ich bin die Tochter von Nils.», sprach Stella den Menschen in einer hohen, weichen Stimme an, die dermassen sanft wirkte, dass ich mich beinahe für meine tiefe und raue Aussprache schämte.

«Es freut mich, dich kennenzulernen. Ich … woher hast du unsere Sprache gelernt?», fragte er verdutzt.

Sein Blick blieb zwischendurch an Stellas linkem Flügel haften, den sie schlaff über den Asphalt zog.

«Mein Vater hat mir geholfen, mein Sprachzentrum an seines anzugleichen.», erläuterte sie.

«Ähm … okay?»

Ferdinand schien nun noch verwirrter zu sein als vor Stellas Erklärung, stellte jedoch keine weiteren Fragen. Stattdessen streckte er seine Hand nach Stella aus, die sie freundlich schmunzelnd anstupste. Nachdem er sie einige Sekunden lang fasziniert angestarrt hatte, wobei es mir beinahe unwohl wurde, da sie immerhin meine Tochter war, fand er seine Sprache wieder.

«Jetzt weiss ich, weshalb du Stella heisst. Mit diesen hellblauen Punkten siehst du aus wie ein Sternenhimmel.»

Leicht verlegen aufgrund dieser Schmeichelei wandte sie grinsend ihren Blick von Ferdinand ab und beobachtete anschliessend gespannt den Himmel. Ich folgte ihrem Blick und erspähte zwei weitere Raumschiffe, die rauschend zur Landung ansetzten. Aus dem ersten stieg Jenny, Toms ungefähr zweieinviertel Meter lange, gelbgrüne Enkeltochter und schliesslich auch Irma, Mias orangefarbene Freundin von vier Metern Länge aus. Beide blickten erst verunsichert umher, entspannten sich jedoch gleich, als sie Stella und mich neben Ferdinand erblickten. Cuno und Lukas stiegen aus dem zweiten Raumschiff aus. Der silberne Schmied ging voran und schnupperte ausgiebig, während Gustavs jüngster Sohn geduckt hinter ihm herging.

«Wo sind Geist und Henrik?», fragte Cuno mit leichter Besorgnis in seiner gedanklichen Stimme.

Henrik wollte beim abgestürzten Raumschiff bleiben, nachdem er erfahren hat, dass es keine gute Lösung ist, sämtliche Menschen zu töten, und Geist ist verschwunden mit der Überzeugung, er wäre schuld am Tod seiner Schwester, antwortete ich.

«Na toll. Wenn ich Geists mentalen Zustand korrekt einschätze, lebt er nicht mehr sonderlich lange, sollten wir ihn nicht bald finden. Ich begebe mich jetzt gleich auf die Suche nach ihm und anschliessend schlage ich vor, dass wir uns wieder hier treffen und gemeinsam mit den Vorez ... ich meinte Menschen beratschlagen, wie unser weiteres Vorgehen aussieht.»

«Du möchtest mit denen zusammenarbeiten? Sie haben meine Mutter getötet und meinen Vater entführt!», warf Lukas stark verunsichert, jedoch auch zornig ein, wobei er seinen Blick nicht von Ferdinand lösen konnte.

Cuno sah ihm nachdenklich in die Augen und seufzte tief.

«Ach, du hast noch Vieles zu lernen, mein Junge. Vergeltung wird weder die Vergangenheit ungeschehen machen, noch die jetzige Situation bessern. Ich bin nicht hier hergekommen, um Menschen zu töten, sondern um unseresgleichen zu beschützen. Solange eine Möglichkeit existiert, unnötiges Blutvergiessen zu vermeiden, indem wir mit den uns gut gesinnten Menschen kooperieren, werde ich diese Option wählen. Und jetzt komm mit, es sei denn, du möchtest hier bleiben, während ich Geist suche.», sprach der Schmied zu Lukas und trat an ihm vorbei ins Innere des Raumschiffs.

Der viereinhalb Meter grosse, graue Drache blickte unschlüssig und mit leicht angezogenem, linken Vorderbein umher, bis er dem Schmied schliesslich folgte.

«Wir helfen euch ebenfalls.», dachte Jenny und stieg gemeinsam mit Irma durch die geöffnete Heckklappe ihres Raumschiffs ein.

Kurz darauf starteten sie, wobei die Triebwerke Dreck von der Strasse aufwirbelten und mir ins Gesicht wehten. Da Ferdinand begriffen hatte, dass wir einiges untereinander besprochen hatten, fragte er mich danach.

«Sie suchen Geist, während wir hierbleiben.», antwortete ich gähnend, bis mir plötzlich etwas einfiel, was mir beinahe entfallen war. «Es sind noch

Menschen durch die ins Tal gerutschten Schneemassen in ihren Gebäuden eingeschlossen. Wir sollten sie befreien!»

«Du brauchst jetzt erstmal ein wenig Ruhe und Erholung, Papa. Deinem Empfinden nach brichst du jeden Augenblick vor Erschöpfung zusammen. Ich werde gemeinsam mit Manuel dafür sorgen, dass die verschütteten Menschen befreit werden. Falls Brigitte noch zu uns stösst, werde ich sie ebenfalls darum bitten, uns zu helfen.», entgegnete Stella.

Ich warf ihr einen überaus dankbaren Blick zu.

Vielen Dank, mein Schatz. Pass bitte auf dich auf! Lauteten meine Gedanken an sie.

«Das werde ich, Papa. Mach dir keine Sorgen um mich.»

Ich werde es versuchen, erwiderte ich schmunzelnd.

Zur Verabschiedung stupste ich ihre Schnauze sanft an und sog noch einmal ihren Körperduft ein, bevor sie sich von mir abwandte und ihren Freund um Unterstützung bat.

«Kommen Sie herein ins Warme, Herr Schmidt. Sie sind verletzt und benötigen Ruhe.», sprach ein unbekannter Mann innerhalb des Eingangsbereichs Ferdinand an.

Der Blick des Unbekannten wanderte zu mir, wobei ich Mitleid zu erkennen vermochte.

«Du darfst ebenfalls zu uns kommen, wenn du magst. Aber bitte pass auf, dass du den Fussboden nicht zerkratzt.», sagte er zu mir.

«Vielen Dank.», antwortete ich und tapste vorsichtig auf drei Beinen hinter Ferdinand ins Innere des warmen Hauses, welches stark nach den Bewohnern roch und mit viel Holz ausgestattet war.

Am Abend, nachdem ich für einige Stunden tief auf einem weich gepolsterten Bett geschlafen hatte, weckte mich ein aufgeregtes Gespräch der Menschen. Ohne meine Augen zu öffnen, lauschte ich ihren Worten.

«Sie müssen von hier verschwinden! Die Verteidigungsministerin wird morgen eine weitere, militärische Operation starten, mit dem Ziel, mich in Sicherheit zu bringen und anschliessend die Bedrohung, und damit meinen sie die Drachen, zu neutralisieren.», sagte Ferdinand.

«Wir werden unsere Heimat nicht verlassen, selbst wenn da draussen die Welt untergehen sollte. Falls unser Haus zerstört wird, werden wir mit ihm untergehen, aber das wird höchstwahrscheinlich nicht geschehen. Wir haben hier schon einige schwere Zeiten durchgestanden, und keine davon ist unser Ende gewesen. Dieses Mal wird es nicht anders sein.», entgegnete unser Gastgeber, dessen Namen ich noch nicht kannte, in bestimmtem Ton.

Ferdinand seufzte offensichtlich frustriert. Ich konnte förmlich fühlen, wie er «immer diese sturen Dorfbewohner» dachte.

Der schmerzhafte Druck gegen meine Hinterseite zwang mich dazu, eine leicht andere Position einzunehmen, und das Gespräch verstummte vorübergehend. Ich vermutete, dass die Menschen mich nun allesamt anstarrten, was mir jedoch angesichts meiner Erschöpfung gleichgültig war. Ehe sie ihr Gespräch fortsetzten, glitt ich erneut in das Reich der Träume über.

Leichte Erschütterungen weckten mich, als es draussen bereits dunkel war. Ein Gegenstand innerhalb eines Regals vibrierte lautstark. Das durchgehende Dröhnen von ausserhalb, was zu einem leisen Rauschen überging und schlussendlich verstummte, liess mich vermuten, dass mindestens ein Raumschiff auf dem Platz vor dem Haus gelandet war. Plötzlich war ich wieder hellwach, als ich die Gedanken von Stella, Brigitte, Cuno, Geist und den anderen wahrnahm. Leise ächzend richtete ich mich auf, wobei ich versehentlich Ferdinand weckte, der an meine rechte Seite geschmiegt geschlafen hatte, ohne dass mir dies bewusst gewesen war.

«Die anderen sind zurück.», beantwortete ich ihm seine unausgesprochene Frage.

Mit schmerzverzerrtem Gesicht setzte er sich ebenfalls auf, während ich bereits vom Bett sprang und in Richtung Ausgang humpelte. Nachdem ich die Eingangstür geöffnet hatte, wehte mir eisige Kälte entgegen, die mich augenblicklich erschaudern liess. Ohne mich hiervon beirren zu lassen, trat ich hinaus auf den Platz und sah mich zwischen den Drachen um, die inzwischen hier versammelt waren.

Stella, Manuel, Cuno, Lukas, Brigitte, Geist, Henrik, Jenny und Irma standen neben den insgesamt vier Raumschiffen. Einzig Igor und Alexios fehlten. Sobald mich meine Tochter erblickt hatte, stürmte sie bereits freudig auf mich zu.

«Wir konnten neununddreissig verschüttete Menschen retten. Sie waren zwar sehr verwirrt, als sie uns sahen, aber ihnen geht es jetzt gut.», sprach sie telepathisch zu mir.

Das ist sehr gut! Danke dir! Entgegnete ich schmunzelnd und stupste ihre Schnauze an.

Meine Aufmerksamkeit fiel auf Geist, der an mir vorbei Ferdinand anstarrte. Sein Blick hatte etwas Bitteres an sich und in seinen roten Augen schimmerten Tränen.

Es ist nicht deine Schuld, dass Mia tot ist, und ebenso wenig die der Menschen. Ihr Ableben war ein Unfall, der von keinem Beteiligten beabsichtigt war, versuchte ich, Geists Gemütszustand zu bessern.

«*Sie wäre noch am Leben, wenn ich nicht eingegriffen hätte. Oder wenn es mir gelungen wäre, sie zu befreien. Aber ich war zu feige, im rechten Moment einzugreifen!*»

Schniefend liess er seinen Kopf hängen. Um ihn zu trösten, trat ich langsam auf ihn zu. Alle anwesenden Drachen und Menschen beobachteten mich stillschweigend. Das leise Kratzen meiner Speerspitze auf dem Asphalt war das einzige Geräusch, was sich momentan vernehmen liess. Als ich bei Geist angekommen war, sah ich ihm tief seufzend in die Augen, wobei ich seinen Kopf versehentlich in eine Wolke aus Kondenswasser hüllte.

Du hast das Richtige getan, Geist. Bereue nicht die Absicht, deine Schwester zu beschützen, denn ich hätte dasselbe getan, dachte ich.

«*Du an meiner Stelle hättest nicht versagt. Wie ich dich kenne, hättest du die Vorez zum perfekten Zeitpunkt angegriffen und Mia problemlos befreit. Ich dagegen bin ein feiger Versager.*»

Ich glaube, du überschätzt meine Fähigkeiten.

Henrik knurrte uns übellaunig an.

«*Jetzt hört doch endlich auf mit diesem Gesülze! Das ist kaum auszuhalten.*», dachte er.

Um ihn nicht unnötig zu provozieren, wandte ich mich von Geist ab und richtete meine Gedanken an alle Drachen.

Ich glaube, mich zu erinnern, wie mein Freund hier gesagt hat, dass die Menschen uns morgen angreifen werden, sofern wir hierbleiben, dachte ich, wobei ich mit der Schnauze auf Ferdinand deutete, der leicht verunsichert unterhalb des Türrahmens stehengeblieben war. *Deswegen schlage ich vor, wir verlassen diesen Ort.*

Alle sahen einander an und einige nickten schliesslich zustimmend. Brigitte warf mir ein stolzes Lächeln zu, was ich gekonnt ignorierte.

«*Das halte ich für eine sehr gute Idee.*», bestärkte mich Cuno.

«*Wie jetzt? Die greifen uns an und wir verschwinden einfach? Weshalb verteidigen wir uns nicht?*», warf Manuel ein.

Stella starrte ihn daraufhin finster an, weswegen er erschrocken zusammenzuckte.

«Erstens, weil wir keine Chance gegen ihre Streitkräfte haben werden und zweitens beruht ihre Angriffslust auf unbegründeter Angst. Es wäre falsch, sie dafür zu töten.», konterte sie.

«Aber weshalb haben wir heute gewonnen, wenn ihre Streitkräfte so stark sind?», fragte Lukas.

Dank ihm. Er hat das Verteidigungsministerium dazu gezwungen, die meisten Truppen zurückzuhalten, antwortete ich und deutete abermals auf Ferdinand.

«Tatsächlich?», fragte dieses Mal Cuno. *«Demnach sollten wir uns bei ihm bedanken.»*

Der im Licht der Strassenbeleuchtung schimmernde Cuno trat gemächlich auf Ferdinand zu, der sich wiederum ängstlich in den Eingangsbereich des Hauses zurückzog.

«Komm, Ferdinand.», zischte ich ihm zu.

Zögerlich und mit mehreren kurzen Kontrollblicken in meine Richtung trat er hinaus ins Freie und blieb in angespannter Haltung stehen, bis Cuno ihn erreicht hatte, der beinahe viermal so gross war wie Ferdinand. Der Schmied bemerkte sofort, dass sich der Mensch fürchtete, weswegen er sich flach auf den Asphalt legte, um kleiner zu wirken, und seine Beine entspannt seitlich ausstreckte, sodass er nicht aufsprungbereit war.

«Hältst du das wirklich für eine gute Idee?», fragte Lukas verunsichert.

Gemäss ihren Blicken teilten Jenny, Irma, Manuel, Geist und Henrik seine Bedenken.

«Der fürchtet sich mehr vor uns als wir vor ihm. Ausserdem wäre es töricht, aus seiner Position anzugreifen.», entgegnete Cuno, versicherte sich mithilfe eines kurzen Schnupperns nach Ferdinands Stresshormonen jedoch trotzdem, dass seine Vermutung korrekt war.

Der Mensch beugte sich vor, streckte langsam seine Hand nach Cuno aus und strich ihm sanft über die Schnauze, wobei sich ein erleichtertes Lächeln auf seinem Gesicht abzeichnete.

«Sag ihm, dass ich mich bei ihm für seine guten Taten bedanke.», forderte mich Cuno auf.

«Das ist Cuno und er möchte sich bei dir bedanken.», sprach ich daraufhin zu Ferdinand.

«Dass sich Drachen bei mir bedanken, anstelle mich oder meine Freunde auffressen zu wollen, bleibt hoffentlich die Regel, oder?», fragte er mich kurz darauf, als er seine Hand zurückzog und seinen Blick über die ihn anstarrenden Drachen schweifen liess.

«Das hoffe ich. Falls nicht, gebe ich dir Bescheid.», versuchte ich, ihm seine Sorgen zu nehmen.

Meine Gedanken wanderten erneut zu Igor, der mich heute aufgrund einer Beleidigung gequält und Loris gefressen hatte.

«Der wird keinem Menschen mehr Schaden zufügen. Dafür habe ich gesorgt.», nahm ich Brigittes Gedanken wahr.

Wie hast du das geschafft? Fragte ich.

«Das frage ich mich ehrlich gesagt auch.», ergänzte Cuno, der soeben wieder aufgestanden war.

«Betriebsgeheimnis.», antwortete Brigitte grinsend.

Wessen Idee war es eigentlich, Igor an dieser Mission teilhaben zu lassen? Setzte ich die Fragerunde fort.

«Seine. Niemand wollte, das er mitkommt, jedoch hat es auch keiner gewagt, sich ihm in den Weg zu stellen.», erwiderte Cuno.

«Keiner bis auf Brigitte.», dachte Lukas, der ihr einen anerkennenden Blick zuwarf.

Und Alexios, ergänzte ich. *Wie habt ihr ihn überzeugt, seine Plantage zu verlassen?*

«Er hat uns von sich aus begleitet mit den Worten 'Freund und Feind sind zeitweise kaum zu unterscheiden', was auch immer das zu bedeuten hat.», antwortete Brigitte augenrollend.

«Er hat zu dir gesprochen?», fragte Lukas verblüfft.

Brigitte nickte selbstzufrieden.

«Wann sagst du, werden die Menschen erneut angreifen?», erinnerte mich Jenny an unser eigentliches Problem.

Voraussichtlich morgen. Die genaue Zeit kenne ich nicht, dachte ich.

«Kennst du einen sicheren Ort, an dem wir uns zurückziehen können?», fragte sie.

Mein Blick ruhte einige Sekunden lang nachdenklich auf Ferdinand, bis mir eine passende Antwort einfiel.

Ja, am Stadtrand von Syrtis. Das befindet sich ungefähr auf der anderen Seite des Planeten.

«Gut. Lass uns gleich losfliegen. Zeigst du uns den Weg?»

Ich nickte.

Mehr oder weniger motiviert stiegen die Drachen in ihre Raumschiffe ein. Geist und Henrik mussten sich zu den anderen aufteilen, da ihr Raumschiff zerstört worden war. Lediglich Brigitte wartete draussen, da sie wollte, dass ich mit dem Fluggerät flog, welches sie mir mitgebracht hatte.

«Komm, Ferdinand. Wir fliegen zurück nach Syrtis.», erklärte ich.

«Wie jetzt? Ich soll mit euch fliegen? In diesen Dingern?»

Er wirkte alles andere als begeistert.

«Wo liegt das Problem?»

«Ich hasse fliegen! Und ausserdem, hast du überhaupt einen Pilotenschein? Sind diese Raumschiffe geprüft?»

Mein zurückhaltendes Zögern beantwortete seine Fragen bereits.

«Ich fahre lieber mit dem Zug.», sagte er schliesslich.

«Das kommt nicht infrage. Ich werde dich nicht alleinlassen, nachdem ich dir eben erst das Leben gerettet habe. Hast du inzwischen vergessen, dass dich die Mafia töten möchte?», erwiderte ich.

«Nein, das habe ich nicht.», antwortete Ferdinand genervt.

«Dann komm mit uns! Auf diese Weise reist du am sichersten.»

Er öffnete seinen Mund, um zu antworten, schien jedoch nicht die passenden Worte zu finden.

Brigitte, kannst du ihn für mich in mein Raumschiff bringen? Ich kann ihn aufgrund meines Flügels und meines Beins nicht tragen, dachte ich.

«Wird gemacht.», entgegnete sie begeistert, mir helfen zu dürfen.

Blitzschnell trat sie hinter Ferdinand und schubste ihn mithilfe ihrer Schnauze nach vorn.

«He! Lass das!», rief er empört und versuchte, zur Seite auszuweichen, wurde jedoch dauerhaft nach vorn geschoben, da Brigitte schneller auf seine Bewegungen reagieren konnte, als er dazu in der Lage war, sie auszuführen.

Sobald sie mit ihm vor meinem Raumschiff angekommen war, dessen Glaskuppel noch immer offenstand, drückte sie ihren Kopf kraftvoll von unten her gegen Ferdinands Hüfte und katapultierte ihn somit in weitem Bogen auf die rechte Tragfläche. Als mein Freund hart auf dem Metall aufschlug, stiess er einen Schmerzensschrei aus, da er auf seinem gebrochenen Arm gelandet war. Brigitte, die dies nicht beabsichtigt hatte, sprang verlegen zu ihm hinauf und leckte ihm entschuldigend die verwundete Stelle ab, oder zumindest den Teil der Jacke, der diese Stelle bedeckte.

«Nicht schon wieder!», beschwerte sich Ferdinand und stiess Brigittes Kopf mit seiner rechten Hand beiseite, was ihr jedoch nichts auszumachen schien.

Ich konnte mir ein leises Kichern nicht unterdrücken. Nachdem Brigitte erneut heruntergesprungen war, kletterte ich auf die Tragfläche und betrat den kleinen Innenraum des Fluggeräts. Meinen Speer verstaute ich unterhalb des Sitzes.

«Komm jetzt, Ferdinand. Um deinen Arm kümmern wir uns, sobald wir zu Hause sind.», sagte ich.

«Ich kann kaum noch zählen, wie viele Male ich mir diese Knochen bereits wieder gebrochen habe, ehe sie vollständig verheilen konnten.», murmelte er genervt, während er schicksalsergeben zu mir kletterte und sich neben mich auf den Boden setzte.

«Ich habe deine Erinnerungen an die Steuerung aufgefrischt und werde jetzt mit Stella und Manuel mitfliegen. Viel Spass!», sprach Brigitte telepathisch zu mir und mir fiel auf, dass ich tatsächlich wieder wusste, wie ich die Glaskuppel schliessen, das Raumschiff starten und abheben konnte.

«Ich hoffe, du weisst, was du hier tust.», sagte Ferdinand, als wir sachte den Boden verliessen.

Er klammerte sich krampfhaft mit seinem rechten Arm an mir fest und obwohl er meinen linken Flügel schmerzhaft gegen meine Seite drückte, beschwerte ich mich nicht.

«Ich bin ein Drache, schon vergessen? Wir wurden für das Fliegen geboren.»

Ferdinand starrte mich an, als hätte ich den Verstand verloren. Grinsend umklammerte ich die Steuereinheit, von der ich noch immer nicht die menschliche Bezeichnung kannte, und konzentrierte mich auf das Fliegen. Sobald ich mich über den Hausdächern befand, drückte ich den Hebel nach vorn, der für die Beschleunigung zuständig war, und ich wurde kraftvoll in den Sitz gepresst.

«He! Nicht so schnell!», schrie Ferdinand verängstigt.

Ich vergass seine Worte bereits, als ich voller Genuss eine Kurve flog und zurück zu den anderen blickte, die ich längst abgehängt hatte. Die Turbulenzen rüttelten stark am Raumschiff und die Tragflächen vibrierten ratternd, während wir durch den beständig rauschenden Antrieb nach vorn getrieben wurden. Sobald ich die Steuereinheit auch nur um einen Millimeter bewegte, reagierte das Raumschiff sofort, indem es die Ausrichtung ruckartig anpasste. Dass es nicht möglich war, sanfte Kurven zu fliegen, verlieh diesem Fluggerät ein sportliches Gefühl. Ich genoss das Fliegen derart, dass ich mich nicht einmal mehr auf die Richtung konzentrierte, bis ich schliesslich den im Sternenlicht glitzernden Ozean am Horizont erblickte. Da ich wusste, dass die gesamte

Nordhalbkugel des Planeten von Wasser bedeckt war, musste ich lediglich dem Strand folgen, um zur Hauptstadt zu gelangen, deren nördliche Stadtgrenze direkt am Ozean lag.

Sobald ich über dem Strand angelangt war, flog ich eine enge Rechtskurve und blickte zurück. Erst nach einer Weile erspähte ich ein weit entferntes, rotes Leuchten, welches von den Triebwerken der anderen Raumschiffe stammen musste. Da sie sehr lange benötigen würden, um zu mir aufzuschliessen, reduzierte ich meine Flughöhe und suchte mir eine geeignete Stelle am Strand aus, um zu landen.

«Endlich!», keuchte Ferdinand, den ich während des gesamten Fluges ignoriert hatte.

Nachdem ich die Triebwerke deaktiviert und die Glaskuppel über uns geöffnet hatte, kletterte er auf stark zitternden Beinen hinaus, sprang auf den Strand hinunter, kniete sich hin und begann, zu würgen, was mich verwunderte, da er weder etwas Schlechtes gegessen hatte noch krank war. Bei den angenehmen Geräuschen von zirpenden Grashüpfern und den Wellen des Ozeans, die gegen den Strand brandeten, legte ich mich auf den Sand und schloss die Augen. Wieder verspürte ich die Erschöpfung, die aufgrund des letzten Tages entstanden war, und ich genoss die angenehme Wärme des Flachlands. Einzig mein beinahe leerer Magen minderte mein Wohlbefinden, denn ich wusste, dass er in wenigen Stunden zu knurren beginnen würde.

Eine knappe Viertelstunde später landeten die anderen ebenfalls auf dem Strand. Einige meckerten, ich wäre viel zu schnell geflogen und sie hätten mich beinahe verloren, während andere mir für das Zeigen der Flugroute dankten. Wir beschlossen, erstmal hier zu verweilen, da einige von uns erschöpft und hungrig waren. Erstaunt stellte ich fest, dass Alexios ebenfalls bei uns gelandet war und in erhabener Haltung aus der Ladeluke seines Raumschiffs stieg. Selbst Igor schien in der Nähe zu sein, denn ich hatte ein sechstes Flugobjekt mit rot leuchtenden Plasmatriebwerken wenige Minuten zuvor in einer Entfernung von ungefähr fünf Kilometern landen sehen.

«Was ist mit ihm?», fragte Brigitte mich, als sie sich zu Ferdinand und mir gesellte.

Ich weiss es nicht. Er leidet aus unerklärlichen Gründen unter Übelkeit, antwortete ich.

Brigitte trat zu ihm und stupste seine Seite fürsorglich mit ihrer Schnauze an. Ferdinand unterbrach sein Würgen und warf der magentafarbenen Drachin einen strengen Blick zu.

«Nein!», sagte er bestimmt mit erhobenem Zeigefinger.

«Ich glaube, er mag mich.», dachte Brigitte zufrieden.

Da bin ich mir nicht so sicher, entgegnete ich schmunzelnd.

«Das ist ja alles Wasser!», nahm ich Irmas Gedanken wahr.

Sie stand mit vor Staunen geöffnetem Maul vor dem gigantischen Ozean, der sich bis weit hinter den Horizont erstreckte, und konnte ihren Blick nicht von den Wellen lösen, die angenehm rauschend auf den Strand trafen, sich darauf ausbreiteten und wieder zurückzogen.

«Was glaubtest du denn, was diese gigantische, blaue Fläche auf dem Mars ist, die man bereits von weit ausserhalb der Atmosphäre sehen konnte?», entgegnete Jenny kopfschüttelnd.

Zu meiner Linken sprang Lukas urplötzlich fauchend vor einigen Grashalmen zurück. Verwirrt beobachtete ich, wie er die Zähne fletschte, bis mir ein Grashüpfer auffiel, der ihm allem Anschein nach zu nahe gekommen war. Da ich wusste, dass sie einen zwischendurch versehentlich ansprangen, war dies nicht verwunderlich.

Das ist bloss ein Insekt. Es kann dir keinen Schaden zufügen, dachte ich, um ihm die Sorgen zu nehmen.

Schmunzelnd liess ich meinen Blick über die anderen schweifen, bis ich Geist entdeckte, der sich die mittlerweile verkrustete Wunde in seiner rechten Flügelhaut leckte.

«Du hast Glück, dass ich dein Blut im Schnee entdeckt habe. Ansonsten wärst du in dieser eisigen Kälte erfroren.», sprach Cuno telepathisch zu ihm.

«Ich bin mir nicht sicher, ob ich diese Tatsache als Glück bezeichnen kann. Ihr hättet mich einfach sterben lassen sollen.», entgegnete Geist deprimiert.

«Mia würde nicht wollen, dass du dir ihretwegen das Leben nimmst.»

Geist sah sein Gegenüber vorübergehend an, bevor er sich mit neuen Tränen in den Augen von ihm abwandte. Mitfühlend setzte sich Cuno neben ihn und lehnte sich geringfügig an seine linke Seite. Geist schien dies nicht sonderlich zu mögen, denn er stand auf und verschwand innerhalb von einigen lautlosen Sätzen zwischen einer mittelgrossen Ansammlung von Bäumen neben dem Strand. Ich schnupperte in Richtung dieses Wäldchens und witterte einige Tiere, Pflanzen und Algen, jedoch nicht Geist. In diesem Augenblick meldete sich erstmals mein Magen.

«Ich habe Hunger. Wir sollten etwas jagen gehen.», dachte Brigitte nur wenige Sekunden später.

Da ich wusste, dass der Zeitpunkt ihrer Aussage kein Zufall war, warf ich ihr einen verärgerten Blick zu, bevor ich Ferdinand fragte, ob er mich begleiten wollte.

«Nein, ich möchte hierbleiben.», murmelte er, ohne seinen Blick von den Sternen abzuwenden.

Er hielt seinen linken Arm verkrampft gegen die Seite gepresst und er roch deutlich nach entzündetem Fleisch, weswegen ich wusste, dass er unter Schmerzen litt.

«Soll ich dir etwas zu Essen bringen?», fragte ich vorsichtig.

«Ich habe keinen Hunger.»

«Aber ihr Menschen esst doch andauernd.»

«Trotzdem mag ich jetzt nichts.»

«Und wie ist es mit Wasser?»

«Das möchte ich auch nicht.»

Nachdenklich musterte ich seine leicht verklebten, trockenen Lippen, bis ich mich schliesslich dazu überwinden konnte, den kleinen Wald ohne ihn zu betreten. Brigitte folgte mir in übertrieben hohen Sprüngen. Verwundert beobachtete ich, wie sie wieder und wieder meterhoch in die Luft sprang, sich fallenliess und daraufhin erneut vom Boden abstiess.

«Ich liebe diese geringe Schwerkraft. Man fühlt sich so leicht und unbeschwert.», dachte sie grinsend.

Ihre kindliche Verspieltheit ignorierend folgte ich dem Geruch von Algen und schliesslich auch feuchter Erde, bis ich einen kleinen Fluss entdeckte, der sich quer durch die Bäume zog. Das kristallklare Wasser glitzerte wunderschön im Licht der Sterne und schien mich magisch anzuziehen, was unter anderem auch an meinem mittlerweile starken Durst liegen konnte. Sobald ich bei einigen grossen Kieselsteinen angekommen war, die das Flussbett bildeten, tauchte ich meine Schnauze in das erfrischend kühle Nass und trank ausgiebig. Von einer natürlichen Süsswasserquelle zu trinken, war ein wesentlich anderes Gefühl, wie es bei menschlichem Leitungswasser der Fall war. Ausserdem schmeckte Flusswasser nicht derart stark nach Kalk und Metall.

Ich blickte auf und stellte leicht genervt fest, dass Brigitte noch immer an meiner Seite stand und aus demselben Fluss getrunken hatte, denn an ihrer langen, schmalen Schnauze hingen Wassertropfen.

Kannst du mich wenigstens allein jagen lassen? Ich möchte meine eigene Beute finden, dachte ich seufzend.

«In Ordnung.», entgegnete sie, blickte mir noch einen Moment nachdenklich in die Augen und hüpfte hinfort.

Kurz darauf hatte ich die Fährte eines mir unbekannten Tieres aufgenommen. Trotz meines beeinträchtigten, rechten Vorderbeins dauerte es nicht lange, bis ich das kleine, haarige Etwas entdeckt hatte. Ich wartete, bis es sich einem Strauch mit winzigen, roten Früchten zugewandt hatte, und sprang blitzschnell darauf zu, wobei ich ihm in den Nacken biss. Ehe es überhaupt reagieren konnte, fühlte ich bereits, wie sein fünfzehn Zentimeter langer Körper zwischen meinen Zähnen erschlaffte. Behutsam legte ich es vor mir auf den erdigen Waldboden und stupste es leicht mit der Schnauzspitze an, um sicherzustellen, dass es auch tatsächlich tot war.

Wie jedes Mal, wenn ich ein unschuldiges Tier für Nahrung tötete, überkam mich eine Welle von Mitgefühl, weswegen ich meine Beute einen Augenblick nachdenklich ansah, bis ich schliesslich mit dem Abziehen des grauen Fells begann. Nachdem ich mithilfe meines Speers ein ausreichend grosses Loch in die Haut gestochen hatte, um sie vollständig aufreissen zu können, unterdrückte ich den Drang, das Tier wild zu schütteln, da dies meine chronischen Kopfschmerzen ausgelöst hätte, und stützte mich stattdessen mit den Klauen darauf ab, sodass ich das Fell mit den Zähnen in meine Richtung ziehen konnte, bis es sich vom restlichen Fleisch löste. Hierbei drückte ich die Speerspitze von unterhalb gegen die Haut, um mir das Abziehen zu erleichtern. Anschliessend biss ich in das zähe, fasrige Gewebe, welches ich vorzugsweise in gebratenem Zustand gefressen hätte, und kaute jedes verdauliche Stück von den Knochen meiner Beute, bis ich die Reste auf dem Waldboden liegenliess. Ernüchternd stellte ich fest, dass ich noch längst nicht satt war. Seufzend begab ich mich auf die Suche nach einem weiteren Tier.

Wenige Minuten später nahm ich ein Rascheln zu meiner Rechten wahr. Mein Blick schnellte instinktiv auf ein ungefähr fünfzig Zentimeter grosses, schlankes Tier mit braunem Fell, was geschmeidig durch das Dickicht huschte. Gerade als ich mich darauf stürzen wollte, ehe es mir entwischen konnte, sprang Lukas bereits darauf zu und biss ihm in den Nacken. Aufgrund seiner fehlenden Erfahrung tötete er das Tier nicht direkt, weswegen er seinen Kopf wild umher warf, bis das Genick seiner Beute knackend nachgab und dessen zuvor noch angespannten Gliedmassen erschlafften.

Lukas, der mich erst in diesem Augenblick entdeckte, sah mich mit dem eben getöteten Tier zwischen seinen Zähnen an und liess es schliesslich fallen.

«Entschuldigung, Nils. Ich wollte dir nicht die Beute stehlen.», dachte er verlegen.

Du hast sie zuerst gefunden, deswegen darfst du sie auch behalten, antwortete ich.

«Tatsächlich?», fragte er beinahe ungläubig.

Ich nickte schmunzelnd.

Grinsend vor Gier biss Lukas seiner Beute in die Seite, riss ihm gewaltsam die Haut vom Körper und verschlang das darunterliegende Fleisch roh. Dass er mir dieses Tier überlassen hätte, obwohl er offensichtlich hungriger war als ich, überraschte mich positiv. Ich beobachtete ihn eine Weile lang interessiert, bis mir plötzlich ein vertrauter Geruch in die Nase stieg. Bereits ein Atemzug genügte, um meinen Hunger schlagartig zu vervielfachen, denn es roch nach Brigittes gebratenem Fleisch. Zwiegespalten blieb ich in starrer Haltung stehen, unschlüssig, ob ich diesen köstlichen Duft ignorieren oder zu Brigitte gehen sollte. Ehe ich eine Entscheidung treffen konnte, stand die magentafarbene Drachin bereits mit einem grossen, bereits gehäuteten und gebratenen Schwein in der Schnauze vor mir. Lukas unterbrach seinen wilden Fresswahn und starrte Brigittes Beute geifernd an, bevor er schliesslich seinen Blick davon losreissen und sich wieder seinem eigenen Fressen zuwenden konnte.

«Das ist für dich, Nils.», sprach sie mich freundlich an und legte die schätzungsweise siebzig Zentimeter lange, herrlich duftende Mahlzeit direkt vor mich.

Obwohl ich etwas anderes als das saftige, muskulöse Fleisch ansehen wollte, was noch leicht dampfte und in wenigen Minuten bereits wesentlich weniger lecker schmecken würde, blieb mein Blick auf magische Weise darauf haften, während ich mehrfach schlucken musste, um nicht unkontrolliert zu sabbern.

Ich hasse dich dafür, dass du mir immer solch unwiderstehliche Mahlzeiten zubereitest, dachte ich an Brigitte gewandt, und gab mich meinem Hunger hin.

Innerhalb weniger Minuten war ich bereits satt, da ich mindestens genauso gierig gefressen hatte wie Lukas. Abgesehen von Knochen, Sehnen und Eingeweiden war nichts mehr übriggeblieben. Brigitte hatte meinen Hunger aufgrund ihrer überaus nervigen telepathischen Fähigkeiten wieder einmal perfekt abgeschätzt.

«Darf ich das noch haben?», fragte Lukas mit dem Blick auf die Überreste meiner Mahlzeit gerichtet.

Ich nickte stumm und ging griesgrämig in Richtung des Strandes davon, wo die Raumschiffe geparkt waren. Während ich humpelnd zwischen den Bäumen hindurchtrat, sprang Brigitte freudig neben mir her. Unentwegt grinsend starrte sie mir in die Augen, was ich mit grosser Mühe zu ignorieren versuchte.

«Gern geschehen.», dachte sie, als wäre ich ihr Dank schuldig.

Schnaubend wandte ich mich von ihr ab. Obwohl ich sie nicht ansah, konnte ich ihren durchbohrenden Blick fühlen.

«Ich weiss inzwischen, weshalb du meine Anwesenheit nicht ausstehen kannst.», entgegnete sie unbeirrt von meiner deutlichen Abweisung.

Das ist auch offensichtlich, antwortete ich brummend.

«Deine zornige Abneigung mir gegenüber, die du meiner angeblich aufdringlichen Art zuschreibst, ist das, was du den anderen und auch dir selbst vortäuschst.»

Ich weiss nicht, worauf du hinaus möchtest.

«Doch, das weisst du. Tief in deinem Inneren kennst du die Wahrheit.»

Anstelle einer Antwort gab ich ein verärgertes Seufzen von mir.

«Seit Jahrzehnten versuche ich, dich bestmöglich in allem zu unterstützen, denn ich finde deine Wesensart äusserst sympathisch, obwohl du zwischendurch ein sturer, unverbesserlicher, alter Bock bist.»

Ich ging nicht auf ihre Aussage ein, weswegen sie unbeirrt fortsetzte.

«Du bist mein Freund, Nils.»

Schön für dich, dachte ich griesgrämig und wünschte mir nichts sehnlicher, als dass Brigitte mich endlich in Ruhe lassen würde.

Bedauerlicherweise wanderte sie noch minutenlang neben mir her und starrte mich ununterbrochen an. Irgendwann starrte ich genervt zurück und dachte angestrengt darüber nach, welche Aussage sie wohl am ehesten vertreiben würde.

Dass du dich in mich verliebt hast, weiss ich bereits. Trotzdem ändert das meine Meinung dir gegenüber nicht, da du mir andauernd auf die Nerven gehst.

Brigitte wollte mir widersprechen, blieb jedoch stumm, da ich ihr ohnehin nicht glauben würde.

Kannst du jetzt bitte verschwinden? Fragte ich sie bemüht höflich.

«Du möchtest dich nicht auf eine Freundschaft mit mir einlassen, weil du glaubst, du würdest Vanessa dadurch betrügen. Deswegen verweigerst du sämtliche Beziehungen weiblichen Personen gegenüber.»

Verdutzt blickte ich ihr in die Augen. Ich erforschte meine inneren Gefühle und stellte fest, dass Brigittes Aussage tatsächlich der Wahrheit entsprach. Allem Anschein nach kannte sie mich besser als ich selbst, was meine Abneigung ihr gegenüber ironischerweise noch verstärkte.

Ich habe bereits eine Frau, und irgendwann werde ich sie wiederfinden, dachte ich.

«*Nils, sie ist seit Jahrtausenden verschollen.* Die Wahrscheinlichkeit, dass *du sie jemals wiedersehen wirst, geschweige denn, dass sie überhaupt noch lebt, ist beinahe gleich null. Ausserdem möchte ich keine ... ach, das glaubst du mir ohnehin nicht.*»

Keine was?

Brigitte seufzte nachdenklich.

«*Ich möchte keine Liebesbeziehung mit dir führen, wie du es momentan vermutest, sondern lediglich deine Freundin sein.*»

Lange musterte ich ihre magentafarbene Iris, die aufgrund der düsteren Lichtverhältnisse einen schmalen Ring gebildet hatte.

Du hast recht. Das glaube ich dir nicht.

Glücklicherweise hatten wir nun den Abschnitt des Strandes erreicht, auf dem die Raumschiffe standen. Nach einer kurzen Suche erspähte ich Ferdinand, der mit dem Rücken gegen das Vorderrad meines Fluggeräts gelehnt dasass und mit leicht schmerzverzerrtem Gesicht seinen linken Arm umklammerte. Zwischendurch zitterte er, wobei ich nicht erkennen konnte, ob dies der kühlen Luft oder seiner Verletzung zuzuschreiben war. Ohne ihn anzusprechen, setzte ich mich neben ihn mit dem Blick ununterbrochen auf sein Gesicht gerichtet. Zu meiner Erleichterung schien Brigitte nun endlich zu begreifen, dass ich ihre Anwesenheit in dieser Situation nicht schätzte, weswegen sie sich leise von uns entfernte und sich neben dem Raumschiff von Stella und Manuel in zusammengerolltem Zustand hinlegte. Dass ihr Kopf noch immer in meine Richtung zeigte und sie mich durchgehend beobachtete, war mir bald gleichgültig.

«Kann ich dir irgendwie helfen?», fragte ich Ferdinand leise.

Er schüttelte schniefend den Kopf und blinzelte sich eine Träne aus dem rechten Auge. Erst jetzt fiel mir auf, dass seine Wangen nach Tränenflüssigkeit rochen. Um ihn nicht zu bedrängen, legte ich mich in einigen Zentimetern Abstand neben ihn auf den Strand, den Kopf dem scheinbar endlosen Ozean zugewandt. Das bedrückende Gefühl von Trauer durchströmte mich plötzlich, als meine Gedanken zu Igor und Loris zurückkehrten. Als könnte ich auf diese Weise meinen Gefühlen entfliehen, sah ich nach links zu meiner Tochter, die allein in der Nähe des Wassers lag. Sie bemerkte mich bald und unsere Blicke trafen sich, weswegen ich unwillkürlich schmunzeln musste. Sobald sie sich jedoch Manuel zuwandte, der soeben mit einem gehäuteten und gebratenen Tier in der Schnauze angeflogen kam, verblasste meine kurzfristige Freude bereits wieder. Tief seufzend dachte ich noch einmal an die schrecklichen Szenen zurück, die sich in den letzten vierundzwanzig Stunden ereignet hatten, schob diese Erinnerungen allesamt in eine düstere Ecke meines Bewusstseins zurück, wo ich sämtliche meiner psychischen Leiden aufbewahrte, und verschloss sie mithilfe des Gedanken, dass sich die Vergangenheit nun nicht mehr umschreiben liess.

Während der nächsten Minuten beobachtete ich Stella, wie sie sämtliches Muskelgewebe des Beutetiers verschlang, welches Manuel ihr gebracht hatte. Ihr Freund starrte sie ununterbrochen an mit einer Art von Gier, die mir nur allzu bekannt war, jedoch nicht aus eigener Erfahrung.

«Wie sieht dein Plan für morgen aus, Nils?», unterbrach Cuno meine Gedanken.

Es dauerte eine Weile, bis ich meinen Blick von Manuel lösen konnte, der meine Tochter beobachtete, als würde er sie am liebsten verzehren, wie sie es mit dem gebratenen Tier tat. Sobald Cuno meine volle Aufmerksamkeit hatte, erklärte ich ihm die momentane Situation der eingesperrten Drachen, die keinerlei Rechte besassen, und mein Vorhaben, sie mithilfe einer Volksinitiative indirekt befreien zu können. Der Schmied lauschte meinen Gedanken geduldig, ohne mich zu unterbrechen, bis ich selbst die Situation mit Claudia Fuchs, der Dariseg und den grausamen Experimenten an frisch geschlüpften Drachen erklärt hatte.

«Angesichts der jetzigen Situation halte ich deine Vorgehensweise für angebracht. Einen Krieg zwischen Drachen und Menschen auszulösen, wäre unsinnig, obwohl einige von ihnen dieses Leid redlich verdient hätten.», dachte er schliesslich.

Er stellte sich vor, Frau Fuchs für ihre Taten in Stücke zu reissen, schüttelte jedoch gleich darauf den Kopf und konzentrierte sich auf meinen Plan, um diese düsteren Gedanken loszuwerden.

«Und dieser Ferdinand Schmidt hat die Expeditionen zur Erde finanziert?», fragte er mit dem Blick auf Ferdinand gerichtet, der noch immer stumm weinend neben mir sass.

Ich nickte beklommen.

«Das kann ich ihm nicht einmal verübeln. Er wusste schliesslich nicht, worauf er sich einlässt. Ich bin fest davon überzeugt, dass er ein guter Mensch ist.»

Erleichtert, nicht versehentlich Cunos Zorn geweckt zu haben, wandte ich meine Aufmerksamkeit wieder Stella und Manuel zu. Cuno folgte meinem Blick und stiess amüsiert Luft aus.

«Du tust mir manchmal echt leid, Nils.», dachte er bemüht, nicht zu schmunzeln, was ihm jedoch keineswegs gelang.

Derweil konnte ich nicht wegsehen, als Manuel Stellas Schnauze sauber leckte und sich anschliessend mit dem Bauch an ihren Rücken schmiegte. Mit allen Vieren krallte er sich an ihr fest und biss ihr leicht in den Nacken. Aus Stellas Verstand empfing ich stechende Schmerzen von ihrer Wirbelsäule und ein unangenehmes Druckgefühl an ihrer Hüfte. Der Nackenbiss war noch das Erträglichste. Sie liess diese eher grobe Behandlung zu meinem Leidwesen freiwillig zu, da sie momentan ebenso sehr von roher Lust durchflutet war wie Manuel und ihr die Schmerzen lieber waren, als dass er aufhörte. Ausserdem fürchtete sie, ihn zu verlieren, sollte sie ihm die Wahrheit über diese Berührungen gestehen, obwohl ich mit ziemlicher Sicherheit wusste, dass diese Bedenken unbegründet waren.

Könntest du bitte ein wenig behutsamer sein? Fragte ich, so höflich ich konnte.

Mein ungewollt feindseliger Blick fiel Manuel direkt auf, jedoch ignorierte er ihn wie immer. Stella reagierte ebenso wenig, da sie hierfür zu schüchtern war.

Bitte, Manuel. Du weisst doch, wie sehr ich dies verabscheue, setzte ich fort.

Ich zog in Erwägung, ihm Stellas Empfinden telepathisch weiterzuleiten, entschied mich aber dagegen, da diese Gefühle höchst persönlich waren und ich meine Tochter nicht blossstellen wollte, sofern ich dies nicht bereits getan hatte.

«Aber sie möchte, dass ich weitermache.», antwortete Manuel schliesslich.

Wir wussten beide, dass er recht hatte, weswegen ich schliesslich nachgab.

Macht, was ihr wollt, aber bitte nicht in meiner Nähe, dachte ich.

Manuel hielt inne und sah mich nachdenklich an. Sein Blick wirkte beinahe entschuldigend auf mich, was mich geringfügig überraschte.

«Eigentlich wollte ich das auch nicht in deiner Nähe machen, aber die letzten zwei Monate ist uns dieses Vergnügen verwehrt geblieben. Ohne Gravität ist es kaum möglich, bestimmte Bewegungen auszuführen.»

Das nennt sich Gravitation. Wenn du schon Fachbegriffe verwendest, solltest du sie auch korrekt einsetzen, dachte ich zähneknirschend.

Einen Augenblick lang hatte ich bereits vermutet, er hätte sich geändert, jedoch war dies nichts als ein bedeutungsloser Zufall gewesen. Aufgrund seiner

Unfähigkeit, Stellas Bedürfnisse zu lesen, würde sich dies auch in Zukunft niemals ändern.

Manuel breitete die Flügel aus und hob sanft ab, während er meine Tochter mit den Beinen umklammerte. Er warf mir noch einen gleichgültigen Blick zu und flog in Richtung der Baumgruppe davon. Wütend schnaubte ich flimmernd heisse Luft aus meinen Nüstern und versuchte, die Gedanken an Stella und Manuel zu verdrängen, die meinen Verstand einzunehmen drohten. Derweil fiel mir Brigitte auf, die mich noch immer beobachtete. Ihrem ernsten Blick nach zu urteilen, war sie mit Manuels Verhalten ebenfalls nicht einverstanden.

Um einen klaren Kopf zu bekommen, legte ich meinen erhitzten, rechten Flügel über Ferdinands ausgestreckte Beine und sah meinen menschlichen Freund nachdenklich an. Er zitterte noch immer und schien zunehmend unter Schmerzen zu leiden, von denen ich vermutete, dass sie von seinem linken Arm ausgingen. Da er sämtliche Hilfe meinerseits verweigerte, was angesichts des Verlusts eines guten Freundes durch einen Drachen verständlich war, versuchte ich, ihn wenigstens mit meiner Anwesenheit unterstützen zu können. Während ich meinen Kopf auf den kühlen Sand legte, fühlte ich plötzlich, dass das Gefühl, etwas wäre nicht in Ordnung, vollkommen verschwunden war.

Nachdenklich versuchte ich, nach einem Grund hierfür zu suchen, bis mir bewusst wurde, dass die Lösung offensichtlich war. Ich hatte vorhin mit Manuel dieselbe Diskussion geführt wie bereits tausende Male zuvor auf der Erde. Ausserdem klebte Brigitte wieder an mir wie ein widerspenstiges Stück Harz, ich schmeckte noch das von ihr gebratene und teuflisch gut gewürzte Stück Fleisch im Maul, ich befand mich umgeben von Freunden, von denen ich einige bereits kannte, seit ich mich erinnern konnte und ich lag auf Sand, der mir von der Wüste her vertrauter war als jedes andere Material. Aufgrund all dieser Tatsachen war meine Heimat in gewisser Weise zu mir zurückgekehrt, und nicht ich zu ihr. Obwohl ich mich auf einem fremden Planeten und in einer fremden Umgebung befand, fühlte sich alles auf eine gute Weise heimisch an. In diesem Moment begriff ich, dass Zuhause kein Ort, sondern ein Umfeld war. Mithilfe meiner neuen Erkenntnis gelang es mir innert kürzester Zeit, mich vollkommen zu entspannen, während meine Lefzen ein zufriedenes Schmunzeln bildeten. Ehe ich mich versah, war ich bereits eingeschlafen, mit dem Gefühl, an keinen anderen Ort des Universums zu gehören als diesen einen Strand, mehrere hundert Millionen Kilometer von der Erde entfernt.

GESCHICHTE WIRD IN BAND 5 FORTGESETZT